输血相容性检测
实验室质量控制与管理

SHUXUE XIANGRONGXING JIANCE

SHIYANSHI ZHILIANG KONGZHI YU GUANLI

主 编 汪德清 于 洋

编 者（以姓氏笔画为序）

于 洋 马春娅 冯 倩

关晓珍 汪德清 张 婷

张晓娟 陈 鑫 陈麟凤

林子林 潘纪春

人民军醫出版社

PEOPLE'S MILITARY MEDICAL PRESS

北 京

图书在版编目(CIP)数据

输血相容性检测实验室质量控制与管理/汪德清,于 洋主编.-北京:人民军医出版社,2011.6

ISBN 978-7-5091-4811-2

Ⅰ.①输… Ⅱ.①汪… ②于… Ⅲ.①输血-相容性-实验室诊断 Ⅳ.①R457.1

中国版本图书馆 CIP 数据核字(2011)第 078203 号

策划编辑:马 莉 文字编辑:魏 新 责任审读:吴 然

出 版 人:石 虹

出版发行:人民军医出版社 经销:新华书店

通信地址:北京市 100036 信箱 188 分箱 邮编:100036

质量反馈电话:(010)51927290;(010)51927283

邮购电话:(010)51927252

策划编辑电话:(010)51927300-8036

网址:www.pmmp.com.cn

印、装:三河市春园印刷有限公司

开本:787mm×1092mm 1/16

印张:17.75 字数:418 千字

版、印次:2011 年 6 月第 1 版第 1 次印刷

印数:0001~2500

定价:58.00 元

内容提要

　　输血科(血库)实验室的主要工作是为临床提供相容性检测和各种血液成分,关键在检测结果的准确性和血液成分的安全性,如何得到患者和临床医生的信赖与认可,是输血科(血库)实验室建设的核心。本书介绍了输血科(血库)实验室质量控制技术与管理方法,包括质量管理体系建立、规章制度建设、实验室设计与布局、仪器设备及试剂耗材的管理、输血相容性检测方法学评价、检验前中后的质量控制、实验室认可、室验室安全管理、文件控制与信息管理、输血相容性检测操作规程等。全书内容科学、严谨、系统、实用,适合于输血科(血库)技术人员及管理人员阅读,亦可作为输血科(血库)继续教育培训教材。

序

　　建立完善的输血科(血库)实验室质量控制体系和严格的实验室管理体系是确保临床输血安全的重要措施。只有严格按照实验室质量控制标准的要求,认真做好质量控制的每一环节,才能把输血科(血库)实验室质量控制水平提升到一个新的高度。

　　解放军总医院输血科汪德清主任带领全科同志,积极探索并较系统地总结了多年来输血室内质量控制经验,由表及里,去粗取精,去伪存真的制作加工,并践行 ISO15189 的先进理念及做法,建立了一套较完整的输血科(血库)实验室质量控制标准和管理体系,并将之推荐给广大输血工作者。全书共 14 章,内容丰富,理论联系实际,可操作性强,是目前国内唯一的一本输血科(血库)实验室质量控制体系的参考书。此书为读者在实际工作中如何进行实验室质量控制提供了实际操作方法。

　　因此,我深感荣幸地祝愿本书能广泛传播,并激励众多的输血工作者,在确保输血科(血库)实验室质量控制基础上进行新的创造性研究,故特赘述数语,以之为序。

刘景汉

2011 年 4 月 于北京

前 言

回首 21 世纪已经走过的 10 年,国家在整个输血行业的资源投入逐年加大,输血相容性检测实验室在整体硬件水平和人才梯队建设方面已经取得了长足进步,实验室正面临良好的发展机遇。但是,由于目前实验室质量控制管理意识和水平的相对低下,实验室检测能力和水平并未真正实现质的飞跃,因质量控制管理不到位而引发的医疗差错或事故仍时有发生。开展输血相容性检测是确保临床输血安全的重要手段之一,其质量控制水平的高低直接关系到实验室检测能力和水平的高低。因此,建立完善的输血相容性检测质量管理体系对提高输血安全具有重要作用。为建立输血相容性检测质量控制体系,指导开展输血相容性检测的全过程质量控制以及如何进行室内质量控制和室间质评工作,我们参考国内外先进的实验室质量控制管理体系建设理念,结合解放军总医院输血科实验室多年质量控制管理体系运行经验编写了这部实用性书籍,旨在指导各级医疗机构输血相容性检测实验室如何开展检测全过程的质量控制管理,以及如何建立完善的质量控制管理体系,以提高整个行业的实验室质量控制管理水平。全书共分14 章,涉及输血相容性检测实验室质量控制管理体系的制度建设,实验室的布局设计,仪器设备和试剂耗材的质量管理,相关方法学评价,检验前、检验中、检验后的质量控制,实验室认可,实验室生物安全防护管理,实验室文件信息管理,输血相容性检测相关操作的作业指导书编写等内容。本书是在我国输血领域中首次系统介绍了输血相容性检测质量管理控制体系建设的相关内容,适合各级医院输血科(血库)和血液中心(血站)血型参比实验室技术人员和医学院校的师生阅读参考,具有较强的实用性和指导性。

由于编者学识有限,书中难免有疏误不足之处,恳请各位同道和读者不吝指正。希望我们能够与全国输血界同道共同努力，为提高我国输血相容性检测实验室整体管理水平作出贡献。

解放军总医院输血科

2011 年 4 月于北京

目 录

CONTENTS

第**1**章　概　论

第一节　临床实验室的基本概念

一、临床实验室的定义

1988 年，美国国会通过临床实验室改进修正案（clinical laboratory improvement amendment，1988，CLIA'88），该法案第一次对于医学实验室作出详细、明确的定义：医学实验室是以诊断、预防或治疗人类疾病和损伤，或评价人类健康状态为目的，对来自人体的标本进行生物学、微生物学、血清学、化学、血液免疫学、生物物理学、细胞学、病理学检查或其他检查的机构。这些检查包括确定、测量或用其他方法来叙述在机体内是否存在某种物质或有机体。仅仅收集或准备标本（或两者兼备），或仅提供投递服务，但不进行检测服务的机构都不属于医学实验室范畴。

国际标准化组织（international organization for standardization，ISO）发布的《医学实验室质量和能力认可准则》（ISO15189：2007）对于临床实验室（clinical laboratory）或称医学实验室（medical laboratory）进行如下定义：以为诊断、预防、治疗人体疾病或评估人体健康提供信息为目的，对来自人体的材料进行生物学、微生物学、免疫学、化学、血液免疫学、血液学、生物物理学、细胞学、病理学或其他检验的实验室。实验室可以提供其检查范围内的咨询服务，包括解释结果和为进一步的适当检查提供建议。检验亦包括用于确定、测量或描述各种物质或微生物存在与否的操作。仅采集或准备样品的机构，或仅作为邮寄或分发中心的机构，即使是大型实验室网络或系统的一部分，也不能视为医学或临床实验室。

目前，我国临床实验室主要包括以下几种形式：

1. 医院内的检验科、输血科、病理科、部分临床科室专属实验室。
2. 门诊部、诊所的实验室。
3. 妇幼保健院（所）的实验室。
4. 性病、结核病防治院（所）的实验室。
5. 各级疾病预防与控制中心从事人体健康检查的实验室。
6. 卫生检疫部门对出入境人员进行健康检查的实验室。
7. 独立临床检验实验室。
8. 健康查体中心实验室。
9. 疗养院等机构的实验室。
10. 采供血机构（血液中心、中心血站和单采血浆站）所属实验室。
11. 各级计划生育指导站所属实验室。

输血相容性检测实验室主要包括医院输血科（血库）实验室、部分医院检验科血型室以及采供血机构的血型参比实验室等，承担为患者和健康人群提供血型血清学诊断、输血相容性检测、溶血性疾病诊断与预防等相关信息，完全符合CLIA'88和ISO相关定义标准，应该属于临床实验室范畴。本书中提到的输血相容性检测实验室主要是指医院输血科(血库)实验室。

二、临床实验室的作用及职能

根据临床实验室的定义，临床实验室的主要作用就是为人类疾病的诊断、筛查、监测、治疗、预防以及健康状况评估提供相关科学的信息。随着科学技术的不断进步和检测方法的快速发展，大量先进、自动化仪器设备、技术方法逐步在临床实验室得到广泛应用，临床实验室提供的检测结果在整个诊疗活动中发挥着越来越重要的作用。临床实验室提供的检验信息占患者全部诊断、疗效等医疗信息的60%以上，因此临床实验室成为医疗机构完成正常医疗任务的重要支撑部门。临床实验室可以提供的信息内容广泛、包罗万象，在不同情况下可以发挥不同的作用与功能，通常包括以下几个方面。

(一)疾病的早期诊断及确诊

临床实验室提供的检验结果可以为疾病的早期诊断及预防干预提供重要信息，如早期糖耐量异常，但还没达到糖尿病诊断标准，通过血糖检查，可以及时发现并采取措施，从而控制疾病的发展进程。一些特异性肿瘤标志物检测，可以为许多肿瘤的早期诊断与治疗提供帮助；临床实验室提供的病原微生物(细菌、真菌及病毒等)、寄生虫、细胞学(组织脱落细胞、血液细胞)检验信息被公认为临床疾病诊断的"金标准"，直接决定受检者的临床诊断；许多检验项目虽然只是参考性指标，但为临床医师确定诊疗思路提供重要参考信息，如发热患者是否有细菌感染或病毒感染，通过血常规中的白细胞计数及分类情况获得重要线索，从而指导下一步用药方案的制订。输血相容性检测中的血型鉴定带有确定性意

义，通常它不反映受检者疾病状态，只是说明受检者红细胞血型抗原的特征性，为将来可能的输血治疗或作为供者献血提供参考。

(二)疾病治疗效果的监测

细菌感染性疾病使用抗生素治疗后，一般通过血常规检测观察白细胞计数及分类情况，还可以进行血液或体液的细菌培养，从而对抗感染治疗的效果进行评价；恶性肿瘤在手术、放化疗后，血清中肿瘤标志物的浓度会发生明显的变化，通过对其进行检测，可以对肿瘤的预后及复发作出及时的判断；许多疾病在进行药物治疗过程中，有时会产生不良反应，如对肝、肾、骨髓等功能造成损害，这些情况都是依靠各种检验结果的变化才能发现；输血相容性检测中的抗体效价测定(或连续监测)则可以为新生儿溶血病的诊断与预防提供重要的参考依据。因此，临床实验室在整个疾病诊疗过程中都发挥着重要作用，对于保证医疗安全、评价治疗效果意义重大。

(三)人体健康状况评估

早在我国战国时期的《黄帝内经》中就提出了"治未病"的学术思想，一直到近些年医学界提出的"亚健康"理念，都在强调重视疾病的预防工作，防病比治病更为重要。在现代医学条件下，如何做好疾病预防工作呢？除了养成良好的生活习惯、搭配合理的膳食、进行适度的身体锻炼以外，定期进行身体检查、评估健康状况是预防疾病的重要手段之一。而在人体健康状况评估中，在许多疾病早期没有明显临床症状或体征时，一般不会引起受检者的注意，可能也无法通过临床医生的传统医疗手段，如望、闻、问、切等来获取。这时实验室检验结果就显得尤为重要，许多指标异常，如高血脂、高血糖、尿蛋白异常以及肿瘤标志物浓度升高等，可能提示受检者已经处在某些疾病的早期状态，需要进行适当的干预或治疗，防止疾病的进一步发展。

(四)流行病学监测

流行病学监测最早起源于17世纪，当时

主要是针对传染病死亡病例进行监测。随着社会的不断进步和发展,流行病学监测的内容已由传统的单纯以传染病监测为主逐渐过渡到与人类健康相关的各个方面,其重要地位及作用已得到全世界广泛的肯定,各个国家和地区都成立了专门的疾病预防与控制中心,专门从事流行病学监测。而实验室检查是开展流行病学监测的最为重要的手段之一,通过对人群病原体感染、主动免疫、被动免疫等检测,确诊感染病例、监测人群对传染病的易感性、病原体的型别、毒力及耐药情况、评价防疫措施的效果、开展病因学和流行规律的研究以及开展传染病流行预测。2003年严重急性呼吸道综合征(severe acute respiratory syndrome,SARS)和 2009 年甲型 H_1N_1 流感暴发流行时的诊断工作都离不开临床实验室的大量检测工作。

临床实验室的功能主要为在受控情况下,以科学的方式和手段收集、处理、分析血液、体液及其他人体材料并将检验结果提供给申请者,以便其采取进一步的诊疗措施,同时实验室应提供其检查范围内的解释与咨询服务。咨询服务包括检验项目的选择,检验结果的解释和为进一步选择适当检查提供建议。尽管国内外临床实验室的组织结构各有不同,但依据实验室功能都可以概括为以下几大类型:

1. 临床化学　对人体内各种有机成分(各种蛋白质、脂类、葡萄糖等)和无机成分(电解质、代谢废物、药物等)浓度的检测。

2. 临床血液、体液学　对血液、体液及其组成成分进行定量、定性检测。

3. 临床免疫学　利用抗原抗体反应对血液、体液、组织中正常和异常抗原或抗体成分进行检测。

4. 临床微生物学　对人体内的病原微生物进行分离、培养、鉴定以及药物敏感性试验。

5. 输血医学　输血相容性检测(血型鉴定试验、不规则抗体筛查及鉴定试验、交叉配血试验、抗体效价测定试验等)、献血者血源性传染病筛查、凝血功能检测等。

6. 临床核酸体外扩增　目前主要采用 PCR 等核酸体外扩增技术对病原体或核酸物质进行检测。

临床实验室的服务不能只是局限于提供一个定量或定性的检验报告,更为重要的表现在对检验项目的选择和检验结果的解释上,也就是要向临床方向延伸,积极参与下一步的试验选择和治疗方案的制定。通过建立良性的反馈机制,加强临床实验室与临床医生之间的沟通与交流,既能增强广大临床医生对于各项实验室检验结果临床意义的理解,提高诊疗水平,真正发挥各个检验项目的作用,同时也可以使临床实验室的工作人员更好地了解不同患者、不同疾病诊断、不同疾病发展时期、不同治疗手段可能对各项检验指标所产生的影响,才能使我们选择最合适的试验方法,获得最准确的结果解释。在这方面我国的临床实验室与发达国家相比还存在较大的差距,需要整个行业的共同努力来推动其不断向前发展。

第二节　临床实验室管理的主要内容与发展历程

一、临床实验室管理的主要内容

临床实验室可以为疾病的诊断、治疗及

预后判断提供重要的,甚至是决定性的参考信息,因此,临床实验室的发展对于提高整个医学诊疗水平都至关重要。随着科学技术的快速发展,大量先进的、自动化的仪器设备、检测系统逐步引入到临床实验室,越来越多的高学历专业人才投入到临床实验室工作之中,这对于提高临床实验室专业水平起到了极大的促进作用。但是,单纯有了先进设备和高学历人才,还不能确保做到准确、及时地为临床提供检验信息,还必须对实验室进行科学的管理,才能合理地分配、利用各种有限的资源,保证检验前、中、后的各个环节都能在有效的控制之中,使得整个实验室安全、高效地运转,为临床提供准确的实验室依据。实验室管理的主要内容通常包括:组织结构与人力资源管理、质量管理、安全管理、仪器设备与试剂管理、信息管理、环境与内务管理等。

(一)组织结构与人力资源管理

实验室负责人或所属医疗机构管理者应该依据实验室实际工作量和国家相关法规对于实验室人员要求为实验室配备能够满足日常工作需要的人力资源,并对所属人力进行必要、合理的岗位培训、组织和调配,使整个实验室的人力、物力与其承担的工作量保持合理的比例。同时,还要根据实际工作需要对所属人员进行合理分工,划分一定数量的专业组或职能组,指定或选拔业务过硬又具有领导才能的班组长,明确分工和岗位职责以及相互之间的关系,赋予相应的责任、权利和义务,充分调动每位员工的主观能动性和积极性,使实验室各部门形成一个有机的整体,确保检验结果准确、及时地发出,为临床提供可靠的实验室依据。

(二)质量管理

质量管理是实验室管理的核心部分,其好坏直接关系到检验报告的可信度,也是实验室水平高低的重要体现。美国临床实验室标准委员会将质量管理分为质量控制、质量保证、质量体系、质量管理和全面质量管理。质量控制包括开展室内质量控制和参加室间质量评价两个组成部分,是提高实验室检验水平,保

证检验结果可靠性的重要手段。《医学实验室-质量和能力的专用要求》(ISO15189:2007)中对于质量管理提出了15个部分的具体要求,其中包括组织和管理、质量管理体系、文件控制、合同的评审、委托实验室的检验、外部服务和供应、咨询服务、投诉的处理、不符合的识别和控制、纠正措施、预防措施、持续改进、质量和技术记录、内部审核和管理评审。

(三)安全管理

实验室安全管理主要包括生物安全管理、化学危险品安全管理、物理危害源(水、电、消防、辐射等)安全管理。临床实验室每天都可能接触到含有致病微生物的各类标本,生物安全管理是整个实验室安全管理的核心部分。临床实验室应严格依照国家的法律法规和行业规范,认真制定实验室生物安全管理制度和各项试验的安全操作规程,认真做好每位员工上岗前的安全教育与培训,配备必要的安全设备和个人防护用具,加强各类标本的采集、运输、储存和销毁等流程管理,妥善处置各类医疗垃圾。实验室应指定专人负责管理化学危险品,设置安全员定期检查、巡视实验室所属区域内的水电气等安全,制定发生意外事故时的处置预案,切实保证实验室和工作人员的安全。

(四)仪器设备和试剂耗材管理

仪器设备与试剂耗材是实验室开展各项试验必不可少的基本物质条件,医疗机构或实验室管理层应该为临床实验室配备能够满足实验室检测任务所必需的仪器设备。实验室应该建立从仪器设备申购、论证、采购、验收确认、安装调试、功能测试、人员培训、保养、维护、维修以及报废等一系列完整的流程管理制度,建立相关管理的技术档案,确保仪器设备能够正常运转。定期进行仪器性能评价和不同仪器相同检测项目的性能比对,以确保检验报告的可比性和准确性。实验室应使用符合国家标准和实验室要求、性能价格比较高的试剂和耗材,对于必须使用但又无

法从市场上获得手续齐备的商品化试剂,可以考虑通过自制试剂或使用无国家批准文号的进口试剂的方式来解决,但实验室应该建立严格的性能评价体系和审批制度,确保这些试剂能够达到相应的质量标准。定期对为实验室提供服务的供应商进行评价,及时剔出或更换产品性价比低、售后服务质量差、不符合实验室要求的供应商。

(五)信息管理

临床实验室应该建立完善的信息管理制度,对整个实验室的检验相关信息和管理信息进行有效、有序、安全地管理。检验相关信息主要包括患者信息、标本信息、申请单信息、检验记录、质控记录、检验结果审核与确认、报告单生成与发放等。管理信息一般包括人员管理、物资管理、教学与培训以及科研等相关信息。实验室应指定资料员或信息管理员(可兼职)负责整个实验室信息、资料的监督、归档与保存管理,并对实验室信息查询进行授权管理,不同级别、职称、职务的工作人员只能在授权范围内接触、查询相关信息,非授权人员一律不能查询相关信息。

(六)实验室环境管理

临床实验室的环境条件要求必须满足所有检测项目对于试验环境的相关要求,同时还要确保操作人员的人身安全,这需要通过严格的实验室环境管理才可能实现,通常主要包括以下几个方面的内容:

1. 实验室布局 临床实验室的空间布局要合理,污染区、半污染区、缓冲区、清洁区设置要明确,符合基本的生物安全要求,能够满足开展各项检验工作的实验需要,同时尽量确保人流、物流的流向合理,便于清洁与消毒处理。

2. 通风条件 临床实验室由于检测样本可能携带致病微生物,检测过程中产生气溶胶悬浮在实验室的空气中危害工作人员安全,因此实验室必须保持良好的空气流通,必要时还应配备专用抽风设备,保持实验室负压条件或安装专用的生物安全柜处理特殊标本。

3. 采光条件 实验室应尽量利用自然光线,保持室内明亮,便于操作人员观察仪器运转、标本条件以及实验结果等,但要避免阳光直射,防止对仪器设备和试剂的损害。

4. 电力供应 现在临床实验室大量使用全自动、智能化精密仪器进行检测工作,要求必须提供电压稳定、电流恒定、抗干扰的电力供应,大型实验室都要求双路供电,特殊大型仪器多配备 UPS 系统,防止电力供应突然中断造成的检验延时、试剂浪费、设备损伤等。

5. 电磁辐射屏蔽设施 一些特殊大型仪器需要防止电磁辐射干扰,实验室应该配备相应装置确保仪器运转稳定。

6. 温湿度要求 不同实验室对于温湿度的要求各有不同,实验室应该根据自己开展的试验项目,所用的检测设备和体系,制定专门的温湿度条件范围,以满足所有试验要求。

7. 上下水条件 实验室要配备必要的供水网管和排水装置,满足制备实验用水、日常清洁用水以及排放经无害化处理的医疗废液的基本要求。

8. 防火设施 实验室应严格按照国家相关的消防要求配备相应的防火器材,并对实验室工作人员进行防火器材使用培训。

二、临床实验室管理的发展历程

实验室管理的真正发展始于20世纪60年代,在此之前,全世界范围内的临床实验室基本上都处于松散的管理状态,各个国家和地区都未出台切实可行的相关法规或质量标准来规范和约束临床实验室的各项行为。临床实验室都是根据自身的实际情况或所依托机构的要求来开展相应检验工作,不同实验室之间检验结果的一致性差,临床实验室出具的检验报告经常成为公众质疑的对象。为了保证实验室检验结果的准确性,规范临床实验室的各项行为,提高不同实验室之间检测结果的一致性和可比性,美国国会于1967年通过了第一部专门针对临床实验室管理的法律,即临床实验室改进法案(clinical laboratory improvement act 1967,CLIA'67),该法案当时主要针对商业性独立实验室,在临床实验室人员资质、实验室质量控制标准、室间质量评价、性能比对及现场评审等多个方面进行了规定。在实行此项法案20年基础上,美国国会在1988年通过对CLIA'67的修正案,即CLIA'88,并于1992年正式实施。该修正法案针对的管理对象也由原来的商业独立实验室扩大到全国所有的临床实验室,对实验室的各个方面对进行了详细的要求和规定,属全国性强制标准,是所有实验室必须遵循的基本行为准则。

美国病理家协会(Ccollege of American pathologist ,CAP)成立于1947年,是世界上最大的室间质量评价服务机构之一,其主要对全球范围内的临床检验和病理学实验室进行CAP认可活动。2003年2月ISO颁布了《医学实验室-质量和能力的专用要求》(ISO15189:2003),它是由ISO TC-212技术委员会经过7年的时间研发出来的有关临床和诊断的测试体系,是在ISO9001:2000版的基础上增加了对特殊部门要求,以及ISO17025:1999中检验与校准实验室的一般要求。此认可标准在管理和技术两个方面作出了具体要求。目前全世界已有数以千计的临床实验室进行了ISO15189认可或CAP计划认可,国内通过ISO15189认可或CAP计划认可的医学实验室累计已达到60余家。实验室认可活动对于促进临床实验室正规化、标准化建设,全面提高检验质量和能力水平发挥了巨大的推动作用。但是,各项实验室认可活动不是国家强制性法规,各个实验室进行认可完全出于自愿,认可准则对于广大临床实验室并没有强制性的约束作用。

我国的临床实验室发展起步较晚,20世纪80年代以前,我国的临床实验室普遍缺乏专业技术人员,能够开展的检验项目也非常有限,且90%以上检验项目为手工操作,方法学极其落后,自动化水平极低,没有统一的室间质量评价活动,只有少数项目开展室内质控,整个行业缺乏相应的法律、法规来规范实验室的各项行为,临床实验室管理水平远远落后于发达国家,无法满足临床的基本需求。

进入20世纪80年代以后,我国的临床实验室进入快速发展期。为提高我国临床检验工作的整体水平,国家卫生部于1982年1月批准成立卫生部临床检验中心,承担全国临床检验工作管理、技术指导和科学研究任务,并负责制定临床检验操作标准和管理规范、培训各级技术骨干、开展临床检验相关方法学研究、推荐常规检验方法、推广新方法和新技术、淘汰落后的技术与方法、评估国内外体外临床诊断试剂和仪器的质量水平、组织临床检验质量控制工作以及开展学术交流活动等。此外,各种与临床实验室管理相关的专业学会组织,如中华医院管理学会临床检验管理专业委员会、中华医学会检验分会、临床检验标准化委员会等也在开展临床实验室管理理论和方法学研究、推广临床实验室管理成果与经验、制定临床实验室相关行业标准与国家标准等诸多方面发挥了积极的作用。1991年,卫生部临床检验中心组织全国数十位专家共同编写了《全国临床检验操作规程》,这是我国关于临床实验室管理的第一部全国性操作规范,对于规范检验医学实验室管理,推动整个检验医学行业向前发展发挥了积极作用。

2006年6月,由国家卫生部制定的《医疗机构临床实验室管理办法》开始正式实施,这是一部规范临床实验室管理的根本性、强制性法规,要求所有符合临床实验室定义范畴的实验室都必须遵循本规定。该《办法》从以下几个方面对临床实验室管理进行了明确的规定与说明。

1. **明确临床实验室的定义** 该《办法》中对医疗机构临床实验室定义是指对取自人体的各种标本进行生物学、微生物学、免疫学、化学、血液免疫学、血液学、生物物理学、细胞学等检验,并为临床提供医学检验服务的实验室。这与ISO和美国CLIA'88修正法案中关于临床实验室的定义内容基本一致。这使得社会上各种与医疗相关的实验室在性质界定上有了明确的法律依据。

2. **突出强调医疗机构对所属实验室的管理职责** 医疗机构(指医疗机构管理层)应当加强临床实验室建设和管理,规范临床实验室执业行为,保证临床实验室按照安全、准确、及时、有效、经济、便民和保护患者隐私的原则开展临床检验工作。医疗机构临床实验室应当集中设置、统一管理、资源共享。杜绝同一个检验项目多个实验室都可以发报告的现象,避免重复建设和资源浪费,提高检验质量水平。

3. **建立医学检验科诊疗科目登记制度和执业人员任职资格管理制度** 医疗机构应当按照卫生行政部门核准登记的医学检验科下设专业诊疗科目设定临床检验项目,提供临床检验服务。新增医学检验科下设专业或超出已登记的专业范围开展临床检验项目,应当按照《医疗机构管理条例》的有关规定办理变更登记手续。实验室开展的临床检验项目只能从卫生部发布的检验项目名录中选择。医疗机构临床实验室专业技术人员应当具有相应的专业学历,并取得相应专业技术职务任职资格。该办法中规定:诊断性临床检验报告应当由执业医师出具,明确提出临床实验室要设立检验医师岗位。这就要求广大临床实验室应该加大医师系列人才的引进和培养,使其同时具备临床医学和检验医学的背景,成为临床实验室与临床医生之间的桥梁,更大限度地发挥临床实验室在整个诊疗过程中的作用。

4. **明确临床实验室的职能范畴** 临床实验室的职能不能仅局限于完成相关项目的检验、获取相应检验结果并发布检验报告,还应该包括为广大医护人员、患者、受检者提供与检验结果相关的医疗咨询服务,为临床医生进一步选择检验项目、制定和调整诊疗计划提供参考意见。这对于广大检验人员提出了更高的要求,需要通过不断地学习,了解各种疾病的基本病理生理过程、基本治疗原则、各个检验项目的临床意义、影响因素,不断丰富、完善自身的知识结构和理论水平,才可能为临床更好地使用各项检验结果服务。

5. **明确检验前质量保障要求** 医疗机构临床实验室应当有检验前质量保证措施,包括制定患者准备、标本采集、标本储存、标本运送、标本接收、标本处理等一系列标准操作规程。检验前各个环节操作是否符合相关技术要求将直接影响检验结果的准确性、可信性。而检验前的这些环节是由临床医护人员、气动传输物流系统、专业外送人员来完成,临床实验室对于这些环节无法全面控制,因此需要医疗机构统一组织实施。《医学实验室-质量和能力的专用要求》中要求临床实验室制定专门的标本采集手册,内容就涵盖了上述检验前的质量保证措施,印刷宣传材料下发到所有参与者手中,并定期组织相关人员进行培训,提高对检验前各个环节重要性的认识。目前,国内许多大型临床实验室已经开始制定自己的标本采集手册,用于规范检验前各个环节,取得了良好效果。

6. **建立、健全检验报告发放制度** 检验报告是临床实验室的一种产品表现形式,检验报告的内容要求完整,应当包括以下内容:实验室名称、患者姓名、性别、年龄、病案号或者门诊病历号、申请医生姓名、检验项目、标本类型、检验结果和单位、参考范围、异常结果提示、操作者姓名、审核者姓名、标本接收时间、报告时间以及其他需要特殊说明的内容。所有检验报告应以中文形式书写。对于大部分进口自动化仪器，出具的报告都是全英文形式，这就要求我们对其软件进行汉化，或通过数据传输软件将检测数据转化成中文形式。对于报告的发放方式应与报告申请方达成一致，确保报告的准确、及时，同时要注意保护患者的隐私权，注意对患者的检验结果保密。临床实验室应专门建立实验室信息安全保密制度，设置信息查询分级授权制度，确保各类信息安全保存。

7. 强调建立实验室质量控制管理制度

临床实验室应该制定并严格执行临床检验项目标准操作规程和大型仪器的标准操作、维护规程；使用的仪器、试剂和耗材应当符合国家有关规定；对需要校准的检验仪器和对临床检验结果有影响的辅助设备定期进行校准；对开展的临床检验项目进行室内质量控制，绘制质量控制图；出现质量失控现象时，应当及时查找原因，采取纠正措施，并详细记录；必须参加经卫生部认定的室间质量评价机构组织的室间质量评价活动；应当将尚未开展室间质量评价的临床检验项目与其他临床实验室的同类项目进行比对，或者用其他方法验证其结果的可靠性。临床检验项目比对有困难时，医疗机构临床实验室应当对其方法学进行评价，包括准确性、精密度、特异性、线性范围、稳定性、抗干扰性、参考范围等，并有质量保证措施。

第三节　我国输血相容性检测实验室发展现状

医疗机构输血科（血库）实验室是输血相容性检测实验室的主体部分，属于临床实验室范畴，但其与传统的临床实验室（主要是指检验科实验室）又有着显著的差别，其特点主要表现为：试验项目相对较少，通常不超过10项；试验项目基本为定性或定名试验，试验结果多为结论性而非一般描述性；与临床科室联系更为紧密，需要为临床提供更多的解释与咨询服务。现代输血医学已经有100多年的发展历史，但是我国的输血医学发展相对落后，输血相容性检测实验室软硬件建设与质量管理水平都亟待提高。

一、缺乏专业化的技术和管理人才

输血医学作为一个独立的学科在国内发展已经有近30年的历史，特别是2000年卫生部颁布的《临床输血技术规范》明确要求二级以上医院应设置独立的输血科（血库），促使许多医疗机构成立了单独的输血科（血库）实验室，输血从业人员专业队伍迅速壮大起来，但时至今日仍有相当一部分输血相容性检测工作是由检验科人员兼职完成的，专业化水平相对偏低。输血医学作为一个独立的学科仍然缺乏一套完整的人才培养、考核、管理体系，造成输血从业人员专业水平整体偏低，人才结构不合理。尽管国家近年来相继出台了一系列的管理法规，对于输血科或血库的人才配备也提出相应的要求，但是真正落实还需要相当长的周期，需要各个方面的支持与配合，当前具有专业化水平的技术和管理人员仍然十分匮乏。

二、硬件建设相对落后

大多数输血相容性检测实验室仪器设备相对落后，手工试验操作仍占主流，许多基层实验室甚至连用于手工试验操作的专业化设备都没有。试验结果手工录入，试验原始数据只能以纸质形式保存，无法实现整个试验操作自动化，数据管理、传输的信息化、电子化，实验室管理规范化程度仍然处在较低水平。一些实验室使用自制试剂或无 SFDA 批文的进口试剂，但缺乏相关试剂的性能评价机制，试验结果的准确性无法得到保障。一些实验室甚至以设备、试剂条件不具备为由，而不开展 ABO 反定型、不规则抗体筛查等试验，降低了输血相容性检测结果的准确性，增加了输血风险。

三、常规试验操作缺乏行业统一标准

当前整个输血相容性检测行业缺乏规范性操作指南，国家卫生部于 1997 年颁布的《中国输血技术操作规程（血站部分）》，于 2008 年对其进行了修订并发布征求意见稿，其中包含了血站实验室常用试验的操作规程、技术原理和注意事项等内容，但仍然没有针对广大医疗机构输血相容性检测实验室制定专门的、统一的行业标准，各个实验室都是自行制定试验操作规程（standard operation procedure，SOP），甚至相当一部分实验室缺乏完整的、符合自身情况的 SOP 和规章制度，使得各个实验室检验结果的准确性、可靠性受到质疑，无法实现不同实验室之间检测结果的互认，相同的检验项目经常需要进行重复检验，增加了受检者的经济负担，造成社会资源的极大浪费。

四、实验室定位存在偏差

当前，无论是公立医院还是私立医院都强调成本核算和经济效益。医疗机构对于一个科室的软、硬件投入首先考虑的问题是成本回报问题，输血相容性检测本身赢利能力较低，检验项目和数量相对偏少，因此，大多数医疗机构不愿意给予输血相容性检测实验室更多的资金和人力的投入，造成了人才队伍匮乏，硬件设施极度落后。输血医学本身又是一个风险极高的行业，技术、管理上的落后会进一步加大安全隐患，进而形成恶性循环，影响学科发展。实验室在自身业务、技能发展上也会遇到困惑，遇到疑难标本时是应该立足自身实验室条件自己解决，还是直接送往所在地区采供血机构血型参比实验室去解决？自己解决疑难标本需要必要的试剂、设备支撑，需要医疗机构增加一定程度的投入，同时还会承担一定的医疗风险；将疑难标本送往采供血机构血型参比实验室解决，可以在一定程度上降低自身实验室的风险，但同时也会造成自身技术能力水平的下降，最终演变成只能处理正常标本的实验室。医疗主管部门应该更多地从安全输血的角度来审视和评价输血相容性检测在整个医疗机构中的地位和作用，从而形成客观、正确的学科发展定位。实验室自身也应该从学科长远发展出发，主动承担相应的责任与风险，不断地提高自身解决实际问题的能力，才能逐渐走上良性发展的轨道。

五、质量体系建设不完善

大多数输血相容性检测实验室尚未建立起符合自身实际情况的质量管理体系，也未制定切合实际的质量管理目标，只是制定了部分试验的操作规程和规章制度，其执行情况和监督情况都无法得到落实。目前部分省市已经出台了地区性的输血科建设标准，并制定了相对统一的质量管理目标，但尚未得到广泛的推广与应用。各实验室应该结合自身特点，参考 CNAS-CL02：2008《医学实验室质量和能力认可准则》以及相关的国家或地区标准，建立完整的实验室质量管理体系，确立自身实验室的质量管理目标，提高整个实验室的质量管理水平。

（汪德清 于 洋）

参 考 文 献

[1] 李萍. 临床实验室管理学. 北京:高等教育出版社,2006:1-6.

[2] 王大建,王惠民,侯永生. 临床实验室管理学. 2版. 北京:科学技术出版社,2009:1-8.

[3] 丛玉隆,王前. 临床实验室管理. 2版. 北京:中国医药科技出版社,2010:1-7.

[4] Department of Health and Human Services, Centers for Disease Control and Prevention, USA. Clinical Laboratory Improvements Amendments of 1988(CLIA'88):final rules. 1992.

[5] International Organization for Standardization (ISO). Medical Laboratories-Particular Requirements for Quality and Competence. Geneva, Switzerland:ISO15189:2007.

[6] International Organization for Standardization (ISO). General requirements for competence of calibration and testing laboratories. Geneva, Switzerland: ISO/IEC17025:2005.

[7] Hamlin WB. Requirements for accreditation by the College of American Pathologists Laboratory Accreditation Program. Arch Pathol Lab Med, 1999,123:465-467.

第2章 输血相容性检测实验室质量管理体系

第一节 质量管理体系概述

一、质量管理体系的发展历程

现代临床实验室质量管理体系建立在近代工业产品质量管理理论基础之上,并经过近 30 年的不断完善与快速发展,最终形成了具有自身特色的理论体系。回顾质量管理的发展历程,大致经历了 4 个阶段,即质量检验阶段、统计质量控制阶段、全面质量管理阶段和质量管理的国际化与泛领域化。

(一)质量检验阶段

质量检验最早源于 19 世纪末工业化大生产蓬勃发展时期,当时的工业制造领域对质量管理的理解还仅限于对产品本身质量的检验。质量检验手段是通过使用各种检测设备和仪表,对所有产品进行性能指标的检验。1875 年,美国人 Taylor 提出了"科学管理"理念,即在产业工人中进行科学分工,把计划职能与执行职能分开,将质量管理的责任完全由操作者转移到工长,工长的工作职能变为质量检查和监督,故被称为"工长的质量管理"。1911 年,Taylor 提出设专职检验人员进行产品的质量管理。人们在生产过程中专门增加一个检验环节,产生了一支专职质检队伍,构成了一个专职的质检部门,以便监督、检查对计划、设计、产品标准等项目的贯彻执行情况,从而由专职检验部门实施质量检验,故被称为"检验员的质量管理"。

质量检验模式是在成品中挑出不符合标准的废品,以保证所有出厂产品的质量能够达到要求。但这种事后检验把关的模式,无法在生产过程中起到预防和控制作用,最终会造成原料和工时的巨大浪费。此外,对所有产品进行过筛式检验,极大地增加了检验费用,特别是在大批量生产的情况下,对所有产品的逐个检验很难实现。一些统计学家和质量管理专家开始尝试运用数理统计学的原理来解决质量检验的问题。1924 年,美国的 Shewhart 提出了控制和预防缺陷的概念,并成功地创造了"控制图",把数理统计方法引入到产品质量管理中,使质量管理推进到新阶段。质量检验阶段一直持续到 20 世纪 40 年代才逐渐被统计质量控制所取代。

(二)统计质量控制阶段

20 世纪 40 年代初开始,美国的 Shewhart、Deming 等管理学家提出了"抽样检验"的概念,将数理统计技术应用到质量管理领域,并开始在工业生产过程中推广使用"质量控制图"方法。他们认为质量管理不仅要做事后检验,而且应该在发现有废品生产的先兆时就进行分析和改进,从而预防废品的产生,质量控制图就是运用数理统计原理进行这种预防的工具。质量控制图的应用是质量管理从单纯事后检验转入检验加预防的一个重要标志,也是形成一门独立学科的开始。

第二次世界大战开始以后,统计质量管理在美国军工产品生产领域得到了推广应用,统计质量管理的效果也得到了广泛的认可。第二次世界大战结束后,美国以外的许多国家,如加拿大、法国、德国、意大利、墨西哥、日本也都陆续推行了统计质量管理,并取得了显著成效。但是,统计质量管理仍然存在着一些缺陷,它过分强调质量控制的统计方法,使人们误认为"质量管理就是统计方法"。统计质量管理偏重于工序管理,对质量的控制和管理只局限于制造和检验部门,主要依靠专家和技术人员,忽视了其他部门和环节可能对产品质量的影响,不能充分发挥各个部门和广大员工的积极性,进而制约了它的推广和运用。

20 世纪 50 年代初期,Levy 和 Jennings 将 Shewhart 质量控制图方法引入到临床实验室的管理中,开创了临床实验室质量控制管理的先河,Levy-Jennings 质量控制图至今仍是临床实验室进行室内质量控制的最基本方法。

(三)全面质量管理阶段

20 世纪 50 年代后期,全球科学技术和工业生产进入高速发展阶段,特别是随着火箭、宇宙飞船、人造卫星等高科技领域的大型、精密、复杂产品相继出现,对产品的安全性、可靠性、经济性等指标要求越来越高,质量问题变得更为突出。这种条件下,以往的质量检验手段和统计质量控制方法难以保证和提高产品质量,需要把质量问题作为一个有机整体加以综合分析研究,实施全员、全过程、全企业的质量管理。

1961 年,美国通用电气公司质量经理 Feigenbanm 最早提出全面质量管理的概念。他指出:全面质量管理是为了能够在最经济的水平上并考虑到充分满足用户要求的条件下进行市场研究、设计、生产和服务,把企业各部门的研制质量、维持质量和提高质量活动构成一个的有效体系。其核心理念体现在全员性、全过程、全面性、关注顾客和体系方法 5 个方面。

1. 全员性 强调组织的全体人员都要执行相应的质量职能,并承担相应的质量责任。

2. 全过程 解决质量问题不能仅仅局限于制造过程,在整个产品质量产生、形成、实现的全过程中都要进行质量管理。

3. 全面性 解决质量问题的手段和方法应该多种多样,而不是仅局限于质量检验和数理统计方法。

4. 关注顾客 以顾客为关注焦点,树立以顾客为主、顾客就是上帝,以满足顾客需要为目标的质量观,而不是以顾客以外的其他标准进行质量管理。

5. 体系方法 质量管理需要在建立一个有效的组织或体系的基础上进行。

20 世纪 80 年代以后,Feigenbanm 的全面质量管理概念逐步被世界各国所接受,全面质量管理的定义也在不断丰富。当前对于全面质量管理的定义是:一个组织以质量为中心,以全员参与为基础,目的在于通过让顾客满意和本组织成员及社会大众受益而达到长期成功的管理途径。

全面质量管理的概念于 20 世纪 90 年代初期在澳大利亚被率先引入临床实验室管理之中。研究发现临床实验室发生的检验差错仅有 10% 左右发生在检验中阶段,而 90% 的检验差错都是发生在检验前或检验后阶段,这些研究结果提示临床实验室实行全面质量管理时对于检验前、检验后的质量控制应给予更多的重视。

(四)质量管理的国际化

随着产品生产和销售的国际化,相伴而产生的是国际产品质量保证和产品责任问题。产品责任已成为国际上普遍关注的一个重要问题,许多国家相继制订了产品责任法。美国 1967 年设置了国家产品安全委员会,

1972 年制订并发布了《消费者产品安全法》。法国、比利时、荷兰等 9 个欧洲国家于 1973 年 10 月 2 日签订了《关于产品责任适用法律公约》——海牙公约。欧洲理事会于 1977 年 1 月 27 日颁布了《涉及人身伤害与死亡的产品责任公约》。这三项产品责任法都是关于因产品缺陷造成人身和财产损害而追究责任的法律规定，也是国际社会三项最重要的责任法，旨在消除非关税壁垒，经缔约国谈判通过的《技术标准守则》对商品质量检测合格评定、技术法规等方面作了详尽的规定。

随着经济全球化的快速发展，制订质量管理国际标准已成为一项迫切的需要。ISO 于 1979 年单独建立质量管理和质量保证技术委员会（TC176），专门负责制订质量管理的国际标准。1986 年 6 月 15 日 ISO 正式发布了 ISO8402《质量术语》标准，1987 年 3 月正式发布 ISO9000～9004 五个关于质量管理和质量保证系列标准。系列标准发布后引起世界各国的关注，并予以贯彻，适应了国际贸易发展需要，满足了质量方面对国际标准化的需求。ISO9000 系列标准自诞生以来，经历了 1994 年、2000 年和 2008 年的 3 次改版，已经成为成熟的质量管理体系，被世界上绝大多数的企业所采用。ISO 针对实验室或临床实验室管理，于 1999 年发布了 ISO/IEC 17025《检测和校准实验室能力的通用要求》，于 2003 年发布了 ISO15189《医学实验室质量和能力的专用要求》，对于实验室质量管理的国际化和标准化起到了积极的推动作用。

二、质量管理体系的概念

GB/T19001-2000《质量管理体系标准》（等同采用 ISO9001：2000《质量管理体系要求》）中对质量管理体系进行如下定义："在质量方面指挥和控制组织的管理体系"。通常包括制定质量方针、目标以及质量策划、质量控制、质量保证和质量改进等活动。实现质量管理的方针目标，有效地开展各项质量管理活动，必须建立相应的管理体系，这个体系就是质量管理体系。采用质量管理体系应该是组织的一项战略性决策，质量管理体系的设计与实施受各种需求、具体的目标、所提供的产品或服务、所采用的过程以及组织的规模和结构的影响。质量管理体系是一个有机整体，突出强调系统性和协调性，它的各个组成部分之间相互关联、相互影响。质量管理体系把影响质量的技术、管理、人员和资源等因素加以组合，在质量方针的指引下，为达到质量目标而发挥效能。

对于输血相容性检测实验室而言，主要工作是为临床提供相容性检测和各种血液成分，其最终成果主要体现在检测结果的准确性和血液成分的安全性上，如何实现这两个最终成果，得到患者和临床医生的信赖与认可，是输血相容性检测实验室建设的核心问题。

影响检验结果准确性的因素很多，包括检验前、检验中和检验后 3 个阶段，实验室应通过建立全面的质量管理体系，对这 3 个阶段的影响因素都进行全面、有效地控制，也就是以体系的概念去分析、研究上述各个阶段中各项影响要素之间的相互联系和相互制约的关系，做好各项质量活动之间的协调工作，才可能实现既定的质量方针和目标。实验室必须逐步掌握质量管理体系的运行规律，及时分析解决体系运行中出现的问题，并注意解决在内外环境变化时体系的适应性问题，通过制定各种预防措施和纠正措施，使质量体系有效地运行并不断得到完善。

三、质量管理体系的构成

质量管理体系通常由组织结构、程序、过程和资源 4 个部分组成，这 4 个部分之间既相互独立，又相互依存，构成一个有机的整体。

（一）组织结构

通常定义为"一个组织为行使其职能，按某种方式建立的职责权限及其相互关系"。对于临床实验室而言，组织结构的本质是实验室工作人员之间的分工协作关系,其目的是为了实现实验室既定的质量方针和目标,其内涵是实验室工作人员在职能、责任、权利等方面的结构体系。组织结构从整体角度明确实验室上下级和同级之间的职权关系,把质量职权合理地分配到各个管理层面、各个环节及不同部门。

(二)程序

为进行某项活动所规定的途径称之为程序。实验室为了保证组织结构能按预定要求正常开展工作,需要对各项活动编制相应的程序管理文件。这些程序管理文件是实验室人员开展工作的行为规范和准则,也是协调与患者、临床医生之间关系的重要依据。实验室编制文件化程序时,应根据文件控制的相关要求,结合自身实验室的资源条件,统一程序文件的格式和内容要求,要能客观反映本实验室的现实情况和管理水平。程序文件应对参与相关活动的所有人员具有约束力,任何涉及某一工作领域的工作人员必须遵守相应的管理程序。

(三)过程

将输入转化为输出的一组彼此相关的资源和活动即为过程。任何一个过程都包含输入和输出两个部分,输入是实施过程的依据或基础,输出是完成过程的结果,完成过程需要适当的资源消耗和人力活动。输血相容性检测实验室进行的每一项检测工作就是一组相互关联的与实施检测有关的资源、活动和影响量。影响量是指由环境引起、对检测结果可能产生影响的因素集合,一般包括实验室温度、湿度、空气清洁度等。对于检测过程而言,其输入内容是被检样品,输出内容为检验报告。因此,在检验报告形成的全过程中,任何一个小过程或环节出现输出质量问题都可能会影响最终输出结果。

(四)资源

资源通常包括人力、空间、设备、材料、技术和方法。 个实验室要想开展相应的检验活动,需要最基本的资源保障,至少要有一批具有相应专业技能和资质条件的技术人员和管理人员、足够的场地空间和合理的布局、一定数量的专业化检测设备、充足的符合国家标准的试剂和耗材供应以及可供选择的用于完成不同试验的技术与方法,这些资源是确保检验质量的基本条件。

第二节 质量管理体系的建立

一、输血相容性检测实验室建立质量管理体系的主要依据

(一)ISO9001:2008《质量管理体系要求》

通常用于企业建立质量管理体系并申请认证之用。主要包括五大模块的要求,分别是质量管理体系、管理职责、资源管理、产品实现、测量分析和改进。其中每个模块中又分有许多分条款。随着 2008 版标准的颁布,世界各国的企业纷纷开始采用新版的 ISO9001:2008 标准申请认证。ISO 鼓励各行各业的组织采用 ISO9001:2008 标准来规范组织的质量管理,并通过外部认证来达到增强客户信心和减少贸易壁垒的作用。国内部分医疗机构、采供血机构以及个别临床实验室先后引入了 ISO9001 质量管理体系,在体系运行过程中也取得了良好的效果。

(二)ISO/IEC 17025:2005《检验和校准实验室能力的通用要求》

该要求是由 ISO/CASCO(国际标准化组织/合格评定委员会)制定的实验室管理通用标准,其前身是 ISO/IEC 导则 25:1990《校

准和检测实验室能力的要求》。所有的校准和检测实验室均可采用和实施 ISO17025 标准,按照国际惯例,凡是通过 ISO17025 标准的实验室提供的数据均具备法律效应,得到国际认可。目前国内已有 3 000 余家校准和检测实验室通过了 ISO17025 标准认可,也有少部分临床实验室参照 ISO17025 标准建立质量管理体系。

(三)ISO151819:2007《医学实验室-质量和能力的专用要求》

ISO15189:2007《医学实验室-质量和能力的专用要求》是由国际标准化组织 ISOTC 212 临床实验室检验及体外诊断检测系统技术委员会起草。临床实验室到底是采用通用的检测实验室认可要求 ISO/IEC 17025:2005 还是应该使用专用的 ISO 15189:2007 在国际上存在一段时间的争论。作为通用的检测实验室认可要求的 ISO/IEC 17025 也在其特殊领域的应用说明文件中列出了医学实验室的特殊要求。在 2003 年第九届 APLAC 年会上,APLAC 正式宣布了这两个国际标准可以同时作为对医学实验室认可的准则。

ISO15189 标准中很多条款是和 ISO/IEC 17025 是一致的,在 ISO15189 的相关条款中使用了医学专业术语。ISO15189 提供了一个框架,从而使得临床实验室可以按照质量管理体系的思路,改进实验室的所有工作流程。与 ISO17025:2005 检验与校准实验室的一般要求相比,它包含了更多的内容,增加了一些临床实验室的特殊要求。

(四)CNAS-CL32《医学实验室质量和能力认可准则在输血医学领域的应用说明》

输血医学是中国合格评定国家认可委员会(China national accreditation service for conformity assessment,CNAS)对医学实验室的认可领域之一,本文件是 CNAS 根据临床输血医学的特性而对 CNAS-CL02:2006《医学实验室质量和能力认可准则》(等同

ISO15189:2007)所作的进一步说明,是输血相容性检测实验室建立质量管理体系、进行 ISO15189 认可的重要参考依据。

(五)法律法规与行业规定

许多国家都专门颁布了用于临床实验室管理的法律,如美国 1988 年的临床实验室改进修正案(CLIA'88),其国内任何一家认可机构的质量管理体系都必须满足 CLIA'88 的要求。2006 年 2 月我国卫生部发布了《医疗机构临床实验室管理办法》,对临床实验室的质量管理提出了明确要求。2006 年 5 月发布了《血站实验室质量管理规范》,对血站实验室管理提出了更细致的要求。2007 年北京市卫生局颁布了《北京市医疗机构输血科(血库)基本标准》,作为一个地区性行业标准,也对输血相容性检测实验室管理提出了具体的要求。

二、建立输血相容性检测实验室质量管理体系应遵循的基本原则

ISO9000 系列标准中包含了八项质量管理的基本原则,即以顾客为关注焦点、领导作用、全员参与、过程方法、管理的系统方法、持续改进、基于事实的决策方法和互利的供方关系,它们是质量管理的理论基础,也是组织最高领导者有效地实施质量管理工作必须遵循的原则。这些基本原则不仅适用于产品生产过程中的质量管理,同样也适用于临床实验室质量管理。在质量管理的具体实践中,应该结合输血相容性检测实验室自身特点,正确理解这八项原则并恰当运用到实验室质量管理中,才有可能建立起完善、高效、符合实际需求的质量管理体系。

(一)以顾客为关注焦点

对于临床实验室而言,就是以患者为中心,视患者为上帝。随着我国医疗体制改革的不断深化和医疗水平的不断提高,医疗服务正在逐步实现市场化。特别是近年来民营、外资医疗机构、大型独立检测实验室进入

医疗服务市场参与竞争,患者对于医院、医生、实验室有充分的选择权,医疗机构或独立实验室必须依赖患者而生存,失去患者的信任必将被竞争所淘汰。临床实验室的检验质量将直接影响到临床医生对于患者疾病的预防、诊断、治疗及疗效评价,是医疗机构整体医疗水平的重要体现。临床实验室建立质量管理体系时要充分体现以患者为中心的原则,始终将患者和临床医护人员的检验需求放在首位,尽其所能提供便捷、合理、准确的检测服务,在检验前、检验中、检验后的各个环节都应以满足患者需求为核心目的来协调运作。临床实验室应建立患者、医务人员满意度调查、反馈制度,定期收集服务对象的反馈意见,通过内部讨论及时制定改进措施,最大限度满足服务对象的需求。输血相容性检测实验室与一般临床实验室还存在一定差别,就是在提供准确的相容性检测结果的同时,还要确保所提供的血液成分安全、科学、高效,这就要求实验室在做好一般临床实验室检验质量管理工作的同时,还应建立完善的血液成分入库、库存、出库等一系列的规章制度,使实验室的血液成分库存量保持在一个合理的状态,为每一位患者提供安全、合理的血液成分,确保临床输血安全。

(二)领导作用

领导者即最高管理者将本组织的宗旨、方向和内部环境统一起来,并创造使员工能够充分参与实现组织目标的环境。临床实验室的领导者通常称为实验室负责人,是指有能力对实验室负责并掌权管理实验室的一人或多人。实验室负责人应积极发挥领导作用,根据实验室的实际情况和发展需求制定相应措施。

1. 充分了解服务对象的实际需求和期望。向服务对象(患者、临床医护人员)做出服务质量承诺、服务标准声明、诚实性和独立性承诺、保密性承诺等,争取得到服务对象的信任、理解与支持。

2. 根据实验室自身特点和发展方向制定实验室的质量方针。力求做到方法科学、行为规范、结果准确、工作高效、操守诚信、多方满意。

3. 确定切合实际的质量目标。质量目标的内容要与实验室所开展的实际工作相符,应该选择能够真正反映实验室质量水平的参数作为质量目标。质量目标的制定既应高于实际、通过组织内成员的共同努力可能实现,但又不能过高,导致实际工作中无法实现,最后流于形式,甚至挫伤广大工作人员的信心和积极性。

4. 确立以患者为中心的服务观念和质量观念。要对全员进行价值观和道德伦理观念的系统教育,牢固树立为患者服务的思想。

5. 打造团队精神和实验室文化,使员工之间、上下级之间建立充分的信任。建立激励机制,不断提高员工参与质量管理的积极性和创造性。

6. 实验室领导者应该为其员工提供工作、学习所需的必要资源,为新员工提供必要的、规范的岗前培训条件,为老员工提供参加继续教育、更新专业知识的机会,使所有上岗人员具备相应的资质,并依据其专业能力、教育背景和职称赋予其岗位职责范围内的自主权。

(三)全员参与

临床实验室质量管理活动不仅需要实验室领导者的直接正确领导,还需要全体工作人员积极、广泛地参与,这种参与不仅表现在制定质量方针、规划和确定质量目标时需要广泛征求广大员工的意见和建议,让广大员工了解自身贡献对于实验室的重要性,还具体表现在整个质量管理活动的每个过程、每个细节,质量管理活动不应该成为一种单纯的被动要求,而是应该成为一种积极的主动参与。全体员工是临床实验室的根本所在,实验室应该树立以人为本的管理理念,充分调动各级各类人员的积极性,努力提高所有人员的质量意识、事业心、责任心、职业道德和主人翁意识,全面发挥工作人员的改革与创新精神,通过全员参与,实现实验室质量管理水平的不断提升。

(四)过程方法

过程是利用有效资源将输入转化为输出的系统活动。组织将相关的资源和活动作为过程进行管理,可以更高效地得到期望的结果。所谓过程方法,就是组织系统地识别并管理所采用的过程及过程的相互作用。实验室应该识别整个质量管理体系所需要的过程及其在组织中的应用,规定每个过程的输入、输出要求及相关责任人,确定这些过程的顺序和相互作用以及有效运作和控制所需的准则和方法,确保可以获得必要的资源和信息,以支持这些过程的运作和监视。

对于输血相容性检测实验室来说,从临床医生开具检验申请单或输血申请单开始,到报告检验结果给临床或发放血液成分给患者,其中包括了检验前过程、检验中过程、检验后过程以及血液成分管理、发放过程,这些过程还可以进一步分解成更小、更细的子过程。为了确保每一个过程的质量,实验室应针对每一个过程规定具体的实施方法,即制定 SOP 和相关的规章制度,并通过贯彻、执行这些制度或程序,实现对整个过程的有效控制。

(五)管理的系统方法

管理的系统方法是将相互关联的过程作为系统加以识别、理解和管理,有助于提高实现目标的有效性和效率。系统方法通常是围绕某一个设定的方针或目标,确定要实现既定方针或目标所必须开展的关键活动,识别构成这些关键活动的相关过程,分析这些过程之间的相互作用,将这些过程构建成一个有机的整体进行管理,通过对既定方针或目标的实现情况评估和改进整个体系。管理的系统方法不仅可提高过程能力及产品质量,还可为持续改进打好基础,最终达到顾客满意和使组织的方针或目标得以实现。

(六)持续改进

持续改进是为服务对象提供更高质量的服务并使其更加满意,是组织为实现其质量方针和目标,致力于不断提高其有效性和工作效率的过程。持续改进是临床实验室质量管理理念的精髓所在,它反映出患者或临床医务人员不断增长的需求与期望。输血相容性检测实验室质量管理的每个过程都存在改进的机会,通过对过程的持续改进,可以不断提高实验室检验质量水平、整体工作效率、临床供血安全系数和保障能力。

实验室中任何一项改进工作都包含以下几个环节:

1. 通过数据分析、过程分析找出需要改进的项目及其需要改进的原因。

2. 对已经确定的改进项目或过程制定新的目标。

3. 为实现既定的改进目标,研究、制定相应的改进措施并付诸实施。

4. 对改进后的结果进行检查、对比、评估,判断改进后的效果是否达到预期目标。

5. 将已证实有效的改进措施纳入到质量管理体系文件之中并下发到相关岗位,对相关人员进行必要的补充培训,使其了解改进内容、目的和意义,确保改进措施切实得以贯彻、实施。

(七)基于事实的决策方法

所谓决策,实际上就是为解决某一个问题而面对几种方案时,决定采取哪一种方案的行为。实验室领导者在实际管理工作中经常会遇到决策问题。如果解决方案本身不是基于事实,即使形式上很完备、很漂亮,选择它也不会产生预期效果。决策方法实际上是对方案能够反映事实真相、适应现实需要的把握方法。为了作出正确的决策,实验室领导者应当做到:

1. **不凭感觉作判断**　实验室领导者不能靠自己的主观感受作出决策,要深入调查研究,掌握必要的相关信息和数据,了解事情的背景过程及相关的法律法规，要在符合法律规范的前提下，作出合理的决策。

2. 确保信息和数据来源通畅 实验室最高管理者不能仅从固定的报表、统计材料获取信息，还要经常深入工作一线，与工作人员进行深入的接触和广泛交流，征求基层员工的意见，尽量掌握第一手资料，并对获得的信息进行科学地分析，为进一步决策作参考。

3. 对决策进行评价并进行必要的修正 决策付诸实施后，领导还要注意收集实施后的数据和信息反馈，及时对决策效果进行评价，以发现决策实施后出现的新问题。必要时，还应修正决策甚至改变决策，使决策取得预期的效果。

(八)互利的供方关系

实验室在进行各项检测工作的过程中，需要选择合适的技术与方法，使用必要的仪器设备和试剂耗材，这些资源一般需要由供应商来提供。因此，选择合适的供应商是必须慎重考虑的问题。选择供应商时在考虑其提供的仪器、耗材的性能价格比的同时，还需要考虑供应商的售后支持服务能力。因为供应商的售后服务涉及仪器设备的维护、保养、维修、校准等一系列问题，没有完整的售后服务，仪器设备的长期、稳定运行就无法保障。实验室应在考虑效益、成本和风险的基础上实现检验质量的最佳化。医疗机构的器械管理部门与实验室应定期对供应商进行评价，选择信誉良好、综合实力强的供应商为实验室提供服务，同时也应加强与供应商之间的沟通，广泛开展技术与科研的合作与交流，确保供应商的基本权益得到有效保障，才能为进一步更好地合作创造条件，最终实现实验室与供应商在经济效益、社会效益方面的共赢。

三、质量管理体系建立前的筹划与准备工作

(一)实验室现状评估

评估应包括以下几个方面：①实验室现有的规范化、标准化、信息化程度和水平；②员工基本素质：专业技能水平、对于质量管理的理解程度；③人员配备能否满足建立质量管理体系的基本要求；④实验室现有资源包括场地设施、仪器设备、试剂耗材等能否满足建立质量管理体系的需要。

通过对自身实验室的评估，明确实验室现有水平，才有可能制定适合本实验室实际情况的质量管理体系。

(二)领导层统一思想

经过实验室现状的整体评估以后，实验室领导层应首先应统一思想认识，理解建立质量管理体系对于提高实验室管理水平、促进实验室建设和发展的重要性，明确实验室领导层主导、全员参与的管理理念，并对质量管理任务进行分工，确定实验室管理层成员的责任。

(三)人员培训

组织所属人员进行质量管理体系概念、理论及参照依据或规范的宣贯教育，使每位参与者都能理解建立质量管理体系的目的、意义和作用，认识到本实验室现有的质量管理水平与规范要求之间的差距。培训方式可以采取"走出去，请进来"相结合，走出去就是组织人员到已经建立规范的质量管理体系并有效运行(经过相关部门认可)的实验室去参观学习，借鉴其他实验室的先进管理模式；请进来就是邀请质量管理体系认证的相关专家到本实验室进行现场授课和督导，指出实验室管理存在的问题，为质量管理体系的建立提供合理化建议。培训的模式可以包括集中式和滚动式，通过持续的、循序渐进的培训，使质量管理体系的概念深入每个员工心中。

(四)确立实验室质量方针和质量目标

质量方针是由组织最高管理者正式发布的该组织总的质量宗旨和方向(ISO9000：2005)。质量方针的制定应该与组织的总的宗旨相适应并保持一致，同时提供制定和评审质量目标的框架。质量方针中应该包括满

足要求(顾客要求、法律法规要求、隐含要求、涉及医院对外部的公开承诺及内部要求)和持续改进质量管理体系有效性的承诺。

质量目标是在质量方面所追求的目的(ISO9000：2005)。建立质量管理体系的出发点和终结点均为质量目标,没有目标的质量管理不能称之为管理,没有绩效的质量管理不能称之为"有效"的质量管理。

质量方针和质量目标是整个质量管理体系的灵魂,体现了实验室对于质量管理的追求,是对服务对象的一种承诺,它指引实验室质量管理工作的发展方向。质量方针和质量目标不是实验室负责人或管理层喊出的空洞口号,它的制定应该是在基于对实验室客观的自身定位和对行业规定和认可标准的正确解读,是上级组织(医院或采供血机构)的质量方针和目标的具体细化和有效补充,制定过程中应该得到全体员工共同参与,最终实验室成员达成共识。

四、确立实验室组织结构关系

(一)实验室的内部构成

实验室负责人或实验室管理层应该明确实验室的具体构成,对于各个组成部分之间的隶属、管理及协作关系进行详细、清晰地描述。这种组织结构关系可以使用组织结构图的形式辅以文字说明进行描述。实验室组织结构的设置应该能够满足为客户提供高质量服务全过程的基本要求,包括从样本采集到检验报告的发出(血液成分的安全、有效输注),以及与之相关的质量控制管理、技术指导与咨询、人员的岗位培训与继续教育、仪器设备保养、维护与校准、耗材的选购、供应商的评价等一系列过程,均要有相对应的机构履行上述职能。

实验室通常需要设立技术管理小组、质量管理小组、质量监督小组、质量控制小组、医疗咨询小组、安全小组等职能组。

1. 技术管理小组　通常由具有扎实基础理论知识和熟练的技能操作水平、熟悉相关专业发展动态的实验室人员组成,负责对实验室的运作和发展进行技术层面的指导与支持,并在实验室负责人的授权下提供、调配相应的资源。技术管理小组通常设技术主管一名负责领导技术管理小组开展相应工作。

2. 质量管理小组　由一名质量主管和实验室内各专业组组长组成,其主要职能是负责解决日常质量管理体系运行中的问题,并确保质量体系在实验室内得到持续、有效运行。

3. 质量监督小组　一般由实验室负责人和各专业组监督员组成,主要职能是监督影响检验等结果的人、机、料、法、环等因素,监督管理体系有效运行,确保检验结果准确可靠。

4. 质量控制小组　由质控组组长及各专业组指定人员组成,主要职能是开展日常质量控制工作。

5. 医疗咨询小组　主要职能是向服务对象提供医疗咨询,其成员应具备相当的资质,并经过严格考核,由实验室负责人及其授权人员组成。

6. 安全小组　由实验室负责人和各专业组组长组成,主要职能是负责实验室水、电、消防、化学危险品、辐射及生物安全等方面的日常管理。

实验室的常规工作由各个专业组来具体完成,要对专业组内的各个工作岗位进行职责描述,说明该岗位的基本任职条件、工作内容、主要职责和权利以及与其他部门和组织之间的关系。由于人员编制的限制,实验室中一个人可以同时负责多个岗位或职务,要确保每个岗位都有相应的人员设置并有能力完成相应的工作任务。

(二)实验室与外部机构之间的关系

要明确实验室隶属关系,输血相容性检测实验室一般无独立的法人地位,要接受其所在医疗机构或采供血机构人事、财务、器械、药材供应等部门的管理。这种相互关系可以通过结构图的形式进行相应的描述，以说明实验室在其母体组织中的地位。此外，临床实验室可能还会与其他社会机构发生关系，例如国家或地区规定的实验室质量控制部门（卫生部及各省、自治区、直辖市的临床检验中心）、国家指定的计量校准部门以及认可部门（CNAS等），如果实验室与这些机构发生关系，就应该对这种关系进行明确的说明。

五、过程分析与过程管理

ISO 9000:2005 中将过程定义为"一组将输入转化为输出的相互关联或相互作用的活动"，质量管理要求对各个过程加以分析和管理，控制各个过程的要素，包括输入、输出活动和资源等。临床实验室（包括输血相容性检测实验室）的检测活动通常可以分解为以下几个过程，患者（或健康查体者）情况评估（临床医生完成）、检验（或输血）申请、标本采集（部分由临床医护人员完成）、样本运输（临床医护人员、专职人员或物流系统）、样本的接收与处理、检测、复查或结果解释、结果报告、检测后的样本处理、信息管理与医疗咨询活动。过程分析就是确定这些具体过程的相对任务，制定完成这些特定任务的 SOP，确保任务完成的质量。

过程管理是 ISO 9000:2005 质量管理体系标准强调的管理方法，它主要是在企业管理过程中对每个节点、每个过程细节进行质量控制管理，从而达到全面质量管理，比如生产企业，首先就要从原材料的采购严把质量关，到生产加工，到最后的出厂检验每个环节加以控制，这样才会使我们企业的废品率降低，生产效率提高，降低企业的成本。对于临床实验室管理而言，以往更多地关注标本的接收、检测和报告的输出（主要是检验中部分），对于检验前和检验后的质量控制工作没有给予足够的重视，而过程管理理念则要求

我们关注所有过程，检验前、检验中和检验后的每一个过程都要有严格的质量控制，将每一个分过程或亚过程的责任落实到具体个人，将过程分析和决定过程的要求文件化，以保证过程的效率和有效性，满足客户的要求。输血相容性检测实验室的过程管理更是无从谈起，全国性的室间质量评价活动从 2008 年才开始启动，目前也只是少部分实验室参加了此活动。2006 年国家卫生部颁发的《医疗机构临床实验室管理办法》第 25 条明确规定："医疗机构临床实验室应当对开展的临床检验项目进行室内质量控制，绘制质量控制图。出现质量失控现象时，应当及时查找原因，采取纠正措施，并详细记录。"输血相容性检测实验室属于临床实验室范畴，所开展的输血相容性检测项目也应该开展室内质量控制，但目前大多数实验室的室内质控工作基本上处于空白状态。因此，输血相容性检测实验室的质量控制管理工作任重道远。

六、编写质量管理体系文件

质量管理体系文件是质量管理体系存在的基础和依据，是确保质量管理体系有效运行的基本保证，编写质量管理体系文件是建立标准化质量管理体系的一项重要的基础性工作，文件化过程也是自我评价、改进和完善质量管理体系的过程。质量管理体系一般可以分为 4 个层次：即质量手册、程序文件、作业指导书和记录。上下层文件要相互衔接，相互验证，不能出现自相矛盾。输血相容性检测实验室质量管理体系文件的编写可以参照国家质量监督检验检疫总局于 2003 年 4 月 21 日发布的 GB/T19023-2003《质量管理体系文件指南》，同时要满足《中国输血技术操作常规》《临床输血技术规范》《血站实验室管理规范》《血站质量管理规范》《医疗机构临床实验室管理办法》等相关法规的要求。

(一)质量手册

质量手册是质量管理体系的第一级文

件,其核心是质量方针、目标、组织结构及质量体系各个要素的具体描述。质量手册通常应该包括以下内容:封面、批准页、修订页、目录、前言、质量方针、质量目标、质量体系要素描述及支持性资料附录。ISO15189:2007《医学实验室-质量和能力的专用要求》中对质量手册的应该包含的内容进行了明确的说明,其主要内容如下:

1. 引言。

2. 医学实验室简介,其法律地位、资源以及主要任务。

3. 质量方针。

4. 人员的教育与培训。

5. 质量保证。

6. 文件控制。

7. 记录、维护与档案。

8. 设施与环境。

9. 仪器、试剂(和)或相关消耗品的管理。

10. 检验程序的确认。

11. 安全。

12. 环境方面(如运输、消耗品、废弃物处置,它们是第8和第9项的补充,但不尽相同)。

13. 研究与发展(如适用)。

14. 检验程序清单。

15. 申请单,原始样品,实验室样品的采集和处理。

16. 结果确认。

17. 质量控制(包括实验室间比对)。

18. 实验室信息系统。

19. 结果报告。

20. 补救措施与投诉处理。

21. 与患者、卫生专业人员、委托实验室和供应商的交流及互动。

22. 内部审核。

23. 伦理学。

(二)程序文件

程序文件是质量管理体系的二级文件,是对完成各项质量活动的方法所作的规定。程序文件是质量手册的支持性文件,是质量手册中原则性要求的展开与落实。每个程序文件一般应对一个要素或一组相互关联的要素进行描述。程序文件是实验室进行科学管理的制度依据,应该具有较强的可操作性和可执行性。程序文件不涉及纯技术性细节,这些细节应该在作业指导书中加以规定说明。

程序文件一般应该包括:文件的编号与标题、目的和适用范围、职责和权限、活动的描述、对记录的规定以及相关联的支持性文件。对活动的描述是程序文件的重点,其详细程度取决于活动本身的复杂程度。程序文件的结构和内容应该遵循"5W+1H"的基本原则:

Why:制定、执行程序文件的目的是什么?

What:执行程序文件要做什么事情?

Who:规定哪些人员是程序文件的法定执行者。

When:规定程序文件的执行时间或时间顺序。

Where:规定程序执行的地点或空间顺序。

How:规定程序执行的具体步骤。

编写程序文件时,必须以质量手册为依据,符合质量手册的相关规定和要求。程序文件应发挥承上启下的作用,能够把质量手册中的纲领性规定落实到具体的作业文件之中去。

(三)作业指导书

作业指导书是质量管理体系的第三级文件,是描述某项工作具体操作的文件,也就是医学实验室常用的 SOP。输血相容性检测实验室的作业指导书大致可以分为四类:即试验方法类、仪器设备类、过程管理类、样本管理类。试验方法类作业指导书主要是指完成具体检验项目的 SOP。仪器设备类作业指导书主要是指对大型检测系统的使用、保养维护、维修、校准,性能比对等的 SOP。过程管理类作业指导书主要是指完成实验室某项可能影响检测结果准确性的具体工作的 SOP,例如《输血相容性检测室间质量评价活动管理制度》。样本管理类作业指导书主要是针对与原始样本相关的患者准备、检验(或输血)申请、样本的采集、运输、处理及保存等一系列内容所做的详细规定。这四类作业指导书不是完全独立的,而是互相补充、互相支持的。

1. 试验方法类作业指导书 除文件控制标志,当适用时,其文件内容还宜包括:

(1)检验目的。

(2)检验程序的原理。

(3)性能参数(如线性、精密度、以测量不确定度表示的准确性、检出限、测量区间、测量真实性、分析灵敏度和分析特异性)。

(4)原始样品系统(如血浆、血清和尿液)。

(5)容器和添加物类型。

(6)要求的设备和试剂。

(7)校准程序(计量学溯源性)。

(8)程序步骤。

(9)质量控制程序。

(10)干扰(如乳糜血、溶血、胆红素血)和交叉反应。

(11)结果计算程序的原理,包括测量不确定度。

(12)生物参考区间。

(13)检验结果的可报告区间。

(14)警告/危急值(适用时)。

(15)实验室解释。

(16)安全防护措施。

(17)变异的潜在来源。

2. 仪器设备类作业指导书 主要内容应该包括:

(1)目的。

(2)原理。

(3)适用范围。

(4)器材与试剂。

(5)操作程序。

(6)维护、保养。

(7)校准。

(8)注意事项。

(9)相关记录。

3. 过程管理类作业指导书 应该包括以下内容:

(1)目的。

(2)适用范围。

(3)职责。

(4)工作程序。

(5)参考文献。

(6)相关记录。

4. 样本管理类作业指导书 应该包括以下内容:

(1)目的。

(2)范围。

(3)职责。

(4)工作程序:①患者准备及原始标本识别;②临床医生的指导;③申请单的填写、处理及保存;④输血相容性检测标本采集容器及必需添加剂、标本采集的类型和量;⑤标本采集方法;⑥安全处置;⑦血液标本的运送;⑧输血相容性检测标本的接收与拒收标准;⑨血液标本的保存;⑩附加检验项目及时间限制;⑪因分析失败而需再检验标本的处理;⑫医疗废弃物的处理;⑬已检测标本的处理存放。

所有作业程序应文件化并使相关操作人员可在工作区域内方便得到。已文件化的程序及必要的指导书应使用实验室工作人员通常可理解的语言。在有完整手册可供参考的前提下,可以利用总结有关键信息的卡片文件或类似系统供工作人员在工作台上快速查阅。卡片文件或类似系统应与完整手册的内容相对应。任何类似节略性程序均应是文件控制系统的一部分。

只要制造商提供的使用说明书其描述符

合实验室的操作程序,所用语言通常可被实验室工作人员理解,则检验程序应基于此说明书制定。任何偏离均应评审并文件化。进行检验可能需要的附加信息也应文件化。每个新版检验试剂盒在试剂或程序方面发生重要变化时,应检查其性能和对预期用途的适用性。与其他程序一样,任何程序性变化都应注明日期并经实验室负责人或管理层授权。

输血相容性检测一般多为定性试验,试验方法类作业指导书通用编写要求中的一些条款可能并不适用,实验室应根据试验类型和特点,结合本实验室的实际情况,编写相关要求细则。

(四)记录

记录的定义是:阐明所取得的结果或提供所完成活动的证据的文件。它是实验室活动结果的一种重要表达方式,为可追溯性提供证据性支持。记录是记载实验室活动过程状态和过程结果的文件,可以证实实验室的质量保证。记录可以为实验室采取预防措施和纠正措施提供依据。记录还是实验室信息管理的重要内容,没有真实、准确的记录,实验室信息管理就无从谈起。

依据《医学实验室-质量和能力的专用要求》(ISO15189:2007),记录可以分为两大类,即质量记录和技术记录。质量记录是指源自质量管理活动的记录,一般包括组织和管理、文件控制、合同评审、委托实验室的检验、外部服务和供应、咨询服务、投诉的处理、不符合项的识别与控制、纠正措施、预防措施、持续改进、记录的管理、内部审核、管理评审等活动过程中形成的记录;技术记录是指源于技术管理活动的记录,主要包括人员管理、实验室设备管理、检验前程序、检验程序、检验程序的质量保证、检验后程序、结果报告等活动过程中形成的记录。

实验室不仅要建立足够的、符合相关要求的记录,而且要对记录进行严格的管理,只记录不管理,记录就会流于形式,不能发挥真正的作用。实验室质量管理体系文件中的《文件控制程序》,应该对记录文件的管理进行明确的规范:①记录的唯一标志;如何进行记录,应该包括记录的方式和形式。②建立记录的目录或索引,以便于检索和查询。③规定记录的归档周期、记录的保存方式和时间及相关责任人。④规定记录的维护和安全管理方式。

如果实验室条件允许,应该建立专门档案室,用于专门保存各种记录资料,档案室的基本设施应该符合防火、防潮、防虫、防盗、防损毁等相关要求。

第三节　质量管理体系的有效运行

质量管理体系文件是实验室根据国际或国家的相关标准并结合实验室自身状况编制而成的,是质量管理体系建立的初步体现,但质量管理体系文件的完成并不代表质量管理体系就能有效运行,需要实验室管理层对所有质量管理体系的参与者进行宣传、教育,才可能使质量管理体系文件的内容得到贯彻。实验室成员必须了解、熟悉与自己活动有关的所有文件内容并严格按照文件要求从事相关活动。

质量管理体系文件包括质量手册、程序文件、作业指导书和各种记录等。实验室所有成员都应该认真学习、了解质量手册的内涵,掌握实验室质量管理体系的基本构成,准确把握质量方针和质量目标。程序文件是对完成各项质量活动的方法所做的规定,其中的一些程序文件可能仅仅与实验室的部分人员有关,因此,并不要求实验室成员掌握所有的程序文件,实验室成员只需对所有程序文件有个概要性了解,对于与自己工作岗位相关的程序文件需要熟练掌握。记录是源于质量活动和技术活动过程中的文件,是实验室工作人员每天都会直接接触的文件,要求每一位工作人员都能够了解每个记录的目的、意义、记录的正确形式、方式等。确保获得完整、准确、及时的记录是质量管理体系有效运行的根基所在。

为确保质量管理体系的有效运行,实验室管理层在体系运行过程之中要密切观察质量管理体系运行的实际效果,根据运行效果及时作出调整。

1. 要在体系运行过程中不断验证质量管理体系文件中规定的内容是否符合实验室的实际情况,依据"写你所做,做你所写,记你所做"的基本原则,不断地进行自查,发现文件规定与实际操作不相符的环节,及时进行处理,使其满足相关要求。

2. 要建立监督与反馈机制。实验室管理层应该指定足够数量的质量监督员,监督各个岗位人员认真遵守质量管理体系文件的规定,对于违反规定的行为要予以及时的纠正和教育。实验室管理层也要对质量监督员的监督职能进行检查,确保质量监督员认真履行自己的职责。实验室管理层应主动收集体系运行过程中反馈回来的各种信息,特别是在体系试运行初期,实验室管理层应该及时分析反馈信息,及时提出改进或纠正措施,使质量管理体系在运行过程中不断得到完善。

3. 协调各方关系,共同促进质量管理体系的不断完善。在质量管理体系运行过程中,实验室管理层要主动协调各个方面、各个部门之间的关系,使其成为一个有机的整体,通过有效的协同运作,使实验室的质量方针和质量目标得以实现。例如,对于器械、耗材供应商的评价需要医院器械科或药材科的协助与支持;标本的采集与运送环节需要临床医护人员来完成,这就需要实验室制订相应的标本采集手册,通过发放宣传材料、召开座谈会、专题讲座等形式,使临床医护人员能够熟悉实验室对于标本采集和运送的基本要求,从而使标本能够满足检测的要求,确保检测结果的准确。

质量管理体系经过试运行以后,实验室管理层要适时组织开展内部评审、作业文件评审和管理评审,对评审过程中发现的问题(或不符合项)要采取积极的预防措施和纠正措施,以使质量管理体系能够有效运行。

第四节 质量管理体系的持续改进

一、持续改进的定义与意义

GB/T19000-2008/ISO9000:2005 标准中将"质量改进"定义为"质量管理的一部分,致力于增强满足要求的能力。"在这个条款的注释中指出:"要求可以是有关任何方面的,如有效性、效率和可追溯性。"而该标准将"持续改进"定义为"增强满足要求的能力的循环活动。"由此可见,质量改进仅限于增强满足质量要求的能力,且没有强调是一种循环活动,而"持续改进"则并不局限于增强满足质量要求的能力,而是要增强满足客户(或最终使用者)、员工、供方、所有者(投资者)、社会等不同的相关方明示的、通常隐含的或必须履行的需求或期望的能力,而且应该是连续地、不间断地进行的活动。

持续改进是质量管理的八大原则之一，ISO15189：2007《医学实验室质量和能力的专用要求》也对持续改进作出了详细约定，说明持续改进是质量体系建设不可缺少的一个重要环节。实验室进行持续改进活动具有以下重要意义：

1. 通过持续改进可以不断满足服务对象日益增加的各种需求。

2. 可以使实验室各个部门、各个环节、各个过程的效率得到提升，使每一位参与者从中受益。

3. 持续的质量改进使实验室满足客户要求的能力不断提高、市场竞争力不断增强。

4. 持续的质量改进使整个实验室质量管理体系得到逐步完善、运行更为有效。

5. 持续的质量改进既是质量管理体系运行的内在要求，也是实验室建设和发展的重要手段。

二、持续改进的方式与方法

对于持续质量改进活动可以人为地分为以下几个方面：

1. 分析和评价组织（实验室）的现状，识别需要改进的领域。

2. 确定改进目标。

3. 寻找可能的解决办法，以实现这些目标。

4. 评价这些解决办法并作出选择。

5. 实施选定的解决办法。

6. 测量、验证、分析和评价实施的结果，以确定这些目标已经实现。

7. 正式采纳改进措施。

参照 ISO9001：2008《质量管理体系要求》和 ISO15189：2007《医学实验室-质量和能力的专用要求》的有关规定，结合解放军总医院输血科进行实验室认可的实践经验，着重介绍输血相容性检测实验室进行持续质量改进活动的心得体会。

（一）建立信息反馈机制，识别需要改进的领域

实验室为客户（临床医务人员、患者等）提供的服务内容是否满足客户的需求需要通过各种信息渠道来反馈，随着实验室信息化建设的不断推进，实验室提供的服务（检验报告、医疗咨询等）越来越多的以电子化形式来表达，实验室工作人员与客户的直接接触与交流变得越来越少，这就要求我们主动寻求建立与客户交流的渠道，更加顺畅地获取反馈信息，通过实验室自身评审来识别、确定需要改进的领域，制定并实施相应措施，实现质量管理的持续改进，最终提升实验室的服务质量和水平。

1. 定期召开座谈会，直接与客户面对面交流　座谈是一种非常好的直接交流方式，定期召开座谈会可以增加实验室与服务对象之间的了解，避免一些因对问题理解偏差而造成的矛盾。实验室应该至少每半年召开一次与临床医护人员的座谈会。参会人员不仅要包括临床医生、护士，还应该包括外送人员、医务主管部门人员，也可以邀请部分患者或患者家属参加。临床医生是提出检验申请、输血申请或医疗咨询的主体，通过座谈，我们应该使他们更加了解实验室能够开展的检验项目、各个检验项目的使用范围及临床意义、不同检验方法的优缺点、输血申请单或检验申请单的填写方法与注意事项、检验报告的查询方式等，也使实验室人员能够了解临床医生的现实需求，解答临床医生的疑问，增进相互之间的理解和信任，提升临床医生的满意度；护士是标本采集的执行者（可能部分医院由实验室人员完成），标本采集方法、采集部位、采集时间、容器和抗凝剂的选择都会影响输血相容性检验结果的准确性；外送人员负责检验标本的运送，他们的工作是检验前工作中最为重要的一个环节，不正确的运送方式直接会影响检验结果的准确性。通过交流可以进一步对标本运输的相关要求、

注意事项进行宣传贯彻,不断规范和提升外送人员的专业素养,从而消除运输不当造成对检验结果的影响。

2. 利用医院、实验室的网络资源,建立信息交流的网络平台

(1)充分利用 LIS 和 HIS 网络资源,实现 LIS 和 HIS 两大系统的无缝对接,全面实现从标本采集到报告发出全程透明化、信息化管理。

(2)建立实验室内部网站,面向全院宣传本实验室的服务项目和范围、实验室取得的成绩、输血相关专业背景知识、输血相关法规、实验室文化等,还可以通过留言板、论坛等方式直接提供解释、咨询服务,使服务对象能够更加了解实验室,提高对实验室的信任度。

(3)通过局域网电子邮件的方式,定期向临床医生发送实验室血液成分库存信息,使其及时了解血液成分库存情况,合理安排手术和收容。

(4)将质量管理体系文件上传到实验室内部网站,通过授权管理的方式,可以实现文件电子化管理,方便工作人员使用和查询。

3. 建立问卷调查制度,动态掌握客户对于服务质量的诉求 通过定期发放、回收、分析满意度调查表的方式,主动了解临床医生、患者及家属对于实验室提供服务的满意程度,内容应包括检验项目设置情况、标本采集的方便程度、报告反馈的及时性、报告内容的可读性、血液成分保障情况等,积极听取或采纳服务对象的合理化建议,不断调整、改进工作流程,提高实验室的保障能力和服务水平。

4. 参加外部质量评价 实验室应参加外部质量评价计划组织的实验室间比对活动。实验室管理层应监控外部质量评价结果,当未达到控制标准时,还应参与实施纠正措施。外部质量评价计划宜尽可能提供与临床相关的测试,以能模拟患者样品并有检查整个检验过程包括检验前和检验后程序的作用。

(1)当确实无正式的实验室间比对计划可供利用时,实验室应建立机制,用于决定未经其他方式评估的程序的可接受性。只要有可能,比对机制应利用外部测试材料,如与其他实验室交换样品。实验室管理层应监控实验室间比对机制的结果并参与实施和记录纠正措施。

(2)当同样的检验项目应用不同程序或设备,或在不同地点进行,或以上各项均不同时,应有确切机制以验证在整个临床适用区间内检验结果的可比性。应按适合于程序和设备特性的规定周期验证。

(3)实验室应文件化并记录比对活动,适用时,针对其结果迅速采取措施。对识别出的问题或不足应采取措施并保留记录。

5. 其他反馈

(1)收集来自医疗保险部门、物价管理部门、所在地区改革和发展管理委员会的关于物价方面的反馈信息,及时更新收费项目和标准,防止发生乱收费现象,在价格方面让相关方满意。

(2)收集来自供应商方面的信息,内容包括新技术、新产品、新方法以及软件、管理方面的相关信息,及时获得技术上和咨询方面的支持。

(3)收集并及时更新来自国家、行业、地区关于实验室建设与管理及与输血相关的法律、法规、标准、要求等,确保实验室的所有行为活动符合现行法律、法规的要求。

(二)通过自身评审实现质量改进

实验室从外部获取质量改进的信息十分有限,要想实现实验室质量体系的持续改进就需要定期对所有运行程序进行系统的自身评审,一般通过内部审核和管理评审两种方式来完成。

1. 内部审核 实验室开展质量体系内部审核的主要参考依据包括实验室的质量体系文件、认可准则及认可准则在特殊领域的应用说明、其他认可相关要求及国家、行业、

地区的相关法规与标准等。

（1）内审策划：内部质量审核应在质量体系建立并试运行一段时间后进行，通常情况下每年至少进行 1 次，2 次审核的时间间隔不超过 12 个月。特殊情况下允许增加附加审核。质量管理小组负责策划和制定《年度内审计划表》，明确审核依据、审核范围、审核时间等，实验室管理层批准后实施。

发生以下情况，必须追加内部质量审核，这种内部审核可针对重点部门或重点项目进行。①质量方针和质量目标发生较大改变；②科室组织结构、管理体系发生重大变化；③发生医疗事故、重大医疗缺陷；④病人或临床医护人员对某一环节连续投诉；⑤科室重要工作场所搬迁或环境变更；⑥第二、第三方审核前；⑦医学实验室认可证书即将到期。

（2）组建内审小组：根据年度内审计划，于内审前两周组成内审小组，由质量主管指定内审组长，根据实验室内部专业设置情况，可以指定多名内审组长。组长协助质量主管选择内审员，组成内审小组。所有内审员必须经过 ISO15189 标准培训，具有一定资格且与被审核的工作无直接责任的人员担任。

（3）内审准备：①内审组长制订当次《内审实施计划表》。计划内容包括：审核目的、范围、依据、内审员分工、被审核对象及日程安排等，重点审核对服务对象有关键意义的领域。《内审实施计划表》应在质量主管批准后、内审开始前一周发放到被审核专业组。②内审员在内审实施前应熟悉相关文件和资料，对照标准和质量管理体系文件的要求，结合受审核专业组的特点，制订内审检查表。③通知被审核部门。④内审组应在审核实施前 3 天，与被审核组组长沟通，确认审核具体事宜，包括审核的具体时间、被审核专业组的陪同人员等。

（4）内审实施

①首次会议：由内审组长主持召开首次会议，内审组成员、被审核专业组负责人及质量主管等相关人员参加。会议内容应包括：内审组成员重申审核的范围和目的，介绍实施审核的程序、方法和时间安排，确认审核工作所需设备、资源已齐备，确认审核期间会议安排，澄清审核计划中不明确的内容等。会议由质量主管指定人员记录，并归档保存。

②现场审核：可通过纵向审核及横向审核相结合的方式进行。内审组长控制审核全过程，包括审核计划、进度、气氛和审核结果等，严格执行纪律，确保审核客观公正。内审员按照《内审实施计划表》和《内审检查表》对被审核专业组实施现场审核，调查质量体系执行情况，收集客观证据并做好审核记录。原则上按检查表内容要求检查，但切忌机械地按检查表去宣读一个个问题，将提问、聆听、观察、查验、评价、判断、记录等自然地结合起来。只要发现有不符合质量体系的，就应及时记录。

收集客观证据可以从以下方面进行：a. 提问或与相关工作人员谈话，注意谈话技巧，可采用"5W＋1H"（即 What，Who，Where，When，Why 及 How）方式提问；b. 查阅相关文件、记录；c. 观察试验现场；d. 对已完成的工作进行重复验证。

现场审核应注意收集客观证据时要随机抽样，只有存在的客观事实才可以成为客观证据，主观分析判断、臆测要发生的及传闻、陪同人员的谈话或其他与被审核的质量活动无关人员的谈话不能成为客观证据。

③填写不符合项报告：内审员发现不符合项，应及时做好记录，于内审结束后经内审组内部会议研究确认，判定为不符合项后，填写《不符合工作报告和纠正记录表》。判定为不符合项应能找到质量体系文件或标准中的确切条款，且证据充分并记录在案。填写不符合项报告应注意：写明违反规定的内容，并要注明对应的文件或标准条款号，要有被审核组人员的签名以示了解，文字描述应该便于理解。

④内审结果汇总分析：内审组长主持召开内审组全体会议，依据内审员提交的《不符合工作报告和纠正记录表》进行汇总分析，评价受审核专业组质量体系的符合性和有效性，拟定审核结论。内审员要在末次会议前，与受审核部门负责人就不符合项进行沟通、确认，以达成共识。对于缺少必要细节的，要予以补充；证据不确切的，要删除；同一事实多次提及，要找出最能反映本质问题的来写，应提请实验室管理层解决。

⑤末次会议：由内审组长主持，全体内审员、受审核专业组组长或代表以及质量管理小组相关人员参加，必要时可扩大参加人员范围。末次会议上，内审组长报告审核结论，审核结论应包括对受审核部门在确保整个组织质量体系的有效性、实现质量目标的有效性、该专业组质量工作的优缺点等方面作出客观公正的评价。宣布不符合项的数量和分类，要求受审核组负责人在不符合项报告上签名认可，并在规定期限内制订出改进措施和计划。内审组长还应澄清或回答受审核专业组提出的问题，并告知内审报告发送的时间。会议由质量主管指定人员记录，并归档保存。

⑥内审报告的编写与发放：内审组长负责编写内审报告，报实验室管理层批准后发布。内审报告的发送范围是各专业组组长。内审报告内容包括：审核目的、范围、依据；内审组成员名单；受审核组代表名单；审核日期及方法；符合工作项数、分类、评价及判断依据；质量体系符合性及运行有效性、适合性结论及今后质量改进的建议；附件目录（如内审计划、核查表、不符合项报告、首次会议及末次会议签到表等）；内审报告分发清单。

（5）纠正措施及其跟踪验证：①内审组长将不符合项报告发至责任专业组，不符合项的责任专业组立即将发现的不良现象加以控制或消除，并调查分析原因，举一反三，排查是否存在类似的问题，有针对性地提出纠正措施及完成纠正措施的期限，报质量主管批准并在约定的时间内完成。②措施提出后应进行评价，确保措施实施的有效性。措施应满足：针对性强、可操作性强、经济有效、无负面效应、能较好地消除和预防问题的发生。③内审员跟踪验证内审后采取的纠正措施和预防措施的有效性，如纠正措施不落实，应及时与受审核专业组长沟通，并向内审组长报告。纠正措施完成后，内审员应及时验证，验证内容包括各项纠正措施落实情况、完成时限及效果。若责任组或责任人没有完成或无法完成的要提交实验室管理层进行决策。④质量主管将有效性报告提交管理评审。⑤内审相关记录和有关资料由资料员归档保存。

2. 管理评审　为确保为患者的医护提供持续适合及有效地支持并进行必要的变动或改进，实验室管理层应对实验室质量管理体系及其全部的医学服务进行评审，包括检验及咨询工作。评审结果应列入含目标、目的和措施的计划中。

（1）制订管理评审计划：质量主管于每年年初制订计划，明确评审会议的评审目的、时间、议程、评审组成员、参加人员及需准备的评审资料等。原则上管理评审至少每12个月进行1次。质量体系正在建立期间，评审间隔宜缩短。这样可保证当识别出质量管理体系或其他活动有需要修正之处时，能够及早采取应对措施。

如果遇到下述情况，由科室主任决定增加评审次数。①质量管理体系发生重大变化；②出现重要情况，如发生重大质量事故或有重大投诉；③组织机构或人员发生重大变化；④发现工作中质量体系不能有效运行；⑤国家有关标准有新的要求。

（2）评审准备：质量主管在进行管理评审的前两周进一步明确参加管理评审的人员，落实需要准备的材料。参加人员包括实验室管理层、各专业组负责人、内审组长、安全管理人员及其他技术人员等。

质量主管负责准备管理评审,准备的材料至少应包括:①上次管理评审的后续措施报告;②质量方针、质量目标的贯彻落实情况及其适宜性;③质量管理体系是否适宜、充分并有效实施;④实验室组织结构是否合适,各部门及人员的职责是否明确;⑤实验室人员、仪器设备、技术方法、试剂耗材、环境条件配置是否充分并符合基本要求;⑥管理人员或监督人员过去一年来的管理或监督的工作报告;⑦近期内部审核的结果;⑧纠正措施和预防措施及其跟踪验证报告;⑨近期外部机构评审结果报告;⑩比对或能力验证结果分析;⑪室间质评和室内质控的分析总结报告;⑫工作量和工作类型的变化的分析总结报告;⑬来自服务对象及其他方面的反馈信息、投诉记录及处理措施汇总报告;⑭用于监测输血相容性检测实验室对服务对象服务的质量指标贡献报告;⑮供应商评价情况;⑯检验周期监控报告;⑰人员素质和人员培训情况;⑱持续改进过程的结果报告。

在管理评审的准备过程中应针对评审的内容进行实际情况的调查、了解,做到有的放矢。如可能,可预先将涉及评审内容的有关文件或资料分发给参加评审的人员,以便他们有充分的时间准备意见。质量主管准备质量方针、质量目标的情况及质量体系运行情况报告。质量主管根据准备材料的内容指定相关人员完成相应的报告。

(3)评审实施:科室主任负责主持召开管理评审会议,按照评审计划规定的全体人员必须参加,必要时可邀请医院领导及医院相关职能部门参加管理评审。

质量主管作质量体系运行情况报告,并就质量体系与标准的符合性,质量体系与质量方针、质量目标的适合性,质量体系运行有效性等作详细汇报。

与会者根据会议议程对评审实施计划的内容进行逐项研讨、评价,对出现的问题制定

相应的纠正、预防和改进措施。

由科室主任作出最后评审意见,提出质量体系改进要求,作出评审结论。

质量主管指定专人负责做好评审记录,并归档保存。

(4)编制评审报告:评审会后,质量主管根据会议记录编制管理评审报告,经科室主任批准,分发至各组长。评审报告的内容:①评审概况:包括评审目的、范围、依据、内容、方法、日期、人员;②对质量体系运行情况及效果的综合评价:包括每一评审项目的简述和结论、质量体系有效性和符合性的总体评价、质量方针和目标符合性的评价;③关于采取纠正措施或预防措施的决定及要求;④针对面临的新形势、新问题、新情况,质量体系存在的问题与原因;⑤管理评审结论,一般应对以下问题做出综合性评价结论:质量体系各要素的审核结果,质量体系达到质量目标的整体效果,对质量体系随着新技术、质量管理理念、社会要求或环境条件的变化而进行修改的建议。

(5)评审后的改进和验证:管理评审工作结束后,各有关部门应根据评审报告中提出的纠正措施或预防措施要求制定相应的落实措施,同时质量主管也应审定纠正措施或预防措施并具体实施。评审的结果可能导致质量体系文件的更改或补充、过程的改进和优化、资源的重新配置和充实等,这些调整和改进大多数是较重要的事项,应由各专业组及相关人员负责实施,管理层负责组织监督、检查和验证。对其实施过程和效果具体由各组监督员配合质量主管进行跟踪验证,以防止措施落实不到位或产生负效应。验证的结果应进行记录并向主任报告。评审结果应输入来年工作目标任务和工作计划及纠正预防措施计划。评审活动结束后,质量主管将与评审有关的记录进行整理,由资料员归档保存。

(汪德清　于　洋)

参 考 文 献

[1] 柴邦衡,刘晓论.ISO9000:2008 质量管理体系文件.北京:机械工业出版社,2009:1-27.

[2] 丁世民.ISO9000 族质量管理体系标准及应用.合肥:安徽大学出版社,2008:1-15.

[3] 李萍.临床实验室管理学.北京:高等教育出版社,2006:7-18.

[4] 王大建,王惠民,侯永生.临床实验室管理学.2 版.北京:科学技术出版社,2009:41-52.

[5] 丛玉隆,王前.临床实验室管理.2 版.北京:中国医药科技出版社,2010:8-28.

[6] 中华人民共和国卫生部.临床检验操作规程编写要求(2002).

[7] 中国合格评定国家认可委员会.实验室和检查机构内部审核指南(2007).

[8] 李芳,郭玮,任红霞.ISO9000 质量体系在采供血机构的应用.医疗管理,2008,5(36):98-99

[9] 姚健.实施 ISO9000 质量管理体系,提升医院服务质量.中国卫生质量管理,2008,15(5):38-40.

[10] International Organization for Standardization (ISO). Medical Laboratories-Particular Requirements for Quality and Competence. Geneva, Switzerland:ISO15189:2007.

第3章 输血相容性检测实验室规章制度建设

第一节 输血相容性检测实验室管理相关法律法规

输血相关的法律、法规以及行业规范是广大输血从业人员必须遵守的基本行为准则,为规范临床输血管理、提高输血相容性检测实验室检测能力和管理水平,确保临床输血安全,国家有关主管部门、地方政府、各级卫生管理部门相继出台了一系列的法律法规,对推动我国输血行业不断向前发展发挥了重要作用。本节就输血相关的法律法规作简要介绍,供广大从业人员参考。

一、《全国临床检验操作规程》

《全国临床检验操作规程》是由国家卫生部医政司组织全国检验行业专家编写而成,第1版于1991年初问世,1997年进行第1次修订,2006年发布第3版。该操作规程第3版第6章中对于输血相容性检测实验室常规开展血型血清学试验的方法学原理、试剂选择、标准操作步骤及常见注意事项进行了相应的约定和说明。这部分内容主要由国内一些著名检验专家编著,虽然并非由输血专业技术人员编写,但对于广大输血从业人员仍然发挥重要的指导作用,是输血相容性检测实验室制定各个实验室试验操作规程时的重要参考资料。

二、《中国输血技术操作规程(血站部分)》

《中国输血技术操作规程(血站部分)》是由国家卫生部医政司于1997年发布,2008年进行了修订并发布征求意见稿,该规程虽然特指适用范围为血站,但其中包含了输血相容性检测实验室常用试验的操作规程、技术原理和注意事项等内容,同样适合医院输血科(血库)实验室,是医疗机构输血相容性检测实验室制定相关SOP时的主要参考依据。

三、《中华人民共和国献血法》

为保证临床用血需要和安全,保障献血者和用血者身体健康,发扬人道主义精神,促进社会主义物质文明和精神文明建设,1997年12月29日第八届全国人民代表大会常务委员会第二十九次会议通过《中华人民共和国献血法》,并于1998年10月1日正式实施。这部法律是所有输血相关从业人员必须共同遵守的基本大法。输血相容性检测实验室既要完成相关检测工作,同时可能还要承担血液入库、保存、发放、临床输注和相关治疗等一系列非检测性工作,这些工作的开展都必须严格遵守《中华人民共和国献血法》的相关规定,依法用血、依法管血。

四、《医疗机构临床用血管理办法(试行)》

根据《中华人民共和国献血法》第 16 条之规定,国家卫生部于 1999 年 1 月 5 日起发布并实施《医疗机构临床用血管理办法》。该办法共 22 条,主要对于以下几个方面提出了具体要求:

1. 卫生行政部门对辖区内医疗机构临床用血的监督管理职责。

2. 医疗机构临床用血所应遵循的原则。

3. 医疗机构设立临床输血管理委员会的相关要求。

4. 输血科(血库)的设置要求。

5. 医疗机构血液收领、发放、核查的内容。

6. 储血设施、冷藏温度、输血治疗的记录。

7. 自体输血和亲友互助献血。

8. 医疗机构应急临时采血等。

该管理办法是所有医疗机构开展临床用血工作所应遵循的基本原则,对于规范临床用血行为、推动科学、合理用血起到了积极的促进作用。该办法中的第 19 条对于医疗机构应急临时采血的条件进行了明确的规定,即必须同时满足以下 3 个条件:①边远地区的医疗机构和所在地无血站(或中心血库);②危及病人生命,急需输血,而其他医疗措施所不能替代;③具备交叉配血及快速诊断方法检验乙型肝炎病毒表面抗原、丙型肝炎病毒抗体、艾滋病病毒抗体的条件。

医疗机构应当在临时采集血液后十日内将情况报告当地县级以上人民政府卫生行政主管部门。对于医疗机构及其医务人员而言,不符合上述条件的情况下而进行的采血行为都将被视为非法采集血液,按照《中华人民共和国献血法》第 18 条和第 22 条规定予以处罚。

五、《中华人民共和国刑法》

刑法是规定犯罪、刑事责任和刑罚的法律,是掌握政权的统治阶级为了维护本阶级政治上的统治和经济上的利益,根据其阶级意志,规定哪些行为是犯罪并应当负刑事责任,给予犯罪人何种刑事处罚的法律。中华人民共和国刑法的任务,是用刑罚同一切犯罪行为作斗争,以保卫国家安全,保卫人民民主专政的政权和社会主义制度,保护国有财产和劳动群众集体所有的财产,保护公民私人所有的财产,保护公民的人身权利、民主权利和其他权利,维护社会秩序、经济秩序,保障社会主义建设事业的顺利进行。《刑法》中对于血液采集、供应及临床使用进行了法律约定,具体包括:

第 333 条 非法组织他人出卖血液的,处五年以下有期徒刑,并处罚金;以暴力、威胁方法强迫他人出卖血液的,处五年以上十年以下有期徒刑,并处罚金。

第 334 条 非法采集、供应血液或者制作、供应血液制品,不符合国家规定的标准,足以危害人体健康的,处五年以下有期徒刑或者拘役,并处罚金;对人体健康造成严重危害的,处五年以上十年以下有期徒刑,并处罚金;造成特别严重后果的,处十年以上有期徒刑或者无期徒刑,并处罚金或者没收财产。经国家主管部门批准采集、供应血液或者制作、供应血液制品的部门,不依照规定进行检测或者违背其他操作规定,造成危害他人身体健康后果的,对单位判处罚金,并对其直接负责的主管人员和其他直接责任人员,处五年以下有期徒刑或者拘役。

第 335 条 医务人员由于严重不负责任,造成就诊人死亡或者严重损害就诊人身体健康的,处三年以下有期徒刑或者拘役。

上述三条是采供血机构、医疗机构、输血科(血库)、临床医护人员必须严格遵守的行为准则,任何违反上述规定的个人或团体都将受到法律的制裁。

六、《临床输血技术规范》

为了规范、指导医疗机构科学、合理用

血,卫生部根据《中华人民共和国献血法》和《医疗机构临床用血管理办法》(试行)专门制定了《临床输血技术规范》,并于 2000 年 10 月 1 日起实施。该《规范》共 7 章 38 条,从临床医生提出输血申请到给患者输血结束的全过程进行了详细规定,是临床输血行为法定的操作规范,是所有参与临床输血过程的人员(临床医护人员和输血科实验室工作人员)必须遵守的行为指南。

七、《医疗事故处理条例》

为了正确处理医疗事故,保护患者和医疗机构及其医务人员的合法权益,维护医疗秩序,保障医疗安全,促进医学科学的发展,国务院于 2002 年 4 月 4 日签署发布了《医疗事故处理条例》。该条例规定了处理医疗事故的基本原则、处置流程、医疗事故的技术鉴定程序以及卫生行政部门对于医疗事故的行政处理与监督职责。条例的第 17 条专门规定:疑似输液、输血、注射、药物等引起不良后果的,医患双方应当共同对现场实物进行封存和启封,封存的现场实物由医疗机构保管;需要检验的,应当由双方共同指定的、依法具有检验资格的检验机构进行检验;双方无法共同指定时,由卫生行政部门指定。疑似输血引起不良后果,需要对血液进行封存保留的,医疗机构应当通知提供该血液的采供血机构派员到场。这是处理与输血相关的医疗事故或纠纷的基本原则,医疗机构、医护人员应认真遵守。

八、《医疗机构临床实验室管理办法》

为加强医疗机构临床实验室管理,提高临床检验水平,保证医疗质量和医疗安全,卫生部制定了《医疗机构临床实验室管理办法》,并于 2006 年 6 月 1 日起施行。该办法是临床检验质量保证的基础,对于临床实验室的一般设置原则、实验室质量管理、实验室安全管理、实验室监督管理等进行了明确要求。本办法属于国家强制性法规,所有临床实验室都应达到相应要求。按照临床实验室的定义,输血相容性检测实验室属于临床实验室范畴,实验室的所有行为都应该符合本办法的相关要求,特别是在室内质量控制和室间质量评价方面,输血相容性检测实验室还存在着较大差距,需要进一步规范和提高。

九、《医疗废物管理条例》

为了加强医疗废物的安全管理,防止疾病传播,保护环境,保障人体健康,根据《中华人民共和国传染病防治法》和《中华人民共和国固体废物污染环境防治法》,国务院专门制定《医疗废物管理条例》,并于 2003 年 6 月 16 日正式发布实施。该条例所称医疗废物,是指医疗卫生机构在医疗、预防、保健以及其他相关活动中产生的具有直接或间接感染性、毒性以及其他危害性的废物。医疗废物分类目录,由国务院卫生行政主管部门和环境保护行政主管部门共同制定、公布。输血相容性检测实验室所产生的医疗废物、废液都应该严格按照本条例的相关要求进行处理,实验室应该依据本条例及所在医疗机构的实际情况制定严格的医疗废物处理流程,用于规范医疗废物的收集、运送、储存、处置以及监督管理等全部过程。

十、《医院感染管理办法》

为加强医院感染管理,有效预防和控制医院感染,提高医疗质量,保证医疗安全,根据《传染病防治法》《医疗机构管理条例》和《突发公共卫生事件应急条例》等法律、行政法规的规定,卫生部于 2006 年 7 月 6 日发布了《医院感染管理规定》。规定中对于医院感染进行了明确的定义:指住院病人在医院内获得的感染,包括在住院期间发生的感染和在医院内获得、出院后发生的感染,但不包括入院前已开始或者入院时已处于潜伏期的感染。医院工作人员在医院内获得的感染也属医院感染。因此,输血科(血库)实验室也处在医院感染管理范畴之内,其职责包括两个方面:一方面是严把血液质量关,消除或降低经输血传播病原体的风险。严格落实受血者输血前病原学检测的相关规定,避免未进行病原学检测而直接进行输血治疗的行为发生,降低输血感染引发医疗纠纷的风险;另一方面是做好工作人员自身的安全防护工作,防止工作过程中发生暴露感染。输血相容性检测实验室应建立相应的感染控制管理制度,确保血液质量安全,预防和控制实验室工作人员自身感染。

十一、《医学实验室质量和能力的专用要求》

2003 年 2 月,ISO 发布了《医学实验室质量和能力的专用要求》(ISO15189:2003),从管理要求和技术要求两个方面提出了医学实验室应该遵守的基本准则。管理要求包括组织和管理、质量管理体系、文件控制、合同评审、委托实验室检验、外部服务和供应、咨询服务、投诉的解决、不符合项的识别和控制、纠正措施、预防措施、持续改进、质量和技术记录、内部审核与管理评审 15 个方面。技术要求包括人员、设施和环境条件、实验室设备、检验前程序、检验程序、检验程序的质量保证、检验后程序和结果报告 8 个方面。中国实验室国家认可委员会(China national accreditation board for laboratories, CNAL)从 2004 年 7 月 1 日开始受理依据 ISO15189:2003 的认可申请。2006 年 6 月 1 日 CNAS 正式发布 CNAS-CL02《医学实验室质量和能力认可准则》(等同 ISO 15189:2003)2007 年 4 月 16 日 CNAS 发布《医学实验室质量和能力认可准则在输血医学领域的应用说明》,专门用于指导输血相容性检测实验室进行认可。2008 年 12 月 15 日中华人民共和国国家质量监督检验检疫总局和中国国家标准管理委员会联合发布 GB/T22576《医学实验室质量和能力的认可准则》,该标准等同采用《医学实验室-质量和能力的专用要求》(ISO15189:2007)。

十二、《实验室生物安全通用要求》

全国认证认可标准化技术委员会于 2004 年 4 月发布了《实验室生物安全通用要求》,该要求主要参考了 ISO15190:2003《医学实验室-安全要求》和 WHO《实验室生物安全手册》[第 2 版(修订版),2003]。本要求不仅适用于医学实验室(临床实验室),也适用于进行生物因子操作的各类实验室,特别增加了对实验室生物安全的要求。本要求根据所操作的生物因子的危害程度和所采取的防护措施,将生物安全防护水平(biosafety level,BSL)分为四级,Ⅰ级防护水平最低,Ⅳ级防护水平最高,以 BSL-1、BSL-2、BSL-3、BSL-4 表示实验室相应生物安全防护水平。目前国家对输血相容性检测实验室尚无明确的实验室生物安全防护要求,大多数实验室多处于Ⅰ级防护水平,个别基层实验室甚至连Ⅰ级防护水平都达不到,少数大型实验室达到或接近Ⅱ级防护水平。随着整个输血行业的不断进步与发展,Ⅱ级级生物安全防护水平可能是将来输血相容性检测实验室需要达到的基本标准。

十三、《医疗机构输血科(血库)基本标准》

2007 年北京市卫生局颁发了《医疗机构输血科(血库)基本标准》,本标准包括输血科(血库)基本功能、主要任务、科室设置、房屋设施与卫生学要求、人力资源配置、仪器设备、业务管理、业务技术范围、质量管理和质量考核指标等,是输血科(血库)执业必须达到的标准,也是对输血科(血库)检查评价的基本依据。这虽然是一部地方法规,但它对输血科(血库)的建设与管理提出了更为细化的标准,可操作性强,有助于输血科(血库)自身建设与发展,对于推动全国范围内的输血相容性检测实验室建设与管理水平的提高发挥了重要的示范作用,是将来国家制定或修 改相关法律法规的重要参考依据。

第二节 输血相容性检测实验室规章制度范本

实验室规章制度是指导实验室工作人员完成各项工作的基本行为准则,也是规范实验室质量管理的依据。实验室管理层在制定实验室规章制度时,要严格遵守现行行业相关的法律法规、一切从有利于服务对象为出发点,结合实验室的实际情况,努力提高实验室业务、管理与服务水平。

输血相容性检测实验室与一般临床实验室还存在一定差别,它在完成常规输血相容性检测工作的同时,还涉及一大部分非检测工作,例如血液成分入库、血液成分储存、血液成分发放等一系列工作,这些工作虽然不属于检测工作范畴,但却与实验室的检测工作息息相关,无法完全割裂开,因此,我们通常也将这部分工作纳入到整个实验室的质量管理体系之中,建立实验室统一的规章制度,用于规范整个实验室检测和非检测工作的管理,提高检测质量和整体管理水平,确保临床输血安全。现将中国人民解放军总医院输血科输血相容性检测实验室相关规章制度 33 个范本介绍如下,供广大同行借鉴与参考。

一、临床用血申请、审批管理程序

(一)目的

明确临床用血申请、审批程序与规范,要求临床用血科室严格遵守,确保临床用血安全、合理、有序。

(二)适用范围

适用于临床用血申请、审批全过程。

(三)职责

1. 临床用血科室负责执行。

2. 输血科值班人员负责监督实施。

(四)工作程序

1. 对临床用血,科室应根据患者治疗需要制订科学、合理的用血计划,按规定时限和要求将输血申请单送交输血科实验室。输血申请单由经治医生开具或填写,按用血审批权限审签。输血申请单和血液标本标签的填写应项目齐全,字迹清楚,内容准确无误,对有输血史者要求特别注明。对不符合规定的,输血科工作人员可以拒收输血申请单及标本,在《临床输血标本拒收登记表》上进行登记,并要求临床科室重新填写完整、正确后方可接收其申请单及标本。

2. 临床常规用血申请时间超过 24 小时,临床备血超过 72 小时,仍需继续用血时,须重新填写输血申请单及送配血标本。

3. 临床用血要严格掌握适应证,遵循科学、合理原则,不得浪费和滥用血液。内科贫血患者血红蛋白 ＞ 90g/L,血细胞比容(HCT)＞30％的,原则上不予输血。失血患者(贫血患者除外)失血量在 600ml 以下或失血量低于或等于血液总量 20％、血细胞比容(HCT)＞35％以上者,原则上不输血。严格掌握血浆使用适应证,尽量避免血浆的不合理使用。

4. 用血量在 800ml(含)以内,由科室具有副主任医师以上专业技术职务人员审核签署意见,提前 1 天申请;用血量在 800～1 000 ml(含),由科室领导审核签署意见,提前 2 天申请;用血量在 1 000～2 000ml,由科室领导审核签署意见、经输血科领导同意,提前 2 天申请;用血量在 2 000ml 以上,由科室领导审核签署意见、输血科会诊并签署意见,报医务部主管领导审批,提前 3 天申请。

5. 节假日和非正常工作时间的急诊抢救用血，输血量 800ml 以内者，由当班主治医生以上人员审签；用血量超过 800ml 以上的，由科室值班领导审签。

6. 常规治疗用血、择期手术备血申请单及配血标本应至少于用血前日 16：30 前完成各级审批后送到输血科实验室，以便于输血科及时订购血液成分、完成输血相容性检测、满足临床用血需要。

7. 值班人员接到用血申请单和标本以后，要认真检查申请单内容是否完整、准确，审批、签字是否符合要求，标本质量是否达到《输血相容性检测标本采集与处理程序》的相关要求，值班人员应拒收不符合要求的申请单或标本，并在《临床输血标本拒收登记表》详细登记以后通知临床科室进行纠正。

（五）相关文件

1.《临床输血技术规范》（2000 年卫生部）。

2. 院医〔2008〕110 号印发《中国人民解放军总医院临床用血管理规定》。

3.《中国人民解放军总医院医务工作指南》（2010 年）。

4.《输血相容性检测标本采集与处理程序》。

（六）相关记录

《临床输血标本拒收登记表》。

二、交叉配血管理程序

（一）目的

明确临床交叉配血操作管理规范，要求实验室工作人员必须严格遵守，确保临床用血安全。

（二）适用范围

适用于交叉配血操作全过程。

（三）职责

1. 实验室值班岗位人员负责执行。

2. 实验室负责人、配发血组和实验室质量监督员共同监督执行情况。

（四）工作程序

1. 交叉配血前首先进入配发系统软件中"配血记录作废"栏目，将过期的配血记录及时作废。

2. 依据患者用血申请单单号，在电脑中"配血"栏目中输入用血申请单号，调出该患者申请用血记录。

3. 将输血申请单上的信息与电脑上显示的相关信息进行核对，并核对受血者标本上的编号、姓名、血型及病案号（ID）号。

4. 根据患者病情及申请用血量，选取"在库血液信息"栏目中适合该患者输注的血液成分。

5. 在相应供者标本架上找出所选血液成分对应的标本，同时核对标本号、血源号是否一致，并输入（或扫描）标本号，选择交叉配血使用的试验方法，确认无误后"保存"，计算机系统自动打印出《输血科交叉配血检验报告单》并完成相应计价收费。

6. 按所选择检测体系或方法学对应的交叉配血试验标准操作规程的相关要求进行交叉配血试验操作。

7. 在交叉配血试验完成后，由操作者将配血结果及标本采集时间记录在《输血科交叉配血检验报告单》上，实验室授权人员进行结果审核，并分别在相应位置签字或盖章。节假日、夜间急诊实验室只有一名工作人员值班时，可以由操作者自己完成结果审核。

8. 交叉配血试验结果数据上传

（1）手工上传数据：在"填写配血结果"操作界面中填入审核后的配血结果、再次核对受血者及供者信息，确认后输入计算机保存。

（2）自动上传数据：操作者对全自动检测系统内的交叉配血试验结果核对无误后保存，启动数据传输软件，选择要传输的单次或批次试验结果，按软件提示完成传输操作。

9. 将受血者和供血者标本放回标本架原位，并及时将标本架放回对应的标本冰箱。

10. 在配发血管理工作站出现故障不能

正常工作时,直接在储血冰箱中选择符合要求的红细胞成分,根据血袋号找到血液所对应标本进行交叉配血试验,并在《应急配血登记表》上登记,工作站恢复正常后,在配发血系统软件中补办配血手续,补打配血单并归档。

11. 遇有交叉配血不合情况发生时,参照《疑难配血处置管理制度》进行处理。当值班人员不具备单独处理能力时,应及时向实验室负责人汇报,待妥善处理后方可发血。

(五)相关文件

《疑难配血处置管理制度》。

(六)相关记录

1.《应急配血登记表》。

2.《应急发血登记表》。

3.《输血申请单》。

4.《输血科交叉配血检验报告单》。

三、疑难配血处置管理制度

(一)目的

规范交叉配血试验过程中发生配血不相合情况的基本处理程序,提高实验室工作人员处理疑难配血问题的能力,确保临床用血安全。

(二)适用范围

适用于值班人员对于交叉配血不相合的处理过程。

1. 交叉配血的基本原则

(1)全血输注时选择同型血液,做主、次侧交叉配血试验,主、次侧均相合方可输注。

(2)红细胞成分输注一般情况下选择同型血液,做主、次侧交叉配血试验,主、次侧均相合方可输注;特殊情况下可以选择相合血液(一般指 O 型洗涤红细胞),做主侧交叉配血试验,确保主侧相合即可输注。

2. 常见交叉配血结果不相合原因分析

(1)主侧配血不相合:①患者与供血者 ABO 血型主侧不相合;②患者血清中存在同种免疫抗体,与供血者红细胞发生了抗原抗

体反应;③患者血清中存在自身抗体,与供血者红细胞发生了抗原抗体反应;④供血者红细胞上已经包被了抗体,导致主侧抗人球蛋白试验阳性;⑤患者血清中蛋白含量异常,如清蛋白/球蛋白比例不正常、本周蛋白等引起缗钱状假凝集;⑥患者血清中存在高分子聚合物、血浆扩容药如右旋糖酐等引起假凝集;⑦试剂、耗材过期,检测系统被污染等。

(2)次侧配血不相合:①供血者血浆中存在针对患者红细胞抗原的抗体;②患者与供血者 ABO 血型次侧不相合;③患者的红细胞已经包被了抗体,直接抗人球蛋白试验阳性;④试剂、耗材过期,检测系统被污染等。

(3)主、次侧均不相合:①患者血清中存在自身抗体,与供血者红细胞发生了抗原抗体反应,造成主侧凝集。自身抗体还包被在自身红细胞上,造成次侧凝集。②患者血清中同时存在自身抗体和同种异体抗体,同种异体抗体与供血者红细胞发生了抗原抗体反应,造成主侧凝集。自身抗体即可能与供血者红细胞发生了抗原抗体反应,同时还包被在自身红细胞上,造成次侧凝集。③患者与供血者 ABO 血型主次侧完全不相合。④试剂、耗材过期,检测系统被污染等。

(三)职责

1. 值班人员　对于工作过程中发现的疑难配血标本依据"首诊负责制"的原则,遵照本处置处置管理制度,完成疑难配血试验,尽可能为患者找到相合血液。对于无法完全解决的问题或不确定的试验结果,值班人员应及时逐级向实验室负责人、科室主任汇报。

2. 实验室负责人　负责疑难配血试验的具体指导工作,定期组织相关培训。

3. 科室主任　负责疑难配血试验完成情况的监督、检查工作。

(四)工作程序

1. 基本原则　值班人员采用实验室统一指定的方法学或检测体系,严格按照作业指导书进行试验操作,发现配血结果不相合

时,仔细观察试验结果,排除蛋白干扰、仪器误判等因素造成的假阳性结果,依据不相合类型决定采取进一步的处理措施。

2. 主侧配血不相合的处理

(1)重新核对患者、供血者 ABO 血型是否正确、标本是否准确,必要时应重新进行血型鉴定或重抽标本复查。

(2)重新检查配血卡、各种试剂、标本、加样过程是否存在问题,如有问题应更换合格的试剂、标本重做试验。

(3)查询患者标本不规则抗体筛查试验结果,如果抗筛试验阳性,查询抗体特异性鉴定结果,是否具有特异性。查询以往配血记录,获得必要的参考信息。

(4)根据用血申请量,酌情进行一定样本数量的交叉配血筛查试验,寻找可能相合的血液,如果找到相合的血液且患者体内存在的不规则抗体是 Rh 系统抗体,最好对患者及相合供血者标本进行 Rh 血型分型鉴定,选择分型一致且配血相合的血液。

(5)如果库存血液中找不到相合的血液,应通知经治医生,说明患者配血困难的特殊情况,征求临床医生意见,决定是否继续进行筛选。如果需要继续筛选,应该重抽患者血标本,医生重开申请单,患者家属携标本和申请单去血液中心进行配血筛查,实验室值班人员应提前电话告知血液中心值班人员该患者具体情况及相关用血需求。

(6)如果在血液中心也找不到相合血液,输血科值班人员应及时告知经治医生,说明情况并请临床医生综合考虑患者病情,尽量不输血。如果患者存在生命危险必须进行输血治疗,此时临床医生应该开会诊申请单要求输血科医生进行会诊,输血科应该提供关于输血治疗的会诊意见,说明不相容输血的利弊关系,请经治医生根据病情决定是否进行不相容输血。此种情况下经治医生必须充分告知家属不相容输血可能带来的并发症,并在输血知情同意书中签定补充说明条款,

请家属、科室主任签字后入病历存档。一般选择同型或 O 型洗涤红细胞进行输注。

3. 次侧不相合处理

(1)重新核对患者、供血者 ABO 血型是否正确、标本是否准确,是否存在不同型配血(非 O 型患者输注 O 型红细胞),必要时重新进行血型鉴定。

(2)重新检查配血卡、各种试剂、标本、加样过程是否存在问题,如有问题应更换合格的试剂、标本重做试验。

(3)排除标本、仪器、试剂影响因素后,如果是多个供者标本均出现主侧相合、次侧不相合,可能是患者红细胞已被自身抗体致敏所致,可以通过直接抗人球蛋白试验加以证实。直抗结果阳性,配血结果可以填写为相合。如果为单个样本出现或多个样本中个别样本出现主侧相合、次侧不相合现象,需要排除供者血清存在不规则抗体的可能(供者标本进行抗筛试验或查阅以前配血记录)。

4. 主侧、次侧均不相合处理

(1)排除 ABO 血型错误、标本、试剂及仪器因素。

(2)主侧、次侧均不相合情况相对少见,多数是因为自身免疫功能紊乱产生自身抗体,与自身红细胞和异体红细胞均发生凝集反应,抗筛结果多为 3 系或 16 系同时为阳性。常见于自身免疫性溶血性贫血患者。

(3)对于多样本主侧配血结果不相合应该观察凝集强度,如果强度相近,表明抗体无明显特异性,很难找到相合血液;如果凝集强度有强有弱,表明抗体有一定的特异性,通过大量样本筛查可能找到相合血液。

(4)大量筛查后仍找不到相合血液,患者病情确实需要输血的情况,参照主侧不相合做进一步处理。

5. 汇报 实验室工作人员遇到疑难配血、自己无法独立处理时,必须及时向实验室负责人汇报,实验室负责人应该给出指导性处理意见并酌情上报科室主任。

6. 登记与交班　实验室工作人员应将整个处理过程详细记录在疑难血型、配血登记本上,将患者信息记录在《特殊血型血清学标本登记表》上,同时做好交接班工作。

(五)相关文件

1.《血站实验室质量管理规范》(卫医发[2006]183 号)。

2.《交叉配血管理制度》。

(六)相关记录

1.《特殊血型血清学标本登记表》。

2.《输血科交叉配血检验报告单》。

四、临床用血发放与领取管理制度

(一)目的

明确临床用血发放与领取管理规范,要求输血科工作人员与临床取血医护人员共同严格遵守,确保临床用血安全。

(二)适用范围

适用临床用血发放与领取整个过程中。

(三)职责

1. 输血科发血人员与临床取血医护人员执行。

2. 配发血组组长与质量监督员负责监督。

(四)工作程序

1. 根据临床科室的输血申请,准备符合要求的血液制品后,即可通知临床科室取血,临床用血科室必须派医务人员持《取血单》到输血科取血,严禁患者家属和非医务人员取血。

2. 发放、领取血液时,输血科值班人员首先审查取血单填写是否符合要求,审查无误后由用血科室工作人员和输血科值班人员共同查对患者信息(患者姓名、住院号、患者血型)、血袋信息(血源号、血液成分、剂量、血型等)及交叉配血试验结果,确认无误后共同签字。取血单由实验室保留存档。

3. 从冰箱内取出全血和血液成分时应轻拿轻放,不得磕碰,以免破坏。认真检查血液外观、质量,凡有下列情况之一的,一律不得发出。

(1)血液成分标签与实际申请血液成分血不符、破损、脱落、字迹不清。

(2)血袋有破损、渗漏。

(3)血液中有明显凝块。

(4)血浆中有明显的气泡、絮状物或粗大颗粒。

(5)血浆呈乳糜状或暗灰色。

(6)在未摇动时保养液层或血浆层与红细胞的界面不清,或交界面上出现明显溶血。

(7)红细胞层呈紫红色。

(8)血液制品(或容器)过期或其他需查证的情况。

4. 在检查无质量问题后,对照输血申请单经计算机管理系统将血液发给相应患者,并打印发血单,粘贴含有输血反应卡的受血者标签,确认无误后,双方共同核对无误,签字后方可发出。发血单一式两份,原始联由输血科存档,复写联由经治医生粘贴在病历中存档。

5. 血液发出后住院患者由电脑收费系统自动收取相关费用,急诊科患者应在发血前开收费计价单交费并将计价单送输血科存档。

6. 在配发血管理工作站出现故障不能正常工作时,根据《应急配血登记表》上患者、供者和配血相容性结果信息进行发血(血浆、冷沉淀或血小板成分直接根据实际库存情况进行手工发血),手写血袋背签(患者信息),参照正常发血单格式和内容手写发血单,工作站恢复正常后,在电脑程序中补办发血手续,补打发血单,并将补打发血单与手写发血单粘贴在一起归档。

7. 输血科不得将无偿献血的血液进行有偿买卖,不得将未经复检或复检不合格的血液向临床提供。其他医院因抢救患者需要从本院调剂血液时,必须经医务部批准,由输血科开具计价单交费后,方可发放,并打印发血清单,双方签字,原始联由输血科存档,复写联由取血单位存档。

8. 血液发出后,一旦离开发血窗口不得退回。

9. 临床医护人员应使用医院统一配发的专用取血装置运输血液成分尽量缩短运输时间,确保血液质量。

10. 血液发出后,受血者和供血者的血样保存于 4℃冰箱,至少 7 天,以便对可能发生的输血不良反应追查原因。

11. 如临床科室反馈回发生不良反应信息,应按《输血不良反应处置管理制度》的要求予以及时处理。

12. 根据血液库存管理程序做好每日出入库信息统计。

(五)相关文件

1.《血站质量管理规范》(卫医发[2006]167 号)。

2.《临床输血技术规范》(2000 年卫生部)。

3. 院医[2008]110 号印发《中国人民解放军总医院临床用血管理规定》。

4.《输血不良反应处置管理制度》。

(六)相关记录

1.《输血不良反应登记表》。

2.《中国人民解放军总医院发血单》。

3.《中国人民解放军总医院取血单》。

五、临床用血"绿色通道"管理制度

(一)目的

建立临床特殊急重症患者输血快捷通道,确保临床特殊急重症患者得到最为及时的输血救治,提高抢救成功率。

(二)适用范围

适用于产科急症、急诊外伤大出血等患者临床用血申请、发放整个过程中。

(三)职责

1. 输血科值班人员　执行本制度。

2. 相关用血科室　严格掌握"绿色通道"使用范围。

3. 医务部门　负责协调、监督。

(四)工作程序

1. 临床科室(主要是产科和急诊科)收容到产科急症、急诊外伤大出血、急性消化道大出血等需要急诊输血救治的患者时,可立即向输血科提交输血申请单和配血标本,并在申请单上加盖"绿色通道"专用章。

2. 实验室工作人员收到"绿色通道"输血申请单时要给予优先处理,在申请单上准确填写收单时间(具体到分钟),同时请外送人员签字确认。

3. 实验室工作人员在收到"绿色通道"血申请单后,要确保在 20 分钟时间内可以将所申请血液成分发出(临床未及时取血除外),血型鉴定与交叉配血均采用手工方法进行,血浆解冻时可以不套解冻袋,直接将血浆放入解冻箱内,以缩短解冻时间。

4."绿色通道"患者可以在没有血型结果的情况下即提交输血申请单,但必须同时抽血送临检科检测 ABO 及 RhD 血型,输血科工作人员必须在发血之前得到临检科的血型结果(可以通过网络获取或通过电话与临床检验科值班人员核对),两个实验室血型鉴定结果一致方可发血。

5."绿色通道"患者无法及时划价交费时,需要经过医务部值班人员批准确认(可以电话确认)后方可发血,值班人员在《血库值班登记表》上做好相关记录及交接班,待患者病情稳定后督促其家属补交用血相关费用。

(五)相关文件

1.《中国人民解放军总医院急诊"绿色通道"管理制度》。

2. 院医[2008]110 号印发《中国人民解放军总医院临床用血管理规定》。

3.《临床输血技术规范》(2000 年卫生部)。

4.《中国人民解放军总医院医务工作指南》(2010 年)。

（六）相关记录

1.《血库值班登记表》。

2.《输血科交叉配血检验报告单》。

3.《中国人民解放军总医院发血单》。

六、临床用血指导、监督与会诊制度

（一）目的

明确临床用血指导、监督、会诊制度，规范临床用血指导、监督、会诊行为。

（二）适用范围

适用于输血科实验室对临床用血的指导、监督、会诊工作。

（三）职责

1. 临床用血科室医生、输血科医生共同负责实施。

2. 输血科实验室工作人员负责监督。

（四）工作制度

1. 临床用血指导、监督制度

（1）临床护士应该严格按照医嘱进行输血操作，输血前认真核对患者床号、姓名、ABO 及 RhD 血型、住院号、输血量、血液成分，通过血袋标签与发血单认真核对血袋号、献血者姓名或编号、ABO 及 RhD 血型、血液成分名称、规格及采血日期（有效期），检查血袋外包装完整性及血液成分外观，确认包装完整、血液外观无异常并经第二人查对无误后方可进行输血。发现血袋标签记录与所需用血不符或采血时间超过有效期等问题时，应禁止使用并及时退回输血科。输血后的血袋应该保存 24 小时后方可按照医疗垃圾进行处理。

（2）充分利用讲座、座谈、培训班、院内局域网络论坛、发放宣传材料、开展主题活动等多种形式，积极宣传科学、合理、安全用血理念以及异体血输注存在的风险，积极推广成分输血、自体输血、互助献血、去白细胞输血、辐照血等输血新技术、新观念。

（3）具体参与临床用血的规划，下大力气挖掘临床节约用血的巨大潜力。认真监督临床科室用血行为，严格控制临床不科学、不合理用血申请，积极引导临床用血朝着科学、合理、高效的方向发展。

（4）输血科应主动收集、整理临床输血反馈信息，为临床科室用血提供技术指导。

2. 输血科院内会诊制度

（1）输血科主治医生以上人员参与院内临床科室的医疗会诊。

（2）对于输血申请总量在 2 000ml 以上的择期手术患者，临床科室必须在术前 2 天邀请输血科医生进行会诊，判断用血申请是否合理，术前是否需要干预治疗，输血科实验室是否可以保障血液供给，手术是否可以按期进行。

（3）对于一些因自身免疫功能紊乱或同种免疫而造成配血困难，无法找到相合血液的患者，临床医生应该邀请输血科医生进行会诊，输血科有义务为临床提供相关输血会诊意见（必须纳入病历），临床科室可参考输血科会诊意见决定是否输血以及具体输血方案。

（4）输血科会诊内容包括：协同临床医生严格掌握输血适应证和禁忌证，确定血液成分的种类、配伍和数量，分析、处理不良输血反应和并发症等。

（5）输血科负责推广特殊血液疗法的应用，如血浆置换、干细胞采集、血液辐照等。输血科提供疑难用血的咨询和疑难危重患者的输血救治方案等。

（五）相关文件

1.《医疗护理技术操作规范》（第 4 版，人民军医出版社）。

2.《临床输血技术规范》（2000 年卫生部）。

3. 院医〔2008〕110 号印发《中国人民解放军总医院临床用血管理规定》。

4.《中国人民解放军总医院医务工作指南》（2010 年）。

（六）相关记录

1.《中国人民解放军总医院会诊申请单》。

2.《中国人民解放军总医院会诊记录》。

3.《临床输血咨询服务登记表》。

4.《输血不良反应登记表》。

5.《输血申请单》。

七、输血不良反应处置管理制度

（一）目的

规范输血不良反应发生、报告、调查、处理及追踪回访的基本程序，以确保输血不良反应得到及时、准确地处理，最大限度减轻输血不良反应对患者造成的损害。

（二）适用范围

适用于输血不良反应发生后的整个处理过程。

（三）职责

1. 实验室工作人员、临床用血科室医护人员执行本程序。

2. 实验室负责人负责组织协调、上报。

3. 科室主任负责输血不良反应处理的审核与监督工作。

（四）工作程序

1. 输血不良反应报告、调查程序

（1）临床医护人员发现输血患者出现输血不良反应后，应立即停止输血，在积极处理的同时，要及时向输血科实验室通报输血不良反应发生情况，与输血科共同调查、分析输血不良反应发生的原因以确定进一步的处理、治疗方案。患方提出疑义时，经治医护人员应该与患方共同封存剩余血液、血袋及输血器材等，双方签字后由输血科保管备查。

（2）输血科工作人员接到临床输血不良反应报告后，应仔细询问患者所属病区、姓名、性别、住院号、年龄、血型、既往输血史、孕产史、疾病诊断、用药史、本次输血成分名称、输血量、患者输血后出现的临床症状与体征，认真填写《输血不良反应登记表》，对临床科

室提出初步的处置参考意见。

（3）对于严重输血不良反应，输血科应指派具有相应资质的医生到临床进行会诊，协助临床查找原因、制订救治方案、观察处置疗效。

2. 急性输血不良反应的处理 在输血过程中或输血结束后的数小时内出现的不良反应为急性输血不良反应。如果受血者的症状或体征显示有急性输血不良反应发生，应立刻减慢输血速度或停止输血；如停止输血，需用生理盐水维持静脉通道，立即组织输血不良反应的原因调查和治疗。

（1）过敏性或非溶血性输血不良反应：如果怀疑为过敏性或非溶血性输血不良反应，由临床医生对症处理。

（2）细菌污染性输血不良反应：如果怀疑细菌污染性输血不良反应，应立即停止输血，抽取血袋中剩余血液及输血不良反应发生后受血者血液标本连同其他静脉输液做细菌学检验。

（3）溶血性输血不良反应：如果怀疑为溶血性输血不良反应，应立刻停止输血并做以下工作：①复查血袋标签和全部有关记录，以验证受血者和所输血液成分有无核对错误；②收集受血者输血不良反应前血标本、输血不良反应后的抗凝和不抗凝血标本，连同所输血袋和输血器、静脉输液器及输血不良反应后留取的尿液标本，送相关实验室检测；③采集受血者抗凝血液分离血浆，观察血浆颜色，测定血浆游离血红蛋白含量；④受血者不抗凝血液，检测血清胆红素含量、血浆游离血红蛋白含量、血浆结合珠蛋白；⑤尽早检测血常规、尿常规及尿血红蛋白；⑥必要时，溶血反应发生后5~7小时测血清胆红素含量。

（4）输血科实验室检测：核对用血申请单、血袋标签、交叉配血试验记录。核对受血者及供血者 ABO 血型、RhD 血型。用保存于冰箱中的受血者与供血者血液标本、新采集的受血者血液标本、血袋中血液标本，重新

检测 ABO 血型、RhD 血型、不规则抗体筛选及交叉配血试验（包括盐水相和非盐水相试验）。对输血不良反应后的血液标本做直接抗球蛋白试验并检测相关抗体效价，如发现特殊抗体，应作进一步鉴定。观察血清（血浆）中有无溶血现象。

（5）及时治疗：如果受血者已有明显溶血的临床症状与体征，临床医生应立刻着手进行对症治疗，不必等待临床和实验室检查结果。

3. 迟发性输血不良反应的处理　输血完毕数天以后出现的不良反应为迟发性输血不良反应。如果发现或怀疑受血者发生迟发性输血不良反应，应遵循以下注意事项：免疫性的迟发性输血不良反应属于血液成分的抗原-抗体反应，在检测和确认后，记录于受血者的病历中，其处理步骤同急性输血不良反应。

4. 输血相关传染性疾病的处理　输血后如果受血者出现可经血液传播的传染病，医务主管部门应会同输血科展开仔细调查，验证受血者是否确因输注供血者血液成分而传染疾病，受血者如确诊感染 HIV，应迅速报告卫生行政管理部门。输血相关传染病所涉及的供血者，由采血机构按有关政策处理。

5. 输血不良反应的追踪回访制度

（1）输血科接到临床急性输血不良反应报告后，在进行常规处理后，应对发生输血不良反应的患者进行跟踪、回访，一般由首次接待者在输血不良反应发生的次日通过电话或上门的形式来完成，以便进一步明确输血不良反应发生的类型、原因及处理措施是否得当。

（2）对于临床回报的输血不良反应，接待者除在《输血不良反应登记表》登记外，还应在《血库值班登记表》上登记。科室对于临床回报的严重输血不良反应，要立即组织全科人员进行病例讨论，分析、总结经验教训。科室每季度应该进行一次输血不良反应总结，对于因技术性或制度性原因造成的输血不良反应，要提出整改措施，避免以后再次发生。

（五）相关文件

1. 《临床输血技术规范》（2000 年卫生部）。

2. 《值班登记、汇报及交接班制度》。

（六）相关记录

1. 《输血不良反应登记表》。

2. 《血库值班登记表》。

八、值班登记、汇报及交接班制度

（一）目的

规范值班登记、汇报及交接班程序，明确值班人员在岗工作期间登记、汇报及交接班相关职责，确保行政、医疗及日常管理信息上下畅通，维护实验室正常工作秩序。

（二）适用范围

适用于临床输血医疗值班全过程。

（三）职责

1. 值班人员执行本制度。

2. 实验室负责人负责监督。

（四）工作程序

1. 医疗值班人员应该将值班过程中的血库冰箱温度监控系统运转状态、冰箱温度异常情况、电话监控系统运转状态、实验室温湿度、库存血液质量状态、急诊用血情况、外购/自采血液入库信息、外购血液预定信息、辐照血液信息、特殊输血患者、疑难配血标本信息、仪器运转情况、实验室与无菌间清洁与消毒、辐照室安全状态等情况进行常规登记。

2. 医疗值班过程中发现的特殊血型患者（RhD 阴性）、临床血型差错等情况要根据相关要求做好登记并及时通知相关科室责任人，作出相应处理，以免影响患者正常的临床用血需求。

3. 值班人员发现储血设备及实验室仪器故障时，应根据情况尽量查找故障原因，对于自己无法解决的故障应及时通知实验室设备管理员，设备管理员负责通知相关技术人员进行维修，同时向实验室负责人汇报。值班人员根据情况对储血设备中的血液成分予以妥善处理，对受影响的试验操作作出及时调整,详细做好相关记录。

4. 对于值班过程中发生的医疗、行政事故或差错,值班人员应根据事态严重程度及时、逐级向实验室负责人、科室主任汇报并做好记录,以便妥善解决。

5. 对于值班过程中遇到特殊保障用血、备血要求,值班人员应在第一时间通知科室主任,以保障特殊用血需求。

6. 医疗值班过程中发现血液成分库存量低于科室制定的警戒水平时,值班人员应及时通知实验室负责人安排外购血液或协调采血组采血事宜。

7. 值班人员在进行岗位交接时要认真对上述常规情况、特殊情况进行口头和书面交接班(特殊血液成分如血小板、冷沉淀,特殊用血需求),确保医疗工作的延续性,明确相关责任,保证医疗与行政安全。

(五)相关文件

《临床输血技术规范》(2000年卫生部)。

(六)相关记录

1.《放射性物品库(血液辐照室)值班记录表》。

2.《RhD阴性血液成分申请使用补充告知书》。

3.《输血相关科室差错登记表》。

4.《血库值班登记表》。

5.《冰箱、血小板保存箱温度应急登记表》。

九、输血相关科室差错处置管理制度

(一)目的

本程序规定了输血相关科室差错的报告、登记与处理程序,以保证差错事故得到及时纠正与处理,促使输血相关科室人员吸取经验教训,严格遵守各项规章制度与操作规程,减少差错事故的发生。

(二)范围

适用于临床科室完成输血治疗过程中发生的差错处理。

(三)职责

1. 科室主任

(1)审批实验室负责人对输血相关科室责任性差错事故的处理意见。

(2)负责相关差错事故的上报。

2. 实验室负责人

(1)负责差错事故的初步调查与处理。

(2)向科室主任报告。

3. 值班人员

(1)负责差错的发现、调查与取证。

(2)向实验室负责人报告。

(3)做好相关登记。

(4)向相关科室提供补救措施参考意见。

(四)工作程序

1. 差错的主要类型

(1)临床医生抄错血型。

(2)临床护士抽错标本。

(3)临床检验科定错血型。

2. 差错的报告、登记

(1)值班人员发现输血申请单上的血型与标本复查血型不一致时,首先应重复血型鉴定试验,最好使用与第一次试验不同的检测方法,如果两次鉴定结果一致,确实与申请单上的血型不符,应及时通知病房重新抽取标本、重新送申请单。

(2)值班人员收到重抽新标本后,再次进行血型鉴定,综合两次标本鉴定结果和两次申请单上的血型记录,并查询患者以往血型鉴定及输血记录,得出初步的差错原因并及时报告实验室负责人。

(3)值班人员认真填写《输血相关科室差错登记表》,将差错标本做好标记后单独存放。

(4)实验室负责人在接到报告以后要对差错结果进行核实,确认无误后提出初步处置意见并签字,并及时向科室主任汇报。

(5)科室主任签署最终处理意见,并根据具体情况与临床科室负责人或护士长进行沟通,对于情节较轻,责任人及所在科室处理差错及时、思想认识到位、态度端正，可要求相关科室主管领导加强制度落实，并对责任人进行批评教育，防止同类事件的再次发生。对于情节严重、责任人处理不积极或认识不到位，可酌情向医疗主管部门报告。

（6）每年底实验室负责人统计各个科室差错发生情况，并将具体情况通报给相关科室负责人。

（五）相关文件

1.《血站质量管理规范》（卫医发〔2006〕167 号）。

2.《中国人民解放军总医院医务工作指南》（2010 年）。

3.《值班登记、汇报及交接班制度》。

（六）相关记录

《输血相关科室差错登记表》。

十、血液预订管理制度

（一）目的

本程序规定了配发血组外购各种血液成分的预订程序，使各种血液成分维持在合理的库存量并顺畅周转，既保障临床血液供应，又要最大限度避免血液过期报废。

（二）适用范围

适用于配发血组各种血液成分的外购、预订管理。

（三）职责

1. 值班人员　负责各种血液成分库存情况的监控与汇报。

2. 配发血组组长（实验室负责人）　根据临床用血需求及采血组采血计划情况，及时向血液中心或上级主管部门批准的其他供血单位预订各种血液成分，以达到合理的库存量，保障临床用血需求。

（四）工作程序

1. 值班人员每天应该在下班之前（副班、夜班负责完成）认真检查各种血液成分的实际库存量，对于低于最佳库存量的血液成分，应及时向配发血组组长汇报。

2. 配发血组组长接到汇报后，应及时与采血组沟通，了解近期的预期采血量，结合库存情况，确定最终预订血液成分的数量。

3. 批量订血一般由配发血组组长通过北京市血液信息管理系统进行网上预订或通过电话方式完成。急诊订血或特殊成分预订（如洗涤红细胞）一般由值班人员完成，必要时应通知配发血组组长。

4. 申请 RhD 阴性血液成分时，值班人员应通知经治医生及家属签署《RhD 阴性血液成分申请使用补充告知书》，值班人员收到《RhD 阴性血液成分申请使用补充告知书》后如果库存不足，应该立即与血液中心联系订购不足部分。如果血液中心可以提供足量血液成分，应确定准确的送血时间，并通知经治医生视情况调整手术时间；如果血液中心不能按时按量提供血液成分，值班人员应及时通知患者经治医生，以调整治疗方案（手术停止或延期），确保血液成分及时使用，减少血液浪费，避免医疗费用纠纷。

5. 及时了解血液成分预订反馈信息，如果供血单位无法保障提交的预订数量，自采血液也无法满足要求时，配发血组组长应根据库存量调整血液供给保障方案，必要时通知临床控制收容和手术，并向科室主任报告，制订下一步应对方案。

（五）相关文件

《血液库存管理制度》。

（六）相关记录

《中国人民解放军总医院 RhD 阴性血液成分申请使用补充告知书》。

十一、血液成分接收、入库管理制度

（一）目的

本程序规定了全血、成分血接收、入库的相关内容和要求，以确保血液成分入库交接准确、无误。

（二）适用范围

适用于自采血液、外购血液的接收与入

库管理。

(三)职责

1. 配发血组值班人员、采血组送血人员遵照执行。

2. 实验室负责人、质量监督员负责监督。

(四)工作程序

1. 自采血液接收入库

(1)采血组工作人员将制备好、检测合格的全血、悬浮红细胞按血型、血袋号排列、整理入架,交于发血室值班人员,双方共同核对血液数量、血袋编号、血型、血液成分种类、制备日期、有效期等,检查血液有无污染、凝块、溶血、黄疸等,血袋有无破损、渗漏、热合点是否完整等。双方核对并清点数量无误后由接收者放入指定储血冰箱。

(2)冰冻血浆、冷沉淀均为复检合格后由双方清点、核对后直接按血型放入相应的低温冰箱内。

(3)机采血小板为复检合格后由双方清点、核对后放入血小板振荡箱。

(4)双方人员在《血液入库登记表》上登记并签名。

2. 外购血液接收入库

(1)发血室值班人员负责外购血液的接收工作,血液成分送达后应及时清点、核对血液成分的种类、数量无误后在供血单位提供的血液出库清单上签字。

(2)实验室指定专人负责外购血液信息的录入、打印并粘贴新标签、留取血液样本、复检 ABO 正反定型及 RhD 血型,并将完成复检血型的标本排序,填写《外购血液血型复查登记表》并签名。

(3)将完成入库处理的血液成分按照成分类型、血型、血袋编号摆放整齐放入指定储血冰箱内,并在《血液入库登记表》上登记并签名。

3. 报废或退回 对有不符合要求的血液成分由配发血组组长或质量监督员进行检验后出库报废或退回供血单位,并做好相应记录。

(五)相关文件

《临床输血技术规范》(2000 年卫生部)。

(六)相关记录

1.《外购血液血型复查登记表》。

2.《血液入库登记表》。

十二、血液保存管理制度

(一)目的

规范已合格入库血液成分的保存方法、保存条件及质量监控要求,确保血液保存过程中的质量安全。

(二)适用范围

适用于血液成分入库后、发出前的整个保存过程管理。

(三)职责

1. 所有值班岗位人员执行。

2. 实验室负责人和质量监督员监督执行。

(四)工作制度

1. 血液运输及入库应由具有相应资格的专业技术人员操作,血液保存区域除本科室人员外,非授权人员不得入内。

2. 值班岗位人员负责血液保存区域安全,须做好防火、防盗、防水淹等工作,定期检查和更换灭火器,检查门、窗等设施是否安全。

3. 血液贮存设备不应作为他用,待检血液、自体储血应分别应单独存放,不能与合格血液成分混放。

4. 血液保存设备应运行可靠,温度稳定、均衡,有温度记录装置和报警装置。

5. 值班人员负责随时检查贮血冰箱及温度监控系统报警装置是否正常。

6. 保持贮血室内通风良好,温度、湿度适宜。

7. 各种血液成分的标准保存条件

(1)全血和悬浮红细胞分别保存在 2~

6℃有明显标志的专用储血冰箱内。

（2）新鲜或普通冰冻血浆保存于-20℃以下有明显标志的专用储血冰箱内。

（3）冷沉淀存放于-30℃以下（高于国家标准）有标志的专用储血冰箱或冰柜内。

（4）血小板（手工、机采）保存于（22±2）℃的血小板专用振荡保存箱内。

8.各种血液成分的正常保存状态

（1）全血和悬浮红细胞标志清楚，外观颜色正常，无溶血、乳糜凝块、气泡、渗漏及冰冻等状况。

（2）冰冻血浆和冷沉淀呈冻实状态，标志清楚，外观颜色为淡黄色，包装完好。

（3）液态保存血小板标志清楚，外观呈淡黄色雾状、无凝集、无纤维蛋白析出和气泡，血袋无破损。

9.血液保存温度状态监控：采用 MTR-2006 血库冰箱温度监控管理系统，对所有储血设备内部温度进行 24 小时监测并记录，每 5 分钟采集一次温度信息，一旦储血设备内部温度超出设定范围，MTR-2006 系统将及时发出声音报警，并通过手机短信的方式通知相关责任人，以提醒值班人员及相关责任人对报警信息作出及时处理，确保血液质量安全。值班人员每天早晚各一次检查温度监控系统的运转状态、冰箱温度异常情况及相关处理，并在《血库值班登记表》上进行记录。

10.血液制品的存放

（1）按照不同储存要求将不同血型的全血和成分血分别在单独储血设备内存放，并对每一个储血设备做好明显标志。

（2）血液存放时应遵循先进先出的原则，确保各种血液成分正常周转，保证血液质量并杜绝血液浪费。

（3）全血和悬浮红细胞应按时间次序竖直摆放在冰箱内的储血筐中，不得紧密堆积。值班人员每天应对储血架整理一次，便于发血时查找。

（4）冰冻血浆、冷沉淀应按血型整齐存放

在专用低温储血冰箱或冰柜内。

（5）单采及手工血小板应单层、整齐摆放在血小板专用振荡保存箱内，不得紧密堆积。

11.库存血液配发原则

（1）值班人员每天应及时作废过期的配血记录，选择可供配血的血液记录时应遵循由旧到新的原则。

（2）血液发放时也应遵循由旧到新的原则，以确保库存血液得到合理周转，既为临床提供高质量血液，又避免血液浪费。

（五）相关文件

1.《血站质量管理规范》（卫医发[2006]167 号）。

2.《交叉配血管理制度》。

3.《临床用血发放与领取管理制度》。

4.《储血冰箱、标本冰箱及试剂冰箱维护管理制度》。

（六）相关记录

《血库值班登记表》。

十三、血液库存管理制度

（一）目的

本程序规定了输血科血液库存量的高、低限度，既能保证临床科室的血液供应，又能最大限度控制血液的过期报废，并为合理安排采血计划以及外购血液提供参考依据。

（二）适用范围

适用于输血科在库血液成分的管理。

（三）职责

1.值班岗位人员负责本程序的具体实施，完成血液库存管理。

2.配发血组组长根据临床用血需求，制订血液需求计划并及时与采血组进行沟通。

3.采血组参照血液库存情况制定采血计划，最大限度满足临床用血需求，避免血液库存不足、血液过期报废等情况的发生。

4.配发血组组长和质量监督员监督执行。

(四)工作程序

1. 各类血液成分的库存量标准

(1)红细胞库存量(U):①低库存的血液量维持3～4天的用血量,从此时起停止临床申请量＞2 000ml的择期手术。及时与采血组沟通,安排采血计划与外购血液计划。②一级应急库存血液维持2～3天用血量,位于警戒线,酌情控制申请量＞1 000ml的择期手术,并严格掌握临床输血指征以及输血量。及时向科主任汇报,联系血源。③二级应急库存的血液维持1～2天用血量,停止所有择期手术,只保证急诊用血,严格控制常规治疗输血。及时向科主任汇报,由科主任向院主管部门汇报、备案,由医院主管部门协调、落实血源。中国人民解放军总医院输血科制定的各型红细胞库存限值标准,见表3-1。

表3-1 中国人民解放军总医院输血科各型红细胞库存限值表

血型 库存(ml)	A	B	O	AB
高库存	＞450	＞450	＞450	＞150
最佳库存	300～450	300～450	300～450	100～150
低库存	200～300	200～300	200～300	80～100
一级应急库存	100～200	100～200	100～200	50～80
二级应急库存	＜100	＜100	＜100	＜50

(2)冰冻血浆库存(U):在低库存时值班人员应及时向配发血组组长及科主任汇报,并严格控制血浆的输注,以免在血浆置换、急诊抢救等过程中供应不足。特殊情况需向配发血组组长请示批准后方可发放,并及时与采血组沟通,做好各种应急措施。中国人民解放军总医院输血科制定的各型冰冻血浆库存限值标准,见表3-2。

表3-2 中国人民解放军总医院输血科各型冰冻血浆库存限值表

血型 库存(ml)	A	B	O	AB
高库存	500	500	500	300
低库存	200	200	200	100

(3)血小板库存:根据临床申请情况、现有血小板库存情况及单采组采集计划提前向供血单位预定不足部分,既要满足临床需求又要防止过期浪费。

(4)采血组根据冷沉淀各型库存情况不定期制备以补充库存,值班人员严格掌握冷沉淀输注适应证,各型库存报警线为2袋(约10U),每型最后两袋冷沉淀发放时必须向配发血组组长或科室主任汇报,经同意后方可发放。

2. 各种血液成分有效期提前预警要求:血液成分受各种因素影响保存时间不同,为避免造成血液过期,在库存管理中对其进行提前预警,并予以登记。

(1)红细胞提前5天预警,并在《血库值班登记表》进行书面提醒,值班人员应尽量在预警当日将其用出。

(2)新鲜冰冻血浆提前1个月预警,新鲜冰冻血浆1年未使用可转换为普通冰冻血浆,要做好出入库统计。普通冰冻血浆提前1个月预警。

(3)血小板保存期短,需要严格按照采集先后顺序发放,交接班时必须对每一袋血小板进行详细交接,并现场查看,做好相应记录。

3. 值班人员应在每天交接班时统计各种血液成分的库存量及有无预警的血液成分,核实无误后方可接班。当有高于或低于标准库存量时应及时向配发血组组长汇报。

4. 采血组应合理安排采血计划,避免血液或某一种血型血液采集过多或不足,以保持血液的最佳库存量。

(五)相关文件

1.《血站质量管理规范》(卫医发[2006]167 号)。

2.《值班登记、汇报及交接班制度》。

(六)相关记录

《血库值班登记表》。

十四、血液回库管理制度

(一)目的

建立血液回库制度,规范血液回库管理,既要保证血液质量安全,又要避免血液浪费。

(二)适用范围

适用于已发出血液成分的回库管理。

(三)职责

1. 值班人员执行本制度。

2. 临床输血组组长负责回库血液的审核、监督。

(四)工作制度

1. 血液回库的可能情况

(1)发血过程中,患者病情发生变化,不再需要刚刚发出的血液成分。

(2)发血过程中,因取、发血双方交流问题造成的发出血液成分过量或品种不符合临床申请需要。

(3)血液发出后发现血液标志与实际情况不符。

2. 回库处理基本原则 对于已经完成发血程序,但所有血液成分尚未离开发血窗口的情况,临床医护人员提出退还血液成分时,输血科值班人员应按照以下原则进行处理:①冷沉淀原则上不做退血处理;②去白细胞血液原则上不做退血处理;③机采血小板可根据保存期情况确定,保存期较长,可以用于其他患者的可以退还;④红细胞和血浆一般可以退还。

对于因输血科值班人员操作原因造成的血液成分误发、血袋标志错误等,应予以退还。

3. 回库处理程序

(1)值班人员应填写《血液回库登记表》,认真记录回库血液信息,并在第一时间通知配发血组组长。

(2)配发血组组长对待回库血液进行审核,对于完全符合回库条件的血液在血液管理系统中进行回库操作,并由经手值班人员在收费系统中退还相应血液费用。

(3)对于已经完成发血程序,但尚未离开发血窗口的血液成分,完成回库处理后可以发给其他患者。

(4)对于已经发出且离开发血窗口的血液成分,原则上不能重新回库再发给其他患者。

(五)相关文件

1.《血站质量管理规范》(卫医发[2006]167 号)。

2.《临床用血发放与领取管理制度》。

(六)相关记录

《血液回库登记表》。

十五、血液收回管理制度

(一)目的

本程序规范了临床血液收回的相关处理程序及要求,以确保血液质量安全、预防医疗差错、事故的发生。

(二)适用范围

适用于已发出但有质量缺陷的血液及质量合格但错误发出的血液收回控制与管理。

(三)职责

1. 配发血组工作人员、取血医护人员执行本制度。

2. 配发血组组长、质量监督员负责监督、落实。

(四)工作制度

1. 血液收回的可能情况

(1)严重的溶血、脂血、黄疸或有明显可见的的凝块、絮状物等。

(2)标签模糊、脱落或不完整,血袋破损、血液有渗漏者。

(3)误用已经过期的采血袋或去白细胞输血器制备的血液成分。

(4)血液检测或检测报告发生错误且已发至临床的血液。

(5)开放式制备血液(如去白细胞成分、洗涤红细胞等)怀疑有细菌污染、血液标签错误或其他异常时,应及时收回。

(6)其他需要收回的血液成分。

2. 血液收回处理程序

(1)值班人员需24小时接听血液质量投诉并给予初步处理,认真填写《血液收回登记表》,详细记录收回血液的基本信息(收回血液品种、血袋号、捐血号、数量、血型、规格、发出时间、收回原因等)、患者的基本信息(姓名、病案号、血型、科室),对能够直接判断存在质量缺陷或差错的血液负责收回;对不能判断是否收回的血液,应立即报告质量监督员和组长,经同意后及时收回血液。

(2)质量监督员依据《血液收回登记表》上的信息,在相关临床科室协助下对收回血液进行全面调查、评估、分析和处置,并提出纠正意见及预防措施。

(3)收回的血液未经批准不得再发放,按《血液报废管理制度》处理,对于标签等质量缺陷收回血液的再发放,需由质量监督员核实,并予以纠正再审核合格后,经科室主任签字批准后方可发放。

(4)质量监督员对收回血液的调查处理情况应进行详细记录,包括缺陷血液的收回、分析、评审、处置、采取的纠正和预防措施等,并记录存档。

(五)相关文件

1.《血站质量管理规范》(卫医发〔2006〕167号)。

2.《血液报废管理制度》。

(六)相关记录

《血液收回登记表》。

十六、血液报废管理制度

(一)目的

明确不合格血液成分报废管理流程,以确保对所有报废血液成分进行规范、安全处置。

(二)适用范围

适用于对血液入库、保存、发放及临床输血前发现的所有存在质量缺陷的血液成分的报废管理。

(三)职责

1. 值班人员、临床输血医护人员 在实际工作中共同执行本程序。

2. 质量监督员

(1)负责起草血液报废标准。

(2)负责保存、发放及收回过程中报废血液的判定、审批及数据汇总。

3. 配发血组组长 负责对入库后各种血液成分的报废审批。

(四)工作制度

1. 入库血液质量监督与检查

(1)自采血液检查:严格按照献血员招募、查体、血液采集、血液筛查、成分制备的标准操作规程进行相关操作,确保入库的血液成分均能满足相应的质量要求。采血组工作人员将复检合格的血液成分运送至配发血组储血室,与配发血组工作人员一起核对血液成分数量、认真检查血液质量,发现质量问题后及时反馈给采血组负责人,并将有质量问题的血液成分退回采血组,采血组应及时查找原因并做相应处理。

(2)外购血液入库检查:外购血液入库时,严格按照《血液成分接收、入库管理制度》进行,发现质量问题,及时反馈给供血单位,将有质量问题的血液成分退还给供血单位,并在《非发血出库登记表》上登记。

2. 库存过程中、血液发出后的报废处理

程序

（1）值班人员每天应该对存放血液的专用储血冰箱、温度监控系统进行检查，确保温度监控系统运转正常、冰箱温度符合相关要求，保证血液质量安全。

（2）值班人员对库存中发现的不合格血液成分要及时进行隔离存放。对发出后或临床输注前发现的不合格血液成分收回后进行隔离，经质量监督员判定后，填写《非发血出库登记表》，由配发血组长或科室主任审批。

（3）质量监督员负责将审批后不合格血液成分进行核对、清点，自采不合格血液、工作人员操作过程中造成破损的外购血液按照有关传染性医疗废物处理规定交由科室医疗废物收集人员处理，外购血液因质量原因退回供血单位处理。

（4）对于临床科室退回、经审核确为不合格血液，值班人员应及时在配发血管理系统中退还相关血费。

3. 不合格血液报废标准（满足下列标准中任何一项者即为不合格）

（1）入库后发现规定的四项酶联免疫法检测结果判定为阳性或者 ALT 不合格。

（2）献血者要求保密性弃血制备的血液成分。

（3）超过保存期的血液成分。

（4）严重溶血、凝块、乳糜、破袋、渗漏或采血管、转移管近端口密封不严的血液成分。

（5）标签丢失或破损难辨、模糊不清的血液成分。

（6）全血、血小板采集量不足。

（7）血小板成分中红细胞混入量超标、严重聚集或脂肪血。

（8）血浆成分中红细胞混入量超标、严重脂肪血。

（9）无菌培养试验证实为细菌污染的血液成分。

（10）其他经判定需要报废的血液成分等。

4. 统计汇总与分析、改进　科室质量管理人员每月对报废血液情况进行统计汇总与分析，提出相应的整改措施，写出书面报告。

（五）相关文件

1.《血站质量管理规范》（卫医发[2006]167 号）。

2.《血液成分接收、入库管理制度》。

3.《医疗废物（液）处置管理制度》。

（六）相关记录

1.《非发血出库登记表》。

2.《废弃物处理登记表》。

十七、储血冰箱、标本冰箱及试剂冰箱维护管理制度

（一）目的

规范储血冰箱、标本冰箱及试剂冰箱的维护方法及基本程序，以使血液成分、血液标本及相关检测试剂的保存条件符合相关规定，确保血液成分、血液标本及相关检测试剂保存过程中的质量安全。

（二）适用范围

适用于配发血组工作区域内的所有储血冰箱、标本冰箱及试剂冰箱的维护。

（三）职责

1. 配发血组值班人员　执行本程序。

2. 配发血组组长（实验室负责人）及质量监督员　负责监督。

（四）工作程序

1. 值班人员（主班和夜班）每天接班时，应该重新登陆 MTR-2006 血库冰箱温度监控管理系统，并对系统运转情况进行全面检查，确保声音报警系统和短信报警系统正常开启。

2. 值班人员（主班和夜班）每天应该对所有储血冰箱、标本冰箱、试剂冰箱及 MTR-2006 系统进行监测（白班、夜班各 2 次），确保所有冰箱及温度监控系统运转正常。

3. 低温冰箱要定期检查（每季度到半年）结霜情况，如果冰箱结霜严重，影响血液

制品存放,应将冰箱内的血液制品转移至备用冰箱内,断开冰箱电源,待霜溶解后,除去冰霜。重新开启冰箱电源使温度达到规定温度后,再将血液制品放回冰箱。

4. 如冰箱温度出现异常,无法找到可以解释的原因(例如因使用而在短时间内频繁开门、大量放入新制备血液成分),且在一定时间内无法恢复到正常温度范围内,值班人员及时通知设备管理员,由设备管理员负责协调仪器设备管理部门进行维修。

5. 定期(每半年到一年)请厂家技术人员对冰箱进行检修。

6. 储血冰箱每星期、标本冰箱和试剂冰箱每月用 2‰过氧乙酸消毒液进行冰箱表面及内部清洗消毒。

7. 详细记录检测、维护、维修及消毒记录,并签全名。

(五)相关文件

1.《血站实验室质量管理规范》(卫医发〔2006〕183 号)。

2. 相关冰箱使用说明书。

3.《值班登记、汇报及交接班制度》。

4.《仪器设备管理制度》。

(六)相关记录

《储血、标本、试剂冰箱维护登记表》。

十八、血液标本管理制度

(一)目的

为规范对患者标本及献血员标本的接收、处理、保存和销毁的过程管理,确保标本的安全性、可溯源性及试验结果的可靠性,特制定本程序。

(二)范围

适用于输血相容性检测实验室血液标本(试管标本、采血导管标本)的接收、处理、保存与销毁。

(三)职责

1. 实验室标本接收岗位人员 负责对患者标本、献血者标本的接收。

2. 试验操作人员 负责对已接收标本进行试验前处理(离心、标签处理),对已完成试验的标本按规定进行分类保存。

3. 标本处理岗位工作人员 定期对在库血液的标本进行重新排序整理,将超过申请期限的标本转入待处理冰箱,将超过保存期限的标本交由科室指定医疗垃圾处理人员进行销毁。

4. 实验室负责人和质量监督员 对标本接收、处理、保存及销毁全过程进行监督。

(四)工作程序

1. 标本采集

(1)临床患者标本的采集参见《输血相容性检测标本采集与处理程序》。

(2)自采血液标本是在全血采集结束以后使用 $100mm \times 12mm$ 硬质塑料试管从血袋中留取,标本中应混有适量采血母袋中的枸橼酸盐抗凝剂,留取的样本应为≥3ml,贴好试管标签并用橡胶塞盖好。

(3)外购悬浮红细胞(全血或浓缩血小板)的标本分段热合留存于采血导管中并与血袋相连,其中含有适量采血母袋中的枸橼酸盐抗凝药,含有标本的导管长度应≥20cm。

2. 标本送检方式

(1)临床科室所采集的血样,应该与输血申请单或检验申请单一起由气动传输系统或医院外送人员统一送到输血科标本收取窗口。

(2)自采血液标本,应由采血组指定专人负责离心、排序及特殊标本处理(凝块去除)后送配发血组,双方共同检查标本数量、质量并核对无误后入库,在《献血员标本接收登记表》登记并签名。

(3)外购血液(全血、红细胞成分、手工浓缩血小板)完成入库后,剪下标本小辫,并将小辫里的标本留至硬质塑料试管中,贴好标签,标本应由血型鉴定人员复查 ABO 正反定型及 RhD 血型、处理凝块等质量问题后盖试管塞、排序、放入标本冰箱,在《外购血液血型复查登记表》登记并签名。

3. 送检标本检查核对

(1)接收患者标本时应检查、核对标本与申请单上的姓名、病案号(或门诊号)、申请单号、血型是否一致,标本容器是否符合相关检测要求。

(2)接收献血者标本时应核对标本数量、质量要求、标本标识和标本信息。

(3)检查标本有无凝块、严重乳糜、溶血、渗漏等。

(4)试管标签需条码清晰、信息完整,粘贴规范、牢固,易于条形码阅读器识别。

(5)患者试管标本留样量应≥3ml,试管应加盖。

4. 标本接收

(1)献血员标本应在采血后由实验室标本接受人员与采血组工作人员进行标本交接,交接双方在《献血员标本接收登记表》上做好登记并签名。

(2)患者标本接收核对后,接收人员应在申请单上填写收到标本及申请单的时间(具体到分)并签名,对不符合要求的患者标本可以拒收[拒收标准参见《输血相容性检测标本采集与处理程序》],电话通知临床科室标本不合格原因并要求重新抽取标本。

5. 标本处理

(1)患者标本接收后应使用标本离心机(B600-A 型低速离心机),在 1 760g 条件下,离心 5 分钟,离心过程注意防止试管、标签损坏,对于急诊、特需患者没有贴条形码的标本应另外打印申请单条码,并贴到试管的正确位置。

(2)完成试验后的患者标本应重新盖好试管塞按血型放到相应标本架上,并及时放入标本冰箱 2~6℃条件保存,超过用血申请期限后转入待处理标本冰箱,整个保存期限(处理后到销毁前)不少于 7 天。

6. 标本销毁　值班人员将达到保存期

限的标本,去掉可重复使用的试管塞后严格包装,执行《医疗废物(液)处置管理制度》,交医疗废物处理接收人员。

(五)相关文件

1.《血站质量管理规范》(卫医发[2006]167 号)。

2.《血站实验室质量管理规范》(卫医发[2006]183 号)。

3.《输血相容性检测标本采集与处理程序》。

4.《医疗废物(液)处置管理制度》。

(六)相关记录

1.《标本处理、销毁登记表》。

2.《献血员标本接收登记表》。

3.《外购血液血型复查登记表》。

十九、实验室消毒与清洁管理制度

(一)目的

本程序规定了血型血清学实验室、发血室、无菌间的环境设备及物品消毒与清洁内容、方法和基本要求,以确保作业区域卫生整洁,防止和避免血液成分被污染,确保操作人员的生物安全。

(二)范围

适用于整个配发血作业区域的消毒与清洁。

(三)职责

1. 配发血组工作人员执行本程序。

2. 实验室负责人及质量监督员负责监督。

(四)实施细则

1. 区域分类

(1)污染区:血型血清学实验室。

(2)清洁区:发血室、无菌间。

2. 清洁、消毒方法与要求

(1)血型血清学实验室需在每天白班工作结束后,对实验台面、地面、桌椅、门把手、水槽及所用仪器设备如孵育箱、离心机、水浴箱等均用含有效氯 500~1 000mg/L 的消毒液消毒其表面,再用清水抹布擦拭。在试验间歇期(主要是夜班)用紫外线灯照射30分钟。

(2)发血室在每天工作结束后,对地面、操作台、电话机、冰箱、冰柜、桌椅等用有效氯500～1 000mg/L的消毒液消毒表面20分钟,再用清水擦拭。

(3)如发生血样渗漏、溢出或污染了地面、实验台、仪器设备等,应立即用有效氯1 000～2 000mg/L的消毒液对污染处进行消毒,接触时间至少20分钟,再用清水擦洗,并应对污染的血样试管消毒擦拭。

(4)非一次性工作服每周清洗1次。

(5)做好消毒与清洁记录。

(五)相关文件

1.《消毒管理办法》(中华人民共和国卫生部2002年3月28号)。

2.《消毒技术规范》(中华人民共和国卫生部2002年11月)。

3.《医疗机构临床实验室管理办法》(卫医发[2006]73号)。

4.《医院感染管理办法》(中华人民共和国卫生部令2006年7月6日第48号)。

(六)相关记录

《血库值班登记表》。

二十、医疗废物(液)处置管理制度

(一)目的

本程序规定了临床输血过程中产生的医疗废物(液)的管理职责、内容、方法及要求,以有效预防和控制医疗废弃物(液)对人体健康和环境产生的危害。

(二)范围

适用于临床输血过程中产生的医疗废物的分类、收集、暂存与移交。

(三)职责

1. 配发血组工作人员负责本组医疗废物的分类、暂存。

2. 实验室指定专人负责医疗废物的收集、处理、移交及运送管理。

3. 质量监督员监督本组医疗废物管理效果。

(四)医疗废弃物的分类

1. 感染性废物

(1)损伤性:指可能刺伤或者割伤人体的废物,如一次性去白细胞输血器穿刺针、玻片等。

(2)非损伤性:指接触过血液的一次性废物,如用过手套、口罩、帽子、采血袋及报废血液和血液标本等。

2. 药物性废弃物 指过期、淘汰或变质的废弃药品、检测试剂等。

3. 化学性废弃物 指具有毒性、腐蚀性的废弃化学物品,如酸液、乙醚等。

(五)医疗废物包装要求

1. 医疗废物装入有警示标志的黄色垃圾袋内。

2. 盛装医疗废物达到包装物容量的3/4时,使用有效的封口方式,使包装物的封口紧实、严密。

3. 包装物或容器的外表面被感染性废物污染时,应对污染处进行消毒处理,再增加一层包装。

4. 每个包装袋上应贴有标签,内容包括:组别、产生日期、类别及需要的特别说明等。

(六)工作程序

1. 临床输血过程中产生的医疗废物应由操作人员分类后放入指定的黄色医疗废物专用垃圾袋中暂存。

2. 科室指定专人负责医疗废物管理,对各组的医疗废物定时进行收集、暂存,定期分类移交医用垃圾处理中心。

3. 医学试验过程中产生的废液应由操作人员收集到指定的带盖的废液桶中,应用干粉或片剂按有效氯含量50mg/L加入废液桶中接触2小时后经医疗废弃液专用处理水槽倾倒处理,并认真做好相关登记。倾倒过程中要做好个人防护,防止废液溅到皮肤或黏膜上。

4. 盛装医疗废物(液)的容器需定期清洁、消毒。

5. 质量监督员应对本组的医疗废物(液)管理进行监督,及时反馈,对采取的纠正预防措施进行验证。

6. 建立医疗废物交接、移交记录。

(七)相关文件

1.《消毒管理办法》中华人民共和国卫生部 2002 年 3 月 28 日。

2.《消毒技术规范》(中华人民共和国卫生部 2002 年 11 月)。

3. 关于印发《医疗废物分类目录》的通知,卫医发[2003]287 号。

4.《医疗卫生机构医疗废物管理办法》(中华人民共和国卫生部令 2003 年 10 月 15 日第 36 号)。

5.《医疗机构临床实验室管理办法》(卫医发[2006]73 号)。

6.《医院感染管理办法》(中华人民共和国卫生部令 2006 年 7 月 6 日第 48 号)。

(八)相关记录

1.《标本处理、销毁登记表》。

2.《废液处理登记表》。

二十一、实验室职业暴露预防与处置管理制度

(一)目的

本程序规定了对实验室生物安全和职业暴露进行预防和处理的方法及要求,以保护工作人员和相关人员的健康与安全。

(二)范围

适用于对血型血清学实验室生物安全管理和职业暴露的预防及处理。

(三)职责

1. 配发血组工作人员应掌握职业暴露的预防和处理方法并认真执行。

2. 实验室负责人监督执行情况。

(四)工作程序

1. 实验室可能发生职业暴露的情况

(1)滤血时被针头刺伤手指。

(2)标本处理及操作过程中被血液污染。

(3)血液检测的废弃物未按要求处理而污染操作者。

(4)被渗漏的传染性标记物检测结果阳性的患者血样污染。

(5)其他导致职业暴露的因素等。

2. 职业暴露的预防

(1)对实验室全员进行职业暴露预防与处理的培训,使全员具有安全防范意识及发生职业暴露的处理能力。

(2)实验室工作人员进入实验室工作之前按要求进行严格防护,穿戴工作服或隔离衣,戴一次性帽子、口罩和手套,换实验室专用鞋子。经批准进入实验室的其他人员在进入实验室之前也必须进行必要的防护,如穿鞋套、戴口罩、着工作服等。

(3)所有操作人员都应严格按照各项试验标准操作规程的相关要求进行操作,认真遵守《实验室安全与卫生管理制度》。

(4)工作人员按要求每年一次经血传播病原体感染情况的检测,并建立健康档案,对乙型肝炎病毒表面抗原阴性的工作人员进行疫苗接种。

(5)实验室应提供必要的急救设施和发生职业暴露时的应急处理设施;由指定的专人经培训掌握职业暴露处理原则和方法。

(6)实验室产生的废弃物和废液按《医疗废物(液)处置管理制度》进行处置。

3. 职业暴露处理原则

(1)当被带有血液污染的针头、锐器刺伤皮肤或原有的伤口被血液污染时,即刻由自己或其他人帮助挤出伤口处血液,至皮肤色泽发白,使其尽快尽量挤出血液,再用肥皂水和清水反复冲洗,并对受伤部位消毒,可应用消毒液(如 75% 乙醇、0.5% 碘伏等)浸泡或涂抹,可使用创可贴等简单包扎伤口。

(2)若眼、口腔或鼻腔等黏膜部位暴露，应用生理盐水或清水反复冲洗干净。

(3)若对已明确的 HIV 血液暴露，须对暴露部位迅速作出评估，除应进行局部常规处理外，还应尽快采取 HIV 暴露预防措施，通过尽早使用抗病毒药物来阻断可能的 HIV 感染。

(4)对尚未明确的暴露，该份血液应立即进行快速 HIV 及其他血液传播病原体的检测，以便进行风险评估，可在暴露后迅速服用抗病毒药物，待检测结果报告后决定是否需要采取进一步的预防措施。

(5)如被 HIV 及其他血液传播病原体感染，应保留暴露者抗凝血样，用于检测。

(6)对于职业暴露发生经过的应在《临床输血职业暴露处理登记表》进行详细登记，包括被暴露者详细信息，暴露发生时间、地点，暴露方式、具体部位，是否含有 HIV 以及处置措施等，并及时报告科室主任。

(7)对暴露现场进行清理、消毒。

(五)相关文件

1.《医疗废物(液)处置管理制度》。

2.《实验室消毒与清洁管理制度》。

3.《实验室安全与卫生管理制度》。

4.《医务人员艾滋病病毒职业暴露防护工作指导原则(试行)》(卫医发[2004]108号)。

5.《医疗机构临床实验室管理办法》(卫医发[2006]73号)。

6.《医院感染管理办法》(中华人民共和国卫生部令 2006 年 7 月 6 日第 48 号)。

(六)相关记录

《临床输血职业暴露处理登记表》。

二十二、实验室安全与卫生管理制度

(一)目的

本程序规定了对实验室实施安全与卫生管理的要求、内容和方法，以使从标本接收、相容性检测到检验报告完成全过程的安全得

以控制，避免生物、物理和化学等危险因素，确保工作人员、血液检测过程、标本及相关设施的安全。

(二)范围

适用于血型血清学实验室安全与卫生的管理。

(三)职责

1. 实验室工作人员　负责做好自身防护及工作区域内的安全与卫生。

2. 环境消毒岗位人员　按要求对工作区域进行消毒与清洁。

3. 医疗废物管理岗位人员　按要求对医疗废物进行处理。

4. 实验室负责人　负责安全与卫生管理效果的监督。

(四)程序

1. 消毒与清洁区域　包括样本收集处理区、检测区、血样整理、处置和贮存区、试剂与耗材存放区。

2. 安全卫生设施

(1)实验室应有医疗废液专用处理水槽、洁净水槽和感应式或脚踏式水龙头，消毒清洁工具应单独存放。

(2)对医疗废物应有固定的弃置区域，并有明显的生物危险品标志。

(3)具有应急供电设施。

(4)所有电器、电线、电源等应符合国家相关标准并安全、隐蔽放置。

(5)实验室应配备基础消防设施。

(6)对易燃、易爆、剧毒和有腐蚀性危险品应放入专用的安全可靠存放场所，并有专人负责管理。

3. 安全和卫生管理

(1)工作人员进入实验室之前，应更换工作衣，穿戴防护帽、口罩、鞋、手套，必要时戴防护镜等，非本室人员因特殊需要进入时须着工作服、戴口罩、穿鞋套。

(2)皮肤表面有轻微破损者要严格对破损处进行防护，较重者暂时不能进行工作。

（3）在实验区域内不得饮食、吸烟和佩戴影响安全与卫生的饰物。

（4）工作期间严格执行各项标准操作规程，每个工作人员保持自己操作台面整洁有序。

（5）操作期间若出现标本或废液渗漏，严格按《实验室消毒与清洁管理制度》进行处理。

（6）冰箱、空调等大功率设备应有单独双路供电线路，防止断电、电线过载引发的不安全事故。

（7）每天工作结束后，关闭夜班不再使用的仪器、设备电源（冰箱除外）。

（8）按《实验室消毒与清洁管理制度》进行工作区域消毒与清洁，每日工作结束后将医疗废物分类、封存待第 2 日上午由废物处理人员集中处理，每月进行 1 次卫生清洁和安全隐患抽查。

（9）实验室产生的各种医疗废液应由操作人员收集到指定的带盖的废液桶中，应用干粉或片剂按有效氯含量 50mg/L 加入废液桶中接触 2 小时后经医疗废弃液专用处理水槽倾倒处理，并认真做好相关登记。

（10）如发生职业暴露应按《职业暴露预防和处置管理制度》执行。

（11）外来人员进入实验室工作区域必须经过实验室负责人批准，并在《实验室来访人员登记表》上做好登记。

（12）每次离开实验室前必须脱去一次性衣帽并洗手、换鞋。

（13）实验室工作人员每年由科室组织进行一次经血传播病原体感染情况的检测。

（五）相关文件

1.《临床输血工作人员文明服务用语及行为规范》。

2.《实验室消毒与清洁管理制度》。

3.《医疗废物（液）处置管理制度》。

4.《实验室职业暴露预防和处置管理制度》。

（六）相关记录

1.《标本处理、销毁登记表》。

2.《废弃物处理登记表》。

3.《临床输血职业暴露处理登记表》。

4.《实验室来访人员登记表》。

二十三、试剂及耗材管理制度

（一）目的

对配发血组常用试剂和耗材的请领、入库、保存、出库及使用进行全程管理，维持合理的库存量，防止浪费，确保试剂和耗材的稳定性和有效性。

（二）范围

适用于配发血组所需试剂及耗材的管理。

（三）职责

1. 试剂及试验耗材请领岗位人员负责对实验室检测试剂和试验耗材的日常管理。

2. 配发血组组长负责对试剂及耗材的管理过程进行监督。

（四）程序

1. 配发血组组长应按储存设备条件和常规工作量确定实验室各种试剂、耗材最佳储存量，参照上年度同期试剂、耗材使用情况提前 10 天制定下月《请领单》。

2. 请领岗位人员负责按《请领单》从器械处、药材处或科室库房领取试剂与耗材，领取或接收时应该进行严格检查，不符合相应规定的试剂拒领（拒收），接收完成后应在《消耗品入库验收登记表》上登记并签名。

3. 将符合要求的试剂或耗材按先进先出的原则存放于在本组试剂储存冰箱，每种试剂应相对独立并按要求贮存于正确的条件中，应将外包装印有失效期等信息面向外摆放。将一般耗材按要求存放于本组库房。

4. 实验室工作人员定期从科室库房或本实验室库房请领试剂和耗材，并在《消耗品出库登记表》上登记并签名。

5. 每天工作前检查试剂、耗材库存情

况,确保库存量能满足各项试验要求。

6. 试剂使用前须对其储存条件、包装、有效期、试剂盒内各组分是否齐全等进行检查,对存在异常情况的试剂不得使用,通知试剂或耗材供应商进行调换,并调查异常原因提交书面文字说明。试剂最小包装单位开封时应注明开封日期,在《试剂使用登记表》登记并签名。

7. 不同批号的试剂不得混合使用。应严格按试剂说明书规定进行操作,使用过程中出现试剂质量问题,应立即停止使用并查找原因。

8. 当天检测剩余的试剂须按试剂说明书及时封存,放置于试剂冰箱储存。

9. 值班人员每日至少 2 次观测温度监控系统运转状态和试剂冰箱实际温度,发现异常及时处理并汇报组长;值班人员每月对试剂冰箱进行清洁、消毒并做好登记。

10. 对于过期报废的试剂应按医疗废物处理,不得随意丢弃。

(五)相关文件

1.《血站实验室质量管理规范》 卫医发〔2006〕183 号。

2.《医疗废物(液)处置管理制度》。

3.《储血冰箱、标本冰箱及试剂冰箱维护管理制度》。

(六)相关记录

1.《请领单》。

2.《消耗品入库验收登记表》。

3.《消耗品出库登记表》。

4.《试剂使用登记表》。

二十四、外来无 SFDA 批准文号红细胞试剂性能确认管理制度

(一)目的

对外来无 SFDA 批准文号的红细胞试剂进行血清学性能评价,并与已知血清学反应格局进行比对,确保此类试剂血清学反应格局准确且能够满足相应的试验要求。

(二)适用范围

适用于外购但无 SFDA 批准文号的 ABO 血型反定型用红细胞、不规则抗体筛查细胞的性能评价、确认管理过程。

(三)职责

1. 实验室负责人负责外购无 SFDA 批准文号的红细胞试剂的比较、论证与选择,并进行前期性能评价,符合相关要求的试剂列入采购范围。

2. 实验室试剂管理人员负责每次外来无 SFDA 批准文号的红细胞试剂的具体性能评价操作,并在《外来无 SFDA 批准文号红细胞试剂性能评价表》上做好相关记录。

3. 实验室负责人根据性能评价结果,确定新批次外来无 SFDA 批准文号的红细胞试剂是否可以使用。

(四)工作程序

1. ABO 血型反定用红细胞的性能评价程序

(1)ABO 血型反定用红细胞质量要求:①保存有效期内的红细胞试剂无溶血、无异常凝集。②选择分别为 2 人份(或以上)混合的 A_1、B、(A_2、O 必要时)反定型红细胞。③A_1 反定型红细胞与抗 A、抗 A_1、抗 AB 标准血清均出现 4+凝集强度,与抗 B 标准血清不出现凝集;B 反定型红细胞与抗 A、抗 A_1 标准血清不出现凝集,与抗 B、抗 AB 标准血清均出现 4+凝集强度;A_2 反定型红细胞与抗 A、抗 AB 标准血清均出现 4+凝集强度,与抗 A_1、抗 B 标准血清不出现凝集;O 反定型红细胞与抗 A、抗 B、抗 A_1、抗 AB 标准血清均不出现凝集;A_1、A_2、B、O 反定型红细胞分别与正常健康供者的 A 型、B 型、AB 型、O 型血浆或血清(每型 3 人份)反应,其反应格局应该与理论预期相符合。

(2)性能评价流程:①性能评价采用批次抽检的方式进行。②观察试剂外观,无溶血,确认在有效期内(接收时保存期剩余应在 4 周以上),轻轻振摇成红细胞悬液,无气泡和

异物,无异常凝集。③使用单克隆标准血清对 A_1、A_2、B、O 反定细胞进行正定型,3% 红细胞使用试管法,1% 反定红细胞使用微柱凝胶方法,记录反应结果。④分别选择 3 人份的 A 型、B 型、AB 型、O 型血浆或血清,使用 A_1、A_2、B、O 反定细胞进行反定型,记录凝集强度及符合性。⑤综合检定结果,得出检定结论,并由实验室负责人审批。

2. 抗筛细胞的性能评价程序

(1)抗筛细胞试剂质量要求:①保存有效期内的红细胞试剂无溶血、无异常凝集,直接抗人球试验阴性;②选择单人份/每瓶的三系筛查红细胞;③O 型且三系 Rh 血型必须为 CCDee,ccDEE,ccdee,以便能初步判断出 Rh 系统的不规则抗体类型;④筛查红细胞必须表达的抗原包括:D,C,E,c,e,M,N,S,s,P_1,Le^a,Le^b,K,k,Fy^a,Fy^b,Jk^a,Jk^b。

(2)性能评价流程:①性能评价采用批次抽检的方式进行;②观察试剂外观,无溶血,确认在有效期内(接收时保存期剩余应在 4 周以上),轻轻振摇成红细胞悬液,无气泡和异物,无异常凝集;③检查试剂说明书中抗原谱说明是否满足要求;④参照各标准血清使用说明书,采用相应方法依次对上述抗原进行鉴定,记录结果;⑤综合评价性能检定结果,得出检定结论,并由实验室负责人审批。

(五)相关文件

《试剂及耗材管理制度》。

(六)相关记录

《外来无 SFDA 批准文号红细胞试剂性能评价表》。

二十五、输血相容性检测自制室内质控品管理制度

(一)目的

为规范输血相容性检测自制室内质控品制备流程,使自制室内质控品满足室内质量控制的相关质量要求,确保输血相容性检测结果的准确性,特制定本管理程序。

(二)适用范围

适用于 ABO 及 RhD 血型、不规则抗体筛查、交叉配血等输血相容性检测室内质控品的制备、性能评价、使用及保存全过程。

(三)职责

1. 实验室质控品管理人员根据实际检测需要确定质控品需求量,根据质控品保存周期制备相应数量的室内质控品。

2. 实验室质控品管理人员负责每批次室内质控品的性能评价,将符合质量要求的质控品在《输血相容性检测室内质控品在库状态登记表》登记。

3. 实验室负责人负责每批次室内质控品投入使用前的审批工作。

(四)工作程序

1. 单独 ABO 及 RhD 血型鉴定试验室内质控品的配伍原则　为满足 A 抗原、B 抗原、抗 A、抗 B 阴阳性对照的基本要求,一般情况下可以选择以下两种质控品组合方式:①A 型 RhD 阳性与 B 型 RhD 阴性全血质控品;②B 型 RhD 阳性与 A 型 RhD 阴性全血质控品。

2. 单独不规则抗体筛查试验室内质控品的配伍原则　只需选择一个含有 IgG 不规则抗体和一个不含有不规则抗体的全血或单独血清质控品。

3. ABO 及 RhD 血型鉴定与不规则抗体筛查联合试验室内质控品的配伍原则

(1)可以按单独试验分别选择对应的质控品。

(2)选择两个质控品同时满足 ABO 及 RhD 血型鉴定与不规则抗体筛查联合试验的质控要求。

4. 交叉配血试验室内质控品的配伍原则

(1)IgG 抗体质控品选择配伍原则:①选择一个含有不规则抗体的质控品作为受者;②选择两个与受者 ABO 同型的质控品作为供者,要求两个供者标本中,一个含有已知可

与受者不规则抗体反应的抗原,另一个不含有可与受者不规则抗体反应的抗原。

(2)IgM抗体质控品配伍原则:分别选择A、B、O型全血质控品,其中A型或B型作为受者,其他两个作为供者。三个质控品均不含有不规则抗体。

5. 单独ABO及RhD血型鉴定试验室内质控品的制备流程

(1)全血质控品原料的选择:根据血型质控品配伍原则和每个月实验室质控品需求量分别选择多名采集时间在10天以内的ABO及RhD同型、不规则抗体筛查阴性的健康献血者或传染病指标检测符合献血标准、不规则抗体筛查阴性的患者标本。

(2)原料标本的处理:所有标本经过在1 760g条件下,离心5分钟,分别吸取上层血浆按相同血型进行汇集,将汇集的血浆再次1 760g条件下,离心5分钟后吸取上清后备用,血浆量不足可以选择更多符合要求的标本血浆或使用两人份以上供者血浆。再分别将同型压积红细胞汇集混匀后使用生理盐水,洗涤3次(前2次在1 760g条件下,离心3分钟;第3次在1 760g条件下,离心5分钟)后制备成压积红细胞。

(3)质控品的配置:将洗涤后压积红细胞、红细胞保养液、对应血浆按1:2:3的体积比配置成全血质控品,分装在硬质塑料试管中,在1 760g条件下,离心5分钟,用试管塞封口后4℃保存待用,有效期为45天。

(4)质控品靶值确定:从制备好的全血质控品中每个血型随机抽取2个标本,使用实验室指定的比对参照或使用频率最高的仪器(或反应体系)进行ABO及RhD血型试验,重复两次后确定质控品的反应格局及强度,在DBT301-TR-BB-17《输血科血型血清学质控品在库状态登记表》登记并经实验室负责人批准后方可投入使用。

6. 单独不规则抗体筛查试验室内质控品的制备

(1)抗筛阴性质控品的制备:选择多人份抗筛结果均为阴性的AB型血浆混合,在1 760g条件下,离心5分钟后分装至硬质塑料试管中,使用试管塞封口后4℃保存备用。

(2)抗筛阳性质控品的制备:使用AB型不规则抗体筛查阴性的单人份或多人份混合血浆作为倍比稀释介质对商品化IgG型抗D血清进行效价滴定(微柱凝胶抗人球法),选择出现2+凝集强度的最高稀释倍数作为标准,再用前述足量AB型血浆将IgG型抗-D血清进行稀释处理。

(3)质控品靶值确定:从制备好的质控品中随机抽取一个阳性标本和一个阴性标本,使用实验室指定的比对参照或使用频率最高的仪器(或反应体系)进行不规则抗体筛查试验,阴性质控品三系结果均为阴性,阳性质控品反应格局与预期相符且凝集强度应为2+,如果反应强度不符合要求需要重新调整稀释倍数直至符合要求。将质控品分装在硬质塑料试管中,试管塞封口后4℃保存待用,有效期为60天。在DBT301-TR-BB-17《输血科血型血清学质控品在库状态登记表》登记并经实验室负责人批准后方可投入使用。

7. ABO及RhD血型鉴定与不规则抗体筛查联合试验室内质控品的制备

(1)全血质控品原料的选择:参照单独ABO及RhD血型鉴定试验室内质控品的制备流程。

(2)原料标本的处理:参照单独ABO及RhD血型鉴定试验室内质控品的制备流程。

(3)商品化IgG型抗-D血清效价滴定:参照单独不规则抗体筛查试验室内质控品的制备流程。

(4)将RhD阴性的全血质控品配置成不规则抗体筛查阳性质控品:依据商品化IgG型抗-D血清效价滴定结果进行计算,在全血质控品中添加相应量的IgG型抗-D血清。

(5)质控品靶值确定:参照单独ABO及RhD血型鉴定试验室内质控品和单独不规

则抗体筛查试验室内质控品靶值确定原则确定质控品靶值,将质控品分装在硬质塑料试管中,试管塞封口后 4℃ 保存待用,有效期为 45 天。在《输血科血型血清学质控品在库状态登记表》登记并经实验室负责人批准后方可投入使用。

8. 交叉配血试验室内质控品的制备

(1)IgG 抗体质控品:①受者质控品可直接从 ABO 及 RhD 血型鉴定与不规则抗体筛查联合试验室内质控品中选取;②分别选择两组多人份 ABO 血型与受者相同的全血标本,其中一组含有与受者不规则抗体对应的抗原,另一组不含有与受者不规则抗体对应的抗原,分别制备成供者质控品,参照单独 ABO 及 RhD 血型鉴定试验室内质控品的制备流程进行制备并确定靶值。

(2)IgM 抗体质控品:分别选取 A、B、O 三组(不规则抗体筛查均为阴性,数量依需要量而定)多人份全血标本,参照上述第 4、5 项流程分别制备成三批不同血型的全血质控品并确定主次侧反应结果靶值。

9. 注意事项

(1)原料标本来源于健康供者或血源性传染病筛查符合献血标准的临床患者。

(2)所有入选标本无溶血、异常凝集、直抗阴性,抗筛阴性且采集 10 天以内。

(3)要排除 ABO、RhD 血型亚型或弱表达抗原的标本。

(五)支持性文件

1.《医疗机构临床实验室管理办法》(1999 年卫生部)。

2.《临床输血技术规范》(2000 年卫生部)。

3.《血站实验室质量管理规范》卫医发[2006]183。

4.《输血相容性检测室内质量控制管理制度》。

(六)相关记录

1.《输血相容性检测自制室内质控品性

能评价表》。

2.《输血相容性检测室内质控品在库状态登记表》。

3.《输血相容性检测交叉配血室内质控反应格局登记表》。

二十六、仪器设备管理制度

(一)目的

本程序规定了实验室仪器、设备使用、维护、维修和管理的内容、要求与方法,以使仪器、设备能够正常运转,满足本组日常工作需要。

(二)范围

适用于本组范围内所有仪器设备的使用、维护、维修和管理。

(三)职责

1. 科室主任　负责年度仪器、设备购置计划及老旧仪器的报废审批。

2. 实验室负责人

(1)负责审核年度设备购置计划。

(2)参与关键仪器设备采购论证。

(3)负责本组仪器设备操作培训。

(4)负责建立和实施设备管理程序。

3. 设备管理员　负责本组仪器设备登记、运行和管理效果监测、维护维修及校准计划的制订与落实。

4. 值班人员　按照仪器设备使用说明及标准操作规程使用相关设备,并完成日常相关保养、维护工作。

(四)工作程序

1. 仪器、设备购置申请

(1)实验室负责人根据实验室工作的需求提出购置仪器设备书面申请,内容包括拟购置仪器设备型号、规格、性能、供应商资料等,报主任审核、备案。

(2)需更新仪器设备,先填写《仪器设备停用、降级、封存和报废记录》报废原设备,批准后再提出购置仪器设备书面申请。

2. 设备购置论证

（1）一般设备的购置由实验室负责人提出申请，由科室主任审批后报院采购部门。

（2）关键仪器设备购置的应由科室组织可行性论证及完成可行性报告，经科室主任审批后报院采购部门。

3. 设备采购

（1）科室主任审核拟购置仪器设备生产商或供应商的资质，从具有合法资质的供应商选购。

（2）科室主任依据医院采购相关程序，安排办理采购事宜。

4. 设备验收确认 仪器设备到位后，科室主任、实验室负责人共同对其进行验收确认，设备管理员完成接收、登记工作。

5. 大型仪器、设备使用前功能测试

（1）大型仪器设备正式启用前应根据用途进行一定标本量（50～100 个测试）的性能测试，并与已有同类检测方法进行比对，实验室负责人指定专人与厂家或供应商授权的工程师及技术人员共同完成测试。

（2）试验操作者将试验结果汇总、整理后填写在《大型仪器设备使用前功能测试登记表》，实验室负责人形成测评意见报科室主任审批。

6. 设备操作培训 科室主任签署新仪器设备投入使用意见后，实验室负责人安排安装方技术人员对操作和质量监测人员进行培训和考核，并记录人员培训考核结果和结论。

7. 设备管理

（1）设备管理员建立仪器设备档案，内容包括购置申请表、论证报告、验收和确认记录、使用和维修手册、计量、校验报告等有关资料。

（2）建立和实施设备使用、维护、校准和持续监控等管理程序及设备管理人员职责等，并指定专人管理设备档案，大型和关键设备每年至少校验一次。

（3）将新购置的监控和测量设备送国家或军队指定计量部门校准（如进口设备可由供应商校准），并依据相关法律、法规建立和实施本中心强检器具和设备管理制度，对强检器具和设备建档、建帐、建卡，按规定进行周期检定、计量校准和校验合格标识。

（4）建立和实施仪器设备使用和维护程序，定期对仪器设备进行维护、校验。

（5）设备管理员建立仪器设备维修程序，对无法自行修理的设备，进行故障停用标识，防止误用，并联系设备供应方予以维修；维修后的关键仪器设备须经设备管理员或实验室负责人确认，以保证符合预期使用要求。

8. 仪器设备报废

（1）凡存在下列情况之一者，应予报废：①国家主管部门发布需要淘汰的仪器设备品目及种类；②未达到国家计量标准，又无法校正修复的；③严重污染环境，不能安全运转或可能危及人身安全和人体健康的；④超过使用期限，性能指标明显下降又无法修复的。

（2）凡符合报废条件的仪器设备，由设备管理员填写《仪器设备停用、降级、封存和报废记录》，注明原因及仪器设备状况，由实验室负责人确认签字后，报科室领导批准实施。

（五）相关文件

1.《血站质量管理规范》（卫医发［2006］167 号）。

2.《中华人民共和国强制检定工作计量器具目录》。

（六）相关记录

1.《仪器设备一览表》。

2.《仪器设备维护登记表》。

3.《仪器设备停用、降级、封存和报废记录》。

4.《大型仪器设备使用前功能测试登记表》。

二十七、仪器（反应体系）性能验证管理制度

（一）目的

规范输血相容性检测主要仪器（反应体

系)性能验证管理程序,确保试验数据准确、可靠。

(二)适用范围

适用于输血相容性检测主要仪器(反应体系)性能验证管理过程。

(三)职责

1. 实验室负责人　指定专人定期(每年一次)完成相关仪器(反应体系)的性能验证工作,做好相关数据的统计与登记;负责仪器(反应体系)性能验证工作的组织、管理与监督,分析验证数据,出具性能验证报告。

2. 技术管理小组　负责对每份性能验证报告进行评估,给出最终审批意见。

(四)工作程序

1. 性能验证周期　每年进行 1 次,特殊情况下可提前进行。

2. 性能验证计划的制订　每年初实验室负责人制订相关计划,确定仪器(反应体系)验证的范围、试验项目、验证实施人员、验证实施及完成时间。

3. 性能验证工作人员要求　至少由两名或两名以上的工作人员完成。

4. 性能验证操作流程

(1)每一种检测仪器(或反应体系),每一个试验项目使用同一批号试剂,参照相关标准操作规程,连续完成 10 次检测,可以在同一天或连续若干天内完成。

(2)所有检测样本均为已经确定靶值的室内质控样本,可以是相同样本重复检测,也可以是不同样本分别检测。

(3)操作人员记录所有实验结果,并与预期结果进行比对。

(4)汇总不同仪器(或反应体系)不同检测项目的检测结果,分析不同仪器(或反应体系)不同检测项目的重复性与特异性,填写《仪器(反应体系)性能验证报告单》。

5. 形成性能验证报告　实验室负责人根据性能验证试验数据撰写性能验证报告,并提交技术管理小组。

6. 技术管理小组审批　技术管理小组对性能验证报告进行评估,给出最终审批意见。

(五)相关文件

1.《WADiana 全自动血型配血系统标准操作规程》。

2.《SWING-SAXO 系统血型鉴定、抗体筛查标准操作规程》。

3.《Techno 全自动血型配血系统标准操作规程》。

4.《ORTHO AutoVue Innova 全自动血型及配血系统标准操作规程》。

5.《Galileo 全自动血型分析系统标准操作规程》。

6.《输血相容性检测室内质量控制管理制度》。

(六)相关记录

《仪器(反应体系)性能验证报告单》。

二十八、不同仪器相同检测项目性能比对管理程序

(一)目的

通过检测相同标本、相同试验项目,比对不同仪器在检测相同项目时的性能差异,确保不同仪器获得的同类检测数据准确、可靠,且具有可比性。

(二)适用范围

适用于输血相容性检测不同仪器相同检测项目性能比对管理过程。

(三)职责

1. 实验室负责人　指定专人定期(每季度 1 次)完成相关仪器(反应体系)的性能比对工作,做好相关数据的统计与登记;负责不同仪器(反应体系)性能比对工作的组织、管理与监督,分析比对数据,出具性能比对报告。

2. 技术管理小组　负责对每份性能比对报告进行评估,给出最终审批意见。

（四）工作程序

1. 性能比对周期　每季度进行 1 次，特殊情况下可提前进行。

2. 性能比对计划的制订　每年初实验室负责人制订全年比对计划，确定仪器（反应体系）比对的范围、实验项目、比对实施人员、比对实施及完成时间。

3. 性能比对工作人员要求　至少由 2 名或 2 名以上的工作人员完成。

4. 性能比对操作流程

（1）每个检测项目随机选择临床患者标本 5 例，分别使用不同仪器进行相同项目检测。

（2）不同仪器（反应体系）进行相同项目检测应该在同一天完成，并保证各试验条件能够满足相应要求。

（3）操作人员详细记录所有试验结果。

（4）汇总不同仪器（或反应体系）检测结果，分析不同仪器（或反应体系）相同检测项目的重复性与特异性，填写《仪器（反应体系）性能比对报告单》。

5. 形成性能比对报告　实验室负责人根据性能比对试验数据撰写性能比对报告，提交技术管理小组。

6. 技术管理小组审批　技术管理小组对性能比对报告进行评估，给出最终审批意见。

（五）相关文件

1.《WADiana 全自动血型配血系统标准操作规程》。

2.《SWING-SAXO 系统血型鉴定、抗体筛查标准操作规程》。

3.《Techno 全自动血型配血系统标准操作规程》。

4.《ORTHO AutoVue Innova 全自动血型及配血系统标准操作规程》。

5.《Galileo 全自动血型分析系统标准操作规程》。

（六）相关记录

《仪器（反应体系）性能比对报告单》。

二十九、输血相容性检测室内质量控制管理制度

（一）目的

建立输血相容性检测室内质控管理制度，规范室内质控操作流程，以便能够发现实验室常用试剂、耗材的质量问题及反应体系的稳定性问题，及时采取纠正和补救措施，提供本实验室检测结果一致性的证据，确保输血相容性检测结果达到预期的质量标准。

（二）适用范围

适用于输血相容性检测实验室室内质量控制管理。

（三）职责

1. 所有试验操作人员　认真遵照执行。

2. 实验室负责人、质量监督员　负责监督执行。

（四）工作程序

1. 质控品来源　商品化质控品（生产商或供应提供）、实验室自制质控品。

2. 技术要求

（1）由生产商或供应商提供的试剂盒应包括抗原阴性、阳性对照品和抗体阴性、阳性对照品，严格按照试剂盒说明书的质控技术要求进行操作。

（2）自制质控品，必须经本实验室鉴定，获得明确的抗原或抗体特异性表达结果。排除冷凝集、自身抗体、异常蛋白干扰等情况。

3. 质控品常规使用前的确认

（1）生产商或供应商提供的试剂盒对照品应在有效期内使用，并于每次试验操作前进行检查，发现标本明显的颜色变化、溶血应放弃使用并更换新的质控品。

（2）自制质控品。①抗凝全血质控品：实验室统一制备，具体参照 DBT301-RF-BB-27-2009《输血相容性检测自制室内质控品管理制度》，在有效期内使用，使用前检查外观，

排除溶血、细菌污染等情况；②稀释后抗血清：4℃保存，在有效期内使用，使用前检查是否存在颜色变化、细菌污染等。

4. 实施质控的频次 常规试验应该在每天试验开始前进行，试验中途更换试剂批号后应重做质控试验，特殊试验应在每次试验前进行。

5. 质控前准备 常规检测前将质控品恢复至室温后使用，所用质控标本类型应与实验项目要求相一致，检测操作人员必须具备上岗资质，仪器设备及室内温度、环境均应符合要求。

6. 质控品选择基本要求 每次质控试验应至少选择 1 个阳性对照质控品，1 个阴性对照质控品。质控操作人员进行操作前需认真阅读《输血相容性检测室内质控品在库状态登记表》，选择符合要求的质控品。

7. 过程控制

(1) ABO、RhD 血型鉴定（全自动微柱凝胶）。①一般选择两个质控标本；②要求 1 个标本 A 型，1 个标本 B 型；③同时，两个标本 RhD 不同型，即一阴一阳。

(2) 不规则抗体筛查（全自动微柱凝胶）。①一般选择两个质控标本；②一个不含有不规则抗体，一个含有已知其类型的不规则抗体；③可以使用商品化质控品，也可以使用自制质控品，因为只使用血浆或血清便于保存，可以使用自制标化 IgG 抗 D。

(3) 交叉配血试验（全自动微柱凝胶）。①IgG 抗体组：选择 1 个含有不规则抗体的质控标本作为受者；选择两个与受者 ABO 同型的质控标本作为供者，要求两个供者标本中，一个含有可与受者不规则抗体反应的抗原，另一个不含有可与受者不规则抗体反应的抗原；三个质控标本直抗均为阴性。②IgM 抗体组：选择 3 个已知血型分别为 A、B、O 质控标本，选 A 或 B 作为受者，其余两个为供者；3 个质控标本直抗均为阴性。

8. 试剂控制

(1) 抗 A、抗 B 血清与反定 A、B、O 细胞：①可以采用互相验证的方法进行质量控制，即同时对 A、B、O 细胞进行正定型；②也可以采用过程控制使用的质控品，并遵照过程质控的要求进行操作。

(2) 抗 D（或 C，或 E，或 c，或 e）标准血清：①取已知 RhD（或 C，或 E，或 c，或 e）阴性和 RhD（或 C，或 E，或 c，或 e）阳性标本各一支分别与抗 D（或 C，或 E，或 c，或 e）标准血清反应，具体操作参照《Rh 血型分型试验（试管法）标准操作规程》。②阴阳性对照质控标本一般可以从 3 系或 16 系 O 型谱细胞中直接选取。③单独抗 D 血清质控也可以使用过程控制使用的质控品，并遵照其规则进行质控操作。

(3) 凝聚胺试剂：进行阴阳性质量控制。①阳性质控：O 型 RhD 阳性红细胞与标化后的 IgG 抗 D 反应；②阴性质量控制：O 型 RhD 阳性红细胞与 AB 型血清或血浆（经确认无不规则抗体），也可以使用全自动微柱凝胶抗人球方法的质控品，但阳性抗体应该使用凝聚胺试剂确定靶值。

(4) 抗人球蛋白试剂：方法同凝聚胺试剂。

9. 质控结果的记录 操作人员应严格按照《输血相容性检测室内质量控制（过程控制）登记表》和《输血相容性检测室内质量控制（试剂控制）登记表》上的内容要求认真填写质控结果。

10. 质控品检测数据分析

(1) 过程质控：过程质控中的检测结果与已知反应格局比较，凝集强度相差不超过 1 ＋既为在控，超过 1＋即为失控。

(2) 试剂质控：①抗 A、抗 B 标准血清与反定细胞的质控结果分析：只要 A 细胞与抗 A，B 细胞与抗 B 能够出现 4＋强度的凝集反应，O 细胞与抗 A、抗 B 均不出现凝集，即认为质控合格；对于 A 细胞与抗 A，B 细胞与抗 B 出现小于 4＋强度的凝集反应，或 O 细胞与抗 A、抗 B 均出现凝集即视为失控,应更换试剂重复试验,确定是标准血清的原因还是反定细胞的原因,对于不符合要求的试剂应作废弃处理。②抗 D(或 C、或 E、或 c、或 e)标准血清质控结果分析:RhD(或 C、或 E、或 c、或 e)阴性标本与抗 D(或 C、或 E、或 c、或 e)标准血清无凝集,RhD(或 C、或 E、或 c、或 e)阳性标本与抗 D(或 C、或 E、或 c、或 e)标准血清出现 4+强度的凝集反应,即认为质控通过。③凝聚胺试剂和抗人球蛋白试剂质控结果分析参照过程控制。

11. 失控处理 操作人员发现质控数据违反相应控制规则后,应如实填写《输血相容性检测室内质控失控处理报告单》,并及时上报实验室负责人,当批次的检验报告作废或停发,由实验室负责人与操作人员一同对失控情况进行分析,尽量查找可能导致失控的原因,对失控作出恰当的判断。对判断为真失控的情况,应在重做质控试验结果为在控以后,对相应的所有失控标本重新进行测定。如果经过分析,有明确证据证明为假失控时,当批次受检者的检验报告可以按照原先测定的结果发出,无须再进行重复试验。

12. 室内质控结果的月度总结分析 实验室质量控制管理员每个月底要对本月实验室各个检测系统、不同检测项目的室内质控结果进行分类汇总,填写《输血相容性检测室内质控月度统计报告单》。

(五)相关文件

1.《血站实验室质量管理规范》(卫医发[2006]183 号)。

2.《临床输血技术规范》。

3.《输血相容性检测自制室内质控品管理制度》。

(六)相关记录

1.《输血相容性检测室内质量控制(过程控制)登记表》。

2.《输血相容性检测室内质控品在库状态登记表》。

3.《输血相容性检测室内质量控制(试剂控制)登记表》。

4.《输血相容性检测室内质控失控处理报告单》。

5.《输血相容性检测室内质控月度统计报告单》。

三十、输血相容性检测室间质量评价管理制度

(一)目的

本程序规定了实验室常规操作人员以常规检测相同的方式对实验室质量考评的样品检测和判定的基本要求,并全面分析考评结果,发现问题并寻找差距,以改进和完善试验操作与管理,确保常规实验结果的准确性。

(二)适用范围

适用于规定检测项目的实验室质量考评。

(三)职责

1. 检测岗位人员 负责所检测项目的实验室质量考评操作。

2. 实验室负责人 负责分析考评结果和实验室差距,制订和实施改进计划。

(四)工作程序

1. 参加卫生部临床检验中心组织的全国输血相容性检测实验室质量考评活动。

2. 实验室负责人根据卫生部临床检验中心下发的年度室间质评计划表,制订年度实验室质量考评活动时间表,确保质量考评按期完成。

3. 以常规检测相同的方法对质量考评的样品进行检测和判定。

4. 根据标本接收时间随机指定检测岗位人员进行检测。

5. 接收实验室质量考评标本品时,要核对外包装是否完好,是否在规定时间内到达,标识是否清楚,标本量是否足够,与清单上列出的是否一致,有无漏渗及发货时间是否准时等异常情况,并按说明书要求保存。

6. 严格按说明书规定的时间和频次进行检测。

7. 试验操作岗位人员须将质控品与其他标本按标准操作规程常规操作、结果分析、判定、审核及报告。

8. 试验完成后对质控品的检测数据进行汇总，填写《输血相容性检测室间质量评价结果回报单》。

9. 结果报告经实验室负责人审核签发后，按规定时间通过邮寄或网络发出。

10. 保留对质量考评样品检测的原始记录，以备与质量考评考核部门反馈结果进行核对和查找差距原因。

11. 接到质量考评结果反馈报告，应对结果进行比对、分析，查找差距产生的原因，制订改进计划和措施，并评价相应改进措施的成效。

12. 对于室间质评结果不合格的检测项目，实验室负责人应组织实验室人员在 1～3 天找出不合格的原因，常见原因如下：①检测仪器未被校准及有效维护；②未做室内质控或室内质控失控；③试剂质量不稳定；④操作人员的能力不能满足要求；⑤操作人员未按照 SOP 进行试验操作；⑥上报的检测结果计算或抄写错误；⑦样品处理不当；⑧EQA 样品存在质量问题。

13. 实验室负责人填写《输血相容性检测室间质评不合格分析报告单》，提出具体整改意见，得到科主任认可、批准后向全实验室通报，在下次室间质评活动中实施，并追踪评价改进效果。

14. 将室间质评回报结果、整改分析报告等相关资料归档，由科室统一保存。

（五）相关文件

1.《医疗机构临床实验室管理办法》（卫医发〔2006〕73 号）。

2.《血站实验室质量管理规范》（卫医发〔2006〕183 号）。

（六）相关记录

1.《卫生部临床检验中心全国临床输血相容性检测室间质量评价结果回报单》。

2.《卫生部临床检验中心全国临床输血相容性检测室间质量评价结果反馈单》。

3.《输血相容性检测室间质评不合格分析报告单》。

三十一、临床输血岗前培训、考核管理制度

（一）目的

本程序规定了本组工作人员上岗前的技能、理论的培训和考核的内容、方法与标准，以使工作人员在上岗前具备娴熟的操作技能和丰富的理论知识，能够单独完成各项试验操作、处理一般性工作，胜任配发血组各岗位工作。

（二）范围

适用于本组所有工作人员上岗前的培训、考核管理。

（三）职责

1. 科室主任　负责工作人员岗前培训大纲的审核、最终考核意见的审批。

2. 实验室负责人　①负责岗前培训大纲的起草；②负责新员工上岗前的技能培训组织工作；③负责新员工上岗前的理论培训组织工作；④组织新员工技能与理论考核。

（四）工作程序

1. 培训与考核内容大纲

（1）技能考核大纲

①试验操作技能基本要求：a. 熟练掌握手工（纸板法、试管）ABO 血型鉴定试验的操作技能；b. 熟练掌握聚凝胺交叉配血、不规则抗体筛选及鉴定试验的操作技能；c. 熟练掌握微柱凝胶法（Coombs 卡）手工交叉配血、不规则抗体筛查及鉴定试验的操作技能；d. 熟练掌握手工（试管法）抗人球蛋白试验的操作技能；e. 熟练掌握 Rh 血型分型（试管法）试验的操作技能；f. 熟练掌握 RhD 血型确证试验（卡式抗人球法）的操作技能；g. 熟

练掌握 ABO 血型抗体效价测定试验的操作技能；h. 熟练掌握新生儿溶血病血清学检查试验的操作技能；i. 熟练掌握吸收-放散试验的操作技能；j. 熟练使用 WADiana 全自动血型配血系统进行交叉配血、不规则抗体筛查及血型鉴定试验操作；k. 熟练使用 SWING-SAXO 系统进行血型鉴定、抗体筛查试验操作；l. 熟练使用 TEG 5000 型凝血分析仪进行血栓弹力图（TEG）试验操作；m. 熟练使用循环水浴箱解冻冰冻血浆等制品；n. 熟练使用各类、各型号去白细胞输血器进行白细胞滤除操作；o. 熟练使用 AutoVue 全自动血型配血系统进行交叉配血、血型鉴定及不规则抗体筛查试验操作；p. 熟练使用 Techno 全自动血型配血系统进行交叉配血、血型鉴定及不规则抗体筛查试验操作；q. 熟练使用 Galileo 全自动血型分析系统进行献血者血型复查。

②规章制度基本要求：a. 熟悉临床用血申请、审批、发放与领取制度；b. 熟悉各种血液制品的价格，能够熟练完成手工计价及补、退费流程；c. 了解临床用血指导、监督、会诊制度；d. 掌握输血不良反应处理程序；e. 熟悉血液接收、入库、保存管理、库存管理、回库、收回及报废管理程序；f. 了解储血冰箱、标本冰箱及试剂冰箱维护程序；g. 熟悉实验室消毒、清洁、安全与卫生管理程序；h. 掌握实验室职业暴露预防与处理流程及方法；i. 了解试剂、耗材及仪器设备的管理程序。

（2）理论考核大纲：①免疫血液学基础（抗原与抗体反应、补体系统）；②红细胞血型系统：熟悉 ABO、Rh 血型系统，了解 MNS、Lewis、Kell、Duffy 等血型系统；③输血相容性检测的主要内容（血型鉴定、不规则抗体筛查、抗体效价测定、吸收放散等），各种检测方法（盐水法、酶法、凝聚胺法、经典抗人球法、Coombs 卡抗人球法）的原理、优缺点及应用范围；④输血反应的分类、引起的主要原因、实验室检测内容及临床处理原则；⑤新生儿溶血病定义、病理生理、免疫学基础、产前、产后实验室检测；⑥各种血液成分的制备方法、保存条件、保存时间、主要用途；⑦各种血液成分的临床输注（全血输注、红细胞输注、血小板输注、血浆输注、冷沉淀输注）。

（3）参考教材：①《输血与输血技术》（高峰主编，人民卫生出版社）；②《人类红细胞血型学实用理论与实验技术》（李勇主编，中国科技技术出版社）；③《临床输血学》（田兆嵩主编，人民卫生出版社）。

2. 培训与考核基本要求

（1）从事临床输血的工作人员需经医学院校培训的医疗、检验、实验等专业毕业的大专以上学历人员。

（2）医师（士）和技师（士）参加工作前 3 个月必须参加科室组织的全面的技能与理论上岗培训，科室应指定专人进行带教、培训与考核。

（3）带教人员应本着严肃认真的态度，一丝不苟的精神，全面系统地教授各种理论知识、操作技能、规章制度，结合参训人员的实际情况，本着"放手不放眼"与"确保医疗安全"的原则下，鼓励其多参与实际操作，提高其实际动手能力。

（4）参训人员应尊重教员，虚心、主动学习，努力做到"四勤"即"眼勤、嘴勤、手勤、腿勤"，理论联系实际，为上岗值班做好充分准备。

（5）培训过程中要分阶段进行岗位技能与操作考核，培训结束后进行输血理论综合考试，考核达标后，经科室主任批准方可上岗工作；考核不达标者，每个岗位最多延长 10 天，整体培训最多延长 30 天，在此时间范围内经过重新培训、补考合格后经科室主任批准方可上岗工作，有任意一项不合格者，即认定不适合临床输血岗位工作，退回科室处理。

（6）《岗位培训登记表》要求注明参训人员详细信息、带教人员详细信息、培训起止时间、培训内容、带教老师鉴定意见。

（7）每个岗位至少有 3 位高年资（工作时间≥4 年）带教老师进行带教，其中至少有两位带教老师认为其培训效果良好，方可参加考核，否则将延长岗位培训时间。

（8）《岗位考核登记表》应该包括参训人员详细信息、考核内容、考核方式、考试成绩及认证通过时间等。

（9）培训、考核认证记录，要求按质量记录管理的规定妥善保存。

3. 考核方式与标准

（1）考核共分 4 个部分。①发血岗位操作技能考试：实际操作与口试；②交叉配血岗位操作技能考试：实际操作与口试；③血型鉴定（含其他常用血型血清学试验）岗位操作技能考试：实际操作与口试；④综合理论考试：笔试。

（2）考试标准：所有考试采用百分制评分，≥80 分为"合格"；<80 分为"不合格"。

（3）所有考试均合格者，发给由科室主任签发的《临床输血岗位培训合格证书》。

（五）相关文件

《人力资源管理程序》。

（六）相关记录

1.《岗位培训登记表》。

2.《岗位考核登记表》。

三十二、临床输血记录、档案管理制度

（一）目的

建立并实施临床输血记录和档案管理制度，详细记录并妥善保存临床输血过程中所产生的结果、数据及相关责任人信息，使其具有可溯源性，以证实临床输血质量体系有效运行并满足相应特定的质量标准。

（二）适用范围

适用于临床输血工作全过程产生的质量和技术记录信息的管理。

（三）职责

1. 配发血组值班人员　执行本程序。

2. 资料管理员　负责监督、汇总及存

档。

（四）工作程序

1. 输血申请单管理　值班人员每天接到临床输血申请单时应该认真检查、核对以下信息：申请单患者信息与标本信息是否一致；申请单字迹是否清晰、完整；是否具有输血适应证；申请时间、申请用血量及成分是否合理；是否填写标本采集者和标本采集时间；是否填写标本运送者和送达时间。确认所有信息准确无误后，准确填写收到时间（具体到分钟）并签名，需要特殊处理的申请单应该在交接班记录本上注明。血型鉴定岗值班人员每天早上应该将过期需要处理的输血申请单集中标记、处理，并放到指定位置存放。

2. 配血单管理　交叉配血岗位操作人员应该将配血结果认真核对后，准确地填写在配血单相应位置，并用正楷清晰签下试验操作者姓名。审核者认真核对检验结果，确认无误后在相应位置签名或盖章。

3. 发血单管理　发血岗位值班人员发血时应该与取血的医护人员认真核对血液成分后，分别用正楷在发血者、取血者位置签名。

4. 门诊、病房患者血型鉴定、Rh 分型、抗体效价检测等申请单及报告单管理

（1）门诊检验申请单及相应标本每天 15:00 前由实验室指定人员到门诊综合治疗室领取，领取时需认真核对相关信息，申请单与标本上的申请序列号必须保持一致。

（2）值班人员在完成相关检测并经第二人复核后，在相应申请单上填写检验结果，分别用正楷在操作者、复核者位置签名，并将申请单放到指定位置保存。

（3）复核后的检测结果应及时、准确地录入或使用自动传输软件传到临床检验管理系统中并由实验室负责人或授权人确认。门诊患者不用实验室打印报告单，由门诊负责集中打印。病房患者需打印检验报告单经操作者、复核者签名后由实验室指定人员及时送

发各临床科室。

5. Rh 阴性血液使用补充告知书管理　发现临床 RhD 阴性患者申请用血时,值班人员应该在第一时间通知临床经治医生,要求患者、家属及经治医生共同签署《RhD 阴性血液使用补充告知书》后送输血科与输血申请单一并存档。

6. 记录归档

(1)所有与临床输血相关的医疗文书均应严格按照相关规定分类存档。

(2)所有临床输血记录、档案内容必须完整,并入病历归档保存,确保其可溯源性。

(3)实验室内所有临床输血档案、记录每年至少整理 1 次以上,对其进行分类汇总、装订,保存期限应符合国家相关规定,至少保存10 年。

7. 数据电文信息管理　在临床配血、发血及其他试验操作、报告录入、审核与确认过程中均应使用本人的用户名进行操作,不得将自己的用户名转借他人使用。数据电子信息与手写文书信息具有相同的法律效力。

8. 建立和实施保密制度　对献血者的个人资料、献血信息、血液检测结果以及相应的血液使用信息等应进行保密,防止未授权接触和对外泄露。非本科室人员查阅、复印相关信息必须由实验室负责人、科室主管行政领导逐级审批。

9. 补打检验报告单

(1)住院患者检验报告单发生丢失,临床医生需持病历或病案管理部门出具的检验报告单缺失证明到实验室指定窗口办理。实验室工作人员进行必要核实、查询后,可以补发纸质检验报告单,在其上注明"补发"字样。实验室工作人员填写《检验报告单补发登记表》,记录相关信息,补发者和申请者签名。

(2)门诊患者因报告单丢失等原因需要重新查询相关检验结果时,实验室工作人员必须查验患者医疗卡、交费凭条及报告单领取回执等。手续不全时不予办理,手续齐全

时应由两名值班人员共同审核后方可重新出具检验报告,在其上注明"补发"字样。实验室工作人员填写《检验报告单补发登记表》,记录相关信息,补发者和申请者签名。

(3)实验室每年底应对补发的检验报告单进行汇总、统计,上报医疗主管部门,将住院患者检验报告单遗失情况作为医疗质量指标之一纳入到临床科室目标考评管理之中。

(五)相关文件

1.《血站质量管理规范》(卫医发[2006]167 号)。

2.《临床用血申请、审批制度》。

3.《临床用血发放与领取制度》。

4.《交叉配血管理制度》。

5.《记录控制程序》。

6.《结果报告控制程序》。

7.《实验室信息系统管理程序》。

8.《计算机文件和数据控制程序》。

(六)相关记录

1.《RhD 阴性血液成分申请使用补充告知书》。

2.《检验报告单补发登记表》。

3.《中国人民解放军总医院交叉配血检验报告单》。

4.《中国人民解放军总医院发血单》。

三十三、临床输血咨询服务管理制度

(一)目的

实验室建立临床输血咨询服务制度,规范为服务对象提供医疗咨询服务的过程,更好地服务于患者、献血者和临床医务人员。

(二)适用范围

适用于对临床医务人员、患者及家属提出的临床输血相关问题的解答、处理过程。

(三)职责

科室指定的具有相应资质的工作人员负责解答、处理临床医务人员、患者及家属提出临床输血相关问题。

(四)程序

1. 科室指定专人负责临床输血咨询服务。

2. 咨询服务人员的授权管理及资格要求

(1)科室主任应从各专业组中选拔具有临床基础和实验室知识的技术骨干组成临床输血咨询服务小组,任命并授权组长及组员。

(2)从事咨询服务的人员必须真正对检测的相关理论知识和技术有较系统和全面的了解,或者已经是检测方面的专家,另外还需对输血相关法律法规、临床医学知识有一定了解和熟悉,同时还应具备较强的分析和解决问题的能力,善于与人沟通和交流,能清楚、流利地表达自己的思想,并有主动服务、尊重别人、思维敏捷、勤学善学、冷静坚强的精神。一般要求咨询服务者从事临床输血工作 5 年以上,具有中级以上专业技术职称。

(3)医疗咨询小组成员有义务为献血者、患者和临床工作人员提供医疗咨询和解释。通常情况下,只有经实验室授权的人员才能从事相关医疗咨询工作。

3. 医疗咨询服务范畴

(1)输血相容性检测实验室开展的检测项目,各检测项目的正常参考范围、临床意义、适用范围和局限性。

(2)某些疾病的诊断及辅助诊断可选择的实验。

(3)标本采集、运送、保存、处理等方面的相关要求。

(4)检验或输血申请单的填写,临床用血申请、审批、血液发放、储存等。

(5)检验结果的准确性和精确性。

(6)检验结果报告时限、检验报告单的领取方式。

(7)检验项目的生理及病例疾病干扰因素。

(8)检验所采用的仪器、方法、试剂、检验程序。

(9)对临床患者输血适应证的把握。与临床医生沟通,本着科学、有效、合理用血的原则,及时为患者提供合适的血液成分。

(10)自体血液采集、储存与输注、互助献血操作流程及相应政策。

(11)当血液成分供应紧张时,对临床公布相关血液动态,指导临床择期手术病人备血。

(12)输血不良反应的报告。当接到临床医生输血不良反应报告时,做好记录,查明原因,提出指导性意见或建议,并做好回访工作。

(13)参与临床会诊。如对申请手术用血量超过 2 000ml 的病人、危重输血患者、发生严重输血不良反应患者、疑难配血患者等情况实行临床会诊制度。

(14)对输血相容性检测项目结果进行解释,为患者需做进一步检测提供建议。

(15)对献血者询问献血相关法规问题进行解释。

(16)其他与输血医学相关的问题。

4. 咨询服务人员对于简单问题可以直接给予解答,对于复杂、无法直接解答的问题应该做好登记,上报科室,并负责随访。

5. 科室设置常规咨询服务电话。

6. 科室定期向临床医护人员、患者发放《满意度调查表》,收集临床科室对于输血科所提供服务的反馈意见,以利于改进工作,提高服务质量。

(五)相关文件

1.《医疗机构临床实验室管理办法》(卫医发[2006]73 号)。

2.《血站质量管理规范》(卫医发[2006]167 号)。

(六)相关记录

1.《临床输血咨询服务登记表》。

2.《满意度调查表》。

(于　洋　马春娅　张晓娟　汪德清)

参 考 文 献

[1] 中华人民共和国全国临床检验操作规程.3 版. 南京:东南大学出版社,2006.

[2] 中华人民共和国卫生部.中国输血技术操作规程(血站部分).天津:天津科学技术出版社,1997.

[3] 中华人民共和国第八届全国人民代表大会.中华人民共和国献血法(1997).

[4] 中华人民共和国卫生部.医疗机构临床用血管理办法(试行)(1999).

[5] 中华人民共和国第八届全国人民代表大会.中华人民共和国刑法(97 修订)(1997).

[6] 中华人民共和国卫生部.临床输血技术规范(2000).

[7] 中华人民共和国国务院.医疗事故处理条例(2002).

[8] 中华人民共和国卫生部.医疗机构临床实验室管理办法(2006).

[9] 中华人民共和国国务院.医疗废物管理条例(2003).

[10] 中华人民共和国卫生部.医院感染管理办法2006.

[11] 中华人民共和国国家质量监督检验检疫总局,中国国家标准化管理委员会.实验室生物安全通用要求(2004).

[12] 北京市卫生局.《医疗机构输血科(血库)基本标准》(2007).

[13] International Organization for Standardization (ISO). Medical Laboratories-Particular Requirements for Quality and Competence. Geneva, Switzerland:ISO15189:2007.

第4章 输血科(血库)实验室设计与布局

随着输血医学的快速发展,先进的自动化检测设备开始逐渐进入输血科(血库),自动化检测模式正逐步取代传统的手工操作模式。现代化仪器设备的引入,开始对实验室配套的空间布局、环境条件提出了更高的要求,原有的实验室空间条件、布局及配套设施已经无法满足现实发展的需要,甚至成为制约学科发展的瓶颈。近年来,国外先进的实验室管理理念逐步引入国内并在国内同行中得到广泛认可,行业主管部门、监督部门相继出台了一系列关于输血科实验室设施设置的规范和标准,促使整个行业实验室设施、环境得到了明显的改善。

第一节 输血科(血库)实验室设计

临床实验室是临床试验技术人员完成临床检验工作的核心场所,其空间大小、布局流向、设施功能条件水平,直接影响整个检验工作质量,进而对整个临床诊疗活动带来间接影响。输血相容性检测实验室有别于传统意识的临床实验室,它的基本职能除了完成输血相容性检测工作以外,还要承担血液成分的接收、储存、管理、发放等一系列非检验性质的工作,这部分工作与检验工作同样重要。因此,在输血科实验室设计的时候要兼顾检测区域与非检测区域,既要满足两个工作区域的功能要求,又要做到协调发展、相互促进。二级以上医院应设置独立的输血科(血库),三级综合医院或年用血量较大的三级专科医院应设立独立建制的输血科。

一、设计理念

输血科实验室的设计应遵循"功能设施完备、分区流向合理、沟通交流便捷、面向未来发展"的基本原则,力求达到人尽其才、物尽其用、地尽其力。整体设计要体现"以患者为中心""为临床提供安全、高效、便捷的用血保障服务"的基本思想。科学合理的实验室设计可以使工作人员感到舒适、方便,有助于提供工作效率,同时也便于医患沟通、改善医患关系,增强患者、临床医务人员对于实验室的信心,提高实验室竞争力。实验室的设计还要考虑留有一定的发展空间,以满足未来至少10年以内实验室的发展需要。

二、位置与环境要求

(一)实验室位置要求

输血科(血库)实验室提供的服务项目,无论是检验项目,还是血液供应以及相关治疗项目主要面对的是住院患者,因此实验室位置应尽量设置在住院病房区域,而不宜设在门诊区域。通常情况下输血科实验室完成的检验工作量与临床血液供应量呈正相关,因此,实验室位置应该设置在用血量最大、相对集中的病房区域,同时也要兼顾用血量少的科室。对于大多数临床用血主要集中在外科的医疗机构,设置输血科实验室时就应该更多地考虑方便为外科患者提供检验和血液保障,一般设置在手术室的隔壁(同一楼层)或相邻楼层。此外,由于输血科实验室需要为临床提供血液成分,血液储存、发放的区域为清洁工作区,需要单独设置,并与污染区分开,因此输血科应尽量不要与其他临床实验室设置在同一区域,也不能与自身的相容性检测实验室混在一起,以减少交叉污染的机会,提高输血安全系数。

医院在设计功能科室位置分布的时候,决策人员要考虑输血科实验室工作和职能的特殊性,不能简单地当作一般临床实验室来对待,要认真征求输血专业人员的意见,合理设置输血科实验室的位置,使实验室在确保工作人员生物安全、防止血液成分污染的前提下,能够安全、高效地为患者和临床提供输血相容性检测和用血保障服务。

(二)实验室环境要求

1. 基本要求 实验室环境要求包含两方面内容,即检测环境要求和工作环境要求。检测环境要求是仪器、设备、试验及方法学等方面对于环境要素的基本要求,满足这些要求是确保仪器设备正常运转、获得可靠检测数据的基础。工作环境要求主要是操作人员完成试验工作所需基本环境标准,这些要求是确保工作人员自身不受到伤害、保持轻松工作心态、高效顺利完成检测任务的前提条件。以往,实验室更多地关注检测环境建设,而忽略了工作环境的改善和提高。近年来,随着实验室管理学的不断发展,工作环境越来越受到实验室管理层的重视,甚至衍生出一个新的名词"实验室内务管理",其实质就是营造一个轻松、舒适、便捷、安全的实验室工作环境。

(1)检测环境要求。①实验室的标准温度为 20℃,一般检测区域的温度应控制在 18～25℃;②实验室内的相对湿度一般应保持在 50%～70%,实验室可以根据自身使用的大型检测设备所要求的湿度范围来确定本实验室的环境湿度范围要求;③实验室的噪声、防震、防尘、防腐蚀、防磁与屏蔽等方面的环境条件应符合在室内开展的检验项目和检测仪器设备对环境条件的相关要求,室内采光条件应利于各项检测工作的进行。

(2)工作环境要求。①做好生物安全防护:主要是通过各种防护措施和流程管理,防止工作人员受到病原微生物的侵害,消除医源性感染。②保持相对安静:实验室内部及其周围应保持一个相对低噪声的环境,过高的噪声会分散操作人员的注意力、影响试验操作及结果的分析和判断,甚至威胁人体健康。输血相容性检测实验室的噪声主要来源于大型检测仪器、各种离心机和低温冰箱,实验室应采取各种防护及定期保养维护等措施来消除各种噪声,以保证工作人员能够在良好的环境下开展相关工作。③整洁、有序、美观:要求整个实验室内区域分布合理、仪器设备摆放有序、操作台面整洁、地面清洁,防滑,废物处理及时。

2. 日常控制与管理

(1)实验室的环境条件出现异常,例如温度和湿度超过规定范围时,值班人员应立即查明原因并给予适当处理;如果温、湿度异常已经明显影响检测结果时,应停止相关检验工作,及时报告实验室负责人,采取适当措施给予解决。

(2)实验室应保持整齐、洁净,每天工作结束后要进行必要的清理,定期擦拭仪器设备,仪器设备使用后应将器具及其附件摆放整齐,盖上仪器罩或防尘布。一切用电仪器设备使用完毕后均应切断电源。

(3)实验室内严禁吸烟、吃零食、喝水和存放食物等,非实验室人员未经同意不得进入实验室内。经同意进入的人员在人数上应严格控制,以免引起室内温度、湿度的波动变化。

(4)实验室每天应有专人负责温、湿度情况的记录。有空调和除湿设备的室内不应随便开启门窗,应指定专人负责操作空调设备或除湿机。各种记录保存期至少为10年。

三、建筑要求

(一)实验室空间需求

空间规划是实验室设计最重要的部分,适当的实验室空间是保证实验室检测质量和工作人员安全的基础。空间不足是实验室的安全隐患,并影响实验室的工作质量。

1. 空间分配原则 实验室工作空间的大小应保证最大数量的工作人员能够在同一时间、同一平面展开工作。空间分配应综合考虑工作人员的数量、工作流程、仪器设备摆放等因素,力求让工作人员感到舒适,又不产生浪费。同时,还应从发展眼光确定实验室空间大小,以便在较长时间内能容纳新添置的仪器和设备,保证高效、安全完成各项工作。

2. 输血科(血库)实验室分区 根据生物安全要求分区,一般划分为清洁区(发血区、储血区、办公室、休息室、学习室、值班室、治疗室等),缓冲区(走廊、缓冲间),污染区(标本接收处理区、检测区、洗消区、标本储存区)。同类区域尽量集中设置,避免不同类型区域混搭,防止交叉污染,确保生物安全。输血科实验室根据具体工作职能还可以分为核心功能区(检测区、发血区、储血区)和辅助功能区(标本接收处理区、洗消区、标本储存区、办公室、休息室、学习室、值班室、治疗室等)。在实验室空间分配上要在充分保障核心功能区的基础上,兼顾辅助功能区的空间设置,最终达到安全、整洁、有序、美观的效果。

3. 法规和安全 实验室设计应严格遵循国家、地区及行业相关法规的要求。建筑设计师有责任提出有关法规的要求。

(二)医疗废弃物处理

1. 污水处理 输血科(血库)实验室每天会产生一定量的污水,包括生活污水和医疗废液。生活污水与医疗废液要分开处理。生活污水不需要进行特别处理,可以直接排入下水管道之中。医疗废液主要是试验操作(手工操作、自动化检测)过程中产生的废液,其中可能含有致病微生物,必须进行无害化处理(过氧乙酸,有效氯消毒剂浸泡)之后才能排放。实验室内应专门设置医疗废液水槽用于无害处理后医疗废液的排放。

2. 废物处理 输血科(血库)实验室每天都会产生一定数量的医疗废物,包括血液标本、报废的血液成分、血袋、滤器、试剂包装盒(袋)以及用过的试管、吸管、移液枪头、检测卡、微孔板。对于污染的医疗废物应严格按《医疗废物(液)处置管理制度》进行收集、包装、处置,实验室应设置专门的区域用于临时存放医疗废物,对于没有被污染的废物(产品包装盒等)可以按照生活垃圾的标准进行回收或销毁处理。

3. 洗消室(区) 实验室应设立单独的洗消室(区),用于处理可以重复使用的器具,例如玻璃棒、玻璃试管、烧杯、量筒、橡胶试管塞等,洗消室(区)应紧邻检测区域,以便于洗消处理,缩短运输路径,防止交叉污染。条件允许的实验室可以在洗消室(区)安装高温消毒设备,也可以将完成初步洗消的器具送医院消毒供应部门完成最后的灭菌处理。

(三)适宜的实验室环境条件

1. 温湿度条件 越来越多的大型全自动检测设备被引入输血科实验室,而这些设备正常运行时对于温湿度条件都有不同的要求,实验室内不适宜的温湿度条件,可能会对检测设备、检测结果带来不良影响。实验室内冬季要有加温设备、夏季要有降温设备,确保全年实验室温度都能控制在要求范围内;同时,实验室还应安装必要的湿度控制设备,包括加湿设备和除湿设备,通过使用这些设备使实验室湿度控制在适宜的范围内。

输血科(血库)发血室是一个特殊的区域,因其室内放置大量储血冰箱,特别是低温储血冰箱,对于温度要求相对较高。由于低温冰箱在运转过程中会大量散热,如果这些热量无法及时放散出去,就会导致储血室内温度升高,室温升高后冰箱压缩机就会加大制冷,制冷时又会散发热量,从而产生恶性循环,导致室温过高、大量电能消耗及冰箱寿命缩短。夏季因使用空调制冷,这个问题并不突出,但是冬季时就会变得明显。现在大多数医疗机构都是使用中央空调供冷,而中央空调冬季一般都不运转。因此在进行储血室设计时,特别是大型血库应考虑安装过季供冷空调系统,以保证冬季储血室温度控制在适宜范围内。

2. **电磁防护** 大型检测设备容易受到电磁辐射的干扰,同时大型设备运转过程中其自身可能也会产生一定程度的电磁辐射,因此大型仪器设备之间要保持一定的距离空间,必要时加装防护板。输血科实验室常用的样本离心机在离心旋转过程中可以产生较强磁场,从而干扰其他大型仪器使用,应尽量放置在一个远离大型仪器、相对独立的位置。

3. **实验室洁净度要求** 输血科实验室使用的一些全自动血型配血系统都是半开放式的(没盖),实验室内空气中的尘埃含量不能过高,过多的尘埃会落到仪器设备内的重要元器件上,可能引发故障,甚至带来危险。实验室不应靠直接开窗通风的模式实现室内气体交换,而应安装专业的送风和回风系统,既能保持室内的气体流通,又能控制气体洁净程度。

4. **生物安全防护要求** GB19489-2004《实验室生物安全通用要求》中根据所操作的生物因子的危害程度和采取的防护措施,将生物安全的防护水平分为四级,参照输血相容性检测实验室生物危害等级标准,输血相容性检测实验室防护水平应达到 BSL-2 实验室水平。

第二节　输血科(血库)实验室功能分区和布局

一、功能区布置的基本要求

(一)窗口设计

窗口是输血科(血库)与服务对象(患者、医务人员等)直接沟通、交流的场所,窗口设计合理与否,可能会直接影响实验室的服务水平。实验室窗口设计、建造时除考虑方便工作、满足生物安全的基本要求,还要更多地体现"尊重、平等、人性化"理念。

1. **窗口位置** 窗口应设置在实验室外部独立一端,一般朝向医院公共区域,如走廊,便于服务对象寻找。

2. **窗口标识** 实验室窗口周围应有明确、醒目的标识,便于服务对象识别,必要时,还应在窗口周围张贴实验室制定的提示信息,内容可包括标本的留取、接收、报告发放流程及注意事项等。

3. **窗口大小** 实验室窗口要避免"洞口式",即在实体墙上开一个小窗,窗外人员仅能看到工作人员的脸部,对于实验室内一无所知,这样容易导致服务对象的不信任感,实验室内的工作人员也会产生压抑感。按照当前服务行业"沟通无障碍"的理念,实验室窗口最好设计成通透式,即窗口所在墙体全部或部分(窗口高度以上)通透,可以采用整体大块玻璃钢材料制成通透墙体,在透明的墙体上再分割出大小合适的窗口区域,达到化有形为无形的窗口设计效果。通透式窗口可以使服务对象了解实验室内的工作流程、进度以及人员基本状态等,充分尊重服务对象的知情权,容易获得服务对象的理解和信任。同时,通透式窗口还可以使实验室内工作人员的行为得到监督,提高其自觉性,规范其操作行为。通透式窗口可以拉近实验室工作人员和服务对象之间的距离,使双方在视觉和语言沟通上变得更加顺畅,使服务对象感受到尊重与平等。

4. 窗口高度 实验室窗口高度要适中,一般在 1.0~1.2m,且内外不能有明显的高差,避免给服务对象产生实验室工作人员高高在上的感觉。

5. 配套设施 如果窗口所处区域过于嘈杂或窗口较大、内外距离过远,双方说话听不清楚时,窗口应安装扩音装置,以便于双方交流。窗口外部还应摆放一定数量的椅子,便于服务对象等候时使用。条件允许的情况下,还可以在窗口外侧划出指定的等候区域。

输血科实验室窗口与传统临床实验室窗口还有一个重要的区别,就是前者不仅要接收样本和申请单、发放检验报告单、提供结果解释与咨询服务,还要承担血液成分发放的重要职能。血液成分属清洁物品,而患者样本是污染物品,两者进出使用同一个通道势必会造成交叉污染。因此,输血科核心工作区应设立两个窗口,即检测区设立"标本接收窗口",储发血区设立"发血窗口",两者必须从空间上隔离,才能防止交叉污染,同时满足输血相容性检测和血液成分发放的需求。但是,由于房间条件限制及历史原因,国内绝大部分的输血科窗口设置不符合要求,标本接收与血液成分发放共用一个窗口,污染区与洁净区存在交叉,对血液成分安全构成威胁。近些年投入使用的部分输血科实验室已经开始采取检测区与储发血区严格分离,发血和标本接收分别设立窗口并实现物理隔离。

(二)功能区内部空间设计原则

输血科内部空间设计要符合输血科工作性质、流程特点,输血科实验室的工作岗位不同于一般临床实验室,例如检验科各个检验岗位之间(血常规、尿常规、血清四项)相对独立,没有明显的关联性,不存在明显的相互影响。而输血科的各个岗位之间联系密切,形成一个连续的流水线,例如输血申请单和血液标本接收后,对同一个标本要相继进行血型鉴定试验(复查)、不规则抗体筛查试验、交叉配血试验,如果不规则抗体筛查出现阳性结果,可能还需要进行抗体特异性鉴定和(或)大样本配血筛查,甚至是求助于委托实验室或顾问实验室,配血相合后还要进行血液成分的准备,可能包括白细胞去除、血液辐照等,然后进行血液发放,这些环节前后相连,互相影响。任何一个环节出现问题或效率低下,就会直接影响到整个实验室的工作效率和工作质量。这一系列工作可以由不同岗位人员配合完成(指大实验室),也可以由同一个人先后完成(指小实验室)。因此,在进行实验室空间设计时一定要考虑不同岗位之间的衔接、不同区域之间的交流与协作,尽量消除区域内部的人为障碍,减少不必要的、繁琐的工作环节,充分发挥团队精神,提高团队的凝聚力和战斗力。

(三)输血科(血库)功能区域设置

1. 面积要求 目前国内尚无统一的关于输血科业务用房的面积标准,但是部分省市已经开始根据《中华人民共和国献血法》《医疗机构临床用血管理办法》和《临床输血技术规范》等法规,参照各省市自身经济、社会发展水平,制定了区域性的输血科(血库)面积标准。例如《北京市医疗机构输血科(血库)基本标准》中要求:输血科房屋的使用面积应能满足其任务和功能的需要。年用血量≥1.2 万单位的,使用面积应不少于 300m²;血库房屋的使用面积应能满足其任务和功能的需要,使用面积应不少于 60m²。而四川省输血科(血库)基本标准》则要求:二级乙等医院输血科(血库)业务用房面积不低于 40m²,

二级甲等医院不低于 $70m^2$，三级乙等医院不低于 $100m^2$，三级甲等医院不低于 $150m^2$。

2. 功能区设置要求　单独建制输血科的业务用房一般应包括：血型血清学实验室、血液处置室、储血室、发血室、输血治疗室、示教室或学习室（承担临床输血技术人员培训任务的医院）、库房、值班室、工作人员办公室。生活区应配备适宜的生活设施，包括卫生、休息、更衣等场所和设施。血库业务用房包括：储血室、发血室、血型血清学实验室、值班室、工作人员办公室和生活区。生活区与工作区应相对独立。

二、各功能区的特点及基本功能要求

(一)血型血清学实验室

血型血清学实验室是输血科完成输血相容性检测工作的主要场所，属于核心功能区之一，实验室大型仪器设备，例如血型配血检测仪器主要集中在此区域，也是实验室工作人员日常主要活动场所之一，对于空间要求相对较高，一般使用面积会达到整个科室总面积的30%以上。标本收取窗口和气动传输系统终端都设在此实验室，便于标本的接收和报告的发放。在实验室出口位置应安装洗眼装置，必要时安装喷淋装置，用于发生感染性物质溅入操作者眼内或身上时的紧急处理。

(二)血型参比实验室

不是输血科（血库）的常规设置功能区，只有部分大型实验室或顾问实验室才设立此功能区。主要用来完成本单位或外单位送检的疑难血型鉴定、不规则抗体鉴定、疑难配血标本的处理，一般与血型血清学实验室相连，或者就是其中的一部分。参比实验室内大型仪器较少，主要是通过相对复杂、烦琐的手工操作方法来完成相应检测工作。

(三)洗消室

一般设在污染区，邻近血型血清学实验室或血型参比实验室，主要用于重复使用器具的清洗、消毒，一般需要设置专用的污物洗消池、废液池、烤箱、高温消毒锅等。

(四)血液处置室

条件允许的实验室应设置专门的血液处置室，一般应临近储血室。空间有限的实验室可以在储血室内划出专门的血液处置区。主要用于外购血液成分的接收、清点、入库。血液处置室应装备专业低温操作台，用于血液成分在其信息录入过程中的临时保存，确保冷链的完整性，使血液成分在入库过程中保持温度的恒定，防止温度过度升高而影响血液质量。红细胞成分处置时，对于盛装标本的小辫，可以与血袋一同放入储血冰箱保存，待血液使用前，再离断小辫（仍需保持密闭性），并将其转移到血型血清学实验室留取血样、进行血型复查和交叉配血试验；也可以在血液成分入库的同时即离断小辫（仍需保持密闭性），再将其转移到血型血清学实验室留取血样，复查血型无误后放入标本冰箱中待用。血液处置室属清洁区，不能在此区域内破坏小辫完整性，防止交叉污染。

(五)储血室

一般与发血室相连，或两者合为一体，主要功能为血液成分保存。包括红细胞成分的冷藏保存（4℃）、血浆成分的低温保存（≤−20℃）和血小板成分的常温（22℃）振荡保存。储血室集中了大量的冷藏、冷冻设备，对于电力供应要求相对较高，房间设计时要预留足够、符合设备需求的电源插座及功率负荷。

(六)发血室

是输血科除血型血清学实验室以外的另一个核心功能区。大多数发血室除完成血液成分发放职能以外，还承担部分血液储存的职能，冰冻血液成分的解冻一般也都在发血室内完成。

(七)更衣室

一般设置在临近实验室污染区的位置，人员进出工作区域前在此更换工作服。原则上更衣室内只放置工作服，工作人员生活便装应放置在生活区。更衣室内应配备洗手装置和污物回收装置,用于工作人员手部清洁和盛装使用过的一次性口罩、帽子及鞋套等废物。

(八)办公室

主要用于工作人员进行数据报表统计、文献查询及实验室日常管理。其大小设置可以根据整个科室人员数量、区域大小设定。

(九)资料室

资料室是输血科必须设置的功能区域,主要用于各种申请单、检验过程产生的数据信息、血液成分入库、储存、发放等相关记录的保存。资料室内要有防水、防潮、防火等设施,确保数据资料保存过程中不受到环境损害。资料室内要摆放必要的资料柜、资料架,用于分类盛装各种记录资料。科室应指定专门的资料管理员,对整个资料室进行授权管理,确保资料室内记录信息的安全,防止非授权访问或泄密事件的发生。

(十)学习室或示教室

是开展临床教学、继续教育培训所必备的场所,特别是承担实习生、轮转生、进修生等教学任务的实验室,必须配备足够空间的教学场所,室内还应配备投影仪、计算机等基本的教学设施。

(十一)库房

主要用于储存一些可以常温保存的耗材,如试管、吸管、移液枪头、白细胞滤器、输血器等,应配置专门的储物架,便于物资分类存放,提高空间利用率。库房应有专人管理,并安装防盗装置。

(十二)生活区

属洁净区,应集中设置,一般包括值班室、卫生间、洗浴室、活动室等,用来满足平时工作人员和值班人员基本生活需要。

第三节　输血科(血库)实验室配套辅助设施要求

电力供应系统、上下水系统、网络信息与通信系统、消防设施、气动传输系统、温湿度控制系统是输血科实验室必备的辅助设施,这些系统是否完备、布局是否合理、功能是否齐全将直接影响实验室的整体安全性。完善的辅助设施是确保整个实验室安全、高效运行的前提条件,也是确保血液质量和输血安全的基本保障。

一、电力供应系统

(一)用电设置的基本原则

1. 220V 单相市电即可满足输血科实验室内部照明和一般设备的用电要求。

2. 实验室要设置所辖区域内电源总开关,以备发生突发事件如火灾时,可以及时切断全部电源。

3. 要设置电源的安全保护。

4. 要设置应急电源或备用电源系统。

5. 电源要有防雷击及接地系统。

6. 要有应急照明系统。

7. 要有在黑暗条件下识别方向的指示标志。

(二)实验室电力设施设计

1. **功率要求**　总电源或分电源额定功率要大于其供应范围内所有电器设备额定功率的总和,防止频繁发生过载断电。同时,还要考虑未来实验室发展、设备增加带来的增容问题。

2. **电源插座的设置**　实验室操作台上及实验室四周墙壁要安装足够数量的电源插座。使用插线板供电不稳定,不适于大型精密仪器,还会影响实验室美观,应尽量避免因插座数量不足而通过插线板连接电器设备。由于大型仪器多使用三极插头，需要电源插座带地线，所以安装电源插座时尽量选择单相三极插座，而且现在的单相三极插座去掉表面的扣板也可以当做单相两极插座使用。这些插座最好带有开关控制或保险设备，防止单个插座短路造成整个实验室断电。

3. **不间断电源系统（uninterruptible power system，UPS）** 是一种能为负载提供连续的不间断恒压恒频电能供应的系统设备。对于需要提供电压及频率都稳定的交流电能的大型全自动检测设备而言，配备 UPS 是必不可少的。电网中的一些强脉冲尖峰、高能浪涌等干扰也会引起一些电器设备的误操作而带来不必要的损失；市电供应在一些特殊情况下电压也会发生较大的波动，这种电压变化对精确设备的工作也会造成不良的影响。安装 UPS 后，可以将市电稳压后供给负载使用，发挥出交流市电变压器的作用，同时还向 UPS 机内电池充电，在电网出现异常而突然停电的时候，能够迅速地切换到 UPS 内部电源供电。由于负载设备对供电稳定性的要求不同，对选用的 UPS 的切换速度要求也有所不同。一些 UPS 系统，还具备过电压、过电流安全报警或自动保护功能。

实验室在选择 UPS 时必须考虑输出功率，只有 UPS 功率大于负载的实际功率，才能确保 UPS 可靠地工作，同时 UPS 的切换速度还要满足负载设备的实际要求。输血科实验室可以根据自身仪器设备的数量、摆放模式采取大功率 UPS 集中供电，也可以采用小功率 UPS 单独供电。

4. **实验室照明设备**

（1）种类：输血科各功能区照明可以选择白炽灯或荧光灯。前者价格低廉，可调节亮度，但产热量过高，安全性能相对较差；后者耗电量低、使用寿命长，被大部分实验室所采用。

（2）数量：实验室照明设备的数量与工作类型、照明设备与操作台距离、实验室空间、天花板、四周墙壁及操作台面的颜色有关。设计安装时应综合考虑上述因素选择适量并符合照明度标准的照明设备。通常实验室核心工作区的照度应不低于 350Lx，其他区域的照度应不低于 200Lx，照明应避免过强的光线和反射。

（3）位置：输血科功能区基本采用固定式照明设备，一般选择安装贴壁悬挂式或内嵌式荧光灯具。

（4）照明设备开关：一般安装在房间的出口或入口处。对于空间较大、照明设备数量较多的实验室，应尽量采取分组、分区域控制的方式，根据实验室内工作需要，可以全部打开或部分区域打开，以节约能源。

5. **应急疏散照明** 应急照明是现代公共建筑的重要安全设施之一，它同人身安全和建筑物安全紧密相关。当实验室内部发生火灾或其他灾难，伴随着电源中断，应急照明对人员疏散、消防救援工作发挥重要的作用。疏散照明按功能分为两个类别：一是指示出口方向的疏散标志灯；二是照亮疏散通道的疏散照明灯。

（1）疏散标志灯：一般设在实验室内的疏散走廊上，高度在地脚线之上，容易被人看清楚，以指示疏散方向，直至到达出口。

（2）疏散照明灯：疏散照明灯应沿疏散通道上均匀布置，注意走道拐弯处，交叉处、地面高度变化处以及火灾报警按钮等消防设施处。疏散照明系统可持续时间不少于 30 分钟。

二、上下水系统

（一）上水系统

1. **输血科主要用水需求**

（1）试验用水：用于试剂、洗液的配置，一般需要使用双蒸水、去离子水或生理盐水。生理盐水和双蒸水一般由医疗机构相应部门提供，实验室定期领取即可；去离子水一般由实验室内部制备。实验室可以根据自身需水量以及对水质类型的要求来决定采用何种供水类型。

（2）清洁、消毒及安全防护用水：实验台面、仪器表面、工作人员手部清洁及身体其他部位受污染后的洗消用水，可以直接使用市政供水。

2. 供水设施要求　实验室、储发血区内至少应分别安装一个以上水龙头，一般设置在房间的出口处，用于工作人员手部、场地、台面等清洁及消毒。如果实验室安装制水设备，设计供水设施时还应预流专门的上水接口。实验室还应安装专业洗眼设施，用于工作人员眼部意外污染时的冲洗、清洁。

(二)下水系统

1. 污水来源　主要是生活污水和医疗污水。生活污水主要是指工作人员日常生活中产生的废水。医疗污水主要是指检验过程中产生的废液、污染区内清洁消毒产生的废水等。生活污水被医疗污水污染后应按医疗污水进行处理。

2. 排污设施　对于生活污水可以直接排入下水管道之中。对于医疗污水应使用专门的污水收集装置统一收集，采用并国家规定的消毒处理措施对医疗污水进行处置后，排入下水系统内。实验室内应设置医疗污水专用排放水槽，用于处理后医疗污水的排放。

三、网络信息与通讯系统

(一)网络系统

随着科技进步、经济发展和实验室硬件水平的不断提高，计算机技术、网络技术正在逐步渗透到实验室日常工作的方方面面，输血科实验室通过建设完善的实验室信息系统（laboratory information system，LIS）并与医院信息系统（hospital information system，HIS）间实现对接，实现整个管理过程的自动化、信息化、网络化。

1. 检验流程管理　通过 LIS、HIS 和局域网络，对申请单填写、标本采集、标本接收、

计价、检验、质量控制、结果的录入、审核、发布、查询等工作实现全程数字化、标准化、信息化管理，极大降低人为差错风险，提高整个检验工作的效率和质量。

2. 血液成分管理　血液成分管理是输血科日常工作的重要组成部分，包括血液成分接收、入库、储存、发放等一系列流程，每天要产生大量的数据信息，需要设计专门的血液信息管理软件进行数据管理。输血科的 LIS 与一般临床实验室的 LIS 相比功能要求更为复杂，即要同时具备检验相关信息和血液成分信息的双重处理功能，还应具备灵活、便捷的数据统计功能，可以从血液成分的来源、在库状态、去向进行实时检索和查询，有效提高对血液成分管理的效率、准确性和可溯源性。

3. 检验数据传输　国内大多数输血相容性检测实验室的检验数据管理都是通过手工方式进行记录、录入管理，包括大部分已经引入全自动检测设备的实验室仍然通过手工方式进行数据录入，容易由于操作人员疏忽而导致结果错误，使全自动检测带来的标准化、正规化管理大打折扣。只有极少一部分实验室实现了数据自动传输管理，通过各种软件接口，使大型检测仪器、LIS 和 HIS 之间的数据信息可以进行自动传输，极大地提高了工作效率、消除了人为差错的风险，使检验前、检验中、检验后全程数据无缝链接。本书第 13 章第二节将对实验室信息管理系统做详细阐述。

(二)通讯设施

1. 值班电话的设置　实验室与服务对象之间的沟通交流方式除了窗口面对面形式以外，电话交流是另外一种常用方式，是实验室为患者、临床医护人员提供检验结果解释和咨询的重要渠道，也是临床医护人员联系用血事宜的重要手段。实验室应根据每天实际工作量，安装必要数量的值班电话，常规值班电话至少 1 部，条件允许的情况下最好在

另设一部应急电话,防止临床出现急救输血的患者因通讯不畅而影响救治。在所安装的值班电话中至少有1部可以进行市话直拨并带有传真功能,便于与供血单位之间进行信息交流,特别是对于一些特殊患者用血,供血单位通常会要求输血科提供受血者的病历摘要,这些信息可以通过传真的方式快速传递,提高血液订购环节的工作效率。

为提高实验室工作人员的服务意识和水平,减少与服务对象之间可能产生的纠纷,实验室可以安装电话录音设施,对实验室进出电话进行全程录音监控,便于发生服务质量投诉或医疗纠纷时,进行倒查举证,同时对于实验室工作人员也能起到监督作用。实验室应对外公布服务电话号码并就录音情况进行提示说明。

2. 单向可视对讲系统　一般有两个终端,一个安装在标本接收窗口或发血窗口显著位置,并有专门的提示说明,一个安装在实验室值班室,主要用于夜间急诊取血或送申请单与标本时,实验室值班人员可以不到窗口就能与服务对象之间进行沟通交流。可视对讲系统可以显著提高实验室值班人员的安全感,减少不必要的走动,降低劳动强度。

3. 互联网　目前国内已经有大型采供血机构开始尝试使用互联网资源,通过建立血液信息系统管理平台,实现同一地区采供血机构与用血医疗机构之间、采供血机构之间的血液信息网络化管理,这个平台需要输血科实验室具备基本的上网条件和配套的硬件资源支持。北京市从2008年4月份开始启动全市范围内血液信息管理系统,初步实现血液申请、血液入库、血液库存管理、库存信息、血液去向及统计报表等工作的网络化管理,对加强血液资源管理和调控,推动临床科学、合理用血起到了积极的促进作用。

四、消防设施

实验室应认真贯彻"安全第一,预防为主"的方针,本着"谁管理,谁负责"的原则,每个实验室都应设立专门的安全员(可以兼职),定期巡视管辖范围内的安全工作,努力做好实验室及仓库的防火、防爆。实验室应根据自身室内仪器设备特点选择符合相应要求的消防器材,且数量充足、覆盖所有工作区域、不得移作他用。消防器材周围和楼梯、走廊内不得随意堆放杂物,保证消防通道畅通。实验室存放有易燃物、易爆物品的场所严禁动用明火、各种电器和能引起电火花的电器设备,室内外应悬挂"严禁烟火"的警告牌。

五、气动管道物流传输系统

气动管道物流传输系统是集合先进的现代通讯技术、光机电一体化技术,将医疗机构的各个部门,如:门诊、药房、手术室、检验科、输血科、病理科、住院部各个护士站、中心供应室等,通过一条专用管道紧密地连接在一起,全面解决了医院物流自动配送问题。可以极大地提高工作效率,消除各类医用物资传输造成的杂乱拥挤,是现代化医院建设的重要特征之一。输血科实验室作为传输系统的一个终端,门诊或病房可以通过气动管道物流传输系统向其发送申请单和血液标本,实验室也可以向临床发送报告。至于血液成分的发放是否可以通过气动管道物流传输系统来完成,目前尚无相关报道,气动管道物流传输对血液质量是否会造成不良影响还没有相关的数据支持。

六、温度、湿度控制系统

(一)温度监控

1. 控温设备内部温度监控　输血科(血库)实验室因其自身工作的特殊性,其工作区域配备了大量的需要控温的设备,一般包括储血冰箱、血小板振荡保存箱、试剂冰箱和标本冰箱等,主要用来完成各种血液成分、标本、试剂的保存。为维持这些控温设备正常运转,确保设备中的物品质量,实验室的工作人员每天需要对这些设备的运转情况、温度异常情况进行检查、记录、处理。因此,温度检查、记录、监控是输血科(血库)日常工作的重要内容之一,需要认真完成。对于大型实验室而言,手工完成上述工作不仅要消耗大量人力,更重要的是其结果的真实性、准确性极易受到人为因素的干扰,无法得到切实的保障。

近年来,实验室温度监控系统开始在输血科(血库)实验室逐步推广应用,该系统通过有线网络或无线网络技术将一个或多个实验室的控温设备连接起来,通过专门的管理软件,实现控温设备内部温度24小时全天候自动化监控,对于异常情况可以通过音乐报警提示值班人员或以短信息方式直接将报警内容发送给实验室管理人员,以便及时做出处理。温度监控系统软件还可以对所有温度数据进行长期保存,并可以随时查询,通过建立温度变化曲线,发现温度异常趋势,提醒管理人员及时进行校准、维护,极大地提高了实验室温度控制管理的质量水平。

2. 环境温度监控

(1)实验室环境温度要求:主要涉及检测区和储发血区。检测区环境温度主要根据室内使用的大型仪器设备以及开展常规血型血清学试验所要求的环境温度范围来确定,通常控制在 $18\sim25℃$;储发血区域温度主要根据储血冰箱所要求的环境温度范围以及工作人员的舒适程度来确定,一般在控制在 $20\sim25℃$。

(2)温度监测与控制手段:检测区和储发血区温度监测可以使用普通水银温度计或实验室专用的温湿度计,如果实验室工作面积较大($>100m^2$)或室内不同区域温差较大,应设置至少两个监测点,取其平均温度作为报告值。实验室应安装中央空调或分体空调,如果工作区域的温度超出规定范围,可以通过空调设施进行调节。

(二)湿度控制

1. 实验室环境湿度要求　也是涉及检测区和储发血区。检测区环境湿度主要根据室内使用的大型仪器设备所要求的环境湿度范围来确定,通常将相对湿度控制在 $30\%\sim80\%$;储发血区域湿度主要根据储血冰箱所要求的环境湿度范围以及工作人员的舒适程度来确定,一般将相对湿度控制在 $45\%\sim75\%$。

2. 湿度监测与控制手段　检测区和储发血区湿度监测可以使用实验室专用的湿度计或温湿度计,如果实验室工作面积较大($>100m^2$)或室内不同区域湿度差较大,应设置至少两个监测点,取其平均湿度作为报告值。实验室可以根据所在地区的气候特点选择性安装专用加湿和(或)除湿设施,如果工作区域的湿度超出规定范围,可以通过加湿或除湿设施进行调节。

七、生物安全防护设施

具体要求参见第 12 章第二节"输血相容性检测实验室生物安全防护"。

输血科实验室设计、布局有别于一般临床实验室,在符合《医疗机构临床实验室管理办法》、GB/T22576-2008《医学实验室-质量和能力的专用要求》等相关法规的基础上,还需要满足输血行业的专用要求和标准,充分体现"以患者为中心""为临床提供安全、高效、便捷的用血保障服务"的基本理念,营造专业、舒适、高效的工作环境,确保为患者、临床提供高质量的检验服务和安全的血液成分。

（于　洋　汪德清）

参 考 文 献

[1] 李萍.临床实验室管理学.北京:高等教育出版社,2006:185-201.

[2] 王大建,王惠民,侯永生.临床实验室管理学.2版.北京:科学技术出版社,2009:9-14.

[3] 丛玉隆,王前.临床实验室管理.2版.北京:中国医药科技出版社,2010:103-217-225.

[4] 中华人民共和国国家质量监督检验检疫总局,中国国家标准化管理委员会.实验室生物安全通用要求(2004).

[5] 中华人民共和国卫生部.医疗机构临床实验室管理办法(2006).

[6] 北京市卫生局.《医疗机构输血科(血库)基本标准》(2007).

[7] International Organization for Standardization (ISO). Medical Laboratories-Particular Requirements for Quality and Competence. Geneva, Switzerland:ISO15189:2007.

第 **5** 章　仪器设备、试剂耗材及外部服务质量管理

随着输血医学的快速发展,输血相容性检测实验室的硬件条件正在逐步得到改善,大型、先进仪器设备的不断引进对提高实验室检测能力和血液安全水平、全面推动学科建设与发展发挥了重要作用。实验室应建立一套完善的仪器设备管理体系,通过严格而规范的管理,才能真正发挥先进仪器设备的作用,提高实验室检验能力和工作效率、有效控制成本支出。

一、仪器设备分类与配备

输血科(血库)常规工作包括检测工作和非检测工作两个部分。检测工作主要是指实验室内完成的工作,非检测工作主要是指血液成分的接收、储存、成分处置及发放等工作。因此,输血科所用仪器设备通常可以分为血液储存、处置设备和血液检测设备两大类,但部分实验室还开展了受血者输血前病原体检测及凝血功能检测等工作,所以,还需要配备相关检测设备,仪器设备具体配备情况如下:

1. 血液储存、处置设备　包括4℃储血冰箱、低温储血冰箱、血小板振荡保存箱、血浆解冻仪、血液滤白操作台、血液辐照仪、血液处置低温操作台、全自动温度监控系统等。

2. 检测相关设备

(1)输血相容性检测相关设备:包括全自动血型配血系统、半自动血型配血系统、血清学离心机、低速离心机、恒温孵育器、恒温水浴箱、微量加样器等。

(2)受血者输血前病原体检测设备:主要包括用于转氨酶、乙型肝炎病毒、丙型肝炎病毒、梅毒、HIV等检测的前加样系统、后处理系统及配套辅助设备。

(3)凝血功能检测设备:国内部分输血科实验室还承担了凝血5项检测工作,还有一些实验室引进了血栓弹力图检测仪(TEG)。

二、仪器设备的购置

(一)仪器设备的申购

1. 提出申请　科室设备管理人员和专业组负责人根据实验室工作的实际需求向科室主任提出购置仪器设备方案,内容包括购置理由、拟购置仪器设备主要功能、主要技术性能参数要求、主要用途以及国内相关供应商资料等。对于一般设备的购置由科室设备管理人员和专业组负责人提出方案后,经科室主任批准后报医院采购部门。对于关键仪器设备购置的应由科室组织可行性论证及完成可行性报告,经科室主任批准后报医院采购部门。

对于老旧设备更新、升级,还需先填写

《仪器设备停用、降级、封存和报废记录》报废原设备，经医院器械管理部门批准后方可提出购置、更新仪器设备书面申请。

2. 备案与审批　医院设备采购部门收到科室提出的设备购置申请后，应组织专人到申请科室进行实地调研，了解设备需求情况是否属实，添购或更新设备是否急需，充分论证设备购置申请的可行性。如果可行性论证通过，还需结合医院年度设备预算情况，决定是否纳入当年采购计划，还是顺延到下一个财政年度设备采购计划之中。仪器设备购置申请获得医院审批后，采购部门将按医院采购相关程序，安排办理采购事宜。

3. 招标与采购　2000年1月1日起实施的《中华人民共和国招标投标法》第3条规定，大型基础设施、公用事业等关系社会公共利益、公众安全的项目有关的重要设备、材料等的采购，必须进行招标。所谓公用事业，是指为适应生产和生活需要而提供的具有公共用途的服务，其中就包括医疗卫生项目。因此，对于大多数属于国有公共卫生事业单位的医疗机构而言，大型医疗仪器设备的购买属于非生活性基础设施项目，在《中华人民共和国招标投标法》规定的范围之内，应该通过招标方式进行采购。

（1）招标活动应遵守的基本原则：招标投标行为是市场经济的产物，并随着市场的发展而发展，必须遵循市场经济活动的基本原则。《中华人民共和国招标投标法》第5条规定：招标投标活动应当遵循公开、公平、公正和诚实信用的原则。

（2）招标的方式及优缺点：招标方式分为公开招标和邀请招标。公开招标与邀请招标相比，更能体现公开、公平、公正的原则，由于竞争较为激烈，所以对招标人的益处是比较明显的。因此，在公开程度、竞争的广泛性等方面具有较大的优势，适用范围较为广泛。邀请招标在形式上更为灵活，与公开招标不同，邀请招标不须向不特定的人发出邀请，邀

请招标的特定对象也有一定的范围，根据招投标法规定，招标人应当向3个以上的潜在投标人发出邀请；邀请招标不须发布公告，招标人只要向特定的潜在投标人发出投标邀请书即可。

（3）招标活动流程：主要包括发布招标公告或投标邀请书、资格预审、投标、开标、评标、中标、订立采购合同等基本程序。

（二）仪器设备的验收、安装、调试

中标人应该按照合同约定的时间，将满足合同要求的仪器设备运抵采购方指定地点。新购置仪器运抵实验室后，须经三方人员（生产商或供应商的工程师、医院采购部门采购员、实验室设备管理员及实验室负责人）同时在场方能开箱验机。验收内容应包括：外包装或设备本身是否有损坏的地方、是否与合同上约定的规格、型号、数量、交付日期等要求相符。如果内容相符，实验室负责人在接收单上签字，完成交接。

初步验收合格后由生产商或供应商的工程师根据仪器设备的相应空间要求，放置于合适的位置。仪器设备的能源供应与制造商要求一致，环境应保证通风、照明、温湿度合适，以保证仪器正常工作。仪器设备应尽量放置在相对独立的环境空间之中，避免不同仪器之间的相互干扰。

仪器设备安装完毕后，应根据仪器设备的相应标准进行调试、鉴定，调试鉴定结果合格后形成书面报告，经科室主任或技术主管批准后方可投入使用。调试、鉴定结果不能满足合同约定的性能参数标准时，应要求生产商或供应商更换合格的产品。

三、仪器设备的使用

（一）仪器设备使用人员培训

科室应对重要仪器的使用人进行授权，并指定专人负责仪器设备的管理。仪器设备的授权使用人必须是经过培训合格的人员。大型仪器设备的使用需要外出培训的，应在

仪器设备到来之前进行,小型仪器设备可在仪器设备到达验收后进行培训,使全体使用人员能够熟练掌握。科室主任或实验室负责人应安排供应商技术人员对操作和质量监测人员进行培训和考核,记录人员培训考核结果和结论,并将全部培训过程建立培训档案。

(二)仪器设备正式使用前的性能评价

大型仪器设备在安装调试后、正式启用前应根据用途进行一定标本量(50～100 个测试)的性能测试,并与已有同类检测方法进行比对,实验室负责人指定专人与厂家或供应商授权的工程师及技术人员共同完成测试。试验操作者将试验结果汇总、整理后填写《大型仪器设备使用前功能测试登记表》,实验室负责人形成初步测评意见报科室主任审批。科室主任签署同意使用意见后,该仪器设备方可投入正式使用。

(三)仪器设备的使用

1. 在仪器完成安装调试、使用前功能测试后,专业组应组织所属人员对其组内新购进大型仪器设备编写 SOP,对小型仪器编制简明操作卡,所有作业指导书需由科室技术管理小组审批后方可投入使用。

2. 只有经过严格培训并获得实验室负责人授权的工作人员才可以使用相关仪器设备。

3. 任何操作人员必须按照 SOP 进行相关操作。

4. 对于大型仪器设备,要对一般使用人员的使用权限进行限制,不得随意更改仪器设置或参数。

5. 使用人员在使用仪器过程中必须检查仪器的状态和环境条件,做好室内质控和日常保养、维护工作。确保仪器设备处于良好状态,并应填写《仪器设备使用登记表》。

四、仪器设备的维护、保养、维修及校准

(一)仪器设备的维护、保养

输血科(血库)使用的血液储藏设备、血液处理设备和检测设备均需定期进行维护保养以确保正常使用。

1. **血液储藏设备的维护保养**　血液储藏设备的温度需每日进行至少 4 次核实,并做好记录或安装温度实时监控系统进行监控和记录。4℃储血冰箱每周至少进行 1 次擦拭和消毒处理,超低温血浆冰箱需每周进行擦拭,每个月进行除霜。

2. **血液处理设备的维护保养**　血浆解冻箱每周需更换温浴水并对箱体内部进行擦拭消毒。血液滤白柜和无菌操作台使用前用紫外线照射消毒,使用后进行擦拭消毒。

3. **检测设备的维护保养**　输血相容性检测设备维护保养一般包括日维护、周维护、月维护、半年维护、年维护及按需维护等,不同仪器的维护要求各有不同。

(1)日维护:由仪器设备使用人员每日对设备进行表面擦拭,执行开机前检测和管路冲洗,检查运转是否正常。检验工作结束后进行管路冲洗、处理废液、关机并断开电源等。

(2)周/月维护:由供应商工程师或技术人员每周或每月对仪器设备进行通电试机,检查仪器设备的机械系统和液路系统有无异常情况,校对和调整仪器设备的各种标准参数,保证完好使用率。定期对设备进行过滤网清洗,保证设备洁净、润滑。

(3)半年/年维护:由供应商工程师或技术人员对设备内部进行清洁以及参数校正。同时进行仪器设备的检定和校准工作。

(4)必要时维护:主要是指在任何时候出现检验结果不准确或仪器无法正常运行,都有必要对机器的相应部件进行维护。

(二)仪器设备的维修

1. 设备发生故障时,应立即停止使用,查找故障原因,对于原因明确的轻微故障,可以经过操作人员按照提示进行简单处理即可消除,例如全血样本中的血凝块堵塞加样针,操作人员可以通过反复多次冲洗去除凝块;对于操作人员无法处理的严重故障,应立即报告设备管理人员和实验室负责人,及时通知工程技术人员进行处理。对于短时间内无法消除故障的仪器设备，实验室设备管理员应做好清晰标记后妥善存放，直至修复。

2. 大型专业仪器设备应由生产商或供应商授权工程师负责维修，小型仪器可以由医院设备维修部门具备相应资格的人员进行维修。

3. 维修人员应与仪器操作人员共同做好维修记录，记录内容应至少包括：维修仪器的名称、型号、编号、维修日期、维修内容、维修结果等。

4. 维修应视维修的部位情况决定是否需要重新校验或校准，只有确认维修后达到可接受标准，且重新进行室内质控显示结果在控后才能重新投入使用。

（三）仪器设备的检定或校准

凡使用中的仪器设备均需要根据具体仪器的要求制订检定或校准计划。在规定时间内，对其进行检定或校准，以保证仪器设备可以满足使用要求。需要检定的设备，应送法定计量检定机构进行检定，并获取检定证书。对于大型分析仪器的校准，由实验室设备管理员联系供应商具备资质的工程师进行校准。在进行校正或校准时，应对仪器进行全面的、系统的保养。校正或校准后，由工程师出具仪器检修校准报告，以明确仪器运转良好。只有定期检定或校准合格的仪器设备才可继续使用。

输血科（血库）所用血液储存与处理设备、血液检测设备都需要定期进行检定、校准，检定的内容一般包括，温度计、离心机转速、计时器、振荡仪振荡频率、加样器的加样量、滤光片波长、天平等。

五、仪器设备的性能验证与比对

（一）仪器设备的性能验证

大型仪器设备除完成规定的保养、维护工作以外，还要定期对其主要性能指标进行验证、评价，确定其主要性能指标是否可以满足实际工作需要，是否需要进行校准或更新设备，以保证检验数据的准确、可靠。

1. 性能验证周期　通常每年进行1次，特殊情况下可提前进行。

2. 性能验证计划的制订　每年初实验室负责人制订相关计划，确定仪器（反应体系）验证的范围、实验项目、验证实施人员、验证实施及完成时间。

3. 性能验证工作人员要求　至少由2名或2名以上具有相应资质的工作人员共同完成。

4. 性能验证操作流程

（1）每一种检测仪器（或反应体系），每一个试验项目使用同一批号试剂，参照相关标准操作规程，连续完成10次检测，可以在同一天或连续若干天内完成。

（2）检测样本可以是已经确定靶值的室内质控样本，可以是相同样本重复检测，也可以是不同样本分别检测。

（3）操作人员记录所有试验结果，并与预期结果进行比对。

（4）汇总不同仪器（或反应体系）不同检测项目的检测结果，分析不同仪器（或反应体系）不同检测项目的重复性与特异性，填写《仪器（反应体系）性能验证报告单》。

5. 形成性能验证报告　实验室负责人根据性能验证试验数据撰写性能验证报告，并提交技术管理小组。

6. 性能验证报告的审批　技术管理小组负责对性能验证报告进行最后审批，实验室负责人根据审批意见决定是否继续使用或停用该设备。

（二）不同仪器相同检验项目性能比对

对于一些规模较大的输血相容性检测实验室可能使用不同仪器（相同型号或不同型号）完成相同检验项目，这就可能出现不同仪器之间存在结果差异，实验室应建立并实施不同仪器相同检验项目性能比对管理制度，通过检测相同标本、相同试验项目，比对不同仪器在检测相同项目时的性能差异,确保不同仪器获得的同类检测数据准确、可靠,且具有可比性。

1. **性能比对周期**　每季度进行 1 次,特殊情况下可提前进行。

2. **性能比对计划的制订**　每年初实验室负责人制订全年比对计划,确定仪器(反应体系)比对的范围、实验项目、比对实施人员、比对实施及完成时间。

3. **性能比对工作人员要求**　至少由 2 名或 2 名以上具有相应资质的工作人员共同完成。

4. **性能比对操作流程**

(1)每个检测项目随机选择临床患者标本 5 例,分别使用不同仪器进行相同项目检测。

(2)不同仪器(反应体系)进行相同项目检测应该在同一天完成,并保证各实验条件能够满足相应要求。

(3)操作人员详细记录所有实验结果。

(4)汇总不同仪器(或反应体系)检测结果,分析不同仪器(或反应体系)相同检测项目的重复性与特异性,填写《仪器(反应体系)性能比对报告单》。

5. **形成性能比对报告**　实验室负责人根据性能比对试验数据撰写性能比对报告,提交技术管理小组。

6. **性能比对报告的审批**　技术管理小组对性能比对报告进行评估,给出最终审批意见。

六、仪器设备的标志与档案管理

(一)仪器设备的标志管理

仪器设备的标志管理是实现仪器设备处于受控管理的重要措施之一,实验室仪器设备标示通常分为两大类,即识别标志和状态标志。

1. **实验室内的各类仪器设备均应有识别标志**,并张贴在仪器设备上相对统一的醒目位置上。识别标志内容应包括:仪器设备编号、名称、型号、生产商和 SN 号等。其中编号按照实验室制定的设备编号原则进行,以方便管理。识别标示也可以省略为仅标注编号,将其余相关信息记录在仪器设备档案中,但要便于查询。

2. **重要仪器设备还应有状态标志**。状态标志上标明仪器的编号、名称、型号和仪器设备经校准或验证的日期、再次校准或验证的日期以及性能状态。仪器设备状态标志通常采用"三色标志"模式。

(1)合格(绿色):用于校准或验证后认为满足要求者;设备无法校准或验证,经检查或鉴定功能正常者。

(2)准用(黄色):用于多功能的仪器设备其中某些功能已丧失,但工作所需功能仍正常,且经校准或验证仍合格者;测量仪器某一量程精度不符合,但工作所需量程仍合格者。

(3)停用(红色):仪器设备已损坏;经校准或验证不符合工作要求者;仪器设备已超过校准或验证周期,尚未进行校准或验证者;以及其他原因导致仪器设备无法使用时。

(二)仪器设备档案管理

建立实验室仪器设备档案管理制度,收集并妥善保存各种仪器设备的相关资料,确保实验室内所有仪器设备得到有效管理,使其充分发挥在医疗、教学、科研工作中的作用,为领导决策提供依据。仪器设备档案管理涵盖了设备的申请、招标、采购、验收、使用、性能评价、比对、保养、维修、报废等环节,通常可以将其分为以下几个方面:

1. **申购资料**　科室设备管理人员和专业组负责人向科室主任提出购置仪器设备方案、可行性论证报告等,由科室资料管理人员负责归档保存。

2. **审批、采购相关文件**　包括采购部门审批件、设备招投标相关资料、购货合同等,通常由采购部门保存。

3. **仪器设备台账**　实验室应建立仪器设备台账或数据库系统,用于记录、管理日常使用的仪器设备相关信息,通常包括:设备名称、型号、设备编号、购置日期、产地、生产商信息、供应商信息、启用日期、主要用途、设备所处位置、相关责任人等,一般由实验室设备管理员负责收集、填写并及时更新。

4. 随机资料 主要是设备生产商随机附带的相关资料,一般应该包括:设备出厂检验合格证书、使用说明书或用户手册、应用软件、设备附件清单等,由实验室设备管理员统一保管。

5. 作业指导书或简明操作卡 通常参照仪器设备随机附带的使用说明书或用户手册,结合实验室文件管理相关要求,由实验室负责人组织所属人员编制并经实验室技术管理小组批准,一般应放置在实验室固定位置,便于操作人员查阅。

6. 仪器设备使用相关技术记录 包括仪器安装调试记录、正式使用前的性能评价记录、日常使用记录、保养维护记录、故障及维修记录、校准记录、使用过程中的性能评价与比对记录等,一般由实验室资料管理员定期归档保存。

仪器设备档案管理制度中,应包括仪器资料和档案的查阅或借用管理细则,通常由借用者提出书面申请,经设备管理员或资料管理员上报实验室负责人并同意后,方可借阅,并做好登记。实验室内部资料通常不外借,如有外借必须经科室主任同意并做好相关登记。

七、仪器设备的转移及报废管理

(一)仪器设备的转移

因工作需要而变换仪器所处实验室位置或在科室内部不同实验室间转移仪器设备时,应严格按照仪器规定进行搬运,仪器附件及相关档案资料也应同时进行移交。仪器设备搬运后要重新检定并进行校准、质控,通过后方可继续使用。对于暂不使用的仪器要选择合适的场所存放,并定期进行保养。

(二)仪器设备的报废管理

仪器设备报废是实验室自身发展过程中必然面临的问题,医院设备管理部门应制订详细的管理制度,协助并监督临床实验室做好老旧设备的报废更新工作,既要做到不符合国家相关要求的仪器设备及时报废,又要防止设备资源浪费。对于没有超过使用年限,但因工作效率无法满足工作需要的仪器设备不能做报废处理,可以降级为备用设备或承担次要工作。

对于存在下列情况之一者,应及时进行报废处理:

1. 国家主管部门发布淘汰的仪器设备品目及种类。

2. 未达到国家计量标准,又无法校正修复的仪器设备。

3. 严重污染环境,不能安全运转或可能危及人身安全和人体健康的仪器设备。

4. 超过使用期限,性能指标明显下降又无法修复的仪器设备。

凡符合报废条件的仪器设备,由设备管理员填写《仪器设备停用、降级、封存和报废记录》,注明原因及仪器设备状况,由实验室负责人确认签字后报科室主任,科室主任批准后上报医院设备管理部门实施报废处理。报废设备移除实验室前应按照国家相关规定对仪器进行消毒处理,防止污染环境。

第二节 试剂耗材管理

输血科(血库)每天的日常工作中都要使用一定数量的试剂和耗材,这些试剂和耗材的质量是否过关直接会影响到检验质量甚至是输血安全,科室应该建立严格规范的试剂耗材管理制度,选择质优价廉的试剂耗材,既要保证质量,又要节约成本,防止浪费。

一、试剂耗材的采购

(一)制定并提交采购计划

实验室负责人或试剂耗材管理人员在每月底向医院采购部门提交下月试剂耗材的采购计划。制订采购计划时应参照现有库存量、上一年度相同月份的实际使用量、不同试剂的有效期,同时还要考虑本年度可能的增长因素,确定合理的采购数量。一般保存期长的试剂耗材一次采购的数量可以尽量大一些,这样可以避免因频繁更换批号而带来使用上的麻烦,但也要考虑可能导致科室成本分摊不均,影响科室经济效益。采购计划中的供应商原则上应该从科室制定的供应商名录中选择。

(二)按期完成采购

医院采购部门接到实验室提交的采购计划后应及时联系供应商完成采购任务,并将运抵医院的试剂耗材按照相关要求妥善保存。如果实验室指定供应商无法满足采购计划需要更换供应商,采购部门应及时通知实验室并在征得实验室同意后方可更换供应商。

二、试剂耗材的管理

(一)试剂耗材的请领

为规范试剂耗材的请领管理,实验室应与医院采购部门之间建立规范的请领制度,使用同一认可的制式请领单,对于请领单的填写、审批权限作出明确约定,科室对请领人员进行授权管理,防止试剂耗材被冒领,给科室造成损失。

(二)试剂耗材的入库

从医院采购部门请领回的试剂耗材应先集中入科室库房,小型实验室可能将从医院采购部门请领的试剂耗材直接放实验室保存。试剂耗材从科室库房或采购部门库房请领回实验室后,接收人员应核对数量、检查质量无问题后在《消耗品入库验收登记表》上登记并签名,并将其放置在指定位置。

(三)试剂耗材的保存

输血相容性检测实验室使用的试剂耗材种类相对较少,试剂主要包括各种血清、细胞类试剂,各种全自动仪器的洗液、工作液等,另外还包括少量的化学试剂,例如凝聚胺试剂、低离子溶液、酶试剂、乙醚、2-巯基乙醇、消毒剂等。耗材主要是试管、吸管、移液枪头、玻片、打印机耗材以及白细胞滤器、输血器、各种标签等。按照保存条件一般分为三类:即冷藏保存、低温冷冻保存、常温保存。

1. 冷藏保存　输血相容性检测实验室内的大多数试剂都是需要在 $4℃(2\sim8℃)$ 条件下保存,包括抗 A、抗 B、抗 D 血清及大部分稀有血清试剂、抗人球蛋白试剂、反定细胞、抗筛细胞、凝聚胺试剂、低离子溶液等。试剂保存应使用实验室专用冰箱,而不能使用民用冰箱。因为民用冰箱控温精度差,可导致冷藏室内局部温度过低而出现结冰,进而影响试剂质量,如造成邻近的红细胞试剂溶血等。

2. 冷冻保存　输血相容性检测实验室需要冷冻保存的试剂相对较少,包括个别稀有血清试剂、实验室收集制备的唾液型物质、考核用抗体血清等。

3. 常温保存　实验室中使用的多数耗材、消毒试剂,如过氧乙酸、含氯消毒片、乙醇、碘伏等,以及各种血型卡、抗人球卡、各种洗液、工作液都是常温保存,一般实验室内 $18\sim25℃$ 的温度都能满足要求。少部分耗材可以直接存放在实验室指定区域,便于每天工作时直接取用,大部分耗材应存放于库房,并做好防水、防火、防盗工作。乙醚等危险化学品,可能危害人身健康,甚至引发火灾、爆炸,应严格按照其保存条件要求由专人负责管理。

(四)试剂耗材的使用

1. 实验室工作人员定期从科室库房或本实验室库房请领试剂和耗材,并在《消耗品出库登记表》上登记并签名。

2. 实验室工作人员每天工作前检查试剂、耗材库存情况,确保库存量能满足各项试验要求。

3. 试剂使用前须对其储存条件、包装、有效期、试剂盒内各组分是否齐全等进行检查,对存在异常情况的试剂不得使用,通知试剂或耗材供应商进行调换,调查异常原因并提交书面文字说明。试剂最小包装单位开封时应注明开封日期,在《试剂使用登记表》登记并签名。

4. 不同批号的试剂不得混合使用。应严格按试剂说明书规定进行操作,使用过程中出现试剂质量问题,应立即停止使用并查找原因。

5. 当天检测剩余的试剂须按试剂说明书及时封存,放置于试剂冰箱储存。

6. 值班人员每日至少两次观测温度监控系统运转状态和试剂冰箱实际温度,发现异常及时处理并向实验室负责人汇报。

7. 值班人员每月对试剂冰箱进行清洁、消毒并做好登记。

8. 对于过期报废的试剂应按医疗废物处理,不得随意丢弃。

三、实验室自制试剂、无 SFDA 批文试剂的使用与管理

《医疗机构临床实验室管理办法》第 23 条明确规定:医疗机构临床实验室使用的仪器、试剂和耗材应当符合国家有关规定。输血相容性检测实验室在使用试剂耗材时也应符合上述规定。但是由于国内整个输血行业发展的原因,输血相容性检测所需的一些试剂国内尚不能生产,或者已经开始生产但质量不过关尚未获得主管部门批文,而部分进口试剂尚未在国内注册,例如抗筛细胞和除了 Rh 系统以外的所有稀有血清试剂。在这样的大背景下,为了完成相关检测工作,确保临床输血安全,许多输血相容性检测实验室不得不使用自制试剂或进口但无 SFDA 批文的试剂。

输血相容性检测实验室在选择试剂时应遵循以下基本原则:①优先使用 SFDA 批准且检定合格的试剂;②优先使用与检测仪器(体系)配套的试剂;③在无法获得有 SFDA 批文试剂的情况下,实际工作需要且无法替代时,方可考虑使用自制试剂或无 SFDA 批文试剂。

实验室应就使用自制试剂或无 SFDA 批文试剂建立严格的管理制度,并编制自制试剂的 SOP。实验室应指定专人在自制试剂或无 SFDA 批文试剂使用之前对其主要性能参数指标进行严格、系统的评价,这些指标完全符合相关标准并经实验室负责人审批后方可投入使用。对于性能评价结果要做好详细记录并存档。

第三节 外部供应服务与合作管理

一、建立供应商名录及定期评价机制

实验室应对现有的仪器设备、试剂耗材供应商建立档案,要求他们提供相关的资质证明、可提供产品的详细信息、公司市场份额、行业信誉度等相关材料,最好对这些材料

进行电子化管理，定期进行更新。科室应定期组织相关人员对所有仪器设备、试剂耗材供应商进行系统评价，评价内容一般包括：仪器设备和试剂耗材的质量、售后供应保障能力及服务水平、同比市场价格优劣势等。科室应该根据市场变化情况，及时补充符合相关要求的供应商名录并剔除产品性价比低、售后服务及市场信誉度差的供应商。

二、协调与医院内其他保障部门的关系

1. 采购部门　目前医院内的仪器设备、试剂耗材采购都是由专门负责该项工作的采购部门来完成，严禁实验室私自采购行为。科室负责制订耗材订购计划、耗材请领的人员应熟悉医院采购部门的相关政策、规定和操作流程，严格按照采购部门规定的时间提交采购计划。遇到特殊情况，例如临时需要非常规试剂耗材，采购部门的供应商名录中无法提供时，应与采购部门共同协商来解决。

2. 消毒供应部门　对于国内大多数输血科（血库）而言，实验室中一些可重复使用的器具的消毒处理通常是由所在医院的消毒供应部门来完成，实验室应指定专人负责相关器具的消毒管理，严格按照消毒供应部门的相关要求做好器具消毒前的清洁、处理工作，确保消毒质量。

三、委托实验室

目前国内大多数输血科（血库）实验室遇到疑难特殊标本时，例如 ABO 血型正反定型不一致、受者血清中存在不规则抗体、疑难配血等，因自身技术、条件、资源等限制，无法独立完成相关检测并找到相合血液成分时，通常需要将样本送到所在地区采供血单位的血型参比实验室进行相关检测、筛查合适的供者血液。这就使输血科实验室与采供血单位的血型参比实验室之间形成了一种委托关系，后者成为前者的委托实验室。实验室应建立一整套关于委托检验的实施、监督管理制度，确保委托检验流程顺畅、结果可靠。

1. 委托检验项目的实施　实验室应与被委托实验室之间签订正式书面协定，约定双方的责任和权利。被委托实验室应严格按照协议规定进行标本及申请单接收、登记、检验及发布报告。登记内容一般应包括：被委托实验室的名称、地址、所属机构、所委托的需进行补充检验或确认的检验项目、报告时间、标本的来源、标本量、标本收集时间、标本运送人员、标本接收人员及时间、标本质量一般性描述等。

检验报告可由被委托实验室或输血科（血库）实验室填写，但无论由哪方填写，报告均由输血科（血库）负责向服务对象发布。如委托检验报告由输血科（血库）出具，则报告中应包括由委托实验室报告结果的所有必需要素，不得做出任何可能影响临床解释的改动，但不要求按委托实验室的报告原字原样报告，如有必要，可根据患者具体情况及本地区医学环境，选择性地对委托实验室的检验结果做附加解释性评语，但应有评论者的签名，且评论者应是在本科相关领域里有较权威地位的专业技术人员。将被委托方出具的原始检验报告原件永久性地保存于科室的档案中。如委托检验报告由被委托实验室出具，则被委托实验室应出具检验报告一式二份，一份科室存档，另一份发送给服务对象。

2. 对委托实验室的监控　实验室应不定期派人到委托实验室进行检查与监控，内容可包括：检验过程各种原始记录、室内质控及室间质评情况、仪器设备状态、人员素质状况等，并随机抽查检验报告单，确保检验报告单的准确性及可溯源性。被委托实验室有义务配合委托方完成相关的检查与监督工作。

（汪德清　陈　鑫　于　洋）

参 考 文 献

[1] 李萍. 临床实验室管理学. 北京:高等教育出版社,2006:98-106.

[2] 王大建,王惠民,侯永生. 临床实验室管理学. 2版. 北京:科学技术出版社,2009:53-66.

[3] 丛玉隆,王前. 临床实验室管理.2版. 北京:中国医药科技出版社,2010:81-103.

[4] 中华人民共和国第九届全国人民代表大会.中华人民共和国招标投标法(1999).

[5] International Organization for Standardization (ISO). Medical Laboratories-Particular Requirements for Quality and Competence. Geneva, Switzerland:ISO15189:2007.

第6章 输血相容性检测方法学评价

1900 年奥地利医生 Karl Landsteiner 发现了人类 ABO 血型,解释了异体输血可能导致急性溶血性输血反应的真正原因,拉开了现代输血医学的序幕。也正是由于 ABO 血型的发现,才第一次提出了输血相容性的概念,从此输血相容性检测技术和方法才逐步发展起来并在临床输血实践中得到应用,使输血不再是一种盲目的、随时可能导致死亡的治疗手段,而是逐步变成一种选择性的、相对安全且其他方法无法替代的一种治疗手段。输血相容性检测主要包括血型鉴定(常规 ABO 血型和稀有血型鉴定)、不规则抗体筛查与鉴定、交叉配血试验等,其本质都是抗原抗体反应,这些反应中的抗原主要是指红细胞血型抗原,抗体包括规则血型抗体和不规则血型抗体,其检测目的就是通过抗原定型和(或)抗体定型,确定受检者或供者的血型表现型,再通过抗体筛查和交叉配血试验筛查出临床有意义的抗体,为受血者找到相合的血液成分,确保临床输血安全。

影响临床输血安全的血型抗体主要有两个类型,即完全抗体和不完全抗体。完全抗体是指能够在盐水介质中凝集具有相应抗原的红细胞,所以又称为盐水抗体,主要是分子量较大的 IgM 类抗体;不完全抗体主要是指分子量较小的 IgG 类抗体,虽然能够结合红细胞上的抗原,但在盐水介质中不能使红细胞发生凝集。根据这些抗体的特性,各种抗体检测方法不断产生、改进和发展。

伴随着现代输血医学的发展,输血相容性检测技术也经历了近百年的发展,其方法学包括盐水介质凝集法、抗人球蛋白技术、酶技术、凝聚胺技术、微柱凝胶技术、固相捕获技术等,这些方法在不同时期对于临床输血安全发挥了重要保障作用。本章将对上述技术和方法学分别进行系统评价,实验室应根据自身条件和检验项目的开展情况,选择合适的技术和方法学组合与搭配,提高输血相容性检测结果的准确性和可靠性。

第一节 盐水介质血凝试验方法学评价

盐水介质血凝试验是最早应用于输血相容性检测的一种方法,采用生理盐水作为反应介质,红细胞抗原抗体经一定方式混合后(离心或不离心)直接观察结果,具有操作简便、成本低廉的优点,至今仍被广泛应用于输血相容性检测实验室的常规试验。

一、技术原理

在生理盐水介质里,红细胞之间的自然距离约为 25nm,IgM 抗体分子上多数相邻两个 Fab 端之间的最短距离>35nm,而 IgG 抗体分子两 Fab 端的距离一般都<25nm,所以 IgG 抗体虽然可以和红细胞上的对应抗原结合,但却不能在盐水介质里使红细胞发生凝集,而 IgM 抗体则能同时与多个红细胞上的抗原决定簇结合,交叉连接形成肉眼可见的凝集块。因此,单纯的盐水介质血凝试验只能用于 IgM 类血型抗体的检测和鉴定或使用 IgM 类血型抗体鉴定相应血型抗原,而无法直接用于 IgG 类血型抗体的检测和鉴定。

二、适用范围

1. 主要用于 IgM 抗体的检出、鉴定。

2. 盐水配血试验。

3. IgM 抗体鉴定血型,如 ABO(包括正、反定型)、RhD、MN、P 等抗原鉴定。

三、方法学评价

作为最早用于血型鉴定、交叉配血的一种试验方法,盐水介质血凝试验因其简单、方便、快速、成本低廉而被广泛使用,是所有血型血清学试验技术的基础。即使在检测技术日新月异、全自动仪器大量使用的今天,盐水介质血凝试验在输血相容性检测中仍然处于不可替代的地位。盐水介质血凝试验因使用的设备、耗材的差异,可以分为玻片法、试管法、纸板法、微孔板法、微柱凝胶法等。

1. 玻片法(瓷片法) 该方法操作简单、成本低廉。由于玻片法是在缺乏防护的玻片上进行试验操作,容易污染操作人员及环境。红细胞抗原与抗体在玻片上接触不够充分,往往需要较长反应时间,容易出现红细胞干涸,观察时间不易掌握;被检查者如血清抗体效价低,则不易引起红细胞凝集,不适于 ABO 反向定型。根据 ABO 血型的定型原则,必须同时进行正反定型检测,正反定型结果一致方可定型,因此玻片法已经无法满足 ABO 血型鉴定试验的需要,正在被逐渐淘汰。

2. 试管法 由于离心作用可加速凝集反应,故该方法快速、准确、结果相对可靠且便于观察与判读,适于急诊和平诊检查。该方法需要专门的离心设备,不适合大批量标本同时检测。试管法是血型血清学试验中最为经典的方法,所有其他方法无法处理的特殊、疑难血型鉴定标本都需要使用试管法进行最后鉴定。试管法同样适用于 IgM 类不规则抗体筛查、鉴定以及盐水交叉配血试验。

3. 纸板法 属改良玻片法,在特制的纸板上压制出圆形凹槽,并在纸板表面涂上防水材料,将红细胞与对应血清(或血浆)混合、搅拌后能够在凹槽内发生凝集反应,可以同时完成 ABO 正反定型和 RhD 抗原鉴定。该方法主要是被一些采供血机构所使用,用于献血者血型初筛试验,未列入《全国临床检验操作规程》和《中国输血技术操作规程(血站部分)》规定的技术方法中。本方法的优点是可以同时对多人份标本进行 ABO 正反定型和 RhD 抗原检测,操作比玻片法更为简便,也不需要离心机等特殊设备;其缺点同玻片法,血清容易蒸发,导致红细胞干涸,影响结果判读;反定型中的弱抗体容易漏检造成正反定型不一致。

4. 微孔板法 属改良试管法,相当于多个小型试管集成在一起。一般使用聚氯乙烯(PVC)或聚苯乙烯(PS)微孔板。根据微孔管底形状可以分为 U 形底或 V 形底,使用最广泛的是 U 形底微孔板。微板法是目前广大采供血机构普遍采用的血型鉴定方法,也有一些实验室使用该方法复查供血者血型。该方法一般使用全自动加样设备,配以振荡器、板式离心机、自动判读仪(或酶标仪),特别适合大量样本检测。目前已有使用微孔板进行全自动血型检测的设备投入市场。

5. 微柱凝胶法(微柱玻璃珠法) 主要是指微柱内先添加标准血清,如 IgM 类抗A、抗 B、抗 D 等,然后加入一定浓度的红细胞悬液与标准血清发生反应,经过离心处理,发生凝集的红细胞留在微柱上方，没有发生凝集的沉到微柱底部。在整个反应过程中微柱中的凝胶或玻璃珠只是起到分子筛作用，并不参与抗原抗体反应。本方法用于血型鉴定，其本质仍为盐水介质血凝试验。

近年来，大量商品化单克隆 IgM 血型抗体研制成功并在临床广泛应用，使得绝大多数血型系统只需通过盐水介质就可以完成血型鉴定，只有极个别血型系统仍需使用 IgG 抗体进行血型鉴定，盐水介质血凝试验已经成为血型鉴定试验的基本方法。

试管盐水介质交叉配血法曾经是实验室最常用的配血方法，其他几种盐水介质方法都不适合进行交叉配血试验。该方法检测 IgM 类抗体简便、快速，是进行安全输血的第一道防线，但此方法只能检测出血清中存在的完全抗体及 ABO 血型不合引起的凝集，无法检测血清中存在的不完全抗体。因此，单独使用盐水法进行交叉配血试验无法保障输血安全，需要配合使用能够检测出不完全抗体的配血方法。一些低反应活性或低效价 IgM 类不规则抗体经常会在抗人球蛋白试验中出现弱凝集或假阴性反应，需要在室温甚至 4℃ 通过盐水介质血凝试验鉴定其特异性。

四、注意事项

1. 所用器材必须干燥、清洁、防止溶血。标准血清从试剂冰箱取出后，应待其平衡至室温后再用，用毕后应尽快放回试剂冰箱保存。

2. 虽然 IgM 抗体与相应红细胞抗原的最适反应温度是 4℃，但为了防止冷凝集现象干扰，一般在室温 18～25℃ 条件进行试验。37℃ 条件可使反应减弱，导致弱抗原或弱抗体的漏检，室温过高还会使反应体系水分蒸发过快，红细胞干涸，导致假阳性结果。

3. 纸板法、微板法、微柱凝胶法遇到正反定型不一致时，都需要采用试管法进行最后确认，必要时增加辅助试验。

4. 红细胞影响正定型

(1)不同型骨髓移植或干细胞移植、接受不同型但相容的红细胞输血，都会导致受者血循环中存在 2 个或 2 个以上 ABO 血型的红细胞群体。

(2)基因变异引起的红细胞亚型，导致正定型出现弱凝集或假阴性。

(3)一些血液病或恶性肿瘤导致红细胞血型抗原减弱。

(4)患者血清中存在高活性自身冷抗体，与自身红细胞结合，甚至发生自发凝集，干扰正定型结果。可通过热放散或巯基试剂处理，消除自身冷抗体的影响。

(5)抗 A、抗 B 血清试剂可能和获得性 B 抗原或 Tn/T 多凝集红细胞发生凝集反应。

5. 血清或血浆影响反定型

(1)先天性免疫球蛋白缺陷，长期大量应用免疫抑制药，血型抗体可减弱或消失。

(2)血清中存在自身免疫性抗体、冷凝集素效价增高、多发性骨髓瘤、免疫球蛋白异常均可造成反定型困难。

(3)新生儿体内可存在母亲输送的血型抗体，且自身血型抗体效价又低，因而出生 6 个月以内的婴儿可不做反定型。

(4)老年人血清中抗体水平大幅度下降或被检者血清中缺乏抗 A 和(或)抗 B 抗体，可引起血型鉴定错误。

(5)不同型骨髓移植或干细胞移植成功后，其血清中的 ABO 血型抗体与红细胞抗原不一致。这种情况下，一般以正定型结果为准，不必过分追求正反定型的一致性。

(6)患者血清中含有 IgM 类不规则抗体，与反定细胞发生凝集反应。因此遇到正反定型不一致时，要想到可能是由于 IgM 类不规则抗体引起，必要时通过增加盐水介质法抗体筛查试验来判断、排除。

(7)患者血清中存在大量高效价 C_1 补体分子，结合到反定红细胞膜上，遮蔽了 A 抗原、B抗原位点,导致血清中的人源抗A、抗B无法与红细胞发生凝集反应。使用EDTA抗凝剂可以有效灭活补体,一般不会发生这种情况。

(8)受检者采集标本时患者体内已经输注了大量大分子物质,如血浆增溶剂等,可能导致反定红细胞出现非特异性凝集。

第二节 抗人球蛋白技术方法学评价

抗人球蛋白试验(antihuman globulin test)又称Coombs试验,是1945年英国免疫学家Coombs等人发明的一种能检测血液中温反应性抗体的方法,是诊断免疫性溶血性贫血的主要方法之一。Coombs试验方法发明以来近半个世纪时间里,一直是血型血清学、血液免疫学研究中最为重要的技术方法之一。但是,由于经典的Coombs试验采用试管法手工操作,其过程极为烦琐,一直没有成为输血相容性检测工作的常规方法,多在疑难、复杂抗原、抗体鉴定、确证性试验中使用。后来人们又先后对经典抗人球蛋白试验进行了多种改良,衍生出LISS抗人球蛋白试验、PEG抗人球蛋白试验等,使检测过程中的孵育时间缩短,并在一定程度上提高了检测体系的灵敏度,但其操作过程复杂的缺点并未得到明显改善,因此,仍然没能在临床检验过程中得到广泛应用。

1986年法国人Lapierre首先发明了微柱凝胶技术(microbubes gel technology,MGT),并于1990年发表论文详细介绍了MGT,该技术彻底解决了红细胞血型血清学检测工作中的两个棘手问题,即不完全抗体的检测与鉴定和对混合血液样本的检测。抗人球蛋白试验在微柱凝胶介质中进行,不再需要复杂的洗涤过程和阴性结果确认,微柱凝胶抗人球蛋白技术由此诞生。该技术使得抗人球蛋白技术操作变得简单、快捷,达到临床检验常规应用的要求,得以在临床迅速推广。MGT作为一种新的免疫学技术,1994年获得美国FDA批准,1996年被美国血库协会(AABB)出版的《血库技术手册》(第12版)列入红细胞血型检测常规技术之中。进入21世纪,多种使用微柱凝胶的全自动检测设备开始投入应用,使得微柱凝胶抗人球蛋白技术实现了自动化、标准化、信息化,正逐渐成为输血相容性检测实验室的首选试验方法。

一、技术原理

(一)经典抗人球蛋白技术

大部分IgG抗体与具有相应抗原的红细胞在盐水介质中能够特异性结合,但不发生肉眼可见的凝集反应,再加入相应的抗人球蛋白试剂后,后者Fab段识别相邻的两个IgG类抗体的Fc段,经过搭桥使已结合了不完全抗体的红细胞发生凝集,此试验即为经典抗球蛋白试验。抗人球蛋白试验分为直接抗人球蛋白试验和间接抗人球蛋白试验。直接抗球蛋白试验是检测体内红细胞是否已被不完全抗体或补体致敏;间接抗人球蛋白试验用于体外确认红细胞和不完全抗体反应。经典抗人球蛋白技术使用试管手工操作,整个反应在盐水介质中进行。

(二)改良抗人球蛋白技术

改良抗人球蛋白技术是指在经典抗人球蛋白技术的基础上,增加了一些可以提高抗原抗体反应活性的技术手段,主要包括低离子溶液(low-ionic strength solution,LISS)、聚乙二醇(polyethylene glycol,PEG)等增强介质。LISS 可以有效提高检测体系的灵敏性，将 37℃ 孵育时间缩短至 10~15 分钟；PEG 可以提高反应体系内局部抗原抗体浓度，增强反应活性。改良后的方法分别称为 LISS 抗人球蛋白技术和 PEG 抗人球蛋白技术。

(三)微柱凝胶抗人球蛋白技术

微柱凝胶抗人球蛋白技术也属于一种改良抗人球蛋白技术，该技术把微柱凝胶技术与抗人球蛋白技术整合在一起，是生物化学凝胶过滤技术和免疫学抗原抗体反应相结合的产物。微柱凝胶检测技术通过调整凝胶的浓度来控制凝胶间隙大小，使其间隙只能允许游离的红细胞通过，从而使游离的红细胞与发生凝集的红细胞分离，达到鉴别反应结果的目的。待检样本红细胞和血浆经过稀释、加样、孵育、离心后，红细胞沉淀在微柱底部，则表明红细胞未发生凝集，即为阴性反应；若红细胞聚集在凝胶带上部，则表明红细胞发生凝集，即为阳性反应。

二、适用范围

(一)直接抗人球蛋白试验

主要用于：①新生儿溶血病的诊断；②免疫性溶血性贫血的诊断；③药物致敏的红细胞；④溶血性输血反应的研究。

(二)间接抗人球蛋白试验

主要用于：①检出和鉴定 IgG 类不规则体；②交叉配血试验；③检查用其他方法不能查明的红细胞抗原；④用于一些特殊研究，如混合凝集反应、白细胞抗体及血小板抗体检测试验。

三、方法学评价

(一)经典、改良抗人球蛋白技术

经典抗人球蛋白技术的发明是血液免疫学发展史上的一个重要里程碑，是最早用于检查不完全抗体的方法，也是最可靠的用于确定不完全抗体的方法。经典抗人球蛋白技

术，要经过多次洗涤红细胞的过程，操作繁杂、耗费时间长，又不能同时对多份标本进行检测，无法满足常规输血相容性检测对于时效性和批量检测的基本要求。

LISS 抗人球蛋白技术和 PEG 抗人球蛋白技术是在经典抗人球蛋白技术基础上改良而来，通过在反应体系中添加 LISS 或 PEG 增强介质，提高红细胞抗原和对应抗体之间的反应活性，在一定程度缩短了孵育时间，提高了检测体系的整体灵敏性。

无论是经典抗人球蛋白技术，还是改良后的 LISS 抗人球蛋白技术和 PEG 抗人球蛋白技术，由于都需要复杂的手工操作过程，而且检测结果不易判断和统一，个人操作手法和判读尺度的差异都会对结果的准确性带来影响。正是由于这些缺点的存在使其应用受到了一定的限制，一直无法成为临床常规检测方法。

(二)微柱凝胶抗人球蛋白法

微柱凝胶抗人球蛋白法是建立在经典抗人球蛋白技术理论基础之上的一种新方法。该方法应用分子筛技术、离心技术和特异性的免疫反应技术原理，可以非常灵敏地检测出临床有意义的血型抗体。红细胞与相应抗体在凝胶介质中反应，经离心后红细胞不能完全到达微柱的底部者为阳性，全部沉到微柱底部者为阴性，可以根据红细胞凝块的大小和位置对反应结果进行等级评分，其结果可以依次判定为 4＋、3＋、2＋、1＋、±、－。采用微柱凝胶技术，可以通过肉眼直接观察到极弱的阳性反应，使其结果判读更加灵敏、客观。

微柱凝胶抗人球蛋白技术至少具有以下优势：

1. 试验过程之中不需要对红细胞进行反复洗涤，极大地减少了操作环节，省时省力，为成为常规检测方法奠定了基础。

2. 最适浓度的抗人球蛋白试剂直接整合在凝胶介质之中，使用过程中无需再对抗

人球蛋白试剂进行浓度调整,而且不需要对阴性结果进行验证工作。

3. 标本用量少,可以节省患者、供者的红细胞和血浆用量,特别有利于新生儿、某些特殊患者标本量少时的检测。

4. 操作方式有手工、半自动、全自动三种方式可以选择,其中全自动检测方式真正实现了试验操作的规范化、标准化、信息化。

5. 试验结果客观性好,凝胶分子筛技术通过调节凝胶浓度来控制分子筛孔径的大小,使分子筛间隙只允许游离的红细胞通过,发生凝集的红细胞则不能通过。微柱凝胶卡经过离心后,试验结果一目了然,避免了肉眼和镜下主观因素的影响。

6. 检测结果(微柱凝胶卡纾封口后)可以在 4 ℃冰箱保存至少 7 天。使用自动判读装置可以自动生成结果,经照相后的原始图像信息可以永久保存。

无论是手工操作还是全自动检测,微柱凝胶抗人球蛋白技术在操作程序上更加标准化,加样量精确到微升,孵育时间、离心速度和时间都进行了标准化设置,最大限度克服了人为因素造成的误差,极大地提高了试验结果的准确性和可重复性,因此成为目前输血相容性检测领域应用最广的技术方法。但是,微柱凝胶抗人球蛋白技术并不能完全取代经典抗人球蛋白技术,少数异常检测结果还是需要通过使用试管经典抗人球蛋白技术加以分析、鉴定。

四、注意事项

(一)经典、改良抗人球蛋白技术注意事项

1. 尽量使用 EDTA 抗凝标本,以避免红细胞在体外被补体致敏,出现假阳性。

2. 应尽量在整个压积红细胞的中间部位吸取红细胞,以免吸入上层白细胞、血小板和下层的凝块,防止这些"杂质"对红细胞抗原抗体反应的干扰。红细胞洗涤要充分,有效去除未结合的抗体和其他血浆蛋白成分,

防止未结合抗体中和抗人球蛋白试剂引起假阴性或血浆蛋白凝块干扰结果判读。

3. 抗人球蛋白血清应按说明书最适稀释度使用,否则可产生前带或后带现象而导致假阴性结果。

4. 离心条件要严格按照抗人球蛋白试剂说明书的要求进行设置。离心力不足,不能给凝集反应提供理想条件;离心力过大,细胞扣过于紧实,需要较大力量才能使细胞扣从试管底部脱落,可能会使较弱的凝集反应被摇散。

5. 配置细胞浓度要适当,细胞过浓会导致正常的凝集强度减弱;细胞过稀,会导致结果不易观察。

6. 要确保所用试管、吸头洁净,一些杂质颗粒污染标本可以引起细胞假凝集现象。

7. 每次试验应设阴、阳性对照。阴性对照出现阳性结果,可能是抗人球蛋白血清处理不当,仍有残存的种属抗体,或被细菌污染,应更换血清重做试验。阴性对照管出现阴性结果时,还需要进一步核实阴性结果,具体方法为:在阴性对照试管中加 1 滴 IgG 致敏红细胞,直接离心后观察结果。如结果为阳性,则表示试管内的抗球蛋白血清有效且未被消耗,阴性结果可靠。阳性对照出现阴性结果:可能是抗人球蛋白血清或用于致敏红细胞的不完全抗 D 血清失效,或红细胞洗涤不彻底仍携带人球蛋白所致,应更换血清或重新洗净红细胞后重复试验。对于阳性结果,还应增加自身对照或直接抗人球蛋白试验,以区分是同种异体抗体还是自身抗体。

8. 如需了解体内致敏红细胞的免疫球蛋白的类型,则可分别以抗 IgG、抗 IgM 或抗 C3d 单克隆抗人球蛋白试剂进行试验。

(二)微柱凝胶抗人球蛋白技术注意事项

使用微柱凝胶抗人球蛋白技术时,除应注意前述经典、改良抗人球蛋白技术注意事项以外,还应注意以下几个方面:

1. 红细胞浓度一般控制在 $0.8\% \sim 1\%$,

配置红细胞溶液可以使用生理盐水,也可以使用 LISS,但是两者的孵育时间有差别,前者需要孵育 30 分钟,后者只需孵育 15 分钟,相当于 LISS 抗人球蛋白试验。

2.加样时应先加红细胞后加血浆,因为加入的红细胞的体积通常比血浆体积大,先加的红细胞可以在反应池内形成一个较大的反应界面,与后加入的血浆接触更加充分,有利于抗原抗体反应。

3.加样时要注意手法,不要在红细胞与血浆之间产生气泡,否则会影响红细胞与抗体的接触,可能导致弱反应或假阴性结果。

4.红细胞标本一定不能被细菌污染,否则可能会出现假阳性反应。尽可能应用当日采集的新鲜标本做试验。

5.一些血液病患者如巨幼红细胞贫血、镰刀形红细胞贫血患者,红细胞变形能力明显下降,部分红细胞不能通过凝胶间隙,也可造成假阳性结果。

6.遇到异常结果时,要注意结合患者病史和治疗情况,综合各方面信息,作出合理的分析和判断。

第三节　酶技术方法学评价

1947 年 Morton 和 Pickles 最先报道了使用蛋白水解酶增强红细胞凝集反应的方法。此后半个多世纪的时间里,酶技术作为一种重要的试验方法曾在输血相容性检测领域发挥过重要作用,为临床安全输血作出了贡献。进入 20 世纪 90 年代后,该技术才被微柱凝胶抗人球蛋白技术所取代,逐步退出实验室常规检测的舞台。

一、技术原理

红细胞表面有丰富的唾液酸,使之在中性环境里带负电荷,这也是红细胞互相排斥的原因。蛋白水解酶能消化、破坏这种唾液酸,减少红细胞表面的负电荷,更好地暴露红细胞抗原,从而促进红细胞抗原抗体反应,在不完全抗体作用下,红细胞便可发生凝集。酶法通常可分为一步酶法和二步酶法。

二、适用范围

1.一步酶法　主要用于交叉配血试验。

2.二步酶法　主要用于抗体筛查和鉴定试验,特别是一些特殊抗体如唯酶抗体检测等。

三、方法学评价

酶技术中使用的蛋白水解酶一般包括木瓜酶、菠萝蛋白酶、无花果酶、胰蛋白酶等。酶处理能够显著增强 Rh 系统和 Kidd 系统的抗原抗体反应,但蛋白酶也会破坏 M、N、S、s、Fya 和 Fyb 抗原,对这类抗原不能用酶处理的方法。酶法通常分为一步酶法和二步酶法。一步酶法是在血清和红细胞反应体系之中直接加入酶液促进血清中抗体和红细胞抗原反应,引起特异性凝集。一步酶法不如二步酶法敏感,但操作比较简便,用于交叉配血试验时比较方便;二步酶法是先用酶液处理红细胞,增强红细胞的目标抗原活性,使不完全抗体能够与之发生反应,出现特异性红细胞凝集。二步酶法一般用于抗体筛查和抗体鉴定。

酶法虽然敏感性较高,但在实际操作中,一些酶液可能改变红细胞悬液的物理性质,导致红细胞发生非免疫性聚集。酶法还会检测出较多不具有临床意义的抗体使此类方法的应用受到了限制。特别是进入 20 世纪 80 年代以后,酶法的临床应用受到越来越多地质疑。Gerbr 等研究认为酶法不适合用于日常工作,过多的阳性结果是由于与临床不相关的因素引起的,这些假阳性结果或检测出没有临床意义的抗体,不但没有提高输血安全性,反而干扰了正常检测工作,为临床输血带来了巨大的麻烦。因此,欧洲的一些国家开始不提倡在输血相容性检测工作中使用酶法或直接将酶法废除。

酶法虽然已经不适合在常规输血相容性检测工作中使用,但是作为一种重要的技术手段,在血型血清学研究的其他领域中仍能发挥重要作用。在吸收放散试验中,酶法也有其优势所在。传统放散试验有热放散法、乙醚放散法、三氯甲烷法、酸洗脱法、氯仿放散法、木瓜酶/二硫苏糖醇(ZZAP)和磷酸氯喹等。热放散法主要用于冷型抗体(大多为 IgM 型),其他有机溶剂放散法会破坏致敏红细胞,使红细胞本身蛋白质严重变性,甚至发生严重溶血、细胞破碎,只能收获到被解离的自身抗体,放散后的红细胞无法再进行后续试验。使用由木瓜酶/二硫苏糖醇构成的 ZZAP 试剂处理 IgG 抗体致敏的红细胞后,IgG 抗体分子从红细胞膜上解离下来,红细胞结构和抗原活性保持相对完整,木瓜酶还可增加处理后红细胞的抗体吸收能力。但 ZZAP 试剂也会破坏一些血型系统的抗原,如 K、M、N、Fya、Fyb、S、s 以及 LW、Gerbich、Cartwright、Domgbrok 和 Knops 血型系统抗原。

有些抗体能和酶处理的红细胞发生凝集,但不与未经酶处理的细胞发生反应,其原因尚不完全清楚。可能是酶处理后某些抗原部位得以暴露,不同的酶可使红细胞暴露不同的部位,对于这类与酶处理红细胞才发生凝集的抗体可称为"唯酶"(Enzyme only)抗体,多为 Rh 系统抗体。唯酶抗体一般具有以下特点:

1. 抗人球蛋白试验阴性或反应微弱。

2. 常表现为自身凝集或全凝集。

3. 可以和其他的酶处理细胞发生交叉反应,也可能不发生交叉反应。

4. 偶尔有型特异性。

5. 也可能表现为同种异体抗体特异性。

6. 一些 Rh 系统的抗体,尤其是抗 E 和抗 C 与木瓜酶处理的细胞反应明显增强。

7. 通常不引起输血反应。

四、注意事项

1. 配制酶液时要做好个人防护,最好戴上手套、口罩和帽子,或在通风橱中操作,防止粉末吸入或进入眼睛造成伤害。

2. 配制的酶液要经过活性评价,确定标准孵育时间后分装成若干小包装,-20℃以下冻存,解冻后的酶液不能再重新冻存。

3. 酶处理间接抗人球蛋白试剂中要设立合适的对照,防止抗人球蛋白试剂残存的异种抗体引起假阳性反应。

第四节 凝聚胺技术方法学评价

1980 年 Lalezari 和 Jiang 首先将凝聚胺试验(maunal polybrene test,MPT)应用于血库作业。1983 年 Fisher 等比较盐水法、木瓜酶法、低离子盐水抗人球蛋白法和凝聚胺法等四种不同方法检测异体抗体的能力,发现凝聚胺法检测异体抗体的灵敏度高出其他方法。此后,欧美的输血相容性检测实验室陆续采用了该方法。20 世纪 90 年代,凝聚胺技术进入中国内输血相容性检测实验室,是对传统的盐水法或酶法交叉配血技术的重要补充,进一步提高了临床输血的安全性和有效性。MPT 操作简单、快速、灵敏度高,不需要大型特殊仪器设备,已在国内输血相容性检测实验室广泛使用,特别是广大基层实验室把它作为常规配血试验首选方法,一些大型实验室也把它作为急诊配血的备选方法。

一、技术原理

凝聚胺技术是利用低离子介质减少红细胞周围的阳离子云,以促进红细胞与血清或血浆中抗体结合。凝聚胺是一种高价阳离子季铵盐多聚物,溶解产生的正电荷能中和红细胞膜表面带有负电荷的唾液酸,使红细胞的 Zete 电位降低,红细胞之间距离缩短,使红细胞发生非特异性凝集,此凝集是可逆的。当再加入复悬液后,其中枸橼酸根离子的负电荷能与凝聚胺上的正电荷中和,使非免疫性的可逆凝集现象消失,结果为阴性,而真正抗原抗体反应产生的凝集则无法散开为阳性结果,以此来判断受检者血清中是否存在相应抗体或供、受者间血液的相容性。

二、适用范围

1. 不规则抗体筛查与鉴定试验。
2. 手工交叉配血试验。

三、方法学评价

正常情况下,红细胞表面存在大量的负电荷,导致红细胞之间相互排斥,红细胞上带有负电荷的程度以 Zete 电位表示,是红细胞表面所带负电荷与介质中正电荷之间的电位差,红细胞之间的最小距离大约为 25nm,在这个距离上不完全抗体(IgG 类)可以和红细胞结合,但无法直接引起红细胞凝集,通常需要使用特殊的诱导方法,才能使不完全抗体与红细胞之间产生真正凝集反应。以往诱导红细胞凝聚主要有两种方法,一是缩短红细胞之间的距离,如通过使用酶试剂,去除红细

胞表面的部分唾液酸,从而使红细胞间距小于 IgG 抗体两个 Fab 段之间的距离,在有 IgG 抗体存在的情况下,直接引起红细胞凝集;二是在两个 IgG 抗体之间架桥,如抗人球蛋白技术,IgG 抗体与红细胞结合后,添加抗人球蛋白试剂,通过连接 IgG 抗体,使红细胞形成凝集。而凝聚胺法利用低离子溶液降低介质的离子强度,减少红细胞周围的阳离子云,缩短红细胞之间的距离,促使红细胞上抗原与血清中的抗体结合,从而显著加快红细胞结合抗体的速度,再加入带大量正电荷的凝聚胺,中和红细胞表面的电位,诱使红细胞产生可逆的非特异性凝集。如果存在与红细胞抗原相应的抗体,反应体系中加入复悬液后,原有的凝集不会消失,即为阳性反应;如果没有与红细胞抗原相应的抗体,凝聚胺诱导的凝集现象则会消失,即为阴性反应。

凝聚胺法对大多数的抗体均有较高的敏感性,但该法对抗 K 抗体的敏感性较差,如做抗 K 抗体检测补充抗人球蛋白试验。Letender 等用凝聚胺法对 47 例抗 K 进行测试,其中 31 例未检出。但在中国汉族人群中 K 抗原阳性者极为罕见,几乎为零,所以不存在 K 抗原的问题。凝聚胺法完成交叉配血试验仅需 5 分钟,可检测出大部分的 IgM 和 IgG 类抗体,具有快速简便,特异性强,灵敏度较高,重复性好等优点,适合急诊和常规交叉配血。

使用手工凝聚胺法进行交叉配血时,供血者标本多采用枸橼酸盐抗凝,受血者的标本抗凝与非抗凝均可采用。如果使用抗凝受者标本,通常采用 EDTA 抗凝剂,应避免使用肝素作为标本抗凝剂。肝素可以干扰交叉配血试验结果,其干扰作用可能是由于肝素与血标本中带正电荷的纤维蛋白原和血浆球蛋白结合,使红细胞膜表面的负电荷不再受纤维蛋白原和血浆球蛋白等大分子作用,从而增加红细胞相互之间的排斥力,最后导致反应体系中红细胞非免疫性的可逆凝聚反应受到抑制,进而导

致假阴性结果。受者血液中的肝素、酚磺乙胺（止血敏）、甘露醇、右旋糖酐等药物，也会对凝聚胺交叉配血试验产生干扰，因此在标本采集时要尽量避免这些因素的存在。对于药物干扰输血相容性检测结果我们将在第 7 章第二节中作进一步阐述。

凝聚胺技术在交叉配血中具有快速检出 IgG 抗体的能力，但近年来随着对临床无效输血的深入研究发现，凝聚胺试剂对反应活性弱的、效价低的 Rh 血型系统的抗体有漏检的情况发生，且不同厂家、不同批号的凝聚胺试剂在抗体的检出率方面存在一定的差异，这些情况提示试验操作者在实际工作中应充分了解试验方法在检出率和特异性方面的特点以及受血者的妊娠史、输血史和用药史等临床情况，在实验室配血过程中应联合应用盐水法、凝聚胺法、抗人球蛋白法等，防止有临床意义抗体的漏检，以确保临床输血安全有效。

四、注意事项

手工凝聚胺试验容易受到各种因素的影响，导致结果的准确性下降，对于操作人员素质和水平要求相对较高。实验室内从事试验操作的人员必须经过系统的培训，熟悉、掌握凝聚胺方法本身的技术特点，严格按照试验标准操作规程进行相关操作，才可能获得准确的检验结果。试验操作过程中必须注意以下内容。

1. 试管、滴管吸头和玻片必须清洁干燥，防止红细胞发生溶血。试管应选择透明的玻璃或硬质塑料试管，便于结果观察和离心。

2. 加样时先加血清或血浆，再加红细胞悬液，以便容易核实是否漏加血清或血浆。

3. 试验过程中配制的红细胞悬液浓度以 5% 为宜，过浓或过淡可使抗原抗体比例不适当，导致假阳性或假阴性结果。

4. 离心条件应符合试剂说明书要求，尽量使用血型血清学专用离心机，离心时间过长或过短、离心速度过快或过慢，都可能导致假阳性或假阴性结果。

5. 控制试验环境温度在 18～25℃，防止温度过低产生冷凝集现象，干扰结果判断。

6. 离心后，倒掉上清液，不要沥干，让管底残留约 0.1ml 液体，以便使细胞扣悬浮。

7. 多个试验同时进行时，应按照加样顺序进行结果观察，确保每一个反应结果都能在 1 分钟内观察，否则弱凝集散开，会误判为假阴性。

8. 若病人血清（血浆）含有肝素，如某些肾病的血液透析患者、体外循环手术患者等，血液中的肝素物质可能影响交叉配血结果，须适量增加 polybrene 滴数，以中和肝素。

9. 观察结果时应注意红细胞特异性凝集与继发性凝固、缗钱状排列等相区别，对于可疑结果应在显微镜下观察。

10. 红细胞溶血也是阳性结果的重要表现形式之一，观察结果时不能将仅存在溶血而没有凝集误判为阴性结果。

第五节　固相捕获技术方法学评价

1976 年 Rosenfield 最早提出了固相技术的概念。1984 年 Plapp 和 Beck 分别发表论文介绍了固相捕获技术，用于血型抗原抗体反应的检测。1985 年 Rachel 首次介绍了固相抗人球蛋白试验，也称微孔板间接抗人球蛋白试验。固相捕获技术经过 20 多年的完善和发展，目前已经有配套的全自动检测设备完成全部试验操作，具备操作标准化、自动化、高通量的优势。固相捕获技术尚未正式在国内临床常规试验中应用。

一、技术原理

首先将红细胞或血小板(抗原成分)包被到聚苯乙烯微孔板表面,红细胞或血小板的膜抗原可以捕获患者或供者血清中(或血浆)中的特异性抗体。短暂孵育后洗去游离抗体并加入抗 IgG 包被的指示红细胞,通过离心,促使包被了指示红细胞的抗 IgG 与结合于红细胞或血小板膜表面的抗体发生反应。检测结果为阳性时,由于包被红细胞层表面有抗 IgG-IgG 复合物的形成,这就阻碍了指示红细胞向微孔底部流动。由于抗体的桥联作用,黏附于包被红细胞或血小板表面的指示红细胞成为第二个细胞层。在无抗原抗体反应时(即阴性试验)中,指示红细胞在流动过程中不会受到阻碍从而在微孔底聚集成纽扣状。

(一)红细胞交叉配血试验原理

在红细胞主侧交叉配血试验中,采用供者红细胞包被微孔板,然后加入患者(受血者)血清或血浆。阳性测试结果表明受血者血液内存在能与供者红细胞抗原反应的抗体。阴性测试结果则表明受血者血液内不存在能检测到的、能识别供者抗原的 IgG 抗体。

(二)抗体筛查试验原理

在抗体筛查试验中,采用一组 3 细胞筛选试剂(或混合细胞)包被微孔板,然后加入患者(受血者)血清或血浆。阳性测试结果表明,受血者血液内存在能与试剂红细胞抗原反应的 IgG 类不规则抗体。阴性测试结果则表明受血者血液内不存在能检测到的、能识别筛选试剂红细胞抗原的 IgG 类不规则抗体。

(三)血小板交叉配血试验原理

患者或供体血小板首先结合于聚苯乙烯微孔表面,然后用它们来捕获患者或供体血浆中的血小板抗体。血清在结合有血小板的微孔中进行简短孵育,使抗体与血小板结合(如果抗体存在)。把微孔中游离的 IgG 冲洗掉,并加入结合抗 IgG 指示红细胞。进行离心,这样会使指示红细胞与结合于固定的血小板上的抗体接触。阳性检测中,在指示红细胞和结合血小板抗体间形成了抗 IgG 桥联,从而阻止指示红细胞向微孔底部移动。作为这种桥联的结果,指示红细胞会形成一个覆盖包被血小板的红细胞层。相反,如果是阴性检测,当不存在血小板抗原-抗体反应时,指示红细胞的移动就不会被阻止,就会被离心到微孔底部,进而形成紧密压缩、清晰的细胞扣。

二、适用范围

1. 红细胞交叉配血试验。
2. IgG 类不规则抗体筛查。
3. 血小板交叉配血试验。
4. 血小板抗体检测。

三、方法学评价

固相捕获技术其本质也是一种改良抗人球蛋白技术,主要用于检测 IgG 抗体,包括红细胞抗体和血小板抗体。在红细胞抗体检测试验中,虽然固相捕获检测系统主要用于 IgG 的检测,但在实际检测中有时也可检测到 IgG 以外的抗体,如 IgM 类抗 M、抗 P1、抗 Lea 和抗 Leb 等不规则抗体,这些抗体可以在 37℃ 和抗人球蛋白介质中直接将携带有相应抗原指示红细胞和包被单层红细胞直接连接起来。因此,如果在固相捕获检测中发现了抗 M、抗 P1、抗 Lea 和抗 Leb 等抗体,在没有进一步试验验证时不能断定其为 IgG 抗体,可以通过盐水介质血凝试验加以鉴别。该试验方法有时不能检出重要的天然 IgM 分子(如 IgM 抗 K 或抗 E)。采用固相捕获技术进行交叉配血试验时,只能发现因 IgG 抗体所致的不相容性,无法全部检出 IgM 抗体引起的不相容性,如 ABO 血型不相容性。因此,使用该方法完成交叉配血,必须首先确保供者、受者 ABO 血型相同,否则必须增加盐水介质血凝试验。

在红细胞不规则抗体筛查试验中,固相捕获法(Capture-R)与微柱凝胶抗人球蛋白法比较,前者的灵敏度最高可达 97%,两种方法之间的特异性无明显差异,所有具有临床意义的抗体都能被固相捕获法检测出,它也是唯一能够检测出 Kidd 血型抗体的方法。

固相捕获技术经过 20 多年的完善和发展,已经取得了长足的进步,不同类型的商品化试剂盒正逐步进入市场。当前的固相捕获试验可以由手工操作或使用全自动设备来完成。如果使用手工操作,需要洗涤步骤,操作起来相对烦琐而不宜控制,肉眼判读结果时,弱阳性与阴性之间分界不清楚,容易混淆。手工操作对于操作者要求相对较高,操作者必须经过严格、系统的培训,否则将无法得到可靠的检测结果。如果使用全自动设备,加样、洗版、离心、判读结果整个过程自动完成,可以实现标准化、高通量的批量检测。已有固相捕获技术的相关试剂盒在 SFDA 注册,不久以后将会正式进入国内市场。

四、注意事项

1. 红细胞样本不应溶血。红细胞碎片可干扰细胞单层形成。如红细胞样本轻度溶血,应用生理盐水洗涤样本红细胞 2 次,然后将其重悬于与原样品体积相同的生理盐水中。禁用严重溶血样本。

2. 包被红细胞单层时,红细胞单层上的存在缺口通常提示红细胞量不足。

3. 未见细胞扣提示红细胞样品过度稀释或加样有误。如离心后仍未见细胞扣,应重新制备单层红细胞。

4. 检测材料受细菌或化学污染、孵育时间不足、离心不当、检测孔清洗不充分、检测试剂或检测步骤遗漏等均可导致检测结果错误。

5. 指示红细胞受污染后可中和其中的抗 IgG 成分,从而导致检测结果假阴性。

6. 如果加入指示红细胞后过度离心会破坏指示红细胞形成的黏附层而引起假阴性或检测结果可疑阳性。而离心力不足则会导致假阳性检测结果。

7. 由中性分离胶获得的血清或血浆样本在抗体筛选试验中可出现假阳性反应,因此不应使用中性分离胶试管。

8. 在测试之前,将所有试剂盒置 18～30℃条件下复温,检测时如指示红细胞温度低于 18℃ 则会导致弱的假阳性反应。

9. 加入指示红细胞前使用酸性、非缓冲性盐溶液清洗检测孔可减弱抗体和抗原间的反应强度。

10. 在直接抗人球蛋白试验中为阳性的红细胞将产生假阳性结果。

(陈麟凤 于 洋)

参 考 文 献

[1] Meyer EA, Shulman IA. The sensitivity and specificity of the immediate-spin crossmatch. Transfusion,1989,29:99-102.

[2] Shulman IA, Odono V. The risk of overt acute hemolytic transfusion reaction following the use of an immediate-spin crossmatch. Transfusion,1994,34:87-88.

[3] Shulman IA, Calderon C. Effect of delayed centrifugation or reading on the detection of ABO incompatibility by the immediate-spin crossmatch. Transfusion,1991,31:197-200.

[4] Low B, Messeter L. Antiglobulin test in low ionic strength salt solution for rapid antibody screening and crossmatching. Vox. Sang,1974,26:53-61.

[5] Wicker B, Wallas CH. A comparison of a low

ionic strength saline medium with routine methods for antibody detection. Transfusion, 1976,16:469-472.

[6] Nance SJ, Garratty G. A new potentiator of red blood cell antigen-antibody reactions. Am J Clin Pathol,1987,87(5):633-635.

[7] Wenz, B and Apuzzo J. Polyethylene glycol improves the indirect antiglobulin test. Transfusion,1989,29:218 220.

[8] Lapierre Y, Rigal D, Adam J, et al. The gel test:a newway to detect red cell antigen-antibody reactions. Transfusion, 1990, 30: 109-113.

[9] Bromilow IT,A dam s KE,Hope J,et al. Evaluation of the ID-gel test for antibody screening and identification. TransfusMed,1991,1:159-160.

[10] Malyska H, Weiland D. The gel test. Lab Med,1994,25:81-85.

[11] Morton JA , Pickles MM. Use of trypsin in the detection of incomplete anti-Rh antibodies. Nature, 1947,159:779-781.

[12] Lalezari P Jiang AF. The manual polybrene test:a simple and rapid procedure for detection of red cell antibodies. Transfusion, 1980, 20: 206-211.

[13] Fisher GA. Use of the manual polybrene test in the routine hospital laboratory. Transfusion,1983,23:152-154.

[14] Letendre, PL, Williams, MA and Ferguson, DJ. Comparison of a commercial hexadimethrine bromide method and low-ionic- strength solution for antibody detection with special reference to anti- K. Transfusion, 1987, 27: 138-141.

[15] Plapp FV, Sinor LT, Rachel JM, et al. A solid phase antibody screen. Am J Clin Pathol, 1984,82:719-721.

[16] Beck ML, Rachel JM, Sinor LT, Plapp FV. Semi-automated solid phase adherence assays for pre-transfusion testing. Med Lab Sci,1984, 41:374-381.

[17] Rachel JM, Sinor LT, Beck ML, Plapp FV. A solid-phase antiglobulin test. Transfusion, 1985,25: 24-26.

[18] Sinor L. Advances in solid-phase red cell adherence methods and transfusion serology. Transfus Med Rev,1992,6:26-31.

[19] Weisbach,V,Kohnhäuser T,Zimmermann J et al. Comparison of the performance of microtube column systems and solid-phase systems and the tube low-ionic-strength solution additive indirect antiglobulin test in the detection of red cell alloantibodies. Transfus Med,2006, 16:276-284

[20] Brown MR, Fritsma MG, Marques MB, et al. Transfusion safety: what has been done: what is still needed? Medical LaboratoryObserver,2005,37:202-205.

[21] 李勇,马学严.实用血液免疫学血型理论和实验技术.北京:科学出版社,2006:588-628.

[22] 李勇,杨贵贞.人类红细胞血型学实用理论与实验技术.北京:中国科学技术出版社,1999: 191-192.

第7章 检验前质量保证

第一节 检验前质量保证的相关内容

一、检验前质量保证的主要内容

检验过程的质量保证通常包括检验前质量保证、检验中质量保证和检验后质量保证。目前大多数临床实验室对于检验中的质量保证都给予了充分的重视，通过制定SOP、规范试验操作流程、开展室内质量控制和参加室间质量评价活动，使整个检验过程中的质量有所保证。输血相容性检测实验室尽管起步较晚，基础条件差，但经过多年发展，整体检验中质量保证工作已经取得了长足的进步，但是整个临床实验室对于检验前的质量控制与管理工作尚不到位。检验前为整个检验活动的起始环节，一般包括检验申请、患者准备、标本采集、标本运输、标本储存以及标本检测前处理等。

《医学实验室-质量和能力的专用要求》（ISO151819:2007）将检验前或称分析前期（preanalytical phase）定义为：按时间顺序，始于临床医生提出检验申请，止于分析检验程序启动，其步骤包括检验申请、患者准备、原始样品采集、运送到实验室并在实验室内传递。检验前过程大部分是在实验室以外完成，其执行主体包括患者本人、患者家属、临床医生、护士、护工、物流系统等，基本不在实验室工作人员的控制范围之内，任何一个步骤或环节出现疏漏、偏差或操作不规范都可以直接导致检验结果的误差，这些误差是无法通过控制检验过程来消除的。

二、检验前质量保证的现实意义

随着临床实验室自动化检测的不断普及、先进检测方法和试剂的广泛应用、试验操作规范化水平的普遍提高以及实验室管理的数字化、信息化的深入推进，检测与分析过程的质量得到了确实的保证，检验项目的准确度、精密度得到了极大提高。而检验前过程中存在的变量影响因素尚未得到广大医护人员和检验人员的普遍重视，临床医护人员与临床实验室工作人员还缺乏有效地沟通，使检验前过程成了影响检验质量的主要环节。可见，对检验前过程进行科学、有效的质量管理是决定检验结果真实性与准确性的基本前提，只有使每一位参与检验前过程的主体都能熟悉、了解和控制影响检验前质量的各种因素，才能真正有效地实现检验前的质量保证，为实验室提供满足检验要求的"原材料"以及准确的辅助信息。

第二节　受检者生物变异和检验前状态对检测结果的影响

输血相容性检测项目与传统检验项目有所不同,这类检测结果经常是结论性的,而不是描素性的,这些结论性的检验结果需要经过检验人员对检验结果的综合分析与判断,最后得出结论。例如 ABO 血型鉴定,需要同时进行正反定型试验,两者结果一致方可得出最后结论,如果两者结果不一致,就需要进一步寻找原因,甚至是增加辅助试验项目,得出最后的检验结果。输血相容性检测经常会受到受检者自身生物变异或检验前的生理状态的影响,出现一些异常结果。实验室技术人员应尽量熟悉可能影响输血相容性检测结果的因素,在出现异常试验结果时,能够结合受检者自身特点,如既往病史、输血史、妊娠史、目前疾病状态及免疫学状态等,采用恰当的辅助试验,得出正确的结论。

一、生理性改变与病理状态的影响

(一)年龄

6 个月以内的新生儿因其体内尚未产生血型抗体,即使存在部分抗体也多为胎儿时期从母体获得,因此反定型结果经常与正定型结果不符,此种情况下通常是以正定型结果为准,而不是必须正反定型一致才能报告血型结果。

(二)遗传变异

人类红细胞血型是同种异型抗原,是人类遗传多态性的重要标志之一,在人类进化过程中由于编码血型抗原或糖基转移酶的基因发生突变,导致血型表现型的变化,特别是 ABO 血型亚型的鉴别诊断对于输血安全具有重要意义。ABO 血型亚型的突出特点是相应抗原活性的减弱,同时血清中可能会出现 ABO 系统的不规则抗体,如抗 A_1 或抗 B

等,经常还会造成正反定型结果一致的假象,这些抗原抗体的变化极易导致血型的误判,检验人员在判断结果时一定要慎重,必要时增加辅助试验,如正定型增加抗 A_1、抗 A,B、抗 H 等,反定型增加 A_2 细胞和 O 细胞等,防止 ABO 亚型的误判。

(三)输血史、妊娠史

输血、妊娠都可能使机体接触外来血型抗原刺激,导致产生不规则的血型抗体,这些抗体会干扰交叉配血结果,IgM 类的抗体还可能影响血型反定型,导致 ABO 正反定型不一致。IgG 类抗体可能还会引起新生儿溶血病。

(四)骨髓移植或干细胞移植病史

注重受检者既往疾病史信息的获取与分析,对于特殊血型血清学结果判断具有重要意义。例如血液病患者进行不同型骨髓移植或干细胞移植治疗,在移植后的一段时期内患者血液中出现自身红细胞与供者红细胞共存的现象,在血型检测过程中,出现双群或混合视野现象给血型鉴定带来麻烦,血型抗体也可能会由于次侧不相容的原因反应强度下降甚至消失,造成 ABO 定型困难,同时可能还会影响到交叉配血结果,实验室工作人员应根据移植后所处不同时期,选择合适的血液成分,确保相容性输注。

(五)特殊疾病状态

一些特殊的疾病状态可能会对血型鉴定、不规则抗体筛查和鉴定、交叉配血等带来影响。临床常见的一些急性白血病患者会出现红细胞血型抗原减弱的现象,其血清学表现经常与亚型类似而不易区分,在进行血型鉴定时,除非使用分子生物学技术,否则单从血型血清学表现容易误定为亚型,这些患者通常经过化疗后其红细胞血型抗原可以恢复到正常的强度水平。急性大量失血患者补充大量晶体液和胶体液后造成血液稀释，血型抗体的效价可能会出现下降甚至反定型无凝集现象，从而导致正反定型不一致。

(六)特殊免疫学状态

大剂量放化疗或存在严重自身免疫功能缺陷的患者，因其 B 淋巴细胞功能受到严重抑制，IgG 或 IgM 类血型抗体分泌不足，从而出现反定型试验均为阴性，正反定型不一致而无法定型。检验人员分析试验结果时，可以参照患者免疫球蛋白分类定量结果或球蛋白总量，尽可能获取支持信息，从而作出正确的判断。多发性骨髓瘤患者血液中经常会出现大量的本周氏蛋白，这些异常蛋白会干扰血型鉴定或交叉配血结果，出现特征性的"缗钱状"凝集，肉眼很难与正常抗原抗体反应引起的凝集相鉴别，需要通过显微镜下观察才能发现，此类凝集在滴加生理盐水后多可以散开。巨球蛋白血症、霍奇金病以及其他表现为血沉加快的一些病例中也会出现类似表现。自身免疫功能紊乱患者，如自身免疫性溶血性贫血、系统性红斑狼疮等患者经常会产身自身抗体，这些抗体以 IgG 类多见，也有 IgM 类，一般缺乏特异性，抗体可以导致自身红细胞直接抗人球蛋白试验阳性，几乎与所有供者红细胞发生反应，导致配血困难，IgM 类或高效价 IgG 类自身抗体甚至会导致自身红细胞凝集或干扰血型反定型试验。

二、药物对输血相容性检测结果的影响

(一)肝素

肝素既是临床常用的血液标本抗凝剂，也是肾病透析、肝移植、体外循环下心脏手术、外科断肢再植术中及术后为防血栓形成而经常使用的一种抗凝药。但是输血相容性检测所有的血液标本都不能使用肝素作为抗凝剂，也不能使用含有过量肝素的血液标本。肝素在水溶液中具有强负电荷，能与一些阳离子结合生成络合物，因此肝素的干扰作用可能是由于肝素与血标本中带正电荷的纤维蛋白原和血浆球蛋白结合，使红细胞膜表面的负电荷不再受纤维蛋白原和血浆球蛋白等大分子作用，从而增加红细胞相互之间的排斥力，最后导致反应体系中红细胞非免疫性的可逆聚集反应受到抑制。在凝聚胺交叉配血中，肝素使红细胞无法出现非特异性可逆凝集，导致试验失败，如果操作者观察不仔细，也会错判为假阴性结果。而使用枸橼酸钠、EDTA-K$_2$ 或 EDTA-K$_3$ 作为抗凝剂的标本，则无此影响。因此，交叉配血使用的标本中应避免使用肝素作抗凝剂。若遇到正在使用肝素治疗的患者标本，配血时可适当加大凝聚胺的用量或使用抗人球蛋白的方法来排除肝素的影响。

(二)酚磺乙胺

酚磺乙胺是消化道出血患者常用的止血药物，其在水溶液中带有负电荷，能使红细胞的 Zete 电位上升，增加红细胞之间的排斥力，在手工凝聚胺配血中，可导致加入凝聚胺后不出现非特异可逆性凝集。酚磺乙胺(止血敏)在体内的维持有效时间为 4～6 小时，对使用过酚磺乙胺的患者可在药物有效期后抽标本或在使用药物之前就抽取标本，以确保凝聚胺配血结果的准确性，保证安全输血。输血科工作人员、临床医护人员对于这些常识性知识应该有所了解。

(三)抗生素类药物

根据国内外对抗生素引起的溶血性贫血的相关报道，引起溶血性贫血的药物主要是 β 内酰胺类药物，其中包括 β 内酰胺酶抑制药他唑巴坦钠、克拉维酸等，以及头孢类抗生素头孢菌素、头孢替坦等。患者在使用这类药物进行抗感染治疗过程中，这些药物作为半抗原与红细胞膜结合后刺激机体产生抗自身抗体，自身抗体结合到红细胞表面相应抗原上，会导致红细胞在体内循环过程中被脾巨噬细胞识别而吞噬，红细胞大量被吞噬后

即可引起血管外溶血性贫血。此类患者的血液标本在输血相容性检测试验中会出现交叉配血次侧不相合，直接抗人球蛋白试验阳性，为交叉配血带来困难。患者停用此类药物后直接抗人球蛋白试验阳性现象会逐渐消失。这就提示广大临床医生：如果在抗感染治疗过程中，患者出现血红蛋白逐渐下降，而又无法用现有的疾病诊断所解释时，应该考虑到是否是由于抗生素引起了溶血性贫血，必要时可以考虑更换抗生素的种类。

(四)甘露醇和右旋糖酐

甘露醇和右旋糖酐都是临床上常用药物，但两种药物均能引起红细胞非特异性凝集。临床实践中，甘露醇不能与红细胞成分同时输注，否则可能会引起红细胞凝集。右旋糖酐能吸附在红细胞膜表面，导致红细胞形成假性凝集，干扰玻片法或试管法血型鉴定结果。必要时可以使用生理盐水将受检者红细胞洗涤，消除其对正定型的影响。两种高浓度药物也会干扰对交叉配血结果的正确判断。当临床大剂量输注两种药物，同时又进行血型鉴定及交叉配血试验时，应该重视这两种药物引起的非特异性凝集，可排除非特异性凝集干扰，确保检验结果的准确性。

第三节　检验申请与输血申请

一、申请单的主要作用及表现形式

检验申请是整个检验流程的起始环节，检验申请单是医患之间、临床实验室与临床医生之间检验服务合同的一种重要表现形式，也是极为重要的医疗文书之一。检验申请单填写的受检者相关情况可以为后续检验结果的分析与判断提供重要的参考信息，因此临床医生应该重视检验申请单内容的填写，尽可能确保检验申请单信息的准确性与完整性。输血相容性检测实验室能够提供的检验项目相对较少，主要包括 ABO 血型正反定型、不规则抗体筛查与鉴定、交叉配血、血清抗 A(B)IgG 免疫抗体效价测定、吸收试验、放散试验、Rh 血型分型鉴定、直接抗人球蛋白试验以及其他稀有血型鉴定等。临床医生应了解不同检验项目的一些基本要求以及可能存在的影响检验结果的因素。

输血申请单是一种特殊形式的检验申请单，从表面形式上看输血申请单是要求输血科(血库)供应某种血液成分进行输血治疗，但按照《临床输血技术规范》的要求，在为患者提供血液成分之前，输血相容性检测实验室要对供、受者进行血型复查，并参照《全国临床检验操作规程》有关规定作抗体筛选试验，然后再进行交叉配血试验。因此，输血申请单中隐含的检验申请项目，需要输血相容性检测实验室依照国家、行业的相关规定，参照患者的实际情况，决定应该进行的检验项目。

检验申请单或输血申请单一般有纸质申请单和电子申请单两种形式，目前基层医院实验室主要以纸质形式手工填写为主，大型医疗机构实验室已经逐步开始采用电脑打印、电子申请单或两者相结合的形式。随着医院信息化建设的不断发展，越来越多的医疗机构开始建立自己的 HIS 和 LIS，可以实现申请单和检验报告完全电子化，既提高申请信息、报告结果的准确性，又可以节约时间、提高工作效率。

二、检验申请单的格式与填写要求

对于检验申请单的格式没有统一的行业

要求，医疗机构可以使用统一格式的申请单，也可以根据实验室分工，分别印制不同类型的检验申请单。《医学实验室质量和能力的认可准则》(ISO151819:2007)中对于检验申请单作出了相关约定，应包括足够信息以识别患者和经授权的申请者，同时应提供患者必要的临床资料。申请单应符合国家、区域或地方的相关法律、规范及行业规定的要求。

检验申请表或电子申请表宜留有空间以填入下述（但不限于）内容：

1. 患者的唯一性标志，如姓名、性别、门诊号、住院号等。

2. 医生或其他依法授权的可要求检验或可使用医学资料者的姓名或其他唯一标志，以及报告的发送目的地。申请检验医生的地址宜作为申请表的一部分内容。

3. 适用时，原始样品的类型和原始解剖部位。

4. 申请的检验项目。

5. 患者的相关临床资料，至少应包括性别和出生日期，以备解释检验结果之用。

6. 原始样品采集日期和时间。

7. 实验室收到样品的日期和时间。

申请表的格式（电子或书面的）及申请表送达实验室的方式宜与实验室服务对象讨论后决定。手工填写的检验申请单应做到字迹清楚、没有涂改。姓名应用正楷字体填写，急诊昏迷无家属陪伴或一时无法识别身份的患者，可以填写为"无名氏"，新生儿刚出生时一般习惯在母亲名称后面加后缀的形式，如"李某之子"或"张某之女"。年龄项目填写要准确，成人填写实际岁数，小儿可以填写月龄，新生儿填写出生天数，受检者年龄可以为一些检测异常结果的评价提供有意义的参考信息，如半岁以内的小儿进行 ABO 血型鉴定时，由于血型抗体尚未产生，经常会出现ABO 正反定型不一致的情况，这时我们通常以正定型的结果为准，如果患者年龄＞6 个月或是成人，我们就需要增加其他辅助试验，

排除其他干扰因素或血型亚型存在的可能。疾病诊断的填写，确诊病人直接填写临床诊断，多个临床诊断填写第一诊断或最重要的临床诊断，初诊或待确诊患者可以填写"×××病?""×××症状待查"，健康体检者可以直接填写"查体"或"体检"。正确填写疾病诊断对于一些异常检测结果的确认以及是否需要重复检测都至关重要。

三、输血申请单的格式与填写要求

输血申请单也没有国家或行业的统一格式，《临床输血技术规范》附件中，对于输血申请单的内容进行了约定，供各个医疗机构在设计输血申请单时参考，但不局限于这些内容：

1. 受血者唯一性标志，如临床输血申请单编号、受血者姓名、性别、年龄、病案号、科别、病区等。

2. 临床诊断或疑似诊断。

3. 继往输血史、孕产史、过敏史。

4. 受血者输血前检测结果：ABO 及RhD 血型、血红蛋白、血细胞比容(HCT)、血小板计数、丙氨酸转氨酶(ALT)、HBsAg、Anti-HCV、Anti-HIV1/2、梅毒。

5. 预定输血成分、预定输血量、预定输血日期和时间。

6. 输血目的：治疗、手术备血。

7. 申请医生签字、主治医生审核签字。

8. 申请日期和时间。

9. 特别说明：请医生逐项认真准确填写，请于输血日前送输血科（血库）。

以上内容是临床输血申请单中必须包含的内容，属于行业强制性规定。此外，不同省市卫生主管部门在制定输血科标准时，还对上述内容做了进一步补充和细化，例如北京市就规定输血前检查乙肝五项，而不是单独检查乙肝表面抗原。

输血申请单一般分为手工填写、电脑打印生成两种形式，由于输血申请单比一般的检验申请单填写内容更多、更详细，因此在填

写时力求准确、无误。疾病诊断、既往输血史、孕产史可以为输血相容性检测提供参考信息,特别是遇到疑难血型、疑难配血时更是需要详尽、准确的相关信息;输血前检验信息必须真实、准确,其中的 ABO 及 RhD 血型、血红蛋白、HCT、血小板计数是临床输血指征判断的重要依据,输什么血液成分、输血的剂量都需要这些指标作为依据。而 ALT、HBsAg、Anti-HCV、Anti-HIV1/2、梅毒更是输血前受检者必查的强制项目,即使是急诊抢救患者也不例外。如果没有充足的时间完成这五项检查,至少也可以先留取标本,待条件允许时进行相关检测,经治医生应在输血申请单对应位置特别标注"标本已留取,结果未归"字样,并签名盖章。否则,输血科有权拒绝接受该申请单。这五项检查的主要目的不是用于受检者疾病状态的判断,而是评价患者输血前是否存在相关病原微生物的感染,防止输血后出现相关感染时无法区分、判断是否与输血相关,避免医疗纠纷。对于输血成分和剂量更是需要临床医生结合实验室检查结果和临床症状作出准确的判断。申请用血时间应该精确到"几时几分",以便于输血科准备充足的血液成分、及时完成输血相容性检测工作。输血申请单上也应注明标本类型、标本采集时间和标本采集者,输血相容性检测一般使用 EDTA 抗凝静脉全血(自动化检测)或普通不抗凝静脉全血。

标本采集后应尽早送实验室进行检测,采集后、检测前的标本一般不宜 4℃ 保存,可以室温短时保存,防止血液中存在的抗体被自身红细胞吸收。输血相容性检测实验室在接受申请单和标本时应要求外送人员签名并标明送标本时间,输血科工作人员同时在申请单上注明接收时间和接收人姓名,防止在实际接收时间问题上出现推诿现象,避免纠纷。

第四节 标本的采集、运输、检验前处理与保存

正确采集符合标准的标本是确保检验结果准确性的前提条件,输血相容性检测主要使用静脉血液标本,标本采集过程通常包括患者准备、采集时间的选择、标本采集时患者体位、采集部位、穿刺技术的运用、采血容器的选择等。临床医护人员、标本运送人员、实验室检测人员应该了解各个环节、流程可能对检测结果造成的影响,告知受检者标本采集注意事项并取得配合,操作过程中要规范化、标准化,保证所采集到的标本能够真实反映当前受检者血型血清学免疫状态。

一、标本采集

(一)患者准备

受检者进行血液采集前需要进行必要的准备,应避免跑步、骑自行车、爬楼梯等剧烈的运动,要求患者休息 15 分钟后进行采血。冬季采血时应保持血液循环通畅。临床医生必须对患者讲清楚输血相容性检测的目的、采血时间(住院患者应在早晨卧床时取血;其他人员应最好在空腹时采血,急诊除外)及相关注意事项。采血前应向患者作适当解释,以消除疑虑和恐惧。

(二)标本采集物品准备

静脉血标本通常由临床医护人员采集,遵照医嘱准备好标本采集前所用的容器以及消毒器材、一次性注射器、标本条形码、检验申请单或输血申请单等备用。首先确认患者姓名、病案号或门诊号、血型,并将姓名、病案号或门诊号、血型信息写在标本采血真空试管上,或将载有上述信息的条形码贴在标本

采血真空试管上。

(三)标本采集容器、抗凝条件及采集量要求

医疗机构应统一采购、供应标本采集用具、容器，相同检测项目应使用统一规格的容器，并确保在有效期内使用。

1. 常规相容性检测　标本采集容器是一次性含 EDTA-K$_2$ 或 EDTA-K$_3$ 抗凝剂的真空采血管（规格：12mm×100mm，紫色）；标本采集的类型是静脉血（特殊情况下可以使用动脉血）；标本量是抗凝血≥3ml。

2. 新生儿溶血病检测　夫妇标本：EDTA-K$_3$ 或 EDTA-K$_2$ 抗凝静脉血≥3ml（手工操作时也可以使用不抗凝标本）；患儿标本：EDTA-K$_3$ 或 EDTA-K$_2$ 抗凝静脉血≥3ml（手工操作时也可以使用不抗凝标本）。

(四)采血部位及方法的选择

血液标本采集部位：通常采用肘部静脉，优先选择顺序是肘正中静脉、贵要静脉、头静脉；如肘部静脉不明显时，可改用手背静脉或内踝静脉，必要时也可从股静脉采血。儿童可用颈外静脉采血，但有危险性，以少用为宜。为保证检测结果准确不能在静脉输液同侧臂或输液三通处采集静脉血液标本。目前临床采血多使用真空采血法，整个采血过程一般不会发生血液外溢和污染。血管条件不好时，也可以采用注射器采血，采完后去掉针头，拔掉真空管塞，将静脉血沿试管壁缓慢注入试管内，重新塞紧试管塞。抗凝管采集血液标本后，立即将试管轻轻颠倒5～6次，使血液与抗凝剂充分混匀。采血时，应尽量避水肿、血肿部位、输血同侧手臂、瘢痕部位、动静脉瘘管或任何导管同侧手臂以及静脉输液同侧手臂。

二、标本运输

输血相容性检测标本采集后应立即送输血科（血库），特殊情况下可以在室温短时间保存，不应放 4℃ 保存。标本的运输应该与检验申请单或输血申请单同步，由医疗机构物流传输系统、临床医护人员或专职外送人员完成。对于进行标本运输的人员应进行专门的业务培训，使其了解标本运送的基本要求、能够初步判断采集后的标本是否合格、了解血液标本的生物危险性、基本防护措施以及发生职业暴露以后的基本处理原则。

标本运输过程中应使用专门的容器盛放，确保标本运输过程中密闭、防漏、防止污染等。尽量简化标本运输转换流程，缩短标本在运输途中的停留时间。若进行较长距离的标本运输，一般应对血液标本进行预先处理，如将血浆和红细胞分别存放、采用保温或控温容器盛放等。血液标本的运送必须保证运送过程中的安全，防止溢出。标本溢出后，应进行相应的消毒处理，如果剩余标本量无法满足检测需求或怀疑标本之间发生交叉污染，应要求临床重新为受检者留取标本。

三、标本的接收及检验前处理

输血相容性检测标本通常与检验申请单或输血申请单一同送往输血相容性检测实验室，输血相容性检测实验室应制定详细、明确的标本接收和拒收标准，并对服务对象公示，使临床医护人员、标本运送人员、受检者本人了解相关注意事项，尽量避免影响检验结果的因素发生。

1. 合格血液标本的标准　通常合格的血液标本至少应满足以下条件：①输血申请单或检验申请单内容必须齐全，签字、审批符合程序，血液标本容器标志应符合要求，标本标志应与申请单的相应内容完全一致；②标本种类（含 EDTA-K$_2$ 或 EDTA-K$_3$ 抗凝剂的静脉血、手工操作也可以是不抗凝全血）、标本量（抗凝血 3.0ml 以上）符合所申请试验项目的要求；③血液标本采集后应立即送检。

2. 实验室拒收血液标本的标准　在一般情况下，血液标本不符合上述要求之一者，实验室工作人员应拒收此类标本，同时存在

以下任何一种情况的标本都应拒收：①标本发生明显溶血者、严重乳糜者；②血液标本在运送过程中，容器破裂、标本外溢者；③标本采集量明显不足者。

3. 特殊情况下实验室可以接收不合格血液标本　休克、昏迷患者及婴幼儿等特殊情况，血液标本不足 3.0ml，但离心后能够满足手工操作所需。输血科（血库）工作人员必须与临床医生联系，经临床医生同意后，输血科方可接受血液标本并检验，并在申请单上注明。拒收标本应及时通知临床医生或护士，但原始标本由输血科（血库）保存，其他人员未经允许不得取走。

4. 标本检测前处理　实验室工作人员接到标本后，立即使用离心机在 1 600～1 800g 条件下离心 5 分钟，离心后观察标本上清液情况，对于严重乳糜、严重溶血的标本应拒收并通知病房，查找是否存在不规范采血操作，详细说明正确的采血操作流程和注意事项后重新抽取标本；离心后符合标准的标本应尽早安排相关项目检测。

四、标本保存

标本经过离心处理后，如果不能及时检测，可在室温下短时存放，一般不超过 6 小时。由于低温保存条件下可能导致一些自身抗体吸附到自身红细胞之上，从而影响检测结果，因此标本检测前尽量避免 4℃ 存放。对于完成检测的标本 4℃ 条件下保存 72 小时，可以用于追加试验检测，72 小时以后转入待处理标本冰箱继续保存至少 4 天，发生输血反应或可疑结果时用于再次复查。标本检测后保存时间达到 7 天后，将按照医疗废物处理相关规定进行处理。

第五节　检验前质量保证措施的建立

检验前诸多环节，如检验项目的申请、患者的准备、标本采集方法和时机的选择、标本的运输与检验前处理等都会对检验结果的准确性造成直接影响。这些环节虽然不是处在实验室工作人员的直接控制之下，但是实验室可以通过制定详细、准确、符合实际情况且操作性强的检验前质量保证措施，定期进行相关专业培训，加强与临床科室、外送人员的沟通与交流，征得医疗机构主管部门的支持与协调等一系列手段，来确保检验前各个环节的质量得到有效的控制和保障。

一、编制统一的标本采集手册

输血相容性检测实验室应根据自身所开展的检验项目，参照《医疗护理技术操作常规》《临床输血技术规范》等法规的相关要求，结合所在医疗机构管理模式，对各类检验标本的采集、运输、储存等进行明确约定，并制定相应的标本采集手册或标本采集指南，其中的内容至少应该包括：检验项目名称、各类人员职责、患者准备及原始标本识别、临床医生的指导、申请单的填写、处理及保存、标本采集容器及必需添加剂、标本采集的类型和量、标本采集方法、安全处置、血液标本的运送、标本的接收与拒收的标准、血液标本的保存、附加检验项目及时间限制、因分析失败而需再检验标本的处理、医疗废物的处理、已检标本的处理存放等，这些规定应该以纸质文件形式发放到标本采集部门（病房、门诊等）、标本运输人员手中，便于随时查阅。

二、完善上岗人员的培训管理

要想实现对检验前各个环节质量的有效控制，就有必要对参与各个环节的人员进行必要的理论与技能培训,并实行上岗资格管理制度,只有通过专门考核并获得相应资质,才能从事相关操作。国家或行业规范中尚无专职标本运送人员的统一考核标准,各个医疗机构可以根据自身情况,制定内部培训流程和考核标准。

(一)标本采集人员

依据《医疗护理技术操作常规》中关于血液标本采集的相关要求,对所有标本采集人员(医生、护士、检验人员)进行正规培训,考核合格并获得相应资质后方可独立进行采集操作,对于未取得相应资质的人员(实习人员)应在带教老师的监督、指导下进行标本采集操作。标本采集人员应了解正确的标本采集时机,采取恰当的标本采集方法,快速、准确地完成标本采集操作。

(二)标本运输人员

在我国大多数医疗机构中,专职标本运送人员多为护工,一般不具备医学教育背景,这部分人员的岗前培训显得更为重要。其岗前培训内容中应包括与标本采集、运输和保存相关的基础理论知识和操作规范,血液标本的生物危险性和个人防护的相关知识。在这部分人群中个人防护可能是最容易忽略的环节,由于专职外送人员对于医学知识掌握程度极其有限,对于标本生物危险性认识不足,个人防护意识薄弱,发生职业暴露的概率明显加大。

(三)实验室标本接收人员

输血相容性检测实验室应设立专门(可兼职)的标本接收人员负责标本及检验申请单或输血申请单的审核、接收及登记工作。对于符合要求的标本进行检验前处理,并根据申请时间做好相应标本的检验前准备工作;对于不符合要求的标本应与外送人员或临床医护人员沟通,以决定拒收此标本或确认受检者情况特殊无法再次采集标本而接收此不符合要求的标本。实验室标本接收人员应具有上岗资格,能够独立完成实验室日常工作,了解标本采集、运输、审核、接收、保存等相关要求。未取得上岗资格的人员(实习学员、轮转医生等)应在带教老师的指导、监督下完成标本接收工作,原则上不能单独接收标本和申请单。

三、加强与临床医护人员的沟通与交流

检验前质量管理的主要环节都不是在实验室的直接控制之下,即使实验室建立了相对完备的质量管理措施,离开临床医护人员、外送人员的支持与配合,质量控制的目标仍然无法实现。因此,输血相容性检测实验室应该积极加强与临床医护人员、外送人员的沟通与交流,通过开展专题讲座、座谈会、发放宣传材料等诸多形式,使临床医护人员、外送人员掌握标本采集、运输、审核、接收、保存等相关知识、要求和注意事项,严格按照SOP完成相关操作。同时,实验室应定期到服务单位(病房、门诊)进行调研、收集反馈信息,及时调整、修正标本接收过程中存在的问题,才可能真正落实检验前质量管理的相关要求。

四、发挥医疗机构的监督、协调作用

检验前质量控制工作涉及多个部门、多个环节,需要医院管理职能部门如医务处、护理部、门诊部等加强对于标本采集、运输等环节监督、协调与管理工作,统一制定每一个环节的质量保证措施,并以医院管理的名义下发到职能科室,制定相应的检查、评比、考核、奖励及惩罚制度与实施细则,从制度层面确保检验前质量控制要求的落实。

(于 洋 冯 倩)

参 考 文 献

[1] 李萍.临床实验室管理学.北京:高等教育出版社,2006:118-126.

[2] 王大建,王惠民,侯永生.临床实验室管理学.2版.北京:科学技术出版社,2009:85-88.

[3] 丛玉隆,王前.临床实验室管理.2版.北京:中国医药科技出版社,2010:103-112.

[4] 吴争胜.MPT 在抗体检测和交叉配血中的影响因素探讨.江西医学检验,2007,25(4):403-404.

[5] 李雪梅,李春合.低右和止血敏对凝聚胺交叉配血的干扰.云南卫生科技与教育,2000,4(1):41.

[6] 金燕,唐吉斌,项金莲,等.凝聚胺法交叉配血的干扰及排除方法.实用医技杂志,2008,15(19):2493.

[7] International Organization for Standardization (ISO). Medical Laboratories-Particular Requirements for Quality and Competence. Geneva, Switzerland: ISO15189:2007.

第8章 室内质量控制

第一节 室内质量控制概论

一、室内质量控制的发展历史

在工业产品生产过程中,产品加工尺寸的波动是不可避免的,这种波动是由人员、机器、材料、方法和环境等多重因素的波动影响所致,通常可以分为两种,即正常波动和异常波动。正常波动是偶然性原因(不可避免因素)造成的,它对产品质量影响较小,在技术上无法完全消除,在经济上也不值得消除。异常波动是由系统原因(异常因素)造成的,它对产品质量影响很大,但能够通过采取适当措施避免和消除。过程控制的目的就是消除、避免异常波动,使产品生产过程处于正常波动状态,室内质量控制的理念正是在这样的时代背景下提出的。1924 年,美国的 W. A. Shewhart 博士根据工业产品生产过程中遇到的产品质量问题提出了统计过程控制(statistical process control,SPC)的概念,发明了用于实施产品生产过程监控的质量控制图——3σ 质控图,并以数理统计的方法预测和预防产品质量参数变动来保证工业产品的质量。今天人们还在使用的统计过程质量控制(statistical process quality control,SQC)与当年 Shewhart 提出的 SPC 并无本质上的区别。

SPC 是借助统计学方法,对生产过程进行分析评价,根据反馈信息及时发现系统性因素(异常波动)出现的征兆,并采取措施消除其影响,使过程维持在仅受随机性因素影响的受控状态,以达到控制质量的目的。当过程仅受随机因素影响时,过程处于统计控制状态(简称受控状态);当过程中存在系统因素的影响时,过程处于统计失控状态(简称失控状态)。由于过程波动具有统计规律性,当过程受控时,过程特性一般服从稳定的随机分布;而过程失控时,过程分布将发生改变。SPC 正是利用过程波动的统计规律性对过程进行分析控制的。因而,它强调过程在受控和有能力的状态下运行,从而使产品和服务稳定地满足顾客的要求。

W. Edwards Deming 和 Joseph juran 在 20 世纪 40 和 50 年代进一步发展了 SPC 理论,并在工业和服务等行业得到推广应用。第二次世界大战初期,美国大批民用品转入军工生产,由于事先无法控制废品而不能满足交货期的要求,又由于军用品检验大多属破坏性试验,生产后逐一检验根本无法实现。美国国防部为了解决这一难题,于 1941 年和 1942 年先后公布一系列"美国战时质量管理标准",要求各公司在生产过程中普遍采用统计质量控制方法,结果半年内取得大面积成效,当时对保证军工产品的质量和及时交付起到了积极作用。自 20 世纪 50 年代以来,

SPC 在日本工业界的大量推广应用对日本产品质量的崛起到了至关重要的作用。20 世纪 80 年代以后，世界许多大公司纷纷在自己内部积极推广应用 SPC，而且对供应商也提出了相应要求。在 ISO9000 质量管理体系中也提出了在生产控制中应用 SPC 方法的要求。

SPC 作为质量改进的一个重要工具，不仅适用于工业过程，也适用于服务行业等一切过程性的领域。在过程质量改进的初期，SPC 可帮助确定进行改进的时机，在改进阶段完成后，可用 SPC 来评价改进的效果并对改进成果进行维持，然后在新的水平上进一步开展改进工作，以达到更强大、更稳定的工作能力。SPC 非常适用于重复性生产过程。它能够帮助我们对过程做出可靠的评估；确定过程的统计控制界限，判断过程是否失控和过程是否有能力；为过程提供一个早期报警系统，及时监控过程的情况以防止废品的发生；减少对常规检验的依赖性，定时的观察以及系统的测量方法替代了大量的检测和验证工作。

1950 年 Levey 和 Jennings 首次将工业产品生产过程中的统计过程控制理念引入临床实验室，初步形成了临床实验室检验分析过程的质量控制（quality control，QC）概念。他们建议对每位患者的标本做双份检测，然后计算平均值和极差，建立了以均数 X 为中心线，质控限为 $\pm 1.88R$ 的 X-质控图，以及以平均 R 为中心线，质控限为 0 到 3.27 的 R-质控图，此时的质控限实际大体相当于 3S。1952 年 Henry 和 Segalove 对 Levey-Jennings 质控图（X-R）进行了修改，以 20 份质控品的 X 和 S 定出质控限来绘图，并采用稳定的参考材料（控制品）做重复检测，将各个检测值直接点在质控图上。在分析过程质量控制上，使用质控品将各个单一检测结果直接点在图上，这种做法发展成为当今所熟知的 Levey-Jennings 质控图。但 Levey-Jennings 质控图仍然具有一定的局限性，如使用 $X \pm 2S$ 为质控限，当每批使用两个水平质控品时它的假失控概率往往是不可接受的，而如使用 $X \pm 3S$ 为质控限可以降低假失控，但也同时降低了误差检出。通过增加每批测定值个数也能增加误差检出，但其消耗更多的过程输出而降低了生产效率。

提高误差检出的另外方法是选择"多规则"，在多规则控制方法上，两个或多个控制规则用来检验控制测定值及确定控制状态。20 世纪 70 年代，Westgard 提出了著名的 Westgard 多规则（Westgard multi-rules）以及发展了系统化的质量控制理论，并采用计算机模拟方式对质量控制规则和方法的性能特征进行评价和设计。20 世纪 90 年代 Westgard 等人又提出了新的质量控制方法设计工具——操作过程规范图（operation process specifications，OPspecs）。OPspecs 图可以用于证实当前统计控制的方法是否适当，或选择新的质控方法是否能够达到分析质量要求。由于不再需要计算临界误差并减少了不必要的操作，应用 OPspecs 图可以简化设计统计控制方法的过程。

进入 21 世纪，Westgard 尝试将工业管理上提出的 6σ（six sigma）质量管理方法应用于医学实验室质量控制中。6σ 管理法是一种统计评估法，核心是追求零缺陷生产，防范产品责任风险，降低生产成本，提高生产率、市场占有率以及顾客满意度和忠诚度。6σ 管理既着眼于产品、服务质量，又关注过程的改进。"σ"是希腊文的一个字母，在统计学上用来表示标准偏差值，用以描述总体中的个体离均值的偏离程度，测量出的 σ 表征着诸如单位缺陷、百万缺陷或错误的概率性，σ 值越大，缺陷或错误就越少。6σ 是一个目标，这个质量水平意味的是所有的过程和结果中，99.99966％是无缺陷的，也就是说，做 100 万件事情，其中只有 3.4 件是有缺陷的，这几乎趋近到人类能够达到的最为完美的境界。6σ 质量管理模式根据医学实验室的质量要求,结合室内质控的数据分析,对实验室内部的质量目标、实验室质量的持续改进以及实验室检测系统性能的评价和验证方面都给出了一个量化的标准,它必将在临床实验室质量管理体系的建设中发挥更大的作用。

二、质量控制与室内质量控制的定义

1. 质量控制(quality control,QC) 是用来监测检测方法的分析性能、根据质控品结果来判断整个检测结果的质量、提示或警告操作人员检测试剂或检测体系可能存在的问题。

2. 室内质量控制(internal quality control,IQC) 作为医学实验室全面质量控制的一个重要组成部分,由实验室工作人员遵照实验室制定的 IQC 管理制度和相关标准及操作规程,选择适当的实验方法和步骤,连续评价本实验室检测工作的可靠性程度,旨在监测和控制本实验室检测工作的精密度,提高实验室常规工作中批内、批间样本检测的一致性,以确定测定结果是否可靠、可否发出报告的一项工作,是对实验室检测的即时性评价。

在医学实验室全面质量管理体系中,室内质量控制(以下简称室内质控)是一个重要的环节,其目的是保证每个患者标本测定结果的稳定性、消除或减小随机误差造成的影响,保证检测结果的精密度。室内质控控制着自样本吸取至获得检测结果并对结果进行分析的整个测定过程,是保证试验操作质量的必要措施。

三、质量控制相关统计学概念

1. 总体(population) 根据研究目的确定的同质观察单位的全体。更确切地说,它是根据研究目的确定的同质观察单位某种变量值的集合。总体通常限定于特定的时间和空间范围之内,为有限数量的观察单位,称为有限总体;有时总体是假设的,没有时间和空间的限制,称为无限总体。

2. 样本(sample) 由总体中随机抽取部分观察单位的变量值组成。样本应采用随机抽样的方法获得,是总体中有代表性的一部分。

3. 计量资料(measurement data) 用定量的方法测定观察单位中某项指标量的大小,所得的资料称为计量资料,其变量值是定量的,表现为连续的数据,通常有具体的数值,如身高、体重、血压、血红蛋白、胆红素和白蛋白等。计量资料也称定量资料。

4. 计数资料(count data) 又称为定性资料或无序分类变量资料,也称名义变量资料,是将观察单位按某种属性或类别分组计数,分别汇总各组观察单位数后而得到的资料,其变量值是定性的,表现为互不相容的属性或类别,如试验结果的阴性、阳性等。

5. 等级资料(ranked data) 将观察单位按照某种属性的不同程度进行分组,所得各组的观察单位数,称为等级资料。如临床疗效的评价、疾病的临床分期、症状严重程度的临床分级等,对这些指标常采用分成若干等级然后分类计数的办法来解决它的量化问题,这样的资料也称为有序变量或半定量资料。

等级资料划分包括两种情况:

(1)按性质划分:如某种治疗方法的临床疗效分为痊愈、显效、好转、无效;手术麻醉效果分为Ⅰ、Ⅱ、Ⅲ、Ⅳ级等。

(2)按数量分组:如红细胞抗原抗体反应的凝集强度,其结果可以分为—、±、1+、2+、3+、4+。

6. 随机误差(random error) 也称为偶然误差和不定误差,是指测量结果与同一待测量的大量重复测量的平均结果之差。随机误差是由于在测定过程中一系列有关因素微小的随机波动而形成的。随机误差通常具有以下特征。①单峰性:绝对值小的误差出现的概率比绝对值大的误差出现的概率大。②对称性:绝对值相等的正误差和负误差出现的概率相等。③有界性:绝对值很大的误差出现的概率近于零。误差的绝对值不会超过某一个界限。④抵偿性：在一定测量条件下，测量值误差的算术平均值随着测量次数的增加而趋于零。

7. 系统误差（systematic error）　相同待测量大量重复测量的平均结果和待测量真值的差。系统误差有些是恒定不变的，有些是遵循一定的变化规律而产生的。系统误差总是使测量结果偏向一边，或者偏大，或者偏小。因此，采用多次测量求平均值的方法并不能真正消除系统误差。系统误差是在试验过程中产生的误差，通常来源有以下方面：

（1）仪器误差：由于仪器本身的缺陷或没有按规定条件使用仪器而造成的。如仪器的校准不精确，仪器未调整好，外界环境（温度、湿度、电磁场等）对测量仪器的影响等所产生

的误差。

（2）理论误差（方法误差）：由于测量所依据的理论公式本身的近似性，或试验条件不能达到理论公式所规定的要求，或者是试验方法本身不完善所带来的误差。

（3）操作误差：由于观测者个人感官和运动器官的反应或操作习惯不同而产生的误差，并与观测者当时的精神状态有关。

试验操作者应尽可能预见到各种系统误差的具体来源，力求通过周密的试验设计、严格的试验环境以及标准的试验操作来控制或消除系统误差。

8. 总误差（total error）　是随机误差和系统误差的总和，是判断检测系统可接受性的最为重要的一个参数指标。

第二节　我国输血相容性检测室内质量控制行业发展现状

一、输血相容性检测实验室的发展

20 世纪 80 年代以前，国内的医疗机构基本上没有独立的输血科或血库实验室，输血相容性检测作为检验科的一部分工作而由检验科人员兼职完成，没有专业化输血技术人员和实验室设置，更没有一个相对独立的实验室质量管理体系。20 世纪 80 年代以后陆续有少数大型医疗机构的输血科或血库逐步从检验科分离出来成为一个独立科室或实验室，但是其硬件建设、人才队伍、实验室管理等仍然十分落后，完整的质量管理体系尚未形成。1997 年 8 月 20 日国家卫生部发布《中国输血技术操作规程（血站部分）》，这是我国第一部统一的采供血技术规范，其中包括了输血相容性检测（供血部分）的内容，对于推动输血相容性检测实验室管理的规范化、标准化、法制化起到了积极的推动作用。1997 年 12 月 29 日第八届全国人民代表大

会常务委员会第二十九次会议通过了《中华人民共和国献血法》并于 1998 年 10 月 1 日起施行。1999 年 1 月 5 日国家卫生部颁布实施《医疗机构临床用血管理办法（试行）》。2000 年 6 月 1 日国家卫生部发布《临床输血技术规范》。随着这几部法律、法规的相继颁布，政府主管部门对于输血行业的投入与重视不断加大，输血学科建设得到了迅速发展，输血已经从一种临床辅助的治疗手段发展成为一门综合性的专业学科，大多数医疗机构（二级以上）相继成立了单独的输血科（或血库），建立了独立的输血相容性检测实验室，逐步培养出专业的输血技术人才队伍，各个实验室开始探索建立自己的质量管理体系，虽然尚不完善，但实验室质量管理意识已经逐步形成。

二、室内质量控制工作现状

IQC 是确保临床实验室检测结果准确、

可靠的重要保障,医疗机构输血科(或血库)实验室和采供血机构的血型参比实验室所开展的输血相容性检测项目都应该严格进行IQC,但由于我国整个输血行业及输血医学学科建设起步都比较晚,实验室软硬件条件仍然比较落后,缺乏行业性室内质量控制管理规范的指导,一般实验室很难获得适合实验室实际需要的商品化室内质控品,时至今日大多数实验室尚未建立起完善的IQC管理体系,整个行业中的输血相容性检测室内质量控制工作基本上处于空白状态,即便少数实验室开展了部分IQC工作,多是基于个别试剂或试验,流于形式,缺乏系统性和科学性,不能覆盖所有常规输血相容性检测项目,同时也缺乏完善的体系文件和标准操作流程的支撑,无法真正达到室内质控的目的。

1997年国家卫生部下发的《中国输血技术操作规程(血站部分)》,对于输血相容性检测技术操作方法和程序进行了规范,但对于室内质量控制工作并没有提出明确的要求。2006年2月国家卫生部印发的《医疗机构临床实验室管理办法》中第25条明确规定:"医疗机构临床实验室应当对开展的临床检验项目进行室内质量控制,绘制质量控制图。出现质量失控现象时,应当及时查找原因,采取纠正措施,并详细记录。"该办法中并没有明确指出对输血相容性检测实验室的具体要求,但是根据临床实验室的相关定义,输血相容性检测实验室属于临床实验室范畴,应该满足本办法中的相关要求。这是从法规层面第一次明确要求输血相容性检测实验室应该

开展IQC工作,但缺乏开展室内质量控制工作的具体规范和实施细则。2007年北京市市卫生局颁发的《医疗机构输血科(血库)基本标准》中第15条规定:"加强输血实验室质量控制和管理,开展室内质控,参加市级或市级以上室间质评。"国内其他省区也先后出台了输血科基本标准的地方管理规范,但仍然都没有对开展输血相容性检测室内质控作出明确的规定。因此,国家行业管理部门需要根据输血相容性检测的发展现状,尽快出台详细的、具有可操作性的室内质控操作规范和考评细则,并应作为强制性指标将其纳入到行业监督与检查工作之中,才能真正推动输血相容性检测室内质量控制管理向前发展。

中国人民解放军总医院输血科实验室从2008年开始进行室内质量控制相关工作的系统研究,参照《医学实验室质量和能力认可准则》(ISO 15189:2007)中对IQC的相关要求,结合其实验室日常开展的检测工作,探索并建立自制输血相容性检测室内质控品的技术和室内质量控制管理体系,率先系统地开展IQC工作,极大地促进了检测结果的准确程度和自身实验室管理水平的提高。该实验室制备的室内质控品已经开始在国内一些医疗机构输血相容性检测实验室推广应用,获得了良好的效果,为输血相容性检测实验室IQC的普及与推广积累了大量的实践经验,探索出一整套相对成熟的室内质量控制管理模式,为行业主管部门制定相应规范提供宝贵的参考意见。

第三节 输血相容性检测室内质量控制的基本原则

一、国内外相关法规要求

2003年4月24日美国临床实验室改进

修正法案最终规则(CLIA final rule)正式实施,其中的493.1256标准——控制程序对临床实验室各专业质量控制提出了具体要求,包

括临床化学检验质量控制、临床血液学检验质量控制、临床免疫学检验质量控制、临床微生物学检验质量控制、组织病理学检验质量控制等。该最终规则中并没有关于输血相容性检测质量控制的相关要求，但其中的许多标准和要求都可以作为制订输血相容性检测 IQC 标准的参考依据，具体包括以下几个方面：

1. 对于每一个检测系统（主要指全自动检测仪器），实验室负责人应制订相应专门的控制程序，检测整个分析过程中的准确度和精密度。

2. 实验室必须规定每一个检测项目检测质控物的数量、类型和检测频率。

3. 质量控制程序应该能够检出由于检测系统故障、不利的环境条件及操作水平而产生的误差，能够长期监测由于检测系统故障、不利的环境条件及操作水平而可能影响到的准确度和精密度性能。

4. 常规试验应该至少检测一次质控品，对于定量检测程序，应包括两个不同浓度水平的质控品；对于定性检测程序，应包括一个阴性和一个阳性质控品；对于产生分级或滴度结果的检测程序，应分别包括阴性质控品和具有分级或滴度反应性的阳性质控品。

美国血库协会编制的《技术手册》（2008年，第 16 版）和英国《输血相容性检测实验室指南》（2004 年版）中也只是对输血相容性检测中使用的血清试剂和细胞试剂的质量控制频次做了相关要求。国内相关法律法规虽然都也提出了开展输血相容性检测室内质控的相关要求，但缺乏具体的操作细则和规范，目前尚不具有可操作性。

二、室内质量控制的基本原则

由于目前国内尚无统一的输血相容性检测室内质量控制管理规范及实施细则，这里我们重点介绍中国人民解放军总医院输血科实验室建立的室内质量控制管理体系。该实验室从 2008 年起率先尝试输血相容性检测室内质量控制相关研究，根据目前国内输血相容性检测项目的开展情况以及自动化检测程度，参考国内外有关实验室室内质控的相关规定，研究出符合实验室实际需要的配套质控品，初步确立了常规输血相容性检测项目室内质量控制的基本原则。

在实施室内质量控制的过程中，根据目前实验室检测项目的开展情况，将整个室内质量控制工作人为地分为过程控制和试剂控制两个部分，以便于实际操作和管理。过程控制是针对主要试剂与反应体系整合在一起的试验所进行的室内质量控制，通常包括使用微柱凝胶介质、玻璃珠介质等相关试验，包括手工加样或全自动加样条件下的交叉配血、不规则抗体筛查、血型鉴定等试验。试剂质控是针对手工操作而言，通常包括标准血清（抗 A、抗 B、抗 D 及其他稀有血清试剂）、试剂红细胞（反定细胞和抗筛细胞）、凝聚胺介质、抗人球蛋白等试剂的质量控制。

1. 室内质控品选择基本要求 每次质控试验（包括过程控制和试剂控制）应至少选择一个阳性对照质控品，一个阴性对照质控品。由于常见的红细胞表面 A、B、D 抗原与对应的标准血清反应时一般都会出现 4＋强度的凝集，血型抗原阳性质控品一般都是选择 4＋强阳性质控品；而对于血型抗体，无论是 IgM 抗体还是 IgG 抗体，应尽量选择 2＋或 3＋的中、低值阳性质控品，这样有利于对反应体系灵敏度变化的监控。

2. 实施室内质控的频次要求 英国《输血相容性检测实验室指南》中规定自动化检测室内质控次数为每天至少两次，手工操作试验应每个批次都要进行室内质控。国内相关法规并没有对室内质控的次数做出明确的要求，但至少每天应进行 1 次。常规试验通常应在每天的试验开始前或与第 1 批次常规试验同时进行质控品检测。两种模式各有利弊，前者可能需要多消耗部分时间，而后者会相对节省时间，但一旦出现质控结果失控，可能会造成批次内试剂、耗材的浪费,因此推荐采用第一种质控模式。常规试验中途更换试剂批号、更换试剂最小独立包装或检测系统出现故障修复后均应重做质控试验。特殊非常规试验应在每次试验前进行质控试验。

3.过程控制基本原则 适用于微柱凝胶介质、玻璃珠介质的手工及全自动操作。

(1)ABO、RhD血型鉴定:一般选择两个质控标本,要求1个标本A型,1个标本B型,对于抗A、抗B标准血清和反定A细胞和B细胞互为阴阳性对照;两个标本RhD血型一个阴性、一个阳性。

(2)不规则抗体筛查:一般选择两个质控标本,一个不含有不规则抗体,一个含有已知其特异性的不规则抗体,一般选择IgG类不规则抗体。

(3)交叉配血试验IgG类抗体组:选择1个含有不规则抗体的质控标本作为受者,选择两个与受者ABO同型的质控标本作为供者。同时要求两个供者标本中,一个含有可与受者不规则抗体反应的抗原,另一个不含有可与受者不规则抗体反应的抗原,两个供者标本不规则抗体筛查试验均为阴性,3个质控标本直接抗人球蛋白试验均为阴性。

(4)交叉配血试验IgM类抗体组:选择3个已知血型分别为A、B、O质控标本,选A或B作为受者,其余两个为供者,3个质控标本不规则抗体筛查和直接抗人球蛋白试验均为阴性。

4.试剂控制基本原则

(1)抗A、抗B血清与反定A、B、O细胞:可以使用过程质控中使用的全血质控品进行

室内质控,也可以采用互相验证的方法进行质量控制,即同时对A、B、O细胞进行正定型,只要A细胞与抗A,B细胞与抗B能够出现4+强度的凝集反应;A细胞与抗B,B细胞与抗A,O细胞与抗A、抗B均不出现凝集,即认为在控。对于A细胞与抗A,B细胞与抗B出现小于4+强度的凝集反应;A细胞与抗B,B细胞与抗A,O细胞与抗A、抗B出现凝集即视为失控,应更换试剂重复试验,确定是标准血清的原因还是反定细胞的原因,对于不符合要求的试剂应做废弃处理。

(2)抗D(或C、或E、或c、或e)标准血清:通常取已知RhD(或C、或E、或c、或e)阴性和RhD(或C、或E、或c、或e)阳性标本各一支分别与抗D(或C、或E、或c、或e)标准血清反应,RhD(或C、或E、或c、或e)阴性标本与抗D(或C、或E、或c、或e)标准血清无凝集,RhD(或C、或E、或c、或e)阳性标本与抗D(或C、或E、或c、或e)标准血清出现4+强度的凝集反应,即认为在控,阴阳性对照质控标本一般可以从3系、10系或16系O型谱细胞中直接选取。

(3)凝聚胺试剂:一般进行阴阳性质控,阳性质控采用O型RhD阳性红细胞与标化后的IgG抗D反应,阴性质控采用O型RhD阳性红细胞与AB型血清或血浆(经确认无不规则抗体),也可以使用过程控制中的全血质控品,但阳性抗体应该使用凝聚胺试剂确定相应靶值。

(4)抗人球蛋白试剂质控方法:同凝聚胺试剂。

第四节 室内质控前的准备工作

一、室内质量控制管理体系的建立

实验室开展IQC工作前,需要在整个实验室质量管理体系架构下,建立室内质量控制管理规章制度和一套完整的SOP文件。内容涉及开展室内质控的目的、意义、应用范

围,仪器设备的选用、维护、校准和计量,试剂和质控品选择、室内质控的基本原则等。编制质量控制相关的质量记录和技术记录表单。室内质量控制相关文件建立后需要经过实验室管理层充分论证,由实验室负责人审批后方可开始实施。

二、员工培训

实验室负责人要在开展 IQC 工作前,组织实验室所属工作人员进行质量控制相关内容的系统培训,确保每个实验室工作人员都对 IQC 工作的必要性和重要性有充分地了解,熟练掌握质量控制工作的相关基础知识、一般方法、规章制度和基本操作。

在实际工作过程中应定期组织开展实验室质量管理相关的继续教育和再培训项目,不断加强员工的质量意识和理念,提高全体员工质量管理能力和实际操作水平,注重技术骨干的培养,以熟练处理室内质量控制管理过程中遇到的一些常见问题,确保 IQC 工作的顺利开展。

三、仪器设备的检定与校准

对血型血清学离心机、加样枪、全自动血型配血系统加样泵、温度计等量具要严格按照国家及行业相关规定定期进行计量检定。对全自动血型配血系统等检测设备要按相关要求定期进行校准与性能评价,对不同检测系统开展相同检验项目要定期进行比对试验,以确保不同检测系统出具的检验报告的准确性和可比性。

四、质控品的选择

专门用于质量控制目的的样本称为质控品(control material)。质控品本身质量是保证质控工作的重要物质基础,各个实验室可根据各自检测工作的开展情况并参照相关法律法规,制定相应检测项目的质量控制规则,选择符合相关技术要求的室内质控品。一般

临床实验室可以从专业生产质控品的厂家获得所需质控品,也可以由试剂和设备生产商来提供,一些检验项目还可以由卫生主管部门,例如卫生部临床检验中心来提供室内质控品,但目前国内尚无可提供输血相容性检测室内质控品的专业厂家,部分仪器设备供应商提供的进口质控品价格昂贵、保存期过短、抗原抗体配置不合理,无法真正满足实际需要,推广难度极大。临床实验室也可以利用实验室现有的标本资源自制质控品,这可能是目前解决输血相容性检测室内质控品供应的一个有效途径,但实验室应制定相应完备的制备操作规程和性能评价体系,对自制质控品进行有效的管理,确保质控品性能稳定并能有效保存一定时间。国内在自制室内质控品方面已经有相对成熟的经验可供借鉴。

较为理想的输血相容性检测室内质控品至少应具备以下一些特性:

1. 人源全血作为质控品的基本原料选择健康献血者保存 10 天以内标本为制备原料,条件允许的情况下,应该对质控品进行必要的病毒灭活处理,尽量消除质控品物质传播疾病的风险。

2. 全血或改良全血质控品　这种形式的质控品适于全自动检测体系开展质控的需求,血浆部分(应尽量去除蛋白干扰)应采用人血清(或血浆)基质或以人血清(或血浆)基质为主且分布均匀,这样才能使质控品和正常检测标本具有相同或接近的基质状态,从而消除基质差异可能对检测结果带来的影响。输血相容性检测全血质控品中的红细胞抗原和血浆抗体同时作为分析对象进行检测,其中的红细胞成分不仅作为抗原成分直接参与反应,同时还作为指示细胞直接显示反应结果,这是与其他类别质控品最大的区别所在。

3. 添加剂和调制物的数量尽量少　全血质控品中一般都会添加枸橼酸盐抗凝剂和

为红细胞提供能量物质的葡萄糖和磷酸盐等物质,这些物质在正常供者标本中也同样存在,对于红细胞抗原抗体反应结果不会造成不良影响。抗凝剂和保养液的添加会造成抗体成分一定程度上的稀释,但这样反而可能会使血浆中的人源抗体效价降低,与对应红细胞的凝集强度出现下降,造成人为的低值阳性,有利于监测整个检测体系的灵敏度。全血质控品保存过程中还需要添加抑菌物质,例如硫酸庆大霉素、硫酸新霉素、氯霉素等,防止质控品中可能混入的细菌或真菌生长繁殖,从而导致质控品变质而影响检测结果。这些抑菌物质应该控制在一个适当的浓度范围,即发挥抑菌作用,又不会对检测结果产生明显影响。

4. 瓶间(管间)变异小　临床实验室开展 IQC 的目的就是为了控制检验结果的重复性,确保检验结果的精密度。在日常开展的 IQC 工作过程中,质控品检验结果可能出现一定程度的变异,这种变异可能是由检测系统本身的不精密度和不同瓶间(管间)的差异共同导致。因此,消除或尽可能降低瓶间(管间)差异,是制备室内质控品必须遵循的一个基本原则。只有消除或尽可能降低质控品的瓶间(管间)差异,才可能使质控品检验结果的变异真正体现日常检验体系、操作过程导致的不精密度,以便能够及时改进、优化试验流程。

5. 抗原抗体的相对稳定　稳定性是反映质控品质量的重要性能指标之一。质控品在保存过程中都会发生一定程度的变化,确定质控品保存期限的时候就是要把这种靶值变化控制在一个可以接受的范围之内。全血质控品 2~8℃保存,其抗原抗体反应活性要能保持相对稳定至少应在 40 天以上,扣除运输环节后到达用户手中的有效期至少要超过 30 天,才能满足每个月 1 次的订货使用周期。质控品每天在室温使用或放置时间不应超过 1 小时,有效期内抗原抗体反应凝集强度下降不应超过 1+。

6. 质控品靶值范围的选择　输血相容性检测数据属于等级资料,其检测结果通常以-、±、1+、2+、3+、4+来表示,但是红细胞抗原凝集强度多为 4+,极少出现低于 4+的结果,因此质控品中红细胞抗原也选择了 4+靶值;而 ABO 血型抗体和不规则抗体与对应抗原的凝集强度则因人而异,可以从+到 4+不等,因此对于抗体靶值一般选择 2+到 3+,在质控品正式启用前应使用本实验室的检测体系确定质控品抗原抗体活性的靶值,供应商或制造商一般不提供具体的靶值,即使提供靶值也仅供参考。

五、质控品的使用与保存

1. 自制质控品也应制定相应的使用说明书,对操作流程和注意事项进行相应的约定。工作人员应该严格按质控品说明书进行操作,使用之前将质控品复温 15~30 分钟,避免剧烈振摇,防止血浆与红细胞界面混合而影响加样。

2. 输血相容性检测使用的全血室内质控品,一般需要在 2~8℃试剂冰箱中保存,并在标定的有效期以内使用。

3. 每次使用前要认真检查质控品外观质量,确保符合相关质量要求。

4. 质控品要在与患者标本同样测定条件下进行测定。

5. 输血相容性检测全血室内质控品最小包装一般为 6ml,可以连续使用达 7~10 天,每次加样完成后应立即放入 2~8℃试剂冰箱内继续保存,每天室温保存时间尽量不超过 1 小时,以保证质控品质量指标的稳定。建议采用质控品与常规标本分开检测的模式,以缩短批次加样时间,从而减少质控品室温保存时间。

第五节　室内质控品

一、输血相容性检测室内质控品的种类与特征

输血相容性检测主要包括 ABO 血型鉴定、Rh 血型鉴定、不规则抗体筛查以及交叉配血等,此类检测通常使用全血抗凝或不抗凝标本,手工操作时其质控品可以采用单独的红细胞质控品、血清或血浆质控品,也可以采用全血质控品,使用全自动血型配血系统进行检测时必须使用全血质控品。随着自动化检测仪器的逐步推广与普及,为保证 IQC 的顺利开展,就需要获取数量充足、性能稳定、保存期较长、符合 IQC 要求的全血质控品。

全血质控品相对于传统检验项目单独使用血清(或血浆)、血细胞的质控品而言更不易获取,保存难度更大。由于全血中的红细胞成分无法冻存,只能 4℃ 保存,其保存有效期相对较短,就会造成实验室频繁更换质控品批号,在一定程度上增加了 IQC 工作的难度。

二、输血相容性检测室内质控品来源

目前国内尚无获得 SFDA 批准文号的室内质控品,市场上可以获得的质控品多为全自动仪器生产商提供的进口商品化质控品,其价格昂贵、品种不齐全、实际使用期限过短、不能完全满足实验室 IQC 的要求。无法获取质优价廉且符合实验室 IQC 要求的室内质控品是制约当前输血相容性检测 IQC 工作全面开展的一个重要瓶颈。利用实验室现有标本资源制备室内质控品可能是解决质控品供应问题的有效途径之一。中国人民解放军总医院输血科实验室已经建立利用健康献血者标本制备室内质控品的技术方法,并经过 1 年多的实际应用,质控品性能稳定、可以满足 IQC 需要。

三、输血相容性检测室内质控品的技术要求

1. 商品化质控品　由生产商、供应商或卫生主管部门提供的质控品试剂盒,应包括抗原阴性、阳性质控品和(或)抗体阴性、阳性质控品,以满足相应试验的阴性或阳性质控要求,操作者须严格按照试剂盒说明书的要求进行操作。

2. 自制质控品　每批次质控品必须严格按照 SOP 进行制备并由实验室进行性能评价,获得明确的抗原或抗体特异性表达结果,同时排除冷凝集、自身抗体、异常蛋白干扰等情况。

四、质控品靶值确定

目前,厂家提供的进口质控品也都是定性结果,使用说明书中对于抗原、抗体并没有标明具体反应强度,因此使用前应该根据本实验室的实际情况,选择相应的试剂、方法确定质控品相应靶值。

1. 抗原靶值　主要包括 ABO、Rh 抗原,使用常规检测用标准血清连续检测 3 次,确定相应靶值,原则上质控品抗原都应该达到 4＋的强度(用于检测弱抗体的弱抗原除外)。

2. 抗体靶值　依据抗体质控品的应用范围选择相应的试验方法,使用常规检测用细胞试剂连续检测 3 次,确定相应靶值。抗体反应强度一般为 2＋附近(弱阳性质控品)。

五、质控品常规使用前的确认

1. 商品化质控品　应该在质控品说明

书规定的保存条件下保存,并在有效期内使用,每次试验操作前都要认真检查质控品外观,发现标本明显的颜色变化、溶血,应放弃使用并更换新的质控品。

2. 自制质控品

(1)解放军总医院输血科自制的改良全血质控品保存期可以到达 40 天以上,使用前确保其在有效期内,同样检查外观,排除溶血、细菌污染等情况。

(2)经盐水或其他缓冲液处理、制备的红细胞悬液,一般当天使用,使用前需要排除溶血等情况。

(3)稀释后抗血清应 4℃保存,根据需要量,按月配置,使用前检查是否存在颜色变化、细菌污染等。

六、自制室内质控品方法

中国人民解放军总医院输血科经过近 1 年的探索和研究,建立并优化了一整套输血相容性检测室内质控品的制备、保存技术,并在国内多家实验室推广、应用,取得了良好的效果。现依据不同试验组合的实际需要,分别对其质控品的制备流程进行介绍:

1. 单独 ABO 及 RhD 血型鉴定试验室内质控品的制备流程

(1)全血质控品原料的选择:根据前文描述的血型质控品配伍原则和每个月实验室质控品的需求量分别选择多名采集时间在 10 天以内的 ABO 及 RhD 同型的献血者或传染病指标检测符合标准的患者标本。

(2)原料标本的处理:所有标本在 1 760g 条件下,离心 5 分钟,分别吸取上层血浆或血清按相同血型进行汇集,将汇集的血浆再次在 1 760g 条件下,离心 5 分钟后吸取上清备用,血浆量不足可以选择更多符合要求的标本血浆或使用两人份以上供者血浆。再分别将同型压积红细胞汇集混匀后使用生理盐水,洗涤两次(每次 1 760g,离心 5 分钟)后制备成压积红细胞。

(3)质控品的配置:将洗涤后压积红细胞、MAP 红细胞保养液、对应血浆按 1∶2∶3 的体积比配置成全血质控品,分装在硬质塑料试管中,在 1 760g 条件下,离心 5 分钟用试管塞封口后 4℃保存待用,有效期为 40 天。

(4)质控品靶值的确定:从制备好的全血质控品每个血型随机抽取 2 个标本,使用实验室指定的比对参照或使用频率最高的仪器(或反应体系)进行 ABO 及 RhD 血型试验,重复 2 次后确定质控品的反应格局及强度,在《输血相容性检测室内质控品在库状态登记表》上登记并经实验室负责人批准后方可投入使用。

2. 单独不规则抗体筛查试验室内质控品的制备流程

(1)阴性质控品的制备:选择多人份抗筛结果均为阴性的 AB 型血浆混合,在 1 760g 条件下,离心 5 分钟后取出并分装至硬质塑料试管中,试管塞封口后 4℃保存备用。

(2)阳性质控品的制备:使用 AB 型(单人份或多人份混合)血浆作为倍比稀释介质对商品化 IgG 型抗 D 血清进行效价滴定(微柱凝胶抗人球法),选择出现 2＋凝集的最高稀释倍数作为标准,再用前述足量 AB 型血浆将 IgG 型抗 D 血清进行稀释处理。

(3)质控品靶值的确定:从制备好的质控品中随机抽取 2 个阳性标本和 2 个阴性标本,使用实验室指定的比对参照或使用频率最高的仪器(或反应体系)进行不规则抗体筛查试验,阴性质控品三系结果均为阴性,阳性质控品反应格局与预期相符且凝集强度应为 2＋,如果反应强度不符合要求需要重新调整稀释倍数直至符合要求。将质控品分装在硬质塑料试管中,试管塞封口后 4℃保存待用,有效期为 60 天。在《输血相容性检测室内质控品在库状态登记表》上登记并经实验室负责人批准后方可投入使用。

3. ABO 及 RhD 血型鉴定与不规则抗体筛查联合试验室内质控品的制备流程

（1）全血质控品原料的选择：参照单独 ABO 及 RhD 血型鉴定试验室内质控品的制备流程。

（2）原料标本的处理：参照单独 ABO 及 RhD 血型鉴定试验室内质控品的制备流程。

（3）商品化 IgG 型抗 D 血清效价滴定。参照单独不规则抗体筛查试验阳性室内质控品的制备流程。

（4）将 RhD 阴性的全血质控品配制成不规则抗体筛查阳性质控品：依据商品化 IgG 型抗 D 血清效价滴定结果进行计算，在全血质控品中添加相应量的 IgG 型抗 D 血清，使其能与正常红细胞 D 抗原产生 2＋强度的凝集反应。

（5）质控品靶值的确定：将质控品分装在硬质塑料试管中，参照前述方法确定靶值后使用试管塞封口后 4℃保存待用，有效期为 40 天。在《输血相容性检测室内质控品在库状态登记表》上登记并经实验室负责人批准后方可投入使用。

4. 交叉配血试验室内质控品的制备

（1）IgG 抗体质控品。①受者质控品制备：参照《ABO 及 RhD 血型鉴定与不规则抗体筛查联合试验室内质控品的制备流程》，或直接从此方法制备的抗筛阳性质控品选取；②供者质控品制备：参照《单独 ABO 及 RhD 血型鉴定试验室内质控品的制备流程》，分别选择两组多人份 ABO 血型与受者相同的全血标本，其中一组含有与受者不规则抗体对应的抗原，另一组不含有与受者不规则抗体对应的抗原。

（2）IgM 抗体质控品。分别选取 A、B、O 三组（不规则抗体筛查均为阴性，数量依需要量而定）多人份全血标本，参照单独 ABO 及 RhD 血型鉴定试验室内质控品的制备流程分别制备成三批不同血型的全血质控品并对主次侧反应结果进行靶值确定。

（3）供受者质控品编组：依据交叉配血质控品的配伍原则进行分组编号，使用时以组为单位，更换时整组更换。

七、室内质控品制备过程中的注意事项

1. 原料标本来源于健康供者标本或血源性传染病筛查符合标准的临床患者。

2. 所有人选标本无溶血、无异常凝集、直抗阴性，抗筛阴性且采集 10 天以内。

3. 要排除 ABO、RhD 血型亚型或弱表达抗原的标本作为质控品制备原料。

第六节　室内质控的实际操作

输血相容性检测实验室应该根据实际开展的检测项目制定相应的规则，依据相应的规则开展 IQC 活动并在实际运行过程中不断完善和发展，使室内质量控制工作落到实处，而不是流于形式，确保检验结果的准确、可靠。

一、实施 IQC 的频次要求

1. 常规试验　每天应该至少进行 1 次，在每天试验开始前（或与第一批次试验同时）进行，试验中途更换试剂批号后应重做质控试验。

2. 特殊试验　应在每次试验前进行。例如稀有血型鉴定、手工抗人球蛋白试验等。

二、质控品选择的基本要求

每个试验项目每次质控应至少选择 1 个阳性对照质控品，1 个阴性对照质控品；操作人员进行质控操作前需认真查阅质控品使用说明书，选择符合要求的质控品。

三、IQC 应具备的基本条件

常规检测前将质控品于室温放置 30 分钟后使用，所用质控品类型应与试验项目要求相一致，仪器设备及室内环境温度均应符合试验要求，检测操作人员必须具备上岗资质并严格按照相关操作规程进行试验操作。

四、IQC 的范畴

室内质量控制工作应该覆盖整个输血相容性实验室的所有检测项目，主要包括 ABO 及 RhD 血型鉴定、不规则抗体筛查、交叉配血三大常规试验。三大常规试验可能采用不同的方法学来完成，具体的质控要求可以参照前述的 IQC 基本原则。对于稀有血型鉴定也应在每批试验中设立阴、阳性对照，以保证稀有血清试剂的有效性，确保试验结果的准确性。

五、输血相容性检测 IQC 结果的分析

输血相容性检测项目多为定性或半定量试验，与传统检验项目的 IQC 有所不同，定性试验的结果判定也不同于传统的免疫定性测定等试验。输血相容性检测的结果主要是通过肉眼判断红细胞凝集强度，或自动化检测设备的图像采集系统采集凝集图像后，通过软件积分分析并与标准图像比对后获得等级结果；同时，输血相容性检测相当于有 2 个变量值，检测抗体时需要试剂红细胞，检测抗原时需要标准血清，试剂红细胞的抗原表达均一性存在明显差异，4℃条件保存的试剂红细胞和标准血清肯定无法与−20℃冻存的质控血清稳定性相比。因此，输血相容性检测结果不适于通过 Cuf-off 值判断阴阳性结果，质控结果表达一般以−、1＋、2＋、3＋、4＋表示，缺乏连续性，也不呈正态分布，无法通过绘制质控图的方式实现质量控制。实验室应该根据试验项目、试验方法、试验试剂制定相应的质控规则，以解释质控数据和作出质控

状态的判断。对于每次质控结果的判断可以通过与质控品定标时的反应强度进行比对的方式来实现，阴性质控出现阳性结果或阳性质控结果与预期结果比较出现超过 1＋凝集强度的差异时，均视为失控。对于在控结果与失控结果，操作人员都应认真填写 IQC 登记表，所有质控数据应该按照实验室文件管理程序要求归档保存。

六、输血相容性检测 IQC 失控处理及原因分析

1. **失控后处理程序** 操作人员发现质控数据违反相应控制规则后，应如实填写失控报告单，并及时上交专业组长或实验室负责人，当批次的检验报告作废或停发，由专业组长或实验室负责人与操作人员一同对失控情况进行分析，查找可能导致失控的原因，对失控作出恰当的判断。对判断为真失控的情况，应重新做质控试验，结果为在控后，对相应的所有失控标本重新进行测定。如果经过分析，有明确证据证明为假失控时，当批次受检者的检验报告可以按照原先测定的结果发出，无须再进行重复试验。实验室应建立质控数据失控处理程序，明确发生失控时的处理流程和各级人员的职责，使失控情况能够得到及时、妥当的处理，以确保检验报告的及时发出，满足临床输血需求。

2. **失控原因分析** 导致质控物测定结果失控的原因可能有很多，包括人为操作失误、试剂污染、检测系统维护不当、质控物本身质量问题等。当 IQC 结果出现失控后，应采取相应措施查找失控原因。

（1）首先应对出现问题的质控品做重复检测，如果重复检测的结果在可控范围内，可能为人为误差所致。

（2）如果排除人为误差后仍不在控，商品化质控品应重新开启 1 瓶（管），自制质控品可以重新选择同一保存期的同类质控品重新测定失控项目，以查明质控品是否过期或变

质,如果新开质控品结果正常,那么可能就是原来的质控品变质或发生污染。

(3)更换质控品以后仍不在控,可以更换相应试剂、耗材后再测失控项目,以排除试剂问题引起的失控。

(4)更换质控品、相应试剂和耗材以后仍不在控,可以对仪器做维护、校准后再测失控项目,以排除仪器问题引起的失控。

(5)经过上述处理以后仍然失控,可能是无法简单排除的仪器或试剂原因,应停止相关失控检测项目(可使用替代检测方法),立即与试剂或仪器厂家沟通,寻求技术上的支持。

七、质控品的更换

新批号质控品开始使用时,应在旧批号质控品使用结束前(尚在有效期内),将新批号质控品与旧批号质控品同时使用,连续测定两天(或至少两次)以上,两个批号质控品检测结果与预期靶值均相符,方可停止旧批号质控品,正式使用新批号质控品。

(于　洋　马春娅　汪德清)

参 考 文 献

[1] 于洋,马春娅,冯倩,等. 自制输血相容性检测室内质控品保存条件的研究. 中国实验血液学杂志,2010,17(3):780-784.

[2] 于洋,汪德清. 输血相容性检测室内质量控制体系建设. 中国输血杂志,2009,22:790-792.

[3] 李勇,马学严. 实用血液免疫学:血型理论和实验技术. 北京:科学技术出版社,2006:588-591.

[4] 王治国. 临床检验质量控制技术. 2版. 北京:人民卫生出版社,2008:227-240.

[5] 王大建,王惠民,侯永生. 临床实验室管理学. 2版. 北京:科学技术出版社,2009:84-85.

[6] 丛玉隆,王前. 临床实验室管理. 2版. 北京:中国医药科技出版社,2010:58-73.

[7] Levey S, Jennings ER. The use of control charts in the clinical laboratory [J]. AmJ ClinP athol,1950,20:1059-1066.

[8] Lewis SM. Quality assurance programmes in the United Kingdom. Ann Ist Super Sanita, 1995,31(1):53-59.

[9] J. L. Mart'inez Vidal, A. Belmonte Vega, F. J. S'anchez L'opez, A. Garrido Frenich. Application of internal quality control to the analysis of quaternary ammonium compounds in surface and groundwater from Andalusia(Spain) by liquid chromatography with mass spectrometry. Journal of Chromatography A, 2004, 1050:179-184.

[10] R J Loc. My approach to internal quality control in a clinical immunology laboratory. J Clin Pathol,2006,59:681-684.

[11] Working Party of the British Committee for Standards in Hematology Blood Transfusion Task Force. Guidelines for compatibility procedures in blood transfusion laboratories. Transfusion Medicine, 2004,14:59-73.

[12] American Association of Blood Banks. Technical Manual (16th edn). Maryland, USA, 2008:15-39.

[13] Scientific Subcommittee of the Australian and New Zealand Society of Blood Transfusion Inc. Guidelines for Pretransfusion Testing (4th edn). Sydney, Australia,2002:19-23.

[14] National Blood Service. Guidelines for the Blood Transfusion Services in the United Kingdom(7th Edition),2005:148-175.

[15] International Organization for Standardization (ISO). Medical Laboratories-Particular Requirements for Quality and Competence. Geneva, Switzerland: ISO15189:2007.

[16] M Thompson, R Wood. Harmonised guidelines for IQC in analytical chemistry laboratories. Pure Appl Chem, 1995,67: 649-666.

[17] Per Hytoft Petersen, Carmen Ricos, Dietmar

Stockl，Jean Claude Libeer，Henk Baadenhui-jsen，Callum Fraser，Linda Thienpont. Proposed Guidelines for the Internal Quality Control of Analytical results in the medical laboratory. Eur J Clin Chem Clin Biochem，1996，34：983-999.

[18] Angelo D'Alessandro，Giancarlo Liumbruno，Giuliano Grazzini，Lello Zolla. Red blood cell storage：the story so far. Blood Transfus，2010，8(2)：82-88.

第 9 章 室间质量评价

~~~~~~

第一节　室间质量评价的发展史

~~~~~~

一、室间质量评价相关定义及释义

1. 室间质量评价（external quality assessment，EQA）　是多家实验室分析同一样本并由外部独立机构收集和反馈实验室上报结果以评价实验室操作的过程。EQA 也被称作能力验证（proficiency testing，PT），是指通过实验室间指定检测数据的比对确定实验室从事特定检测活动的技术能力。它通过发送统一制作的测试样品给各个实验室进行实际测试，再将实验室的测试结果进行统计分析来判定实验室对于特定项目的检测能力。能力验证是对实验室能力状况和管理状况进行客观考核的一种方式，属于实验室资质认定有效性和保持状态的后续监督检查。通过开展能力验证活动，可以发现实验室存在的问题和监控实验室的运行状态，提高实验室的检测能力和水平，确保检测质量。对于尚未开展 EQA 的临床检验项目可以与其他临床实验室的同类项目进行比对，或采用其他方法验证其结果的可靠性。

2. 实验室间比对（interlaboratory comparison）　一般被定义为按照预先规定的条件，由两个或多个实验室对相同或类似的被检测物品进行校准/检测的组织、实施和评价。

3. 提供者或组织方（provider）　从事能力验证计划的设计和实施的机构（公共或私有的组织或公司）。

4. 合作方或分包方（pollaborator/subcontractor）　承担能力验证计划提供者的分包活动的机构（公共或私有的组织或公司）。

5. 协调者（coordinator）　能力验证计划运作中负责协调所有活动的人。

6. 能力验证轮次（proficiency testing round）　一项能力验证计划的一轮独立运作。

二、室间质量评价的起源和发展历程

EQA 是临床实验室质量管理体系中的重要组成部分，是通过对实验室间的比对来确定实验室的校准/检测能力的活动，是为了确保实验室检测水平而对其能力进行考核、监督和确认的一种认证活动。临床（医学）实验室的质量评价可以追溯到 20 世纪 30 年代，当时为了保证不同实验室间血清学梅毒检测结果的准确性和可比性，美国疾病控制中心（center of diseases control，CDC）首次在一定范围内开展了 EQA 活动。20 世纪 40 年代以来美国临床病理学家学会（college of American pathologists，CAP）逐步发展成为全球最大的室间质量评价组织者，开展了

临床生化、临床免疫、临床血液体液学、临床微生物等多种室间质量评价计划,到目前为止全球已经有数万家实验室参加了它组织的CAP计划。早期美国开展的EQA只用于实验室能力评价而不具备法律功能,1967年美国国会通过了《临床实验室改进法案》,要求跨州收集样本进行临床检验的独立实验室必须获得满意的EQA成绩方可开展相关检验活动。美国国会还在1988年专门通过了CLIA'88《临床实验室改进法案修正案》,加强实验室的管理,减少检验与临床的脱节,对于未能获得满意的EQA成绩的实验室,进行追踪检查,并可责令其暂停该检验项目,使EQA活动逐步走上了法制化管理轨道。

我国室间质量评价计划起步于20世纪70年代末期,国家卫生部临床检验中心于1980年首次开始在全国范围内组织临床化学室间质量评价活动,并于1985年、1988年和1989年相继开展了临床细菌、乙型肝炎免疫诊断和临床血液学的室间质评活动,截止2009年参加各个学科质评活动的实验室已达6 000多家。30年来卫生部临检中心坚持定期组织室间质量评价活动,建立了我国临床化学的室间质量评价系统和一系列的规章制度,自行研发了部分质控品,解决了EQA过程中存在的诸多问题。目前全国各省、自治区、直辖市和5个单列市已成立了省级临床检验中心并积极开展地区性的质量评价活动,显著地提高了各级各类实验室检验结果的准确性和可比性,对全国临床检验EQA活动的发展起到了积极的推动作用。

中国合格评定国家认可委员会(CNAS)能力验证规则中要求申请认可和获准认可的实验室和检查机构必须通过参加相关的能力验证活动证明其技术能力。只有在能力验证活动中表现满意,或对于不满意结果能证明已开展了有效纠正措施的实验室和检查机构,CNAS方予受理或认可;对于未按规定的频次和领域参加能力验证的获准认可实验室和检查机构,CNAS将采取警告、暂停、撤销资格等处理措施。CNAS要求每个实验室和检查机构至少满足以下能力验证领域和频次要求:

1. 只要存在可获得的能力验证活动,凡申请CNAS认可的实验室和检查机构,应至少有一个主要检测子领域参加过一次能力验证活动。

2. 只要存在可获得的能力验证活动,已获准认可的实验室和检查机构,其认可范围内的每一个主要检测子领域至少在每个认可周期内参加一次能力验证活动。

3. 对于尚未开展室间质量评价的临床检验项目可以与其他临床实验室的同类项目进行比对,或采用其他方法验证其结果的可靠性。

2006年卫生部颁布的《医疗机构临床实验室管理办法》中明确要求医疗机构临床实验室必须参加经卫生部认定的EQA机构组织的室间质量评价活动,EQA作为一种质量控制工具和准确度评价指标已得到业界广泛认可。

由于学科发展起步较晚,整个行业软、硬件建设相对落后等诸多因素的影响,国内输血相容性检测项目的室间质量评价活动要明显晚于其他临床检验项目。卫生部临检中心于2001年才首次开展ABO血型室间质量评价活动,此后各省、自治区、直辖市的临检中心陆续增加了ABO血型室间质量评价项目。2006年9月1日发布,2007年2月1日起正式实施的GB/T20470-2006《临床实验室室间质量评价要求》中第一次明确提出关于输血相容性检测项目室间质量评价计划的相关要求。2008年卫生部临床检验中心第一次将不规则抗体筛查和交叉配血项目列入室间量评质价范畴,至此输血相容性检测实验室的三大常规试验项目全部纳入室间质量评价活动范畴,并将其统称为临床输血相容性检测室间质量评价。北京市输血相容性检测室间质量评价起步相对较早,2003 年北京市卫生局成立了"北京市输血质量检控中心",开始在北京行政区域内开展输血相容性检测 EQA 活动,2006 年该中心更名为"北京市临床输血质量控制和改进中心",负责全市各级医院输血科(血库)临床输血相容性相关检测的室间质评工作、全市临床输血质量控制和管理工作,同时也承担起了全市参加室间质评医院在临床输血工作中遇到疑难问题的解答工作,使北京市临床输血相容性检测室间质评工作得到了快速普及和发展,对全国临床输血相容性检测室间质评工作向前迈进起到了积极的推动作用。截止 2010 年全国已经有 704 家实验室参加了临床输血相容性检测室间质量评价计划,但覆盖面仍然很低,许多二级以下医院的输血科(或血库)仍然没有参加室间质量评价计划。输血相容性检测实验室属于临床实验室范畴,应该按照《医疗机构临床实验室管理办法》相关规定参加室间质量评价计划,各级行业主管部门应该将室间质量评价成绩作为一项强制指标,用于输血相容性检测实验室能力与水平评定工作之中。

第二节 室间质量评价计划的目的和作用

一、临床实验室开展室间质量评价活动的目的

临床实验室开展室间质量评价的主要目的一般包括以下几个方面:

1. 帮助临床实验室考察其检验项目(参加室间质评的项目)的检测能力与质量水平,并通过与其他实验室的检测结果进行比对,确定自身实验室水平在全行业(至少是参评单位中)所处的地位,有助于实验室自身定位。

2. 发现实验室自身存在的问题和缺陷,提高临床实验室检测结果的准确度,为进一步的质量改进提供依据。

3. 评价实验室常规检测的准确度,使各实验室的测定结果具有可比性。为实验室评审、注册、认可等活动提供质量依据。

4. 考察、评价市场上各种分析系统,包括检测设备,各种商品化检测试剂盒的性能优势、主要缺陷,为生产单位改进产品质量和用户选择合适产品提供参考意见。

二、临床实验室开展室间质量评价活动的作用

EQA 可以客观地反映临床实验室的检测能力,通过对各项质评结果的分析,及时发现试验中存在的问题,积极采取相应的改进措施,帮助实验室不断提高检验质量。EQA 的作用主要表现在以下几个方面。

1. 评价实验室是否具有开展相应检测项目的能力 EQA 报告可以客观地反映临床实验室之间检测能力的差异,发现各实验室在不同检测项目上存在的问题,真实评价该临床实验室的检测能力。EQA 结果的比较是所有参加实验室检测项目终末质量结果的比较,可以帮助实验室确定自己在所有参与 EQA 活动实验室中检测水平的高低。对于连续发生质评结果不合格的检测项目需要进行整改,必要时应停止相应检测项目,查找相关原因,提出并实施相应改进措施,经过严格评价合格后方可恢复相应检测项目。

2. 及时发现问题,积极采取改进措施 EQA 结果的比较是整个计划组织者对所有

参与质评计划实验室成绩的综合比较,可以帮助参与实验室及时发现自身存在的问题并积极采取相应的改进措施。通常情况下,人、机、料、法、环中的每个环节出现问题都可能导致 EQA 成绩不合格,实验室管理者应该仔细分析每个因素和环节,认真查找导致 EQA 成绩不合格的原因,制订并实施有效的改进措施,消除影响检测结果质量的因素。

3. 提高分析能力、淘汰落后的检验手段

参与 EQA 活动的实验室,可以通过分析每一次质评的综合结果,了解不同检测方法应用情况、总体成绩,进一步提高对自身实验室采用方法存在的性能优点、缺陷以及局限性的了解程度,从而完善检验前、中、后各个环节,真正提高对检验结果的分析能力。如果本实验室采用的方法或检测体系的整体成绩过差,或很少被其他实验室所采用,可能提示实验室应该改变试验方法或购进新的检测体系。选择新的试剂或检测体系时,实验室管理层可以参考质评结果作出决策:①尽量选择大多数实验室采用的检测试剂或检测体系;②比较不同检验系统的灵敏度和特异性,调查了解不同检测系统存在的主要缺点;③了解不同检测系统对于相关试剂的要求、成本的支出,计算其性能价格比,尽量选择性价比高的检验系统。

4. 调整投入和培训重点 实验室通过对 EQA 的系统分析,可以发现本实验室哪些项目、哪些环节需要加强投入和培训。例如由于实验室所采用的检测方法或检测仪器过于落后,实验室就应该协调主管部门,争取资金投入,及时更换先进设备。如果是由于人员操作不规范或由于工作责任心不够而导致的质评成绩不理想,实验室就应该制订相应培训方案,加强技能培训和规章制度的落实,消除操作原因或责任心不足对检验质量的影响。

5. 实验室质量管理的客观依据 参加 EQA 活动是实验室质量保证的重要手段之一,室间质量评价结果是实验室检测质量稳定与否的重要客观证据。通过参加室间质量评价活动并获得满意的质评结果来证明实验室检测系统的准确性和可靠性。即使一些质评项目成绩不理想,但可根据质评结果查找出问题原因,积极采取改进措施并进行详细、完整地记录,也可以作为实验室质量保证举证的有利证据。

6. 满足实验室认可的相关要求 实验室室间质量评价或能力验证是目前国际实验室认可要求中的强制检查项目之一。《医学实验室质量和能力的专用要求》(ISO15189:2007)中 5.6.4 要求:"实验室应参加如外部质量评价计划组织的实验室间比对活动。实验室管理层应监控外部质量评价结果,当未达到控制标准时,还应参与实施纠正措施。"由于 EQA 可以在一定程度上反映一个实验室是否具备从事某项检测或校准的能力,因此受到国际认可组织的高度重视。特别是在现场评审时间有限的情况下,评审专家可以从 EQA 成绩中得到检测系统准确性的信息。如果某项检测的 EQA 成绩很差或根本不参加任何形式的室间质评活动,这样的检测项目基本上无法通过实验室认可。

7. 增加服务对象对实验室能力的信任度 作为检验质量重要标志的 EQA 成绩可以在一定程度上反映实验室相关项目检验水平的高低。在当前医疗工作市场化的大背景下,优异的 EQA 成绩可以增加服务对象(患者、临床医生等)对实验室能力和水平的信任程度,从而提高实验室及其所在的医疗机构的市场竞争力。一次 EQA 成绩的好坏不能全面反映实验室水平,连续多次成绩的综合,可以比较客观地反映实验室的检测能力与水平。

8. 实验室质量保证的外部监督工具 美国国会 1988 年通过的《临床实验室改进法案修正案》中规定,要对未能获得满意室间质量评价成绩的实验室进行追踪检查,必要时可以暂停成绩不合格的检验项目。2006 年国家卫生部颁布的《医疗机构临床实验室管理办法》第 28 条规定："医疗机构临床实验室应当参加经卫生部认定的室间质量评价机构组织的临床检验室间质量评价。"部分省市制定的输血科（血库）实验室标准中也对参加省级或卫生部临检中心的室间质量评价活动作出明确要求，并作为卫生主管部门检查、评定医疗机构资质、能力的一项重要指标。

第三节　室间质量评价计划的主要类型

大部分室间质量评价计划都具有一个共同的基本特征，就是将一个实验室的一个检测体系与其他一个或多个检测体系所得的综合检测结果进行比对，从而判断该实验室该检验项目的能力和水平。依据被检测物品的特性、所用的检验方法、参加实验室和比对检测体系（或仪器）的数量，可以将室间质量评价计划分为 6 个类型，包括实验室间检测计划、分割样品检测计划、已知值计划、测量比对计划、定性计划和部分过程计划。我国卫生部临床检验中心组织的室间质量评价活动均为实验室间检测计划，分割样本检测计划和已知值计划可以在临床实验室应用，但多数是大型实验室内部或小范围实验室之间开展。下面就前三种常见类型的室间质量评价计划分别进行简要介绍。

一、实验室间检测计划

实验室间检测计划通常是由活动组织者选择、提供控制样本，同时分发给多个参加质评计划的实验室进行检测，实验室完成检测后将结果回报给计划组织者与质控样本的靶值或公议值进行比对，以确定本实验室该项检测项目与其他实验室的差异，间接反映实验室在该检测项目上的能力和水平。卫生部临检中心组织输血相容性检测项目室间质量评价计划就属于实验室间检测计划。行业主管部门、实验室认可机构在判定实验室某项检测能力时，都会参考该项目实验室间检测计划的成绩。CNAS-GL03《能力验证样品均匀性和稳定性评价指南》中明确指出：比对样品的一致性对利用实验室间比对进行能力验证至关重要。在实施能力验证计划时，组织方提供的质控样本必须均匀、一致，以确保能力验证中出现的不满意结果不归咎于样品之间或样品本身的变异性。

二、分割样本检测计划

分割样本检测计划是指将检测样本混匀后直接分成两份或多份，每个实验室或每个检测系统分析其中的一份子样本。该计划与实验室间检测计划不同，分割样本检测计划主要适用于数量有限的实验室之间的比对，例如非常规检测项目、对实验室条件要求很高的新兴检测项目等，也可以是在同一个实验室内部两个或多个检测系统之间进行比对。例如输血相容性检测实验室可能同时使用多个不同型号的血型配血检测系统进行相同项目的检测，这些检测体系就应该定期对相同样本或同一样本分出的子样本进行检测，比对检验结果，以确保不同检测体系相同检验项目所得的结果的准确性和可比性，识别出不良精密度、描述一致性偏移和验证纠正措施实施的有效性。

进行此类计划通常需要尽量获取足量的样本，以满足多个实验室或检测体系检测的需要。在此类计划中，如果其中的某个实验室采用了参考方法或使用了当前最为先进的仪器设备或检测试剂,由于其检测是在较低不确定度的基础上进行的,一般可以将其检测结果作为参考值,该实验室可以作为指导实验室或顾问实验室。实验室间检测计划一般也会按照此原则选择顾问实验室,且一般选择多个顾问实验室,这些实验室的检测结果用于确定靶值或修正计算靶值。

三、已知值计划

已知值计划是指计划组织者将已通过参考实验室确定靶值的质控物品发放给计划参与实验室,将其测定的结果与已知靶值进行比对。目前卫生部临检中心和部分省市级临检中心组织的血细胞分析参考实验室网络体系就是按照国际血液学标准化委员会(ICSH)规定的一级参考方法对新鲜血液定值,并将新鲜血液样本发给部分实验室进行检测,实验室可以将测定结果直接与已知靶值进行比对,判断本实验室在本检测项目上的能力和水平。此类计划一般比对或评价的都是定量检测项目,通常不需要很多的实验室参与。

第四节　室间质量评价样本和检测基本要求

一、室间质量评价样本要求

(一)输血相容性检测的样本特征

输血相容性检测常规试验中的血型鉴定和交叉配血试验同时需要使用红细胞和血浆(或血清)成分,故通常使用抗凝全血标本,而不规则抗体筛查试验虽然只使用血浆(或血清)成分,但由于该试验通常与血型鉴定试验联合进行、共用标本,所以说输血相容性检测常规试验使用全血标本。不抗凝全血标本或红细胞与血浆(或血清)分离标本只能用于手工试验,不适合全自动检测需求,目前在输血相容性检测实验室所占比例正逐年降低。

(二)输血相容性检测室间质量评价样本基本要求

室间质量评价组织者应针对质控样本的制备工艺、性能指标、运输、保存等环节制备完善的管理流程和相关标准,以满足 CNAS-GL03《能力验证样品均匀性和稳定性评价指南》的相关要求。对于输血相容性检测室间质量评价样本一般应满足以下基本要求。

1. EQA 样本应尽量与实验室日常检测样本类型、基质性质保持一致或接近。目前卫生部临检中心组织的输血相容性检测室间质量评价计划提供的检测样本还都是单独红细胞样本和血浆样本,适合手工操作的实验室使用,而不适合使用全自动仪器的实验室使用,后者为完成质评样本检测,只能被迫使用平时不常用的手工检测方法,使室间质量评价失去本来的意义。

2. 全国性的 EQA 计划需要大量检测样本,组织者可以自己制备或委托试剂生产厂家生产,制备检测物质的组织应证明其具备相应能力。

3. 每一批次的检测样本不论数量大小,制备检测样本的组织都应确保样本的均一性、稳定性,消除任何可能影响实验室间比对结果完好性的因素。

4. 要建立一套完整的样本运输管理流程,确保样本在远途运输的过程中其包装完整性,维持冷链的连续性,使运输环境条件不会对标本质量造成不良影响。

5. 要对参与实验室接收样本提出明确的要求,检测样本一般通过快递形式送达实验室,实验室在收到样本后应立即进行检测,如果是在非工作日收到样本不能立即进行检测,接收人员应立即放入 2～8℃ 条件下保存。

6. 对于实验室间检测计划而言,在回报的检验结果分析、汇总、核对完成之前,组织者不应该向计划参与实验室泄露检测样本靶值。

二、室间质量评价样本检测环节要求

1. 实验室在接到质量评价样本后应尽快完成相关检测,尽量缩短检测前样本保存时间,并在规定的时限内完成质量评价结果的上报。

2. 实验室必须和对待正常标本一样,由当日在岗的工作人员,使用患者标本检测的主要检测系统,按实验室制定的标准操作规程处理、准备、检测及审核,认真填写质量评价结果回报单,样本检测操作人员和实验室负责人都应在质量评价结果回报单上签字。

3. 实验室检测质量评价样本的次数应与常规检测患者标本的次数一致,包括对不确定结果的复检也应按照常规标本的复检要求来完成。

4. 实验室在结果上报截止日期之前不应和其他实验室之间交流、核对检验结果。

5. 实验室不能将其质量评价样本送至第三方实验室或委托实验室进行检验。

6. 实验室应按文件控制程序和输血相关法规的要求,保存所有质量评价样本检测原始记录及质量评价结果回报单原件或复印件至少 10 年。

第五节　输血相容性检测室间质量评价计划的程序和运作

我国输血相容性检测室间质量评价活动主要是由卫生部临检中心组织的实验室间检测计划,截止 2010 年已有近 700 家实验室参与了该计划。部分省市的临检中心也开始组织、开展辖区内的输血相容性检测实验室的 EQA 活动。

一、室间质量评价的工作流程

输血相容性检测室间质量评价的工作流程通常由两个部分组成,即室间质量评价计划组织者内部工作流程和参加实验室的工作流程。对于组织者而言,在开展质量评价活动之前,首先应先建立起针对质量评价活动的质量管理体系和相应的组织结构,以确保整个质量评价活动能够按计划顺利实施(图 9-1)。对于参与质量评价活动的实验室而言,同样需要制订关于本实验室参与室间质量评价计划的相关制度和标准操作规程,用以规范所有参与者的行为,确保室间质量评价活动的规范性并能真实反映实

验室检测能力和水平,为实验室持续改进提供参考依据。实验室负责人还应熟悉、了解本实验室所参与 EQA 计划的相关要求和流程(图 9-2),确保按时接收标本,按时完成检测,按照要求上报结果。

二、室间质量评价的频次要求

EQA 活动的每个项目至少应提供 5 个不同批号或来源的检测样本,其浓度应包括临床上相关的值,即一般患者样本的检测结果范围。由于目前输血相容性检测 EQA 项目的结果基本都是分级定性结果,因此,组织者提供的样本应同时包含阴性结果和阳性结果,对于阳性结果最好不少于 2 个,其中最好有 1 个低值阳性,即靶值在 1＋或 2＋,这样更有利于反应不同检测体系的灵敏度。

按照 CNAS-RL02《能力验证规则》的要求,临床医学特定领域包括输血医学室间质量评价开展频次每年不应少于 2 次,GBT20470-

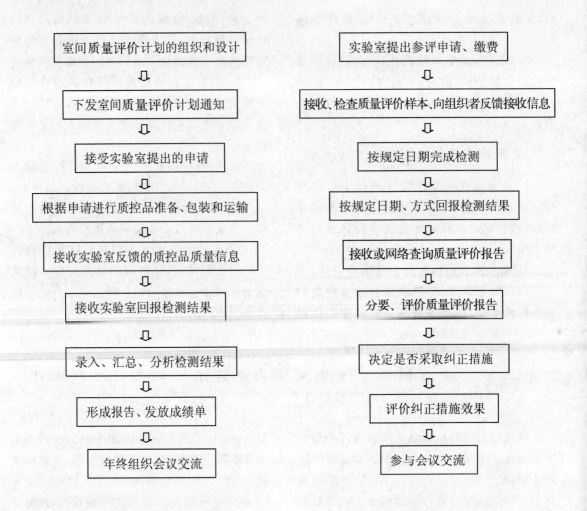

图 9-1　室间质量评价组织者工作流程　　　图 9-2　室间质量评价参加实验室工作流程

2006《临床实验室室间质量评价要求》则规定每个项目每年应至少开展 3 次质量评价活动，并在每年相对固定的时间段进行。目前卫生部临检中心组织的输血相容性检测室间质量评价每年 3 次，基本固定在每年的 3 月份、6 月份、9 月份中旬。参与室间质量评价活动的实验室应首先符合我国卫生行政主管部门的相关规定，当国家级机构提供可供利用的项目时，应优先选择。

三、室间质量评价计划的评价方式

(一)实验室分析项目的评价

目前国内的 EQA 活动都是参照 GBT

20470-2006《临床实验室室间质量评价要求》进行，而该要求则采用了 CLIA'88 中的相关标准，原标准的科学性和可行性已经过多年实践所认可。对于国内室间质量评价计划组织者，一般按以下要点评价参与实验室检验项目结果的准确度。

1. 为了确定实验室定性和定量的某一检测结果的准确度，应将该检验项目的检验结果与靶值进行比较：①定性试验项目可接受的预期结果为阳性(有)或阴性(无)。②计划组织者必须将定量检验项目的结果与 10个或更多个顾问实验室 90％一致或所有参加实验室 90％一致得出的结果进行比较。

对于定量检测项目的结果,必须通过结果偏离靶值的程度来确定每一个检验项目的结果,通过使用基于偏离靶值的百分偏倚的固定准则或标准差的个数来确定结果的适当性。

偏倚＝(测量结果－靶值)/靶值×100%

2. 在每次室间质量评价活动中,某一检验项目的得分计算公式为:

某一检验项目得分＝该项目的可接受结果数/该项目总的测定样本数×100%

3. 对某一专业的全部检测项目,其得分计算公式为:

某一专业全部检验项目＝全部项目的可接受结果数/全部项目总的测定样本数×100%

(二)室间质量评价计划的成绩要求

1. 每次质量评价活动中实验室的某一个检验项目未能达到至少 80%(血型为100%)可接受结果则称为本次活动该检验项目 EQA 成绩不合格(细菌学专业除外)。

2. 每次质量评价活动实验室所有评价项目未能达到至少 80%(血型为 100%)可接受结果则称为本次活动该实验室 EQA 成绩不合格。

3. 在规定的回报时间内实验室未能将 EQA 回报给室间质量评价计划组织者,则该实验室的 EQA 成绩不合格,实验室在该次活动中的 EQA 成绩为 0 分。

4. 对于同一个检验项目,连续 2 次活动或连续 3 次中的 2 次活动未能达到满意的成绩则称为不成功的 EQA 成绩(细菌学专业除外)。

5. 所有参加评价的检验项目连续 2 次活动或连续 3 次中的 2 次活动未能达到满意的成绩则称为不成功的 EQA 成绩。

6. GBT20470-2006《临床实验室室间质量评价要求》中分别对各专业室间质量评价项目及结果可接受性进行了明确规定,其中输血相容性检测项目要求:①ABO 血型鉴定,其可接受范围为 100%准确;②RhD 血型鉴定,其可接受范围为 100%准确;③相容性检测(即交叉配血),其可接受范围为 100%准确;④抗体识别(不规则抗体筛查),其可接受范围为 80%准确。

四、不满意室间质量评价成绩的处理

(一)可能导致输血相容性检测室间质量评价成绩不满意的原因分析

1. 操作人员不具有相应资质、操作技能不熟练、未按照 SOP 进行相关操作。

2. 检测体系自身稳定性不达标,缺乏系统维护,没有按照要求进行定期校准和性能评价。

3. 试剂、校准物质或室内质控品本身质量存在问题或使用、保存不当;缺乏有效的室内质量控制管理,室内质控结果失控后未及时查找原因并采取措施。

4. 由于实验室采用的方法学自身灵敏度和特异性问题而造成质控结果的假阳性或假阴性。

5. 实验室检测环境,如温湿度不符合要求而导致质控结果异常。

6. 室间质量评价物质问题

(1)室间质量评价物在接收时就存在质量问题,例如标本发生细菌污染或明显溶血等。

(2)有些仪器或方法的检测性能会受到室间质量评价样本基质的影响,从而导致结果的偏离。

(3)室间质量评价物质制作过程中,因操作或流程管理等原因导致的质控品性质不均一。

7. 质控数据录入过程中出现的人为差错。

8. 相同的检验项目,由于采用的方法学不同,可能出现不同的结果。个别实验室为追求好成绩,相互之间核对数据,而忽略了采用的方法学差异,使本来可能正确的数据结果,被人为地修改成错误结果。

9. 室间质量评价组织者的公议值或靶

值不准确。

（二）出现质量评价成绩不满意后的处理

不满意的 EQA 成绩可以揭示出参评实验室在标本接收、处理、检测、结果计算、分析及上报过程中存在的技术问题和管理问题。实验室管理层不应把 EQA 活动当成是主管部门强加给实验室的一种负担，应认真对待每次室间质评的结果回报，充分地利用每一个不满意成绩来最大限度地提供纠正问题的机会。EQA 结果回报一般包括两部分内容，一部分是本实验室参评各项试验的成绩，另一部分是所有参评实验室、不同试剂、不同检测体系的汇总信息。

实验室首先应对自身不满意成绩进行认真、细致的分析，查找出导致不满意成绩的具体原因，制订切实可行的质量改进措施，并在下一次 EQA 活动中实施，还应评价实施改进措施的具体效果。实验室还应该认真分析每个批次质评活动的总体成绩和相关信息，确认本实验室各个项目的检测能力和水平在所有参评实验室中所处的位置，寻找自身实验室存在差距和不足，发现不同检测项目不同试剂、方法的优缺点，为实验室制订长远质量改进计划、升级检测设备或试剂提供参考信息。实验室对于室间质评不满意成绩的调查、处理、纠正以及预防措施等要按照实验室《文件控制程序》的相关要求，使用标准化格式进行详细的记录、存档。

第六节　对室间质量评价计划组织机构的要求

室间质量评价工作是一项对于技术和管理要求都很高的系统工程，不是每个组织（实验室、公司、政府职能部门等）都能胜任。在美国对于想要开展室间质量评价工作的组织必须先获得美国健康卫生财务部（the Health Care Financing Administration，HCFA）的资格认可。国内开展临床实验室室间质量评价活动已近 30 年，但由于历史发展的原因，一直是由卫生主管部门（主要是卫生部临检中心和各省、自治区、直辖市的临检中心）组织与管理，行政色彩比较浓厚，对于组织者自身质量体系的建立、组织架构和人员构成、基本工作条件和工作能力没有明确的标准要求，导致室间质评活动的规范性、结果的权威性、公正性无法得到切实的保障。国家相关部门也逐步认识到这个问题，自 2006 年以来中国合格评定国家认可委员会（CNAS）参照 ISO 的相关文件，先后颁布了 CNAS-CL03《能力验证计划提供者认可准则》、CNAS-GL02《能力验证结果的统计处理和能力评价指南》、CNAS-GL03《能力验证样品均匀性和稳定性评价指南》、CNAS-RL02《能力验证规则》，中华人民共和国国家质量监督检验检疫总局和中国国家标准化管理委员会于 2006 年 9 月联合发布了 GBT20470-2006《临床实验室室间质量评价要求》，这些规范、标准的相继发布，使我国的室间质评工作逐步走上了规范化、标准化、法制化的轨道。

一、室间质量评价质量体系建设

1. 提供者应建立、实施并维持一个与其活动范围相适应的质量管理体系。这些活动包括所提供的能力验证的类型、范围和数量。

2. 提供者应确定其方针、目标和承诺并形成文件，以确保和维持能力验证所有方面的质量，包括测试材料质量（例如样本均匀性和稳定性）、特征（例如设备校准和测量方法确认）、特性数值的指定（例如使用适当的统计程序）、对参加实验室的能力评价、人工制品和测试材料的分发、储存和运输程序、测试结果的统计处理及报告。质量方针应包含一个实施能力验证计划的相关承诺。

3. 提供者应建立和维持一个与能力验证类型、范围和数量相适应的文件化的质量管理体系,以确保这些计划符合规定的要求。提供者的质量体系应涵盖下列内容。

(1)能力验证计划的目的、范围、统计设计和图表。

(2)运作程序。

(3)报告的准备和发布。

(4)有关保密和道德程序的政策。

(5)计算和信息系统。

(6)有关的合作和分包。

(7)参加费用。

(8)可提供的能力验证计划的有效范围。

(9)参加的总政策。

(10)计划结果的使用。

(11)申诉处理程序。

4. 文件化的质量管理体系应规定提供者及其有关合作方所承担的活动,确保合作方的所有活动都符合相关政策和程序。

5. 文件化的质量体系应明确技术主管、质量主管及协调者的任务和责任,包括确保符合本准则的责任。

二、室间质量评价组织和管理

(一)组织内工作人员

1. 参与制订室间质量评价计划的人员应在实验室间比对设计、实施和报告等方面具有足够的资格和工作经验,或能够与具有这方面能力的专业人员紧密合作完成相关工作。

2. 提供者或协调者应成立一个由多个适当人选组成的顾问组来设计和完成每个能力验证计划以及分析参加者提交的测试结果。

3. 在协调者指导下的顾问组的职责应包括(但不限于)以下内容:

(1)制订和评审室间质量评价计划在策划、执行、分析、报告和效果方面的程序。

(2)提出需要对测试物品进行的最重要的测试。

(3)设计计划(如:样品数量、是否一致或错层式设计)。

(4)所选测试物品或测试的特性及一个简短的说明(适当时)。

(5)测试物品期望数值的范围。

(6)如适用,使用的测试方法。

(7)在测试物品均匀性制备和维持方面预期的困难,或者对测量物品提供一个稳定的参考值。

(8)为参加者准备详细的指南。

(9)参加者使用的所有标准化报告格式的准备。

(10)参加者报出结果的有效位数。

(11)参加者产生的任何技术困难的评论。

(12)评审参加实验室的技术能力的预先建议。

(13)判断参加者能力的适当的方法。

(14)对单独参加者和一个参加团体的能力评论。

(15)综合报告的技术评论。

(16)对表现较差的参加者的答复与评价(如需要反馈)。

(二)组织架构

1. 任何室间质量评价计划的成功设计和顺利运作都需要配备相关测试领域中具有充分经验的技术专家和统计专家。这些专家可以从专业机构、合作实验室、计划参与者或数据最终使用者中选取。

2. 提供者或其母体组织应具有法律地位,且满足以下条件:

(1)应有经过授权且具有才略的能得到技术人员支持的管理人员,要求这些人员履行其职责、识别质量管理体系或程序中出现的偏离,并采取行动来防止或尽量减少这些偏离。

(2)应有措施确保其管理部门和人员能抵御任何商业的、经济的以及其他内外部可能影响其工作质量的压力。

(3)应有政策和程序确保能力验证计划参加者的信息保密。

(4)应有政策和程序避免任何降低其能力、公平性、判断或运作的诚信性的行为。

(5)应借助于组织图,确定提供者的组织和管理结构、在母体组织中的地位,以及管理、技术运作、支持服务、合作方和质量管理体系间的关系。

(6)应规定可能影响能力验证计划质量的所有管理、执行或核查人员的责任、权力和相互关系。

(7)应有为确保能力验证质量所需的技术运作和资源保障负全面责任的技术管理层。

(8)应指定一名人员作为质量主管(无论如何称呼),不管现有的职责,应赋予其在任何时候都能保证质量体系得到实施和遵循的责任与权力。质量主管应能直接与决定能力验证政策和资源的最高管理层接触。

(9)如果可能,为关键管理人员(如协调者、技术主管和质量主管)指定代理人。

3. 协调者应与顾问组协商、确定并设计直接影响能力验证计划质量的过程,并确保这些过程依据既定的程序进行。一个计划在开始前应经过各方商定取得一致并文件化,一般包含如下信息:

(1)室间质量评价计划提供者的名称和地址。

(2)计划的设计和运作所涉及的协调者和其他人员的名称和地址。

(3)计划的性质和目的。

(4)适当时,选择计划参加者的程序,或允许参加所需满足的条件。

(5)计划准备中涉及的合作方的名称和地址(例如抽样、样品处理、均匀性测试和指定值)。

(6)期望的计划参加者的数量和身份。

(7)对获得、处理、核查、分发测试物品的方式描述,考虑到设计中所提供的能力验证领域中分析误差的主要来源。

(8)提供给参加者的信息描述(事先通知)和计划各阶段的时间表。

(9)期望的计划开始日期、目标日期或截止日期,适当时,应包括参加者进行测试的日期。

(10)计划运行中向参加者分发测试物品的频率或日期。

(11)参加者进行检测或测量使用的方法或程序的信息(通常是它们的日常程序)。

(12)所用统计分析的概述,包括指定值的确定和离群值的识别技术。

(13)返回给参加者的数据和信息的描述。

(14)适当时,进行评价的技术依据。

(15)测试结果和根据该结果所做结论的公布程度的描述。

(三)统计设计

1. 提供者应把所用的统计方式和数据分析技术形成文件,描述选择原因,并确保按照规定程序进行。

2. 对室间质量评价计划进行适当的统计设计是至关重要的。在一项计划的设计中,提供者应注意考虑以下问题:

(1)测试所要求的或期望的正确度或精密度,在缺少有关可靠信息时,可能需要进行一个先导的实验室间比对(协作试验)来获得。

(2)在要求的置信水平上,实验室之间能被检出的最小差异。

(3)计划参加实验室的数量。

(4)被测样品的数量和对每个样品或每个测定进行的重复测试或测量的次数。

(5)评估每个测量的指定值所使用的程序。

(6)用于识别统计离群值的程序。

（7）适当时，测试材料的均匀性和稳定性。

（四）检测样本的制备与性能评估

1. 检测样本的制备

（1）在室间质量评价计划检测样本的制备、测试和分发的全过程中，只要允许，提供者应提供如下的程序和资源：①材料选择；②维持适当的测试材料的制备和检测环境；③材料制备；④测量和检测；⑤设备校准和测量方法的确认；⑥评价测量材料的均匀性；⑦评价测量材料的稳定性；⑧必要时，组织与合作者之间的实验室检测比对；⑨确保有适合的存储设施和条件；⑩确保有适当的包装和标志；⑪确保合适的运输和分发管理；⑫测试结果的统计分析、测量的指定值及相关的不确定度；⑬确保为参加者提供适当的报告；⑭提供者应考虑制备额外的测试物品。在完成结果评价之后，这些测试物品可以作为参考物质（标准物质），或用于对参加者的培训，以及代替在分发期间丢失或损坏的样品。

（2）提供者应能证明用于室间质量评价计划的测试材料具有充分的均匀性。由于相对不均匀的材料很容易获得，因此把所提供的能力验证材料的指定特性值的不确定度考虑在内是非常有用的。

（3）在生产基质测试材料时，为了尽可能地接近日常测量过程，如可行，这些基质材料应与日常的检测材料相同或类似。

2. 均匀性和稳定性检验

（1）只要适合，提供者或其合作方应运用统计方法，从一组测试材料中随机选择一定数量的代表性样品来评价材料的均匀性。这个评价过程应形成文件，并根据可接受的统计设计来进行。例如，在重复条件下分析结果间的差异。对于测量物品，应进行最初的稳定性检查，并且在能力验证计划过程中对指定特性值进行周期性核查。对于均匀性评价可以使用不同的试验计划。

（2）除非稳定性研究表明必须以散装的方式来保存，否则均匀性评价应在测试材料被包装成最终形式之后、分发给参加者之前进行。在某些情况下，有必要在中间进行均匀性检查，例如在封装进安瓿瓶之前。注：由于实际的、技术的或后勤保障的原因，某些情况下，均匀性检验不能在样品分发前完成，但如果不能进行均匀性检验或需在测试结果处理之后进行时，必须特别谨慎。所有情况下，要求提供者有文件化的确保足够均匀性的程序。

（3）适当时，应定期测量在能力验证计划中确定的特性值，但最好是在材料分发前的存储状态下进行，应确定测试材料是足够稳定的，以确保这些材料在能力验证实施过程中不会发生明显变化。

（五）检测样本的管理

1. 检测样本的抽取、随机化、运送、接收、识别、标志、储存及处置等流程均应进行文件化管理。

2. 室间质量评价制备原料应充分混匀，这样才能使所有的实验室收到被测参数无显著性差异的检测样本。只要可能，在检测样本分发给实验室之前都应该做均匀性检测，确保检验样本间的差异不会对参加者结果的评价产生显著影响。

3. 协调者应提供证明以确保整个室间质评实施过程中，检测物品的主要性能指标保持稳定，不会发生任何显著性变化。协调者应规定完成检验的日期以及任何要求的特定预检程序。

4. 协调者应考虑检测样本可能造成的风险，并采取必要的措施告知样本分发者、试验操作者。

（六）方法或程序的选择

1. 通常应允许计划参加者使用他们自己选择的测试方法或测量程序，这些方法或程序应与实验室日常所使用的相同。在某些条件下，计划协调者可能要求参加者使用规定的方法，这些方法往往是国家或国际上普遍采用的标准方法,并已经过适当程序所确认。

2. 在允许参加者使用它们自己选择的方法时,适当情况下,提供者应要求参加者提供所用方法的细节,以利于比较和评价由不同测试方法得到的结果。

三、室间质量评价计划的实施

(一)管理文件化、程序化

协调者负责确保整个室间质量评价计划正常、顺畅地运转。对于整个计划过程中的流程、环节实现程序化、文件化管理,并将其纳入组织的质量手册之中。

(二)为参加实验室提供指导书

1. 组织者应尽早将室间质量评价计划的意图通知参加者,以确保参加者充分了解计划的目的,并确保人员、物资配备齐全。

2. 组织者应为所有参加者提供详细的、必须严格遵循的文件化指导书。这些指导书可以作为室间质量评价计划协议的一个必备部分。

3. 给参加者提供的指导书应包括影响测试材料检测的因素的详细资料,例如保存条件、材料或测试物品的性质、使用的测试程序以及测试时限等。

4. 关于记录和报告测试结果方式的指导书应包括(但不限于)测量单位、有效位数、报告的依据及接收测试结果的最后日期。为使提交的测试结果保持一致性,并易于统计处理,通常将标准化的报告分发给参加者。有时也要求参加者补充提交一份其日常使用格式的测试报告。目前相当一部分参加者都是采用网络填报结果的方式,统一了报告格式,消除了由于数据反复抄写、文字不清晰等原因引起的错误,降低了管理和人员的成本。

5. 要求计划参加者按照日常方式处理室间质量评价的测试样本。

6. 在未完成数据整理之前,组织者不应向参加者披露指定值。但在某些情况下,在测试之前可以告知目标范围。输血相容性检测室间质量评价不存在这种情况。

(三)检测样本的包装、标志和分发

1. 提供者必须掌握好包装和标记过程,确保符合有关地区、国家和(或)国际的安全和运输要求。应采取适当措施以保证维持检测样本的稳定性。

2. 提供者应确保材料标志牢固地贴在每个产品的包装上,设计时应确保标志在测试期间保持清晰和完整。

(四)数据分析和记录

1. 数据处理设备应满足数据输入和统计分析的要求,并能及时提供有效的结果。提供者应制定和保持对所有数据处理设备的说明。

2. 提供者应规定任务和责任,并由指定人员负责数据处理系统的有效运作。

3. 所有的数据处理设备和系统软件在投入使用前,应依据文件化的程序适当地进行维护并确认其有效性。应记录维护和运作检查的结果。软件维护通常应包括一个备份制度和系统恢复计划。

4. 应利用适当的文件化统计程序及时地记录和分析从参加者那里得到的结果,建立和使用文件化的程序检查数据输入、数据转换及统计分析的有效性。数据表、计算机备份文件、打印件以及图表应按规定期限有效保存。

5. 数据的分析应产生总计度量、能力统计量以及与室间质量评价计划统计模式和目标相符的有关信息。

6. 通过使用适当的统计离群值检出技术或稳健统计,减小极端结果对总计统计量的影响。提供者应制定政策和程序并形成文件,以处理不适宜作统计评价的测试结果,例如粗大误差、因疏忽造成的错误计算和调换。极端结果可以提供重要的信息,在能力验证结果的处理中,如果没有特定的考虑,不应忽视这些极端结果。

7. 提供者应有文件化的政策和程序来确定测试物品是否适合做评价,例如无法检出的不均匀性、不稳定性和污染等。

(五)室间质量评价报告

1. 室间质量评价报告的内容依据特定计划的目的而变化,但报告应当清晰、全面,包括所有参加者结果分布的数据,并附有每个参加者能力的描述。

2. 在室间质量评价计划的报告中,通常应包括下列信息。

(1)提供者的名称和地址。

(2)设计和执行计划的人员的姓名及其来源。

(3)报告公布的日期。

(4)计划的报告数量和清楚的标志。

(5)所用样品或材料的清晰描述,适当时包括样品制备和均匀性检验的细节。

(6)实验室的参加代码和测试结果。

(7)统计数据和总计统计量,包括指定值、可接受的结果范围和图形显示。

(8)用于建立指定值的程序。

(9)如若可能,指定值溯源性和不确定度的详细资料。

(10)其他参加者使用的测试方法/程序的指定值和总计统计量(如果不同的参加者使用了不同的方法)。

(11)提供者和技术顾问对参加者能力的评价。

(12)用于设计和实施计划的程序(其中可能包括对计划议定书的参照)。

(13)可行时,用于统计分析数据的程序。

(14)适当时,对统计分析说明的建议。

3. 应使参加者在规定时间内得到报告。在诸如长期测量比对计划中,应向每个参加者发送中期报告。参加者至少应获得以综合形式表达的所有参加者的结果(例如应用图表方式)。目前卫生部临检中心都是将质评报告发送到指定网站上,参加者通过注册可以登录相关网站进行查询,确保质量评价报告及时、准确、安全。

(六)能力评价

1. 在要求能力评价时,室间质量评价计划提供者应有责任确保评价的方法适于维护计划的可信性。这个方法应形成文件并包括对评价依据的描述。

2. 适当时,协调者应寻求技术顾问包括统计学专家的帮助,并在合适的时候对参加者的能力提供以下方面的专家评论:

(1)将总体性能与预先的期望相对照,同时考虑测量不确定度。

(2)实验室内及实验室间的变异,以及与先前的相似计划或公布的精确数据进行比对。

(3)如可行性、方法或程序间的差异。

(4)可能的误差来源(指极端结果)和提高能力的建议。

(5)其他的建议、意见或总体评述。

(6)结论。

3. 在一个特定计划实施过程中或完成之后,定期地向每个参加者提供汇总表,其内容可能包括在持续进行的计划的各轮次中各实验室能力不断更新的总结。如果需要,应对这些总结进一步进行分析并突出其发展趋势。

4. 无论是单次计划,还是陆续完成持续计划的各轮次之后,都有各种程序用于评价参加者的能力。

5. 在室间质量评价过程中,不提倡对参加实验室的成绩或能力进行排名,以免误导参加者过分追求排名而违规操作。

(七)组织者与参与者之间的沟通

1. 提供者应向预期的参加者提供详细的信息,例如:以计划议定书的形式说明如何申请参加计划。议定书中应包括计划范围的细节、参加费用、允许实验室参加的政策。可以用信件、快讯和(或)报告以及定期公开会议的方式与参加者进行后续联系。

2. 在计划的设计或运作中如有任何变

动,应以书面的方式迅速通知参加者。

3. 如果参加者不同意室间质量评价计划中对其能力的评价,应有文件化的程序允许参加者向提供者提出异议。

4. 应鼓励参加者反馈意见,从而对能力验证计划的发展作出积极贡献。

5. 目前国内的室间质量评价活动组织者通常以会议交流的形式对年度的质量评价情况进行总结和分析,组织专家与参与者进行现场交流,使参与者更清楚地定位自身实验室的能力和水平,便于后续的改进和提高。

(八)参与者信息保密性及防止欺骗结果

1. 参与者信息保密性

(1)在能力验证计划中参加者的身份通常是保密的,仅为涉及计划制订和评价的少数人所知。

(2)参加者向提供者报告的信息应以保密的方式处理。

(3)参加者出于讨论和互助的目的,例如为了改进能力,可以选择在组内放弃保密性,也可因管理或认可的目的而放弃保密性。在大多数情况下,可以由参加者自己将室间质量评价结果提交给相关的管理机构。在某些情况下,管理机构可能要求计划协调者直接把结果提供给它,这种情况下,必须告知参加者并征得其同意或在计划申请时就已约定好。

2. 防止欺骗结果

(1)实验室为追求良好质量评价成绩,经常会通过与其他多家实验室互相核对结果、多人或多次重复试验等方式获得结果。

(2)适当时,能力验证计划应设计为确保尽可能少地出现串通和伪造结果的机会。

(3)尽管提供者可以采取所有合理的措施来防止伪造结果,但更值得赞赏的是参加者能自觉地避免伪造结果。

(于 洋 冯 倩 张晓娟)

参 考 文 献

[1] 中华人民共和国国家质量监督检验检疫总局,中国国家标准化管理委员会. GB/T20470-2006 临床实验室室间质量评价要求(2006).

[2] 申子瑜,李萍. 临床实验室管理学. 2版. 北京:人民卫生出版社,2008:90-106.

[3] 宫济武,刘燕明,周航,等. 北京市医院输血相容性检测室间质量评价分析. 北京医学,2007,29(10):615-618.

[4] 王治国. 临床检验质量控制技术. 第2版. 北京:人民卫生出版社,2008:275-289.

[5] 王大建,王惠民,侯永生. 临床实验室管理学. 2版. 北京:科学技术出版社,2009:99-101.

[6] 丛玉隆,王前. 临床实验室管理. 2版. 北京:中国医药科技出版社,2010:74-80.

[7] 中国合格评定国家认可委员会. CNAS-RL02 能力验证规则(2007-04-15).

[8] 中国合格评定国家认可委员会. CNAS-CL03 能力验证计划提供者认可准则(ILAC G13:2000)(2006).

[9] 中国合格评定国家认可委员会. CNAS-GL02 能力验证结果的统计处理和能力评价指南(2006).

[10] 中国合格评定国家认可委员会. CNAS-GL03 能力验证样品均匀性和稳定性评价指南. 2006.

[11] International Organization for Standardization (ISO). Medical Laboratories-Particular Requirements for Quality and Competence. Geneva, Switzerland:ISO15189:2007.

第10章 检验后质量控制

检验后阶段主要是指受检标本完成检测后、检验结果发出直到临床应用这一阶段,包括系统性评审,规范格式和解释,授权发布、报告和传送结果,以及保存检验样品。检验后质量控制是指标本完成检测后,为使检验结果准确、真实、无误地转化为临床医生能够直接采用的疾病诊疗或健康状态评估信息而采用的一系列质量控制措施。检验后质量控制是实验室全面质量控制的重要组成部分,是整个质量控制链条的最后关卡,从根本上决定检验结果能否被临床准确、合理、有效地利用。检验后质量控制环节出现疏漏,可能会导致检验前、检验中的质量保证失去意义,甚至会误导临床对于疾病的诊断和治疗。

检验后质量控制主要涉及以下几个方面:①检验结果的审核与检验报告的发放;②检验结果的备份、查询管理;③医疗咨询服务与投诉处理;④检测后标本的储存。

第一节 检验结果的审核与检验报告的发放

检测报告不仅是临床医生进行诊断治疗活动的重要依据,同时还是记录诊疗过程和效果的重要资料,也是临床实验室工作的最终产品。临床实验室的检测结果通常是以纸制检验报告单的形式发给受检者或临床医生,也可以通过 HIS 将检验结果发给临床医生,或两者兼而有之。由于电子检验报告单方便、快捷,可以显著提高工作效率、降低人为差错风险,已经被广大医疗机构所采用。保证检验报告及时、准确地发放是检测后质量控制工作的核心所在,各医疗机构应重视临床实验室检验报告的管理和利用,特别是要不断加强输血相容性检测实验室的检验后阶段质量控制管理,确保临床输血安全。

一、检验结果的审核

结果审核是完成输血相容性检测后必须做的第一件事,只有经过严格、规范审核后的检验报告才能被发放。审核人可以通过对检验全过程的每一个环节进行严格、细致的质量分析,确认和保证检验结果的真实性和准确性。审核包括以下几个方面。

(一)检验审核的基本内容

检验审核的内容应涵盖检验前、检验中和检验后 3 个阶段的全部主要影响要素。

1. 标本的采集、运送应符合相关要求。不符合要求的标本应拒收。特殊情况下,对不符合要求的标本进行了检测,但必须在检验报告中进行特别说明,提醒临床医生引起注意。

2. 标本检验前处理要得当。输血相容性检测通常使用静脉全血标本,可以是不抗凝的标本,主要用于手工操作,也可以是抗凝标本,以满足自动化仪器的检测需要。对于抗凝标本,实验室收到后应立即进行离心处理,处理后标本最好立即进行检测,不能立即进行检测的标本可以室温短时存放;对于不抗凝标本,可以待其血清完全析出后进行检测操作,血清析出过程中发现大的纤维蛋白凝块应及时去除。

3. 检测系统运转正常。离心机、孵育器、全自动检测系统要定期进行校准和性能评价,确保其系统误差在可以接受范围之内。

4. 检测试剂、常用耗材符合质量标准,保存条件符合要求,且在规定的有效期内使用。全自动检测设备尽量使用其生产商提供的配套试剂,尽量避免因试剂与检测体系兼容性问题而对检验结果带来的不良影响。

5. 应确保操作人员具备单独上岗资格且技术熟练,并严格按照 SOP 进行相关操作。轮转生、实习生等人员应在具有相应资质的带教人员的监督下进行相关试验操作。

6. 查阅室内质控相关记录,确保本批次检验的质控结果为"在控"。

7. 对于一些患者进行组合项目检查时,应注意审查结果之间的相关性和一致性。例如某患者不规则抗体筛查试验结果为阳性时,其交叉配血主侧也可能为阳性结果。而如果某患者不规则抗体筛查试验结果为阴性,但交叉配血主侧出现阳性结果,这时就应怀疑不规则抗体筛查试验是否出现了漏检,必要时应重复检测或更换试剂。对于同一患者连续多次进行相同项目检测时应注意审核其前后结果的一致性,例如 ABO 血型两次结果不一致,就应该立即查找原因,排除初检血型错误、临床医生开错血型以及护士抽错标本等可能发生的情况,确保检验结果的准确性。

8. 确保结果计算、录入准确无误,防止人为差错的发生。目前部分大型医疗机构的输血相容性检测实验室开始逐步引入标本条码化管理系统、全自动检测系统以及相配套的信息传输系统,实现了检验申请、标本接收、项目检测、结果传输、审核与报告发送的标准化、自动化、信息化管理,最大限度地降低各个环节人为操作可能带来的误差或差错风险,这也是输血相容性检测实验室的一个必然发展方向。

9. 排除整个检验前、中、后过程中可能对受检标本、质控标本、检测试剂、检测体系带来不良影响的环境因素,包括环境温度、湿度、电力供应、电磁干扰等。

10. 临床医生所申请的检验项目是否已经全部检验、有无漏项或错检。检验报告单上应填写内容是否全部填写完整,有无异常的、难以解释的结果,有无书写错误,是否有需要复查的结果等。

(二)检验报告单的基本要求

完整的检验报告单应使用中文形式进行表述,对于使用进口设备的实验室,其检验报告不能直接使用外文报告结果,应使用汉化软件或其他方式转化成中文结果,国际通用的英文缩写可以直接使用,检验报告应该包含但不限于以下内容。

1. 实验室标志　一般应包括医疗机构名称、实验室名称。

2. 受检者标志　姓名、年龄、出生日期、性别、所在科室、临床诊断、门诊号、住院号等。

3. 检验申请者标志　申请医生姓名、申请日期。

4. 标本标志　标本种类、采集或送检时间。

5. 检验项目标志　检验项目名称、检验结果、参考值范围、检验日期等,必要时可以注明试验所用方法学名称。

6. 检验报告发布人标志　所有检验报告应有报告者和审核者共同签名或盖章,电子报告也可以使用电子签名或通过授权使用的专用账户和密码进行管理。实习生、见习生、轮转生、进修生无权单独签发报告,一般需由实验室指定的带教老师签发。检验报告审核者一般由实验室负责人或其授权的高年资专业技术人员担任。

7. 结果解释 对于特殊、疑难检测结果,报告者应进行必要的描述和说明。例如常见的配血次侧阳性,同时受血者直接抗人球蛋白试验结果阳性,可以确认配血次侧阳性是由于自身红细胞携带自身抗体或补体所致,一般应在交叉配血检验报告单中加以说明。检验结果发放前,审核人员还应评价检验结果与患者有关信息(如临床诊断、以往检验结果、相关检验结果等)的符合性。只有在没有不可解释的问题时,方可授权发布结果。

8. 实验室声明 一般在检验报告单中应注明"本检验结果仅对本次检验标本负责"字样。

(三)异常检验结果的复查

实验室遇到明显异常的检验结果时,在确保室内质控结果正常的前提下,操作人员应该通过检查标本是否存在质量问题,与临床医生沟通以了解受检者可能存在的影响检验结果的疾病状态等方式尽量获取对检验结果提供支持的相关信息,考虑是否需要对原标本进行复查或增加辅助试验,必要时可考虑重新抽取标本进行检测。异常检验结果通常包括以下几种情况:

1. 检验结果异常偏高或偏低 例如 ABO 正定型出现低于 4+的凝集强度、反定型出现±凝集强度等。

2. 与以往检测结果完全不相符的检验结果 例如患者以往 ABO 血型鉴定结果为 A 型,本次检验结果却为非 A 型。

3. 与相关检验结果不相符的检验结果 例如受检者不规则抗体筛查结果为阴性,而其交叉配血主侧试验中却出现了阳性结果,操作者就应该考虑是否是抗筛细胞抗原谱缺失相应抗原而导致不规则抗体筛查试验出现漏检。

4. 特殊疾病状态下的检验结果 例如进行了不同血型骨髓移植、造血干细胞移植的患者,在移植后不同时期可能出现特殊的血清学表现,操作者应注意区分是标本质量问题还是本身疾病进程所致,必要时查阅病历或重复试验。

5. 对有争议的检验结果本实验室无法最终决定时 例如自身免疫功能紊乱患者,其体内产生自身抗体而干扰血型鉴定和交叉配血时,可以采用外送委托实验室(当地采供血机构血型参比实验室)进行会诊处理。

6. 标本在运输过程中或检验后发生标签或条码缺失而无法确定归属时 例如交叉配血时的受血者标本,在完成血型鉴定和不规则抗体筛查后标签脱落无法识别,为确保输血安全,即使前面的检测准确、无误,在进行交叉配血时也不能再使用此标本,应重新抽取标本重新进行所有检测项目。

(四)危急值紧急报告

危急值(critical value)也称警告值,通常是指某些检验结果出现显著异常超出正常参考范围,可能危及患者生命的检验结果。实验室发现危急值时应在第一时间通知患者的经治医生,防止贻误治疗、抢救时机。由于输血相容性检测多为分级定性试验,其结果多以凝集强度的形式表达,最高上限为 4+,不存在过高问题,危急值可能有不同的含义。我们通常可以将患者出现血型差错、血型无法定型、体内产生同种不规则抗体、自身抗体或两种抗体同时存在等原因而导致无法找到相合血液的情况视为危急值,这些情况不得到及时纠正或处置可能会威胁输血安全或后续治疗。此类情况发生并经审核确认后,应立即通知经治医生,以便及时采取补救措施或调整治疗方案,例如重新抽取标本复查血型、采取不同型相合性输注或停止输血治疗,选择替代治疗方案等。抗体效价测定是输血相容性检测中唯一的一个半定量检测项目,该项目多采用连续多次监测的方式,主要用于新生儿溶血病产前诊断与风险评估。遇到抗体效价值过高时,应与之前的检验结果进行比较,如果受检者抗体效价基础值本身偏高,即使本次检验结果偏高但与前次比较无明显变化不宜定为危急值;如果受检者抗体效价基础值本身不高,而本次检验结果偏高且明显超过正常值范围,就应视为危急值并及时通知临床医生,以便采取相应的应对措施。

危急值报告与急诊报告概念不同。危急值项目不一定是急诊检验项目,例如正常手术备血时发现上述情况,必须迅速报告。而急诊检验报告,如急诊血型鉴定,其结果无论正常与否都应该在规定时限内进行报告。

(五)检验数据的录入

输血相容性检测实验室的数据包括受检者信息、供血者信息及其对应的检验数据。在 LIS 与 HIS 联网的情况下,受检者信息可以通过病案号或门诊号从 HIS 直接调取,一般包括患者姓名、性别、年龄、临床诊断、检验单序列号、标本类型等基本信息,实验室工作人员可以根据检验项目的实际情况进行一定程度的补充。如果 LIS 与 HIS 没有联网,实验室工作人员只能根据检验申请单上的信息进行录入。对于没有建立 LIS 的小型实验室,可能需要通过手工书写方式将检验结果登记在检验报告单上。

供血者数据信息是输血相容性检测实验室数据的重要组成部分,目前国内的采供血机构基本上都已经实现对血液成分的条码化管理。在使用计算机系统管理并安装有相应血液管理软件的实验室,可以通过扫描从采供血机构获得的血液成分及其对应的供者标本的条形码来获取相应的信息,实验室还可以根据自身的实际需要,补充部分供血者标本信息。如果所在地区已经实现采供血机构与医疗机构实验室之间联网,那么采供血机构在相应的血液发出后,即可将对应血液信息直接通过网络传输到实验室数据库中,实验室只需审核确认即可使用。如果实验室没有对血液成分及标本信息进行计算机管理,

实验室工作人员可以直接将采供血机构提供的供血者信息存档,或手工抄录在专用登记本(表)上,使用时直接到登记信息中查询。

检验数据一般包括血型鉴定、不规则抗体筛查、交叉配血、抗体效价测定、新生儿溶血检测等项目,部分实验室还开展受血者输血前传染病检测项目。检验数据的录入方式一般包括手工录入和自动化录入。手工录入一般是指各种手工检验项目的结果录入。自动化录入是指检测仪器与 LIS 实现联网,通过专门的传输软件自动将复核过的检验数据发送到 LIS 之中。目前国内一少部分大型输血相容性检测实验室已经开始采用自动化传输模式对检验数据的录入进行管理。

实验室的所有数据信息录入都应该进行授权管理,只有获得相应授权的工作人员才能进行数据信息的录入操作。使用计算机系统进行信息录入时,无论是手工录入还是自动录入,都需要使用账户与密码系统进行管理,以实现信息数据管理的可溯源性。没有使用计算机管理的情况下,也应该由操作者在对应的表单上签字盖章,并注明录入日期和时间。

(六)检验数据的修改及其权限管理

由于人为操作、仪器故障、录入差错等原因均可能产生错误检验数据,操作人员、报告人员以及审核人员应及时发现这些错误数据,并在相应权限范围内对相应数据进行修改或修正,以确保发放到临床的检验报告数据准确、可靠。

1. 全自动检测仪器计算检测结果或判读结果时可能会出现偏差,操作人员在实际操作过程中,应根据结果判读原则结合实际情况和工作经验对错误结果进行修改。例如使用微柱凝胶卡进行输血相容性检测时,凝胶卡由于振动或加样时产生气泡或明显的纤维蛋白块、高胆红素等干扰导致自动判读系统错判成假阳性结果。操作人员在最后检查凝胶卡反应结果时应发现并纠正这种错误数

据,必要时可以通过更换试剂、重新获取标本等方式验证对错误数据的判断。操作人员在修改数据的同时,还应该在数据管理软件的备注栏中对数据修改的原因进行说明,以备将来数据查询、分析时作为参考。

2. 手工填写的、已经过审核但尚未发出的检验报告出现填写笔误,应由报告填写人和审核人员共同对报告进行修改。报告修改一般采用杠改方式,即由报告填写人用斜杠将报告中的错误之处杠掉(非涂改),然后在错误之处旁边加注正确的报告内容,单独签名并盖章,注明修改日期和具体时间。此报告经审核人再次审核后可以发出。报告填写人也可以重新填写一份新的正确的检验报告单并经审核人重新审核后发出。

3. 报告人通过手工录入到计算机的检验数据,在审核前即发现录入错误,由报告人直接在计算机系统中进行修改;审核人员在审核时发现错误时,应通知报告人员对数据进行修改,修改后经再次审核无误后报告可以发出。如果在检验数据录入审核之后发现存在错误时,发现者应在第一时间通知实验室负责人,由实验室负责人立即将此报告先修改为待审核状态,防止临床医生在计算机终端提取错误检验数据。同时,立即召集错误数据报告人和审核人,共同对错误数据重新录入、审核,三方确认无误后方可发出报告。实验室负责人应组织所属人员对报告错误原因进行讨论、分析,并制定相应的预防措施,确认相应责任人并视情节严重程度决定是否对其进行相应处罚,填写《实验室内部差错处置登记表》存档。

4. 对于手工错误检验报告已经发至临床或受检者手中以及错误电子检验报告已被临床医生提取的情况,一经发现应在第一时间通知临床医生或受检者停止使用该检验报告单,设法收回错误的检验报告单,并重新补发正确的检验报告单。必要时应免费为受检者重新进行该项目的检测工作,并虚心接受临床医生及受检者的批评意见。实验室组织所属人员进行认真反思,查找整个检验报告管理流程中可能存在的漏洞,制定相应的整改措施,在实际工作中运行整改措施并定期评价其实际效果。视情节严重情况决定是否对责任人进行相应处罚,填写《实验室内部差错处置登记表》,经科室主任签字确认后存档。

5. 对于人为失误导致检验结果的修改与变更的相应内容及处置经过应在实验室日志或交班登记表中进行相应记录。

(七)检验报告单的签发管理

按照《医疗机构临床实验室管理办法》的有关规定,检测报告发出前,除主要操作人员签字和(或)盖章外,还应由另一名有资格的检验人员对检验报告进行审核并签字和(或)盖章。特殊紧急条件下,可以由同一个工作人员完成检验操作并由其本人完成复核,例如夜班仅有一名工作人员值班时,处理急诊交叉配血时即可以由其一人完成检验和复核。

(八)检验报告审核人员的资质要求

对于输血相容性检测结果审核人员应符合以下基本要求:

1. 要有强烈的责任感和积极、严谨的工作态度。

2. 具备扎实的输血相关医学理论基础和过硬的检验操作、分析技能。

3. 熟悉审核项目所用仪器的性能、工作原理、工作流程和常见注意事项。

4. 对检验项目所用检验方法学有深入的了解。输血相容性检测的试验方法有多种,如盐水介质血凝试验、抗人球蛋白技术、酶技术、凝聚按技术、微柱凝胶技术、固相捕获技术等方法,每种检测方法的灵敏度,特异性都存在一定差别。

5. 能够熟练地分析室内质控结果。输血相容性检测报告审核人员必须对当天室内质控结果熟知,并且进行过具体的分析。要保证所有质控结果都在控的情况下，才可进行报告的审核工作。

6. 检验报告审核人员不仅要具备过硬的专业能力、相应的技术职称，还要获得实验室负责人的书面授权。只有获得授权的人员才有资格对其授权范围内的检验报告进行审核。

二、检验报告单的发放与管理

(一)确认检验报告内容的完整性

检验结果通常以数字、文字(有时附有图像或照片)的形式进行报告，检验报告发放前应再次确认检验报告单中各项内容的完整性。当送检标本存在质量问题(如溶血、脂血、有凝块等)时，可能会对检测结果产生影响，遇到这种类型标本应予以拒收;如果是接收后、检验前发现，则应及时通知临床医护人员说明原因并要求重新抽取标本，并做好相关登记。若重抽标本后送检标本质量问题仍未得到改善，而患者必须进行输血相容性检测时，则应在检测报告中对标本情况进行适当描述，以供临床医生参考。

(二)确认检验项目结果的正确性

1. 输血相容性检测试验多为分级定性实验，在日常工作中，审核人员通常根据室内质控的情况对结果加以判定。如果室内质控结果为在控状态，则可判断该检测结果可靠，检测报告可以发出;如果室内质控结果显示为失控状态，则应查找失控原因，纠正失控因素，重复质控试验在控后检验报告方可发出。

2. 将异常检验结果与患者相关信息进行联合评价。如当出现 ABO 血型正反定型不一致、与以往血型鉴定结果不符、不规则抗体筛查阳性、交叉配血试验阳性等情况时，应检查送检标本是否存在质量问题(如溶血、脂血、有凝块等);或与临床医生联系询问其是否有输血史、妊娠史，是否进行过骨髓移植，必要时查阅病历，查询患者情况，并考虑是否需要原标本复查，或重新采集标本复查。

(三)检测报告的发放管理

检测报告完成后应及时发放给临床医生或受检者，为受检者疾病诊断、治疗或身体健康状态评估提供参考信息。检验报告单的管理直接反应输血相容性检测实验室的管理水平，实验室应该建立完善的检验报告单管理制度，不断提高临床医生和受检者对实验室的满意度。

1. 公示检验报告时间　输血相容性检测实验室应依据《临床输血技术规范》及所在医疗机构对检验项目报告时间的相关要求，并结合本实验室的实际情况，对于平诊及急诊检验报告期限应作出明确规定，并向临床科室及患者公示(主要是指门诊患者)。检验报告发放时限以不影响临床输血救治为基本原则。如果实验室因特殊原因无法按时发出检验报告，应及时与临床医生或患者取得联系并说明相关原因。必要时应采取变通措施来解决相关问题，如向委托实验室求助等。

(1)平诊检验项目例如血型鉴定、次日手术备血等，一般是在接收申请单和标本的当日完成检验操作、结果的录入与审核，次日8:00发送报告。

(2)急诊检验项目例如急诊血型鉴定、急诊交叉配血试验，一般是在接收申请单和标本后40分钟内发出报告。

(3)急诊"绿色通道"患者应在20分钟之内完成血型鉴定及交叉配血，并发放检测报告，保证患者能够及时得到输血救治。

2. 明确发放程序及相关责任　实验室应根据自身人员配置和工作模式，指定专人(或兼职)负责检验报告单的发放管理，防止检验报告单丢失或发错对象。实验室应设置专门窗口由专人负责检验报告单的发放。一些大型医疗机构还采用集中发放的模式，将其内部多个实验室的检验报告单集中在一起，由医疗机构指定专职人员进行统一管理，使受检者可以在一个窗口领取多个实验室的检验报告，节约受检者时间。实验室应建立检验报告单签收制度，门诊受检者领取检验报告单时应持有医疗机构或实验室统一印制、填写的报告单领取凭据，以免冒领、拿错报告单。住院患者的检验报告单由实验室指定的专人发送或通过自动化气动物流传输系统完成，实验室应制定统一的检验报告单接收表单，临床科室接收人员对检验报告单查验无误后签字存档。

3. 急诊检验报告发放模式

(1)检验时间较短、临床需求紧急的报告，可以由送检者立等后直接取走。

(2)检验项目完成后，先通过电话方式通知临床医生而后再补发正式检验报告单，这种模式容易造成差错、引发纠纷，已经逐步被大多数实验室废弃。

(3)通过 LIS 和 HIS 联网，临床医生在 HIS 终端直接调取检验报告结果，而后再发放纸质检验报告单，这种形式可以明显提高效率、减少差错的发生，是目前大多数实验室发送急诊检验报告单的主要形式。

4. 委托实验室(referral laboratory) 国内医疗机构的输血相容性检测实验室几乎都有与其长期合作的委托实验室，即其所在地区的采供血机构血型参比实验室。这主要是由于输血相容性检测实验室的自身学科特点以及国内实验室发展现状等原因所决定的。由于国内输血医学整体发展起步较晚，医疗机构的输血相容性检测实验室大多数设

备、试剂落后，受到这些客观条件的限制，实验室在遇到特殊、稀有抗原鉴定、特殊抗体鉴定以及疑难配血等检验申请多无法单独完成，通常是交由委托实验室来完成相关检测，并由本实验室而非受委托实验室负责将检验结果现提供给申请者。

医疗机构的输血相容性检测实验室与采供血机构血型参比实验室之间的这种关系已经构成了事实上的委托关系。委托方与受委托方之间应该订立规范的委托合同，明确双方的权利和义务关系，并就检验申请单与标本的运送方式、接收时间、检验报告内容与格式、检验报告单发布方式和途径达成一致，并向临床和患者公示。

5. 信息数据管理中的保密制度　实验室的所有检验结果都属于受检者隐私权的一部分，未经本人同意不得公开。实验室应制定保护受检者隐私权的规章制度，所有工作人员应严格遵守各类文件的管理和保密制度，对临床医生、患者或其他方面(服务对象)的有关信息和输血科的有关技术资料负有保密责任，维护服务对象的合法权益。实验室应确保非授权人员无法获得受检者检验报告数据。特殊情况下从保护患者角度出发，一些检验结果可能不宜直接发送给患者本人，实验室可以将其发送给经治医生、患者家属或法定监护人。

第二节　数据信息的归档、备份与查询管理

输血相容性检测实验室应建立、实施记录管理程序，对输血相容性检测结果应有完整的记录并保存备份。所有检验数据信息的保存应符合国家相关规定，《血站质量管理规范》中规定输血相容性检测相关的原始记录应至少保存 10 年。所有数据、记录应安全保

管和保存，防止篡改、丢失、老化、损坏、非授权接触以及非法复制等。由于现在一些输血相容性检测实验室开始逐步应用全自动检测系统，利用 LIS 可完成检测数据的自动传输，其检测结果多为数据电文。为节约资源、满足无纸化办公需求，这些原始数据信息(包

括数字、文字以及图像信息等)多直接以电子数据形式进行保存,而不再打印生成纸质记录,因此实验室应建立和实施完善的电子签名和数据电文管理程序,确保数据电文和电子签名在生成、维护、保存、传输和使用过程中的可靠性、完整性、有效性以及保密性。实验室应设立专职资料管理员负责实验室纸质、电文数据资料、文档记录的监督、分类、归档、备份以及查询管理工作,实验室设备管理员可以协助其完成部分电文数据的导出、备份管理工作。

一、数据信息的归档、备份管理

(一)一般检验数据、记录的归档、备份管理

实验室每天日常工作中都会产生大量的检验结果、质量记录、技术记录等数据信息,各个岗位的工作人员应该严格按照《文件控制程序》、实验室相关规章制度的要求记录相关数据信息,在大型检测仪器关机之前按照仪器 SOP 中的要求对当日检验数据进行存档并将其导出备份到指定的存储介质中;在每天结束工作前对当日的纸质数据信息按照类别进行归档,并存放于实验室指定位置。

对于电文数据还需进行备份管理,并应满足以下基本要求:

1. 备份数据能够有效地表现所承载内容并可供随时调取查用。

2. 能可靠地保证数据电文内容完整,其原始形式和内容未被更改过。

3. 在电文数据的保存期限内随时可供调取、查用。

4. 备份数据应具有保密性,防止未经授权人员接触和对外泄露备份数据。

5. 电文数据的储存介质应有专人管理,并定期检查储存介质的性能,确保数据保存的有效性和安全性。

(二)特殊文件记录的备份管理

输血相容性检测实验室还经常遇到一些特殊情况,如血型鉴定困难、交叉配血不合、特殊标本委托检验、特殊患者不相合输注等案例,处理这些特殊案例的时候,实验室工作人员除要按照正常操作程序和管理规程进行操作,及时、准确记录和保存相关数据信息以外,必要时,还应形成特殊事件纪要,纪要中要详细记录事件发生经过并另附检验数据原件或复印件,送交实验室管理层和(或)医疗机构相应管理部门存档、备案,以备将来发生医疗纠纷时举证。

二、数据信息的查询管理

(一)检验结果查询原因

实验室日常工作中经常会遇到检验报告已经发出却还需要进行检验结果查询的情况,查询原因通常包括以下几种情况:

1. 检验报告单丢失,例如一般血型鉴定报告单、临床发血单等丢失。临床发血单是输血相容性检测实验室所独有的一种报告单形式,其中既含有检验结果如交叉配血结果,也包括供受者的相关信息,临床医生应像处理检验报告单的方式一样认真将每一份临床发血单归档到病历的指定位置。

2. 当受血者出现输血反应时,实验室工作人员需要对患者输血前的输血相容性检测相关结果、供者相关信息进行调阅、复核及评价。

3. 当受检者出现极度异常的检验结果,临床医生对检验结果提出咨询或质疑时,实验室工作人员应首先查询、核对原始信息,确保检验数据的可靠性,而后再根据具体情况进行分析、解答。

4. 当输血相容性检测实验室遇到疑难血型或配血的患者时,在检验报告发出前需要对以往的相同或相关检验结果进行查询、比对,获取必要的信息支持,以决定检验结果是否可以正常发出。

(二)检验结果的查询方式

检验结果的查询,一般可根据患者姓名、检验项目名称、检测日期等进行查询。如果

实验室安装有 LIS,则可具备较强的查询功能,除可根据患者姓名、检验项目名称、检测日期、检验申请单序列号等进行查询外,还可根据患者门诊号、住院号等信息进行查询。不仅可以查询最近某项的检验结果,也可查询一定时间内的相关的甚至所有的检验结果;不仅可以查询检验报告内容,还可以查询原始信息内容,包括反应结果的原始图像信息。

(三)检验报告的补发管理

住院患者检验报告单发生丢失,经常是在病历归档检查过程中被发现。按照目前大多数国内医疗机构对于病案中检验报告单的管理要求,归档病历中住院患者所做检验项目都应有对应的纸质检验报告单,如果发生遗失,应及时补充,否则病历将无法归档。实验室应该为临床医生提供检验报告单补发业务,临床医生需持病历或病案管理部门出具的检验报告单缺失证明到实验室指定窗口办理。实验室接待人员进行必要核实、查询后,可以补发纸质检验报告单,并在其上注明"补发"字样。实验室还应制定《检验报告单补发登记表单》,完成补发程序后,补发者和申请者应进行登记、签名。实验室每年底应对补发的检验报告单进行汇总、统计,上报医疗主管部门,将检验报告单遗失情况作为医疗质量指标之一纳入到临床科室目标考评管理之中。

门诊患者检验报告单发生丢失,患者本人或家属可以持门诊病历、身份证、医保卡等证明原件及复印件到实验室窗口办理补发报告单,检验报告单补发后也需在《检验报告单补发登记表单》上登记并签名,证明材料复印件留实验室存档。

第三节 医疗咨询服务与投诉处理

《医疗机构临床实验室管理办法》第 20 条指出:"医疗机构临床实验室应当提供临床检验结果的解释和咨询服务"。《医学实验室-质量和能力的专用要求》(ISO15189:2007)中指出:"临床实验室中适当的专业人员应对选择何种检验和服务提供建议,包括重复检验的频率及所需样品类型。适用时,应提供对检验结果的解释。专业人员宜按计划与临床医生就利用实验室服务和咨询科学问题进行定期交流。专业人员宜参与临床病例分析以便能对通案和个案提供有效的建议"。输血相容性检测实验室除了为临床提供及时、准确的输血相容性检测服务和安全、有效的血液成分以外,为患者、受检者、献血者、临床医务人员提供输血、献血相关知识的解释与咨询服务也是其职责所在。输血相容性检测实验室应建立医疗咨询服务制度,规范为服务对象提供医疗咨询服务的过程,更好地服务于患者、献血者和临床医务人员。

实验室在为服务对象提供服务的过程中,由于服务态度、服务质量、工作模式、沟通方式等诸多原因,都会造成服务对象对实验室所提供服务产品的不满、抱怨甚至导致投诉发生。实验室应建立投诉处理机制,及时与投诉者进行沟通,虚心接受投诉者的批评、意见和建议,及时改进服务过程中存在的不足和缺陷,不断提高输血相容性检测实验室的总体服务水平。

一、医疗咨询

(一)医疗咨询服务的定义

咨询就是交谈,是一种主动帮助他人的过程。医疗咨询服务是指通过交谈,为服务对象提供正确的信息,纠正错误的信息,给予有效地指导或建议,提出解决办法,帮助服务对象作出决定。输血相容性检测的服务对象主要包括患者、患者家属、临床医护人员以及献血者。

(二)医疗咨询的主要作用

1. 帮助受检者理解检验结果的临床意义。

2. 帮助临床医生更为有效地利用检验信息。

3. 帮助医护人员正确采集、运输标本。

4. 宣传安全、科学、合理、有效用血的理念。

5. 宣传、推动无偿献血事业向前发展。

(三)医疗咨询服务人员资格要求

从事咨询服务的人员必须真正对输血相容性检测的相关理论知识和技术有较系统和全面的了解,或者已经是此方面的专家,另外还需对输血相关法律法规、临床医学知识有一定了解和熟悉,同时还应具备较强的分析和解决问题的能力,善于与人沟通和交流,能清楚、流利地表达自己的思想,并有主动服务、尊重别人、思维敏捷、勤学善学、冷静坚强的精神。实验室负责人应从各专业组中选拔具有临床基础和实验室知识的技术骨干组成医疗咨询小组,任命并授权组长及组员。医疗咨询小组成员有义务为献血者、患者和临床工作人员提供医疗咨询和解释。通常情况下,只有经实验室授权的人员才能从事相关医疗咨询工作。

(四)医疗咨询服务的内容

医疗咨询服务的需求,可以是临床医生或患者得到检验结果之后提出,也可以是在检验或输血之前提出,甚至仅是为了解输血医学相关动态、进展或基本理论与常识而提出。医疗咨询服务内容可分为检验或输血前咨询服务、检验或输血后咨询服务。

1. 检验或输血前咨询服务 内容主要针对献血知识、血液学知识、血液成分的适应证与功效、检验项目选择、检验结果的临床应用价值、标本的采集等。

2. 检验或输血后咨询服务 主要针对检验结果的解释,并对进一步检验提供意见,临床输血疗效评价及输血不良反应报告等,一般包括以下内容:

(1)输血相容性检测实验室开展的检验项目,各检验项目的正常参考范围、临床意义、适用范围和局限性。

(2)某些疾病的诊断及辅助诊断可选试验。

(3)标本采集、运送、保存、处理等方面的相关要求。

(4)检验或输血申请单的填写,临床用血申请、审批、血液发放、储存等。

(5)检验结果的准确性和精确性。

(6)检验结果报告时限、检验报告单的领取方式。

(7)检验项目的生理及病理干扰因素。

(8)检验所采用的仪器、方法、试剂、检验程序。

(9)对临床患者输血适应证的把握。与临床医生沟通,本着安全、科学、合理、有效的用血原则,及时为患者提供合适的血液成分。

(10)自体血液采集、储存与输注、互助献血操作流程及相应政策。

(11)当血液成分供应紧张时,对临床动态公布血液库存信息,指导临床择期手术病人备血。

(12)输血不良反应的报告。当接到临床医生输血不良反应报告时,做好记录,查明原因,提出指导性意见或建议,并做好回访工作。

(13)参与临床会诊。如对申请手术用血量超过 2 000ml 的病人、危重输血患者、发生严重输血不良反应患者、疑难配血患者等情况实行临床会诊制度。

(14)对输血相容性检测项目结果的解释,对患者需做的进一步检验提供建议。

(15)对献血者询问献血相关法规问题的

解释。

(16)其他与输血医学相关的问题。

(五)医疗咨询服务的方式

输血相容性检测实验室应积极、主动地与临床医生或患者沟通，才能更好地发挥实验室对临床诊断、预防与治疗的辅助与支持作用，更好地满足临床医生和患者的实际需求，更好地为临床服务。

与临床及患者的沟通方式多种多样，一般可以通过以下几种途径得以实现：

1. 可以通过参与临床会诊、病例讨论的方式。

2. 通过组织人员定期或不定期地以各种媒介(内部刊物、局域网、信息管理系统、宣传栏等)发送检验信息，以便能及时将本学科最新的研究进展、本科室新近开展项目介绍给服务对象，满足服务对象的不同需求。

3. 通过采用调查表的方式从所服务对象中获得服务质量反馈意见。

4. 通过定期与全院各临床科室的医护代表人员沟通，就如何改进服务举行协调会。

5. 通过有计划的就检验学术问题进行定期交流的主动式咨询服务等。

医疗咨询服务方式主要是对献血者、临床医护人员、患者公布其咨询电话和通讯地址。医疗咨询服务人员接受服务对象口头、书面、电话等形式的咨询，并以咨询者可接受的方式进行解答，任何工作人员不得拒绝解答咨询者所提出业务范围内的问题，不能解答时应逐级上报，由上级负责人员进行解答。输血相容性检测实验室也可成立专门的医疗咨询小组，指定专人通过不同途径来为临床和患者提供医疗咨询服务。

(六)医疗咨询服务应注意的问题

1. 医疗咨询小组成员应了解输血相容性检测各项目的方法学评价。不同的检验方法，其灵敏度和特异性有一定差异，故其临界值有一定差异。如对于新生儿溶血病的产前检查，测定其血清 IgG 抗 A(B)抗体效价，凝聚胺法检测为效价＞64 有临床意义；微柱凝胶法由于其灵敏度较高，有文献报道为效价＞128 有临床意义。

2. 现代输血医学的核心理念为安全、科学、合理、有效用血。大力提倡成分输血，使各种血液成分得到得到合理利用，节约血液资源，降低因输血引起传染病、输血不良反应发生率。因此，作为输血相容性检测实验室的工作人员，应熟练掌握各血液成分的生理功能、临床应用、保存条件等血液知识，有义务与临床沟通，指导其合理用血。例如，机采血小板的保存条件为 22±2℃振荡保存，但有些医生或护士不了解，取完血以后直接将机采血小板放在 4℃冰箱保存，致使血小板激活甚至发生聚集，影响血小板输注效果，甚至导致血液成分报废或威胁输血安全。

3. 对于临床所提出专业范围内的相关问题，不能及时解答或解决时时应立即上报。例如有关严重临床输血不良反应的咨询，如果发生严重的输血反应，有可能危及患者生命时，接待人员应在给予一般原则性指导意见之后，立即报告实验室负责人，必要时应到临床进行会诊，积极查明原因，及时采取有效措施进行抢救。

4. 对输血相关法律法规有系统的了解，才能更好地为服务对象服务。例如医疗咨询人员应熟知无偿献血之后献血者或其直系亲属可以享受哪些优惠用血政策、用血后血费报销流程。当血液资源供应紧张时，患者又急需输血时，应积极动员、号召患者家属、朋友为其互助献血。同时，积极宣传无偿献血的好处，使其了解无偿献血、互助献血，不仅可缓解因血液供应紧张带来的矛盾，还可能将其发展为无偿献血者，壮大无偿献血者队伍。

二、投诉处理

(一)投诉信息来源

1. 服务对象通过各种途径(如上门、来信、电子邮件、电话等)向本实验室的上级主管部门（医院管理层）提出对服务质量、服务态度等不满的意见，即形成投诉。

2. 服务对象通过上门或来信等方式，向实验室负责人或其他工作人员提出服务质量质疑，在得不到圆满解答时表达出来的不满意见，也形成投诉。

3. 为改进服务质量，指定专门人员定期以系统化的方式（如临床满意度调查、患者出院后回访等）从服务对象那里获得的对维持改进服务质量等负面的反馈信息或合理化建议，也将其视为投诉。

4. 极个别情况，如发生重大医疗质量事故、医疗纠纷时新闻媒体的报导。

（二）投诉的主要内容

实验室所接到的投诉，无论是来自临床医生的抱怨还是来自受检者的投诉，其核心内容主要包括两个方面，即服务态度问题和服务质量问题。

1. **服务态度问题** 主要表现在以下几个方面。

（1）实验室工作人员在接收检验申请单与标本、发放检验报告单和回答医疗咨询时表现出的态度生冷、懒散、缺乏爱心、耐心与同情心等。

（2）输血相容性检测实验室与一般的临床实验室的一个重要区别就在于前者在负责完成相关检验工作的同时，还要担负着为临床提供血液成分和输血治疗，指导、监督临床安全、科学、合理用血的职能，在指导临床合理用血的过程中，可能会因与临床医生在掌握输血适应证时尺度和标准不一致，沟通不细致、不到位而引发抱怨甚至投诉。

（3）目前国内许多大城市每年都会出现临床血液供不应求的现象，由于临床医生、患者以及患者家属对这种情况了解不够，实验室工作人员在与临床沟通的过程中如果不细致、不耐心，这种供求矛盾就会导致抱怨甚至投诉的发生。

2. **服务质量问题** 主要表现在以下几个方面。

（1）检验报告发放不及时。

（2）检验结果出现漏项、错项或结果出现明显偏差。

（3）血液成分发放错误、不合格血液成分误发到临床。

（4）回答问题不专业、解释说明工作不到位等。

（三）投诉的受理

1. 实验室所有工作人员均有责任和义务接受服务对象以口头、书面、电话、信件、电子邮件形式的投诉。实验室质量管理小组应对服务对象公布投诉接收方式，包括咨询电话、电子邮件地址、办公所在地址。如接收投诉方式发生变更，应立即通知服务对象。

2. 利用各种机会定期向服务对象发放《满意度调查表》，以收集服务对象的反馈意见。

3. 接受投诉的工作人员应及时将投诉的内容形成《投诉登记表》，并提交质量管理小组进行处理。

（四）投诉的处理

投诉受理后，科室主任和（或）质量主管应及时与相关责任部门负责人和（或）相关责任人员联系，通过调查核实，分析研究，确定投诉性质是有效或是无效，然后依据情况采取具体措施。投诉处理流程见图 10-1。

1. **有效投诉的处理**

（1）实验室受理或发现投诉后应在 3 个工作日内对投诉做出答复。紧急投诉应在 1 小时内作出答复。

（2）当服务对象对检验结果的正确性有异议，并各执己见时，可通过双方共同协商选择有资格的第三方进行仲裁检验，以求达成共识。

（3）由于仪器故障等原因影响检验进度，导致报告时间超过约定时限而引起的投诉，责成责任人或责任专业组向投诉人说明原委，并承诺最迟报告时间，想办法尽快为其完成检验。

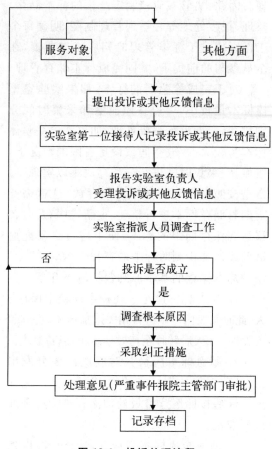

图 10-1　投诉处理流程

（4）检验报告内容与原申请检验项目不符，如漏检或错检指标，责成责任人或责任专业组立即为其补检，收回原报告单，发出更改后的检验报告单，并向投诉者道歉。

（5）因实验室工作人员服务态度而导致服务对象向医院管理部门提出的投诉，实验室负责人应及时向被投诉人或相关人员了解情况，并做好相应记录。实验室负责人及时与服务对象进行沟通并作出相应处理，对当事人的处理意见和改进措施等内容写入《投诉处理报告》中。

（6）当投诉是针对或涉及质量管理体系的适应性、有效性，甚至提出质量体系与认可准则不符，经查证质量体系确实存在重大问题时，应组织实验室相关人员进行附加审核，以完善质量管理体系，提高其适应性和有效性。

（7）重大过失、医疗差错或事故所致投诉（如外界新闻媒体的报导）的受理，应首先报告医院主管部门，必要时应先请医院院领导指示后，实验室负责人按指示执行。

2. **无效投诉的处理**　对于经调查为非工作失误所致服务对象的投诉，或实验室本身工作无明显瑕疵，而是来自服务对象其他方面的期望、要求没有得到满足而产生的投诉时，则应视为无效投诉。实验室处理无效投诉时应该坚持有则改之，无则加勉的基本原则，耐心向投诉者作好解释工作，并应表示希望服务对象继续多提宝贵意见。

所有投诉的受理资料或其反馈意见、处理过程及最终结果应由责任组长记录、整理并归档，交实验室资料管理员保管。实验室应认真、积极对待每一个投诉事件，切实做好投诉处理的记录和保存工作，不断完善自身的质量管理体系，提高整体服务质量和水平。

第四节　检验后标本的储存

所有完成输血相容性检测的受检者标本，包括供者标本、受者标本以及一般健康查体者标本，都需要进行一定时间的保存。保存条件应能使保存后标本的检验结果与初次检验结果具有可比性。

一、标本储存的主要目的

检验后标本储存的主要目的是为了必要时的复查。对于输血相容性检测标本而言，大多数检验项目只进行一次测定或一批次测定,例如 ABO 血型鉴定通常由两名工作人员共同完成或在同一时间段分别完成,检验结果只能反映该次标本的指标水平,检验报告仅对本次送检标本负责。当临床医生或患者对检验结果提出质疑时,只有对原始样本进行复检,才能说明初次检验是否有误,实验室是否存在过失。因此,必须对检验后标本进行规范、合理地储存。

输血相容性检测中的交叉配血试验经常需要进行追加试验,而《临床输血技术规范》明确规定:受血者配血试验的血标本必须是输血前 3 天之内的。这就说明对于一般受血患者,在 3 天之内重复输血的,可以使用同一标本进行交叉配血试验。使用 3 天之内的旧标本可以减少反复采集血液标本给患者带来痛苦、节约相关开支,因此,对于患者交叉配血标本应该进行妥当保存,以备追加试验时使用。但是,对于一些特殊、疑难配血患者,例如短期内大量输血、免疫功能紊乱、产生自身抗体或同种抗体等患者,应避免使用旧标本,每次进行交叉配血时都应使用新采集的标本,以反映当时受血者体内的免疫学状态,确保交叉配血结果的准确性,从而保障输血安全。

二、标本储存的基本原则

由于进行输血相容性检测的患者或献血员标本经常需要进行重复检验或追加检验,导致不同采集时间的血液标本同时存在,相同采集时间的标本在不同时间进行检验后处理。因此,实验室应该制定严格的标本储存、整理、报废处理等一系列管理制度,明确每个工作岗位对于标本管理的相应工作职责,在全员参与的前提下,共同完成标本储存管理。

对于完成检验后的标本,如果实验室整体标本量较小,可以按照血型和采集时间分别放置,定期进行报废处理;如果实验室整体标本量较大、存放空间或设备有限的情况下,按血型、采集时间进行分类存放难以实现,通常是按照采集时间顺序集中存放,这就需要定期对储存标本进行整理、重新排序,及时转移达到保存期限的标本,便于进行交叉配血试验或追加检测时标本的查找。

标本储存的基本原则包括以下几条:

1. 患者标本应至少在标本冰箱中保存 3 天,此时间段内可以进行相关追加试验(特殊患者除外),3 天后转移至待处理冰箱,以备复查。

2. 献血标本应待其对应血液成分发出后,转移至待处理标本冰箱,以备复查,储存满 7 天后按照医疗垃圾处理流程进行处理并做好登记。

3. 所有全血标本都应在 $2 \sim 8 ℃$ 温度条件下保存,保存期限总和(包括检验前、中、后 3 个阶段)不得少于 7 天。

4. 对于一些特殊标本,例如亚型、特殊抗体等标本,可以将红细胞与血浆(或血清)分离后,分别低温冻存,以备将来复查或科学研究之用。

(马春娅 于 洋 张晓娟)

参 考 文 献

[1] 李萍.临床实验室管理学.北京:高等教育出版社,2006:126-133.

[2] 王大建,王惠民,侯永生.临床实验室管理学.2版.北京:科学技术出版社,2009:96-99.

[3] 丛玉隆,王前.临床实验室管理.2版.北京:中国医药科技出版社,2010:113-123.

[4] 中华人民共和国卫生部.医疗机构临床实验室管理办法(2006).

[5] 中华人民共和国卫生部.临床输血技术规范.(2000).

[6] International Organization for Standardization (ISO). Medical Laboratories-Particular Requirements for Quality and Competence. Geneva, Switzerland:ISO15189:2007.

第11章 输血相容性检测实验室认可

一、实验室认可的定义

(一)实验室认可

实验室认可(laboratory accreditation)是指权威机构对检测或校准实验室及其人员是否有能力进行规定类型的检测和(或)校准所给予的一种正式承认。通过实验室认可能够促进实验室检测能力得到相互承认,实验室通过制定和执行标准的实验室操作规程、参与各个检验项目能力比对计划,提高检测或校准数据的可信度,从而减少不必要的重复检验,提高实验室资源的利用率。目前国际上大多数国家的实验室认可机构主要依据《检测和校准实验室能力的通用要求》(ISO/IEC 17025:2005)对一般实验室开展认可活动,而对于医学(或临床)实验室一般采用《医学实验室质量和能力认可准则》(ISO 15189:2007)开展认可活动。美国病理学家学会(college of American pathologists,CAP)也是国际上最具权威的临床实验室认可机构之一,还是世界上最大的室间质量评价服务机构之一,其主要对全球范围的临床检验和病理学实验室进行实验室认可。目前全球通过CAP认可的实验室大部分在美国,亚洲地区的日本、新加坡、台湾地区、香港地区和中国大陆也有多家临床实验室通过了CAP认可。

(二)认可与认证

1. 认可(accreditation) 是由权威机构对某一机构或人员有能力完成特定任务作出正式承认的程序。《合格评定-认可机构通用要求》(ISO/IEC 17011:2004)中对认可给出了如下定义:正式表明获准认可机构具备实施特定合格评定工作的能力的第三方证明。

2. 认证(certification) 则是第三方对产品、服务、过程或质量管理体系符合规定要求做出书面保证的程序。

3. 认可与认证的区别

(1)认证是由第三方机构来完成的,这种机构通常称为"认证机构",它可以是一个经过注册的商业机构、公司。而认可是由"权威机构"组织完成的。"权威机构"是指具有法律上的权利和权力的机构,既可以是政府职能部门,也可以是政府授权的相关组织,在中国权威机构就是指中国合格评定国家认可委员会(CNAS)。

(2)取得认证资格,证明机构具有一个有效的质量或环境管理体系,但并不足以说明机构出具的测试结果具有技术可靠性,认证不适用于医学实验室和检验机构,但是认证可以应用于医疗机构如医院的整个质量管理体系。医学实验室一般进行认可活动。

(3)认证评价的对象是产品、过程或服

务,而认可评价的对象是实施认证、检测或校准的机构或人员。

(4)认证通常是由第三方认证机构颁发认证证书,使外界相信经过认证的产品、过程或服务符合规定的要求。而认可则是给予一种正式承认,说明经过权威部门批准有能力和资质从事某项活动。

二、医学实验室认可的意义

随着中国经济水平的不断提高,社会保障体系和医疗体系的不断完善,私立医院、外资医院和独立实验室作为新的医疗个体参与医疗、保健市场的竞争,医学实验室面临着越来越大的市场压力。公众对医学实验室检验服务质量要求越来越高,对于医院、实验室的选择更为灵活。这些改变就要求医学实验室不断提高自身的技术能力、检验结果的准确性和有效性。通过医学实验室认可,能够规范实验室的质量活动,提高实验室的管理水平和技术能力,对于医学实验室的生存和发展具有重大意义,具体表现在以下几个方面。

1. 通过医学实验室的认可,可以建立或完善质量管理体系,提高医学实验室质量管理水平,减少可能出现的质量风险和实验室的责任,平衡实验室与患者之间的利益。

2. 通过使用 CNAS 授权认可标志,可以提高政府和公众对认可实验室的信任度。ISO15189:2007 其实质是医学实验室检验/校准质量风险的控制要求。严格执行相关规定,实验室的检验/校准质量就能够得到保证,从而提升实验室形象,扩大检验市场份额,同时增加社会效益和经济效益。

3. 通过医学实验室认可,可以消除国际交流中的技术壁垒,互认检测结果,促进国内医学实验室与国际接轨。我国认可的实验室出具的检验/校准数据能够得到国际社会的承认,表明实验室具备了按国际认可准则开展检测的技术能力,在认可范围内使用 CNAS 标志并列入《国家认可实验室目录》,提高其自身社会知名度。

4. 通过医学实验室认可,使检验工作更加条理化,改善内部管理,提高工作效率。

5. 通过医学实验室认可,不仅能够加强对检验过程的控制,提高检验工作质量,还能够改善服务质量,提高服务对象的满意度水平,促进员工综合素质的提高。

第二节 实验室认可发展简史

一、实验室认可的产生与发展

(一)实验室认可的产生

20 世纪 40 年代,英联邦成员国澳大利亚由于缺乏统一的检测标准和技术,无法在第二次世界大战中为英国提供军火供应,促使澳大利亚在 1947 年成立了世界上第一个国家实验室认可机构即澳大利亚国家检测机构协会(national association of testing authorities, NATA)。1966 年英国工贸部建立了英国校准服务局(British calibration service, BCS),1985 年英国将 BCS 与国家检测实验室认可体系(national testing laboratory accreditation system , NATLAS)合并为英国实验室国家认可机构(the national measurement accreditation service, NAMAS),1995 年英国政府为了同意认可机构管理,又将 NAMAS 与英国国家认证机构认可委员会(the national accreditation council for certification bodies, NACCB)合并为英联邦认可机构(United Kingdom accreditation service, UKAS)。20 世纪 70 年代以后,为了

适应国际贸易的发展,欧洲各国、美国、加拿大、新西兰、东南亚诸国家以及中国相继成立了国家实验室认可机构,实验室认可活动进入了快速发展时期。

(二)实验室认可合作机构的发展

随着各国实验室认可制度和相关机构的不断建立,国家、地区之间实验室认可机构的协调问题逐步引起人们的关注。为实现检测和校准结果在认可实验室之间的互认性,促进各国认可机构之间的协作,消除国际贸易中的技术壁垒,区域性和国际性的实验室认可合作组织应运而生。

亚太实验室认可合作组织(Asia pacific laboratory accreditation cooperation,APLAC),成立于 1992 年,其秘书处设在澳大利亚的 NATA,是一个地区实验室认可合作组织。其成员由环太平洋国家和地区的实验室认可机构和主管部门组成。APLAC 的主要目标是在亚太地区内为实验室认可机构提供信息交流、能力验证、人员培训和文件互换等合作。APLAC 的长远目标是达成成员之间的互认,实现与相应的区域性组织之间的互认,从而达成多边互认协议。1995 年 4 月,在印度尼西亚召开的第六次 APLAC 会议上,原中国国家进出口商品检验实验室认可委员会(CCI-BLAC)和原中国实验室国家认可委员会(CNACL)作为 16 个成员之一,首批签署了 APLAC 的认可合作谅解备忘录。

欧洲是实验室认可活动开展最早、发展最快的地区。20 世纪 70 年代初,在欧洲出现了区域性的实验室认可合作组织,经过不断地发展,1994 年 5 月,西欧校准合作组织(western European calibration cooperation,WECC)与西欧实验室认可合作组织(western European laboratory accreditation cooperation,WELAC)合并成立了欧洲实验室认可合作组织(European cooperation for accreditation of laboratories,EAL)。1997 年 EAL 又与欧洲认证组织(European accredi-tation of certification,EAC)合并组成欧洲认可合作组织(the European accreditation,EA)。

国际实验室认可合作组织(international laboratory accreditation cooperation,ILAC)的前身是 1978 年产生的国际实验室认可大会(international laboratory accreditation conference,ILAC),其宗旨是通过提高对获认可实验室出具的检测和校准结果的接受程度,促进国际贸易方面建立国际合作。1996 年 ILAC 成为一个正式的国际组织,其目标是在能够履行这项宗旨的认可机构间建立一个相互承认的协议网络。ILAC 目前有 100 多名成员,分为正式成员、协作成员、区域合作组织和相关组织等。

ILAC 目标包括:①研究实验室认可的程序和规范;②推动实验室认可的发展,促进国际贸易;③帮助发展中国家建立实验室认可体系;④促进世界范围的实验室互认,避免不必要的重复评审。

ILAC 多边承认协议的作用是通过建立相互同行评审制度,形成国际多边互认机制,并通过多边协议促进对认可的实验室结果的利用,从而减少技术壁垒。截止 2006 年,包括我国在内的 54 个实验室认可机构成为国际实验室认可合作组织的正式成员,并签署了多边互认协议,为逐步结束国际贸易中重复检测的历史,实现产品"一次检测、全球承认"的目标奠定了基础。2002 年世界标准日的主题就是"一个标准、一次检验、全球接受。"

区域性的和国际性认可组织的目标是促进各国机构的认可,交流信息和经验,在技术上寻求更多合作,制定指南文件,协调运作等。所有这些工作都是为了协调对体系的相互承认,既包括对实验室的运作,也包括对认可机构的协调。这些认可组织为了实现互认制定相互承认协议。签订协议就是证明运作的等同性,不论认可机构是政府性的还是私人的,都要求按 ISO/IEC 导则 58 运作;签订互认协议的认可机构还要证明运作的有效性,以保证其认可的实验室的能力是符合 ISO/IEC 17025 的要求的。所谓互认就是承认对方等同于自己的体系,各签约方都等同地接受其他机构发出的证书,这是互认的主要原则。当然签约的各方有义务保证体系不断按标准运作;有义务参加技术活动,如实验室间比对和能力验证计划;有义务促进证书/报告的国际承认,例如中国 CNAS 和澳大利亚 NATA 都是 ILAC 的互认成员,NATA 认可的实验室签发的证书流通到中国,CNAS 就应承认其证书,反之 NATA 也应承认 CNAS 的认可结果。

二、中国实验室认可活动的发展历程

20 世纪 80 年代初期,随着中国改革开放及经济体制的逐步转变,流通领域日益活跃,实验室的检测和校准质量逐步引起人们的重视,由原国家标准局负责全国质检机构的规划建设和考核工作,并开始关注国际上实验室认可的相关活动,并由原国家标准局和原国家进出口商品检验局共同派人参加了在法国巴黎召开的国际实验室认可合作委员会(ILAC),并根据 ILAC 的宗旨和目的逐步建立了实验室认可体系,以满足全国质检机构的考核工作和质量许可制度下检测实验室能力的检查评定工作。

1994 年 9 月 20 日原国家技术监督局依据 ISO/IEC 导则 58 成立了中国实验室认可委员会(CNACL),中国实验室认可活动开始逐步与国际接轨。1999 年 CNACL 接受由美国、新西兰、新加坡和马来西亚四国专家组成的评审组的评审,并最终顺利通过评审,中国实验室认可工作得到了国际组织的认可。2002 年 7 月 4 日 CNACL 与中国国家进出口商品检验实验室认可委员会(CCIBLAC,1996)合并成立了中国实验室国家认可委员会(China national accreditation board for la-

boratories,CNAL)。CNAL 从 2004 年 7 月 1 日开始受理依据 ISO15189 的认可申请,中国人民解放军总医院临床检验科于 2005 年 6 月通过了 CNAL 组织的专家现场评审,成为我国第一家依据 ISO15189 准则申请认可的医学实验室。

2006 年 3 月 31 日,国家认监委决定将 CNAL 与中国认证机构国家认可委员会(CNAB)、中国认证人员与培训机构国家认可委员会(CNAT)三个认可委员会合并,成立了中国合格评定国家认可委员会(China national accreditation service for conformity assessment,CNAS),统一负责对认证机构、实验室和检查机构等认可工作,并于 2006 年 7 月 1 日开始正式运行。2009 年 9 月解放军总医院输血科作为全国第一家输血科实验室向 CNAS 提交依据 ISO15189 准则的认可申请,2009 年 12 月中旬通过专家现场评审,2010 年 4 月正式通过 CNAS 认可。截止至 2010 年 11 月国内通过 CNAS 认可的医学实验室已达 71 家。

(一)我国与 APLAC 的有关活动情况

1993 年始,我国开始派代表参加 APLAC 会议。

1995 年 4 月包括原中国实验室国家认可委员会(CNACL)和原中国国家进出口商品检验实验室认可委员会(CCIBLAC)在内的 16 个实验室认可机构首批签署了"亚太实验室认可合作组织"的谅解备忘录,成为 APLAC16 个创始成员之一的第一批正式全权成员。

1999 年 12 月 CNACL 签署了 APLAC 实验室(包括检测和校准)互认协议。

2001 年 10 月 CCIBLAC 签署了 APLAC 实验室(包括检测)互认协议。

2004 年 4 月原中国实验室国家认可委员会(CNAL,在原 CNACL 和 CCIBLA 合并基础上于 2002 年 7 月成立)续签了 APLAC 实验室(包括检测和校准)互认协议。

2004 年 12 月 CNAL 签署了 APLAC 检查机构互认协议。

(二)我国参与 ILAC 的有关活动情况

1996 年 9 月包括原中国实验室国家认可委员会(CNACL)和原中国国家进出口商品检验实验室认可委员会(CCIBLAC)在内的 44 个实验室认可机构签署了正式成立"国际实验室认可合作组织"的谅解备忘录,成为 ILAC 的第一批正式全权成员。

2000 年 11 月和 2001 年 11 月,原 CNACL 和 CCIBLAC 分别签署了 ILAC 多边互认协议。

2003 年 2 月原中国实验室国家认可委员会(CNAL,2002 年 7 月在 CNACL 和 CCIBLAC 合并基础上成立的国家认可机构)续签了 ILAC 多边互认协议(MRA)。

2006 年 3 月,CNAS 取代原中国实验室国家认可委员会(CNAL)继续保持我国认可机构在 APLAC 和 ILAC 中实验室认可多边互认协议方的地位。

三、中国合格评定国家认可委员会

中国合格评定国家认可委员会(CNAS)是根据《中华人民共和国认证认可条例》的规定,由国家认证认可监督管理委员会(CNA-CA)批准设立并授权的国家认可机构,统一负责对认证机构、实验室和检查机构等相关机构的认可工作。

(一)组织机构

包括全体委员会、执行委员会、认证机构技术委员会、实验室技术委员会、检查机构技术委员会、评定委员会、申诉委员会、最终用户委员会和秘书处。中国合格评定国家认可委员会委员由政府部门、合格评定机构、合格评定服务对象、合格评定使用方和专业机构与技术专家 5 个方面,总计 65 个单位组成。

秘书处为认可委员会的常设执行机构,设在中国合格评定国家认可中心,为认可委员会的法律实体,负责开展认可委员会的日常工作,对认可委员会的工作承担法律责任。

(二)宗旨

推进合格评定机构按照相关的标准和规范等要求加强建设,促进合格评定机构以公正的行为、科学的手段、准确的结果有效地为社会提供服务。

(三)主要任务

1. 按照我国有关法律法规、国际和国家标准、规范等,建立并运行合格评定机构国家认可体系,制定并发布认可工作的规则、准则、指南等规范性文件。

2. 对境内外提出申请的合格评定机构开展能力评价,作出认可决定,并对获得认可的合格评定机构进行认可监督管理。

3. 负责对认可委员会徽标和认可标志的使用进行指导和监督管理。

4. 组织开展与认可相关的人员培训工作,对评审人员进行资格评定和聘用管理。

5. 为合格评定机构提供相关技术服务,为社会各界提供获得认可的合格评定机构的公开信息。

6. 参加与合格评定及认可相关的国际活动,与有关认可及相关机构和国际合作组织签署双边或多边认可合作协议。

7. 处理与认可有关的申诉和投诉工作。

8. 承担政府有关部门委托的工作。

9. 开展与认可相关的其他活动。

第三节　实验室认可程序及相关标准

1999 年 12 月,ISO 和国际电工委员会　(IEC)共同发表了 ISO/IEC17025《检测和校准实验室能力的通用要求》作为通用实验室认可的基本准则,包括医学实验室在内的各行业的实验室开始了实验室的认可工作。2002年8月1日中国实验室国家认可委员会(CNAL)发布CNAL/AC01:2003《检验和校准实验室认可准则》(等同采用了ISO/IEC17025:1999)并于2003年9月1日正式实施。ISO和IEC于2005年5月15日联合发布了《检测和校准实验室能力的通用要求》第2版(ISO/IEC17025:2005),取代该标准的第1版(ISO/IEC17025:1999)。CNAL已于2005年9月1日正式颁布实施新版CNAL/AC01:2005《检验和校准实验室认可准则》(该准则等同采用了ISO/IEC17025:2005),取代CNAL/AC01:2003,用于实验室认可。

2003年2月,ISO又发布了《医学实验室-质量和能力的专用要求》(ISO15189:2003),成为医学实验室认可的专用准则。CNAL2004年5月发布公告,ISO/IEC17025和ISO15189均可作为医学实验室认可的准则,由申请认可的单位根据客户的要求和自身的需要决定,已通过ISO/IEC17025认可的医学实验室,也可以转化为ISO15189的认可,但要符合ISO15189的要求。2007年ISO对2003年发布的ISO15189《医学实验室-质量和能力的专用要求》进行了修订,CNAS于2008年6月16日发布了CNAS-CL02《医学实验室质量和能力认可准则》,等同采用ISO15189:2007。

一、CNAL/AC01:2005《检测和校准实验室能力认可准则》(ISO/IEC17025:2005)

(一)背景

本准则等同采用ISO/IEC17025:2005《检测和校准实验室能力的通用要求》,包含了检测和校准实验室为证明其按管理体系运行、具有技术能力并能提供正确的技术结果所必须满足的所有要求。同时,本准则已包含了ISO 9001中与实验室管理体系所覆盖的检测和校准服务有关的所有要求,因此,符合本准则的检测和校准实验室,也是依据ISO9001运作的。

中国合格评定国家认可委员会(CNAS)使用本准则作为对检测和校准实验室能力进行认可的基础。为支持特定领域的认可活动,CNAS还根据不同领域的专业特点,制定一系列的特定领域应用说明,对本准则的通用要求进行必要的补充说明和解释,但并不增加或减少本准则的要求。申请CNAS认可的实验室应同时满足本准则以及相应领域的应用说明。

(二)适用范围

本准则适用于所有从事检测和(或)校准的组织,包括诸如第一方、第二方和第三方实验室,以及将检测和(或)校准作为检查和产品认证工作一部分的实验室。本准则适用于所有实验室,不论其人员数量的多少或检测和(或)校准活动范围的大小。当实验室不从事本准则所包括的一种或多种活动,例如抽样和新方法的设计(制定)时,可不采用本准则中相关条款的要求。

(三)主要内容

本准则的核心内容包括两个部分即第4章"技术要求"和第5章"管理要求"。"管理要求"规定了检测和校准实验室进行有效管理的基本要求,包括组织、管理体系、文件控制、要求、标书和合同的评审、检测和校准的分包、服务和供应品的采购、服务客户、投诉、不符合检测和(或)校准工作的控制、改进、纠正措施、预防措施、记录的控制、内部审核和管理评审共15个方面;"技术要求"规定了对检测和校准实验室所从事工作应具备的技术能力要求,包括总则、人员、设施和环境条件、检测和校准方法及方法的确认、设备、测量溯源性、抽样、检测和校准物品的处置、检测和校准结果质量的保证、结果报告共10个方面。

二、CNAS-CL02:2008《医学实验室质量和能力认可准则》(ISO15189:2007)

(一)背景

医学实验室提供的检测服务是对患者进行医疗保健的基础,因而应满足所有患者及负责患者医疗保健的临床人员之需求。这些服务包括受理申请,患者准备,患者识别,样品采集、运送、保存,临床样品的处理和检验及结果的确认、解释、报告以及提出建议。此外,还应考虑医学实验室工作的安全性和伦理学问题。在国家法规许可的前提下,期望医学实验室的服务包括对会诊病例的检查以及除诊断和患者管理以外,积极参与疾病预防。

(二)适用范围

本准则规定了 CNAS 对医学实验室质量和能力进行认可的专用要求,包含了医学实验室为证明其按质量体系运行、具有技术能力并能提供正确的技术结果所必须满足的要求,其内容等同采用 ISO15189:2007。本准则适用于医学实验室服务领域内现有的所有学科,在其他服务领域和学科内的同类工作也可适用。输血相容性检测实验室应在本准则适用范围之内。

(三)主要内容

本准则的核心内容包括两个部分即第 4 章"技术要求"和第 5 章"管理要求"。"管理要求"规定了实验室进行有效管理的基本要求,包括组织、管理体系、文件控制、合同评审、委托实验室的检验、外部服务和供应、咨询、投诉的处理、不符合的识别和控制、纠正措施、预防措施、持续改进、质量和技术记录、内部审核和管理评审共 15 个方面;"技术要求"规定了对实验室所从事工作应具备的技术能力要求,包括人员、设施和环境条件、实验室设备、检验前程序、检验程序、检验程序的质量保证、检验后程序、结果报告共 8 个方面。

三、CNAS-GL14:2007《医学实验室安全应用指南》

国家对医学实验室安全的要求和标准主要包括 GB19781:2005《医学实验室-安全要求》(等同采用 ISO15190:2003)和 GB19489:2004《实验室生物安全通用要求》。本文件是基于 GB19781:2005 和 GB19489:2004 中适用于医学实验室的安全要求而制定的通用指南。医学实验室根据其活动范围,可能仅需满足本指南的部分内容。本指南的目的在于帮助申请质量和能力认可的医学实验室准备和符合与其工作范围相关的安全要求。评审员也可依据此文件理解医学实验室应满足的安全要求。本指南包括以下 21 个部分内容。

1. 风险程度分级。
2. 实验室生物安全水平分级。
3. 风险评估。
4. 实验室设计要求。
5. 医学实验室设施要求。
6. 医学实验室安全管理要求。
7. 员工、程序、文件、检查和记录。
8. 危险标志。
9. 职业性疾病、伤害和不利事件报告/记录。
10. 培训。
11. 个人责任和安全工作条例。
12. 服装和个人防护装备。
13. 急救和紧急措施。
14. 良好的内务管理。
15. 气溶胶、生物安全柜及化学安全罩。
16. 化学品安全(包括气体和液态氮)。
17. 放射安全。
18. 防火安全。
19. 电气设备。
20. 样本的运送。
21. 废弃物处置。

四、CNAS-CL32：2007《医学实验室质量和能力认可准则在输血医学领域的应用说明》

输血医学是 CNAS 对医学实验室的认可领域之一。本文件是 CNAS 根据临床输血医学的特性而对 CNAS-CL02：2008《医学实验室质量和能力认可准则》所作的进一步说明，并未增加或减少该准则的要求。本文件的条款编号同 CNAS-CL02：2008《医学实验室质量和能力认可准则》的相应条款编号。由于仅对需说明的条款进行了说明，故章节号是不连续的。本文件应与 CNAS-CL02：2008《医学实验室质量和能力认可准则》同时使用。适用时，还应符合 CNAS-RL05：2006《实验室生物安全认可准则》以及国家法规和标准（如 GB19781：2005《医学实验室-安全要求》)的要求。

第四节　输血相容性检测实验室的认可特点

一、认可特点

输血相容性检测实验室与一般临床（或医学）实验室比较，有一个显著的特点就是其核心工作由两个部分组成，即检验工作（主要是指输血相容性检测）和血液成分管理工作（临床发血）。而实验室认可关注的内容主要是与检验工作相关的内容、环节、因素，包括检验前、检验中、检验后整个过程中与检验相关的质量和能力，血液成分管理并不在实验室认可关注范围之内。

正是由于输血相容性检测实验室的这个特点，给许多从事输血工作的人们带来困惑，输血相容性检测实验室到底适合开展实验室认可工作吗？答案当然是肯定的。按照临床（或医学）实验室的定义，输血相容性检测实验室完全属于临床（或医学）实验室范畴，其开展的检验工作完全适合进行实验室认可。那么，对于实验室的血液成分管理工作如何处理呢？是不是需要再单独建立一个管理体系？其实根本没有那个必要。实验室在构建质量管理体系时，完全可以把血液成分管理工作纳入其中，制定相应体系文件时可以参照检验工作的模式进行操作。CNAS 在 2007 年 04 月 16 日专门发布了 CNAS-CL32：2007《医学实验室质量和能力认可准则在输血医学领域的应用说明》，用于指导输血相容性检测实验室开展实验室认可工作。对于实验室认可主管部门（CNAS）而言，在对输血相容性检测实验室进行认可时，只会关注、评审与检验相关的内容，不会对血液成分管理相关的内容进行评审，只要是质量体系中关于检验的内容完整、符合认可规范的要求即可。

二、认可存在的主要困难

国内输血相容性检测实验室整体起步较晚，软件、硬件建设与其他临床实验室比较存在较大差距，具体表现在几个方面：

1. 学科发展迅速，但缺乏专业化的技术和管理人才。

2. 硬件建设相对落后，自动化、信息化、规范化管理水平低。

3. 检验项目相对较少，手工操作所占比重大。

4. 质量体系建设不完善，缺乏符合实际情况的质量管理目标。

5. 室间质量评价处于起步阶段，需要进一步完善和推广。

6. 室内质量控制基本处于空白状态，急需建立行业标准。

上述几个方面在国内输血相容性检测实验室中都不同程度的存在，为其开展实验室认可工作带来了一些实际困难和障碍。但是，我们要清楚进行实验室认可、建立完善的质量管理体系对于提高输血相容性检测实验室的检验能力、管理和保障水平的重大意义。对于大多数尚不具备认可条件的实验室，我们要树立实验室质量管理的全新理念，即使目前无法进行实验室认可，至少可以按照《医学实验室质量和能力认可准则》中的相关要求，逐步健全自身的质量管理体系，不断提高自身能力和水平；对于少部分大型实验室，应在查找自身实验室存在的不足和差距以后，努力提高实验室的软件和硬件建设水平，进一步完善质量管理体系，尽快达到实验室认可的标准。

第五节　输血相容性检测实验室认可过程

实验室认可是一项复杂的系统工程，进行认可工作的实验室管理层要求熟悉、掌握实验室认可的相关要求、步骤和具体流程，要进行精心、细致地准备和周密地部署，才能保证后续的相关工作得以顺利开展，最终使认可得到批准。

一、认可准备

（一）统一思想、做好动员

目前国内进行实验室认可不是国家或行业的强制标准，完全是实验室为提高自身检验能力和管理水平而进行的一种自愿行为。科室主任、实验室管理层应首先统一思想，深入了解进行 ISO15189 认可的目的和长远意义，同时还要进行全员教育和广泛动员，只有保证全员参与和重视，才可能保证质量管理体系运行持续符合要求并不断得到改进。

（二）学习文件、构建体系

组织所属人员认真学习 CNAS 颁布的与医学实验室认可相关的政策、规定、标准等文件资料，例如 CNAS-CL02：2008《医学实验室质量和能力的认可准则》（ISO 15189：2007）、CNAS-CL32：2007《医学实验室质量和能力认可准则在输血医学领域的应用说明》、GB/T19023-2003《质量管理体系文件指南》等，指导实验室按照规范的程序编制质量手册、程序文件、作业指导书和各种记录表单，构建完整的质量管理体系文件。构建体系文件不是把实验室一直使用的文件、规章制度或程序全部废除重新建立，而是应参照 ISO15189 的相关要求，结合实验室现有的工作流程，对现有文件体系进行补充、修改、完善、整合，构建完整的质量管理体系文件。

（三）完善硬件设施、做好技术准备

对照《医学实验室质量和能力的认可准则》中关于场地、环境、设施要求，并考虑实验室未来发展的需要，对于实验室原来不合理的、不完善的设施、设备条件进行更新、改造；做好标本采集与处理、室内质量控制、室间质量评价、仪器性能验证、仪器性能比对等一系列检验前、中、后重要技术环节的准备工作。

（四）体系试运行

质量管理体系建立以后，要开始试运行至少半年时间，并参考 CNAS-GL12：2007《实验室和检查机构内部审核指南》的相关要求进行一次完整的内部审核和管理评审。根据内部审核和管理评审的结果决定是否向 CNAS 提出正式认可申请。

二、提出申请与受理

（一）认可申请的受理条件

按照 CNAS-WI14-03A1《医学实验室认

可评审工作指导书》的要求,提出认可申请应满足以下基本条件:

1. 申请方具有明确的法律地位,可依法从事所申请认可范围内的相关活动。

2. 按 CNAS-CL02:2008《医学实验室质量和能力认可准则》及相关政策建立质量管理体系并至少运行 6 个月。

3. 至少进行一次完整的管理评审和内部审核。

4. 有能力从事所申请认可范围内的相关活动。

5. 以申请日期为截止日期,1 年内至少参加 2 次 CNAS 承认的能力验证活动或实验室间比对,且结果满意或对不满意结果已进行了有效整改。

6. 具备 3 个月内接受现场评审的条件。

7. 按要求提交全部认可申请相关的资料并缴纳认可申请费。

(二)认可申请应提交的相关材料清单

1.《医学实验室质量和能力认可申请书》

2. 附表

(1)实验室申请认可的检验能力范围(中文)。

(2)实验室申请认可的检验能力范围(英文)。

(3)实验室人员一览表。

(4)实验室需检定/校准的仪器设备一览表。

(5)实验室参加能力验证/实验室间比对情况一览表。

(6)申请授权签字人一览表。

(7)授权签字人申请表。

(8)实验室自我核查表。

3. 其他文件资料

(1)实验室或其所在机构的法人证书、组织机构代码证、执业许可证及执业范围复印件。

(2)实验室现行有效的质量手册和程序文件。

(3)实验室平面图、质量体系组织机构图、检验申请单、检验报告、样本采集手册、所提供检验项目的生物参考区间、危机值和报告时间一览表、所提供检验项目/参数的量值溯源性一览表。

(4)检测系统/方法的分析性能验证报告(适用时,至少对制造商等提供的检测系统/方法的准确度、精密度和可报告范围进行验证,还可能包括灵敏度、特异性等)。

(5)检测系统/方法的日常质量控制方案(包括校准、校准验证、内部质控、外部质控、试剂要求、仪器维护等,至少应遵循制造商的建议)。

(6)生物参考区间、危机值的评审报告(至少说明来源、适用人群)。

(7)实验室风险评估报告(包括可能的生物、化学、放射等危险因素的来源、暴露途径、剂量、危害和实验室采取的预防及控制措施等)。

(8)实验室其他相关报告(包括对所提供检验服务的合同评审报告、不同岗位的人员培训与能力评估报告、内部审核报告、管理评审报告等)。

(9)实验室简介,包括约 5 分钟的视频资料(至少包括实验室、检验前程序、检验程序和检验后程序的简介)。

(三)认可申请受理过程

1. 程序性审查 CNAS 综合协调员负责审查申请资料的完整性和确认申请方是否缴纳申请费,在 10 个工作日内确定是否满足申请条件。缺少或不完整的部分应通知申请方进行补充、修改,确保所接受的资料完整、齐全。综合协调员应填写《认可流程单》,按 CNAS 的规定,赋予申请方编号,在确认申请机构已经交纳申请费的情况下,将全部申请材料移交处长。

2. 风险识别 认可申请受理业务处处长应在 10 个工作日内对申请材料进行风险识别,然后移交领域主管。当识别为高风险项目时,应进行初步文件评审。当文件评审发现不符合受理条件时,不予受理,发出《认可申请受理情况通知书》。

3. 初步技术性审查

(1)领域主管在收到申请材料后应对其进行初步技术判断,在 5 个工作日内指定项目负责人对申请方递交的申请资料进行初步技术性审查,以确定是否可受理申请。初步技术性审查范围包括申请资料是否完整和符合要求、申请方依法从事所申请认可范围内的相关活动的证明是否齐备、申请范围是否在 CNAS 的认可能力范围之内、申请资料是否存在明显错误等。项目负责人负责与申请方沟通,澄清并解决有疑问的申请材料。通过初步技术性审查后,可以正式受理申请。

(2)项目负责人应在 5 个工作日内进行合同评审,确认申请认可的领域在 CNAS 的能力范围之内,并且具备在 3 个月内实施初次评审的能力(申请人造成的延误除外),在通过技术性审查后,可以正式受理申请,经领域主管审核,处长批准后,发出《认可申请受理情况通知书》;项目负责人对申请内容有疑问时,应向申请机构询问、澄清或向其发出《申请认可材料的规范性审查意见通知单》,并加以解决。从申请材料符合要求到发出受理通知书一般应在 7 个工作日内完成。如果是 CNAS 新的认可领域或在 3 个月内无法实施初次评审,应不予受理,并报告领域主管,经处长批准后,发出《认可申请受理情况通知书》。

4. 初访　当不能通过提供的申请材料确定申请方是否满足受理要求时,可在征得申请方同意并经领域主管审核及处长批准后,以初访的形式确定申请方是否具备接受评审的条件。

5. 不予受理　由于申请机构不符合申请受理条件,业务处对认可申请不予受理时,项目负责人应向申请机构发出《认可申请受理情况通知书》。业务处应将全部资料保存

至少 10 个工作日。如果在 10 个工作日内申请机构没有对不予受理的决定提出申诉,认可表受理业务处除保存受理情况通知书、流程单和一份申请书外,其余申请资料退回申请机构。

6. 终止申请

(1)申请机构自愿终止申请时,业务处应将有关材料归还申请机构。

(2)由于申请机构自身的原因,申请机构 1 年内没有获得认可,业务处应自动终止认可活动,并将此情况通知申请机构,相关资料上报评定处归档。

三、组织评审

(一)文件评审

1. CNAS 正式受理实验室的认可申请后,一般应指定评审组长和评审组成员依据各自的专业及评审任务、《医学实验室质量和能力认可准则》及其相关要求,对申请实验室提交的文件进行系统评审。为提高现场评审工作的有效性,项目负责人可安排相关专业人员(非现场评审组成员)对申请实验室提交的文件进行系统评审,并将评审结果书面通知评审组长。

2. 评审组长负责完成文件评审的书面评审报告,填写《认可资料审查通知》并在 20 个工作日内交给项目负责人。文件评审的书面评审报告应详细描述所有评审要点及作必要的说明;对需要在实验室现场进一步核实的内容应详细说明;应详细列出存在的问题、疑问及需要实验室进一步提供的资料。

3. 如实验室提供的文件不满足要求,评审组长应通过项目负责人以书面方式通知实验室增补或更改。只有评审组长认为实验室提供的文件已满足 CNAS-CL02:2008《医学实验室质量和能力认可准则》和相关政策的要求时,方可提出实施现场评审的建议。

(二)预评审

1. 当评审组长有充分理由认为确有必

要安排预评审时,需提交书面申请,项目负责人应与申请机构协商,经领域主管审核,处长批准后进行。

2. 预评审中发现的问题,应提交给实验室;在完成预评审后的 10 个工作日内,评审组长应将《预评审报告》提交项目负责人,并明确说明实验室是否可在短期内接受正式评审。预评审结果不作为评价实验室质量管理体系和技术能力的正式依据,也不作为减少正式评审时间的依据。

3. 预评审人员的旅行及食宿费用由实验室负担,劳务费用由 CNAS 负担。预评审人员不得向实验室提供咨询服务。

(三)现场评审

现场评审策划对评审活动的质量和效率至关重要,是关键环节。评审组长应在文件和相关资料评审的基础上编制《现场评审日程表》,全面、详细策划现场评审活动,内容应包括需要查阅的体系文件资料、实验室场地设施、现场试验(必要时可以进行盲样试验)、考核的人员及岗位等。评审组长须在现场评审前将现场评审策划的记录提交 CNAS 项目负责人。

CNAS 项目负责人根据评审组长的现场评审策划,编制《现场评审计划征求意见函》,明确评审日期及评审组成员,就评审日期等内容与实验室沟通,双方达成一致意见后,由项目负责人下发现场评审通知,内容一般包括:实验室名称、评审类型、评审依据、评审范围、评审时间安排、评审组名单、评审费用、实验室地址及联系人等。

在实施现场评审前,评审组或实验室任何一方提出更改评审计划,应在现场评审前及时通知项目负责人并说明理由及变更方案。评审组长应在现场评审前至少 5 个工作日将《现场评审日程表》通知实验室,评审组长可根据实验室的合理建议调整《现场评审日程表》。

评审组依据《医学实验室质量和能力认可准则》及有关规则、政策和标准对实验室申请范围内的检测活动的质量和能力进行现场评审。评审组长全面负责评审策划及现场评审工作。现场评审活动主要包括:预备会议、首次会议、现场观察、与临床医护人员的座谈会、评审组内部会、与实验室人员的沟通、末次会议等。

(四)跟踪评审

评审组长或其指定的评审员应对实验室针对不符合项采取纠正措施的有效性进行跟踪验证。跟踪验证仅限于核实和确认现场评审中发现的不符合项纠正措施的有效性,一般不扩大评审范围。跟踪评审通常采取审查整改文件和(或)现场评审的方式。

(五)提交评审报告

现场评审结束后,评审组长应在规定时间内依据《现场评审资料汇总表》的相关内容报送所有评审材料,并同时提交电子版本的评审报告正文及附表。对实验室整改情况不是一次性验收合格的,评审组长应在此表中对实验室整改材料的验收过程进行说明,如实验室每次递交整改材料的时间、评审组长退回实验室重新提交材料的原因等。

四、评定批准

(一)评定

CNAS 组织专门的评定工作组,对秘书处提交的评审报告进行评定,参与认可评审过程的人员应回避。评定工作组将针对提交资料与认可规范进行符合性和完整性审查与评价。评定工作组根据评定委员的意见或建议进行研究讨论、表决,形成评定结论至少要获得 2/3 成员的赞成。技术专家意见作为技术依据,但不具有表决权。根据评定结论,评定处直接办理批准手续或经核实后将整改意见反馈给相关业务处。

(二)整改

整改意见可能需要补充评审、现场验证或进行其他整改工作。整改工作具体由相关业务处组织落实,整改工作完成后经评定处审核符合要求后,办理批准手续。

(三)批准

CNAS 秘书长或其授权人负责批准评定工作组的评定结论,签发认可证书。秘书长或其授权人不能更改评定委员会的评定结论,但若发现有不妥之处或疑问,可以暂缓批准,提请评定委员会澄清、修正或重新评定。

（汪德清　于　洋　潘纪春）

参 考 文 献

[1] 王大建,王惠民,侯永生.临床实验室管理学.2版.北京:科学技术出版社,2009:166-178.

[2] 申子瑜,李萍.临床实验室管理学.2版.北京:人民卫生出版社,2008:172-188.

[3] 丛玉隆,王前.临床实验室管理.2版.北京:中国医药科技出版社,2010:226-236.

[4] 丛玉隆,秦小玲,邓新立.现代医学实验室管理与实践.北京:人民军医出版社,2008:221-229

[5] 李天君,赵锋,刘晓丽,等.ISO15189 认可在输血实验室管理中的应用.现代检验医学杂志,2008,23(6):124-126.

[6] 李启欣,李炜煊,林爱珍,等.建立 ISO15189 质量体系,规范实验室管理.现代检验医学杂志,2007,22(4):102-103.

[7] 丛玉隆,邓新立.实验室 ISO15189 认可对学科建设的几点启示.中华检验医学杂志,2007,30(2):128-131.

[8] 曾文珊.实验室认可的发展与现状介绍.广东药学,2005,15(6):60-62.

[9] International Organization for Standardization (ISO). Medical Laboratories-Particular Requirements for Quality and Competence. Geneva, Switzerland:ISO15189:2007.

第12章 输血相容性检测实验室安全管理

随着输血医学的快速发展,输血科(血库)实验室的硬件建设投入逐步加大,各种先进的仪器、设备、试剂及检测方法被引入到实验室日常工作之中,使实验室的检验能力、工作效率及保障能力都得到大幅提高,同时也使整个实验室所面临的生物、化学及物理的潜在危害源增多,安全防护范围及难度加大。实验室安全管理作为整个实验室管理体系的一个重要组成部分越来越受到行业主管部门、实验室管理者及广大从业人员的重视。

输血科实验室在提供快速、准确的检验服务和安全、有效的输血保障服务的前提下,如何做好实验室的安全管理,确保实验室所有工作人员及可能影响到的公众的人身安全已经成为实验室管理过程中必须认真面对的一个问题。近年来,国家、行业主管部门相继颁布了一系列关于临床实验室安全管理的法律、法规,对于输血科实验室安全管理水平的提高发挥了积极的促进作用。

第一节 输血相容性检测实验室潜在危害源

输血相容性检测实验室与一般检验科实验室相比,开展的检验项目数量、标本类型都要少得多,使用的检验技术方法相对简单,但实验室内的工作人员同样要面对可能存在的病原微生物或感染性微生物、各种化学及物理损害的威胁。对于实验室内存在的危害源,通常将其分为生物危害源、化学危害源及物理危害源三大类。

一、生物危害源

世界卫生组织(WHO)出版的《实验室生物安全手册》(2004年,第3版)将感染性微生物的危险度分为以下4个等级。

1. **危险度1级(无或极低的个体和群体危险)** 不太可能引起人或动物致病的微生物。

2. **危险度2级(个体危险中等,群体危险低)** 病原体能够对人或动物致病,但对实验室工作人员、社区、牲畜或环境不易导致严重危害。实验室暴露也许会引起严重感染,但对感染有效的预防和治疗措施,并且疾病传播的危险有限。

3. **危险度3级(个体危险高,群体危险低)** 病原体通常能引起人或动物的严重疾病,但一般不会发生感染个体向其他个体的传播,并且对感染有效的预防和治疗措施。

4. **危险度4级(个体和群体的危险均高)** 病原体通常能引起人或动物的严重疾病,并且很容易发生个体之间的直接或间接传播,对感染一般没有有效的预防和治疗措施。

输血相容性检测实验室的标本类型相对

单一,主要是患者、献血者的血液标本,个别患者需要留取唾液样本,这些标本中可能存在细菌、病毒等病原微生物,这些标本本身及其污染的空间环境可能给每一位操作者带来潜在的生物危害,甚至引发实验室相关感染。实验室相关感染通常是指在试验活动中工作人员及相关人员发生的病原微生物感染。

输血相容性检测实验室工作人员每天在接收、检查、处理、检测、留样、保存及报废处理的过程中,每个环节的人为失误、不规范操作,甚至是不可预知的意外事件都可能使操作者人身受到感染的威胁,包括皮肤、黏膜的直接损伤,吸入含有病原微生物的气溶胶,医疗废弃物处理不当等,使操作者本身或其他相关人员受到伤害。输血相容性检测实验室工作人员还经常要完成血液成分白细胞滤除、质控留样等技术操作及输血后相关容器的回收与保存,这些操作环节经常要接触被血液污染的利器,如针头,发生污染物损伤的风险极大。尽管输血相容性检测实验室的硬件设施及防护条件在不断改善,处理治疗及预防接种等水平不断提高,但发生实验室相关感染仍然无法完全避免。实验室应不断提高工作人员的个人防护意识,完善各个工作环节的规章制度,规范各项工作的操作流程,降低实验室相关感染发生的风险。

二、化学危害源

化学危害源主要是指输血相容性检测实验室日常使用的具有一定化学危害性、可能造成人身伤害或环境污染的药品或试剂。输血相容性检测实验室的常规检验项目相对较少,具有化学危害性的药品或试剂通常包括以下几类。

(一)消毒剂类

输血相容性检测实验室最为常用的消毒剂主要包括过氧乙酸、含氯消毒剂等,一般用于实验室操作台面消毒、重复使用器具浸泡消毒及医疗废液消毒处理等。

1. 过氧乙酸　对眼睛、皮肤、黏膜和上呼吸道均有强烈刺激作用。接触后可引起烧灼感、咳嗽、喘息、喉炎、气短、头痛、恶心和呕吐。吸入后可引起喉、支气管的炎症、水肿、痉挛以及化学性肺炎甚至发生肺水肿。

2. 含氯消毒剂　高效消毒剂,具有广谱、高效、低毒、有强烈的刺激性气味,对金属有腐蚀性、对织物有漂白作用,受有机物影响很大,消毒液性质不稳定等特点。常用的含氯消毒剂有:

(1)液氯:含氯量>99.5%(W/W)。

(2)漂白粉:含有效氯25%(W/W)。

(3)漂白粉精:含有效氯80%(W/W)。

(4)三合二:含有效氯56%(W/W)。

(5)次氯酸钠:工业制备的含有效氯10%(W/W)。

(6)二氯异氰尿酸钠:含有效氯60%(W/W)。

(7)三氯异氰尿酸:含有效氯85%~90%(W/W)。

(8)氯化磷酸三钠:含有效氯2.6%(W/W)。

目前临床实验室使用最普遍的含氯消毒剂主要是二氯异氰尿酸钠和三氯异氰尿酸,其水溶液对皮肤、黏膜有一定的刺激作用,而且还可散发出刺激性气味,对呼吸道也会产生一定损伤。

(二)乙醚

乙醚为输血相容性检测放散试验中的一种常用试剂,主要用于解离细胞表面吸附的IgG类抗体以及用于分离IgG抗体混合物。乙醚是低毒物质,主要是引起全身麻醉作用,此外,对皮肤及呼吸道黏膜有轻微的刺激作用。乙醚蒸气由呼吸道吸入后,经肺泡很快进入血液,并随血液流经全身,80%以上又以原形从呼吸道呼出,还有1%~2%以原形从尿排出。长期接触低浓度乙醚蒸气的人员可出现头痛、头晕、易激动或淡漠、嗜睡、抑郁、体重减轻、食欲减退、恶心、呕吐、便秘等症状。吸入较高浓度乙醚蒸气时可出现头晕、癔症样发作、精神错乱、嗜睡、面色苍白、恶心、呕吐、脉缓、体温下降、呼吸不规则等。短时间大量接触后发生的中毒症状，一经脱离现场，稍待休息，经对症处理后一般都可恢复。

(三)有毒防腐剂

输血相容性检测实验室使用的许多标准血清试剂、红细胞试剂、全自动仪器的清洗液等都含有防腐剂叠氮钠成分，该物质和氰化物相似，是一种呼吸抑制剂，对细胞色素氧化酶和其他酶都有抑制作用，并能使体内氧合血红蛋白形成受阻。叠氮钠对眼和皮肤有刺激性，如吸入、口服或经皮肤吸收，都可引起中毒甚至死亡。此外，叠氮钠还有诱发基因突变的作用。

(四)血清学试验用酶类

木瓜酶或菠萝蛋白酶是传统血型血清学试验常用的一类试剂，它们可以破坏红细胞表面的唾液酸，降低红细胞膜表面电荷，缩小红细胞间的距离，同时酶还可以部分地改变红细胞表面结构，使某些隐蔽的抗原得以暴露，增强其抗原与相应抗体的反应。木瓜酶或菠萝蛋白酶都是以干粉形式存在，在配置酶类试剂时要防止粉末进入眼睛或吸入肺部，引起眼部红肿、肺部变态反应甚至诱发哮喘。

(五)2-巯基乙醇(2-Me)

2-巯基乙醇又称为β-巯基乙醇，是输血相容性检测实验常用的一种化学试剂，能够破坏IgM抗体五聚体之间的二硫键，主要用于消除IgG类抗体检测过程中IgM抗体的干扰作用。该试剂是一种挥发性液体有机化合物，具有较强烈的刺激性气味。吸入、摄入或经皮肤吸收后会引起中毒。中毒表现有发绀、呕吐、震颤、头痛、惊厥、昏迷，甚至死亡。对眼、皮肤有强烈刺激性，还可引起角膜混浊。

三、物理危害源

(一)放射线

目前国内输血相容性检测实验室常规试验项目都不涉及使用放射性核素，只有少数大型医疗单位的输血科引进了血液辐照设备，这些辐照设备通常安装了^{60}Co或^{137}Cs作为辐射源，利用辐射源发出的γ射线灭活血液成分中的淋巴细胞，防止受血者输注含有活性淋巴细胞的血液成分后发生输血相关移植物抗宿主病。这些设备中的辐射源具有强烈的辐射性，其释放的γ射线可直接或通过继发反应损害人体组织。大剂量辐射可在数天内产生可见的身体效应，包括皮肤、内部脏器、骨髓等损伤表现。小剂量辐射所致的DNA变化可使被照射者产生慢性疾病，并使他们的后代发生遗传学缺陷。

(二)紫外线

紫外线灯是临床实验室常用的杀菌消毒工具，因其使用方便、效果肯定而被广泛采用。使用紫外线灯时，应尽量选择夜间、工作人员下班后或上班前，操作人员要远离紫外线灯照射区域，防止发生辐射损害。紫外线对人体的伤害与紫外线的辐射强度和辐射时间成正比，即照射剂量越大，对人的伤害越严重。人体受到短时间照射即会产生皮肤泛红、瘙痒、过敏性丘疹；长时间照射会使皮肤组织受到严重的伤害，足够剂量的照射甚至会造成皮肤的癌变。紫外线照射到人眼也非常有害，短时较大剂量照射会使眼睛红肿、流泪、睁不开眼，长期受到紫外线辐射会导致白内障甚至致盲。另外，在紫外线辐射时会使空气中的氧气生成臭氧使人产生头晕、恶心的不良反应。

(三)爆炸性物质

1. 过氧乙酸　溶于水、醇、醚、硫酸。属强氧化剂，极不稳定。在-20℃也会爆炸，浓度$>45\%$就有爆炸性，遇高热、还原剂或有金属离子存在就会引起爆炸。

2. 乙醚　在12℃水中的溶解度为水体积的$1/10$。与10倍体积的氧混合成的混合气体，遇火或电火花即可发生剧烈爆炸，生成二氧化碳和水蒸气。长时间与氧接触和光照,可生成过氧化乙醚,后者为难挥发的黏稠液体,加热可爆炸,故应该避光保存。

3. 叠氮钠　受热、接触明火,或受到摩擦、振动、撞击时都可发生爆炸。本品与酸类剧烈反应产生爆炸性的叠氮酸。与重金属及其盐类形成十分敏感的化合物。

第二节　输血相容性检测实验室生物安全防护

输血相容性检测实验室的工作人员在进行日常工作的过程中一直会受到各种潜在生物危害源的威胁,实验室应为工作人员提供必要的安全防护设施,防止和减轻各种危害源给实验室工作人员和受其影响的公众带来伤害。

一、相关定义

1. 生物安全　是指生物性的传染媒介通过直接感染或间接破坏环境而导致对人类、动物或者植物的真实或者潜在的危险。

2. 实验室生物安全　保证实验室的生物安全条件和状态不低于允许水平,避免实验室员工、临时工作人员、合同方人员、访问者、环境和社区受到不可接受的损害。

3. 实验室生物安全防护　是指实验室工作人员处理的检测样本含有致病性微生物及其毒素时,通过在实验室设计建造、个人防护设施、标准化程序操作等措施确保实验室工作人员不受到致病性微生物及其毒素侵害,同时确保实验室周围环境不受到污染。

二、实验室生物安全分级

《实验室生物安全通用要求》根据所操作生物因子的危害程度和采取的防护措施,将实验室的生物安全防护水平分为 4 级,Ⅰ级防护水平最低,Ⅳ级防护水平最高,确定了不同等级水平实验室的建立和评价标准。

1. 基础实验室　一级生物安全实验室(BSL-1)实验室结构设施、安全操作规程、安全设备适用于对健康成年人已知无致病作用的微生物。不需要专门的安全设施,使用开放试验台,如用于基础研究和普通微生物教学的实验室等,具有Ⅰ级防护水平。

2. 基础实验室　二级生物安全实验室(BSL-2)实验室结构设施、安全操作规程、安全设备适用于对人或环境具有中等潜在危害的微生物。一般情况下使用开放实验台,对于可能发生液体溅洒、溢出的操作及可能产生感染性气溶胶的操作应在生物安全柜中进行,具有Ⅱ级防护水平。

3. 防护实验室　三级生物安全实验室(BSL-3)实验室结构设施、安全操作规程、安全设备适用于主要通过呼吸系统途径使人传染上严重甚至致死疾病的微生物及其毒素,通常已有可以预防传染的疫苗,具有Ⅲ级防护水平。

4. 最高防护实验室　四级生物安全实验室(BSL-4)实验室结构设施、安全操作规程、安全设备适用于对人体具有高度的危险性,通过气溶胶途径传播,或传播途径不明,目前尚无有效的疫苗或治疗方法的致病微生物及其毒素,具有Ⅳ级防护水平。

三、输血相容性检测实验室生物防护基本要求

(一)基本防护要求

1. 在处理感染性物质时,必须穿着实验室指定使用的防护服、长实验服、工作服或制服。离开实验区域进入非实验区域(如办公室、阅览室、休息室)前应脱下工作服。防护服要适当处理,或由专门机构进行收集、消

毒、洗烫。不得将工作服带离实验室。

2. 当试验操作无法在生物安全柜中进行操作时,必须使用面部防护装置(护目镜、口罩、面罩、个体呼吸保护用品或其他防喷溅保护设备),以防传染性物质或其他危险物质的喷溅。眼睛和面部防护用品必须和其他实验室感染性废弃物一起丢弃集中处理,或清除污染后方可重新使用。戴隐形眼镜的人员也应佩戴防护眼镜。

3. 必须戴手套以免双手暴露于危险材料。要根据风险评估结果来选择适当的手套。要备有乳胶手套的替代品。手套不得带离实验室外。

4. 此外,实验室工作人员还应做到:①每当污染、破损或其他必要的情况下,均要更换手套。必要时要戴双层手套。②每当操作危害性材料的工作结束时,以及离开实验室之前,要脱去手套并洗手。③一次性手套不得清洗或重复使用。④将使用过的手套和其他实验室污染废弃物一起处理。⑤要严格遵守洗手的规程。

(二)实验室配套设施要求

1. 实验室的门应有可视窗口并可锁闭,门锁及门的开启方向应不妨碍室内人员逃生。

2. 实验室应设洗手池,宜设置在靠近出口处。

3. 在实验室门口处应设挂衣装置,专门用来挂实验室工作服。在实验室的工作区域外应有存放个人衣物的条件。

4. 实验室的墙面、天花板和地面应易清洁、不渗水、耐化学品和消毒剂的腐蚀。地面应平整、防滑,不得铺设地毯。

5. 实验操作台面应防水、耐酸碱腐蚀、耐热。

6. 实验室中的橱柜和实验台应牢固,橱柜、实验台的选择与放置应便于清洁与消毒。

7. 实验室应有足够存储空间摆放物品以方便使用,大量的备用物品应存储在实验室工作区域外专用库房中。

8. 实验室内家具、设备、物品等应根据工作性质和流程合理摆放,避免相互干扰、交叉污染、互不相容,且不应妨碍逃生和急救。

9. 实验室最好具备单独的通风系统,如条件不具备也可利用自然通风。实验室可开启的窗户,应设置可防蚊虫的纱窗。

10. 实验室内应保证工作照明,避免不必要的反光和强光。实验室应有应急照明系统,实验室应有在黑暗中可明确辨认的应急撤离路线标志及出口指示。

11. 至少应在实验室工作区配备简易洗眼装置,必要时应设紧急喷淋装置。

12. 若使用高毒性、放射性等物质,应配备相应的安全设施、设备和个体防护装备,应符合国家、地方的相关规定和要求。

13. 实验室入口处应有生物防护级别标示,还应有毒性、放射性等危害标志。

14. 实验室应有足够的供电负荷,地线可靠接地;应有足够的固定电源插座,避免多台设备使用共同的电源插座。重要设备如全自动检测系统等应配置 UPS 系统。

15. 使用高压气体和可燃气体的实验室应有适当的安全措施,如可靠固定、防泄漏、防爆等,并符合相应标准的要求。

16. 实验室水管系统应不渗漏,下水应有防回流设计。

17. 实验室内应配备适用的应急器材,如消防器材、意外事故处理器材、急救器材等。

18. 实验室应配备适用的通讯设备。

19. 以风险评估为依据,至少应在实验室所在的建筑内配备高压蒸汽灭菌装置或其他适当的消毒设备。

20. 输血相容性检测实验室的常规试验操作,无论是使用自动化设备,还是进行手工操作,因其自身的工作特点及流程要求都不适合在生物安全柜中进行,因此处理可能含有致病性微生物的血液标本时,只能通过加强个人防护措施和规范、轻柔地操作来避免气溶胶的产生或液体溅出。

(三)试验操作规范

1. 严禁操作者用口吸移液管。

2. 严禁将试验材料置于口内,严禁舔标签。

3. 所有的技术操作要按尽量减少或避免气溶胶和微小液滴形成的方式来进行。

4. 出现溢出、事故以及明显或可能暴露于感染性物质时,必须向实验室主管报告。实验室应保存这些事件或事故的书面报告。

5. 必须制订关于如何处理溢出物的书面操作程序,并严格遵守执行。

6. 实验室产生的医疗污水在排放到生活污水管道以前必须清除污染(采用化学或物理学方法)。根据所处理的微生物因子的危险度评估结果,可能需要准备污水处理系统。

7. 需要带出实验室的手写文件必须保证在实验室内没有受到污染或经过适当消毒处理。

(四)实验室进出管理

1. 在实验室门上应标有国际通用的生物危害警告标志。

2. 只有经批准的人员方可进入实验室工作区域。

3. 实验室的门应保持关闭状态。

4. 儿童不应被批准或允许进入实验室工作区域。

5. 进入实验室的工作人员或授权人员必须佩戴相应的防护装具。

第三节　输血相容性检测实验室消毒、灭菌基本要求

要想实现实验室内的生物安全,不能单纯依靠安全防护措施,还要采取适当、可靠的消毒和灭菌措施来主动消除可能存在的生物危害源,提高实验室的空间环境质量水平。输血相容性检测实验室的核心工作区域包括两个部分,即检测工作区(室)和储发血工作区(室)。检测工作区域负责完成检验工作,属于实验室内的污染区域,该区域内的环境、标本、医疗污物等应严格按照临床实验室的标准,参考临床实验室消毒、灭菌管理的相关要求进行管理。而储发血工作区属于洁净区,不属于临床实验室范畴,但是国家、行业主管部门也有专门的消毒、灭菌管理规范,需要认真遵照执行。

一、医疗机构消毒水平分级及对应方法学

根据消毒因子的适当剂量(浓度)或强度以及作用时间对病原微生物的杀灭能力,可将消毒方法分为 4 个等级。

1. **灭菌**　可杀灭一切微生物(包括细菌芽孢)达到灭菌保证水平的方法。属于此类的方法有热力灭菌、电离辐射灭菌、微波灭菌、等离子体灭菌等物理灭菌方法,以及用甲醛、戊二醛、环氧乙烷、过氧乙酸、过氧化氢等消毒剂进行灭菌的方法。

2. **高水平消毒法**　可以杀灭各种微生物,对细菌芽孢杀灭达到消毒效果的方法。这类消毒方法应能杀灭一切细菌繁殖体(包括结核分枝杆菌)、病毒、真菌及其孢子和绝大多数细菌芽孢。属于此类的方法有热力、电离辐射、微波和紫外线等以及用含氯、二氧化氯、过氧乙酸、过氧化氢、含溴消毒剂、臭氧、二溴海因等甲基乙内酰脲类化合物和一些复配的消毒剂等消毒因子进行消毒的方法。

3. **中水平消毒法**　是可以杀灭和去除细菌芽孢以外的各种病原微生物的消毒方法,包括超声波、碘类消毒剂(碘伏、碘酊等)、

醇类、醇类和氯己定的复方，醇类和季铵盐（包括双链季铵盐）类化合物的复方、酚类等消毒剂进行消毒的方法。

4. 低水平消毒法　只能杀灭细菌繁殖体（分枝杆菌除外）和亲脂病毒的化学消毒剂和通风换气、冲洗等机械除菌法。如单链季铵盐类消毒剂（苯扎溴铵等）、双胍类消毒剂如氯己定、植物类消毒剂和汞、银、铜等金属离子消毒剂等进行消毒的方法。

输血相容性检测实验室最为常用的消毒、灭菌方法涵盖上述的 4 个等级，包括过氧乙酸、紫外线、含氯消毒剂、碘类、醇类消毒剂以及一般的通风换气、冲洗等。实验室可以根据自身硬件条件，选择适合本实验室的消毒、灭菌方法，确保实验室工作人员及可能受影响公众的生物安全。

二、医用物品对人体危险性分类

医用物品对人体的危险性是指物品受到生物污染源污染后造成危害的程度。根据危害程度将其分为三类。

1. 高度危险性物品　这类物品是穿过皮肤或黏膜而进入无菌的组织或器官内部的器材，或与破损的组织、皮肤、黏膜密切接触的器材和用品，例如手术器械和用品、穿刺针、输血器材、输液器材、注射的药物和液体、透析器、血液和血液制品、导尿管、膀胱镜、腹腔镜、脏器移植物和活体组织检查钳等。

2. 中度危险性物品　这类物品仅和破损皮肤、黏膜相接触，而不进入无菌的组织内。例如呼吸机管道、胃肠道内镜、气管镜、麻醉机管道、子宫帽、避孕环、压舌板、喉镜、体温表等。

3. 低度危险性物品　虽有微生物污染，但在一般情况下无害，只有当受到一定量的病原微生物污染时才造成危害的物品。这类物品和器材仅直接或间接地和健康无损的皮肤相接触，包括生活卫生用品和病人、医护人员生活和工作环境中的物品。例如，毛巾、面盆、痰盂（杯）、地面、便器、餐具、茶具、墙面、桌面、床面、被褥、一般诊断用品（听诊器、听筒、血压计袖带等）等。

输血相容性检测实验室涉及的危险性物品种类相对较少，包括高度危险性物品和低度危险性物品，其中高度危险性物品包括使用过的采血器材、输血器材、白细胞滤器、试管、吸管、移液枪头、微孔板、配血血型卡、血液标本及试验废液等；低度危险性物品主要包括工作人员一次性防护用品，例如一次性口罩、帽子、手套、鞋套等，还包括工作区域内的操作台面、地面、墙面、椅子、电话听筒、水龙头等。

三、微生物对消毒因子的敏感性

一般认为，微生物对消毒因子的敏感性从高到低的顺序为：①亲脂病毒（有脂质膜的病毒），例如乙型肝炎病毒、流感病毒等。②细菌繁殖体。③真菌。④亲水病毒（没有脂质包膜的病毒），例如甲型肝炎病毒、脊髓灰质炎病毒等。⑤分枝杆菌，例如结核分枝杆菌、龟分枝杆菌等。⑥细菌芽孢，例如炭疽杆菌芽孢、枯草杆菌芽孢等。⑦朊毒体（感染性蛋白质）。

实验室工作人员应了解各种致病微生物对消毒因子的敏感性，选择合适的消毒因子杀灭实验室内可能存在并威胁工作人员或公众安全的致病微生物。

四、实验室选择消毒、灭菌方法的基本原则

1. 使用经卫生行政部门批准的消毒药剂及器械，并按照批准使用的范围和方法在实验室工作区域内的消毒、灭菌工作中使用。

2. 根据实验室物品污染后的危害程度选择消毒、灭菌的方法。

（1）高度危险性物品：必须选用灭菌方法处理，输血相容性检测实验室内的一次性物品大多数采用焚毁的方式处理。

(2)中度危险性物品:一般情况下达到消毒即可,可选用中水平或高水平消毒法,此类物品输血相容性检测实验室基本上不涉及。

(3)低度危险性物品:一般可用低水平消毒方法,或只做一般的清洁处理即可,仅在特殊情况下,才做特殊的消毒要求。例如,在有病原微生物污染时,必须针对所污染病原微生物的种类选用有效的消毒方法。输血相容性检测实验室内的低度危险性物品,例如操作台面、地面、墙面、椅子、电话听筒等一般是采用低水平消毒方法和中水平消毒方法相结合的方式。

3. 根据物品上污染微生物的种类、数量和危害性选择消毒、灭菌的方法。

(1)对受到细菌芽孢、真菌孢子、分枝杆菌和经血传播病原体(乙型肝炎病毒、丙型肝炎病毒、艾滋病病毒等)污染的物品,选用高水平消毒法或灭菌法。

(2)对受到真菌、亲水病毒、螺旋体、支原体、衣原体等病原微生物污染的物品,选用中水平以上的消毒方法。

(3)对受到一般细菌和亲脂病毒等污染的物品,可选用中水平或低水平消毒法。

(4)对存在较多有机物的物品消毒时,应加大消毒药剂的使用剂量和(或)延长消毒作用时间。

(5)消毒物品上微生物污染特别严重时,应加大消毒药剂的使用剂量和(或)延长消毒作用时间。

4. 根据消毒物品的性质选择消毒方法。选择消毒方法时需考虑,一是要保护消毒物品不受损坏(一次性使用物品除外),二是使消毒方法易于发挥作用,应遵循以下基本原则。

(1)耐高温、耐湿度的物品和器材:应首选压力蒸汽灭菌;耐高温的玻璃器材、油剂类和干粉类等可选用干热灭菌。

(2)不耐热、不耐湿以及贵重物品:可选择环氧乙烷或低温蒸汽甲醛气体消毒、灭菌。

(3)器械的浸泡灭菌:应选择对金属基本

无腐蚀性的消毒剂。

(4)表面消毒:应考虑表面性质,光滑表面可选择紫外线消毒器近距离照射,或液体消毒剂擦拭。多孔材料表面可采用喷雾消毒法。

五、消毒、灭菌基本程序

(一)工作环境消毒

工作环境消毒是指开展常规工作的区域内消毒、灭菌,主要包括实验室空间、操作台面、地面、墙面、椅子等。

1. 对于被血液标本等污染的环境,应先进行清洗,去除可见的污染物,之后使用合适的消毒剂消毒,消毒剂在被污染区域停留一定时间后还需要再次清洗,以清除消毒剂残留。对于可能被气溶胶污染的实验室空间消毒可以采用液体消毒剂喷雾、气体消毒剂、紫外线照射方式或者多种方法联合使用。

2. 对于没有明显污染物的各种表面,一般是先直接使用消毒剂消毒再进行清洗。

3. 实验室空气消毒:一般使用紫外线照射或 $0.2\%\sim0.5\%$ 的过氧乙酸喷雾消毒。

(二)器材物品消毒

1. 对于被血液标本等污染的仪器、设备,例如离心机和孵育器的外表面和内壁、试管架、全自动检测设备的样本位等被血液标本溅撒,可以使用棉签或吸水棉片除去溅撒物,之后选用合适的消毒剂进行表面擦拭消毒,待消毒剂存留一定时间后,使用清洁湿棉签或湿布除去残留消毒剂。

2. 对于被血液标本等污染的可重复使用的器材和物品,例如被血液污染的可重复使用的玻璃试管、微孔板等,一般是先用清水冲洗去除沾染的血迹,然后使用合适的消毒剂浸泡消毒,再用蒸馏水浸泡,最后烘干或晾干便可以使用。

3. 对于被血液标本等污染的一次性使用的器材和物品,一般使用医用污物袋收集后,由实验室所在的医疗机构统一进行焚烧处理。

(三)手部消毒/清除手部污染

1. 处理生物危害性材料时,只要可能均必须戴合适的防护手套。但是这并不能代替实验室人员需要经常地、彻底地洗手。

2. 处理完生物危害性材料和动物后以及离开实验室前均必须洗手。大多数情况下,用普通的肥皂和水彻底冲洗可以清除手部污染。

3. 在高度危险的情况下,建议使用杀菌肥皂。手要完全抹上肥皂,搓洗至少 10 秒,用干净水冲洗后再用干净的纸巾或毛巾擦干(如果有条件,可以使用暖风干手器)。推荐使用脚控、肘控或感应式的水龙头。如果没有安装,应使用纸巾或毛巾来关上水龙头,以防止再度污染洗净的手。

4. 如果没有条件彻底洗手或洗手不方便,应该用乙醇擦手来清除双手的轻度污染。

六、消毒工作中的个人防护

大多数消毒因子对人体会产生一定程度的直接或间接危害。因此在进行消毒时工作人员一定要有自我保护的意识并采取自我保护的措施,以防止消毒事故的发生和因消毒操作方法不当而对人体造成的伤害。

1. 热力灭菌　干热灭菌时应防止燃烧;压力蒸汽灭菌应防止发生爆炸事故及可能对操作人员造成的灼伤事故。

2. 紫外线、微波消毒　应避免对人体的直接照射。

3. 气体化学消毒剂　应防止有毒有害消毒气体的泄漏,经常检测消毒环境中该类气体的浓度,确保在国家规定的安全范围之内;对环氧乙烷气体消毒剂,还应严防发生燃烧和爆炸事故。

4. 液体化学消毒剂　应防止过敏和可能对皮肤、黏膜的损伤。

5. 处理锐利器械和用具　应采取有效防护措施,以避免可能对人体的刺、割等伤害。

第四节　医疗废物(液)的处理

输血相容性检测实验室应按照《医疗废物管理条例》《医疗废物分类目录》和《医疗卫生机构医疗废物管理办法》相关规定,并结合所在医疗结构对于医疗废物(液)处理的相关要求,制定实验室医疗废物(液)处置管理程序,规范、安全地处置实验室每天产生的医疗废物(液),最大限度降低这些医疗废物(液)可能对人员和环境造成的危害。

一、医疗废物的分类

医疗废物根据其自身特点可以分为五类,包括感染性废物、病理性废物、损伤性废物、药物性废物和化学性废物,下面结合输血相容性检测实验室的特点,分别进行介绍。

1. 感染性废物　是指可能携带病原微生物具有引发感染性疾病传播危险的医疗废物,通常包括:①废弃的血液标本;②各种废弃的血液成分;③实验室开展检验工作过程中产生的医疗废液;④试验使用过的试管、吸管、移液枪头、微孔板、微柱卡等;⑤工作人员使用过的手套、口罩等。

2. 病理性废物　是指诊疗过程中产生的人体废弃物和医学实验动物尸体等,输血相容性检测实验室一般不产生病理性废物。

3. 损伤性废物　是指能够刺伤或者割伤人体的废弃的医用锐器,通常包括:①回收的血袋,上面通常连着带针头的输血器;②去白细胞输血器;③破损的标本容器、试管、玻片；④质控留样的注射器针头等。

4. **药物性废物**　指过期、淘汰、变质或者被污染的废弃的药品。输血相容性检测实验室一般不使用治疗性药品，只是在开展自体血液采集或单采治疗的情况下，治疗室需要常规备有一般急救药品，例如盐酸肾上腺素注射液、盐酸多巴胺注射液、硫酸阿托品注射液、氨茶碱注射液、盐酸异丙嗪注射液、地塞米松磷酸钠注射液、10%葡萄糖酸钙注射液、50%葡萄糖注射液、葡萄糖酸钙注射液等，用于处理常见不良反应。这些药品因使用频率较低，经常会面临过期失效的问题，科室应指定专人进行管理。

5. **化学性废物**　是指具有毒性、腐蚀性、易燃易爆性的废弃的化学物品，输血相容性检测实验室中一般包括下列两种：①实验室废弃的化学试剂：如全自动检测仪器使用的各种洗液、乙醚、凝聚胺、菠萝蛋白酶、木瓜酶、二磷酸氯喹等；②过期废弃的化学消毒剂：如过氧乙酸、次氯酸钠、含氯消毒片等。

二、医疗废物的收集

实验室废弃物应用单独的容器收集，可根据以下分类情况进行收集。

1. **无感染的材料**　废纸、塑料或纸制品可用单层塑料袋收集。

2. **利器**　包括有针头的注射器、破碎的玻璃、刀片都应装入坚硬的不易刺破的容器中。

3. **感染性材料**　剩余的标本、用过的培养皿、培养瓶、用过的手套、生物组织、体液、感染动物的尸体和窝料，应用带有生物危险标志的坚实的塑料袋收集。这种塑料袋应耐高压蒸汽消毒，并可保持其固体外形。也可使用不带密封盖子的坚硬容器。

4. **液体废弃物**　应使用专用废液收集装置收集盛放，容器要有盖子可以将容器密封。

三、医疗废物的处置

1. 实验室废物处理和管理应符合国家或地方法规和标准的要求，应征询相关主管部门的意见和建议。

2. 实验室处理和处置废物时应遵循以下原则：

（1）将操作、收集、运输、处理及处置废物的危险减至最小。

（2）将其对环境的有害作用减至最小。

（3）只能使用国家承认的技术和方法处理和处置废物。

（4）排放要符合国家规定和标准的要求。

3. 实验室应有措施和能力安全处理和处置实验室废物。

4. 实验室应有废物处理和处置的政策和程序，包括对排放标准及监测的规定。

5. 应评估和避免废物处理和处置方法本身的风险。

6. 实验室应根据废物的性质和危险性按相关标准分类处理和处置废物。

7. 感染性废物应弃置于专门设计的、专用的和有标记的用于处置危险废物的容器内，装量不能超过其建议的装载容量。

8. 利器（包括针头、破损的玻璃试管、玻片等）应直接弃置于耐扎的容器内。

9. 实验室管理层应确保由经过适当培训的人员采用适当的个体防护装备处理危险废物。

10. 禁止积存医疗废物，各种医疗废物在去污染或最终处置之前，应存放在指定的安全地点，通常在实验室工作区内。

11. 所有废物在从实验室取走或排放之前，应使其基本上达到安全，可通过高压消毒或其他被批准的技术处理或包装在适当的容器内实现。

12. 含活性高致病性生物因子的废物应首先在实验室内灭活处理。

13. 如果法规许可，只要包装和运输方

式符合危险废物运输要求,允许运送未处理的废物到指定机构处理。

14. 所有含有活微生物的废弃物应选择至少下列一种方式处理:

(1)高压蒸汽灭菌。

(2)化学消毒剂处理。

(3)高温焚烧。

(4)用其他一些可行的方法处理。

15. 处置医疗废物时的注意事项:

(1)会熔化的废弃物要确保在蒸汽灭菌过程中不会阻塞灭菌器的排水孔。

(2)使用有效的灭菌环境。

(3)药物及化学废弃物的处理要遵循国家相关规定。

(4)装利器的容器应用高温焚化处理。

第五节 输血相容性检测实验室物理、化学危害防护管理

一、物理危害防护管理

(一)消防安全管理

输血相容性检测实验室中使用的一些化学试剂除了可能给操作人员带来化学损伤以外,使用不当还可能导致燃烧和爆炸。此外,实验室中的电路老化、负荷过载、使用明火等都会引发火灾。为消除火灾隐患,确保人员生命及财产安全,实验室应做好以下工作。

1. 实验室的消防设计和建筑材料应符合国家的相关要求,实验室应向其消防主管部门征询意见和建议。

2. 实验室内应配备适用的消防器材。应依据实验室可能失火的类型,在风险评估的基础上,选择、放置和维护适当的灭火器材和消防毡,并符合消防主管部门的要求。

3. 实验室应制定消防相关的政策和程序,并使所有人员理解,以确保人员安全和防止实验室内的风险扩散。

4. 实验室应制定年度消防计划,内容至少包括:

(1)对实验室人员的消防指导和培训,内容至少包括火险的识别及评价、减少火险的良好操作规范、失火时应采取的全部行动。

(2)实验室消防设施设备和报警系统状态的检查。

(3)消防安全定期检查。

(4)消防演习。

5. 实验室内可燃性气体或液体试剂的管理要求:

(1)在实验室内只能存放最少量的可燃气体和液体。"最少量"可解释为一个工作日的消耗量。

(2)只应在实验室排气罩或排气柜中操作可燃气体和液体。

(3)可燃液体和气体应远离热源,包括电机和阳光直射等。

(4)供气管道中紧急关闭阀和管道的安装应符合国家或地方法规。

(5)实验室应配备工具包,随时可供控制泄漏的少量可燃物,如发生明显泄漏,应立即寻求消防部门援助。

(6)可燃气体或液体只应存放在经批准的贮藏柜或库中。贮存应符合国家相关的规定和标准。

(7)冷藏的可燃液体只应存放在无火花"防爆"冰箱中。

6. 实验室内的消防器材运出实验室前,必须进行有效的消毒。实验室要建立消防器材的配置、使用、更换档案。

(二)用电安全管理

1. 实验室用电安全的基本要素有:电器

绝缘良好、保证安全距离、线路和插座容量应与仪器设备的功率相适宜、不使用三无产品。

2. 实验室内电器设备及线路设施必须严格按照安全用电规程和设备的要求实施。不许乱接、乱拉电线,连接仪器设备尽量避免使用明线。如必须使用接线板,不能将接线板直接放在地面上,不能多个接线板串联使用。墙上电源未经允许,不得拆装、改线。

3. 在实验室同时使用多种电器设备时,其总用电量和分线用电量均应小于设计容量。连接在接线板上的用电总负荷不能超过接线板的最大容量。

4. 实验室内应使用空气开关并配备必要的断路器和漏电保护器。断路器是在线路电流超负荷时及时断开电源,防止发生火灾,漏电保护器用于人员触电后确保及时切断电源,保护触电者免受伤害。

5. 实验室内大型仪器设备应采用单相三极插头并确保接地良好。

6. 实验室不得使用闸刀开关、木质配电板和花线,对电线老化等隐患要定期检查并及时排除。

7. 电源插座需固定,不使用损坏的电源插座;空调应有专门的插座。

8. 实验室用电的注意事项:

(1)试验前先检查仪器设备,再接通电源。实验结束后,先关仪器设备,再关闭电源。

(2)工作人员离开实验室或遇突然断电,应关闭电源,待供电恢复后再打开电源。

(3)不得将供电线任意放在通道上,以免因绝缘破损造成短路。

(三)放射防护管理

输血相容性检测实验室涉及的放射安全主要是血液辐照仪的使用和管理。目前输血科使用的商品化辐照设备一般采用^{60}Co或^{137}Cs作为辐射源,该类设备为自屏蔽(整装)式干法贮源辐照装置,使用时打开机器窗门,放入血袋,关闭窗门,启动机器窗门进行

辐照,整个过程中放射源始终处于源容器内。血液辐照仪屏蔽能力要满足《密封γ放射源容器卫生防护标准》(GBZ135-2002)和《电离辐射防护与辐射源安全基本标准》(GB 18871-2002)的要求,操作血液辐照仪的工作人员的活动范围不受限制。放置血液辐照仪的场所应符合国家卫生环保部门、公安部门、疾病控制与预防部门的相关要求。

1. **辐照室场地设施基本要求**

(1)辐照室应设置单独房间,辐照室内不应再放置其他仪器设备,放置辐照仪后辐照室空间要能满足仪器操作、保养、维修的需要。

(2)因辐照仪屏蔽金属外壳重量可达数吨,设置辐照室时应考虑其地面承重能力要能满足设备要求。

(3)辐照室应安装专业防盗门,非工作状态时要锁好防盗门,钥匙由指定岗位人员负责保管。辐照室外要有明显的电离辐射标志。

(4)录像监控设施:确保24小时监控,监控终端一般设置在医疗机构的安保终控室。

(5)红外感应式报警装置:确保辐照室非法侵入时,在第一时间进行报警。

(6)电力供应:设置单独电源,满足设备相关要求。照明设施齐备,能够做到24小时持续照明,便于录像监控。

2. **辐照设备使用管理要求**　辐照设备进入辐照场地前,实验室及所在医疗单位应制订并严格执行、落实相关管理制度,具体应包括以下内容:

(1)《放射防护安全管理机构及工作人员岗位职责》:明确辐照设备第一责任人、主管责任人、直接责任人及操作人员的职责。

(2)《血液辐照仪辐射防护管理制度》:参照国家、地区辐射防护的相关法规和标准,制定辐射防护管理制度。

(3)《血液辐照仪操作规程》:参照血液辐照仪生产厂家提供的工作手册或使用说明书

制定 SOP。

（4）《血液辐照仪授权使用及登记制度》：对血液辐照仪实行授权使用，防止非授权人员操作设备。所有操作应进行详细登记，便于明辨责任追溯。

（5）《设备维护、检修和校准管理制度》：确保设备正常运转、辐射强度与标定值相符。

（6）《辐照室安全保卫制度》：防止非授权人员进入辐照室，确保辐照设备安全。

（7）《辐射事故应急预案》：确保发生辐射事故时，能准确地掌握情况、分析评价并决策，按事故等级及时采取必要和适当的响应行动。

3. 个人、环境辐射监测及影响评价

（1）进入辐照室的工作人员都必须佩戴个人剂量仪，剂量仪的量程应能覆盖正常运行和事故情况下受照剂量范围。个人剂量仪性能应符合有关标准，并依照有关规定进行检定。正常运行 3 个月测读 1 次。

（2）进入辐照室的人员必须携带手持式或袖珍式射线监测仪和报警仪。仪表应能在超报警阈值时自动报警。

（3）各监测仪表都要符合有关标准规定，按照有关规定由法定计量技术机构对所用仪表进行周期检定，并遵守监测质量保证。

（4）监测结果应按有关规定进行记录、上报和保管。

（5）辐射工作人员所接受的附加年有效剂量当量符合《电离辐射防护与辐射源安全基本标准》（GB18871-2002）中关于"剂量限值"的要求；即应低于限值 5mSv。

（6）公众成员不允许进入血液辐照室，辐照室周围 γ 辐射剂量率在辐照仪运转和停止时不能有明显变化，确保辐照室周围的公众人员不会接受额外的射线照射。

4. 从业人员安全培训与健康管理

（1）安全培训工作开展情况：实验室内所有可能参与血液辐照操作的工作人员，均应在上岗前参加由国家、省级或军队主管部门组织的辐射防护知识培训，并取得相应上岗资格后方可从事相关工作。

（2）个人剂量检测工作开展情况：实验室应为每位辐射工作人员配备个人剂量仪，个人剂量检测工作一般由所在地区疾病控制中心定期进行，通常为每 3 个月 1 次，且为每位辐射工作人员建立《个人照射剂量档案》。

（3）职业健康体检工作开展情况：实验室所在医疗机构应为辐射工作人员进行体检（至少每年 1 次），工作人员新上岗时和离岗时也应进行全面的体检和职业健康检查。

（四）紫外线安全防护管理

利用 253.7nm 波长紫外线对实验室室内环境及器具物品表面进行消毒已经是较为普遍采用的一种有效的消毒方法。一般情况下紫外线消毒法采用紫外线杀菌灯作为紫外线的辐射源，要求每立方米空间紫外线灯瓦数 $\geqslant 1.5W$，照射时间一般为 30～60 分钟。并规定紫外线的辐照强度不得低于 $70\mu W/cm^2$，否则杀菌效果不佳或无效，达不到消毒的目的。

这种波长的紫外线在杀灭细菌的同时，也会对人体造成一定程度的伤害，在没有防护措施的情况下，短波紫外线会对人体造成直接伤害：①人的眼睛与皮肤暴露在紫外线灯光线下不能超过 3 分钟；②如果直接照射 15 分钟后，就会使眼角膜损伤导致电光性眼炎，双眼突然剧烈疼痛，有异物感，畏光、流泪或眼睑痉挛等；③长期照射会损害眼睛及皮肤，导致眼部创伤及皮肤严重灼伤，并可能导致皮肤癌。

实验室必须要求紫外线灯消毒时操作人员一定要佩戴防护装备，如利用多功能防护眼镜对眼睛进行保护，千万不可直接被照射；同时也应避免皮肤接触到紫外线辐射。实验室一般应在工作间歇期（夜晚或早上上班前）进行紫外线消毒，紫外灯开启后，所有工作人员应立即撤离被照射区域。

二、化学危险品防护管理

输血相容性检测实验室每天试验操作中都会接触到一些化学试剂或化学性危险品，实验室应制定各种化学危险品的保存、使用管理规范，相关操作人员应充分了解实验室内各种化学品可能对人体产生的毒害作用、暴露途径及相关的防护要求，切实做好个人防护工作，防止各种化学损伤的发生。

(一)过氧乙酸

1. 由于过氧乙酸原液为强氧化剂，具有较强的腐蚀性，因此不可直接用手接触，配制溶液时应佩戴橡胶手套，防止药液溅到皮肤上。

2. 在做气溶胶喷雾时，操作者应佩戴防护面罩，也可采用口罩、帽子及游泳镜替代，不可直接对人喷洒。

3. 如药液不慎溅入眼中或皮肤上，应立即用大量清水冲洗。

4. 原液储存放置可以分解，故应注意有效期。原液应储存于塑料桶内，在阴暗处保存，并远离可燃性物质。其稀释液更易分解，宜随配随用。

(二)乙醚

1. 储存要求 乙醚要用玻璃瓶或铁桶盛装。容器最好存放在户外或易燃液体专用库内，要远离火种热源，储存温度不宜超过28℃。要与氧化剂、氧、氯等物质隔离存放。避免阳光直射，防止静电，也要预防受到闪电引火。长期存放时会生成化学性质更为活泼、危险性更大的过氧化物。搬运时要轻装轻卸，严防包装破损。

2. 使用乙醚时的个人防护要求

(1)呼吸系统防护：空气中浓度超标时，佩戴过滤式防毒面具(半面罩)。

(2)眼睛防护：必要时，戴化学安全防护眼镜。

(3)身体防护：穿防静电工作服。

(4)手防护：戴橡胶耐油手套。

(5)其他防护：工作现场严禁吸烟。注意个人清洁卫生。

3. 发生乙醚接触后的处理

(1)皮肤接触：脱去被污染的衣物，用大量流动清水冲洗。

(2)眼睛接触：提起眼睑，用流动清水或生理盐水冲洗并就医。

(3)吸入：迅速脱离现场至空气新鲜处；保持呼吸道通畅；如呼吸困难，可给予输氧；如呼吸停止，立即进行人工呼吸并就医。

(4)食入：饮足量温水，催吐并就医。

4. 火灾处理 乙醚为可燃性气体，与一定体积的氧气混合后遇火即可发生爆炸引发火灾。灭火时可用干粉、二氧化碳、抗溶性泡沫和砂土。用水灭火可能无效，但可用水喷射驱散蒸气，赶走液体。乙醚泄漏时，首先要切断所有火源，戴好防毒面具、手套等，然后用不燃性分散剂制成的乳液刷洗，经稀释的乳液可排放入废水系统。如果没有分散剂，可强行通风，直至漏液全部蒸发排除为止。

(三)叠氮钠

输血相容性检测实验室中的叠氮钠主要是作为防腐剂添加到一些标准血清、细胞试剂和洗液中，以液态形式存在且含量较低，对于操作人员的污染主要是皮肤和眼睛接触，其处理原则与乙醚接触类似。

1. 皮肤接触 脱去被污染的衣物，用肥皂水和清水彻底冲洗皮肤。

2. 眼睛接触 提起眼睑，用流动清水或生理盐水冲洗并就医。

3. 吸入 迅速脱离现场至空气新鲜处；保持呼吸道通畅；如呼吸困难，给输氧；如呼吸停止，立即进行人工呼吸并就医。

4. 食入 饮足量温水，催吐并就医。

(于 洋 张 婷)

参 考 文 献

[1] 李萍.临床实验室管理学.北京:高等教育出版社,2006:216-245.

[2] 申子瑜,李萍.临床实验室管理学.2版.北京:人民卫生出版社,2008:189-207.

[3] 丛玉隆,王前.临床实验室管理.2版.北京:中国医药科技出版社,2010:124-151.

[4] 中华人民共和国卫生部.临床实验室安全准则(2005).

[5] 中华人民共和国卫生部.GBZ135-2002 密封 γ 放射源容器卫生防护标准(2002).

[6] 中华人民共和国国家质量监督检验检疫总局.GB 18871-2002 电离辐射防护与辐射源安全基本标准(2002).

[7] International Organization for Standardization (ISO). Medical Laboratories-Particular Requirements for Quality and Competence. Geneva, Switzerland:ISO15189:2007.

第13章 输血相容性检测实验室文件控制与信息管理

进入 21 世纪,社会发展已经逐步进入信息化时代。输血相容性检测实验室每天都会产生大量的数据信息,这些数据信息需要合适的控制管理制度和相应的技术手段来实现有效管理和应用,确保数据信息的安全。传统的手工管理模式已经无法满足实验室发展的需要,建立实验室规范的文件控制制度和网络信息化管理平台正日益受到重视。实验室文件控制和数据信息管理是实验室管理的重要组成部分,其水平高低可以从一个侧面反映实验室管理水平的高低。

第一节 文件控制管理

为了对实验室质量管理体系相关文件进行有效控制,确保实验室相关场所都能得到和使用相应文件的有效版本,实验室应制定文件控制管理程序,规范质量管理体系文件的编制、审核、批准、发放、修订和管理等各个环节,包括外来文件的控制,从而实现质量管理体系的有效运行。

一、文件控制的相关概念

1. 文件 是指所有信息或指令,包括政策声明、教科书、程序、说明、校准表、生物参考区间及其来源、图表、海报、公告、备忘录、软件、图片、计划书和外源性文件如法规、标准或检验程序等。

2. 文件控制程序 是指对实验室管理体系文件进行有效管理和控制,防止文件和资料的丢失、误用、损坏及不规范,确保在各相关场所使用文件的充分性和适宜性的一种管理程序。

二、文件控制的相关职责要求

1. 科室主任 负责批准、发布质量管理体系文件。

2. 质量主管 负责组织有关人员编制质量手册、程序文件,并负责进行审核。

3. 技术主管 负责审核质量手册和程序文件中的技术相关要素,负责作业指导书、技术记录表格等技术性文件的审核。

4. 专业组组长(各实验室负责人) 负责组织本部门人员编写作业指导书、制定相关技术记录表格的内容和表达形式。

5. 科秘书和(或)资料管理员 负责质量体系文件的全面管理。

三、实验室质量管理体系文件控制的相关程序

(一)质量体系文件的编制

1. 质量手册和程序文件 科室主任负

责组织质量手册、程序文件及其相关记录表格的编写工作。科室主任应将编写的宗旨、方针以及质量目标等内容传达给相关编写人员。编写人员还须依据 ISO15189:2007《医学实验室-质量和能力的专用要求》、相关法规或技术规范的有关要求并结合科室具体情况进行相关文件的编写工作。各部分内容应当相互衔接,使质量管理体系成为一个完善的整体。

2. 作业指导书 各专业组组长根据质量手册和程序文件有关编写作业指导书的要求,组织本部门人员编写作业指导书,内容也应符合相关法规或技术规范的有关要求并结合科室具体情况进行各个文件的编写。输血相容性检测实验室的作业指导书一般分为四类:

(1)试验作业指导书:以试验本身为主线,编制试验 SOP。

(2)大型仪器作业指导书:以仪器本身为主线,编制仪器操作 SOP。

(3)操作相关的规章制度:包括与检验相关的和非检验相关的操作管理。例如标本管理、试剂冰箱管理、医疗废物管理以及血液成分的接收、入库、库存、发放、报废等一系列管理制度。

(4)样本管理类作业指导书:主要是针对与原始样本相关的患者准备、检验(或输血)申请、样本的采集、运输、处理及保存等一系列内容所做的详细规定。

3. 记录表格

(1)技术记录表格:各专业组组长或实验室负责人负责编制相关技术性记录表格。

(2)质量记录表格:质量管理文件及管理性记录表格由科秘书或科室指定的资料管理员负责编制。

(二)质量体系文件的审核

1. 质量手册和程序文件 编写完成后,技术要素提交给技术主管审核,管理要素提交给质量主管审核,审核后的意见返回给编写人员或被授权人员进行修改。

2. 作业指导书和技术记录表格 专业组组长对作业指导书和相关记录表格的初稿进行审核,审核后的意见返回给编写人员或被授权人员进行修改。

(三)质量体系文件的审批

1. 质量体系文件(包括质量手册和程序文件)经质量主管和技术主管审核后,由科室主任批准发布。

2. 作业指导书由技术主管审核。

3. 质量记录表格由质量主管审核。

4. 技术记录表格由技术主管审核。

5. 外来文件是否受控,由科室主任确认。

6. 所有文件批准后均由资料管理员负责编号登记。

(四)质量体系文件的发放

文件发放范围由资料管理员根据工作需要确定。特殊情况下需要向上级有关部门、认可机构或服务对象提供有关文件时,由科室主任批准。质量手册、程序文件的发放范围:科室主任、技术主管、质量主管、各部门负责人及相关人员。纸制文件由资料员负责发放管理,如果采用电子文件网络发布要严格掌握发放权限,确保文件的受控,科室可保留一或二套纸制文件形式存档。

对于质量管理体系运行起重要作用的各个场所,由资料管理员及时发放到位,确保有关人员使用现行有效的文件。文件发放时要注明分发号和文件受控状态,并记录于《文件分发登记表》,由领用人签收。发放到专业组的与质量体系有关的文件,国家技术规范、行业和国家标准均为受控文件,并加盖"受控"印章。提供给服务对象和递交到认可机构的质量体系文件为非受控文件。科室不负责对非受控版本文件进行修订和改版换发。如果由网络形式使用文件,应确认网络上的文件为当前有效版本。

(五)质量体系文件的评审

质量主管、技术主管应定期组织对现有

的体系文件进行评审,各部门结合平时使用情况进行适时评审,必要时予以修订。

(六)质量体系文件的修订和改版

1. **文件修订**　遇有以下情况,质量体系文件应予以修订:

(1)文件中的条款不适应现实工作或在执行过程中发现文件有不完善之处。

(2)组织机构或人员岗位调整,影响文件的执行。

(3)现行文件的条款与有关标准和法律、法规相矛盾。

(4)内审和管理评审中认为需要进行调整。

2. **文件改版**　遇到下列原因应考虑对文件进行改版:

(1)一次修改内容过多。

(2)认可证书到期复查,体系文件需做整体修改。

(3)国家有关准则改版。

(4)组织机构发生重大变化。

(5)检验标准和服务能力发生重大变化。

(6)评审中发现管理体系存在较大问题。

(7)资源发生较大变化。

(8)相关的法律、法规发生变化。

3. **文件修订和改版的程序管理**　文件修订的申请、编制、审核和批准程序与文件的编制、审核、批准的程序相同;文件修订应由原审查和批准人进行审查和批准,相关人员应有相应的背景资料。文件修订后,应将修订的文件按规定的发放范围及时发放到位,并收回所有被修订的作废文件。对修订内容较多或修订次数较多的文件应整页更换,修订次数反映在首页上。对局部少量修订,可用手写修订,然后签名或加盖修订章,注明日期,网络版以"修订"形式保留修订前内容。

体系文件通常在依据标准更新、科室主任变更、修改的内容较多或其他原因需要改版时进行版本的更换;各项目作业指导书通常在检验项目依据标准更改、试剂更换或其他原因需要改版时进行改版。文件改版后应及时收回原文件,加盖文件作废标志;同时发放改版后的新文件,网络版文件重新发放新版本后,以前版本应作为档案保留,但确保不会在工作中被误用。资料员应定期对文件修订情况进行核对,防止误用作废文件。

(七)质量体系文件的保存

1. **质量手册、程序文件、作业指导书的保存管理**　质量体系相关文件的合法持有者必须妥善保存这些文件,科室进行内审工作时应对各部门文件保管情况进行检查。资料员应编制全部受控文件清单,以便于检查。任何人不得乱涂、划改受控文件,不准私自外借或复制,确保文件清晰、易于识别。文件编制、审核、批准、发放、修订等形成的记录由资料员整理归档。原版文件由资料员登记归档,并列出受控文件清单。

2. **质量和技术记录的填写、收集与归档**　输血相容性检测实验室内质量和技术记录的标志遵循唯一性编码原则,便于识别和查取。质量和技术记录能真实地反映实验室日常工作的全过程,是实验室从事质量管理和技术运作的证据。具有可追溯性、客观性、科学合理性。

(1)技术记录表格正式使用前应对实验室人员进行培训,确保记录格式的统一和结果的准确。要求记录及时,内容真实,项目完整,清晰准确,且有记录日期和签名。记录严禁用红色笔填写。当填写需要修改时,统一采用杠改,在旁边写上正确的记录,并签上修改者姓名或签章。禁用橡皮擦修改原始记录或用涂改液涂改。

(2)对实验室的质量记录和技术记录要进行分类整理。根据各类记录自身的特点进行定期收集,如检验申请单、输血申请单、交叉配血单及发血单,具有数据量大的特点,可以规定为每周收集,按月整理归档。其他记录视其自身情况可以设置为按月、按季度收集,半年或一年整理归档。

（3）在实验室质量体系文件运行过程中，资料员要与记录人员及编制者及时沟通，使记录人员都能更好的理解编制者的意图，以便能够提出合理化建议。

3. 特殊文件的收集

（1）外来文件：外来文件的编制、审核、批准和更改均在实验室质量管理体系控制之外，应当适时关注外部文件的编制是否有更新，以保证体系内使用的是最新版本。

（2）电子文件：根据电子媒体的特殊特点如非唯一性，更改无痕，以及易受电脑病毒影响等，应该严格按照《文件控制程序》的要求来控制储存在电子媒介上的记录。输血相容性检测实验室使用的配发血管理系统或检验系统应分类设置内部登录权限，如一般人员只有录入、报告检验结果的权限，而对于已经确认的检验结果进行修改操作则只能由实验室负责人或授权人员来完成。实验室质量管理体系的内部网站也同样应该设置内部登录浏览权限，从而确保电子文件的全面控制和保密。

针对实验室各检测仪器设备日常检测结果，要定期进行存盘归档，根据不同仪器的特点，可以设置为每日、每周或每月进行 1 次。严禁在实验室电脑及仪器控制电脑上连接移动存储设备，如 U 盘等，防止计算机病毒感染导致数据丢失、系统异常。

4. 文件的保存

（1）保存条件要求：实验室应设立专门的资料室，用于保存各种文件、资料和档案。资料室内应配备必要的文件柜、储物架、文件盒等设施。对于需要进行归档保存的文件资料可根据其性质、内容进行分类，然后放入贴有相应内容和编号的存放箱中，便于后期查询使用。一般文件室温存放即可，还应做到防火、防潮，有专人负责保管资料室钥匙，非授权人员不得随意进出资料室。

（2）整理归档：对于分类收集来的实验室各类质量记录及技术记录首先要进行汇总整理，并在归档前对于记录的完整性及正确性做最后一次检查及确认（包括标题、编号、版本号、生效日期、内容填写等），然后按照《文件控制程序》的要求进行汇总编号，并在文件归档目录登记表上做好登记，按序分类存放。已经归档的文件内容不容许再进行修改。大型检测仪器内的原始数据应使用光盘、移动硬盘等存储介质定期进行备份，存储介质由资料管理员统一放置在资料室指定位置妥善保存，确保数据信息安全。

（3）文件的保存期限：文件的保存期限应该符合法规、满足服务对象和上级机构的标准要求，输血相容性检测实验室输血申请单及各项检测项目的结果原始报告单等原始技术记录应至少保留 10 年，其他文件应视其性质和特殊情况来决定。

（八）文件的作废和销毁

所有作废的文件由资料员负责及时从所有使用场所收回，因特殊需要所保留的任何作废文件，都应进行醒目的标记，防止误用。对要销毁的作废文件，由资料员填写《文件销毁记录》，经质量主管批准后进行销毁。

（九）文件的借阅

文件归档后，科室内部人员需借阅文件时，应该向资料员提出申请，按照《文件控制程序》的要求填写《文件借阅登记表》，所有文件不得带出实验室，使用后应按期归还。重要文件需经科室主任批准后方可借阅。文件借阅人应注意保密，不得复制文件材料。一般情况下，禁止向科室以外人员借阅相关文件。

（十）外来文件的控制

1. 外来法规性文件，如国家各类法规、规程、规范、检验方法、国家和行业标准等经技术主管组织确认后可直接引用，非法规性文件的引用由技术主管批准。

2. 经批准后的外来文件由资料管理员负责统一编号并加盖"受控"章，发放到相关部门使用。

3. 资料管理员对外来文件应定期进行检索,及时更换有效版本。

4. 上级管理部门下发的与业务工作相关的文件,由办公室登记、复印下发或存档,填写《外来文件登记表》。

5. 保存在计算机系统内的文件或在网络上发放传输文件,应专门制定计算机文件和数据控制程序进行管理。

第二节 信息管理

输血相容性检测实验室每天要产生大量检验信息,血液成分存储、发放等相关信息,这些信息需要进行有效的控制和管理,才能确保数据信息安全。

一、实验室信息系统的相关概念及释义

(一)数据

数据是对客观事物的符号表示,是用于表示客观事物未经加工的原始素材,如图形符号、数字、字母等。或者说是通过物理观察得来的事实和概念,是关于现实世界中的地方、事件、其他对象或概念的描述。在计算机科学中,数据是指所有能输入到计算机并被计算机程序处理的符号的介质的总称,是用于输入电子计算机进行处理,具有一定意义的数字、字母、符号和模拟量等的通称。对于输血相容性检测实验室而言,每天完成的检验工作和血液成分管理过程中都会产生大量的数据,例如半定量试验抗体效价测定用数值形式表达;抗体筛查、交叉配血等定性试验结果用阴性、阳性或相合、不相合形式表达;血液成分的接收、储存、发放过程中涉及血型、成分、数量(一般用单位表达)交织在一起构成数据元素。

(二)信息

信息是事物运动的状态与方式,是物质的一种属性。对于输血相容性检测实验室而言信息就是经过分类、加工、整理、分析后的数据,例如实验室中的质量目标、质量方针、检验项目、规章制度、人员、设备、档案管理等,这些信息都是对实验室日常工作过程中产生、经过加工处理的数据资料,用于实验室的管理和决策。

1. **信息的一般特征** 通常包括以下几个方面:

(1)依附性:信息具有载体依附性,信息需要依附在一定的载体上存在,同一信息可以依附于不同的载体而存在,比如书籍、网络、杂志、内部文件等都是信息的有效载体。

(2)客观性:信息是客观事物的再现,是事物的客观存在,是对事物运动状态和方式真实、客观、准确的描述和反映。信息必须是真实的、准确的,不能凭人的主观臆想和推断来夸大、缩小甚至虚构信息。

(3)价值性:信息的价值性主要取决于信息对接受者有用的程度。

(4)共享性:信息可传递给多个不同的接受者,同一条信息可以被多个接受者或群体获取、利用,实现共享。

(5)时效性:信息是某个阶段或时段的情况反映,失去了时效,信息可能就会变得毫无价值可言。

(6)知识性:信息是通过一定的媒介,使人们接受新知识的重要渠道。信息在我们学习、工作以及生活中,传播萌芽时期的知识和当前最为适用或大众还不知道的新知识。

(7)可识别性:信息能够通过人的感官被接受和识别,并且可以由于信息载体形式不同而出现感知方式和识别手段的差异。

(8)可存储性:信息不仅可以通过人的大

脑记忆进行隐性存储,还可以通过各种现代化的信息技术进行显性存储,使信息能够更安全、有效地保存、传承和利用,为人类生存和发展造福。

2. 输血相容性检测实验室的信息分类

输血相容性检测实验室所产生的信息通常可以分为四类:检验相关信息、血液相关信息、管理信息、科研与教学信息。

(1)检验相关信息:是指实验室人员进行检验工作时获取的与检验相关的信息,这些信息可能对检验结果的判断提供参考依据,例如标本采集前的患者准备、采集容器、运输方式、检测前标本的处理、受检者特殊的病理生理状态等信息。

(2)血液相关信息:是指血液成分接收、入库、库存、发放、输注等过程中涉及到的供者信息、受者信息。供者信息可以包括血型、成分名称、数量、病原学检测结果、采集日期等信息;受者信息包括姓名、性别、年龄、妊娠史、输血史、临床诊断、治疗手段及相容性检测结果等一系列信息。

(3)管理信息:主要是指实验室整体运行信息,如质量管理信息、人员管理信息、仪器设备管理信息、试剂耗材管理信息、环境卫生与生物安全管理信息、财务支出与成本核算管理信息等。

(4)科研、教学信息:主要是指实验室工作人员对检验工作、实验室管理、特殊病例、输血疗效、输血安全、新技术与新方法应用等诸多方面的数据进行汇总、分析、提炼、总结,最后以论文、专著、讲义、课件的形式发表或传播。科研、教学信息可以用于新员工培训、为同行业内人员更新观念、改善管理、提高技术水平带来帮助和借鉴。

上述的四类信息并不是完全孤立存在的,而是相互关联、相互交织共同构成输血相容性检测实验室的信息集合。

(三)信息化

信息化就是在经济、科技和社会各个领域,广泛应用现代信息技术,有效开发利用信息资源,建设先进的信息基础设施,发展信息技术和产业,不断提高综合实力和竞争力,加速现代化进程,使信息产业在国民经济中的比重逐步上升的过程。所谓信息化,首先是一个"化"字,是指一个过程,就是人们在一个系统中推动信息技术应用,和依此信息技术推动信息资源的传播、整合和再创造的过程。实验室信息化是将信息技术引入实验室活动各个领域的过程。实现信息化的主体是人而不是硬件设备和技术本身,人员素质和管理水平才是影响信息活动的决定性因素。

(四)信息系统

信息系统是由计算机硬件、网络和通讯设备、计算机软件、信息资源、信息用户和规章制度组成的以处理信息流为目的的人机一体化系统。

(五)信息管理

信息管理是人类为了有效地开发和利用信息资源,以现代信息技术为手段,对信息资源进行计划、组织、领导和控制的社会活动。简单地说,信息管理就是人对信息资源和信息活动的管理。信息管理是指在整个管理过程中,人们收集、加工和输入、输出的信息的总称。信息管理的过程包括信息收集、信息传输、信息加工和信息储存。

(六)实验室信息系统

实验室信息系统(laboratory information system,LIS)是指利用计算机及网络技术对检验申请、样本采集、标本识别、样本分析、结果报告、质量控制、结果解释等诸多方面数据进行管理,满足用户功能需求的计算软件系统。LIS是医院信息系统的组成部分之一。

在临床实验室的运转中,随时产生着大量的信息,如患者检验结果的信息、项目质量控制信息等。传统的手工操作管理办法已无法满足日常信息管理的需要,要实现高效、快速的信息管理,使管理工作程序化、管理记录系统化、管理标准透明化，必须使用计算机技术对数据集中进行处理，形成文字、图表、图像等各种信息，辅助临床诊断。

同时，完善的 LIS 还要有经济管理、人事管理、设备管理等。LIS 的应用使实验室工作人员从繁杂的手工事务性工作中脱身出来，不必再花很多的精力去收集数据、处理数据、编制报表，而有更多的精力去提高检验技能，更多地完成创造性工作。同时，LIS 的使用给管理者带来了基础数据的规范化、标准化，使实验室数据的收集更及时、更完整、更准确、更统一。

(七)医院信息系统

医院信息系统（hospital information system，HIS），利用电子计算机技术和网络通讯技术，为医院所属各部门提供病人诊疗信息和行政管理信息的收集、存储、处理、提取和数据交换的能力，并满足所有授权用户的功能需求的信息系统。HIS 就是以支持医院日常医疗、检验、服务、管理、决策为目的的用于信息收集、处理、存储、交换的各部门集合，是医院现代化建设的重要组成部分。

二、临床实验室信息系统的发展

实验室信息系统概念的提出是在 20 世纪 60 年代，但真正投入使用和快速发展只有短短的 30 年历史。主要是由于科学技术的不断进步，大量自动化检测设备的普及极大地提高了实验室检测的自动化水平。同时计算机技术、数据库技术、网络技术的日臻成熟和完善，为实验室信息系统的发展提供了动力和平台。

国际上实验室信息系统的发展历程大致可以分为 4 个阶段。

(一)第一阶段：单机运行模式

第一代产品出现在 20 世纪 80 年代初期，当时的软件开发环境采用 DOS 平台和 FoxPro 数据库结构，运行环境为 DOS 单机版或 NOVELL 网络系统，仅是计算机代替人工处理实验室数据，尚不具备检验数据管理功能。

(二)第二阶段：实验室内部数据库操作模式

第二代产品出现在 20 世纪 80 年代末期，关系型数据库引入临床实验室检验数据的存储和管理之中，加之个人计算机的普及，将大型检验设备与个人计算机相连，初步实现了检验数据的自动接收功能，并增加了一些检验管理功能，提高了检验效率。第二代产品相当于第一代的加强型，管理功能尚不完备。20 世纪 90 年代后期，国内少部分医院引进了第二代实验室信息系统。

(三)第三阶段：开放式数据库结构服务模式

由于个人计算机和网络技术的快速发展，分布式计算机系统结构开始逐步取代传统的集中式模式，基于客户机、服务器模式的软件设计理念开始被广泛应用。1991 年，第三代实验室信息系统产品开始在国外的一些大中型医院应用。第三代产品将实验室内的各种计算机连成局域网络并与服务器相连，通过服务器操作系统软件实现对整个网络的管理，使整个系统运行更为稳定。关系型数据库的应用使集中存储检验信息、质控数据和管理资料成为可能。同时，菜单式操作使人机界面更为友好，各种窗口业务为工作人员提供了便捷的应用平台。

20 世纪 90 年代末期，国内一些医院开始跨过第二代直接引入第三代实验室信息系统，并与 HIS 实现无缝连接。近些年国内的许多软件公司都已经开发出功能完备的第三代 LIS 产品，并在广大实验室内得到应用推广，目前绝大多数实验室使用的 LIS 都属于第三代产品。

(四)第四阶段：互联网操作模式

进入 20 世纪 90 年代末期，互联网技术的出现和普及，使网络用户突破了地域和时间的限制。同时，硬件技术再一次向大型计算机回归,软件技术出现了以 Browser/Server 为主流的的设计方法。正是在这样的技术背景下,第四代实验室信息系统诞生了。该模式的主要特征包括:

1. 进一步完善了对检验信息的管理,提供对临床诊断的辅助决策支持。

2. 支持对检验数据的深度处理、分析,能够为实验室的科学研究、临床教学、质量改进提供信息。

3. 能够更好地适应新设备和新方法,提供处理各种图形、图像、文字结果的处理能力。

4. 更为开放的结果查询和报告模式,患者可以通过个人计算机在互联网查询自己的检验报告单,医学专家也可以通过网络,查阅检验结果,进行远程医疗诊断工作。

三、数据信息管理的特点及现状

(一)数据信息管理的特点

输血相容性检测实验室的数据信息来源有别于一般临床实验室,不仅包括检验数据信息,还要包括血液成分相关信息,而且两部分信息还互相联系、相互影响,这就要求 LIS 要同时具备检验信息管理和血液成分信息管理的功能。在研发输血相容性检测实验室信息管理系统时,即可以做成两个相对独立又互相兼容的模块,也可以把两部分职能融合成一个模块,最终能够同时满足两方面的功能要求。

(二)数据信息管理的现状

国内输血相容性检测实验室信息系统研发、应用相对较晚,20 世纪 90 年代末期,少部分大型实验室才开始探索、引入 LIS,但是由于当时输血相容性检测实验室还没有大型全自动检测设备,实验室检测工作完全由手工操作完成,因此早期的 LIS 更多是用于血液成分管理,无法用于检验过程的自动化管理。直到进入 21 世纪以后,特别是近 5 年,大量自动化检测设备逐步进入输血相容性检测实验室,自动化检测成为输血相容性检测实验室的一种重要模式,LIS 与自动化检测设备、HIS 之间的连接,使输血相容性检测实验室走向信息化管理成为现实。但迄今为止,国内输血相容性检测实验室真正实现信息化管理的仍屈指可数,大多数还处于起步阶段或部分实现信息化管理。

四、信息系统的基本组成

实验室信息系统通常是由计算机、通讯设备和网络等硬件及相关软件及通讯协议标准构成的。

(一)硬件组成

1. 网络服务器 是网络上一种为客户端计算机提供各种服务的高性能的计算机,作为网络的节点,存储、处理网络上 80% 的数据、信息,它在网络操作系统的控制下,将与其相连的硬盘、磁带、打印机、Modem 及各种专用通讯设备提供给网络上的客户站点共享,也能为网络用户提供集中计算、信息发表及数据管理等服务。它的高性能主要体现在高速度的运算能力、长时间的可靠运行、强大的外部数据吞吐能力等方面。在 LIS 中,服务器只是发挥通讯服务和数据库管理的作用。

服务器的构成与微机基本相似,有处理器、硬盘、内存、系统总线等,它们是针对具体的网络应用特别制定的,因而服务器与普通微机在处理能力、稳定性、可靠性、安全性、可扩展性、可管理性等方面存在较大差异。尤其是随着信息技术的进步,网络的作用越来越明显,对信息系统的数据处理能力、安全性等的要求逐步提升,对于服务器的性能要求也越来越高。对于医疗机构内部的大型服务器多设在专门的网络信息管理部门,由专人进行维护管理。但是,对于一些小型网络也可以考虑使用普通的个人计算机充当服务器角色,但其安全性、稳定性远不如专用服务器。

2. 工作站　是连接在 LIS 网络上的供实验室操作人员处理数据信息的个人微型计算机，通过网卡和数据传输介质与网络服务器相连。每个工作站都有独立的操作系统和相应的网络软件，它在网络中充当客户端的角色。

3. 网络适配器　又称网卡，是计算机终端或客户端接入局域网络的设备，它负责把用户要传递的数据信息转化成为网络上其他设备能够识别的格式，通过传输介质传递给服务器或其他设备。

4. 集线器　英文称为"Hub"，即"中心"的意思，主要功能是对接收到的信号进行再生、整形、放大，以扩大网络的传输距离，同时把所有节点集中在以它为中心的节点上。它工作于 OSI(开放系统互联参考模型)参考模型第一层，即"物理层"。集线器与网卡、网线等传输介质一样，属于局域网中的基础设备，是一种不需任何软件支持或只需很少管理软件管理的硬件设备。集线器内部采用了电器互联，当维护 LAN 的环境是逻辑总线或环形结构时，完全可以用集线器建立一个物理上的星形或树形网络结构。

5. 中继器　是连接网络线路的一种装置，常用于两个网络节点之间物理信号的双向转发工作。中继器是最简单的网络互联设备，主要完成物理层的功能，负责在两个节点的物理层上传递信息，完成信号的复制、调整和放大功能，以此来延长网络的长度。由于存在损耗，在线路上传输的信号功率会逐渐衰减，衰减到一定程度时将造成信号失真，进而会导致接收错误。中继器就是为解决这一问题而设计的，它通过物理线路的连接对衰减的信号进行放大，并保持与原有数据相同。由于网络标准中都对信号的延迟范围作了具体的规定，中继器只能在规定范围内进行有效的工作，否则会引起网络故障。

6. 路由器　是互联网的主要节点设备，其工作发生在网络层。路由器通过路由决定数据的转发。作为不同网络之间互相连接的枢纽，路由器系统构成了基于 TCP/IP 的国际互联网络 Internet 的主体脉络，也可以说，路由器构成了 Internet 的骨架。它的处理速度是网络通信的主要瓶颈之一，它的可靠性则直接影响着网络互连的质量。

7. 网桥　工作在数据链路层，将两个类型相同或相似的 LAN 连起来，根据 MAC 地址来转发帧，具有寻址和路径选择的逻辑功能。网桥的功能在延长网络跨度上类似于中继器，然而它能提供智能化连接服务，即根据帧的终点地址处于哪一网段来进行转发和滤除。使用网桥进行互连克服了物理限制，这意味着构成 LAN 的数据站总数和网段数很容易扩充。网桥纳入存储和转发功能可使其适应于连接使用不同 MAC 协议的两个 LAN。因而构成一个不同 LAN 混连在一起的混合网络环境。网桥的中继功能仅仅依赖于 MAC 帧的地址，因而对高层协议完全透明。网桥将一个较大的 LAN 分成段，有利于改善可靠性、可用性和安全性。

8. 网关　又称网间连接器、协议转换器。网关在传输层上以实现网络互连，是最复杂的网络互连设备，可用于两个高层协议不同的网络互连。网关的结构也和路由器类似，不同的是互连层。网关既可以用于广域网互连，也可以用于局域网互连。网关是一种充当转换重任的计算机系统或设备。在使用不同的通信协议、数据格式或语言，甚至体系结构完全不同的两种系统之间，网关是一个翻译器。与网桥只是简单地传达信息不同，网关对收到的信息要重新打包，以适应目的系统的需求。同时，网关也可以提供过滤和安全功能。

9. 传输介质　是指在网络中传输信息的载体，常用的传输介质分为有线传输介质和无线传输介质两大类。有线传输介质是指在两个通信设备之间实现的物理连接部分，它能将信号从一方传输到另一方，有线传输介质主要有双绞线、同轴电缆和光纤。双绞线和同轴电缆传输电信号，光纤传输光信号。无线传输介质指无线电波、微波、红外线、激光等。不同的传输介质，其特性也各不相同。不同的特性对网络中数据通信质量和通信速度有较大影响。因此，在选择网络传输介质时要根据自身网络特点，选择合适的传输介质，确保数据传输质量。

10. 条形码设备　条形码（barcode）是将宽度不等的多个黑条和空白，按照一定的编码规则排列，用以表达一组信息的图形标识符。常见的条形码是由反射率相差很大的黑条（简称条）和白条（简称空）排成的平行线图案。临床医生开具检验申请单或输血申请单时，申请单上会打印出与患者信息唯一对应的条形码，同时还可以生成条形码标签粘贴在标本采集容器上。实验室在接收申请单和标本时可以直接通过扫描条形码完成接收确认工作，减少手工登记或录入发生错误的概率，提高工作效率。实验室内的大型自动化检测设备也可以通过扫描试管上的条形码自动完成标本识别；检验工作完成后，检验数据传输到 LIS 后通过条形码信息与对应患者建立关联。临床科室、门诊都应配备自动条码打印设备，用于实现所有标本的条码化管理。输血相容性检测实验室也应配备条码打印设备，在接收到标本条码质量不符合要求或无法识别时，重新补打条码标签，以便于后续的数据管理。

（二）软件组成

LIS 除应具备基本的硬件条件以外，还需要安装系列软件来支持网络运行，通常包括网络操作系统软件、网络数据库软件、网络协议软件以及其他应用软件等。

1. 网络操作系统软件　是使网络上各计算机能方便而有效的共享网络资源，为网络用户提供所需各种服务的软件和有关规程的集合，是网络的心脏和灵魂。由于网络操作系统是运行在服务器之上的，所以也把它称之为服务器操作系统。网络操作系统与运行在工作站上的单用户操作系统（如 Windows XP 等）或多用户操作系统由于提供的服务类型不同而有差别。网络操作系统除了具有通常操作系统应具有的处理器管理、存储器管理、设备管理和文件管理、作业管理、网络管理功能外，还应具有以下两大功能：①提供高效、可靠的网络通信能力；②提供多种网络服务功能，如远程作业录入并进行处理的服务功能、文件传输服务功能、电子邮件服务功能、远程打印服务功能等。

现在，市场上有很多服务器操作系统，主要包括 Windows 系列产品，Novell NetWare 操作系统、Unix 和 Linux 等几种，建立实验室信息系统时，可以根据网络自身规模和特点选择合适的网络操作系统。

2. 网络数据库软件　是存储和管理网络数据信息的一种应用软件，它能够对网络系统中生成的各种数据信息进行存储，并可以通过多种方式进行查询、排序、重组、分类、汇总等操作，并能根据用户的指令要求调取数据。网络数据库软件的主要功能就是维护数据库并有效访问数据库中的任意数据，保持数据库中所有数据的完整性、一致性和安全性。目前市场上应用较多的网络数据库软件包括 Oracle、SQL server、Sybase、DB2 等。

3. 网络协议软件　网络协议是实现计算机之间、网络之间相互识别并正确进行通信的一组标准和规则，它是计算机网络工作的基础。

在 Internet 上传送的每个消息至少通过三层协议：网络协议（network protocol），它负责将消息从一个地方传送到另一个地方；传输协议（transport protocol），它管理被传送内容的完整性；应用程序协议（application protocol），作为对通过网络应用程序发出的一个请求的应答，它将传输转换成人类能识别的东西。

一个网络协议主要由语法、语义、同步三

部分组成。语法即数据与控制信息的结构或格式;语义即需要发出何种控制信息,完成何种动作以及作出何种应答;同步即事件实现顺序的详细说明。

4. 网络应用软件　主要是指客户端根据自己工作需要开发、编写的计算机应用程序。对于一个医院内部网络而言,医生工作站、检验工作站、配发血管理工作站、门诊收费系统等都属于网络应用软件。

五、构建信息系统的现实意义

输血科(血库)构建实验室信息系统对于整个学科发展具有重要推动作用,具体表现在以下几个方面:

1. 推动输血科(血库)由经验管理向科学管理、规范化管理发展,全面提升实验室管理水平。

2. 从烦琐、凌乱的手工报告检验结果走向快速、简便的自动化报告结果,极大提高工作效率。

3. 建立规范、统一的报告单生成模式,确保不发生分析后误差,提高数据可靠性。

4. 实现血液成分信息化管理,确保所有血液成分能够进行有效的追踪、溯源。

5. 集中管理检验信息、血液成分信息,便于查找问题、分析原因,改进工作,加强全过程质量控制。

6. 加快检验结果向临床的反馈速度、提高对危重病人输血救治水平。

7. 通过与 HIS 连接,实现输血相关信息全院、实时共享。

8. 提高所属人员自身素质,尽快适应信息化社会发展的步伐。

六、信息系统的基本功能

对于输血相容性检测实验室而言,引入 LIS 时一定要根据自身实验室的规模、日常工作量、自动化程度、工作流程、整个医院的信息化程度以及 HIS 的兼容性等来选择适合自身需要的软件系统,不要随意移植、套用其他实验室的 LIS,只有符合自身实验室特点和发展需要,LIS 系统才能真正提高工作效率和整个实验室管理水平。

LIS 系统通常在检验过程自动化、数据信息化、实验室管理信息化等方面发挥作用。

(一)检验过程自动化

输血相容性检测常规项目包括 ABO 及 RhD 血型鉴定试验、不规则抗体筛查试验、交叉配血试验,这三项试验目前都可以完全实现自动化检测,通过引入 LIS 并与 HIS 实现连接,加之配合全自动医院智能采血管理系统,可以实现从检验申请(输血申请)、标本采集、标本接收、标本检测、结果审核、数据传输直到报告发放全过程的自动化管理。

1. 检验申请(输血申请)

(1)支持电子形式的检验申请(输血申请),临床医生在工作站开具的电子申请单直接通过网络传输到 LIS。

(2)电子申请形成时,患者的相关信息自动从 HIS 填入到申请单中。

(3)实验室直接从 LIS 调取检验申请(输血申请)。

(4)实验室也可以同时接收或远程打印纸质申请单。

(5)纸质申请单上会自动生成与标本一致的条码信息,接收纸质申请单时通过条码识别完成申请确认工作。

2. 标本采集

(1)全自动医院智能采血管理系统可以接收 HIS 传输来的申请(医嘱)信息,或通过扫描纸质申请单上的条形码信息,自动生成并粘贴采血试管条形码。

(2)通过自动传输系统将准备好的条码采血管打包后传输到采血人员手中。

(3)避免人为错误:包括试管选择错误、条码位置粘贴不规范等。

(4)极大提高工作效率,减少患者标本采集等候时间。

3. 标本接收

(1)通过标本条形码信息从 LIS 直接调取患者基本信息及申请信息。

(2)样本核对接收后,自动完成相关收费并提示样本接收人员。

(3)能够根据日期、科室、申请单序列号、患者病案号或门诊号进行标本和申请查询。

4. 标本检验

(1)检测系统通过试管条形码自动识别、载入患者基本信息。

(2)对于条形码无法识别的特殊情况,应支持键盘录入。个别检测系统不支持键盘录入,只能通过重新打印条形码的方式来解决。

(3)特殊情况下或授权管理下,允许对于检验系统自动生成的错误结果或无法判读的结果进行干预或修改,操作者需要对修改内容做备注说明,检测体系自动记录修改痕迹并永久保存。

(4)检测体系运行过程中,支持任务列表功能,实时提示检测工作进程。

(5)可以根据日期、申请序列号、检验项目等进行历史数据查询、统计。

5. 数据传输

(1)通过接口软件实现检验数据在检测系统与 LIS 之间的自动传输。

(2)数据传输通过设置用户名和密码的方式进行授权管理。

(3)单向通讯:目前输血相容性检测实验室多还是进行单向数据传输,即检测体系生成的结果文件传输给 LIS,检测体系自动接收 LIS 的检验指令尚无法实现。

6. 结果审核

(1)检测系统完成检验任务后,操作人员查看检验结果后确认保存。

(2)传输到 LIS 的检验结果,授权人员进行最后审核。

(3)LIS 系统应同时支持单个结果审核和批量结果审核。

(4)LIS 系统应支持与既往检验结果自动比对的功能。

7. 报告发送

(1)通过 LIS 直接将审核后的检验结果上传 HIS,病房和门诊可以直接查询、打印检验报告。

(2)实验室单个或批量打印报告单后经自动传输系统或人工发送到病房和门诊。

(3)通过互联网向远程用户在线发布检验报告,如体检报告等。

8. 报告打印

(1)LIS 系统应支持各种打印机型号。

(2)检验报告应支持远程打印,包括院内和院外。

(3)不管选择哪种打印方式,都应尽量使用实验室统一的报告打印格式,内容应符合相关要求。

9. 标本管理

(1)支持条形码标签管理标本。

(2)支持标本拒收记录功能。

(3)支持标本采集者、采集时间、检验者、报告审核者自动记录功能。

(4)具有供血者标本在库管理功能,血液成分用出后,对应标本自动出库,实现供血者标本从入库到报废处理的全程监控。

(二)血液成分管理信息化

输血相容性检测实验室信息系统,不但要实现检验数据的传递、处理、存储等自动化、信息化管理,同时还要对血液成分的入库、库存、发放、报废等实现信息化管理。

1. 血液预订管理

(1)目前由医院或输血科开发的 LIS 尚不具备血液预订功能,国内部分地区的采供血机构开发了血液信息管理软件,实验室安装该软件的客户端以后,可以通过内部网络或移动存储介质与血液信息管理软件实现双向信息传递。

(2)实验室根据自身血液成分的库存情况及预期使用量,通过互联网向供血机构发送血液预订信息。

（3）供血机构根据申请单位库存情况及自身库存情况决定血液供应量、供应时间及运送方式等，并通过互联网将回复发送给申请单位。

（4）实验室应按照供血单位的回复信息安排工作人员接收血液成分。

2. 血液入库管理

（1）采供血机构将所供血液信息通过互联网直接发送到实验室，实验室通过网络或移动存储介质将相关信息导入LIS。

（2）接收血液时，通过扫描血袋条形码实现血液入库，并与事先导入的信息进行比对，确认无误后完成入库。

（3）实验室按照与供血机构的约定时间通过网络上报血液库存信息及血液成分去向。

3. 血液库存管理

（1）支持设置不同血液成分库存量预警功能。

（2）支持各种血液成分有效期预警功能。

（3）支持各种血液成分在库查询功能，包括：类别、数量、来源、有效期等信息。

（4）实时库存信息上报功能，主要是上传给供血机构。

4. 血液发放

（1）血液发放时，每袋血袋成分都通过条形码识别完成出库。

（2）系统应支持键盘录入血袋信息。

（3）自动记录血液发放时间、发血人、血液去向。

（4）支持通过患者申请单、病案号或门诊号等唯一性标识查询既往用血记录。

5. 血液报废管理

（1）血液成分过期、血袋破损或其他原因导致的血液报废要进行严格的申请、审批、登记管理。

（2）LIS应具有完备的血液报废申请、审批、处置、登记管理功能，根据不同的权限设置完成相应的操作。

（3）LIS能够对于所有报废出库的血液进行追踪，并能根据日期、成分名称、来源及报废原因进行查询。

（三）实验室管理信息化

LIS在处理、完成日常检验及血液成分管理工作以外，还可以具备工作量统计、数据信息查询、试剂耗材管理、人员培训及岗位授权管理等一系列功能，实现整个实验室工作的信息化管理。

1. 工作量统计

（1）支持月度、年度检验工作量统计，根据设定要求，输出不同形式的统计报表。

（2）支持月度、年度血液成分入库、出库统计，根据设定要求，输出不同形式的统计报表及用血分布图、趋势图等。

（3）支持以操作人员、仪器设备、专业组为关键词的工作量统计功能。

（4）支持血液库存信息实时统计功能。

2. 信息共享及数据、信息查询　LIS与HIS共享检验数据库，实现两个软件管理系统之间信息互动，在授权管理的情况下，LIS用户可以查询患者的电子病历，获取与患者检验、输血相关信息，为检验诊断和输血治疗提供参考依据；HIS用户端可以实时查询患者的检验项目进展情况、血库血液保障能力等信息，方便临床治疗。

（1）LIS与HIS同时支持根据患者姓名、病案号或门诊号、送检时间等关键词进行检验信息查询。

（2）LIS与HIS同时支持根据患者姓名、病案号或门诊号、送检时间等关键词进行输血信息查询。

（3）LIS支持检验报告单补打功能。

（4）LIS支持发血单补打功能。

（5）LIS及时将完成的配血信息传输到HIS，临床医生可以通过医生工作站实时了解配血工作进展，避免电话询问带来的工作负担，特别适合手术患者。

3. 科学研究　利用自身庞大数据资源

优势进行临床资料总结和科学研究是 LIS 的一个重要功能,通过多项条件组合的复杂查询及统计操作,可能会获得以下有科研价值的信息:

(1)单病种输血治疗特点。

(2)外科单病种手术的用血量估计,可有效指导术前备血方案的制订。

(3)不同血液保存期的疗效差异评估。

(4)输血不良反应的统计、回访及原因分析。

(5)输血患者院内感染情况分析。

(6)不同血液成分输注阈值等科学性分析。

(7)不同处理方式对于输血治疗效果影响。

LIS 可能实现部分功能,实验室也可以单独开发输血相关的统计软件,通过与 LIS 和 HIS 建立接口,便捷地调取所有与输血相关的信息,获取有价值的科研信息。

4. 试剂耗材管理

(1)支持耗材的请领、出库、入库管理。

(2)支持供应商基本信息管理。

(3)支持试剂耗材的消耗量统计、估算。

5. 仪器设备管理

(1)支持仪器设备基本信息登记。

(2)支持新仪器设备性能验证管理。

(3)支持仪器设备维护、保养、校准、使用等信息管理。

(4)支持查询仪器设备状态管理。

6. 人员培训及授权管理 LIS 应设置专门的人员培训及授权管理模块,实现对新员工从岗前培训、上岗考核、继续教育的全程管理,具体应包括以下内容。

(1)培训功能:①不同岗位培训大纲、考核标准;②不同岗位工作职责;③实验室各项规章制度和标准操作规程;④不同检测项目可以选择的检测方法、主要用途、参考区间、危急值、临床意义及特殊注意事项等;⑤各种血液成分的性能参数指标、主要适应证;⑥临床常见输血不良反应的类型、临床表现、血清学特征、处理原则等;⑦相关专业知识链接。

(2)授权管理:①提供岗位授权管理要求及被授权人目录、有效期限;②提供大型仪器授权管理要求及被授权人目录、有效期限;③提供检验结果审核、修改授权管理要求及被授权人目录、有效期限。

七、信息系统的安全管理

随着 LIS 在各级医院的逐步推广与应用,临床实验室及各临床科室对信息系统依赖性逐渐增强。LIS 在为工作人员带来巨大方便的同时,它的安全问题日益受到广泛关注,系统的意外瘫痪或数据受到破坏可能会造成无可挽回的经济损失,甚至危及医院正常的诊疗工作秩序,给医院声誉造成巨大的负面影响。实验室必须建立严格、规范的信息安全管理制度,并通过采取必要的硬件手段、软件程序和技术工具,不断提高 LIS 的安全系数,确保信息系统不被外来病毒干扰和破坏,防止未经授权人员进入、调取、修改、破坏实验室信息。

(一)实验室信息系统安全相关概念

1. 信息网络安全 是指防止信息网络本身及其采集、加工、存储、传输的信息数据被故意或偶然的非授权泄露、更改、破坏或使信息被非法辨认、控制,即保障信息的可用性、机密性、完整性、可控性、不可抵赖性。

2. 实验室信息系统安全面临的威胁主要来自:①电磁泄漏、雷击等环境安全构成的威胁;②软硬件故障和工作人员误操作等人为或偶然事故构成的威胁;③利用计算机实施盗窃、诈骗等违法犯罪活动的威胁;④网络攻击和计算机病毒构成的威胁等。

3. 信息网络自身的脆弱性 主要包括:①在信息输入、处理、传输、存储、输出过程中存在的信息容易被篡改、伪造、破坏、窃取、泄露等不安全因素;②信息网络自身在操作系统、数据库以及通信协议等存在安全漏洞和隐蔽信道等不安全因素；③在其他方面，如磁盘高密度存储受到损坏造成大量信息的丢失，存储介质中的残留信息泄密，计算机设备工作时产生的辐射电磁波造成的信息泄密。

(二)实验室信息系统安全策略

LIS 的安全管理工作应首先研究确定其安全策略。安全策略涵盖面很多，如总体安全策略、网络安全策略、应用系统安全策略、部门安全策略、设备安全策略等。一个信息系统的总体安全策略，通常可以概括为"实体可信，行为可控，资源可管，事件可查，运行可靠"。

1. 实体可信 实体指构成信息网络的基本要素，主要有网络基础设备、软件系统、用户和数据。保证构建网络的基础设备和软件系统安全可信，没有预留后门或逻辑炸弹。保证接入网络的用户是可信的，防止恶意用户对系统的攻击破坏。保证在网络上传输、处理、存储的数据是可信的，防止搭线窃听，非授权访问或恶意篡改。

2. 行为可控 保证用户行为可控，即保证本地计算机的各种软件硬件资源(例如：内存、中断、I/O 端口、硬盘等硬件设备，文件、目录、进程、系统调用等软件资源)不被非授权使用或被用于危害本系统或其他系统的安全。保证网络接入可控，即保证用户接入网络应严格受控，用户上网必须通过申请登记并获得许可。保证网络行为可控，即保证网络上的通信行为受到监视和控制，防止滥用资源、非法外联、网络攻击、非法访问和传播有害信息等恶意事件的发生。

3. 资源可管 保证对路由器、交换机、服务器、目录系统、数据库、安全设备、密码设备、密钥参数、交换机端口、IP 地址、用户账号、服务端口等网络资源进行统一管理。

4. 事件可查 保证对整个系统内的各类违规事件进行监控记录，确保日志记录的完整性，为安全事件稽查、取证提供依据。

5. 运行可靠 保证网络节点在发生自然灾难或遭到硬摧毁时仍能不间断运行，具有容灾抗毁和备份恢复能力。保证能够有效防范病毒和黑客的攻击所引起的网络拥塞、系统崩溃和数据丢失，并具有较强的应急响应和灾难恢复能力。

(三)实验室信息系统的安全防护措施

LIS 的安全管理包括管理组织机构、管理制度和管理技术 3 个方面，要通过组建完整的信息网络安全管理组织机构，设置安全管理人员，制定严格的安全管理制度，利用先进的安全管理技术对整个信息网络进行管理，最终确保系统安全、网络安全和数据安全。

1. 系统安全

(1)LIS 内使用的所有软件，包括操作系统软件、数据库软件及其他应用软件都应使用正版软件，保证系统的安全性和稳定性。

(2)在软件系统设计时应考虑软件的测试功能，即能够对于数据的准确性和一致性进行系统测试，选择经过周密测试的数据库管理系统以提高数据安全性。

(3)应对 LIS 维护、管理和使用人员进行系统培训，并对相应人员进行严格的授权管理，确保授权人员只能接触到其授权范围内的信息或进行相关操作，防止非授权人员接触实验室信息。

(4)建立一整套完整的包括服务器、网络、客户端的计算机程序使用手册，供所有授权人员使用。手册可以是纸质的，也可以是电子形式的，便于操作人员查阅。

(5)要对整个信息系统的程序进行充分保护，包括机房、实验室、病房的计算机管理，防止无关或非授权人员接触计算机系统、修改或破坏数据信息。

(6)应制订突发条件下，如火灾、严重的硬件或软件故障、电力供应中断等，保护系统内信息数据、网络设备安全的应急预案。

2. 网络安全

(1)做好网络布线工作。网线对于网络

运行速度和稳定性意义重大，且布线工作一般都是永久性的，一旦完成很难进行改动。实验室在布线时一定要做好登记，建立详细档案和布线图纸，以便于后期维护和管理。

（2）重要设备如服务器、路由器等要安装UPS电源系统，保障系统用电安全，防止突然断电导致的数据丢失。

（3）设置路由器以增加网络安全性。通过对工作站和网上文件进行用户验证、访问权限设置、访问时间限制、站点限制、路由过滤等措施增加整个网络的安全性。

（4）实验室人员登录LIS时，只能使用本人的登录号和操作权限进行相关操作，定期更换自己的登录密码，防止个人账户被他人盗用。

（5）各工作站不准使用外来移动存储介质，网络设备和工作站都应安装杀毒及防火墙软件定期进行杀毒并及时进行升级，网络管理人员要定期对杀毒软件效能及防火墙设置等进行测评。

3. 数据安全

（1）授权人员进行网络配置管理，配置数据要有完整记录，网络参数、系统配置调整要符合网络整体管理的要求并获得管理部门批准。

（2）各种数据字典、系统代码要有完整的管理制度和记录，对于字典、代码的维护更新要经过管理层逐级审批，属于自我维护范畴的应有专门的授权人员负责实施。

（3）定期开展数据传输质量评价，随机调取一定数量检验报告单，将报告单上的信息与原始数据信息进行比对，确保数据传输的完整性和准确性，及时发现数据传输、存储、处理过程中出现的错误，并将无效数据及时清除。

（4）建立数据报告发送前的审核程序，确保手工或自动输入LIS的数据准确、可靠，对于明显超出预先设定的参考范围的结果进行特别提示，必要时进行复检。

（5）建立有效的监管机制，使实验室可以比较容易地识别出接触或修改试验数据、控制文件或计算机程序的人员信息。如果通过LIS可以接触到其他计算机系统的数据，应建立相应的防范措施，防止未经授权的人员通过LIS接触其他计算机系统数据信息。

（6）条件允许的情况下，最好安装服务器的异地备份，确保主服务器向备份服务器备份每日数据。定期采用其他存储介质如光盘、移动硬盘等对服务器中的历史数据进行再备份并长期保存。存储介质应做好相应标志，并严格按照电子文件控制的相关要求进行保存管理。

（7）对计算机报警系统进行定期测试，防止发生意外情况时不能及时发现，确保整个系统正常运行。

（汪德清　林子林　关晓珍　于　洋）

参 考 文 献

[1] 李萍.临床实验室管理学.北京:高等教育出版社,2006:164-184.

[2] 申子瑜,李萍.临床实验室管理学.2版.北京:人民卫生出版社,2008:208-221.

[3] 丛玉隆,王前.临床实验室管理.2版.北京:中国医药科技出版社,2010:164-189.

[4] 中国合格评定国家认可委员会.CNAS-GL17 医学实验室质量和能力认可准则在实验室信息系统的实施指南(2007).

[5] International Organization for Standardization (ISO). Medical Laboratories-Particular Requirements for Quality and Competence. Geneva, Switzerland: ISO15189:2007.

第14章 输血相容性检测作业指导书范本选编

作业指导书是临床实验室开展日常工作的指导性文件，是所有参与检验前、检验中、检验后过程的工作人员必须遵守的操作行为指南。本章重点介绍解放军总医院输血科实验室现行使用的样本管理类、试验方法类和仪器设备类作业指导书16个，供广大同行参考。

第一节 样本管理类作业指导书

输血相容性检测标本采集与处理程序如下。

（一）目的

有效指导输血相容性检测标本的采集、接收及保存，使标本中的待测成分不受影响，标本量能够满足检测的要求，保证检测结果准确可靠。

（二）范围

适用于 ABO、Rh 血型鉴定、稀有血型抗原测定、不规则抗体筛查与鉴定、交叉配血、抗体效价测定、吸收放散试验、抗人球蛋白试验等标本的采集、接收及处理。

（三）职责

1. 静脉血液标本由临床医护人员采集，实验室工作人员有义务向临床提供各检测项目标本采集的类型、标本量、保存条件、注意事项及临床意义等。

2. 血液标本应由临床专职外送人员、临床医护人员进行运送或由标本物流传输装置自动传送。

3. 操作人员将检测后标本按照标本保存和处理相关规定进行处置。

（四）工作程序

1. 患者准备及原始标本识别

（1）患者血液采集前，应避免跑步、骑自行车、爬楼梯等剧烈的运动，要求患者休息15分钟后进行采血。冬季采血时应保持血液循环通畅。

（2）静脉血标本由临床医护人员采集，遵照医嘱准备好标本采集前所用的容器以及消毒器材、一次性注射器、标本条形码、检验申请单或输血申请单等备用。首先确认患者姓名、病案（ID）号和血型，并将姓名、ID 号、血型和（或）标本条形码写在（贴于）采血真空试管上。

（3）采血前应向患者做适当解释，以消除其疑虑和恐惧。如遇患者采血后发生晕厥，可让患者平卧，通常休息片刻即可恢复。必要时可嗅芳香氨酊，针刺或指掐人中、合谷等穴位。

（4）标本条形码上的申请单号（或申请序号）是原始标本的唯一标识。

2. 临床医生的指导

（1）临床医生必须对患者讲清楚输血相

容性检测的目的、采血时间(住院患者应在早晨卧床时采血;其他人员最好在空腹时采血,急诊除外)及相关注意事项。

(2)临床医生应向患者讲清楚采集血液标本前,使用青霉素、非那西丁、氨基比林、磺胺、甲基多巴、肝素、右旋糖酐等药物可能会影响检验结果;临床医生若确认患者近期使用过上述药物,应在申请单中注明或直接通知输血科工作人员,以利于试验结果的正确判断。

3. 申请单的填写、处理及保存

(1)临床医生在开具输血申请单或输血相容性检测申请单时,应采用计算机程序进行申请,填写完整。门诊患者包括患者姓名、性别、出生日期或年龄、申请科室、病人 ID号、申请日期、标本类型、临床诊断、申请检验项目及特殊说明等;住院患者还需要住院号。输血申请单还需要填写患者输血前检测项目结果,包括 ABO 及 RhD 血型、血红蛋白含量、白细胞计数、血小板计数、ALT、HBsAg、抗 HCV、抗 HIV、梅毒等检验结果。

(2)临床医护人员:根据申请单类别,做好标本采集的准备工作。医护人员采集完血液标本后应在输血申请单或检验申请单上注明采集者姓名及采集时间。

(3)输血工作人员:必须在收到临床医生电子打印的、信息完整的输血申请单或检验申请单时,方可接收标本并实施相应的检验。

(4)输血申请单、相容性检测申请单:至少保存 10 年。

4. 输血相容性检测标本采集容器及必需添加剂、标本采集的类型和量 标本采集容器是一次性含 EDTA-K₂ 或 EDTA-K₃ 抗凝剂的真空采血管(规格:12mm×100mm,紫色);标本采集的类型是静脉血(特殊情况下可以使用动脉血);标本量是抗凝血≥3ml。

5. 标本采集方法

(1)标本采集方法。①静脉血液标本采集过程:临床医生开具申请单→临床护士审核合格后,打印申请单条码,检查真空管条码与申请单是否一致→患者做好准备→找好采血静脉并消毒→使用装有 EDTA-K₂ 或 EDTA-K₃ 的真空管采集静脉血 3ml 以上→干棉签压迫针刺处→充分混匀标本(在检验申请单上注明标本采集者姓名和采集时间)→送至输血科检测。②静脉血液标本采集部位:通常采用肘部静脉,优先选择顺序是肘正中静脉、贵要静脉、头静脉;如肘部静脉不明显时,可改用手背静脉或内踝静脉,必要时也可从股静脉采血。儿童可用颈外静脉采血,但有危险性,以少用为宜。为保证检测结果准确性,不能在静脉输液同侧臂或输液三通处采集静脉血液标本。③真空采血法:采用真空采血装置(备有软橡皮套管式止血装置),穿刺回血后,即可将另一端的硬插管插入真空定量的采血试管内,血液足量后,拔出硬插管即止血。整个采血过程无血液外溢和污染。④注射器采血法:血管条件不好时,也可以采用注射器采血,采完后去掉针头,拔掉真空管塞,将静脉血沿试管壁缓慢注入试管内,重新塞紧试管塞。

(2)标本采集注意事项。①严格按照无菌技术操作(除按规定穿戴工作服外,还应戴一次性手套和口罩),防止患者采血部位感染,保证一人一针,杜绝交叉感染。真空采血过程一般情况无血液外溢和污染,如果有血液标本外溢应立即对其用 0.2% 过氧乙酸溶液或 75% 乙醇溶液消毒处理。标本采集过程中,对所使用的采集材料应妥善处置,严格执行无菌操作,使用合格的材料,使用前进行严格检查,保证安全;采血人员对所采集的标本应作好登记,并签名。标本采集过程完成后,对所使用的采集材料应及时、妥善处置,保证环境和人员安全。②静脉采血时,止血带压迫时间宜<1 分钟,若止血带压迫>2 分钟,大静脉血流受阻而使毛细血管内压上升,可有血管内液与组织液交流,影响检测结果。③抗凝管采集血液标本后,立即将试管轻轻颠倒 5、6 次，使血液与抗凝剂充分混匀。④采血时，应尽量避开水肿、血肿部位、输血同侧手臂、瘢痕部位、动静脉瘘管或任何导管同侧手臂以及静脉输液同侧手臂。

6. 安全处置

(1)锐利(注射器)器具：①不把用过的锐利器具(注射器等)传递给别人；②不要向用过的一次性注射器针头上套针头套，也不要用手毁坏用过的注射器；③把用过的注射器直接放到专门的容器中，统一处理；④勿将锐利废弃物同其他废弃物混在一起；⑤勿将锐利废弃物放在儿童可以接触到的地方。

(2)废弃物：①处理废弃物必须采用适当的防护设施，常用的防护设施包括乳胶手套、口罩、防护眼镜、隔离衣等。②没有被污染的废弃物可以按一般性废弃物处理(装入黑色袋)；污染的废弃物可以按医疗废弃物(感染性废弃物，装入黄色袋)处理。

(3)意外情况处理：①皮肤有损伤或针刺时，建议尽可能挤出伤口血液，用大量的水冲洗；然后用灭菌生理盐水彻底清洗伤口处，并用 75%乙醇溶液消毒；最后用防水的敷料包扎伤口；当皮肤损伤或针刺时，怀疑可能有 HIV、HBV、HCV 感染，立即进行医疗处理并采取有效的医学预防措施如立即注射乙肝疫苗。专家建议在 4~6 周检测抗体，周期性复查(6 周、12 周、6 个月)，并将结果上报有关部门。②如果被血液或体液喷溅眼睛、黏膜，立即用大量清水或生理盐水冲洗 15~20 分钟；如果被血液或体液喷溅皮肤，用肥皂液和流动水清洗污染的皮肤，再用 75%乙醇或 0.5%碘伏进行消毒；怀疑接触 HIV、HBV、HCV 感染者的血液时，立即进行医疗处理并采取有效的医学预防措施如立即注射乙肝疫苗。专家建议在 4~6 周检测抗体，周期性复查(6 周、12 周、6 个月)，并将结果上报有关部门。③处理溢出物必须采用适当的防护设施，常用的防护设施包括乳胶手套、口罩、防护眼镜、隔离衣等；患者标本污染环境时，用卫生纸将溢出物吸收，然后用 0.2%过氧乙酸溶液或次氯酸钠(有效氯为 1 000~2 000 mg/L)溶液擦拭消毒，必要时采用紫外线照射对环境进行消毒处理；患者标本污染衣物时，尽快脱掉污染衣服以防止感染物触及皮肤，将已污染的衣物进行适当的消毒处理。如果被患者标本污染的衣服触及皮肤时，应尽快脱掉被污染衣服并进行淋浴；怀疑标本有传染性疾病，同时应采取有效的医学预防措施。

7. 血液标本的运送

(1)门诊患者的血液标本由综合治疗室负责采集，输血科人员每天定时收取；住院患者的血液标本由临床专职外送人员或医护人员运送。

(2)送检地点：外科大楼一层输血科标本收取窗口。

(3)输血相容性检测标本采集后应立即送检，临床科室不应保存相关标本。

(4)血液标本的运送必须保证运送过程中的安全，防止溢出。

8. 输血相容性检测标本的接收与拒收的标准

(1)实验室接收合格血液标本的标准：①输血申请单或输血相容性检测申请单应为电子格式(急诊科患者除外)，内容必须齐全，签字、审批符合程序，血液标本容器标志应符合本程序相关要求，标本标志应与申请单的相应内容完全一致；②标本种类(含 EDTA-K_2 或 EDTA-K_3 抗凝剂的静脉血)、标本量(抗凝血 3.0ml 以上)符合所申请试验的要求；③血液标本采集后应立即送检。

(2)实验室拒收血液标本的标准：①在一般情况下，血液标本不符合上述接收标准的，血液标本拒收；②标本凝血、溶血者拒收；③血液标本在运送过程中，容器破裂、标本外溢者拒收。

(3)实验室接收不合格血液标本的说明：当患者处于休克、昏迷或为婴幼儿等特殊情况,血液标本量采集困难,标本量不足3.0ml,但离心后能够满足手工操作所需,实验室可以接收此类不符合接收标准的标本,但必须与临床医生联系,经临床医生同意后,实验室方可接受血液标本,并在申请单上注明。

(4)拒收标本应及时通知临床医生或护士,但原始标本由实验室保存,其他人员未经允许不得取走。

9. 血液标本的保存 输血相容性检测的标本原则上在检测前不保存,收到标本后应立即进行相关检测,如果暂时无法完成检测,可室温短期保存(一般不超过6小时)。

10. 附加检验项目及时间限制 输血相容性检测静脉血液标本的附加检验项目主要为交叉配血,若原始标本有足够的标本量,在血液标本收到后72小时内可提出附加检验申请。

11. 因分析失败而需再检验标本的处理

(1)输血相容性检测因标本蛋白凝块、球蛋白含量异常等原因无法得到准确结果时,应根据具体情况将试验转入手工操作,排除标本异常对自动化仪器的不良影响,以获得可靠的试验结果。

(2)输血相容性检测因仪器运行异常或仪器没有吸到血液标本,导致仪器检测不出结果,应重新对原始血液标本进行检测。

(3)因特殊、疑难血清学表现,无法获取实验结果,而血液标本已经用完时,可以要求临床科室重新抽取标本,进一步进行相关检测。

12. 医疗废物的处理 检验过程中产生的各种废物,按《医疗废物(液)管理程序》进行处理。

13. 已检标本的处理存放 已经完成输血相容性检测的静脉血标本在4℃条件下保存72小时,72小时以后转入待处理标本冰箱,继续存放96小时后按《医疗废物(液)管理程序》处理。

第二节 试验方法类作业指导书

一、ABO及RhD血型鉴定试验标准操作规程

(一)检验目的

检测红细胞表面ABO血型抗原、RhD抗原及血清(或血浆)中抗A、抗B抗体,确定受检者ABO及RhD血型。

(二)检验原理

1. 手工试管法、玻片法或纸板法 利用标准IgM抗A/B血清鉴定红细胞表面ABO抗原即正定型,利用已知ABO血型反定红细胞鉴定同一标本血清(或血浆)中的抗A/B抗体即反定型,综合正反定型结果确定受检标本ABO血型;利用标准IgM抗D直接鉴定RhD血型。

2. 微柱凝胶法 ABO/RhD卡的微管中装填有葡聚糖凝胶颗粒和抗A、抗B、抗D标准血清,如果红细胞表面存在A或B或D抗原,就会与对应的抗体发生凝集反应,凝胶颗粒具有分子筛的作用,可以阻滞凝集的红细胞在离心力的作用下通过凝胶颗粒,使其悬浮在凝胶颗粒中,未凝集的红细胞则可以通过凝胶颗粒到达微管底部。

3. 玻璃珠微柱法 ABO/RhD卡的微管中装填有玻璃微珠和抗A、抗B、抗D标准血清,如果红细胞表面存在A或B或D抗原,就会与对应的抗体发生凝集反应,玻璃微珠具有分子筛的作用,可以阻滞凝集的红细胞在离心力的作用下通过玻璃微珠,使其悬浮在玻璃微珠层的上端,未凝集的红细胞则

可以通过玻璃微珠之间的微小空隙到达微管底部。

(三)适用范围

适用于手工、半自动、全自动 ABO 血型及 RhD 血型鉴定试验。

(四)设备性能参数

各种血型检测系统性能指标参见相应血型检测系统说明书。

(五)器材与试剂

1. 器材 WADiana 全自动血型配血系统、SWING-SAXO 血型配血系统、Techno 全自动血型配血系统、Othro AutoVue Innova 全自动血型配血系统、B600-A 型低速离心机、KA-2200 血清学专用离心机、阅片灯箱、塑料软试管、塑料硬质试管(100mm×12mm 和 75mm×12mm)、血型鉴定专用纸板、玻片、试管架、一次性塑料滴管、记号笔。

2. 试剂 Diana DG Gel ABO-CDE 血型卡、DiaMed ABO/RhD 血型卡、OTHRO Biovue ABO/RhD 血型卡、2%氢氧化钠溶液、生理盐水、抗 A/B 标准血清、抗 D 标准血清、3%~5%反定试剂红细胞、1%反定试剂红细胞。

(六)标本要求

EDTA-K$_3$ 或 EDTA-K$_2$ 抗凝静脉血≥3ml 经 B600-A 型离心机在 1 760g 条件下离心 5 分钟,离心后无溶血及明显乳糜。紧急情况下可以使用抗凝动脉血。

(七)校准步骤

各类血型配血系统的校准操作过程分别见《WADiana 全自动血型配血系统标准操作规程》《SWING-SAXO 血型配血系统标准操作规程》《Techno 全自动血型配血系统标准操作规程》《Othro AutoVue Innova 全自动血型配血系统标准操作规程》。

(八)操作步骤

1. 试管法

(1)ABO 血型正定型试验:①取两支洁净试管,做好标记,按试管标记向试管中加入抗 A、抗 B 血清各 1 滴;②向每管中各加入 1 滴 3%~5%被检红细胞盐水(血清或血浆)悬液;③轻轻混合试管内容物,经 KA-2200 离心机在 1 000g 条件下离心 15 秒;④结果判断:将试管拿成锐角,缓慢倾斜,使液体通过细胞扣,当细胞不再附着在试管上时,继续缓慢地倾斜和振摇,直到形成均匀的细胞悬液或凝集块;⑤记录结果:记录观察到的凝集程度或溶血程度。用 ABO 反定型试验进一步验证正定型结果。

(2)ABO 血型反定型试验:①取两支洁净试管,做好标记,向每管中各加 2 滴被检血清(或血浆)。②按试管标记向试管中加入 3%~5%A 型、B 型试剂红细胞各 1 滴。③轻轻混合试管内容物,经 KA-2200 离心机在 1 000g 条件下离心 15 秒。④结果判断:将试管拿成锐角,缓慢倾斜,使液体通过细胞扣,当细胞不再附着在试管上时,继续缓慢地倾斜和振摇,直到形成均匀的细胞悬液或凝集块。⑤记录结果:记录观察到的凝集程度或溶血程度。与正定型结果进行相互验证。⑥如果反应较弱,可将试管于室温(或 4℃)放置 5~10 分钟,以促进弱抗体的反应,再离心观察结果。如果反应还是很弱可以增加血清(或血浆)滴数,最多增加到 6 滴以加强反应。

(3)RhD 血型鉴定试验:①取一支洁净试管,做好标记,加入抗 D 血清 1 滴;②向试管中加入 1 滴 3%~5%被检红细胞盐水(血清或血浆)悬液;③轻轻混合试管内容物,经 KA-2200 离心机在 1 000g 条件下离心 15 秒;④结果判断:将试管拿成锐角,缓慢倾斜,使液体通过细胞扣,当细胞不再附着在试管上时,继续缓慢地倾斜和振摇,直到形成均匀的细胞悬液或凝集块;⑤记录结果:记录观察到的凝集程度或溶血程度。

2. 玻片法

(1)ABO 血型正定型:①在标记的玻片上分别加 1 滴抗 A、抗 B 标准血清,再各加 1 滴红细胞悬液(按试剂说明书的要求配置受检者红细胞浓度)。②用干净的玻璃棒将红细胞悬液和试剂充分混合,并把混合物均匀涂开,使其覆盖约 20mm×20mm 的面积。③缓慢连续倾斜转动玻片 2 分钟,观察结果并记录。不要把玻片放在加热的表面物上,以防水份蒸发。④结果判断:凝集或发生溶血为阳性结果;细胞混匀 2 分钟后仍呈悬液状态的为阴性结果;对结果有怀疑,应用试管法重复实验。⑤注意事项:玻片试验不适用于 ABO 反定型试验;不要混淆玻片边缘干燥的红细胞与真凝集。

(2)RhD 抗原定型试验:①在一块标记的干净玻片上加 1 滴 IgM 或抗 D 标准血清。②在第二块标记的玻片上加 1 滴合适的对照试剂。③在每块玻片上加 1 滴受检者40%～50%红细胞悬液。④用玻棒将细胞悬液试剂充分混合,并把混合物均匀涂开,使其覆盖玻片 20mm×20mm 面积。⑤把两块玻片同时放在观察箱上,缓慢连续倾斜转动并观察凝集。多数试剂要求试验必须在 2 分钟内判读结果。⑥结果判断:当含有抗 D 血清的玻片上出现红细胞凝集而对照玻片上是均匀红细胞悬液时为阳性结果;当含有抗 D 试剂的玻片和对照玻片上都是均匀的细胞悬液时,提示是阴性结果,如果要进行 RhD 阴性确认试验,可参照《RhD 血型确证试验(卡式抗人球法)标准操作规程》;如对照玻片上出现凝集,在未经进一步试验之前,不能解释为阳性结果;玻片边缘附近的红细胞干涸不应该混淆为凝集。

3. 纸板法(ABO 血型正、反定型及 RhD 定型同时鉴定)

(1)取洁净五孔血型鉴定专用纸板,做好姓名标记。

(2)按纸板标识向每孔中分别加入相应试剂抗 A、抗 B、抗 D 血清各 1 滴以及受检者血清各 2 滴。

(3)各孔中分别加入受检者红细胞适量及相应所需 3%～5%A 型、B 型试剂红细胞

(自制或商品化试剂)并搅匀。

(4)轻轻旋转摇晃混匀,直到形成均匀的细胞悬液或凝集块,边摇边观察。

(5)3 分钟以上记录结果。记录观察到的凝集程度或溶血程度。

4. 制备反定红细胞的操作步骤

(1)分别取 3～5 人份已知 A、B 血型的红细胞,同型混合后用生理盐水洗涤、离心(前 2 次在 1 760g 条件下,离心 3 分钟,第 3 次在 1 760g 条件下,离心 5 分钟)3 次,去上清制备成压积红细胞。

(2)用生理盐水配成浓度为 5%的试剂红细胞:9.5ml 生理盐水加 0.5ml 压积红细胞。

(3)配置好的红细胞悬液应使用抗 A、抗 B 标准血清进行血型鉴定,A 细胞与抗 A、B 细胞与抗 D 均应出现 4＋强度的凝集。

(4)保存条件:配制好的 5%的红细胞悬液在试管上注明红细胞血型及配制时间,2～8℃避光保存,有效期 24 小时。

(5)将用于制备反定红细胞的供者信息及血型复核结果记录在《反定试剂红细胞制备登记表》上。

5. WADiana 全自动 ABO 及 RhD 血型鉴定 参照《WADiana 全自动血型配血系统标准操作规程》进行。

6. SWING-SAXO 系统 ABO 及 RhD 血型鉴定 参照《SWING-SAXO 血型配血系统标准操作规程》进行。

7. Techno 全自动血型/配血系统 ABO 及 RhD 血型鉴定 参照《Techno 全自动血型配血系统标准操作规程》进行。

8. Othro AutoVue Innova 全自动 ABO 及 RhD 血型鉴定 参照《Othro AutoVue Innova 全自动血型配血系统标准操作规程》进行。

9. 检验结果的输入与确认

(1)启动"检验程序",输入用户名及口令后,进入检验程序。

（2）非传输结果及镜检结果的输入：单击"检验"菜单，选择"检验结果录入/修改"，通过申请序号进行检验结果的录入及修改。

（3）检验结果的确认：检验结果应由实验室负责人或授权人员进行确认，方法为单击"结果处理"菜单，选择"报告确认"进入结果确认，通过选择"工作单元""报告日期""单张"或"批量"后，按"提取"键提取已经传输或录入的检验结果，经两人核对无误后按"确认"键进行确认。

（九）质量控制

1. 室内质量控制

（1）手工试管法、玻片法或纸板法：每日（或当日更换试剂包装时）进行试剂质控，具体操作参照《输血相容性检测室内质量控制管理制度》进行。

（2）全自动微柱凝胶或微柱玻璃珠法：每日（或当日更换试剂批号时）进行过程质控，具体操作参照《输血相容性检测室内质量控制管理制度》进行。

2. 室间质量评价　参加卫生部临检中心组织的全国输血相容性检测室间质量评价活动。

（十）干扰因素

1. 严重的黄疸或脂血使全自动血型检测系统出现反定型假阳性。

2. 冷凝集素或异常球蛋白增高会使红细胞出现异常凝集，从而影响正定型和（或）反定型结果，出现假阳性结果。

3. 受检者使用羟乙基淀粉、右旋糖酐等药物时可能会使细胞出现假凝集，干扰正反定型结果。

（十一）结果计算及测量不确定度

不适用。

（十二）生物参考区间

1. ABO 血型鉴定　A、B、O、AB 型。

2. RhD 血型鉴定　阴性或阳性。

（十三）检验结果可报告区间

1. ABO 血型鉴定　A、B、O、AB 型。

2. RhD 血型鉴定　阴性或阳性。

（十四）警告/危急值

受检者出现亚型或因产生不规则抗体干扰血型鉴定可能影响常规输血时，应及时通知临床医生，必要时通知患者或家属。

（十五）实验室解释

出现亚型结果时应遵守相应的输血原则。

（十六）安全性预警措施

1. 实验室及工作人员一般安全防护措施参见《实验室安全与卫生管理制度》。

2. 发生血液标本溢出时，应参照《实验室消毒与清洁管理制度》对污染的环境进行消毒处理。

3. 操作人员发生职业暴露时，应参照《实验室职业暴露预防与处置管理制度》及时进行相应处理。

4. 在仪器运转过程中，勿触及样品针、移动的传输装置等，避免造成人身伤害。禁止触摸仪器密封面板内的电路，防止造成电击损伤。

5. 对突发传染性疾病的血液标本应启动特殊的安全防护程序。

（十七）变异潜在来源

1. 出生 6 个月以内新生儿，体内可能尚无 ABO 血型抗体产生，血型以正定型为准。

2. 老年患者、急性白血病患者、肿瘤患者可能出现血型抗原减弱而影响正定型结果。

3. ABO 亚型会影响正常结果的判读，出现正定型减弱或出现假阴性，导致正反定型不一致。

（十八）ABO 及 RhD 血型鉴定试验特别注意事项

1. 正反定型不一致的标本一律使用试管法重复试验。

2. 正定型弱于 3+，一律用试管法重复试验，并根据情况加做其他试验。

3. 玻片法、纸板法试验要注意结果观察

时间,即不能过短,因反应不充分出现假阴性,也不能过长(一般不超过 5 分钟),因水分蒸发造成红细胞假凝集。

4. 本实验室自制试剂红细胞需经标准血清正定型鉴定无误后方可使用。

5. 试剂红细胞需将 3 个以上健康供者同型新鲜红细胞混合,用生理盐水充分洗涤 3 次,以除去存在于血清中的抗体、蛋白成分及可溶性抗原。

6. 所有全自动方法的注意事项分别参照各检测系统的标准操作规程。

(十九)报告时间

ABO 及 RhD 血型鉴定于当日下午 17 时前出结果并上传 HIS,住院患者的检验报告单由卫生员于次日上午发回申请单所在的临床科室,门诊患者次日下午于门诊楼一层挂号大厅化验单领取处取检验报告单。

(二十)相关文件

1. WADiana 全自动血型配血系统、SWING-SAXO 血型配血系统、Techno 全自动血型配血系统、Othro AutoVue Innova 全自动血型配血系统、抗 A/B 标准血清、抗 D 标准血清、反定试剂红细胞使用说明书。

2. 临床输血技术规范.北京:中华人民共和国卫生部医政司(2000)。

3. 中国输血技术操作规程(血站部分)天津:中华人民共和国卫生部医政司(1997)。

二、不规则抗体筛查标准操作规程

(一)检验目的

检测受血者、孕妇等血清中是否存在抗 A、抗 B 以外的不规则抗体,为交叉配血、ABO 血型正确定型(不规则抗体干扰反定型)以及新生儿溶血病产前、产后诊断提供参考依据。

(二)检验原理

1. 盐水介质法　IgM 类不规则抗体可以在室温盐水介质中发生凝集反应,使用手工试管法就可以判断受检者血液中是否存在 IgM 类不规则抗体。

2. 凝聚胺法　利用多聚季胺盐类——凝聚胺携带很多正电荷,可以中和红细胞表面的负电荷,使红细胞之间距离减少,引起正常红细胞可逆性凝集。无抗体致敏的红细胞被凝聚胺凝集,当加入中和液后,则凝集消散,而被不规则抗体致敏的红细胞被凝聚胺凝集,则不能消散,以此来判断受检者血液中是否存在不规则抗体。

3. 微柱凝胶法　微柱凝胶卡的微管中装填有葡聚糖凝胶颗粒和抗人球蛋白试剂,红细胞表面抗原与其对应的 IgG 抗体结合以后,在离心力的作用下不断向管底沉降,并与抗人球蛋白结合形成红细胞凝集,凝胶颗粒具有分子筛的作用,可以阻滞凝集的红细胞在离心力的作用下通过凝胶颗粒,使其悬浮在凝胶上端,未凝集的红细胞则可以通过凝胶颗粒到达微管底部。

4. 玻璃珠微柱法　微柱卡的每一个微管中装填有直径均一的玻璃微珠和抗人球蛋白试剂(抗-IgG 和抗补体 C_3),红细胞表面抗原与其对应的 IgG 抗体结合以后,在离心力的作用下不断向管底沉降,并与抗人球蛋白结合形成红细胞凝集,玻璃微珠具有分子筛的作用,可以阻滞凝集的红细胞在离心力的作用下通过玻璃微珠,使其悬浮在玻璃微珠层的上端,而未凝集的红细胞则可以通过玻璃微珠之间的微小空隙到达微管底部。

(三)适用范围

适用于手工凝聚胺法、手工微柱凝胶法、手工玻璃珠微柱法、全自动微柱凝胶法、全自动玻璃珠微柱法不规则抗体筛查及鉴定试验。

(四)设备性能参数

各种用于不规则抗体筛查试验的检测系统性能指标参见相应说明书。

(五)器材与试剂

1. 器材　KA-2200 血清学专用离心机、

B600-A 型低速离心机、WADiana 全自动血型配血系统、SWING-SAXO 血型配血系统、Techno 全自动血型配血系统、Othro AutoVue Innova 全自动血型配血系统、阅片灯箱、卡式专用离心机、孵育器、塑料软试管、塑料硬质试管(75mm×12mm)、试管架、一次性塑料滴管、记号笔、移液器、一次性移液枪头。

2. 试剂　Diana DG Gel Coombs 卡、DiaMed Coombs 卡、Othro BioVue Coombs 卡、生理盐水、凝聚胺配套试剂(LIM 液、Resuspending 液、Polybrene 液)专用稀释液(DIL2、DG GEL sol 或 BLISS 液)、3 系 3% 抗筛细胞、3 系 1% 抗筛细胞、10 系或 16 系 1% 鉴定谱细胞(可由 3% 鉴定谱细胞经专用稀释液稀释获得)。

(六)样本要求

EDTA-K$_3$ 或 EDTA-K$_2$ 抗凝静脉血 ≥ 3ml,经 B600-A 型离心机在 1 760g 条件下,离心 5 分钟,离心后无溶血及明显乳糜。紧急情况下可以使用抗凝动脉血。

(七)校准步骤

各类全自动血型检测系统的校准操作过程分别见《WADiana 全自动血型配血系统标准操作规程》《SWING-SAXO 血型配血系统标准操作规程》《Techno 全自动血型配血系统标准操作规程》《Othro AutoVue Innova 全自动血型配血系统标准操作规程》。

(八)操作程序

1. 盐水介质法不规则抗体筛查及鉴定操作程序

(1)取 4 支洁净硬质试管分别做好标记 Ⅰ、Ⅱ、Ⅲ、自身对照。

(2)每支试管中分别加入患者血浆(或血清)2 滴,再加入相应 3% Ⅰ、Ⅱ、Ⅲ 号筛选细胞和自身红细胞各 1 滴并混匀。

(3)使用血清学专用离心机在 1 000g 条件下离心 15 秒。

(4)结果判定:一系或多系红细胞发生凝集,自身对照不凝集的判断为阳性,提示存在 IgM 类不规则抗体。

2. 手工凝聚胺法不规则抗体筛查及鉴定操作程序

(1)取 3 支洁净硬质试管分别做好标记 Ⅰ、Ⅱ、Ⅲ。

(2)每支试管中分别加入患者血浆(或血清)2 滴,再加入相应 3% Ⅰ、Ⅱ、Ⅲ 号筛选细胞 1 滴并混匀。

(3)在每支试管中加入低离子液(LIM) 0.65ml 及聚凝胺(Polybrene)试剂 2 滴混匀,血清学专用离心机在 1 000g 条件下,离心 15 秒。

(4)离心后弃上清,不要沥干,观察细胞扣,轻轻振摇,如果有凝集现象则加入重悬液 2 滴,拖拉辗转,1 分钟内观察结果:3 管中任意 1 管或多管出现凝集者为抗体筛选阳性,应进一步使用 10 系或 16 系谱细胞鉴定抗体的特异性,操作方法与筛查试验相同,同时应加自身对照管,以判断自身抗体同时存在的可能性。3 管均无凝集为阴性。

3. 手工微柱凝胶法不规则抗体筛查及鉴定操作程序

(1)按试验所需取相应张数(反应孔数)的凝胶 Coombs 卡(Diana/DiaMed),撕掉卡上的封口锡纸,剩余孔保留锡纸,在反应孔的下方分别标明患者姓名和筛查细胞系别。

(2)先将 3 系 1% 抗筛细胞各 50μl 分别加入相应的反应孔中,再将患者血清(或血浆)25μl 依次加入相应反应孔内。

(3)加样完毕,重新将锡纸盖好,将凝胶卡放入卡架中,连同卡架一起放入专用的孵育器 37℃ 孵育 15 分钟。

(4)放入配套的专用离心机,按要求离心 10 分钟。

(5)目测并记录结果,任何一系或多系细胞出现阳性结果,抗筛结果即为阳性,应转入抗体鉴定试验。

(6)使用 10 系或 16 系 1% 鉴定谱细胞

进行抗体特异性鉴定,操作步骤与抗体筛查相似,只是细胞谱由 3 系增加到 10 系或 16 系,同时需要增加自身对照孔,以判断自身抗体同时存在的可能性。

4. 手工玻璃珠微柱法不规则抗体筛查及鉴定操作程序

(1)按实验所需取相应张数(反应孔数)的玻璃珠微柱 Coombs 卡,撕掉卡上的封口锡纸,剩余孔保留锡纸,在反应孔的下方分别标明患者姓名和筛查细胞系别。

(2)先向每个反应柱内加入 50μl BILSS 液,再分别向反应柱内加入 10μl 3% Ⅰ、Ⅱ、Ⅲ号抗筛红细胞。最后向反应柱内加入 40μl 患者血清或血浆。注意,加样时,枪头请勿触及微柱管壁。观察柱中的反应物各组分是否混匀,必要时轻弹几下微柱充分,使反应物混匀。

(3)加样完毕,重新将锡纸盖好,将玻璃珠微柱卡放入卡架中,连同卡架一起放入专用的孵育器 37℃孵育 15 分钟。

(4)Biovue 离心机离心 5 分钟,离心必须在加样后 30 分钟内进行。

(5)目测并记录结果,任何一系或多系细胞出现阳性结果,抗筛结果即为阳性,应转入不规则抗体鉴定试验。

(6)使用 10 系或 16 系 1% 谱细胞进行抗体特异性鉴定,操作步骤与抗体筛查相似,只是细胞谱由 3 系增加到 10 系或 16 系,同时需要增加自身对照孔,以判断自身抗体同时存在的可能性。

5. WADiana 全自动不规则抗体筛查操作程序 参照《WADiana 全自动血型配血系统标准操作规程》进行。

6. SWING-SAXO 系统不规则抗体筛查操作程序 参照《SWING-SAXO 血型配血系统标准操作规程》进行。

7. Techno 全自动血型/配血系统不规则抗体筛查操作程序 参照《Techno 全自动血型配血系统标准操作规程》进行。

8. Othro AutoVue Innova 全自动不规则抗体筛查操作程序 参照《Othro AutoVue Innova 全自动血型配血系统标准操作规程》进行。

9. 检验结果的输入与确认

(1)启动"检验程序",输入用户名及口令后,进入检验程序。

(2)非传输结果及镜检结果的输入:单击"检验"菜单,选择"检验结果录入/修改",通过申请序号或 ID 号进行检验结果的录入及修改。

(3)检验结果的确认:检验结果应由实验室负责人或授权人员进行确认,方法为单击"结果处理"菜单,选择"报告确认"进入结果确认,通过选择"工作单元""报告日期""单张"或"批量"后,按"提取"键提取已经传输或录入的检验结果,经两人核对无误后按"确认"键进行确认。

(九)质量控制

1. 室内质量控制

(1)凝聚胺试剂:每日(或当日更换试剂包装时)进行试剂质控,具体操作参照《输血相容性检测室内质量控制管理制度》进行。

(2)手工抗人球蛋白试剂:每日(或当日更换试剂批号时)进行过程质控,具体操作参照《输血相容性检测室内质量控制管理制度》进行。

(3)手工及全自动卡式抗人球法:每日(或当日更换试剂批号时)进行过程质控,具体操作参照《输血相容性检测室内质量控制管理制度》进行。

2. 室间质量评价 参加卫生部临检中心组织的全国输血相容性检测室间质量评价活动。

(十)干扰因素

1. 严重的黄疸、溶血或脂血使全自动血型检测系统判读结果时出现假阳性。

2. 冷凝集素或异常球蛋白增高会使红细胞出现异常凝集,出现假阳性结果。

(十一)结果计算及测量不确定度

不适用。

(十二)生物参考区间

阴性。

(十三)检验结果可报告区间

阴性或阳性。

(十四)警告/危急值

不规则抗体筛查结果阳性,条件具备时应进行抗体鉴定,而后应立即进行配血筛查,寻找合适的供者。如果找不到合适的供者,应及时通知临床医生(手术患者应停止手术或手术延期);如果找到合适的供者,需要和临床医生确认申请量是否足够,是否需要追加申请量。

(十五)实验室解释

不规则抗体筛查试验结果阳性可能是由于既往输血、妊娠原因导致,也有部分不规则抗体在无明确抗原刺激条件下自然产生。阳性结果可能会造成配血困难,提高新生儿溶血病的发生概率。

(十六)安全性预警措施

1. 实验室及工作人员一般安全防护措施参见《实验室安全与卫生管理制度》。

2. 发生血液标本溢出时,应参照《实验室消毒与清洁管理制度》对污染的环境进行消毒处理。

3. 操作人员发生职业暴露时,应参照《实验室职业暴露预防与处置管理制度》及时进行相应处理。

4. 在仪器运转过程中,勿触及样品针、移动的传输装置等,避免造成人身伤害。禁止触摸仪器密封面板内的电路,防止造成电击损伤。

5. 对突发传染性疾病的血液标本应启动特殊的安全防护程序。

(十七)变异潜在来源

产生不规则抗体的患者多数由于后天免疫造成,一般都有输血史或妊娠史,少数人也会产生天然抗体。

(十八)不规则抗体筛查试验特别注意事项

1. 凝聚胺法

(1)离心后,倒掉上清,不要沥干,让管底残留约 0.1ml 液体。

(2)按照加样顺序进行结果观察,确保每一个反应结果都能在 1 分钟内观察,否则弱凝集散开会出现假阴性。

(3)凝聚胺法可能造成某些低效价或低反应活性的 IgG 类不规则抗体漏检。

2. 手工微柱凝胶法

(1)凝胶卡手工加样顺序:先加红细胞悬液,后加血清或血浆,红细胞均为 0.8% ~ 1% 的反应浓度。

(2)稀释液要室温平衡 15 分钟以上。

3. 全自动卡式不规则抗体筛查　参照各仪器标准操作规程中约定的注意事项。

4. 微柱(凝胶、玻璃珠)抗人球法　此类方法因在 37℃ 条件下检测可能造成某些低效价 IgM 不规则抗体漏检,但此类抗体在 37℃ 时多无反应活性或反应活性低而无临床意义。当怀疑漏检的不规则抗体影响血型鉴定或交叉配血时,应增加盐水介质不规则抗体筛查和(或)抗体鉴定试验,发现并确定抗体的特异性,以消除其对血型鉴定或交叉配血的干扰。

(十九)报告时间

不规则抗体筛查试验于当日 17:00 前出结果并上传 HIS,住院患者的检验报告单由卫生员于次日上午发回申请单所在的临床科室,门诊患者次日下午于门诊楼一层挂号大厅化验单领取处取检验报告单。

(二十)相关文件

1. WADiana 全自动血型配血系统、SWING-SAXO 血型配血系统、Techno 全自动血型配血系统、Othro AutoVue Innova 全自动血型配血系统、抗筛细胞及凝聚胺试剂使用说明书。

2. 临床输血技术规范.北京:中华人民共和国卫生部医政司(2000)。

3. 中国输血技术操作规程(血站部分).天津:中华人民共和国卫生部医政司(1997)。

三、交叉配血标准操作规程

(一)检验目的

检测供血者与受血者之间的输血相容性,包括主侧配血与次侧配血,确保输血安全。

(二)检验原理

1. 凝聚胺法　利用多聚季胺盐类——凝聚胺携带很多正电荷,中和红细胞表面的负电荷,使红细胞之间距离减少,引起正常红细胞可逆性凝集。无抗体致敏的红细胞被凝聚胺凝集,当加入中和液后,则凝集消散,而抗体致敏的红细胞被凝聚胺凝集,则不能消散,以此来判断供、受者间血液的相容性。

2. 微柱凝胶法　微柱凝胶卡的微管中装填有葡聚糖凝胶颗粒和抗人球蛋白试剂,红细胞表面抗原与其对应的 IgG 抗体结合以后,在离心力的作用下不断向管底沉降,并与抗人球蛋白结合形成红细胞凝集,凝胶颗粒具有分子筛的作用,可以阻滞凝集的红细胞在离心力的作用下通过凝胶颗粒,使其悬浮在凝胶上端,未凝集的红细胞则可以通过凝胶颗粒到达微管底部。

3. 玻璃珠微柱法　微柱卡的每一个微管中装填有直径均一的玻璃微珠和抗人球蛋白试剂(抗-IgG 和抗补体 C_3),红细胞表面抗原与其对应的 IgG 抗体结合以后,在离心力的作用下不断向管底沉降,并与抗人球蛋白结合形成红细胞凝集,玻璃微珠具有分子筛的作用,可以阻滞凝集的红细胞在离心力的作用下通过玻璃微珠,使其悬浮在玻璃微珠层的上端,未凝集的红细胞则可以通过玻璃微珠之间的微小空隙到达微管底部。

(三)适用范围

适用于手工凝聚胺法、全自动微柱凝胶法、全自动玻璃珠微柱法交叉配血试验。

(四)设备性能参数

各种交叉配血检测系统性能指标参见相应检测系统说明书。

(五)器材与试剂

1. 器材　KA-2200 血清学专用离心机、B600-A 型低速离心机、WADiana 全自动血型配血系统、SWING-SAXO 血型配血系统、Techno 全自动血型配血系统、Othro AutoVue Innova 全自动血型及配血系统、阅片灯箱、光学显微镜、塑料软试管、塑料硬质试管(100mm×12mm 和 75mm×12mm)、试管架、一次性塑料滴管、记号笔。

2. 试剂　Diana DG Gel Coombs 卡、DiaMed Coombs 卡、Othro BioVue Coombs 卡、生理盐水、凝聚胺配套试剂(LIM 液、Resuspending 液、Polybrene 液)、专用稀释液(DIL2、DG GEL sol 或 BLISS 液)。

(六)标本要求

1. 患者样本　EDTA-K$_3$ 或 EDTA-K$_2$ 抗凝全血,全血量 3～5ml,在 1 760g 条件下,离心 5 分钟,离心后无溶血、无凝块、无明显乳糜。紧急情况下可以使用抗凝动脉血。

2. 供者标本　枸橼酸盐抗凝全血,全血量 3～5ml,在 1 760g 条件下,离心 5 分钟,离心后无溶血、无凝块及明显乳糜。

(七)校准步骤

各类全自动血型检测系统的校准操作过程分别见《WADiana 全自动血型配血系统标准操作规程》《SWING-SAXO 血型配血系统标准操作规程》《Techno 全自动血型配血系统标准操作规程》《强生 Othro AutoVue Innova 全自动血型配血系统标准操作规程》。

(八)操作程序

1. 凝聚胺法交叉配血操作程序

(1)取洁净硬质试管 2 支,标明主、次侧,主侧管加入受血者血清(血浆)2 滴,供血者 3%红细胞悬液(洗涤或不洗涤均可)1 滴,次侧管加供血者血清 2 滴,受血者 3%红细胞悬液(洗涤或不洗涤均可)1 滴。

（2）各试管分别加 LIM 液 0.65ml，充分混合均匀后，再各加 Polybrene 溶液 2 滴，并混合均匀。

（3）使用血型血清学专用离心机在 1 000 g 条件下，离心 15 秒，把上清液倒掉，不要沥干，让管底残留约 0.1ml 液体。

（4）轻轻摇动试管，目测红细胞有无凝集，如无凝集，则必须重做以上步骤。

（5）最后加入 Resuspending 液 2 滴，轻轻转动试管并同时观察结果。如果在 30 秒至 1 分钟凝集散开，代表是由 Polybrene 引起的非特异性聚集，配血结果相合；如凝集不散开，则为红细胞抗原抗体结合的特异性反应，配血结果不相合。如反应可疑，可进一步将细胞悬液涂在玻片上用显微镜观察。

2. WADiana 全自动血型配血系统交叉配血操作程序　参照《WADiana 全自动血型配血系统标准操作规程》进行。

3. SWING-SAXO 血型配血系统交叉配血操作程序　参照《SWING-SAXO 血型配血系统标准操作规程》进行。

4. Techno 全自动血型配血系统交叉配血操作程序　参照《Techno 全自动血型配血系统标准操作规程》进行。

5. AutoVue Innova 全自动交叉配血操作程序　参照《Othro AutoVue Innova 全自动血型配血系统标准操作规程》进行。

6. 检验结果的输入与确认

（1）启动"检验程序"，输入用户名及口令后，进入检验程序。

（2）非传输结果及镜检结果的输入：单击"检验"菜单，选择"检验结果录入/修改"，通过申请序号进行检验结果的录入及修改。

（3）检验结果的确认：检验结果应由实验室负责人或授权人员进行确认，方法为单击"结果处理"菜单，选择"报告确认"进入结果确认，通过选择"工作单元""报告日期""单张"或"批量"后，按"提取"键提取已经传输或录入的检验结果，经两人核对无误后按"确

认"键进行确认。

（九）质量控制

1. 室内质量控制

（1）凝聚胺试剂质控：每日（或当日更换试剂包装时）进行试剂质控，具体操作参照《输血相容性检测室内质量控制管理制度》进行。

（2）全自动卡式抗人球法质控：每日（或当日更换试剂批号时）进行过程质控，具体操作参照《输血相容性检测室内质量控制管理制度》进行。

2. 室间质量评价　参加卫生部临检中心组织的全国输血相容性检测室间质量评价活动。

（十）干扰因素

1. 严重的黄疸、溶血或脂血使全自动血型检测系统判读结果时出现假阳性。

2. 冷凝集素或异常球蛋白增高会使红细胞出现异常凝集，手工交叉配血时主侧和（或）次侧出现假阳性结果。

（十一）结果计算及测量不确定度

不适用。

（十二）生物参考区间

不适用。

（十三）检验结果可报告区间

相合或不相合。

（十四）警告/危急值

发现交叉配血不合时要尽可能查明原因，必要时进行多样本配血筛查，寻找合适的供者。如果找不到合适的供者，应及时通知临床医生（手术患者应停止手术或手术延期）；如果找到合适的供者，需要和临床医生确认申请量是否足够，是否需要追加申请量。

（十五）实验室解释

交叉配血结果不相合一般由同种不规则抗体、自身抗体、异常蛋白干扰或供受者之间血型不同等原因所致。

（十六）安全性预警措施

1. 实验室及工作人员一般安全防护措

施参见《实验室安全与卫生管理制度》。

2. 发生血液标本溢出时,应参照《实验室消毒与清洁管理制度》对污染的环境进行消毒处理。

3. 操作人员发生职业暴露时,应参照《实验室职业暴露预防与处置管理制度》及时进行相应处理。

4. 在仪器运转过程中,勿触及样品针、移动的传输装置等,避免造成人身伤害。禁止触摸仪器密封面板内的电路,防止造成电击损伤。

5. 对突发传染性疾病的血液标本应启动特殊的安全防护程序。

(十七)变异潜在来源

不规则抗体、自身抗体、冷凝集等都可以导致主侧和(或)次侧交叉配血不合。产生不规则抗体的患者多数由于后天免疫造成,一般都有输血史或妊娠史,少数人也会产生天然抗体。

(十八)交叉配血试验特别注意事项

1. 凝聚胺法

(1)离心后,倒掉上清液,不要沥干,让管底残留约 0.1ml 液体。

(2)按照加样顺序进行结果观察,确保每一个反应结果都能在 1 分钟内观察,否则弱凝集散开会出现假阴性。

2. 全自动卡式配血试验 参照各仪器标准操作规程中约定的注意事项。

(十九)报告时间

急诊交叉配血试验于输血科收到申请单后 40 分钟、绿色通道患者于输血科收到申请单后 20 分钟、普通治疗和手术备血患者于申请用血时间之前出结果并上传 HIS。

(二十)相关文件

1. WADiana 全自动血型配血系统、SWING-SAXO 血型配血系统、Techno 全自动血型配血系统、Othro AutoVue Innova 全自动血型配血系统、凝聚胺试剂使用说明书。

2. 临床输血技术规范. 北京:中华人民

共和国卫生部医政司(2000)。

3. 中国输血技术操作规程(血站部分).天津:中华人民共和国卫生部医政司(1997)。

四、手工抗人球蛋白试验(试管法)标准操作规程

(一)检验目的

建立手工抗人球蛋白试验的标准操作规程,确保手工抗人球蛋白试验的规范性和准确性。

(二)检验原理

血液中一些 IgG 类抗体或补体 C_3(主要是免疫性抗体)与红细胞表面相应抗原结合后,在盐水介质中不出现肉眼可见的凝集反应,但在加入抗 IgG 或抗 C_3 抗体后,以其搭桥则出现凝集反应,该试验称之为抗人球蛋白试验,也称 Coombs Test。包括直接抗人球蛋白试验(DAT)和间接抗人球蛋白试验(IAT)。

(三)适用范围

1. DAT 用于检测红细胞体内致敏情况

(1)新生儿溶血病的诊断。

(2)免疫性溶血性贫血的诊断。

(3)研究药物致敏的红细胞。

(4)溶血性输血反应的研究。

2. IAT 用于检测体外致敏红细胞的抗体

(1)IgG 类不规则抗体筛查与鉴定。

(2)交叉配血试验。

(3)检查用其他方法不能查明的红细胞抗原。

(4)用于一些特殊研究,如混合凝集反应、白细胞抗体及血小板抗体检测试验。

(四)设备性能参数

参见 KA-2200 血清学专用离心机、B600-A 型离心机使用说明书。

(五)器材与试剂

1. 器材 B600-A 型离心机、KA-2200 台式离心机、塑料软试管、塑料硬质试管(75mm×12mm)、试管架、一次性塑料滴管、记号笔。

2. 试剂　生理盐水、抗球蛋白试剂(市售单克隆抗 IgG、单克隆抗 C3d、抗 IgG＋C3d)、致敏的阳性对照细胞(自制)。

(六)样本要求

1. 患者标本　EDTA-K$_3$ 或 EDTA-K$_2$ 抗凝全血≥3ml,经 B600-A 型离心机在 1 760g 条件下,离心 5 分钟,离心后无溶血及明显乳糜。紧急情况下可以使用抗凝动脉血。

2. 供者标本　枸橼酸盐抗凝,全血量 3～5ml,经 B600-A 型离心机在 1 760g 条件下,离心 5 分钟,离心后无溶血、无凝块及明显乳糜。

(七)校准步骤

参照 KA-2200 血清学专用离心机使用说明书中的校准要求执行。

(八)操作程序

1. 直接抗人球蛋白试验

(1)取 2 支洁净试管分别加入抗 IgG＋C3d(可根据需要使用多特异性抗球蛋白)1

滴,其中 1 支试管加 1 滴受检者 3 次洗涤后的 3%～5%红细胞盐水悬液,另 1 支试管加 2 滴正常人 AB 型血清和 1 滴 3%～5%正常人 O 型红细胞悬液作为阴性对照,分别混匀。

(2)使用血型血清学专用离心机在 1 000 g 条件下,离心 15 秒,观察、记录结果。若离心后受检管出现红细胞凝集,同时阴性对照管无凝集,可确定为阳性结果。对于阳性结果可以根据实际需要分别使用抗 IgG、抗 C3d 区分其特异性。若受检标本管中无红细胞凝集(阴性),则室温孵育 5 分钟,在离心观察结果,如为阳性则为抗补体反应结果。2 次离心均为阴性结果的,在受检管中再加 1 滴 3%～5%IgG 致敏细胞的标准 O 型红细胞悬液,2 次离心后观察结果,若出现凝集表明为阴性结果可靠。

2. 间接抗人球蛋白试验

(1)按表 14-1 加入试剂。

表 14-1　间接抗人球蛋白试剂添加格局表

反应物	受检管	阳性对照	阴性对照
受检血清	2 滴		
3%～5%红细胞(受检或试剂)	1 滴		
3%～5%阳性 O 型红细胞		1 滴	1 滴
IgG 抗 D 血清		1 滴	
AB 型血清(或血浆)			2 滴
混匀,置 37℃水浴 30 分钟,每管用生理盐水洗涤至少 3 次,末次离心后尽量弃去上清(在吸水纸上控干)			
抗人球蛋白试剂	1 滴	1 滴	1 滴

(2)混匀,使用血型血清学专用离心机在 1 000g 条件下,离心 15 秒,观察、记录结果,阳性对照管凝集,阴性对照管不凝集则受检管出现凝集为阳性,不凝集为阴性。

3.IgG 致敏对照试剂红细胞的制备

(1)取 3 人份混合的 O 型 RhD 阳性红细胞,生理盐水洗涤 3 次后制成压积红细胞。

(2)在压积红细胞中按每毫升 4～6 滴的

比例添加 IgG 抗 D 血清,混匀后 37℃孵育 15 分钟。

(3)生理盐水洗涤 4～6 次后制成 5%红细胞悬液,24 小时内使用。

4. 检验结果的输入与确认

(1)启动"检验程序",输入用户名及口令后,进入检验程序。

(2)单击"检验"菜单,选择"检验结果录入/修改"，通过申请序号进行检验结果的录入及修改。

（3）检验结果的确认：检验结果应由实验室负责人或授权人员进行确认，方法为单击"结果处理"菜单，选择"报告确认"进入结果确认，通过选择"工作单元""报告日期""单张"或"批量"后，按"提取"键提取已经传输或录入的检验结果，经两人核对无误后按"确认"键进行确认。

（九）质量控制

1. 室内质量控制　抗人球蛋白试剂：每日（或使用时）进行试剂质控，具体操作参照《输血相容性检测室内质量控制管理制度》进行。

2. 室间质量评价　参加卫生部临检中心组织的全国输血相容性检测室间质量评价活动，可以使用手工抗人球蛋白试验进行交叉配血。

（十）干扰因素

1. 过度离心会出现假阳性结果。

2. 冷凝集素或异常球蛋白增高会使红细胞出现异常凝集，造成假阳性结果。

3. 间接抗人球蛋白试验中洗涤不充分可能造成假阴性。

（十一）结果计算及测量不确定度

不适用。

（十二）生物参考区间

不适用。

（十三）检验结果可报告区间

阴性或阳性。

（十四）警告/危急值

直接抗人球蛋白试验结果阳性可能提示红细胞被致敏，可以为自身免疫性疾病、溶血性疾病以及溶血性输血反应的诊断提供依据，必要时应及时提示临床医生。间接抗人球蛋白试验阳性，可能提示不规则抗体的存在或配血不合，需要提醒临床医生，调整或重新制定输血或备血方案。

（十五）实验室解释

直接抗人球蛋白试验结果可以为自身免疫性疾病、溶血性疾病以及溶血性输血反应的诊断提供依据。间接抗人球蛋白试验阳性，可能提示不规则抗体的存在或配血不合。

（十六）安全性预警措施

1. 实验室及工作人员一般安全防护措施参见《实验室安全与卫生管理制度》。

2. 发生血液标本溢出时，应参照《实验室消毒与清洁管理制度》对污染的环境进行消毒处理。

3. 操作人员发生职业暴露时，应参照《实验室职业暴露预防与处置管理制度》及时进行相应处理。

4. 在仪器运转过程中，勿触及样品针、移动的传输装置等，避免造成人身伤害。禁止触摸仪器密封面板内的电路，防止造成电击损伤。

5. 对突发传染性疾病的血液标本应启动特殊的安全防护程序。

（十七）变异潜在来源

不适用。

（十八）手工抗人球蛋白试验特别注意事项

1. 抗球蛋白试验使用的血液标本一定要用含 EDTA 抗凝管采集，以避免红细胞在体外被补体致敏，出现假阳性。

2. 使用 EDTA 抗凝管采集的标本，在做间接抗人球蛋白试验的时候，用的是血浆代替血清，可能使一些少见的抗体漏检。

（十九）报告时间

手工抗人球蛋白方法可以应用在不同试验中，一般于检测当日下午 17 时前出结果并上传 HIS，住院患者的检验报告单由卫生员于次日上午发回申请单所在的临床科室，门诊患者次日于门诊楼一层挂号大厅化验单领取处取检验报告单。

（二十）相关文件

1. 抗人球蛋白试剂使用说明书。

2. 临床输血技术规范.北京:中华人民

共和国卫生部医政司(2000)。

3. 中国输血技术操作规程(血站部分). 天津:中华人民共和国卫生部医政司(1997)。

五、Rh 血型分型(试管法)试验标准操作规程

(一)检验目的

检测红细胞表面 Rh 血型系统 C、c、D、E、e 抗原表达情况,为输血相容性检测、Rh 系统新生儿溶血病的诊断与预防等提供参考依据。

(二)检验原理

Rh 血型系统单克隆 IgM 类血型抗体可以使具有相应抗原的红细胞在盐水介质中发生肉眼可见的凝集,利用单克隆 IgM 血型抗体可以鉴定出红细胞表面的 Rh 抗原。

(三)适用范围

适用于受检者(受者、供者)红细胞表面 C、c、D、E、e 抗原鉴定试验。

(四)设备性能参数

参见 KA-2200 血清学专用离心机、B600-A 型低速离心机使用说明书。

(五)器材与试剂

1. 器材 KA-2200 台式离心机、B600-A 型低速离心机、塑料软试管、塑料硬质试管(75mm×12mm)、试管架、一次性塑料滴管、记号笔。

2. 试剂 生理盐水、市售单克隆 IgM 抗 C、抗 c、抗 D、抗 E、抗 e 及 IgM+IgG 抗 D 标准血清。IgM 抗 D 用于临床样本(受者)RhD 血型的常规检测,不能与 DIV 细胞反应,不能检测出弱 D。IgM+IgG 用于供者样本 RhD 血型的常规检测及确证试验,能与 DIV 细胞反应,检测出弱 D 抗原。10 系或 16 系谱细胞用于阴阳性对照。

(六)样本要求

1. 患者样本 EDTA-K$_3$ 或 EDTA-K$_2$ 抗凝全血≥3ml,经 B600-A 型离心机在 1 760g 条件下,离心 5 分钟,离心后无溶血、无凝块及明显乳糜。

2. 供者标本 枸橼酸盐抗凝,全血量≥3ml,经 B600-A 型离心机在 1 760g 条件下,离心 5 分钟,离心后无溶血、无凝块及明显乳糜。

(七)校准步骤

参照 KA-2200 血清学专用离心机、B600-A 型低速离心机使用说明书中的校准要求执行。

(八)操作程序

1. 悬浮红细胞的配制 取受检者适量红细胞,经生理盐水洗涤 3 次,取压积红细胞配成 3%~5% 的红细胞盐水悬液。

2. 加样 取 4 支洁净硬质试管,分别标记为受检者、阴性对照、阳性对照、自身对照,前 3 支试管内分别加入抗 C(或抗 c,或抗 D、或抗 E,或抗 e)各 1 滴,第 4 支加自身血清(或血浆)2 滴,在每支试管中再加配制好待用的 3%~5% 受检者红细胞悬液 1 滴,混匀。

3. 离心 血型血清学专用离心机在 1 000g 条件下,离心 15 秒。

4. 结果判断 将试管拿成锐角,缓慢倾斜,使液体反复冲刷细胞扣,当细胞不再附着在试管上时,继续缓慢地倾斜和振摇,直到形成均匀的细胞悬液或凝集块。如受检管凝集、阳性对照管凝集、阴性对照管不凝集、自身对照为阴性,即表示 C(或 c,或 D,或 E,或 e)抗原阳性;受检管不凝集、阳性对照管凝集、阴性对照管不凝集、自身对照为阴性即表示 C(或 c,或 D,或 E,或 e)抗原阴性。当出现阳性对照管不凝集和(或)阴性对照管凝集时,需要更换试剂重复试验。

5. 检验结果的输入与确认

(1)启动"检验程序",输入用户名及口令后,进入检验程序。

(2)单击"检验"菜单,选择"检验结果录入/修改",通过申请序号进行检验结果的录入及修改。

(3)检验结果的确认：检验结果应由实验室负责人或授权人员进行确认，方法为单击"结果处理"菜单，选择"报告确认"进入结果确认，通过选择"工作单元""报告日期""单张"或"批量"后，按"提取"键提取已经传输或录入的检验结果，经两人核对无误后按"确认"键进行确认。

（九）质量控制

1. 室内质量控制　通过增加阳性对照、阴性对照和自身对照实现室内质量控制。

2. 室间质量评价　目前只有 RhD 抗原可以参加卫生部临检中心组织的全国输血相容性检测室间质量评价活动，C、c、E、e 抗原检测尚无统一的室间质量评价活动可以参加。

（十）干扰因素

1. 离心条件影响试验结果，最好使用血清学专用离心机，以防假阳性或假阴性结果出现。

2. 当用未经洗涤的细胞做试验时，样本中的自身凝集和异常蛋白质可能引起假阳性结果。

（十一）结果计算及测量不确定度

不适用。

（十二）生物参考区间

不适用。

（十三）检验结果可报告区间

阳性或阴性。

（十四）警告/危急值

1. -D-患者输注含有 C、E、c、e 抗原的红细胞，可能会诱发产生抗 C、或抗 E、或抗 c、或抗 e 抗体。

2. Rh_{null} 型患者输注含有 D、C、E、c、e 抗原的红细胞，可能会诱发产生抗 D、或抗 C、或抗 E、或抗 c、或抗 e 抗体，造成再次输血时配血困难。

（十五）实验室解释

RhD 阴性供者应进一步进行确证试验。

（十六）安全性预警措施

1. 实验室及工作人员一般安全防护措施参见《实验室安全与卫生管理制度》。

2. 发生血液标本溢出时，应参照《实验室消毒与清洁管理制度》对污染的环境进行消毒处理。

3. 操作人员发生职业暴露时，应参照《实验室职业暴露预防与处置管理制度》及时进行相应处理。

4. 在仪器运转过程中，勿触及样品针、移动的传输装置等，避免造成人身伤害。禁止触摸仪器密封面板内的电路，防止造成电击损伤。

5. 对突发传染性疾病的血液标本应启动特殊的安全防护程序。

（十七）变异潜在来源

1. D 变异体，包括弱 D、部分 D、放散型 D 等，都会表现为 D 抗原减弱。

2. -D-/-D- 遗传基因型红细胞只有 D 抗原，缺乏 C、E、c、e 抗原，其红细胞上 D 抗原位点比一般红细胞多，抗原活性强。

3. Rh_{null} 型红细胞上测不出 Rh 抗原，也没有 LW 抗原，但能产生广谱抗 Rh 抗体，其红细胞血清能与除 Rh_{null} 以外所有红细胞发生反应。

（十八）Rh 血型分型试验特别注意事项

1. Rh 抗血清质量应符合要求，用毕后应立即放置 4℃ 冰箱保存，以免细菌繁殖污染。如出现浑浊或变色则不能使用。

2. 试管、滴管必须清洁干燥，防止溶血。

3. 严格按照每种试剂的使用说明书进行操作。

（十九）报告时间

Rh 血型分型试验，一般于检测当日下午 17 点前出结果并上传 HIS，住院患者的检验报告单由卫生员于次日上午发回申请单所在的临床科室，门诊患者次日于门诊楼一层挂号大厅化验单领取处取检验报告单。

(二十)相关文件

1. 抗 D、抗 C、抗 E、抗 c、抗 e 标准血清使用说明书。

2. 临床输血技术规范. 北京：中华人民共和国卫生部医政司(2000)。

3. 中国输血技术操作规程(血站部分). 天津：中华人民共和国卫生部医政司(1997)。

六、ABO 及 Rh 血型抗体效价测定试验标准操作规程

(一)检验目的

检测血清中 ABO 及 Rh 血型抗体效价，为新生儿溶血病的诊断和预防、骨髓移植和干细胞移植后供者细胞存活状态评价提供依据。

(二)检验原理

ABO 及 Rh 血型抗体在一定介质条件下与相应红细胞抗原结合后会出现红细胞凝集，不同的凝集强度会间接反应出血型抗体结合抗原的能力(效价)。不同标本在血型抗体反应活性均较高的情况下都会使相应红细胞出现最强凝集(4＋)，无法真正区分不同标本间血型抗体结合抗原的能力差异。通过将血清(或血浆)连续倍比稀释，观察稀释后血清与相应抗原红细胞凝集反应强度，能够发现不同标本之间血型抗体反应活性的差异或同一受检者不同时期血型抗体反应活性的变化情况。在确定统一凝集强度的情况下(最后一个 1＋)，产生凝集的最高稀释度的倒数即为该标本的抗体效价。

(三)适用范围

1. ABO 血型抗体效价测定　①孕妇血型抗体效价检测，用于 ABO 血型新生儿溶血病风险评估；②骨髓移植、干细胞移植后供者细胞存活状态(嵌合)评价。

2. Rh 血型抗体效价测定　用于明确产生 Rh 血型系统不规则抗体的孕妇，以动态评估发生 Rh 血型新生儿溶血病的风险，主要测定 IgG 类 Rh 抗体。

(四)设备性能参数

参见 KA-2200 血清学专用离心机、达亚美 ID 离心机、达亚美 ID 孵育器、强生 Ortho BioVue 离心机使用说明书。

(五)器材与试剂

1. 器材　KA-2200 血清学专用离心机、B600-A 型低速离心机、达亚美 ID 离心机、达亚美 ID 孵育器、强生 Ortho Biovue 离心机、塑料软试管、塑料硬质试管（75mm × 12mm)、试管架、一次性塑料滴管、移液器、一次性移液枪头、医学专用封口膜、37℃水浴箱等。

2. 试剂　DiaMed Coombs 卡、Othro Biovue Coombs 卡、生理盐水、抗 IgG 抗体试剂(市售单克隆)、凝聚胺试剂、2-Me、致敏的阳性对照细胞(自制)。

(六)样本要求

EDTA-K$_3$ 或 EDTA-K$_2$ 抗凝全血≥3ml，经 B600-A 型离心机 1 760g 条件下离心 5 分钟，离心后无溶血及明显乳糜。

(七)校准步骤

严格参照 KA-2200 血清学专用离心机、达亚美 ID 离心机、达亚美 ID 孵育器、强生 Ortho Biovue　离心机使用说明书执行。

(八)操作程序

1. ABO 血型抗体效价测定

(1)IgM 类抗体测定

①血清(或血浆)连续倍比稀释：排列 10 支试管按顺序编号。每管用加样枪各加生理盐水 100μl，在第 1 管中加入待检血清 100μl，混匀后移出 100μl 转至第 2 管，以同样操作稀释至第 10 管，从第 10 管吸出 100μl 暂时保留在另一试管中，以备必要时做进一步稀释。这样从第 1 管到第 10 管的血清稀释度依次是 1∶2，1∶4，……1∶1 024，移除第 10 管稀释后的多余的 100μl 血清单独保存备用。

②加红细胞悬液：在每管稀释后的血清(或血浆)各加 3％相应红细胞悬液 50μl，混

匀(如待检血清抗体为抗 A,则加入 A 型标准红细胞悬液;如待检血清抗体为抗 B,则加入 B 型标准红细胞悬液;如待检血清中既有抗 A 又有抗 B,则倍比稀释两份血清,一份加入 A 型标准红细胞悬液,另一份加入 B 型标准红细胞悬液)。

③离心与结果观察:使用 KA-2200 台式离心机在 1 000g 条件下,离心 15 秒后观察结果。以肉眼观察到最后一个 1＋的凝集管作为判断的终点,终点血清稀释度的倒数即为其 IgM 类抗体的效价(Titer),或称滴度。

(2)IgG 类抗体效价滴定

①IgM 类抗体的破坏:须取适量血清或血浆(0.5 或 1.0ml)加等体积 2-Me 溶液(也可选用 DDT 试剂)混合,封口,置 37℃水浴箱孵育 30 分钟。

②血清(或血浆)连续倍量稀释:操作步骤与 IgM 类 ABO 血型抗体倍量稀释方法相同。

③效价滴定操作

经典间接抗人球法:在倍比稀释血清或血浆中加入 3%对应的 A 型(或 B 型)红细胞悬液 50μl,37℃水浴 30 分钟;生理盐水洗涤 3 遍,最后 1 遍在吸水纸上控干,加入抗 IgG 抗人球蛋白试剂血清 1 滴,使用血型血清学专用离心机在 1 000g 条件下,离心 15 秒后观察并记录结果。

凝聚胺法:在倍比稀释血清或血浆中加入 3%对应的 A 型(或 B 型)红细胞悬液 50μl 混匀;各试管分别加 LIM 液 0.65ml,充分混合均匀后,再各加 Polybrene 溶液 2 滴,并混合均匀;使用血型血清学专用离心机 Ⅱ 档(在 1 000g 条件下,15 秒)离心,把上清液倒掉,不要沥干,让管底残留约 0.1ml 液体;轻轻摇动试管,目测红细胞有无凝集,如无凝集,则必须重做以上步骤;最后加入 Resuspending 液 2 滴,轻轻转动试管混合并同时观察结果。如果在 30 秒至 1 分钟内凝集散开,为阴性;如凝集不散开,则为红细胞抗原

抗体结合的特异性反应,需要具体判断凝集强度。

DiaMed Coombs 卡式法:撕掉 Coombs 卡上的锡箔,在每一个反应孔下做好标记;依次在每孔中加入 0.8%的 A 型(或 B 型)红细胞悬液 50μl 和倍比稀释后血清或(血浆)25μl;37℃孵育 15 分钟,达亚美专用离心机在 1 030g 条件下,离心 10 分钟后判断结果。

AutoVue Innova Coombs 卡式法:撕掉 Coombs 卡上的锡箔,在每一个反应孔下做好标记;先向每个反应柱内加入 50μl BILSS 液,再分别向反应柱内加入 10μl 3% A 型(或 B 型)红细胞悬液,最后向反应柱内加入 40μl 患者血清或血浆;观察柱中的反应物各组分是否混匀,必要时轻弹几下微柱,使反应物充分混匀;37℃孵育 10 分钟,用 BioVue 离心机双向离心 5 分钟,离心必须在加样后 30 分钟内进行;从微柱正反两面判读并记录结果。

④结果判定:通常每种方法都是以肉眼观察到最后一个＋的凝集作为判断的终点,终点血清(或血浆)稀释度的倒数为效价(Titer),或称滴度。

2.IgG 类 Rh 血型抗体效价测定

(1)IgM 类 Rh 抗体的破坏:如果血清中同时含有 IgM 类 Rh 同型抗体,需要先将 IgM 类抗体破坏,操作步骤与 IgG 类 ABO 抗体的破坏步骤相同。

(2)血清(或血浆)连续倍比稀释:操作步骤与 IgM 类 ABO 血型抗体倍比稀释方法相同。

(3)IgG 类 Rh 血型抗体效价滴定操作。

①经典间接抗人球法:在倍比稀释血清或血浆中加入 3%对应的 O 型 D 阳性(或纯合 E、纯合 e、纯合 C、纯合 c)红细胞悬液 50μl,37℃水浴 30 分钟;生理盐水洗涤 3 遍,最后 1 遍在吸水纸上控干,加抗 IgG 抗人球蛋白试剂血清 1 滴,使用血型血清学专用离心机在 1 000g 条件下,离心 15 秒后观察并记录结果。

②凝聚胺法：在倍比稀释血清或血浆中加入 3% 对应的 O 型 D 阳性（或纯合 E、纯合 e、纯合 C、纯合 c）红细胞悬液 $50\mu l$ 混匀；各试管分别加 LIM 液 0.65ml，充分混合均匀后，再各加 Polybrene 溶液 2 滴，并混合均匀；使用血型血清学专用离心机 II 档（在 1 000g 条件下，离心 15 秒）离心，把上清液倒掉，不要沥干，让管底残留约 0.1ml 液体；轻轻摇动试管，目测红细胞有无凝集，如无凝集，则必须重做以上步骤；最后加入 Resuspending 液 2 滴，轻轻转动试管混合并同时观察结果。如果在 30 秒至 1 分钟内凝集散开，为阴性；如凝集不散开，则为红细胞抗原抗体结合的特异性反应，需要具体判断凝集强度。

③DiaMed Coombs 卡式法：撕掉 Coombs 卡上的锡箔，在每一个反应孔下做好标记；依次在每孔中加入 0.8% 的 O 型 D 阳性（或纯合 E、纯合 e、纯合 C、纯合 c）红细胞悬液 $50\mu l$ 和稀释后血清或（血浆）$25\mu l$；37℃ 孵育 15 分钟，使用达亚美专用离心机在 1 030g 条件下，离心 10 分钟后判断结果。

④AutoVue Innova Coombs 卡式法：撕掉 Coombs 卡上的锡箔，在每一个反应孔下做好标记；先向每个反应柱内加入 $50\mu l$ BILSS 液，再分别向反应柱内加入 $10\mu l$ 3% O 型 D 阳性（或纯合 E、纯合 e、纯合 C、纯合 c）红细胞悬液，最后向反应柱内加入 $40\mu l$ 患者血清或血浆；观察柱中的反应物各组分是否混匀，必要时轻弹几下微柱，使反应物充分混匀；37℃ 孵育 10 分钟，用 BioVue 离心机双向离心 5 分钟，离心必须在加样后 30 分钟内进行；从微柱正反两面判读并记录结果。

（4）结果判定：通常每种方法都是以肉眼观察到最后一个 1＋ 的凝集作为判断的终点，终点血清（或血浆）稀释度的倒数为效价（Titer），或称滴度。

3. 检验结果的输入与确认

（1）启动"检验程序"，输入用户名及口令

后，进入检验程序。

（2）单击"检验"菜单，选择"检验结果录入/修改"，通过申请序号进行检验结果的录入及修改。

（3）检验结果的确认：检验结果应由实验室负责人或授权人员进行确认，方法为单击"结果处理"菜单，选择"报告确认"进入结果确认，通过选择"工作单元""报告日期""单张"或"批量"后，按"提取"键提取已经传输或录入的检验结果，经两人核对无误后按"确认"键进行确认。

（九）质量控制

1. 室内质量控制　凝聚胺法、经典抗人球蛋白法、卡式抗人球蛋白法室内质控均参照《输血相容性检测室内质量控制管理制度》进行。

2. 室间质量评价　抗体效价测定目前尚无统一的室间质量评价活动。

（十）干扰因素

IgM 类抗体破坏不完全会在一定程度上影响 IgG 类抗体效价结果的判断。

（十一）结果计算及测量不确定度

不适用。

（十二）生物参考区间

不适用。

（十三）检验结果可报告区间

不适用

（十四）警告/危急值

1. ABO 血型不合时孕妇产前 ABO 抗体效价一般以 64 作为临界值，效价≥64 认为可能有临床意义，需要进行动态观察抗体效价的变化，如果 2 次检测效价增加 2 倍或更多，被认为是发生新生儿溶血病的指征，应该进行更紧密的检测，以便及时采取治疗措施；

2. RhD 血型不合时孕妇产前 ABO 抗体效价一般以 16 作为临界值，效价≥16 认为有临床意义，需要进行动态观察抗体效价的变化。

(十五)实验室解释

孕妇体内血型抗体效价的升高提示发生新生概溶血病的概率增大,需要进行连续动态监测。骨髓移植或干细胞移植患者移植后ABO血型抗体效价的改变可以间接反映供者细胞的存活、增殖情况。

(十六)安全性预警措施

1. 实验室及工作人员一般安全防护措施参见《实验室安全与卫生管理制度》。

2. 发生血液标本溢出时,应参照《实验室消毒与清洁管理制度》对污染的环境进行消毒处理。

3. 操作人员发生职业暴露时,应参照《实验室职业暴露预防与处置管理制度》及时进行相应处理。

4. 在仪器运转过程中,勿触及样品针、移动的传输装置等,避免造成人身伤害。禁止触摸仪器密封面板内的电路,防止造成电击损伤。

5. 对突发传染性疾病的血液标本应启动特殊的安全防护程序。

(十七)变异潜在来源

不适用。

(十八)ABO及Rh血型抗体效价测定试验特别注意事项

1. 在抗体倍比稀释过程中,不更换枪头,每吸完一次可用纸巾稍稍吸干。这与更换枪头的结果将不一样。

2. 如果一种血清要分别和几种红细胞作用,要将血清做总稀释,然后分别转移同样的试验容量到所需的试管中,这样会缩小误差。

3. 看结果时可能出现低稀释度的凝集强度比高稀释度的要弱,这是前带现象。

4. 对1份血清如果重复滴定,结果可能不一样,如果只有一个稀释度的差别,即前后1管之差,属正常误差范围。

5. 测定IgG类抗体效价时,用等量巯基试剂破坏IgM类抗体时,血清已被稀释,计算效价时要加一个稀释度。

6. 破坏后的血清倍比稀释加入相应的细胞后,立即离心、肉眼观察、记录结果,然后再继续IgG抗体检测的操作,同样记录结果。

7. 为避免不同人操作造成的一些误差,保证结果的连续性,效价测定一概用加样枪加样。

8. 为了解抗体的效价变化而连续取样检查,最好将标本冰冻保存,以便与以后的标本进行比较对照。

(十九)报告时间

ABO及Rh血型抗体效价测定试验,一般于检测当日下午17时前出结果并上传HIS,住院患者的检验报告单由卫生员于次日上午发回申请单所在的临床科室,门诊患者次日于门诊楼一层挂号大厅化验单领取处取检验报告单。

(二十)相关文件

1. DiaMed Coombs卡、Othro BioVue Coombs卡、生理盐水、抗IgG抗体试剂(市售单克隆)、凝聚胺试剂、2-Me试剂使用说明书。

2. 临床输血技术规范. 北京:中华人民共和国卫生部医政司(2000)。

3. 中国输血技术操作规程(血站部分). 天津:中华人民共和国卫生部医政司(1997)。

七、新生儿溶血病血清学检查标准操作规程

(一)检验目的

检测孕妇产前与其丈夫ABO及Rh血型相容性、孕妇IgG抗体效价、产后新生儿体内不相容抗体存在情况、新生儿与产妇之间血型相容性,为新生儿溶血病的预防、诊断及治疗提供可靠的实验室依据。

(二)检验原理

新生儿溶血病是由母婴血型不合,母亲体内与新生儿红细胞抗原不配合的IgG性

质的血型抗体进入新生儿体内,破坏新生儿或胎儿红细胞而引起,可发生在胎儿期和新生儿早期,溶血严重者可出现死胎而流产,存活者则有不同程度的新生儿黄疸。新生儿溶血病产前诊断方法主要包括检测胎儿父母的 ABO 及 Rh 血型、孕妇不规则抗体筛查、外周血抗 A/抗 B 或 Rh 抗体效价来判断新生儿溶血病发生的可能性及严重程度;新生儿溶血病产后诊断主要包括母子 ABO 及 RhD 血型鉴定试验、新生儿标本三项试验,为临床诊断及进一步采取治疗手段提供可靠的依据。

(三)适用范围

适用于新生儿溶血病产前、产后血型血清学试验。

(四)设备性能参数

参见 KA-2200 血清学专用离心机、达亚美 ID 离心机、达亚美 ID 孵育器、戴安娜离心机、强生 Ortho BioVue 离心机及各全自动血型/配血系统使用说明书。

(五)器材与试剂

1. 器材 B600-A 型低速离心机、KA-2200 血清学专用离心机、达亚美 ID 离心机、达亚美 ID 孵育器、戴安娜离心机、强生 Ortho BioVue 离心机、塑料软试管、塑料硬质试管(75mm×12mm)、试管架、一次性塑料滴管、记号笔、移液枪、一次性移液枪头。

2. 试剂 Diana DG Gel ABO-CDE 血型卡、DiaMed ABO/RhD 血型卡、Ortho BioVue ABO/RhD 血型卡、抗 A、抗 B 血清、Rh 分型血清、生理盐水、抗球蛋白试剂(市售单克隆)、抗体筛查试剂红细胞、抗体鉴定试剂红细胞、致敏的阳性对照细胞(自制)。

(六)标本要求

1. 夫妇标本 EDTA-K_3 或 EDTA-K_2 抗凝全血≥3ml(手工操作时也可以使用不抗凝标本),经 B600-A 型离心机在 1 760g 条件下,离心 5 分钟,离心后无溶血及明显乳糜。

2. 患儿标本 EDTA-K_3 或 EDTA-K_2 抗凝全血≥3ml(手工操作时也可以使用不抗凝标本),经 B600-A 型离心机在 1 760g 条件下,离心 5 分钟,离心后无明显乳糜。

(七)校准步骤

参照 KA-2200 血清学专用离心机、达亚美 ID 离心机、达亚美 ID 孵育器、Ortho BioVue 离心机及各全自动血型/配血系统使用说明书中的校准要求执行。

(八)操作程序

1. 产前血清学检查

(1)取夫妇全血标本分别测定 ABO 血型及 RhD 血型,具体操作参照《ABO 及 RhD 血型鉴定试验标准操作规程》。

(2)夫妇 ABO 血型不配合时,做孕妇血清抗体检查。

①IgG 抗 A(B)或 Rh 血型抗体效价测定:参照《ABO 及 Rh 血型抗体效价测定试验标准操作规程》。

②中和孕妇血清做交叉试验:用 DTT 或 2-Me 破坏母血清中 IgM 抗体,以此处理后血清与其丈夫细胞做凝聚胺法或 IAT 的交叉配血试验,如果出现阳性则可能引起 HDN。

2. 产后血清学检查

(1)ABO 新生儿溶血病血型血清学检查。

①母子标本的 ABO 血型鉴定:分别取产妇、新生儿的洗涤红细胞鉴定 ABO 血型,具体操作参照《ABO 及 RhD 血型鉴定试验标准操作规程》。

②新生儿标本的三项试验。a. 直接抗人球蛋白试验:将新生儿红细胞用生理盐水充分洗涤 3 遍,最后 1 遍将上清控干,然后加 1 滴抗人球蛋白试剂,经血清学专用离心机在 1 000g 条件下,离心 15 秒,在显微镜下观察结果,有凝集为阳性,无凝集为阴性。也可以采用卡式抗人球法检测。参见《手工抗人球蛋白试验标准操作规程》。b. 游离 IgG 抗体测定:取试管 3 支,分别标记 Ac、Bc、Oc,

每管中各加 2 滴新生儿血清及相应 A、B、O 型试剂红细胞各 1 滴,置 37℃水浴 30 分钟取出,用生理盐水洗涤 3 次,最后 1 次控干上清液,然后在各管中加 1 滴抗人球蛋白试剂,使用血清学专用离心机在 1 000g 条件下,离心 15 秒,判读结果(表 14-2)。也可采用凝聚胺法或卡式抗人球法检测。再取 3 系抗体筛查细胞检测新生儿血清中是否存在 ABO 系统以外的不规则抗体,可以使用卡式抗人球法检测。c. 放散试验:用生理盐水将新生儿红细胞充分洗涤 4～6 次,取 1 体积洗涤后压积红细胞加等体积的生理盐水,置 56℃水浴

表 14-2　新生儿血清游离 IgG 抗体反应格局表

Ac	Bc	Oc	意义
+	−	−	游离的抗 A 抗体
−	+	−	游离的抗 B 抗体
+	+	−	游离的抗 A、抗 B 抗体或抗 A,抗 B 抗体
+/−	+/−	+	游离的 ABO 血型以外的抗体
−	−	−	无游离的抗体

10 分钟,其间不断振摇,然后在预温的离心管中在 1 760g 条件下,离心 1 分钟,立即将上层红色放散液转移到另一试管中。取上清放散液分成 3 份,于标有 A、B、O 的试管中,分别加入相应的 A、B、O 试剂红细胞各 1 滴,置 37℃水浴 30 分钟,用生理盐水洗涤 3 次,最后 1 次控干上清,然后在各管中加 1 滴抗人球蛋白试剂,使用血清学专用离心机在 1 000g 条件下,离心 15 秒,判读结果(表 14-3)。也可采用凝聚胺法或卡式抗人球法检测。

表 14-3　新生儿红细胞放散液抗体反应格局表

Ac	Bc	Oc	意义
+	−	−	释放出抗 A 抗体
−	+	−	释放出抗 B 抗体
+	+	−	释放出抗 A、抗 B 抗体
+	+	+	释放出 ABO 血型以外抗体
−	−	−	未释放出抗体

③产妇标本的检查:破坏产妇血清(或血浆)做交叉试验:用 DTT 或 2-Me 破坏产妇血清(或血浆)中 IgM 抗体,以此处理后血清分别与新生儿红细胞及与新生儿 ABO 同型的标准试剂红细胞做凝聚胺法或 IAT 的交叉试验;产妇血清中 ABO 系统以外的抗体筛选:用处理后产妇血清做不规则抗体筛查,可采用凝聚胺法或卡式抗人球法检测;测定产妇血清中 IgG 抗 A(B)效价:母亲是 O 型,新生儿是 A 型时,测 IgG 抗 A 的效价,新生儿是 B 型时,测 IgG 抗 B 的效价。方法参照《ABO 及 Rh 血型抗体效价测定试验标准操作规程》。

(2)Rh 新生儿溶血病血清学检查

①母子标本的血型鉴定:分别取产妇、新生儿的洗涤红细胞鉴定 Rh 血型,具体操作参照《Rh 血型分型试验(试管法)标准操作规程》。

②新生儿标本的三项试验。a. 直接抗球蛋白试验:将子细胞用生理盐水充分洗涤 3 遍,最后 1 遍将上清液控干,然后加 1 滴抗人球蛋白试剂,使用血清学专用离心机在 1 000g 条件下,离心 15 秒,判读结果,有凝集为阳性,无凝集为阴性。参见《手工抗人球蛋白试验标准操作规程》。b. 游离 IgG 抗体测定:取试管 3 只,标记 1、2、3 号,每管中各加 2 滴子血清,并分别加入 1 滴抗筛试剂红细胞悬液,离心看结果,看好结果后,置 37℃水浴 30 分钟取出,用生理盐水洗涤 3 次,最

后1次控干上清液,然后在各管中加1滴抗人球蛋白试剂,使用血清学专用离心机在1 000g条件下,离心15秒,判读结果。也可采用凝聚胺法或卡式抗人球法检测。如果结果为阳性,应鉴定其抗体特异性,用10系细胞或10系细胞以上谱细胞做IAT法或凝聚胺法检测,结合谱细胞反应格局,确定抗体特异性。c.放散试验(乙醚或氯仿放散法):参照《吸收-放散试验标准操作规程》。

③产妇标本的检查。测定产妇血清与新生儿细胞的交叉反应:用新生儿红细胞与2-Me处理后产妇血清(或血浆)做凝聚胺法或IAT交叉配血试验,以确定母血清中是否存在针对子细胞抗原的IgG抗体。产妇血清中ABO系统以外抗体的检测:用产妇血清(或血浆)做不规则抗体筛查,可采用凝聚胺法或卡式抗人球法检测。如果存在ABO系统以外的同种抗体,则测定此抗体的特异性及效价,具体操作参照《不规则抗体筛查试验标准操作规程》和《ABO及Rh血型抗体效价测定试验标准操作规程》。

3. 检验结果的输入与确认

(1)启动"检验程序",输入用户名及口令后,进入检验程序。

(2)单击"检验"菜单,选择"检验结果录入\修改",通过申请序号进行检验结果的录入及修改。

(3)检验结果的确认:检验结果应由实验室负责人或授权人员进行确认,方法为单击"结果处理"菜单,选择"报告确认"进入结果确认,通过选择"工作单元""报告日期""单张"或"批量"后,按"提取"键提取已经传输或录入的检验结果,经两人核对无误后按"确认"键进行确认。

(九)质量控制

1. 室内质量控制

(1)ABO血型、Rh血型鉴定:参照《ABO及RhD血型鉴定试验标准操作规程》。

(2)抗体效价测定:参照《ABO及Rh血型抗体效价测定试验标准操作规程》。

(3)不规则抗体筛查及鉴定:参照《不规则抗体筛查试验标准操作规程》。

(4)产妇与新生儿之间交叉配合试验:参照《交叉配血标准操作规程》。

2. 室间质量评价　新生儿溶血病血型血清学检查目前尚无统一的室间质量评价活动。

(十)干扰因素

已经发生新生儿溶血病的患儿血清一般呈红色可能会干扰对结果的判断。

(十一)结果计算及测量不确定度

不适用。

(十二)生物参考区间

不适用。

(十三)检验结果可报告区间

不适用。

(十四)警告/危急值

1. ABO血型不合时孕妇产前ABO抗体效价一般以64作为临界值,效价≥64认为可能有临床意义,需要进行动态观察抗体效价的变化,如果两次检测效价增加2倍或更多,被认为是发生新生儿溶血病的指征,应该进行更紧密的监测,以便及时采取治疗措施。

2. RhD血型不合时孕妇产前Rh抗体效价一般以16作为临界值,效价≥16认为有临床意义,需要进行动态观察抗体效价的变化。

3. 新生儿标本的三项试验出现阳性结果时,提示新生儿溶血的存在。

(十五)实验室解释

孕妇体内血型抗体效价的升高提示发生新生儿溶血病的概率增大,需要进行连续动态监测。新生儿标本的三项试验出现阳性结果,提示新生儿溶血的存在,应根据严重程度进行相应的处理。

(十六)安全性预警措施

1. 实验室及工作人员一般安全防护措施参见《实验室安全与卫生管理制度》。

2. 发生血液标本溢出时,应参照《实验室消毒与清洁管理制度》对污染的环境进行消毒处理。

3. 操作人员发生职业暴露时,应参照《实验室职业暴露预防与处置管理制度》及时进行相应处理。

4. 在仪器运转过程中,勿触及样品针、移动的传输装置等,避免造成人身伤害。禁止触摸仪器密封面板内的电路,防止造成电击损伤。

5. 对突发传染性疾病的血液标本应启动特殊的安全防护程序。

(十七)变异潜在来源

不适用。

(十八)新生儿溶血病血型血清学检查特别注意事项

1. ABO血型不合的新生儿溶血病一般用热放散法,Rh系统及其他系统的用乙醚放散法,放散液用抗人球蛋白法或其他检测IgG抗体的方法检测。

2. 新生儿三项试验的结果之间有一定关联,有游离抗体的,直抗应该阳性,放散试验也应该阳性;直抗阳性的,放散试验也应该是阳性,但不一定有游离抗体。直抗阴性的其他两项试验应该是阴性,但ABO系统除外。一般认为任何一项出现阳性都可以支持新生儿溶血病的诊断。也有实验结果与临床症状不完全符合的情况。

3. 有研究报告提出有的母亲在胎儿娩出24小时以后,IgG抗A或抗B的效价可有明显的下降。

(十九)报告时间

新生儿溶血病血型血清学检查相对复杂,需要多重试验组合来得出最后结论,检测相对耗时,一般检测结果出来后立即上传HIS系统,住院患者的检验报告单由卫生员于次日上午发回申请单所在的临床科室,门诊患者次日于门诊楼一层挂号大厅化验单领取处取检验报告单。

(二十)相关文件

1. 相应试剂使用说明书。

2. 临床输血技术规范.北京:中华人民共和国卫生部医政司(2000)。

3. 中国输血技术操作规程(血站部分).天津:中华人民共和国卫生部医政司(1997)。

八、吸收-放散试验标准操作规程

(一)检验目的

检测红细胞表面可能存在的弱血型抗原、鉴定、分离血清中可能存在的混合抗体,辅助红细胞血型及混合抗体特异性的鉴定。

(二)检验原理

抗体与相应抗原在适合条件下可以发生凝集或致敏,但这种结合是可逆的,如果改变某些物理条件时,抗体可以从结合的红细胞上解脱下来。表达弱血型抗原(A或B等)的红细胞与相应抗体反应不出现凝集现象,但可以吸收相应的抗体,被吸收的抗体在适当条件下可以放散出来,与具有对应正常抗原的红细胞发生反应,检测和鉴定该放散出来的抗体,可以证明相应抗原的存在,也可以将混合抗体得到分离。

(三)适用范围

1. 弱血型抗原的鉴定(本操作规程主要选取弱A/B抗原鉴定制定相应试验流程)。

2. 混合血型抗体的分离与鉴定。

3. 新生儿溶血病的诊断。

(四)设备性能参数

参见 KA-2200 血清学专用离心机、B600-A型离心机、电热恒温水浴箱使用说明书。

(五)器材与试剂

1. 器材 B600-A型离心机、KA-2200台式离心机、电热恒温水浴箱、塑料软试管、塑料硬质试管(75mm×12mm)、试管架、一次性塑料滴管、记号笔。

2. 试剂 生理盐水、抗A和抗B标准血清(经过筛选后)、抗人球蛋白试剂(市售单克隆或多克隆）、3％反定试剂红细胞。

（六）标本要求

抗凝全血经 B600-A 型离心机在 1 760g 条件下，离心 5 分钟后压积红细胞应≥2ml。

（七）校准步骤

参见 KA-2200 血清学专用离心机、B600-A 型离心机、电热恒温水浴箱使用说明书中校准要求执行。

（八）操作程序

1. 吸收试验

（1）生理盐水洗涤 1ml 压积红细胞至少 3 遍，最后 1 次洗涤后，尽量弃去试管中红细胞沉淀上的所有上清盐水。

（2）如怀疑是弱 A（或弱 B）抗原红细胞，在洗涤后的红细胞中加入 1ml 抗 A（或抗 B）血清。

（3）将红细胞与抗体试剂充分混匀，在 4℃条件下孵育 2 小时，期间不时轻摇试管，混合红细胞与抗体血清。

（4）使用 B600-A 型离心机在 1 760g 条件下，离心 5 分钟，将所有上清（抗 A 或抗 B 试剂）转移到另一支试管中。

（5）将红细胞转移到另一支洁净试管中，用较大体积 4℃生理盐水洗涤红细胞至少 8 遍。保存最后一遍洗涤离心后的上清液，使用 3％反定细胞检测其中是否残留游离抗体，如果有应继续洗涤，直至没有游离抗体存在。

（6）将与红细胞反应后的上清液与其对应的血清原液同步进行倍比稀释，测定其抗体效价的变化，具体操作参照《ABO 及 Rh 血型抗体效价测定试验标准操作规程》。

2. 热放散试验

（1）取吸收后并经洗涤的 1 体积压积红细胞（对于只做放散试验用来证实红细胞表面是否结合抗体的情况，用生理盐水将其红细胞充分洗涤 4～6 次制备成洗涤后压积红细胞）加等体积的生理盐水，置 56℃水浴 10 分钟，其间不断振摇，然后在预温的离心管中

以 2 000g，离心 1 分钟，立即将上层红色放散液转移到另一试管中。

（2）取上清放散液分成 3 份，于标有 A、B、O 的试管中，分别加入相应的 A、B、O 试剂红细胞各 1 滴，直接离心观察结果。对于阴性结果，需将试管置 37℃水浴 30 分钟，用生理盐水洗涤 3 次，最后一次控干上清液，然后在各管中加 1 滴抗人球蛋白试剂，使用血清学专用离心机在 1 000g 条件下，离心 15 秒，判读结果。也可采用凝聚胺法或卡式抗人球法检测。

3. 乙醚放散试验

（1）取经洗涤 4～6 次的受检者压积红细胞 1 体积，另取 1 体积生理盐水和 2 体积乙醚，加入到带塞的玻璃大试管内，剧烈振荡 1～2 分钟，然后以 B600-A 白洋离心机在 1 760g 条件下，离心 1 分钟。

（2）离心后分成 3 层，上层是乙醚，中间是红细胞基质，下层是具有抗体的放散液，呈深红色。

（3）用吸管吸出下层放散液，置 37℃水浴 10 分钟，除尽乙醚。

（4）再次离心，取上清液即为放散液。

（5）用经典抗人球法或卡式抗人球法检测乙醚放散液。

4. 检验结果的输入与确认

（1）启动"检验程序"，输入用户名及口令后，进入检验程序。

（2）单击"检验"菜单，选择"检验结果录入\修改"，通过申请序号进行检验结果的录入及修改。

（3）检验结果的确认：检验结果应由实验室负责人或授权人员进行确认，方法为单击"结果处理"菜单，选择"报告确认"进入结果确认，通过选择"工作单元""报告日期""单张"或"批量"后，按"提取"键提取已经传输或录入的检验结果，经两人核对无误后按"确认"键进行确认。

（九）质量控制

1. 室内质量控制　参照《手工抗人球蛋白试验标准操作规程》进行。

2. 室间质量评价　吸收放散试验目前尚无统一的室间质量评价活动。

（十）干扰因素

1. 红细胞吸收相应抗体以后，在放散之前必须经过充分洗涤并经试验证实已无游离抗体存在方可进行放散试验。

2. 热放散以后要注意试管保温并以最快速度将放散液分离，防止放散出的抗体再次与细胞结合，造成假阴性。

（十一）结果计算及测量不确定度

不适用。

（十二）生物参考区间

不适用。

（十三）检验结果可报告区间

阴性、阳性。

（十四）警告/危急值

1. 怀疑新生儿溶血病、溶血性输血反应的患者，如果放散试验阳性，提示存在溶血，需要及时通知临床医生。

2. 弱血型抗原检测时，放散结果阳性时，提示亚型的存在。

（十五）实验室解释

1. 新生儿标本放散试验出现阳性结果，提示新生儿溶血的存在，应根据严重程度进行相应的处理。

2. 受检者血型结果为亚型时应遵守相应的输血原则。

（十六）安全性预警措施

1. 实验室及工作人员一般安全防护措施参见《实验室安全与卫生管理制度》。

2. 发生血液标本溢出时，应参照《实验室消毒与清洁管理制度》对污染的环境进行消毒处理。

3. 操作人员发生职业暴露时，应参照《实验室职业暴露预防与处置管理制度》及时进行相应处理。

4. 在仪器运转过程中，勿触及样品针、移动的传输装置等，避免造成人身伤害。禁止触摸仪器密封面板内的电路，防止造成电击损伤。

5. 对突发传染性疾病的血液标本应启动特殊的安全防护程序。

（十七）变异潜在来源

不适用。

（十八）吸收-放散试验特别注意事项

1. ABO 血型弱抗原鉴定一般采用热放散，Rh 血型系统抗体分离、鉴定一般采用乙醚放散。

2. 使用乙醚放散时要注意实验室通风，确保操作人员安全。

3. 如果需要检测热放散后的红细胞血型，则应该用 45℃ 代替 56℃，以减少红细胞溶血，放散时间可以延长到 15 分钟。

（十九）报告时间

吸收放散试验一般于检测完成后立即将结果上传 HIS，对于用于溶血诊断试验中的阳性结果应同时电话通知患者经治医师。住院患者的检验报告单由卫生员于次日上午发回申请单所在的临床科室，门诊患者次日于门诊楼一层挂号大厅化验单领取处取检验报告单。

（二十）相关文件

1. 相应试剂使用说明书。

2. 临床输血技术规范. 北京：中华人民共和国卫生部医政司（2000）。

3. 中国输血技术操作规程（血站部分）. 天津：中华人民共和国卫生部医政司（1997）。

九、RhD 血型确证试验（卡式抗人球法）标准操作规程

（一）检验目的

确证初筛 RhD 血型为阴性的献血者 RhD 抗原表达情况，防止正常 D、变异 D（弱 D、不完全 D、不完全弱 D、放散 D）被误定型为 RhD 阴性。

(二)检验原理

通常情况下只有初筛为 RhD 阴性的献血者需要做确证试验,以确保将真正 RhD 阴性的血液输给需要 RhD 阴性血液的患者,而临床初筛为 RhD 阴性输血患者一般不做确证试验,而是直接输注 RhD 阴性血液成分。献血者 RhD 初筛一般使用单克隆 IgM 抗体或 IgM+IgG 抗体(纸板法或玻片法)进行检测(盐水法),可能出现弱 D、不完全 D、不完全弱 D 的漏检。RhD 血型确证试验采用 3 个厂家、3 个批号,至少两种试剂中含有 IgG 类抗 D 抗体,通过卡式抗人球蛋白法进行 D 抗原检测,可以最大限度减少 D 抗原的漏检,确定受检者 RhD 血型。

(三)适用范围

适用于献血者 RhD 血型确证试验。

(四)设备性能参数

参见 DiaMed ID 离心机、DiaMed ID 孵育器、B600-A 型低速离心机使用说明书。

(五)器材与试剂

1. 器材　DiaMed ID 离心机、DiaMed ID 孵育器、B600-A 型低速离心机、塑料软试管、塑料硬质试管(75mm×12mm)、试管架、记号笔。

2. 试剂　DiaMed 微柱凝胶 Coombs 卡,2 号稀释液,生理盐水,3 个厂家不同来源的抗 D 标准血清(至少两种试剂是 IgG 类或含有 IgG 类抗体),3 系、10 系或 16 系谱细胞(用于阴阳性对照)。

(六)样本要求

供者标本:枸橼酸盐抗凝,全血量≥3ml,经 B600-A 型离心机在 1 760g 条件下,离心 5 分钟,离心后无溶血、无凝块及明显乳糜。

(七)校准步骤

参照 DiaMed ID 离心机、DiaMed ID 孵育器、B600-A 型低速离心机使用说明书中的校准要求执行。

(八)操作程序

1. 取受检者(常规纸板法鉴定为 RhD 阴性)的红细胞,经生理盐水洗涤 3 次,取压积红细胞 10μl 加入 2 号系统稀释液 1.0ml 配成 1%的红细胞悬液。

2. 取 3 个厂家不同来源的抗 D 标准血清,一般组合形式为单独 IgM 抗体、IgM+IgG 抗体、单独 IgG 抗体。

3. 在微柱凝胶卡上依次标记 IgM 抗体检测孔、IgM+IgG 抗体检测孔、IgG 抗体检测孔、自身对照孔,阴性对照孔和阳性对照孔。

4. 在 IgM 抗体检测孔、IgM+IgG 抗体检测孔、IgG 抗体检测孔和自身对照孔中分别加入已配制好的受检者 1%的红细胞悬液 50μl,再分别在对应的孔中加入 25μl 相对应的标准血清抗体,在自身对照孔中加入受检者血清 25μl。分别在阴性对照孔和阳性对照孔中加入 1%阳性对照细胞和阴性对照细胞各 50μl,再分别加入 IgG 抗 D 抗体 25μl。

5. 使用 DiaMed ID 专用孵育器 37℃孵育 15 分钟。用 DiaMed ID 专用离心机在 1 030g 条件下,离心 10 分钟。

6. 结果判读:自身对照、阴性对照结果为阴性,阳性对照结果为阳性说明试剂和反应体系有效,检测孔出现红细胞凝集在上层或中间层的为阳性,全部沉积在底层的为阴性。自身对照、阴性对照结果为阳性和(或)阳性对照结果为阴性时说明试剂和(或)反应体系失效,需要更换试剂和(或)反应体系后重复试验。

7. 三批试验结果中有一批或多批为阳性的,结果即报告应为:D 变异型。相应血液应作为 RhD 阳性血液输给 RhD 阳性患者,而献血者自身在将来输血时应作为 RhD 阴性患者对待。

8. 检验结果的确认。确证试验结果应由实验室负责人或授权人员进行确认签字,出现阳性结果应将被检血液视为 RhD 阳性血液使用,阴性结果将被检血液视为 RhD 阴性血液使用。

(九)质量控制

1. 室内质量控制　通过每批次的阴阳性对照和自身对照试验实现。

2. 室间质量评价　目前尚无统一的室间质量评价活动。

(十)干扰因素

1. 离心条件影响试验结果,最好使用血清学专用离心机,以防假阳性或假阴性结果出现。

2. 当用未经洗涤的细胞做试验时,样本中的自身凝集和异常蛋白质可能引起假阳性结果。

(十一)结果计算及测量不确定度

不适用。

(十二)生物参考区间

不适用。

(十三)检验结果可报告区间

阴性、阳性。

(十四)警告/危急值

D 变异型相应血液应作为 RhD 阳性输给 RhD 阳性患者,而献血者自身在将来输血时应作为 RhD 阴性患者对待。

(十五)实验室解释

D 变异型相应血液应作为 RhD 阳性输给 RhD 阳性患者,而献血者自身在将来输血时应作为 RhD 阴性患者对待。实验室应该向献血者说明 D 变异型作为供、受者时的区别和注意事项。

(十六)安全性预警措施

1. 实验室及工作人员一般安全防护措施参见《实验室安全与卫生管理制度》。

2. 发生血液标本溢出时,应参照《实验室消毒与清洁管理制度》对污染的环境进行消毒处理。

3. 操作人员发生职业暴露时,应参照《实验室职业暴露预防与处置管理制度》及时进行相应处理。

4. 在仪器运转过程中,勿触及样品针、移动的传输装置等,避免造成人身伤害。禁止触摸仪器密封面板内的电路,防止造成电击损伤。

5. 对突发传染性疾病的血液标本应启动特殊的安全防护程序。

(十七)变异潜在来源

D 变异型,包括弱 D、部分 D、放散型 D 等均可出现 RhD 初筛试验结果阴性、确认试验结果阳性。

(十八)Rh 血型确证试验特别注意事项

1. RhD 抗血清质量应符合要求,用毕后应放置冰箱保存,以免细菌污染。室温放置时间过长或反复冻融会导致抗体效价降低,如出现浑浊或变色则不能使用。

2. 加样时应先加红细胞悬液,后加血清抗体。

(十九)报告时间

血液采集当天完成试验并修改对应血液信息。

(二十)相关文件

1. 抗 D 标准血清、DiaMed 微柱凝胶 Coombs 卡使用说明书。

2. 临床输血技术规范.北京:中华人民共和国卫生部医政司(2000)。

3. 中国输血技术操作规程(血站部分).天津:中华人民共和国卫生部医政司(1997)。

十、ABH 唾液型物质凝集抑制试验标准操作规程

(一)检验目的

通过检验分泌型个体唾液中是否存在 ABH 抗原来间接证明受检者红细胞表面是否存在相应 ABH 抗原,进而辅助证实红细胞表面 ABH 弱抗原的存在。

(二)检验原理

人类红细胞 ABH 抗原除在红细胞表面表达以外,约有 80% 的分泌型个体可以产生水溶性的 ABH 抗原,这些水溶性抗原可以

进入除脑脊液以外的其他体液之中。常规实验室条件下直接检测可溶性抗体存在技术困难,但通过检测可溶性抗原对相应稀释修正过的抗体的抑制作用,间接证实可溶性抗原的存在,从而为证实红细胞表面 ABH 血型弱抗原的存在提供支持证据。

(三)适用范围

适用于疑似 ABO 亚型分泌型受检者唾液中 A、B、H 抗原的检测。

(四)设备性能参数

参见 KA-2200 血清学专用离心机、B600-A 型低速离心机使用说明书。

(五)器材与试剂

1. 器材　KA-2200 血清学专用离心机、B600-A 型低速离心机、酒精灯、广口小烧杯、玻璃大试管、水浴锅、阅片灯箱、硬质塑料试管(75mm×12mm)、试管架、一次性塑料滴管、$100\mu l$ 移液器、记号笔。

2. 试剂　经实验室验证具有抑制活性的单克隆抗 A 和抗 B 血清、抗 H 凝集素或单克隆抗 H 试剂、单克隆抗 Le^a 和 Le^b 抗体、ABO 反定型试剂红细胞、生理盐水、3 系或 10 系或 16 系谱细胞(用于 Lewis 血清抗体的阴阳性对照)、已知分泌型或非分泌型的唾液样本(用于抑制试验中的阳性和阴性对照)。

(六)样本要求

1. EDTA-K$_3$ 或 EDTA-K$_2$ 抗凝静脉血≥3ml 经 B600-A 型离心机在 1 760g 条件下,离心 5 分钟,离心后无溶血及明显乳糜。

2. 受检者新鲜唾液 5~10ml。

(七)校准步骤

参照 KA-2200 血清学专用离心机、B600-A 型低速离心机使用说明书中的校准要求执行。

(八)操作程序

1. 常规 ABO 血型鉴定:参考《ABO 及 RhD 血型鉴定试验标准操作规程》进行。

2. 对于常规 ABO 血型鉴定结果不确

定,疑似 ABO 亚型弱抗原存在时,方考虑进行唾液型物质检测:

(1)在进行唾液型物质检测前应先确定受检者是否为分泌型:先对受检者外周静脉血标本进行 Lewis 抗原测定,具体操作步骤请参照对应试剂使用说明书进行。

(2)受检者分泌型的确定原则:ABH 分泌型个体通常为 Le(a-b+),非分泌型个体为 Le(a+b-)。

3. 分泌型个体唾液 ABH 物质检测

(1)唾液标本的制备:①取一个洁净广口小烧杯收集受检者唾液 5~10ml。大多数人可以在几分钟内收集到足够数量的唾液标本。收集唾液时受检者可以咀嚼洁净石蜡或橡皮带等以促进唾液分泌,但不能咀嚼口香糖或其他任何含有糖分或蛋白质成分的物质,防止污染唾液标本。②将收集的唾液转移到洁净的玻璃大试管中,在 1 000g 条件下,离心 10 分钟。③将离心后的上清液转移到另外一个玻璃大试管中,放入沸水浴中 10 分钟,使唾液淀粉酶完全失活。④将沸水煮过的唾液标本再次在 1 000g 条件下,离心 10 分钟,留取上清液到另一洁净试管中待用。⑤如果后续试验在几个小时内完成,制备后的唾液标本可以放 4℃冷藏;如果试验不在制备当天进行,则应将标本置于-20℃条件下冷冻保存,其标本活力至少可以保持 1 年以上。

(2)抗 A、抗 B、抗 H 血清试剂反应活性的修正:①抗 A、抗 B、抗 H 血清连续倍比稀释:分别排列 10 支试管按顺序编号。每管用移液枪各加生理盐水 $100\mu l$,在第 1 管中加入待检抗 A(或抗 B 或抗 H)血清 $100\mu l$,混匀后移出 $100\mu l$ 转至第 2 管,以同样操作稀释至第 10 管,从第 10 管吸出 $100\mu l$ 暂时保留在另一试管中,以备必要时做进一步稀释。这样从第 1 管到第 10 管的血清稀释度依次是 1:2,1:4,……1:1 024,移除第 10 管稀释后的多余的 $100\mu l$ 血清单独保存备用。②

加红细胞悬液:在每管稀释后的血清中各加3％相应红细胞悬液 $50\mu l$,混匀(如待检血清抗体为抗 A,则加入 A 型标准红细胞悬液;如待检血清抗体为抗 B,则加入 B 型标准红细胞悬液;如待检血清为抗 H,则加入 O 型标准红细胞悬液)。③离心与结果观察:使用KA-2200 台式离心机在 1 000g 条件下,离心15 秒后观察结果,记录出现最后一个 2＋的凝集管的稀释倍数。④制备稀释修正血清:根据上步得到的稀释倍数,使用生理盐水将适量抗 A、抗 B、抗 H 标准血清分别稀释到相应倍数后待用。

(3)凝集抑制试验:①取 4 支洁净硬质塑料试管,分别标注"受检者""分泌型""非分泌型"及"生理盐水",前 3 管分别滴加 $50\mu l$(1滴)对应的处理后唾液样本,第 4 管滴加生理盐水。②在 4 支试管中分别滴加 $50\mu l$(1 滴)经稀释的修正血清。③室温孵育 10 分钟。④每个试管中滴加 $50\mu l$(1 滴)对应的洗涤后3％~5％ABO 标准红细胞悬液,混匀后室温孵育 30 分钟。⑤离心与结果观察:使用 KA-2200 台式离心机在 1 000g 条件下,离心 15秒后肉眼观察反应结果。

(4)结果分析:①若生理盐水对照管的抗体未与对应指示红细胞发生凝集反应,则本次凝集抑制试验失败。可能是由于抗体稀释环节出现偏差,应重新确定抗体稀释倍数,重新配置修正血清后重复上述试验步骤。②"分泌型"试管结果为阴性、"分泌型"试管结果为阳性,说明质控结果在控,试验数据可以采信,否则为失控,需查找原因后重复试验。③在"生理盐水"试管、"分泌型"试管、"非分泌型"试管结果均符合要求的前提下,"受检者"试管中指示红细胞与对应抗体发生凝集反应说明唾液中不含有相应抗原;指示红细胞与对应抗体不发生凝集反应说明唾液中含有相应抗原。

(5)检验结果的确认:本试验为输血相容性检测实验室非常规辅助检测项目,通常不需要单独出具检验报告单,检验结果可以记录在 ABO 血型鉴定报告单上或专用的特殊检查登记表单上,并由实验室负责人或授权人员进行确认签字。

(九)质量控制

1. 室内质量控制

(1)ABO 血型鉴定:参照《ABO 及 RhD血型鉴定试验标准操作规程》中的相关质控要求进行。

(2)Lewis 抗原鉴定:通过在每批次试验中加入阴、阳性对照和自身对照实现。阴阳性对照样本可以从 3 系或 10 系或 16 系谱细胞中选取。

(3)凝集抑制试验:通过使用已知的"分泌型""非分泌型"及"生理盐水"样本作为对照,实现对整个试验体系的质量控制。

2. 室间质量评价　目前尚无统一的室间质量评价活动。

(十)干扰因素

1. 离心条件影响实验结果,最好使用血清学专用离心机,以防假阳性或假阴性结果出现。

2. 当用未经洗涤的标准红细胞做抑制试验时,样本中存在的可溶性抗原可能会中和对应稀释抗体而引起假阴性结果。

(十一)结果计算及测量不确定度

不适用。

(十二)生物参考区间

不适用。

(十三)检验结果可报告区间

不适用。

(十四)警告/危急值

通过本试验可以进一步确认受检者红细胞血型抗原亚型,防止 ABO 血型定型错误的发生。实验室应及时通知临床或受检者,并提供输血时应遵循的基本指导原则,确保临床输血安全。

(十五)实验室解释

本试验作为 ABO 血型亚型鉴定的辅助

试验之一,一般不单独用于证明红细胞表面 ABO 弱抗原的存在,多与其他试验联合进行;本试验可以用于受检者分泌型或非分泌型的鉴别。

(十六)安全性预警措施

1. 实验室及工作人员一般安全防护措施参见《实验室安全与卫生管理制度》。

2. 发生血液标本溢出时,应参照《实验室消毒与清洁管理制度》对污染的环境进行消毒处理。

3. 操作人员发生职业暴露时,应参照《实验室职业暴露预防与处置管理制度》及时进行相应处理。

4. 在仪器运转过程中,勿触及样品针、移动的传输装置等,避免造成人身伤害。禁止触摸仪器密封面板内的电路,防止造成电击损伤。

5. 对突发传染性疾病的血液标本应启动特殊的安全防护程序。

(十七)变异潜在来源

部分 Le(a-b-)、Le(a+b+)个体具有较弱的分泌基因,其唾液中可以有少量 ABH 血型物质,但一般方法不易检出。

(十八)特别注意事项

1. 只有确定为分泌型个体进行唾液型物质检测才有实际意义。

2. 本试验由多个试验组合而成,且多为手工操作,要求操作者具有丰富的实践经验,操作规范、准确,每个分步试验都要通过设置阴阳性对照的方式进行严格的室内质控,只有质控结果正常时,整个试验结果的可靠性才有保证。

(十九)报告时间

血液、及唾液标本采集当天完成试验,一般不单独形成报告。

(二十)相关文件

1. 单克隆抗 A、抗 B、抗 H 标准血清,单克隆抗 Le^a 和抗 Le^b 抗体,ABO 反定型试剂红细胞试剂使用说明书。

2. 临床输血技术规范. 中华人民共和国卫生部医政司(2000)。

3. 中国输血技术操作规程(血站部分). 中华人民共和国卫生部医政司(1997)。

4. 李勇,杨贵贞. 人类红细胞血型学实用理论与实验技术. 北京:中国科学技术出版社,1999。

第三节　仪器设备类作业指导书

一、WADiana 全自动血型配血系统标准操作规程

(一)检验项目

1. ABO 及 RhD、C、E 血型鉴定试验。

2. 不规则抗体筛查试验。

3. 交叉配血试验。

4. 直接抗人球蛋白试验。

(二)主要试剂

1. DG Gel ABO-CDE 血型卡、DG Gel Coombs 卡、3 系 0.8% 抗体筛查细胞,0.8% 反定细胞、清洗液 A、清洗液 B、系统低离子稀释液。

2. 抗体筛查细胞、反定细胞、系统低离子稀释液 2~8℃ 保存,使用前注意需恢复到室温;DG Gel ABO-CDE 血型卡、DG Gel Coombs 卡、清洗液 A 和清洗液 B 室温保存。

3. 所有应放室温保存的试剂,注意防尘、防紫外线、防潮。

4. 变质、超过效期的试剂不能使用。

(三)标本处理

原始样品采集、制备、处理、检验和存放

参见《输血相容性检测标本采集手册》《ABO 及 RhD 血型鉴定试验标准操作规程》《不规则抗体筛查试验标准操作规程》《交叉配血试验标准操作规程》。

(四)仪器设备性能参数

参见 WADiana 全自动血型配血系统使用说明书。

(五)仪器设备环境要求与使用安全措施

1. 仪器设备环境要求

(1)空间安装要求：将 WADiana 全自动血型/配血系统安放在通风良好、灰尘少的地方。避免在过热或过冷以及日光直射的环境中安装及使用。对于仪器安装场所的要求如下。①空间要求：仪器应安装在稳固工作台上。该仪器将占用一个 60cm×100cm 的水平面积，但是，推荐的最小安装空间为 80cm×120cm；②不要将该仪器放置在室外；③不要将该仪器放置在易燃材料制成的平面上；④不要将该仪器放置在难以进行维护和维修的地方；⑤不要将该仪器放置在潮湿的地方；⑥不要将该仪器摆放在难以将其主电源断开的地方；⑦不要将仪器或其柔性电缆线接触到过热以至于不能触摸的表面；⑧检查其插头是否接地；⑨检查电源的电压是否和仪器标志电源电压相一致；⑩不要在仪器的顶部放置任何物品。

(2)运行条件：为保证仪器的正常运行，仪器必须在满足下列各条件并维持相应环境的情况下使用。①灰尘少、换气良好的环境；②避免阳光直接照射；③工作台面很稳固且保持水平；④室内温度保持在 10～35℃；⑤室内最大相对湿度范围：30%～80%；⑥最大海拔高度 2 000m；⑦仪器周围 5m 以内有配电盘；⑧电源电压(100～120)/(220～240) V(自动切换)，电流 50～60Hz，主电源供电压最大波动范围：正常电压±10%；⑨有保护性接地(接地电阻 10Ω 以下)。

2. 仪器安全

(1)在发生有任何液体溅入到仪器中的情况时，然后必须将该仪器与电源断开，再以后进行清洗并消毒。

(2)尽量使用生产商提供的电缆线，并对仪器进行电磁兼容性和电气安全性测试。但是，如果需要使用另外的电缆线时，必须确保新的电缆线满足以下规格。①电缆线类型：柔软的、覆盖有 PVC 表面的三相(零线、火线和地线)电缆线；②电缆线长度：2m；③导线横截面积：1mm² 或更大；④插座类型：可接 IEC 插头，Ⅰ 类用具插座；⑤插头类型：使用该仪器安装所在国家的插头，并接地；⑥插座、电缆线和插头必须符合所在国家的电气安全型要求。

(3)仪器设备使用前，必须认真检查设备之间连接及外接线(件)是否正确、正常，电源插头是否正确插接，设备是否处于正常状态。试验过程中如遇水、电故障或中断，应立即关闭影响仪器设备安全的有关开关，并实施安全保护措施。

(4)该仪器只能由负责人、操作员和经过认证的技术人员来使用。

(5)该仪器在使用时，不应该与未包括在本系统中的其他仪器设备靠近或堆积在一起。如果必须和其他仪器靠近，应该对将要使用的仪器进行观察，以确保其能够正常运行。

(6)仪器设备的运输必须按仪操作手册规定进行搬运，禁止鲁莽装卸，应避免倾斜、振动和碰撞。

3. 人员安全

(1)错误操作或违章操作该仪器，会削弱由该仪器本身所提供的安全性保护。

(2)仪器设备中所有与病人样品接触或有潜在性接触可能的表面与零件都视为污染物。在操作、维护仪器设备时有必要穿戴保护性的外套和手套，头发、衣物、手指等应与仪器所有的活动部件保持一定距离。

(3)设备运行的物质带有化学或生理学危害性，一定按照实验室规定和要求佩戴手套或其他保护措施。在仪器运转过程中,勿触及移动的所有装置,避免人身伤害。

(4)在处理废弃样本或组装/拆卸组合零件时不可直接触摸废弃物,一定要戴手套和护目镜,以避免直接接触。如果操作人员不小心接触血液、试剂、废弃物,皮肤或衣物上沾到了样品、试剂或废液时,要立即按照《实验室职业暴露预防与处置管理制度》进行处理。

(六)每日开关机程序

1. 开机程序

(1)开机前检查:①不允许负责人或操作员对仪器生产商提供的软件做任何的改动;②除了严格要求的之外,请不要再安装任何其他的软件和硬件;③禁用任何屏幕保护和Windows 节电模式;④确认 WADiana 正确组装,并且计算机、操作系统、WADiana 软件和图像处理卡也被正确安装。

(2)开机操作程序:①打开 WADiana 全自动配血仪电源开关,配套计算机系统开机;②双击计算机桌面上的 WADiana 操作系统图标(即小黑人图标);③初始化完成后,输入操作者用户名及密码进入程序,单击黑色箭头,出现对话框(提示请清空废卡盒),清空废卡盒后,单击确定;④根据试验量补充 A 液和 B 液;⑤仪器进入待机状态,随时可以开展检测工作。

2. 关机程序

(1)一旦所有样品都被检测处理完毕,自动处理过程结束之后,仪器会自动保持待机状态。

(2)完全关闭该仪器时,首先应该取出剩余试剂及标本,关闭仪器舱门、退出软件。在退出软件时,系统会提示:对液体系统进行最后的清洗,点击"确认",系统将进行最后的清洗。

(3)所有清洗程序完毕后关闭主开关,关闭电脑。如果该仪器长时间不用,请断开该仪器后面的主电源。

(七)仪器校准程序

每年对仪器吸液系统、孵育系统、离心系统和检测卡传输系统四部分进行一次校准。

1. 吸液系统分配液体的校准

(1)取 1 支试管,加入 $800\mu l$ 蒸馏水(或稀释液),将其放在第一位的血清传输带位置。

(2)取 10 张 DG Gel 卡放置在孵育区域中,用精密度足够高的分析天平称其在运行相应的加样程序前后的重量,其差值即为吸液量,计算 10 张卡吸液量的平均值、相对偏差和变异系数。

(3)吸液系统分配液体的准确度和精密度应符合表 14-4 的要求。

表 14-4 吸液系统分配液体的准确度和精密度

吸液量(μl)	准确度(%)	精密度(CV)(%)
10	±30	10
25	±9	5
50	±10	3

2. 孵育系统温度的校准

(1)将测温仪的探头分别置于 1 号和 2 号孵育区域,对两个孵育区域的温度进行设定,等待 15 分钟至温度值趋于稳定后,记录两个探头测得的温度。

(2)当孵育温度设定为 37℃时,1 号和 2 号孵育区域的温度应为 37℃±1℃。

3. 离心机转速校准

(1)有 DG Gel 卡的情况下进行转速 1 228r/min 的离心。

(2)待转速稳定后,用闪频测试灯测试转速。

(3)重复 3 次,计算平均值与设定值的相对偏差,离心机实际转速与所设定转速(1 228r/min)的偏差应不超过 0.5%。

4. 离心机时间校准

(1)转速为 1 228r/min 时长时间离心,调整闪频测试灯。

（2）一旦调整好闪频测试灯后，开始在 1 228r/min 转速下离心 540 秒。当离心开始时开始计时，离心开始减速时停止计时，时间误差应≤10 秒。

5. 抓卡器的校准　使用戴安娜仪器专用工具在孵育位、离心位、复检位、平衡位对抓卡器进行检测卡传输校准。

（八）质控分析程序

1. 室内质控频次要求　质控试验应该在每天常规试验开始前进行，试验中途更换试剂批号后应重做质控试验。

2. 质控品选择基本要求　参照《输血相容性检测室内质量控制管理制度》中关于过程控制的相关要求。

3. 质控操作与结果分析　质控标本和常规患者标本的检测方法应一致，并由同一人完成。质控结果在控制范围之内才能进行常规检测结果的报告和血液发放。失控的质控结果应找到根本原因并及时纠正，必要时应对标本进行重复检测后才能确认报告和发放血液。

（九）常规标本检测程序

1. 血型鉴定、不规则抗体筛查或两者联合试验操作规程

（1）分别取 A$_1$ 细胞、B 细胞、Ⅰ、Ⅱ、Ⅲ号筛选细胞充分混匀依次放入仪器试剂盘 R$_1$、R$_2$、R$_3$、R$_4$、R$_5$ 的位置待用，将适量 LISS 液装入稀释液瓶放在 R$_9$ 位置。

（2）将已贴好条码的标本依次连续放入全自动血型配血仪的标本盘中，并在卡架相应位置放入足够数量的 DG Gel ABO-CDE 血型卡（1～16 号卡位）、DG Gel Coombs 卡（17～24 号卡位）。关好舱门。

（3）点击系统界面中黑色箭头，进入试验操作界面，点击"test"右侧下拉菜单，选择试验名称"血型鉴定、血型＋3 系抗体筛查或抗体筛查"。

（4）如果是单独抗体筛查试验，应该将Ⅰ、Ⅱ、Ⅲ号筛选细胞分别调整至 R$_1$、R$_2$、R$_3$

位置，同时在 1～16 号卡位放置相应数量的 Diana Coombs 卡，点击 Identify 键，识别标本号及试管直径。

（5）单击样品栏（samples），检查样本盘图示，条形码扫描失败的样本，可通过点击相应样本图示进行手工输入（两次）。同一批次试验中试管直径应保持一致为 12mm，如果读取试管直径错误，请手工更正。

（6）确认所有步骤准确无误后，点击操作界面下方的小黑人按钮配置试验，样本图示的颜色发生改变，血型鉴定、血型＋3 系抗体筛查试验的样本管变为红色。

（7）单击 cards（凝胶卡）栏检查所需凝胶卡种类、数量及位置是否正确，单击 reagents（试剂）栏，检查试剂所放位置是否正确，试剂量是否达到要求。所有资源符合要求后，点击操作界面左下方的绿色箭头按钮开始运行试验。

（8）当试验进行到离心步骤，微柱凝胶卡被机械臂移走离心时，再次出现操作图标，可以重复上述操作，进行新的试验。

（9）所有试验结束后，双击判读图标，单击眼睛图标，选择批次，双击批次条目打开试验结果图像，肉眼观察本次试验所用 DG Gel ABO-CDE 血型卡或 DG Gel Coombs 卡，确认仪器判读结果是否准确，当系统判读结果与肉眼观察结果之间存在差异时，以肉眼判读结果为准。抗体筛查试验中三系细胞中任一细胞或多细胞发生凝集者为抗体筛选阳性，均无凝集者为阴性；血型鉴定试验中若出现正定型弱凝集、正反定型不一致或质控孔阳性，应该增加其他必要试验进一步确证。

2. 常规交叉配血标准操作规程

（1）在样本位上依次放好患者标本与供者标本，前一组的最后一个供者标本与后一组的患者标本之间空一个样本位。

（2）点击黑色箭头按钮进入试验操作界面，从"test"右侧的下拉菜单中，选择试验名称"交叉配血"，点击 Identify 键，识别样本

条形码与试管直径。

（3）出现对话框提示：请将前一组的最后一个供者标本与后一组的患者标本之间空一个样本位，单击确定。

（4）样本识别结束后，单击样本栏（samples），检查样本盘图示，条形码扫描失败的样本，可通过点击相应样本图示进行手工输入（两次）。同一批次试验中试管直径应保持一致为 12mm，如果读取试管直径错误，请手工更正。

（5）确认所有样本条形码及管径准确无误后，单击界面下方小黑人配置试验并计算所需资源，样本盘图示的颜色发生变化，患者样本管为黄色，供者样本管为红色，空位为白色，再次核对确认。

（6）单击 cards（凝胶卡）栏按照提示数量及位置，放入足够的 DG Gel Coombs 卡，单击 Reagents（试剂）栏按照提示加入合适量试剂（低离子稀释液）。

（7）关好机器舱门，单击界面上的绿色箭头（开始运行试验）。

（8）当微柱凝胶卡被机械臂移走离心时，再次出现操作图标，可以重复上述操作，进行新的试验。

（9）所有试验结束后，如果有 DG Gel Coombs 卡的孔位没有用完，请点击该卡相应的黄色图示，输入条形码号，出现提示该卡有一些孔位尚未使用，确认后此卡可以在下次试验中继续使用；如果有 DG Gel Coombs 卡的孔位结果为阳性或可疑，请点击该卡相应的黄色图示，输入条形码号，出现提示：该卡有一些孔位结果需要重新判读（review），在备注说明中记录实际的观察结果，确认（点 OK 键）。

（10）点击判读图标（眼睛图标），选择批次（最近的一次试验排在列表的最下方），进行结果判读，取出废卡盒内已经完成试验的相应 Coombs 卡观察结果，当系统判读结果与肉眼观察结果有差异时，以肉眼观察结果为准。

3. WADiana 全自动配血仪急诊交叉配血标准操作规程

（1）在前一批标本孵育或离心的同时，点击 stop 键，出现对话框，点击紧急开门键（emergency open）。

（2）弹出 test 菜单栏，点击开门键打开全自动配血仪门，在前一批标本后（或前一批标本已加完样的位置）放入急诊标本。

（3）点击 sample 栏，选择与样本位置对应的孔，输入样本号选择样本试管的直径。

（4）点击 cards 栏，观察插入新卡的位置并将卡放入相应位置。

（5）点击 sheet 栏，选择交叉配血项目。在对应的号码位置，点击鼠标左键；在对应的献血者的号码位置，点鼠标左键，选择与之相应的号码。

（6）完成所有配置后，关闭仪器舱门点击绿色箭头即开始运行。

4. 直接抗人球蛋白试验操作规程

（1）在样本位上依次连续放好受检者标本。

（2）点击黑色箭头按钮进入试验操作界面，从"test"右侧的下拉菜单中，选择"直接抗人球蛋白试验"，点击 Identify 键，识别样本条形码与试管直径。

（3）单击样本栏（samples），检查样本盘图示，条形码扫描失败的样本，可通过点击相应样本图示进行手工输入（两次）。同一批次试验中试管直径应保持一致为 12mm，如果读取试管直径错误，请手工更正。

（4）确认所有样本条形码及管径准确无误后，单击界面下方小黑人配置试验，样本盘图示的颜色发生变化，受检者样本管变为红色，再次核对确认。

（5）单击 cards（凝胶卡）栏按照提示数量，放入足够的 DG Gel Coombs 卡，单击 reagents（试剂）栏按照提示加入合适量试剂（低离子稀释液）。

(6)关好机器舱门,单击界面上的绿色箭头(开始运行试验)。

(7)当样本卡被机械臂移走离心时,再次出现操作图标,可以重复上述操作,进行新的试验。

(8)所有试验结束后,如果有 DG Gel Coombs 卡的孔位没有用完,请点击该卡相应的黄色图示,输入条形码号,出现提示该卡有一些孔位尚未使用,确认后此卡可以在下次试验中继续使用;如果有 DG Gel Coombs 卡的孔位结果为阳性或可疑,请点击该卡相应的黄色图示,输入条形码号,出现提示:该卡有一些孔位结果需要重新判读(review),在备注说明中记录实际的观察结果,确认(点 OK 键)。

(9)点击判读图标(眼睛图标),选择批次(最近的一次试验排在列表的最下方),进行结果判读,取出废卡盒内已经完成试验的相应 DG Gel Coombs 卡观察结果,当机器判读结果与肉眼观察结果有差异时,以肉眼观察结果为准。

5. 急诊血型鉴定＋抗体筛查＋交叉配血联合试验操作规程

(1)在样本位上按照交叉配血试验摆放顺序:依次放好患者标本与供者标本,前一组的最后一个供者标本与后一组的患者标本之间空一个样本位。

(2)点击黑色箭头按钮进入试验操作界面,从"test"右侧的下拉菜单中,选择"抗筛＋交叉"配血,点击 Identify 键,识别样本条形码与试管直径。

(3)出现对话框提示:请将前一组的最后一个供者标本与后一组的患者标本之间空一个样本位,单击确定。

(4)单击样本栏(samples),检查样本盘图示,条形码扫描失败的样本,可通过点击相应样本图示进行手工输入(两次),同一批次试验中试管直径应保持一致为 12mm,如果读取试管直径错误,请手工更正。

(5)确认所有样本条形码及管径准确无误后,单击界面下方小黑人配置试验并计算所需资源,样本盘图示的颜色发生变化,患者样本为黄色,供者样本为红色,空位为白色,再次核对确认。

(6)单击工作表(sheet),将患者标本号与急诊血型鉴定项目相对应的表格用鼠标点黑,献血员标本与急诊血型鉴定项目相对应的表格不用点黑。

(7)单击 cards(凝胶卡)栏,按照提示卡的种类、数量、位置,在孵育位放入戴安娜凝胶卡(孵育位 1～16 号位放 DG Gel ABO-CDE 卡,17～24 号位放 DG Gel Coombs),单击 Reagents(试剂)栏,按照提示位置放入足够量反定型细胞、抗筛 3 系细胞及低离子稀释液。

(8)关好机器仓门,单击界面上的绿色箭头(开始运行试验)。

(9)当样本卡被机械臂移走离心时,再次出现操作图标,可以重复上述操作,进行新的试验。

(10)所有试验结束后,如果有 Coombs 卡的孔位没有用完,请点击该卡相应的黄色图示,输入条形码号,出现提示该卡有一些孔位尚未使用,确认后此卡可以在下次试验中继续使用;如果有 Coombs 卡的孔位结果为阳性或可疑,请点击该卡相应的黄色图示,输入条形码号,出现提示:该卡有一些孔位结果需要重新判读(review),在备注说明中记录实际的观察结果,确认(点 OK 键)。

(11)点击判读图标(眼睛图标),选择批次(最近的一次试验结果排在列表的最下方),进行结果判读,取出废卡盒内已经完成试验的相应 Coombs 卡观察结果,当机器判读结果与肉眼观察结果有差异时,以肉眼观察结果为准。

6. 结果查询

(1)单击判读图标(眼睛图标),根据时间,试验名称,或试验批次选择要找的结果

（最近的一次试验结果排在列表的最下方），进入结果详情界面，通过单击左上角的卡号查看每项试验的结果。

（2）如果要查看单个结果，单击判读图标后，在"sample identification"栏中输入标本号，按回车键进入，点击左上角的卡号找到所需结果。

（3）如果需要修改结果，在微柱反应图面上右键单击，在弹出的画面中选择所要修改的结果；按 OK 键后，输入用户名密码，修改后结果保存完成。

7. 数据传输

（1）双击"检验仪器通信接口（雷达图标）"，若右下方任务栏显示红蓝相间的圆饼状图标，则为"检验仪器通信接口"已打开。

（2）双击"Diana O."快捷方式，点击"Diana outputs"操作界面第二个图标（Results by sample），输入用户名及密码，点击"OK"，进入"Results by sample"界面。

（3）在"Template used in listing"下拉菜单选择所需传输的试验项目，点击"Select batches to list"，选择所需传输试验批次，点击"OK"，确认选择；再点击"Results by sample"界面"OK"，进入"Preview"界面，再次审核试验结果，确认无误后，点击"save to file"图标，输入用户名及密码，关闭界面，完成数据传输。

（4）单击右下角圆饼状图标，单击退出按钮，关闭连接口。

（5）注意事项：①进行数据传输前，应肉眼检查试验结果与机器判读结果是否一致，若不一致应修改并保存结果后再进行传输；②若主侧或次侧出现阳性结果，应先将结果屏蔽，再进行结果传输；③传输完成后，应于配发血系统检查传输是否成功，若传输失败需重复传输；④若标本号与配血单上标本号不一致，则数据无法传输，应人工填写试验结果。

（十）仪器设备的维护保养程序

1. 维护保养意义与分类 通过对仪器设备定期地进行维护保养，以保持其性能的稳定性和可靠性。WADiana 全自动血型/配血系统的维护包括日维护、周维护、月维护、半年维护，维护的内容包括一般检查、清洗管路、表面清洁与消毒及仪器性能检测，前四项可以由用户执行，仪器性能检测只能由指定的技术人员实施。

2. 维护内容及相关要求

（1）日维护：①执行"final wash"程序：在每完成一批测试后或完成一天的工作之后，对液路系统进行最后的清洗。②清空废卡盒内废卡（最好每批完成后就进行）及废液瓶内废液。③退出戴安娜操作程序，关闭 WADiana 主机及电脑。若仪器需要 24 小时开机使用，为保证操作程序流畅运行，请每日重启电脑一次，便于数据的自动备份。④旋转样品盘和试剂盘的清洗：当旋转加样器中的样品或其他试剂溅出时，对试剂和样品的旋转加样器进行清洗。对旋转加样器进行清洗，必须将其卸下。应该使用抹布和肥皂对其进行清洗。另外，可以使用乙醇清洗接触到样品的区域。⑤仪器擦拭：每日使用湿润的抹布对仪器表面进行擦拭，除去浮尘。特别强调在盐溶液、酸或碱溶液没有对仪器造成损坏之前必须从仪器的外表面清除它们。在进行清洗时，仪器必须和主电源始终处于完全断开的状态。

（2）周维护

①执行每日维护。

②仪器的清洗。a. 仪器外表及废卡盒清洗：仪器的外表面及废卡盒每周应该使用有温和清洗剂（例如肥皂液）的抹布进行彻底清洗。b. 旋转加样器的清洗：对旋转加样器进行清洗，必须将其卸下。应该使用抹布和肥皂对其进行清洗。可以使用乙醇清洗接触到样品的区域。c. 加样针的清洗：将一个 75% 乙醇浸湿的棉棒伸入位于吸液探针的机械壁

的前盖子的窗口中,清洗探针清洗槽较高的一侧。d.废液瓶和洗液瓶的清洗:将洗液和废液瓶从仪器中移出,以进行清空,使用蒸馏水清洗。注意:小心不要将液体溅入到仪器的开口处。废液瓶中的内容物应该被清空到为该种废液提供的特殊的容器中,并选用过氧乙酸或有效氯消毒剂进行浸泡处理。瓶子的外表面也应该使用肥皂和水进行清洗。

③更换清洗试剂瓶(低离子液瓶和细胞试剂瓶):适用于使用非厂家原装低离子液瓶和细胞试剂瓶的用户。将低离子液瓶和细胞试剂瓶从旋转试剂盘中移出,清空并使用蒸馏水反复冲洗清洗,晾干后可继续使用。

④检查仪器左上方的加样配适器(注射器)。

⑤进行数据备份。

(3)月维护

①执行每周维护。

②应该每月1次(见维护计划)或在将仪器从其工作区域移出时,对仪器进行消毒处理;用下列溶液进行处理:用3 500ml 0.5%次氯酸钠溶液;5 000ml蒸馏水;100ml 75%的乙醇。

a.向洗液A和B的瓶子内灌注0.5%次氯酸钠溶液(每个瓶子1 500ml)。向废液瓶中内灌注500ml 0.5%次氯酸钠溶液,并振荡消毒内部,使用软件将系统预洗3遍。

b.用吸液管吸取2.5ml 0.5%次氯酸钠溶液,注满稀释位。

c.关机浸泡等待10分钟。

d.重新开机,用蒸馏水将瓶子冲洗多遍,以除去瓶子中的所有痕迹量的次氯酸钠。

e.将废液瓶和洗液A和B的瓶子灌满蒸馏水1 500ml,并使用软件将系统预洗10遍。

f.清洗稀释液储存站。用带有洗液B溶液的棉棒清洗稀释液储存站的内部。

g.将仪器关闭,并拔出主电源的插头。用带有乙醇溶液的布对仪器的外表面进行消毒;当有危险的物质溅出到仪器时,必须进行该步操作。

h.对探针进行清洗后,完成该消毒过程(仪器的电源插头必须从主电源中拔出)。接下来的操作为:将机械臂移到仪器的右前方的中心;手工转动位于机械臂上部的小齿轮,并将探针降低到最低的位置;用带有0.5%次氯酸钠溶液的布清洗探针的外部;用蒸馏水温湿的布清洁探针的外部;手工调回探针,直到其顶端的位置大概回到其初始位置。

③数据备份与处理:根据计算机中的数据信息情况按月完成备份,保存到指定存贮介质中。

(4)每半年维护:①执行每月维护;②检查仪器的总体性能是否达标;③执行戴安娜操作软件中的"WAD Diagnostic"程序,诊断WADiana各部位性能是否符合标准;④对光路系统保养校准,重新做参考图像。

(十一)试剂更换

检测过程中出现试剂量不足时,根据检测系统报警信息更换相应试剂。更换试剂红细胞时还需要重新执行室内质控程序。

(十二)仪器退役前的处理

1. 仪器表面消毒 用0.2%～1.0%的次氯酸钠溶液对仪器表面进行消毒处理。

2. 仪器内部消毒 使用2%～3%的次氯酸钠溶液气雾胶对仪器内部进行消毒处理。

3. 管路消毒 用2%～3%的次氯酸钠溶液对仪器管道进行消毒处理。如果仪器已经不能正常使用时,只对部分可能的管道用2%～3%的次氯酸钠溶液进行浸泡处理。

二、SWING-SAXO血型配血系统标准操作规程

(一)检验项目

1. ABO及RhD血型鉴定试验。

2. 不规则抗体筛查试验。

3. 交叉配血试验。

（二）主要试剂

1. DiaMed ABO/Rh 血型卡、DiaMed Coombs 卡、3 系 1% 抗体筛查细胞、1% 反定细胞、清洗液 A、清洗液 B、2 号稀释液。

2. 2 号稀释液 2～8℃ 保存，血型卡、Coombs 卡、清洗液 A 和清洗液 B 室温保存。

3. 所有应放室温保存的试剂，注意防尘、防紫外线、防潮。

4. 变质、超过效期的试剂不能使用。

（三）标本处理

原始样品采集、制备、处理、检验和存放参见《输血相容性检测标本采集手册》《ABO 及 RhD 血型鉴定试验标准操作规程》《不规则抗体筛查试验标准操作规程》《交叉配血试验标准操作规程》。

（四）仪器设备性能参数

SWING-SAXO 血型配血系统性能指标见仪器使用说明书。

（五）仪器设备环境要求与使用安全措施

1. 仪器设备环境要求

（1）空间安装要求：将 SWING-SAXO 血型配血系统安放在通风良好、灰尘少的地方。避免在过热或过冷以及日光直射的环境中。对于仪器的安装场所的要求如下。①空间要求：仪器应安装在稳固工作台上。该仪器将占用一个 60cm×100cm 的水平面积，但是，推荐的最小安装空间为 80cm×120cm。②不要将该仪器放置在室外。③不要将该仪器放置在易燃材料制成的平面上。④不要将该仪器放置在难以进行维护和保修的地方。⑤不要将该仪器放置在潮湿的地方。⑥不要将该仪器摆放在难以将其主电源断开的地方。⑦不要将仪器或其柔性电缆线接触到太热以至于不能触摸的表面。⑧检查其插头是否接地。⑨检查电源的电压是否和仪器标识电源电压相一致。

（2）运行条件：为保证仪器的正常运行，仪器必须在满足下列各条件并维持相应环境的情况下使用：①灰尘少、换气良好的环境；②避免阳光直接照射；③工作台面很稳固且水平良好；④室内温度保持在 10～35℃；⑤室内最大相对湿度范围：30%～80%；⑥最大海拔高度 2 000m；⑦仪器周围 5m 以内有配电盘；⑧电源电压（100～120）/（220～240）V（自动切换），电流 50～60Hz，主供电最大电压：实际电压＋10%；⑨有保护性接地（接地电阻 10Ω 以下）。

2. 仪器安全

（1）在发生有任何液体溅入到仪器中的情况时，必须将该仪器与电源断开，进行清洗并消毒。

（2）尽量使用生产商提供的电缆线，并对仪器进行电磁兼容性和电气安全性测试。

（3）仪器设备使用前，必须认真检查设备之间连接及外接线（件）是否正确、正常，电源插头是否正确插接，设备是否处于正常状态。试验过程中如遇水、电故障或中断，应立即关闭影响仪器设备安全的有关开关，并实施安全保护措施。

（4）该仪器只能由负责人、授权操作人员和经过认证的技术人员来使用。

（5）该仪器在使用时，不应该与未包括在本系统中的其他仪器设备靠近或堆积在一起。如果必须和其他仪器靠近，应该对将要使用的仪器进行观察，以确保其能够正常运行。

（6）仪器设备的运输必须按仪器操作手册规定进行搬运，禁止鲁莽装卸，应避免倾斜、振动和碰撞。

3. 人员安全

（1）错误操作或违章操作该仪器会削弱由该仪器本身所提供的安全性保护。

（2）仪器设备中所有与病人的样品接触或有潜在性接触可能的表面与零件都视污染物。在操作、维护仪器设备时有必要穿戴保护性的外套和手套，头发、衣物、手指等应与仪器所有的活动部件保持一定距离。

（3）设备运行的物质带有化学或生理学

危害性,一定按照实验室规定和要求佩戴手套或其他保护措施。在仪器运转过程中,勿触及移动的所有装置,避免人身伤害。

(4)在处理废弃样本或组装/拆卸组合零件时不可直接触摸废弃物,一定戴手套和护目镜以避免直接接触。如果操作人员不小心接触到血液、试剂、废弃物,皮肤或衣物上沾到了样本、试剂或废液时,立即按照《实验室职业暴露预防与处置管理制度》进行处理。

(六)每日开关机程序

1. 开机及试验准备程序

(1)打开 Swing、Saxo 仪器和计算机的电源,打开孵育器电源(抗筛试验时使用)。

(2)双击电脑桌面上的 Maestro Software 图标。

(3)输入操作者自己的用户名和密码进入系统。分别点击 Swing 按钮、Saxo 按钮和 Sample 按钮。

(4)在 Swing 界面,点击界面左上角的"▽"图标,在其下拉菜单中选择"Initialization"进行初始化;然后选择"cleaning"菜单中的"Rinsing",执行 1 次。

(5)Swing 开盖(F11/鼠标单击 Cover)。

(6)放入待检样本、细胞试剂和稀释液(可以整盘放入)。

(7)放入相应检测卡片。

2. 关机程序

(1)完成每天试验后,关闭所有除 Swing 以外的其他程序。

(2)在 Swing 界面左上角的"▽"图标,选择"清洁"菜单中的"加样针洗涤"执行 1 次。

(3)关闭 Swing 界面。

(4)退出 Mastero 软件。

(5)关闭 Swing、Saxo、孵育器电源及计算机系统。

(七)仪器校准程序

1. Swing Twin-Sampler 自动加样系统加样速度 按 Swing Twin-Sampler 自动加样系统操作说明书进行达亚美卡(ABO/Rh 血型鉴定)加样操作,用秒表进行计时,自动加样系统加样速度应不＜55 张达亚美卡/h(ABO/Rh 定型)。

2. Swing Twin-Sampler 自动加样系统加样量准确性 按 Swing Twin-Sampler 自动加样系统操作说明书进行达亚美微板加样操作。先称量一块空白达亚美微板的质量,记为 M_0,以蒸馏水为样本,加至达亚美微板孔中,称量达亚美微板质量,执行 3 次以上操作,记为 M_1、M_2、M_3,按公式①进行计算:

相对偏差＝$(M_1 + M_2 + M_3 - 3 \times M_0)/$ M 样本加入质量×100%　　公式①

结果应符合:25μl、50μl 为相对偏差不超过±4%;250μl:相对偏差不超过±3%。

3. Swing Twin-Sampler 自动加样系统加样重复性 按 Swing Twin-Sampler 自动加样系统操作说明书进行达亚美微板加样操作。先称量一块空白达亚美微板的质量,记为 M_0,以蒸馏水为样本,加至达亚美微板孔中,称量达亚美微板质量,执行 10 次以上操作,记为 M_1、M_2……M_{10},按公式②③进行计算,

$$S = \frac{\sum(Xi - X) - 2}{n - 1}　　公式②$$

$$CV = S/X \times 100\%　　公式③$$

结果应符合:25μl、50μl 为 CV(%)≤4%;250μl:CV(%)≤3%。

4. Swing Twin-Sampler 自动加样系统携带污染 Swing Twin-Sampler 自动加样系统吸取 A 型血球后,再吸取 O 型血球进行达亚美卡血型测试,抗 A 管中应不出现凝集。

5. Swing Twin-Sampler 自动加样系统功能 按 Swing Twin-Sampler 自动加样系统操作说明书进行操作,逐项进行验证,结果应符合以下要求:①Swing Twin-Sampler 自动加样系统具有稀释样本功能;②Swing

Twin-Sampler 自动加样系统具有样本管、试剂条形码阅读功能；③Swing Twin-Sampler 自动加样系统具有批号和有效期管理功能。

6. 报警功能

(1)模拟样本量、试剂量不足,操作 Swing Twin-Sampler 自动加样系统进行探测,Swing Twin-Sampler 自动加样系统应能提供报警。

(2)按 Swing Twin-Sampler 自动加样系统操作说明书用胶皮等模拟样本中血液凝块、内部凝块,Swing Twin-Sampler 自动加样系统进行探测,应能提供报警。

(八)质控分析程序

1. 室内质控频次要求　质控试验应该在每天常规试验开始前进行,试验中途更换试剂批号后应重做质控试验。

2. 质控品选择基本要求　参照《输血相容性检测室内质量控制管理制度》中关于过程控制的相关要求。

3. 质控操作与结果分析　质控标本和常规患者标本的检测方法应一致,并由同一人完成。质控结果在控制范围之内才能进行常规检测结果的报告和血液发放。失控的质控结果应找到根本原因并及时纠正,必要时应对标本进行重复检测后才能确认报告和发放血液。

(九)常规标本检测程序

1. 单独血型鉴定、单独抗体筛查或血型鉴定联合抗筛的操作程序

(1)启动批处理(F2 或鼠标点击 Start)。

(2)系统自动扫描,如有标本条码未被识别,则取消批次,调整标本位置或重新打印、粘贴新条码后,再次进行扫描。

(3)出现界面,通过鼠标选择项目(血型鉴定,抗筛或血型鉴定联合抗筛)。

(4)F2 确认或鼠标点击确认。

(5)F2 再次确认。

(6)系统自动扫描所需资源。

(7)开盖,根据提示补充所缺资源。

(8)关盖,F2 确认。

(9)如资源满足试验要求,则跳过上述[(6)和(7)]步骤,直接 F2 确认。

(10)Swing 启动,连续加样。

(11)结束,点击"OK"确认。

(12)开盖,取卡,放置卡片在 Saxo 卡位上(如是抗筛卡,应先在孵育器内孵育 15 分钟),条形码朝向下一卡位。

(13)鼠标点击 Automatic 图标,点击"read"按钮,系统提示:"是否离心",如果是未离心的凝胶卡选择"是",如果是已经离心过的凝胶卡,则选择"否"。

(14)离心结束后系统自动进行读卡,判读结果。

(15)肉眼判读结合图像进行确认。

(16)储存结果。

2. 交叉配血操作程序

(1)按 Sample 按钮,打开 Sample 界面。

(2)在 Sample 界面中的文件菜单下点击加入样本或加入样本的快捷键。

(3)选择需要测试的项目,在样本条码位置手工输入或扫码器扫描患者样本条码,确认。

(4)弹出选项,需要输入供者的条形码,手工输入或者扫描器扫描供者的条形码,可以输入多个供者,由于执行主、次测交叉配血,每个供者需要输入或扫描两次,确认。

(5)每一个标本均须执行上述步骤,安排完毕,确认。

(6)按 Swing 按钮,单击开始。

(7)Swing 执行单独血型鉴定、单独抗体筛查或血型鉴定联合抗筛的操作程序中的[(2),(4)~(16)]步骤。

3. 试验结果的查询

(1)在 Sample 界面中的"file"菜单下的"sample filter"中,可以根据试验批次、试验时间、病人信息查询具体试验结果。

(2)在 Sample 界面中"report"菜单下"samples processed"下的"summary"菜单

中,按照试验时间进行成批次查询试验结果。

(3)所有试验结果以操作者肉眼观察为准。

(十)仪器设备维护保养程序

1. 日维护

(1)Swing 每天使用前需要执行的步骤:①在用户界面,选择 Initialization,初始化 Swing;②在用户界面,选择 Cleaning 菜单的 Rinsing,执行 1 次。

(2)Swing 每天关机前需要执行的步骤:在用户界面,选择 Cleaning 菜单的 Rinsing,执行 1 次,如果 Swing 处于上次 rinse 的有效时间内,它将没有反应。

(3)如果在使用过程中,加样针因为吸到凝块而堵针时,在用户界面,选择 Cleaning 菜单的 Cleaning of needle,加样针会移动到特定位置,这时用户可以用纱布沾上乙醇,清洗加样针。选择 Cleaning 菜单的 Rinsing,执行 1 次。清洗完毕后,重做该批次试验。

(4)如果观察到注射器出现空气泡,需要排出空气,否则会影响加样精确度。在用户界面,选择 Cleaning 菜单的 Complete priming,执行 priming 直到空气泡消失。

(5)如果 Swing 和 PC 之间无法通讯,请检查:①电源线是否插好;②通讯线是否连接;③开关是否打开,白色的指示灯是否点亮;④电源盒的保险(2×2A T 250V)。

(6)如果转盘阻滞或无法旋转,请检查:①是否有阻塞物;②重新装卸转盘。

2. 半年维护　卸下后盖,取下 2 个泵,拔下管道,移去泵盖,更换泵 M11871 的隔膜和阀,更换泵 M08816 的隔膜和阀。按原样装好,检查泵是否漏液。

3. 年维护　卸下后盖,取下 2 个泵,拔下管道,移去泵盖,更换泵 M11871 的隔膜和阀,更换泵 M08816 的隔膜和阀。按原样装好,检查泵是否漏液。卸下注射器的固定瓣,更换注射器 M04622 和 M11417。

4. 维护记录　日维护记录在血库值班登记表中,半年维护和年维护记录在仪器设备保养维护登记表中。

(十一)试剂更换

检测过程中出现试剂量不足时,根据检测系统报警信息更换相应试剂。更换试剂红细胞时还需要重新执行室内质控程序。

(十二)仪器退役前的处理

1. 仪器表面消毒　用 0.2%~1.0%的次氯酸钠溶液对仪器表面进行消毒处理。

2. 仪器内部消毒　使用 2%~3%的次氯酸钠溶液气雾胶对仪器内部进行消毒处理。

3. 管路消毒　用 2%~3%的次氯酸钠溶液对仪器管道进行消毒处理。如果仪器已经不能正常使用时,只能对部分可能的管道用 2%~3%的次氯酸钠溶液进行浸泡处理。

三、Techno 全自动血型配血系统标准操作规程

(一)检验项目

1. ABO 及 RhD 血型鉴定试验。

2. 不规则抗体筛查试验。

3. 交叉配血试验。

(二)主要试剂

1. DiaMed ABO/Rh 血型卡、DiaMed Coombs 卡、3 系 1%抗体筛查细胞,1%反定细胞、清洗液 A、清洗液 B、2 号稀释液。

2. 2 号稀释液 2~8℃保存,血型卡、Coombs 卡、清洗液 A 和清洗液 B 室温保存。

3. 所有应放室温保存的试剂,注意防尘、防紫外线、防潮。

4. 变质、超过有效期的试剂不能使用。

(三)标本处理

原始样品采集、制备、处理、检验和存放参见《输血相容性检测标本采集手册》《ABO 及 RhD 血型鉴定试验标准操作规程》《不规则抗体筛查试验标准操作规程》《交叉配血试验标准操作规程》。

(四)仪器设备性能参数

分析仪由集成 PC 和触摸屏显示器、孵育装置、两个离心机/阅读器、自动穿刺装置、自动移液装置、条码扫描装置、Maestro Master 软件控制和辅助装置等组成。

1. 检测速度性能参数

(1)每小时 70 张 ID 卡(420 次检测)。

(2)每小时完成约 70 位病人的完整 ABO/Rh 血型鉴定。

(3)每小时完成约 45 位病人的完整 ABO/Rh 血型鉴定和抗体筛查。

(4)完全自动识别(根据条形码)初始样品管、检测孔试剂瓶、稀释液瓶、ID 卡以及包括产品批号和有效期控制在内的 DiaMed 微型板。

(5)样品检测数据可自动传输进或传输出 Maestro 数据库。

2. 上样容量

(1)36 份样品。

(2)48 张 ID 卡,3 张微型板。

(3)4 份 ID 卡检测孔试剂。

(4)1 瓶 ID 稀释液 1(500ml)。

(5)1 瓶 ID 稀释液 2(500ml)。

(6)1 个容器 10L 冲洗液 A。

(7)1 个容器 10L 再生性浓缩冲洗液 B 或即用型溶液。

(8)1 个容器 10L 液体废弃物。

3. 电气资料

(1)电源网电压:85～255VAC。

(2)电源网频率:50～60Hz。

(3)最大功率:820VA。

(4)熔断器:T10A。

4. 仪器规格与重量

①体积:宽 80cm、高 130cm、长 130cm;②整机重量:350kg。

(五)仪器设备环境要求与使用安全措施

1. 仪器设备环境要求

(1)仪器安装环境条件。①环境温度:15～35℃;②相对湿度:温度低于 31℃时最大相对湿度为 80%;③最大海拔高度:2 000m;④电源要求:交流电频率 50/60Hz、电压85～255VAC;⑤电压波动:±10%;⑥要求安装 UPS,2 000VA 以上。

(2)注意事项:①Techno 不能放置在水龙头附近;②Techno 只能在室内使用并且不能直接接近患者;③只有当供电装置安置符合使用该仪器实验室或医疗建筑所在的国家的规定,并且供电装置安装正确的时候,才能保证该仪器的正常使用;④不得在有火灾或者爆炸的危险情况下使用;⑤必须远离潜在的干扰源;⑥不可以直接暴露于日光、热、灰尘或者过度潮湿的环境中。

2. 仪器安全

(1)在任何维修操作之前,技术人员必须对仪器进行完全除尘。

(2)只能由厂商指定的合格人员进行维修操作。未经授权工作人员不能对 Techno 进行任何修理。

(3)必须使用用户手册上指定的液体清洗 Techno。如果使用非指定液体,只能在咨询厂商并获得同意后才可使用。

(4)禁止使用用户手册上规定的材料以外的其他材料(例如,未经批准的危险物品)。任何违反这一规则的行为将被厂商认为是故意破坏。禁止尝试使用厂商提供的备用零件以外的其他零件。

(5)必须在合适的台面上使用 Techno。

(6)保证 Techno 冷却系统充分冷却以避免产热过多。在仪器背部 100mm 的空间必须保持没有任何障碍物。

(7)只能使用厂商提供的软件和厂商认可的配件运行 Techno(例如:外部条形码读卡器)。

(8)在联合其他设备使用 Techno 之前,必须获得厂商的同意。

(9)不得让任何液体渗透到 Techno 室内。如果有液体溢出到 Techno 内,立即进行如下的操作:关闭 Techno 的电源开关;断开插头;干燥仪器;对仪器进行清洁和除尘;

检查所有的电器功能。

3. 人员安全

(1)每当处理新的和使用过的资源时,应始终戴防护手套并穿防护服。谨防废料回路邻近的渗漏。

(2)触电事故:在维护操作过程中,当Techno接通电源,并且它的盖子已被移走的时候,仪器不应该无人看管。

(3)条形码读卡器2级激光会对眼睛造成永久性损伤:①不要直接观看条形码读卡器激光束;②不要修改、打开或者除去激光束的任何防护;③不要使用反射物体干扰激光束;④大多数金属对激光波长都有反射性。

(4)在处理废弃样本或组装/拆卸组合零件时不可直接接触废弃物,一定要戴手套和护目镜以避免直接接触。如果操作人员不小心接触到血液、试剂、废弃物/皮肤或衣物上沾到了样品、试剂及废液时,立即按照《实验室职业暴露预防与处置管理制度》进行处理。

(六)每日开关机程序

1. Techno 开机程序

(1)打开 Techno 仪器电源,按机箱门内的绿色按钮,机器启动。

(2)双击可触摸屏的 Maestro software 图标。

(3)输入操作者自己的用户名和密码进入系统。

(4)按 Techno 按钮进入试验操作界面,待设备预热完毕可以使用。

(5)点击界面左上角的"▽"图标,在其下拉菜单中选择"初始化"进行初始化,然后选择"清洁"菜单中的"加样针洗涤"执行 1 次,"加样针灌注"执行 1 次。

(6)Techno 开盖(F11 或鼠标单击主门盖、左门盖和右门盖)。

(7)放入试验所需试剂(可以整盘放入)。

(8)在仪器前盖内稀释液位连接稀释液瓶。

(9)放入相应项目的 DiaMed 卡,条形码

朝向扫描器位置(下一个号码位置)。

2. Techno 关机程序

(1)完成每天试验后,关闭所有除 Techno 以外的其他程序。

(2)在 Techno 界面左上角的"▽"图标,选择"清洁"菜单中的"加样针洗涤"执行 1 次。

(3)按关闭 Techno 按钮,弹出"稀释液灌注和清洁"界面,如不进行,选择否,Techno 界面自动关闭。

(4)如更换稀释液,选择"是",Techno 将管路内稀释液退回稀释液瓶中,弹出"更换蒸馏水"界面,取出稀释液瓶,更换蒸馏水瓶,Techno 清洗稀释液管道,完成后弹出"取走蒸馏水瓶",取走后,执行完毕,Techno 界面自动关闭。

(5)关闭 Mastero 软件。

(6)关闭 Techno 电源。

(七)仪器校验程序

1. 校验项目及标准

(1)离心机转速误差:转速测试的偏差应在 $\pm 10 \mathrm{rpm}$ 范围内。

(2)温度控制:孵育器温度应在 $37\,^{\circ}\mathrm{C} \pm 1\,^{\circ}\mathrm{C}$。

(3)检测准确性:①ABO/Rh 血型系统测定:血型测定符合率应为 100%;②Coombs 试验测定:Coombs 试验的结果判断应全部准确。

(4)重复性:①ABO/Rh 血型系统测定:对 ABO/D 血型正反定型卡进行重复性检测,结果应一致;②Coombs 试验测定:对 Coombs 卡进行重复性检测,试验的结果判断应一致。

(5)仪器功能:①自动穿刺 ID 卡功能;②可检测各种 ID 卡和微板组合;③具有轻微混合检测孔功能;④具有离心前验证血清/血浆存在的功能;⑤具有样本和试剂的液面和凝块探测功能;⑥具有通过条形码识别样品管、ID 卡、试剂、微板、检测孔,包括产品批号和

有效期控制；⑦样品检测数据可自动传输进或传输出 Maestro 数据库。

(6)外观：①外观整洁，无划痕，文字和标识清晰；②紧固件连接应牢固可靠，不得有松动。

2. 校验方法

(1)离心机转速误差。将离心测试仪调至某一转速，用闪光测速仪进行检测，测试值与标示值之间的差值应符合要求。

(2)温度控制。开机 30 分钟后，温度设定为 37℃，用精度为 0.1℃ 的温度计测量孵育器温度，3 次测量的平均值应符合要求。

(3)准确性。①ABO/Rh 血型系统测定：用 DiaMed 定型卡检测已知 A、B、O、AB、RhD＋、RhD－样本共 10 例，结果应与预期值相符。②Coombs 试验测定：用 DiaMed LISS/Coombs 卡检测已知 Coombs 试验阳性和 Coombs 试验阴性样本共 10 例，结果应与预期值相符。

(4)重复性。①ABO/Rh 血型系统测定：使用同一份样本用 DiaMed 定型卡对 ABO/D 血型进行操作，重复 3 次，结果应一致；②Coombs 试验测定：使用同一份样本用 DiaMed LISS/Coombs 卡进行操作，重复 3 次，结果应一致。

(5)仪器功能：验证各项功能。

(6)外观：以目力观察，应符合上述要求。

(八)质控分析程序

1. 室内质控频次要求　质控试验应该在每天常规试验开始前进行，试验中途更换试剂批号后应重做质控试验。

2. 质控品选择基本要求　参照《输血相容性检测室内质量控制管理制度》中关于过程控制的相关要求。

3. 质控操作与结果分析　质控标本和常规患者标本的检测方法应一致，并由同一人完成。质控结果在控制范围之内才能进行常规检测结果的报告和血液发放。失控的质控结果应找到根本原因并及时纠正，必要时

应对标本进行重复检测后才能确认报告和发放血液。

(九)常规标本检测程序

1. 单独血型鉴定、单独抗体筛查、血型鉴定联合抗筛（所有不包含交叉配血的客户化测试）操作程序

(1)全部资源放置完毕，按 F2 或鼠标单击开始。

(2)系统自动扫描，如有标本条码未被识别，则取消批次，调整标本位置或重新打印、粘贴新条码后，再次进行扫描。

(3)确认标本数目，出现分配标本界面通过鼠标选择项目（血型鉴定、抗筛或血型鉴定联合抗筛等），按 F2 确认。

(4)显示分析项目任务工作栏，按 F2 确认。

(5)系统自动扫描所需资源。

(6)资源不够时系统提示，开相应门盖(F11)，根据提示补充所缺资源。

(7)关盖，按 F2 继续。

(8)如资源充足，如资源满足试验要求，则跳过上述[(6)和(7)]步骤，直接 F2 确认。

(9)Techno 启动连续加样。

(10)结束加样后，主界面样本盘显示可以打开主门盖，放入下一批样品。

(11)如部分标本由于凝块等原因没有完成加样过程，主界面样本盘会出现相应提示，取出标本，处理后手工加样或重新开始该批试验。

(12)左右卡盘显示进行离心、孵育和判读过程。

(13)其中一个盘完成结果后，系统发出提示音，按确认；显示试验结果，结合肉眼判读图像确认并储存结果。

(14)在相应盘中取出用过的凝胶卡，放置新卡，如果资源充分，可以开始下一批加样。另一个盘继续工作，直至过程结束。

2. 标本进行不同测试（如部分标本做血型、部分标本做抗筛）的操作程序

（1）按 Sample 按钮。

（2）在 Samples 界面中的文件菜单下点击加入样本或加入样本的快捷键。

（3）选择需要测试的项目，在每个样本条码位置手工输入或扫码器扫描样本条码，确认。

（4）按 Techno 按钮，单击开始。

（5）Techno 执行单独血型鉴定、单独抗体筛查、血型鉴定联合抗筛（所有不包含交叉配血的客户化测试）操作程序中从［（2）～（14）］的步骤。

3. 标本进行含有交叉配血试验（单独交叉配血、或包含交叉配血的客户化测试）的操作程序

（1）按 Sample 按钮。

（2）在 Samples 界面中的文件菜单下点击加入样本或加入样本的快捷键。

（3）选择需要测试的项目，在样本条码位置手工输入或扫码器扫描样本条码，确认。

（4）弹出选项，需要扫描供者的条形码，手工扫描或者扫描器扫描供者的条形码，可以输入多个供者，由于执行主、次侧交叉配血，每个供者需要扫描两次，确认。

（5）按 Techno 按钮，单击开始。

（6）Techno 执行单独血型鉴定、单独抗体筛查、血型鉴定联合抗筛或直抗（所有不包含交叉配血的客户化测试）操作程序中从［（2），（4）～（14）］的步骤。

4. 结果查询

（1）按 Samples 按钮。

（2）在 Samples 界面中的文件菜单下点击样本查询或样本查询的快捷键。

（3）在选项框中可以根据试验批次、试验时间、病人信息查询具体试验结果。

（4）也可在 Samples 界面中的报告菜单下"已完成的样本"下的总结菜单中，按照日期进行单日或多日的试验结果查询。

5. 数据传输

（1）双击"检验仪器通信接口"（雷达图标），若右下方任务栏显示红蓝相间的圆饼状图标，则为"检验仪器通信接口"已打开。

（2）点击主界面"Samples"（小人）图标，进入"样本"界面。

（3）点击"文件"菜单下"样本搜索"，进入"样本搜索"界面。

（4）在"加样器批次"选择"批次数目"或"日期"，点击"搜索"或"F3"，进入"样本-任务列表"选择所需传输样本，若完全传输所有样本可按"Ctrl＋A"，点击"输出数据"或"F12"，标本状态从"已处理"变为"已发送"，数据传输完成。

（5）注意事项：①传输完成后，应于配发血系统检查传输是否成功，若传输失败需重复传输；②若所检测样本标本号与输血申请单上标本号不一致，则数据无法传输；③传输操作完成后，关闭"检验仪器通信接口"。

（十）仪器设备维护保养程序

1. 日维护

（1）每天试验开始前，先选择"初始化"，再选择"加样针清洗"，最后选择"加样针灌注"。

（2）每天试验结束后，先选择"洗涤"，然后关闭 Techno 程序，最后退出 Maestro 程序。

（3）每日使用湿润的抹布对仪器表面进行擦拭，除去浮尘。特别强调在盐溶液、酸或碱溶液没有对仪器造成损坏之前必须从仪器外表面清除它们。

2. 周维护　每周进行稀释液退回程序：结束试验后，关闭 Techno，出现选择是否执行洗涤和清除液体程序。

（1）点击 Yes 进行清洗稀释液回路。

（2）以冲洗液代替"稀释液2号瓶"。

（3）点击 OK，进行洗涤和清除液路。

（4）清除液路完成后脱开和移走冲洗瓶。

（5）点击 OK 后关机。

3. 半年维护

（1）不管是否需要，都需要进行这些检

查:①无液压系统渗漏,特别是在泵将液体推入废液桶之后;②稀释液的均质性;③条形码读卡器窗口保护的清洁性和完整性;④在碰撞针的情况下,必须检查洗槽的正确位置;⑤在液压系统的干扰和针碰撞情况下的无污染性;⑥循环中 B 溶液的存在会导致发生溶血;⑦Nacells 中 ID 卡正确的插入;⑧钻尖充分的拉紧;⑨活板门的皮带良好,并且拉伸良好;⑩力轴仍然到达末端;⑪中心舱盖的开/关装置;⑫离心机舱盖的开/关装置;⑬离心机风扇的功能;⑭温度传感器的功能(开盖时,风扇打开,加热器关闭,与环境温度比较);⑮离心机组件偏心的固定;⑯检查振动传感器是否正常工作;⑰离心机传动皮带的拉力;⑱振动传感器的功能;⑲照相机镜头已清洁、校正。

(2)清洁:用蘸有 75% 乙醇的不含棉试纸清洁设备外部和内容。确保保护激光条形码读码器的窗口任何时候都保持清洁并避免划痕。

(3)去除污染:必要的时候可以让一名技术人员完成所有操作。①所需装备。在启动排除污染程序前需要做以下准备:内装 1 000 ml 溶液的试剂瓶 1 个;30% 的过氧化氢溶液 230ml;70ml 纯乙醇;700ml 软化水;1 瓶 1 000ml 的蒸馏水。注意:除了上述去污溶液,另一种选择是使用 5% 的异丙醇与软化水配制(更为缓和)。②去污程序:选择目录列表中的"清洁-加样针去污头去污"启动去污步骤;用一桶去污溶液置换 B 冲洗液桶;点击 OK 确认;用去污溶液试剂瓶替换润洗溶液试剂瓶,点击 OK,去污程序开始;去污程序结束时,将出现一个新的提示:用一桶软化水置换去污水,点击 OK 确认。③润洗程序:将相应储液桶的塞子换作一般用途;进行完整填装程序;启动一个普通批次的检测(例如两份样品的血型检测)用以检验系统是否已经清洁(系统中不再存在去污溶液)。如果发生溶血,采用软化水润洗。

4. 年维护　使用 M14484 维修工具箱来更换泵的膜和阀、针、全部的注射器、槽垫圈和感应电流管。

(1)NF30 泵的膜:M07271(×2)。

(2)NF60 泵的膜:M13612(×2)。

(3)NF30 泵的阀:M07270(×2)。

(4)NF60 泵的阀:M10591(×2)。

(5)左侧针:M14016。

(6)右侧针:M13893。

(7)1ml 注射器:M14955(×2)。

(8)2.5ml 注射器:M14615(×2)。

(9)2.5ml 注射器(稀释液):M14615(×2)。

(10)槽垫圈:M10802(×2)。

(11)感应电流管:M13303(×2)。

(12)过滤毯除尘器 119×119:M06421(×3)。

5. 维护记录　日维护记录在血库值班登记表中,周维护、半年维护和年维护记录在《仪器设备维护保养登记表》上。

(十一)试剂更换

检测过程中出现试剂量不足时,根据检测系统报警信息更换相应试剂。更换试剂红细胞时还需要重新执行室内质控程序。

(十二)仪器退役前的处理

1. 仪器表面消毒　用 0.2%～1.0% 的次氯酸钠溶液对仪器表面进行消毒处理。

2. 仪器内部消毒　使用 2%～3% 的次氯酸钠溶液气雾胶对仪器内部进行消毒处理。

3. 管路消毒　用 2%～3% 的次氯酸钠溶液对仪器管道进行消毒处理。如果仪器已经不能正常使用时,只能对部分可能的管道用 2%～3% 的次氯酸钠溶液进行浸泡处理。

四、ORTHO AutoVue Innova 全自动血型配血系统标准操作规程

(一)检验项目

1. ABO 及 RhD 血型鉴定试验。

2. 不规则抗体筛查试验。

3. 交叉配血试验。

(二)主要试剂

1. ORTHO BioVue ABO/RhD 血型卡、ORTHO BioVue Coombs 卡、3 系 3% 抗体筛查细胞,3% 反定细胞、蒸馏水(或去离子水)、生理盐水、BLISS 液。

2. BLISS 液细胞类试剂 2~8℃保存,血型卡、Coombs 卡、生理盐水室温保存。

3. 所有应放室温保存的试剂,注意防尘、防紫外线、防潮。

4. 变质、超过效期的试剂不能使用。

(三)标本处理

原始样品采集、制备、处理、检验和存放参见《输血相容性检测标本采集手册》《ABO 及 RhD 血型鉴定试验标准操作规程》《不规则抗体筛查试验标准操作规程》《交叉配血试验标准操作规程》。

(四)仪器设备性能参数

ORTHO AutoVue Innova 全自动血型配血系统性能指标见仪器使用说明书。

(五)仪器设备环境要求与使用安全措施

1. 仪器设备环境要求

(1)空间安装要求:①将 ORTHO AutoVue Innova 全自动血型配血分析系统安放在通风良好、灰尘少的地方。避免在过热或过冷以及日光直射的环境中。②对于仪器的安装场所应该能够满足设备以下的参数要求:设备尺寸:75cm(深)×92cm(高)×140cm(宽);设备重量:230kg,应确保拟安装 Ortho AutoVue Innova 全自动血型配血分析系统的工作台能够安全地支撑设备的总重量。

(2)运行条件:为保证仪器的正常运行,仪器必须在满足下列各条件并维持相应环境的情况下使用:①操作/环境温度:18~30℃;②操作相对湿度:20%~95%;③必须配备不间断电源(UPS),确保系统在断电的情况下能够完成试验;④电压:(100~120)/(200~240) VAC;⑤ 频率:50/60Hz;⑥ 功率:520VA;⑦保险丝:2×5.0AT/250V(延时)。

2. 仪器安全

(1)ORTHO AutoVue Innova 全自动血型配血分析系统要求使用上述指定类型的交流电源。必须由熟悉电气工程安全并经过适当培训的人员执行设备的外部连接和电源连接。

(2)在发生有任何液体溅入到仪器中的情况时,必须将该仪器与电源断开,进行清洗并消毒。

(3)仪器设备使用前,必须认真检查设备之间连接及外接线(件)是否正确、正常,电源插头是否正确插接,设备是否处于正常状态。试验过程中如遇水、电故障或中断,应立即关闭影响仪器设备安全的有关开关,并实施安全保护措施。

(4)该仪器只能由负责人、操作员和经过认证的技术员来使用。

(5)仪器设备的运输必须按仪器操作手册规定进行搬运,禁止鲁莽装卸,应避免倾斜,振动和碰撞。

3. 人员安全

(1)如果未按制造商指定的方式使用本设备,则可能会削弱设备提供的保护功能。ORTHO AutoVue Innova 全自动血型及配血分析系统只能由 Ortho-Clinical Diagnostics 授权人员进行安装和维修。

(2)所有血液样本及与血液有接触的材料均视为传染性物质。操作 ORTHO AutoVue Innova 全自动血型及配血分析系统时,应始终佩戴橡胶手套和眼部/面部防溅保护装备。

(3)当对设备进行清洁或清除污染、处理样本、处置废弃试剂卡、处理稀释板及所有系统液体连接管路和容器时,应遵照标准实验室生物危害注意事项。

(4)在处理废弃样本或组装/拆卸组合零件时不可直接接触废弃物,一定要戴手套和护目镜以避免直接接触。如果操作人员不小心接触到血液、试剂、废弃物/皮肤或衣物上沾到了样品、试剂及废液时，立即按照《实验室职业暴露预防与处置管理制度》进行处理。

(六)每日开关机程序

1. 开机程序

(1)打开仪器右侧电源，打开电脑，点击 OCD，输入密码 OCD，进入 Windows。

(2)系统自动弹出 INNOVA-LIS 界面，点击 Start 按钮。

(3)双击桌面上 AutoVue Innova 图标，启动软件，输入用户名及密码，登录到常规模式，等待系统初始化。

(4)待初始化完成后，按"维护"按钮进入维护界面，按提示步骤进行相关维护操作。

2. 关机操作程序　检查是否已经卸载了样本和试剂，确认做完每日维护，并进行数据备份后点击关机，待试剂卡抽屉自动弹出，确认，退出 AutoVue Innova 软件，关闭 IN-NOVA-LIS 程序，关闭电脑，关闭 AutoVue Innova 仪器电源。

(七)仪器校准程序

参见下述第(十)条仪器设备维护保养程序中的相关要求。

(八)质控分析程序

1. 室内质控频次要求　质控试验应该在每天常规试验开始前进行，试验中途更换试剂批号后应重做质控试验。

2. 质控品选择基本要求　参照《输血相容性检测室内质量控制管理制度》中关于过程控制的相关要求。

3. 质控操作与结果分析　质控标本和常规患者标本的检测方法应一致，并由同一人完成。质控结果在控制范围之内才能进行常规检测结果的报告和血液发放。失控的质控结果应找到根本原因并及时纠正，必要时应对标本进行重复检测后才能确认报告和发放血液。

(九)常规标本检测程序

1. 装载试剂

(1)注册试剂：①点击非 OCD 试剂或不带条码的试剂所属的或其同等的 OCD 试剂盒例如，点击新建批次按钮，显示批次创建对话框；②键入一个批号并点击验证按钮，再次键入批号以确认输入，然后再次点击验证按钮；③点击下一步按钮，键入一个失效日期，或从日历中选择一个日期，然后点击下一步按钮；④为试剂盒中包括的组成试剂键入条码，然后点击验证按钮；⑤点击结束按钮，点击确定以保存该批次信息；⑥在可用批次列表中点击该批号以显示批次详情对话框，点击常规状态字段并选择可用，点击确定按钮以保存该批次信息。

(2)装载试剂：①液体试剂自动条码装载：打开主舱门，装入试剂盘，放置稀释板，关闭主舱门，仪器开始扫描试剂并自动检测试剂量；②液体试剂自定义装载：打开主舱门，装入试剂盘或 NAA，放置稀释板，关闭主舱门，仪器开始扫描试剂，再次打开主舱门，定义相应位置的试剂种类，关闭主舱门，仪器扫描试剂并自动检测试剂量；③试剂卡的装载：打开抽屉，按需要补充试剂卡，关闭抽屉，仪器自动扫描试剂卡。

2. 条码样本检测操作步骤

(1)血型/抗体筛查：①点击样本菜单，点击注册/装载，选择注册(如需输入患者信息选择病人信息)，在试验组处选择检测项目；②扫描标本条形码，如需输入病人信息，输入病人信息后，点击添加到列表，继续编辑下一个标本，全部编辑完成后，点击发送到工作列表；③打开样本舱门，将样本放置到仪器上，关闭样本舱门，仪器开始相关检测项目。

(2)交叉配血：①点击样本菜单，点击注册/装载，选择注册(如需输入患者信息选择病人信息)，在试验组处选择项目；②扫描标本条形码(如必要可以输入病人相关信息)，点击新献血员，扫描献血员条形码，确定，点击添加到列表,继续编辑下一个标本,全部编辑完成后,点击发送到工作列表;③打开样本舱门,将样本放置到仪器上,关闭样本舱门,仪器开始运行标本。

3. 无条码样本(自定义装载位置)检测操作步骤

(1)血型/抗体筛查:①打开样本舱门,点击样本菜单,点击注册/装载,选择注册和指定位置(如需输入患者信息选择病人信息)。②在试验组处选择项目,输入样本编号(如需输入病人信息,输入病人信息),在样本转子上选择样本架位,点击添加到列表,继续编辑下一个标本,全部编辑完成后,点击发送到工作列表。③将样本放置到仪器上,关闭样本舱门,仪器开始运行标本。

(2)交叉配血:①打开样本舱门,点击样本菜单,点击注册/装载,选择注册和指定位置(如需输入患者信息选择病人信息)。②在试验组处选择项目,手工输入样本编号(如需输入病人信息,输入病人信息),点击新献血员,输入献血员样本编号,确定。在样本转子上选择样本架位,点击添加到列表,然后在样本转子上给供血者样本指定架位,点击添加到列表,继续编辑下一个标本,全部编辑完成后,点击发送到工作列表。③将样本放置到仪器上,关闭样本舱门,仪器开始运行标本。

4. 结果判读

(1)一旦 AutoVue 已阅读试剂卡,即将对其进行评级和判定。

(2)系统将拒绝接收未成功评级的试验结果(不确定、MF、H/I 等)。

5. 结果查询

(1)查看工作列表:①可从样本或结果屏幕上访问工作列表。②选择工作列表复选框以查看下列状态的工作列表和样本:已请求的试验;正在进行中的常规试验进程;已结束,且结果尚未被接受或拒绝的常规试验进程;已经接受但尚未传输的结果。

(2)选择已完成工作列表复选框以查看下列状态的样本的结果列表:①试验已完成,并已传输的结果;②结果已被取消、编辑、接受或拒绝,并已传输的结果。

6. 接受或拒绝结果

(1)在工作列表选项卡上,选择工作列表复选框。

(2)点击一下样本标志号,进入试验组详情对话框。

(3)点击接受按钮,接受结果。

(4)点击拒绝按钮,拒绝结果。

7. 结果编辑

(1)编辑整体试验结果:①在工作列表选项卡上,选择工作列表复选框;②点击一下样本标志号,进入试验组详情对话框;③点击编辑结果按钮;④输入有效结果值,然后点击验证按钮,AutoVue 将更新结果值。

(2)编辑反应孔试验结果:①在工作列表选项卡上,选择工作列表复选框;②点击一下样本标志号,进入试验组详情对话框;③点击编辑反应孔结果按钮;④扫描待编辑试剂卡条码;⑤选择一个反应孔,在反应孔结果对话框中编辑该反应孔的结果;⑥点击计算,系统将重新计算整体结果;⑦点击验证按钮,系统将对新生成的结果进行确认。

8. 数据传输

(1)双击"AutoVue 检验仪器通信接口"(雷达图标),若右下方任务栏显示红蓝相间的圆饼状图标,则为"检验仪器通信接口"已打开。

(2)进入 AutoVue 操作界面,在"结果"状态下,将"工作列表"中的试验结果进行判读、验证并接受结果。

(3)单击右侧"传输"按钮,进入"传输模式"菜单,选择所需传输结果,单击"确定",完成数据传输。

(4)注意事项:①传输完成后,应于配发血系统检查传输是否成功,若传输失败需重复传输;②若所检测样本标本号与输血申请单上标本号不一致,则数据无法传输;③进行数据传输前,务必将检验仪器通信接口软件打开,否则数据不能传输。

(十)仪器设备维护保养程序

1. 日维护

(1)点击维护,执行"消除吸头污染"项目,按照提示步骤操作即可。

(2)清空废弃物容器中的废弃试剂卡。

(3)根据需要灌注液体容器。

(4)执行数据备份。

2. 周维护

(1)执行每日维护步骤。

(2)点击维护,执行"试液回路清除污染",按照提示步骤操作即可。

(3)点击维护,执行"设备清洁",按照提示步骤操作即可。

(4)点击维护,执行"自动读取器质控",按照提示步骤操作即可。

3. 半年维护校准

(1)点击维护,执行"移液器位置质控",按照提示步骤操作即可(执行条件:每过 6 个月或每次移动导管或探针时)。

(2)点击维护,执行"移液量质控"。在选项中勾选第一个"执行移液量质控"并且点击"确认",按照提示步骤操作即可(执行条件:每过 6 个月或每次移动导管或探针时)。

(3)孵育器质控(仅限 OCD 维护人员执行)。

(4)离心机质控(仅限 OCD 维护人员执行)。

(5)打孔器清除污染(仅限 OCD 维护人员执行)。

4. 按需维护　根据需要执行以下维护步骤:

(1)设备管理冲洗:①下列情况时,需对系统进行清洗:仪器已闲置 1 小时和更长时间;操作员收到错误消息时。②AutoVue 提供四种不同方式以便冲洗设备管路和液体系统:生理盐水;去离子水;氢氧化钠和生理盐水;氢氧化钠和去离子水。

(2)更换移液器探针和导管:当探针已经明显损坏时,执行该步骤。

(十一)试剂更换

检测过程中出现试剂量不足时,根据检测系统报警信息更换相应试剂。更换试剂红细胞时还需要重新执行室内质控程序。

(十二)仪器退役前的处理

1. 仪器表面消毒　用 0.2%～1.0%的次氯酸钠溶液对仪器表面进行消毒处理。

2. 仪器内部消毒　使用 2%～3%的次氯酸钠溶液气雾胶对仪器内部进行消毒处理。

3. 管路消毒　用 2%～3%的次氯酸钠溶液对仪器管道进行消毒处理。如果仪器已经不能正常使用时,只对部分可能的管道用 2%～3%的次氯酸钠溶液进行浸泡处理。

五、Galileo 全自动血型分析系统标准操作规程

(一)检验项目

ABO 及 RhD 血型鉴定试验。

(二)主要试剂

1. 96 孔微孔板,抗 A、抗 B、抗 D 标准血清试剂,质控试剂,3%～ 4%反定细胞,系统稀释液。

2. 抗 A、抗 B、抗 D 标准血清试剂、质控试剂、反定细胞 2～8℃保存,使用前注意需恢复到室温,微孔板、系统稀释液室温保存。

3. 所有应放室温保存的试剂,注意防尘、防紫外线、防潮。

4. 变质、超过效期的试剂不能使用。

(三)标本处理

原始样品采集、制备、处理、检验和存放参见《血液标本管理程序》《输血相容性检测标本采集与处理程序》《ABO 及 RhD 血型鉴定试验标准操作规程》。

(四)仪器设备性能参数

参见 Galileo 全自动血型分析系统使用说明书。

(五)仪器设备环境要求与使用安全措施

1. 仪器设备环境要求

(1)空间安装要求:①将 Galileo 全自动血型分析系统安放在通风良好、灰尘少的地方。避免在过热或过冷以及日光直射的环境中安装及使用。②仪器的安装场所空间要求:必须放在生产商所提供的机柜上,安装尺寸:240cm(宽)×95cm(深)×175cm(高)。正面应多出57cm,以便打开柜门。分析系统后方还必须留有至少 10cm 的间隙用于通风。③不要将该仪器放置在室外。④不要将该仪器放置在易燃材料制成的平面上。⑤不要将该仪器放置在难以进行维护和维修的地方。⑥不要将该仪器放置在潮湿的地方。⑦不要将该仪器摆放在难以将其主电源断开的地方。⑧不要将仪器或其柔性电缆线接触到过热以至于不能触摸的表面。⑨检查其插头是否接地。⑩检查电源的电压是否和仪器标志电源电压相一致。⑪不要在仪器的顶部放置任何物品。

(2)运行条件:为保证仪器的正常运行,仪器必须在满足下列各条件并维持相应环境的情况下方可使用:①灰尘少、换气良好的非通风环境。②避免阳光直接照射。③Galileo必须放在生产厂家所提供的机柜上。机柜提供足够的空间用于存放盛装洗涤缓冲液、系统液体和废液的塑料桶。④室内温度保持在 $10 \sim 35 \, ^\circ\!C$。⑤室内最大相对湿度范围:$20\% \sim 80\%$,不结霜。⑥最大海拔高度3 000 m。⑦仪器周围 5m 以内有配电盘。⑧电源电压 $100 \sim 120/220 \sim 240V$(自动切换),电流 $50 \sim 60Hz$,主供电最大电压为实际电压+10%。⑨有保护性接地(接地电阻 10Ω 以下)。

2. 仪器安全

(1)在发生任何液体溅入到仪器中的情况时,必须将该仪器与电源断开,进行清洗并消毒。

(2)尽量使用生产商提供的电缆线,并对仪器进行电磁兼容性和电气安全性测试。但是,如果需要使用另外的电缆线时,必须确保新的电缆线满足以下规格。①电缆线类型:柔软的、覆盖有 PVC 表面的三相(零线、火线和地线)电缆线;②电缆线长度:2m;③导线横截面积:$1mm^2$ 或更大;④插座类型:可接 IEC 插头。I 类用具插座;⑤插头类型:使用该仪器安装所在国家的插头并接地;⑥插座、电缆线和插头必须符合所在国家的电气安全要求。

(3)仪器设备使用前,必须认真检查设备之间连接及外接线(件)是否正确、正常,电源插头是否正确插接,设备是否处于正常状态。试验过程中如遇水、电故障或中断,应立即关闭影响仪器设备安全的有关开关,并实施安全保护措施。

(4)该仪器只能由实验室负责人、经实验室负责人授权的操作员和经过认证的技术人员来使用。

(5)该仪器在使用时,不应该与未包括在本系统中的其他仪器设备靠近或堆积在一起。如果必须和其他仪器靠近,应该对将要使用的仪器进行观察,以确保其能够正常运行。

(6)仪器设备的运输必须按仪器操作手册规定进行搬运,禁止鲁莽装卸,应避免倾斜、剧烈振动和碰撞。

3. 人员安全

(1)错误操作或违章操作该仪器会削弱由该仪器本身所提供的安全性保护。

(2)仪器设备中所有与受检血液样品接触或有潜在性接触可能的表面与零件都视为污染物。在操作、维护仪器设备时有必要穿戴保护性的外套和手套,头发、衣物、手指等应与仪器所有的活动部件保持一定距离。

(3)设备运行的物质带有化学或生理学危害性,一定按照实验室规定和要求佩戴手套或其他保护措施。在仪器运转过程中,勿触及移动的所有装置,避免人身伤害。

(4)在处理废弃样本或组装/拆卸组合零件时不可直接触摸废弃物,一定戴手套和护目镜以避免直接接触。如果操作人员不小心接触血液、试剂、废弃物,皮肤或衣物上沾到了样品、试剂或废液时,立即按照《实验室职业暴露预防与处置管理制度》进行处理。

(六)每日开关机程序

1. 开机程序

(1)开机前检查:①不允许实验室负责人或操作人员对仪器生产商提供的软件做任何的改动;②除了严格要求的之外,请不要再安装任何其他的软件和(或)硬件;③禁用任何屏幕保护和Windows节电模式;④确认Galileo的正确组装,并且计算机、操作系统也被正确安装。

(2)开机操作程序:①打开Galileo全自动血型分析仪电脑开关、伽利略主机开关、离心机开关;②仪器启动后会自动进入登录界面,输入用户名及密码后进入主界面,此时仪器开始进行自动初始化;③根据当日试验量补充系统稀释液量,倾倒废液;④仪器进入待机状态,随时可以开展检测工作。

2. 关机程序

(1)一旦所有样品都被检测处理完毕,自动处理过程结束之后,仪器会自动保持待机状态。

(2)在系统初始界面电击右上角"小门"按钮。

(3)点击"Done"。

(4)在所选择通道对应的颜色下打钩,点击"Start rinsing"按钮。

(5)在"inntiate backup after closing"前打钩。

(6)当"shutdown"变为黑色时,点击即可退出并关机。

(7)关闭仪器和离心机电源。

(七)仪器校准程序

参见下述第(十)项:半年维护及校准。

(八)质控分析程序

1. 室内质控频次要求 质控试验应该在每天常规试验开始前进行,试验中途更换试剂批号后应重做质控试验。

2. 质控品选择基本要求 参照《输血相容性检测室内质量控制管理制度》中关于过程控制的相关要求。

3. 质控操作与结果分析 质控标本和常规试验标本的检测方法应一致,并由同一人完成。质控结果在控制范围之内方可进行常规检测结果的报告和血液发放。失控的质控结果应找到根本原因并及时纠正,必要时应对标本进行重复检测后才能确认报告。

(九)常规血型鉴定试验操作规程

1. 加载微孔板

(1)将微孔板放置于托架中,放置托架上A_1标记应与微孔板A_1孔对应,并稍稍用力按下微孔板四角,确保微孔板正确放置于托架之中。

(2)将装有微孔板的托架推入微孔板塔架中有绿灯提示的位置。

(3)当塔架提示灯由绿灯变为黄灯后将塔架门关闭,仪器会自动扫描微孔板条码信息。

2. 加载稀释液

(1)将稀释液倒入稀释液槽内。

(2)在系统界面,点击"Sample Bay"区域。

(3)进入界面后在"Rack Area"区域会自动用绿灯提示一个位置,需要指定位置时则点击该位置上的数字,该位置即会有绿灯提示。

(4)当仪器样本/试剂舱相应位置绿灯亮起,将稀释液槽匀速推入该位置,该位置会转为黄灯提示。

(5)在软件界面右侧"Reag 4"右侧空白处填入"0000001"及"0~50"任意数字(所填数字应与该槽内的试剂量相符合)。

3. 加载试剂

(1)将试验所需试剂从试剂冰箱中取出，室温平衡30分钟，确认"试剂红细胞"中已经加入搅拌小磁珠。

(2)将试剂瓶盖子做好标记并取下，把试剂瓶放入试剂架空位中，将试剂条形码对着试剂架缺口处。

(3)点击"Sample Bay"区域(或"Reagent Bay"区域)。

(4)进入界面后在Rack Area区域，点击"14"(Reagent Bay界面点击"5")，该位置会有绿灯提示。

(5)当仪器样本/试剂舱相应位置绿灯亮起，将试剂架匀速推入该位置，该位置会转为黄灯提示。

(6)确认全部试剂均被识别，包括条形码及试剂剩余量。

(7)如有试剂未被识别，则将试剂架取出，确认条码位于缺口处，重复推入直至所有试剂均被识别。

(8)点击"Done"可回到初始界面。

4. 加载样本并进行试验

(1)所有抗凝全血样本经过离心分离红细胞与血浆，如检测前标本是从冰箱中取出，应在室温平衡30分钟；将样本盖子取下，依次放入试剂架，条形码应对着标本架缺口处。

(2)点击"Sample Bay"区域。

(3)进入界面后在"Rack Area"区域会自动用绿灯提示一个位置，需要指定位置时则点击该位置上的数字，该位置即会有绿灯提示。

(4)当仪器样本/试剂舱相应位置绿灯亮起，将样本架匀速推入该位置，该位置会转为黄灯提示。确认"Sample ID"栏所有样本条形码均被识别，如有未被识别的样本，应将样本架取出，确认该样本条形码处于缺口处，重复之前步骤，也可以手工输入条码或采用条码扫描枪扫描条码。

(5)点击最上方的一个"Sample"，在右侧"Test Selection"中选择测试项目，被选中

的项目会有蓝色提示，如果想取消则再次点击该项目。点击屏幕下方"All"按钮则所有样本都检测同一项目。

(6)试验项目选择完成之后，按"Done"按钮回到初始界面。

(7)点击"小金人"，点击"Load Resources"。

(8)点击屏幕中的试验项目，该行会变蓝色，确认所需资源均为"√"，则"Start"按钮为黑色，点击即可开始进行试验。

(9)当出现红色"!"，可能提示资源不足，请参考界面提示信息进行资源加载。

(10)点击左下角"OK"按钮，再次点击左下角"OK"按钮，可回到系统初始界面。

5. 结果查看、审核、导出

(1)在系统初始界面点击"Result"按钮。

(2)系统会自动显示当天进行的试验结果，如需查询其他结果可在"From"和"To"中进行设置。

(3)系统提供按样本和按微孔板来显示结果。

(4)点击想要查看的结果，双击则能够查看具体结果，包括：微孔板反应结果照片、判读后凝集强度积分、阴阳性结果以及最终ABO及RhD血型判定结果。

(5)点击右下角"Close"回到前一界面。

(6)选中需要审核的结果，可多选。

(7)点击右上角绿色"√"进行审核，点击下方绿色"√"，系统会自动提示"是否导出结果"，点"Yes"则同时将结果导出，点"No"则仅进行审核，不导出结果。

(8)回到"Result"界面，选中需要导出的结果，点击右上角"Export"按钮，可进行结果导出。

(9)只有审核过的结果才可以导出，这类结果在"Approved"栏中有绿色"√"的标记。

(十)仪器维护保养及校准程序

1. 维护保养意义与分类　通过对仪器设备定期地进行维护保养，以保持其性能的

稳定性和可靠性。Galileo 全自动血型分析系统的维护主要包括日维护、周维护、月维护（由用户完成）以及半年维护（其中包括仪器的校准，由指定的技术人员完成）。

2. 维护及校准内容和相关要求

（1）日维护

①清洁仪器：点击主菜单栏中的维护（Maintenance）按钮，从动作列表中选择清洁仪器（Clean Instrument）。点击开始，遵照屏幕上的操作说明进行相关操作；完成 Galileo 初始化后，点击操作说明屏幕下方的继续（Continue）按钮。

②完成试剂质控（QC）：按照正常试验步骤，用室内质控品完成试验。

③删除微孔板输入条目历史记录：a. 点击主菜单栏中的微孔板列表（Plate List）按钮，显示出微孔板列表对话框。b. 选中复选框导航按钮，可标记多个微孔板输入条目。c. 按屏幕行，选择多个微孔板条目（创建时间超过 1 天），条目行以蓝色加亮。从微孔板列表中可以安全地这些条目，因为与这些条目有关的数据主要保存在数据管理软件的结果中。d. 点击删除按钮，删除所选择的以蓝色加亮的微孔板条目，所选条目即被删除。e. 点击确定按钮，退回机器监测器。

（2）周维护

①点击主菜单栏中的维护按钮。

②从动作列表中选择检查吸移管管理器基准。

③点击开始。

④遵照屏幕上的操作说明，点击检查基准。选择吸移管管理器右臂，并点击基准位置。

⑤如需沿 X 轴（左-右）或 Y 轴（前-后）方向进行修正，则轻轻弯曲探针至目标位置。

⑥如需沿 Z 轴（上-下）方向进行修正，可使用屏幕上的上翻页（Up）和下翻页（Down）按钮或键盘上的相应键进行调节。可以使用屏幕上的按钮或键盘上的"＋"和"－"

键，增加或缩短步长（探针沿所选择方向移动的距离）。

⑦探针调准后，点击位置正确（Position OK）按钮，现在可选择下一个探针臂。注：如果位置不正确，并且必须终止程序，则选择位置错误（Position Wrong）按钮。

⑧吸移管管理器初始化并返回主维护屏，保留之前的设置。

⑨选择左臂，并点击基准位置。左臂移向基准位置目标，所有探针移向其过去的 Z 轴位置。

⑩如需沿 X 轴（左－右）或 Y 轴（前－后）方向进行修正，则轻轻弯曲探针至目标位置。

⑪如需沿 Z 轴（上－下）方向进行修正，可使用屏幕上的上翻页（Up）和下翻页（Down）按钮或键盘上的相应键进行调节。

⑫所有探针必须处于目标表面 0.5mm 范围内，并且都必须呈现水平均匀性。

⑬调准探针后，点击位置正确按钮。

⑭调准任一探针臂时如出现问题，应点击位置错误按钮。

⑮点击位置正确或位置错误按钮后，吸移管管理器初始化，并返回维护动作屏。

（3）月维护

①点击主菜单栏中的维护按钮。

②从动作列表中选择净化管路（Decontaminate tubings）。

③点击开始。

④管路净化附加说明：a. 必须使用工作稀释液 Microcide SQ（TM）（根据制造商用法说明配制）清洁吸移管管理器塔架。b. 必须排空公共废物容器、泡沫收集器和废物池，然后用工作稀释液 Microcide SQ（TM）净化。使用前，必须用去离子水冲洗容器、收集器和废物池。

（4）半年维护及校准

①准备工作：运行清洗任务；备份 Galileo 配置文件；从主程序中退出，在桌面上按

"Make Diagnostic Achive"/"Backup after Crash"图标。

②移液器：a.打开上盖，清洁X轨道并上油，盖上盖。b.移除前X轴导轨、针、针适配器、加样臂盖。如需要，拆卸Z杆清洁。c.清洁Y轨道并上油。d.在右臂齿轮阻尼上加一滴润滑油。e.清洁左臂的皮带和伸缩杆并上油。f.检查针的状况，如果头部损坏则更换。确保右臂针的调节器安装正确并与适配器接触，清洁Z杆和黄铜齿轮块。如Z杆已被拆卸清洁完毕，重新安装针及针适配器。g.检查Z杆的磨损，调节制动块。h.检查管路是否泄露，如有泄露则更换管路。i.检查稀释泵注射器，如有泄漏（在活塞、内壁或推杆上有结晶盐出现）则更换之。j.检查稀释液的三通阀，如有泄漏（有结晶盐出现）则更换之。k.重新安装泵齿架盖，加液臂盖和前X轴导轨。l.检查针是否垂直，检查加液针的参考位，如有必要则调整所有的针，更换系统液过滤器。

③照相机：清洁镜子和光散射器；调节照相机设置（自动调节列表中的所有类型）；执行所有照相机设置的平板照相；检查微孔板ROIs的定位（用Capture板）；检查Clean well ROIs的定位（用空的Capture微孔板）；检查Nunc well ROIs的定位（用加入液体的Capture微孔板）。

④冲洗组件：检查溢水槽，如有必要则清洁之；吸液检验传感器定标。

⑤微孔板传送系统：a.移除Y推杆，清洁Y推杆和Y前部光检测传感器上少许润滑油后安装。b.检查Y推杆的运动（当推出时Z方向最多1mm，使其停留在滚轮前部，如有必要则调整之）。c.清洁X和Z滑轨（不上油）。d.移除X轨道的侧面板，检查X轴皮带的紧度。如有需要则更换或收紧，安装回侧面板。e.移除Y侧面板，检查Y皮带的进度。如有必要则更换或收紧。f.检查传送系统的校准和运行，在所有位置执行"Transport Position Check"，附加Position-Check.log报告。g.检查交互位置的传感器和门的运作，执行孵育器和微孔板加载台的"TransportChkSens"检测，附加TransportChkSens.log报告。

⑥微孔板条码阅读器：清洁扫描器窗口。

⑦试剂加载台：清洁条码扫描器窗口；清洁铝架并上油；搅拌器齿轮上油。

⑧旋转台：执行'Turantable'测试。检查旋转台位置是否正确，运行中有无跳动（能否抓住微孔板）。

⑨离心机：a.清洁加载单元的侧轨并上油。b.清洁水平组件并上油。c.检查夹子的状态，验证其是否稳固在水平的扳机位置。进行调整如有必要则更换。d.打开离心机外壳，清洁配平铅块组件并上油清洁转子中部的90°旋转组件并上油。来回移动此组件，清洁并上油。

（十一）试剂更换

检测过程中出现试剂量不足时，根据检测系统报警信息更换相应试剂。更换试剂红细胞时还需要重新执行室内质控程序。

（十二）仪器退役前的处理

1. 仪器表面消毒　用0.2%～1.0%的次氯酸钠溶液对仪器表面进行消毒处理。

2. 仪器内部消毒　使用2%～3%的次氯酸钠溶液气雾胶对仪器内部进行消毒处理。

3. 管路消毒　用2%～3%的次氯酸钠溶液对仪器管道进行消毒处理。如果仪器已经不能正常使用时，只对部分可能的管道用2%～3%的次氯酸钠溶液进行浸泡处理。

（于　洋　马春娅　张晓娟　汪德清）

参 考 文 献

[1]　中华人民共和国卫生部.临床检验操作规程编
　　　写要求(2002).

[2]　中华人民共和国卫生部医政司.全国临床检
　　　验操作规程(第 3 版).南京:东南大学出版社,
　　　2006.

[3]　中华人民共和国卫生部.中国输血技术操作规
　　　程(血站部分).天津:天津科学技术出版社,

1997.

[4]　李勇,马学严.实用血液免疫学血型理论和实
　　　验技术.北京:科学出版社,2006:586-701.

[5]　International Organization for Standardization
　　　(ISO). Medical Laboratories-Particular Re-
　　　quirements for Quality and Competence. Ge-
　　　neva, Switzerland:ISO15189:2007.